伟大的日记

藏在书信中的世界史

March the 9 1787
Corni
Ouverture
Andante
Nov 15th
Course NW by N
with brisk trades and cloudy
242 days from home
Course NW by N
with a moderate breeze and partial

伟大的日记

藏 在 书 信 中 的 世 界 史

［英］DK 出版社 编著　张凡 译

DK
华中科技大学出版社
http://press.hust.edu.cn
中国 · 武汉
有书至美 BOOK & BEAUTY

DK | Penguin Random House

图书在版编目（CIP）数据

伟大的日记：藏在书信中的世界史/英国DK出版社编著；张凡译. —武汉：华中科技大学出版社，2021.12（2024.1重印）
ISBN 978-7-5680-5176-7

Ⅰ.①伟… Ⅱ.①英… ②张… Ⅲ.①日记-作品集-英国-现代 Ⅳ.①I561.65

中国版本图书馆CIP数据核字（2021）第217882号

伟大的日记：
藏在书信中的世界史
Weida de Riji: Cang zai Shuxin zhong de Shijieshi

[英] DK出版社 编著
张凡 译

出版发行：华中科技大学出版社（中国·武汉）
电话：(027) 81321913
华中科技大学出版社有限责任公司艺术分公司
电话：(010) 67326910-6023
出 版 人：阮海洪

责任编辑：莽 昱 宋 培
责任监印：赵 月 郑红红 封面设计：邱 宏

制 作：北京博逸文化传播有限公司
印 刷：惠州市金宣发智能包装科技有限公司
开 本：720mm×1020mm 1/8
印 张：32
字 数：186千字
版 次：2024年1月第1版第4次印刷
定 价：198.00元

目录

Contents

第1章
1500年之前

第2章

1500—1700年

第3章

1700—1800年

第4章

1800—1860年

第5章

1860—1900年

第6章

1900—1940年

第7章

1940年至今

前言

凯特·威廉姆斯教授（Professor Kate Willams）是一名作者、历史学家和电视节目主持人。她写了5本历史书籍，包括《英格兰的情人》（*England's Mistress*）和《女王的对决》（*Rival Queens*），以及4本历史小说。她是电视和电台的常客，也有自己主持的节目，包括《斯图亚特家族》（*The Stuarts*）、《探访凡尔赛》（*Inside Versailles*）和《重建家园》（*Restoration Home*），并在《新闻之夜》（*Newsnight*）等节目中探讨历史、政治和文化。凯特是美国有线电视新闻网（CNN）的皇家历史学家，也是英国雷丁大学的历史学教授，在世界各地举办讲座。

撰稿人

R. G. 格兰特（R. G. Grant）在历史、传记和文化领域著述颇丰。他所撰稿的书籍包括《死前必读的1001本书》[*1001 Books You Must Read Before You Die (2006)*]、《501位伟大的作家》[*501 Great Writers (2008)*]和《作家们的生平和作品》[*Writers: Their lives And Works (2018)*]。

安德鲁·亨弗里斯（Andrew Humphreys）是一名记者、作者和游记作家。他主笔或参与撰稿的书籍超过35本。他的新闻工作常常涉及历史视角下的旅行。安德鲁写了2本书，主题是埃及旅行的黄金时代。

埃丝特·里普利（Esther Ripley）是一名作者和编辑，职业生涯开始于新闻业，曾任英国DK出版社总编辑。她学习文学和心理学，写作内容涉及多种文化主题。

伊恩·扎克泽科（Iain Zaczek）曾求学于英国牛津大学和伦敦考陶尔德学院（Courtauld Institute）。他著书30余册，涉及文学、历史和艺术等诸多方面。

Abel Tasmans Passagie
Wits Eijlanden
Swers Eijlanden
Maet Suickers Eijlanden
Anthony Van Diemens Landt
Dit is beseijlt ende ondeck met de Scheepen Heemskerck ende Zeeha
Onder het Commande Vanden E. Abel Tasman.
Jare 1642 den 24 Nouuember.
Pedra Brancka
Verthoont als een plomgen Toon
Borels Eijlanden
Stoormbaij
Frederick Henricx Baij
De Zuijd Cap
Tasmans Eijland
Marias Eijlandt
Schoutens Eijlandt
Vanderlins E
164
165
166
167
168
169

前言

1942年6月12日，出生于德国，住在阿姆斯特丹的犹太女孩安妮·弗兰克（Anne Frank）收到了一份礼物，这是一本带锁的签名簿。这天是安妮的13岁生日，她从当地的商店里挑选了这本日记本。在阿道夫·希特勒（Adolf Hitler）上台后，1933年，弗兰克一家从法兰克福搬走了。后来，安妮的父亲奥拓（Otto）在阿姆斯特丹开创了一番事业。但是，德国于1940年入侵了荷兰。当安妮开始记日记时，阿姆斯特丹的犹太居民已经被施加了严格的限制措施。但在安妮早期的日记中，她陶醉于生日聚会和乒乓球俱乐部。“我希望能向你倾诉一切。”安妮写道。但是，短短几周之后，弗兰克一家就被迫躲藏在安妮父亲办公室的秘密侧楼中。在那里，安妮继续写日记，直到2年后一家人被纳粹发现。对于许多人来说，她的话语变成了历史上最出名、最有力量的日记，是令人难忘的声音，来自600万大屠杀遇难者中的一员。

“记忆……是我们每个人随身携带的日记。”奥斯卡·王尔德（Oscar Wilde）如是说道。但是，许多人从未记录下自己的记忆，又或者1月开始写日记，但又无疾而终。本书所汇编的日记，其作者始终如一，日记给他们带来了莫大的慰藉。政治家和统治者常常记日记，例如康熙帝和维多利亚女王。但是，一些最为杰出的日记作者则是亲眼见证不平凡的平凡人。蜂谷道彦（Michihiko Hachiya）博士是广岛通信医院的院长和医师。当他正在享受安宁祥和、阳光明媚的早晨时光时，一颗原子弹被投掷于他所在的城市，并将其摧毁。18世纪的美国母亲伊丽莎白·桑德维斯·德林克（Elizabeth Sandwith Drinker）记录了每日生活，以及作为贵格会教徒在美国独立战争期间的挣扎。在那时，她的家庭因奉行宗教和平主义而常常遭到怀疑。

本书所展示的一些日记写于纸莎草纸，其他的则写于羊皮纸，还有一些日记是机打的。许多日记并非是通常的形式，而可能是笔记，或者是像莱昂纳多·达·芬奇（Leonardo da Vinci）这样的天才所画的草图或者所写的便条。6000份观察记录，包罗万象，从物理到建筑，配有令人惊叹的草图和飞行器的发明创意。有些日记，例如卡尔·林内乌斯（Carl Linnaeus）的日记，揭示了科学体系的发端。有些日记的写作是供大众阅读，有些则是私人日记。许多日记或被藏匿，或遭审查删减。日记也可能具有危险性，因为日记充当着见证人，诉说着真相。

一些日记彰显了伟大的英雄主义和勇敢无畏的精神，例如玛丽·居里（Marie Curie）的笔记本。在居里夫人记录下具有开创意义的实验后，她的笔记本仍然具有极强的放射性，因此必须放置于衬铅盒中。其他日记则可深入了解一些极具创意的天才：文森特·梵高（Vincent van Gogh）的才华；弗丽达·卡洛（Frida Kahlo）的创造力；安东尼·高迪（Antoni Gaudí）的创意；夏洛蒂·勃朗特（Charlotte Brontë）和列夫·托尔斯泰（Leo Tolstoy）富有远见的激扬文字；又或者是日本女作家紫式部（Murasaki Shikibu）的尖锐评论。这一切都体现出：不论生活有多么痛苦，人们都有记录生活的本能。1912年，罗伯特·法尔肯·斯科特（Robert Falcon Scott）船长在注定失败的南极探险之旅中，写下了日记：“我不认为我还能写下去。”这是他在最后一天所记的日记，那时他已经奄奄一息。7个月后，当人们发现他冻僵的遗体时，他的笔记就在身边。也有许多人的日记，如今会令人不适：曾经被誉为冒险家的探索者们，攫取了原住民的土地，并在他们试图自卫的时候将他们杀害；又或者是欧洲旅行者们，压榨当地资源、剥削年轻人。尽管绝大多数日记都体现了人性最为宽厚仁慈的一面，有一些日记却并非如此。

“写下日记，终有一天，记下了你的一生。”梅·韦斯特（Mae West）在1937年说道。先人们并非总是秉持这样的想法，我们对此可要谢天谢地了。日记是我们璀璨的历史珍宝——日记让一个地点、一个人物、一个世界跃然纸上、栩栩如生。日记对于历史学家、文学学生、社会学家以及科学家来说都是无价之宝。历经剧变动荡，受苦受难，人们始终坚持写作，既为自救，也为确信他们依然立足于世，并非孑然一身。正如安妮·弗兰克所验证的那样，日记的精华就在于彰显人类精神的胜利。

凯特·威廉姆斯教授

引言

日记是最为大众化的写作形式。在作家笔下，日记已是一种非常成熟的文学体裁。但是任何人，只要略通笔墨，都可以通过日记记录日常生活。19世纪的英国牧师弗朗西斯·凯尔佛特（Francis Kilvert）为了解释其日记卷帙浩繁，写道："即便我一生这般默默无闻、平平无奇，如果不留下这样的记录，就任其流逝"，也可谓是"憾事一件"。时间的流逝，令人忘却一切过往的思索、情绪、事件和体验。而记日记，则是与之抗争。日记还是在与不实进行抗争。在情绪激昂之时，草草几笔，直抒胸臆。过后，人们的记忆却常常出错，甚至凭空编造回忆，这时，日记便是一大佐证。

日记既是私人文件，也是文学试验。日记究竟是个人倾诉衷肠，还是着眼于日后出版？这两者并非泾渭分明。日记作者写下日记，只希望供自己日后阅读。这样的日记，或用暗语写就，或小心锁好，避免他人窥探。深入的自我剖析和坦诚相告，是这类日记的共同点。但也有许多日记作者毫不谈及这类个人隐私，而涉及更多客观存在的话题——流言和轶事，他们对所探访的人物或地点的观察及他们的所思所想。绝大多数读者可能都会同意法国作家莫里斯·布朗肖（Maurice Blanchot）所说的："日记的真相不在于其中有趣有文采的评论，而在于那些微不足道的细节，是它们将日记与日常现实生活联系在了一起。"

人们常常是在面对重大事件，例如政治剧变或者战争爆发时，开始写日记。一些日记作者，无论是宫廷的旁观者，还是战壕中的士兵，都清楚地意识到他们作为亲历者写下历史初稿的责任。游记则是另一种截然不同的体裁。旅行至异地他乡，所记的笔记和所画的素描，常常在日后经过修订后变成书籍的底稿。这样的游记跟回忆录差别甚微，因为后者的底稿也常常是作者每日记下，而后又加以修订的笔记。许多作者在记日记时，还辅以书信，或者以信件取代日记的形式，来记录他们每日生活的细枝末节，探索他们的个人思绪。信件、笔记、回忆录、日志以及日记，是"个人写作"中的独特分支，是一种即时、自发而开放的形式，既细微繁琐，又严肃庄重，毫无掩饰地再现了现实生活体验中林林总总的特点。

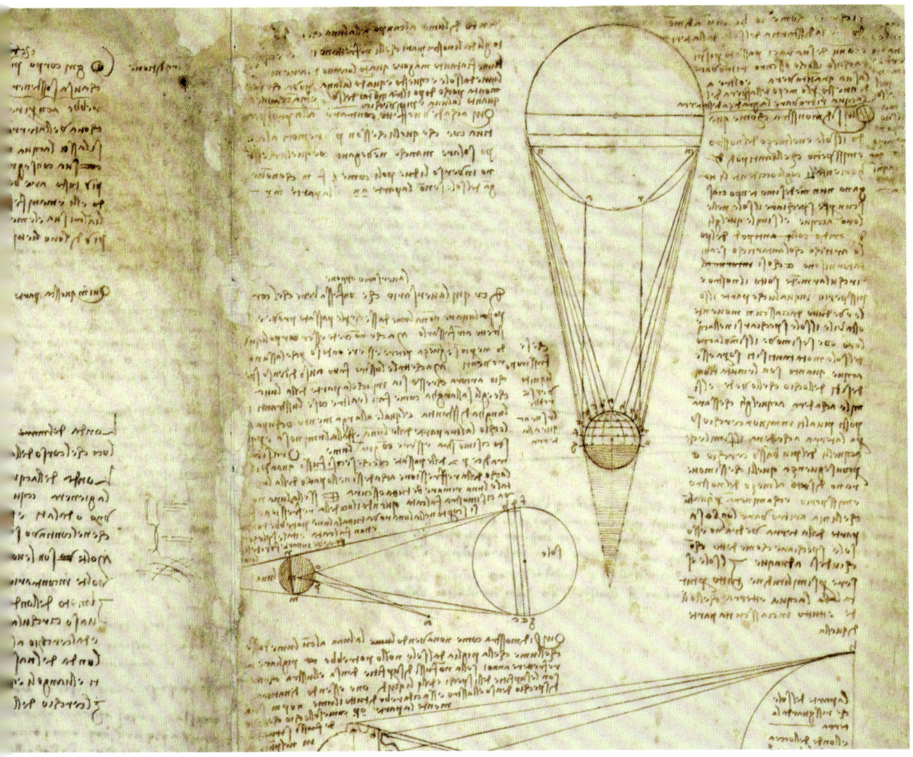

▲充满创意的笔记本

文艺复兴全才莱昂纳多·达·芬奇每天发挥聪明才智，笔记本上满是图表、草图和注解。

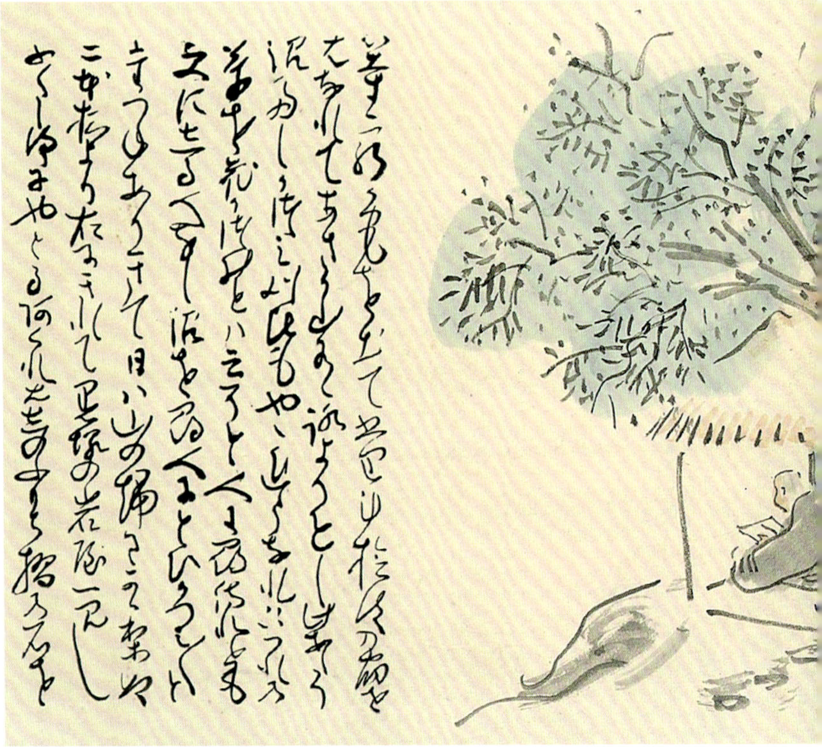

▲松尾芭蕉的旅行

在其著名游记《奥之细道》（*The Narrow Road to the Deep North*）中，17世纪的日本俳句家松尾芭蕉（Matsuo Bashō）写下了他步行前往伊势神宫（Ise shrine）朝圣的经历。

> “我出行一定要带着日记本。
> 在火车上，总要有些好书可看。”

奥斯卡·王尔德，《不可儿戏》（*The Importance of Being Earnest*）

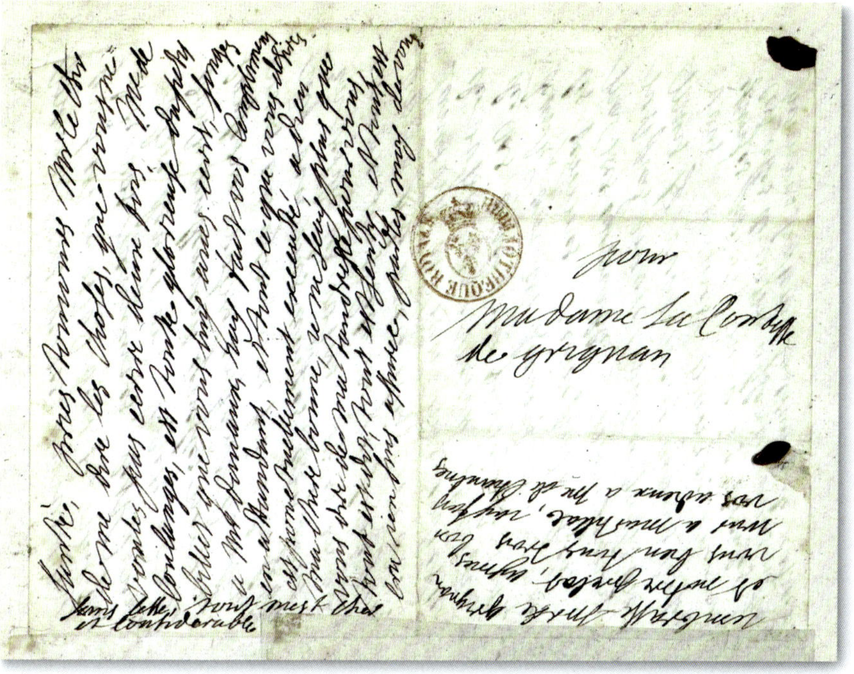

▲母亲的信

18世纪法国贵族赛维尼夫人（Madame de Sévigné）给女儿写了许多信件，如日记般描述她的所思所感，以及她身边的社会生活。

日记和信件的原始手稿最能体现这类写作形式的即时性。日记作者在字里行间追逐着人物的踪影时，在现实当中也留下印记，令人触景生情。这种写作也不仅限于文字形式，因为许多擅长视觉效果的日记作者，不论是否是艺术家，都会以图画的形式——从自然界的素描到科学图表和简笔漫画，记录下他们的观察、思考和体会。

本书涵盖各类个人写作形式，从科学笔记到游记，再到典型的日记——按时间顺序记录日常生活，以及由此引发的所思所想。一些作者是知名作家，或是万众瞩目的名人。而其他作者，除了在日记中留下些微线索，引人回忆之外，则全不为人所知。所有作者的作品，尽管风格各异，但其即时性历久弥新，让我们能深入了解作者的生活和思绪。

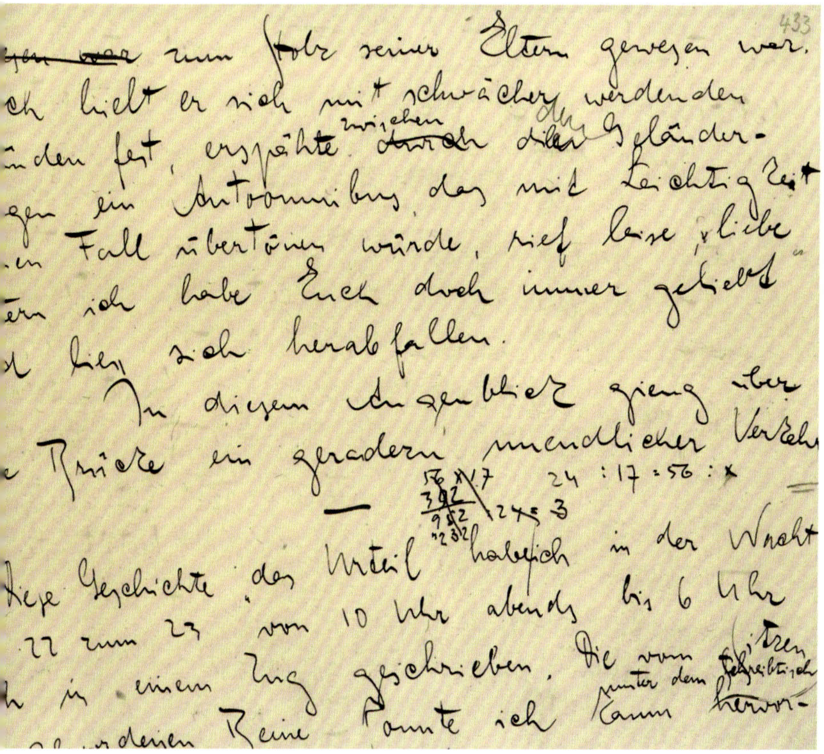

▲表露焦虑的日记

从1910年到1923年，捷克作家弗兰兹·卡夫卡（Franz Kafka）所写的日记记录了他的思想和梦想，表露了他痛苦不堪的孤独感和对社会的疏离感。这一切后来都写进了他的小说中。

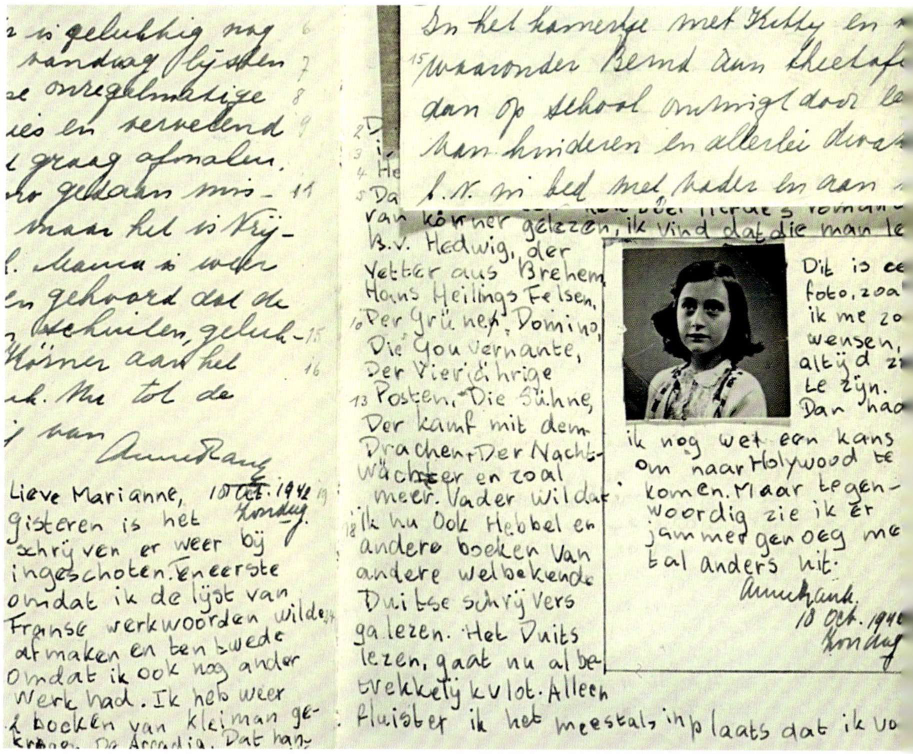

▲大屠杀遇难者

荷兰籍犹太少女安妮·弗兰克的日记讲述了她在二战时期躲避德军抓捕的生活。她最终被捕，在监禁中凄然离世。

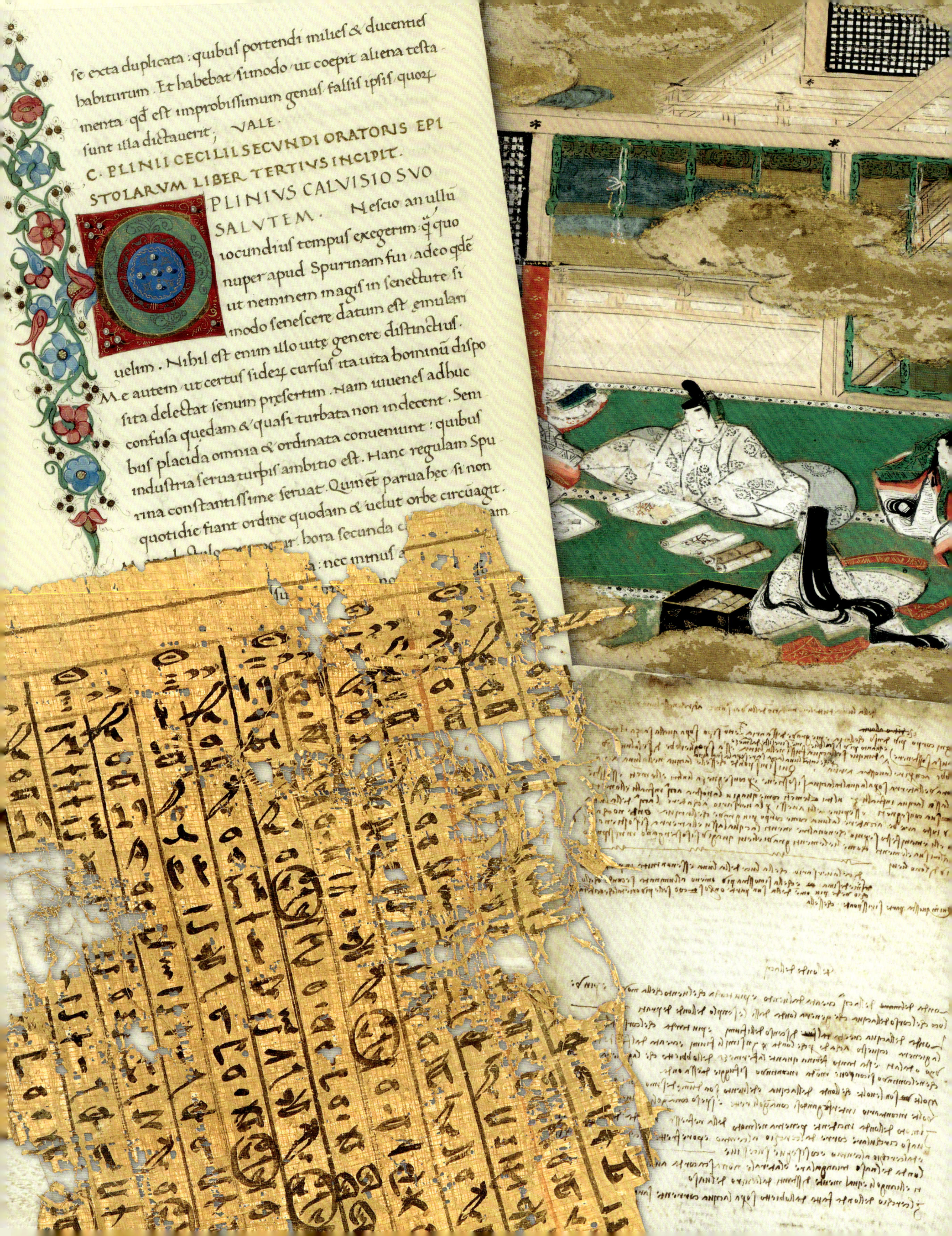
se exta duplicata : quibus portendi milies & ducenties
habiturum . Et habebat sunodo ut coepit aliena testa
menta qđ est improbissimum genus falsis ipsis quo4
sunt illa dictauerit ; VALE .
C. PLINII CECILII SECVNDI ORATORIS EPI
STOLARVM LIBER TERTIVS INCIPIT.
PLINIVS CALVISIO SVO
SALVTEM . Nescio an ullū
iocundius tempus exegerim q̄ quo
nuper apud Spurinnam fui . adeo qđe
ut neminem magis in senectute si
modo senescere datum est emulari
uelim . Nihil est enim illo uite genere distinctius .
Me autem ut certus siderum cursus ita uita hominū dispo
sita delectat senum presertim . Nam iuuenes adhuc
confusa quedam & quasi turbata non indecent . Sem
bus placida omnia & ordinata conueniunt : quibus
industria serua turpis ambitio est . Hanc regulam Spu
rina constantissime seruat . Quin etiam parua hec si non
quotidie fiant ordine quodam & uelut orbe circūagit .

第1章

1500年之前

在古代，人们并不记日记。但是一些留存至今的私人文件让那些遥远的岁月又鲜活了起来。公元10世纪，游记首次出现，由穆斯林和东亚旅行者所写。公元900年末，日本宫廷女官写下了“枕边书”，日记首次成为一种文学体裁。在欧洲，《玛格芮·坎普的传记》（*The Book of Margery Kempe*）等中世纪宗教启示录引领了反思个人经验的传统。文艺复兴伊始，人们的认知经历剧变，像佛罗伦萨药剂师卢卡·兰度西（Luca Landucci）这样的普通人，简要地记录了他们在动荡时期的亲眼所见，写得鲜活生动。莱昂纳多·达·芬奇创意无限，他的插画笔记本记录了他每天的想法和点子。

竖排文字描写了每日活动。

只有部分残破的纸莎草纸书卷留存至今。

法老时代

公元前2562年 ■纸莎草纸上的墨迹 ■埃及人

梅勒：古埃及官员

大约4500年前，一名参与吉萨大金字塔建设的埃及官员写下了每日工作记录。2013年，以皮埃尔·塔雷特（Pierre Tallet）和格雷戈里·马努阿尔德（Gregory Marouard）为首的一队埃及考古学家在勘察位于瓦迪伊尔加尔夫（Wadi al-Jarf）的古埃及红海港口时，发现了这本日志。再加上同地点发现的其他文件，这些便是目前所发现的最古老的、著有文字的纸莎草纸。日志的作者名为梅勒（Merer），获授“视察员”的头衔。有关梅勒的信息别无他处可寻，只能从日志本身收集而来。梅勒负责管理200名为大金字塔［即日志中所称的“阿赫特-胡夫”（Akhet-Khufu）］运送石头的劳工。当时金字塔完工在即，用于外层饰面的石灰岩块开采于尼罗河东岸的图拉（Tura）。梅勒的任务便是组织运送石块，沿着尼罗河和专门挖凿的运河，通过船运送到吉萨的建筑工地。日志中记载了梅勒和他的手下的固定工作，每10天在图拉和吉萨之间往返两三次。梅勒在名为“罗-什·胡夫”（Ro-She Khufu）的行政中心向安哈夫（Ankhhaf）王子汇报工作，王子既是法老同父异母的兄弟，也是工程的总指挥。

日志的时间跨度涵盖法老胡夫在位第26年（约为公元前2562年）的7—11月。随着日志的完结，梅勒也消失于历史长河中。在瓦迪伊尔加尔夫港口发现这本日志，意味着梅勒可能也负责从红海进口稀有金属矿石和绿松石。这本日记犹如打开了一扇窗，窗户虽小，但能清楚地看见遥远的过去。正因如此，这份文件被称为是21世纪最重要的埃及考古发现。

第21天：这一天，［视察员］梅勒与他的［族人］在图拉北部装载伊姆号运输船，下午从图拉扬帆起航。

第22天：晚上在罗-什·胡夫过夜。早上从罗-什·胡夫扬帆起航，驶向阿赫特-胡夫，晚上在阿赫特-胡夫祷告堂过夜。

第23天：荷西（Hesi）的主管与其海军部门在罗-什·胡夫待了一天。

梅勒日志，纸莎草纸B，第B IV节

◀ **脆弱的纸莎草纸**

梅勒的日志现展于开罗埃及博物馆，以芦苇笔蘸墨写于纸莎草纸上。这些破损脆弱的残页已历经4000多年的岁月洗礼。日志的书写结合了古埃及日常书写格式、僧侣体文字和通常用于纪念碑铭文的象形文字。

背景信息

◀ **令人惊叹的坟墓**

大金字塔建于吉萨，尼罗河西面，是古代世界七大奇迹之一。大金字塔的规模为该处3座金字塔之最，原高度为146米。大金字塔的建造初衷可能是作为胡夫法老的陵墓。原本让大金字塔外层表面显得光滑的石灰岩饰面已经消失。

▶ **法老胡夫**

胡夫的希腊名“奇阿普斯”（Cheops）广为人知。他是埃及第4王朝法老，在位时间约为公元前2589年至公元前2560年。一般认为是胡夫下令建造吉萨大金字塔。这一小型象牙雕像被认为是从胡夫所在年代留存至今的唯一能体现胡夫样貌的物品。

来自罗马帝国的信

97—100年 ■羊皮纸抄本 ■10册 ■古罗马

小普林尼：既是元老，也是作家

生于公元61年，逝于公元113年，盖尤斯·普林尼·采西利尤斯·塞孔都楯（Gaius Plinius Caecilius Secundus），也被称为小普林尼（Pliny the Younger），是作家和博物学家老普林尼（Pliny the Elder，公元23—79年）的养子。作为罗马帝国黄金时代颇有修养的精英，小普林尼结交了多位杰出人物，例如历史学家塔西佗（Tacitus），以及传记作家苏埃托尼乌斯（Suetonius）。他成为了帝国的顾问和执政官，最后官拜比提尼亚-蓬托斯省（Bithynia-Pontus）省长，该省位于黑海沿岸。

大约在公元97年，他开始撰写一系列的书信，即《书信集》（*Epistulae*）。尽管信是写给朋友的，但文体正式、辞藻华丽，意在供大众阅读。他写的信形成了9本书，在公元100年至109年间出版。作为一省之长，普林尼也跟皇帝图拉真有书信往来。这些可能原本并不打算出版的官方信件，在普林尼过世后才作为《书信集》的第10册而问世。普林尼实际上开创了一种开放的文学形式，使得他能够涉及诸多话题，例如批评奴隶待遇糟糕、赞美教育的优点、描写乡村花园、评论元老院辩论和法律案件，以及从朋友的行为中汲取道德教训。

普林尼最出名的两封信是写给塔西佗的，叙述了他对于维苏威火山（Vesuvius）爆发的回忆。他在18岁时，目睹了火山爆发，他的养父也命丧其中。人们一度认为普林尼对于火山灾害的描述纯属异想天开，因此对其不屑一顾。但如今看来，他从那不勒斯湾另一侧的米塞努姆（Misenum）所描写的景象，却是严谨而准确的。在写给图拉真的信中，他以旁观者的视角表述了对基督教习俗的看法，首开历史先河。相较于其他拉丁文本，总体来说，《书信集》从更加个人化和具体化的角度，描写了罗马上流社会的生活。

▶具有历史意义的残本

现存最早的普林尼信件的残本共有6页羊皮纸，来自约公元500年在意大利制成的手稿抄本。手稿其余部分现已遗失，原本用作信件首套完整印刷版本的底稿。1508年，印刷版本在威尼斯出版。这一页是第三册的第一封信，开篇写道：“C.普林尼向克卢西奥斯（Calusius）致意……”

背景信息

◀维苏威火山爆发

安杰利卡·考夫曼（Angelika Kauffmann）所绘的这幅小普林尼与其父亲在米塞努姆的画，描绘了公元79年维苏威火山爆发的景象。火山喷发摧毁了罗马滨海城镇庞贝（Pompeii）和赫库兰尼姆（Herculaneum）。数千人遇难，其中包括老普林尼。作为目击者的小普林尼，他的叙述中也包含对于火山海啸的描写。

▲迫害基督教徒

普林尼称当时刚创立的基督教是“堕落的过度迷信”。基督教在罗马帝国遭受迫害，原因是基督教徒不愿奉承国家钦定的罗马神祇。在这一幅罗马镶嵌画中，罗马人和野兽正在圆形露天竞技场折磨一名基督教殉道者。

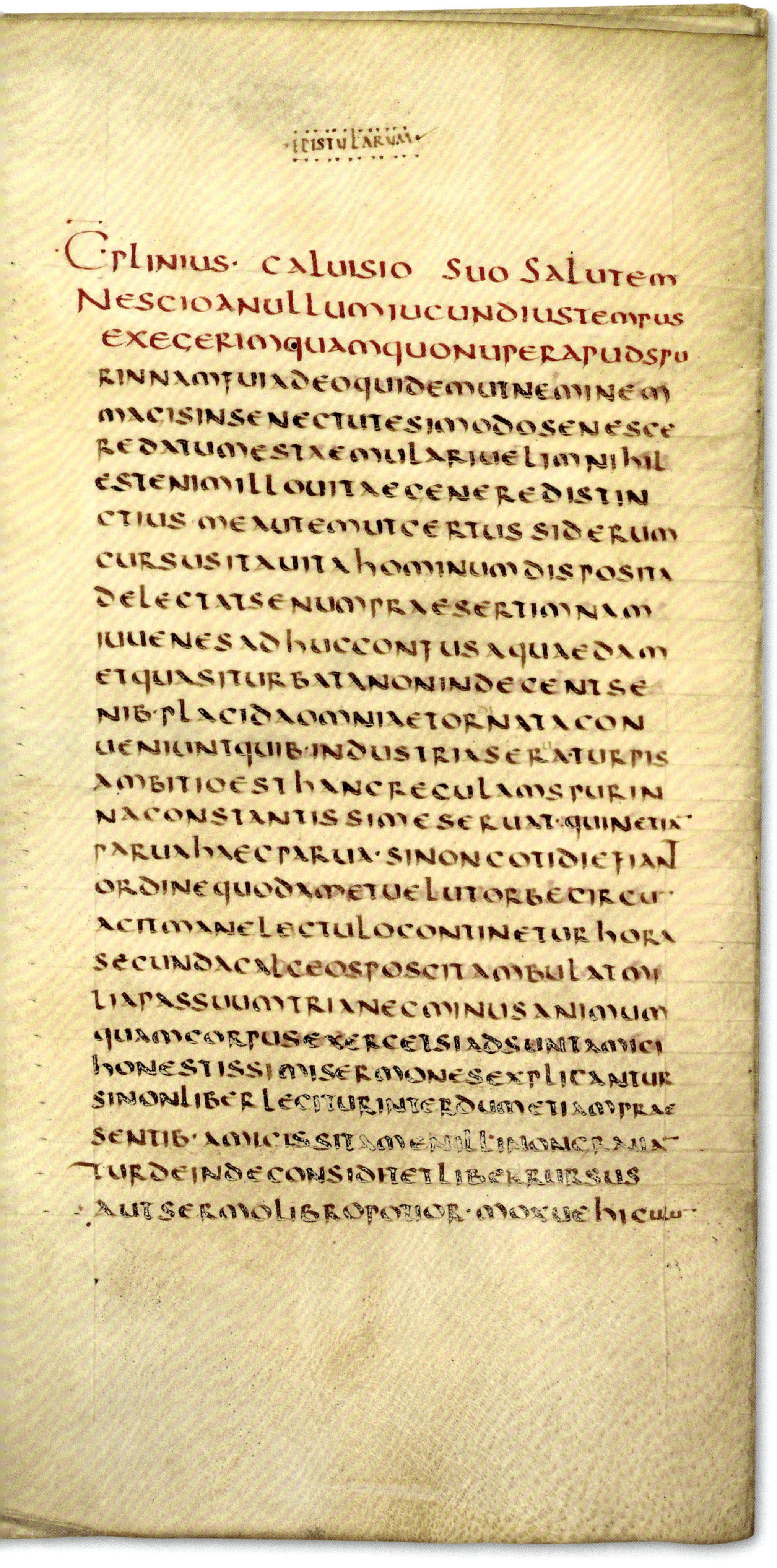

▼插画手抄本

没有任何一封普林尼的信件原件留存至今。正如古罗马时期的其他拉丁文本一样，这些信件的传播靠的是抄本誊写员的辛勤劳作。这些抄写员通常是在修道院缮写室工作的僧侣。15世纪普林尼信件第3册卷首手抄本的这一页就饰有典型的中世纪装饰图案。

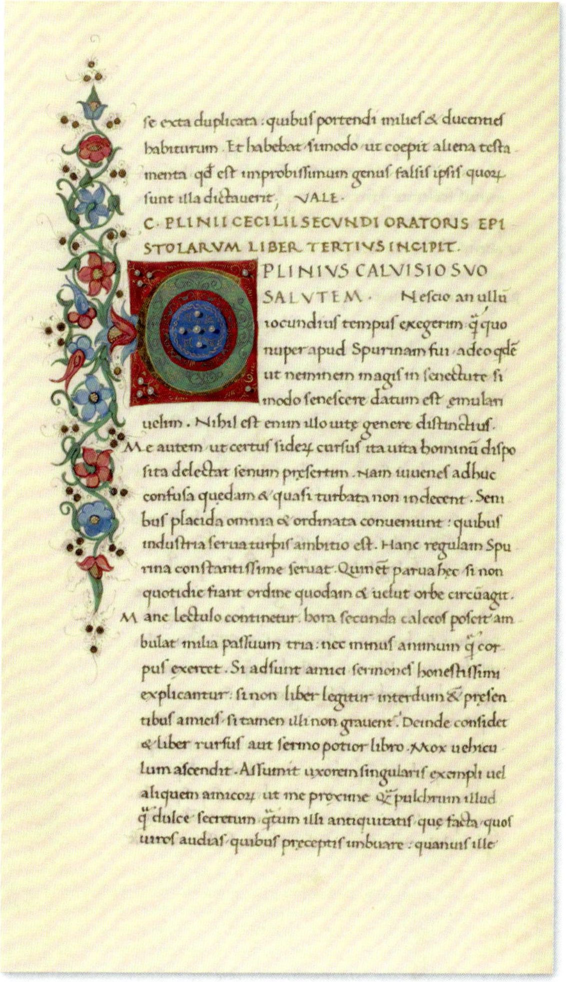

在［海湾的］另一侧，炽烈的蒸汽形成可怖的乌云，迸发为长条火焰，呈之字形扭动着，而后撕裂，火焰像闪电一般闪烁……随后尘埃开始落下，但并不浓密。我回头看，浓厚的黑暗正从我们后方席卷而来，在地面上四散蔓延，像湍流般紧跟不休……夜晚的黑暗已经淹没了我们，但这黑暗既非来自无月之夜，亦非来自多云之夜，而是来自积郁已久，从未见光之地。周围满是妇女的哀鸣，幼儿的尖叫……

给塔西佗的信，第6册，描述维苏威火山的爆发

中国之行

838—847年 ■手稿上的笔墨 ■4卷手稿 ■日本人

圆仁：学者型僧人

圆仁（Ennin）是一名佛教僧人，是公元838年日本遣唐使团的一员。因为圆仁被选派学习和收集佛教天台宗教义经文，所以他的中国之行持续了9年有余。在此期间，圆仁与名僧修禅定，学习不同佛教宗派教义礼仪。自公元840年起，圆仁居住于唐朝首都长安。但是，因为即位的唐朝皇帝武宗实施禁佛令，公元847年，圆仁被遣返回日本。

一踏上故土，圆仁就完成了中国之行的日记，名为《入唐求法巡礼记》（*Record of a Pilgrimage to China in Search of the Law*）。这不仅是日本第一部游记，也是第一部由外国人所著的有关中国的文献。日记开篇里，圆仁回忆了从日本海上航行至中国的诸多凶险。在那个时候，水手还未开始使用指南针。最终，海水将他冲上了中国的海岸。当圆仁沿着大运河步行或泛舟时，他也观察着唐朝人们的日常生活。圆仁记录下了当地传统习俗，他的评论涉及方方面面，从沿途经过的风景，到当时的经济状况。最重要的是，他描述了中国僧侣的生活和佛教信奉的形式。在圆仁的笔下，佛教包容并蓄：他遇到过女香客；他也描写了一个令人印象深刻的节日——寺院做好准备后，向民众开放浴堂。尽管圆仁的日记并未透露多少个人想法，但因洞悉晚唐情况而极具吸引力，因此如今备受重视。

回到日本后，圆仁任京都附近的比睿山（Mount Hiei）延历寺座主（Chief abbot of the Enryakuji monastery），以及日本佛教天台宗上首（head of the Tendai sect of Buddhism）。辞世后，圆仁获赐慈觉大师谥号，成为日本历史上举足轻重的宗教人物。

背景信息

▲佛教朝圣地点

圆仁曾巡礼五台山。五台山是中国佛教四大圣山之一，山上有多座寺庙。公元5世纪时，五台山因为与文殊菩萨（monk Manjusri）联系在一起而声名鹊起。当圆仁抵达五台山的时候，五台山所吸引的文人和香客不仅来自全中国，还来自亚洲其他国家。

▼唐武宗灭佛

圆仁的中国之行恰逢唐朝皇帝武宗在位。公元842—846年，武宗推行大规模废佛运动。信奉道教的武宗认为佛教是外来宗教，危害中国社会。他下令拆毁寺庙，僧侣还俗。外国僧侣亦被勒令还俗并遣返。

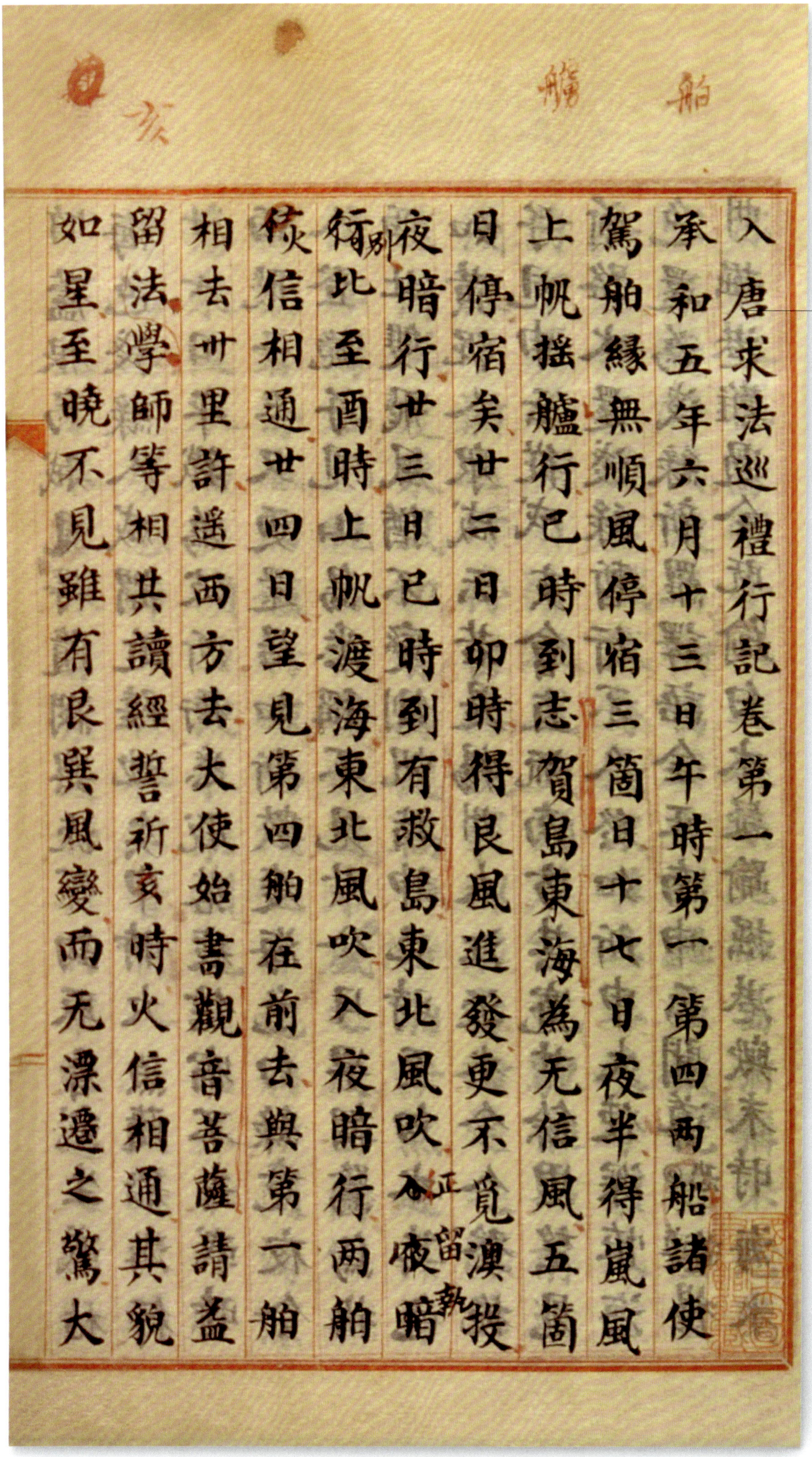
入唐求法巡禮行記卷第一
承和五年六月十三日午時第一第四兩船諸使
駕舶緣無順風停宿三箇日十七日夜半得嵐風
上帆搖艣行巳時到志賀島東海為无信風五箇
日停宿矣廿二日卯時得良風進發更不覔澳投
夜暗行廿三日巳時到有救島東北風吹入夜暗
行北至酉時上帆渡海東北風吹入夜暗行兩舶
候信相通廿四日望見第四舶在前去與第一舶
相去卌里許遙西方去大使始書觀音菩薩請益
留學法師等相共讀經誓祈亥時火信相通其貌
如星至曉不見雖有艮巽風變而无漂遷之驚大

现存两份完整的圆仁日记手抄本。最早的一本是由名为建仁（Kenin）的僧人在1291年誊写的。

6月28日：我们抵达扬州，看到市里的僧尼正被遣返原籍，他们的头都包得严严实实的。寺院拆毁在即，寺庙的钱财、地产和钟磬都将充公。最近，根据敕令下发了一份文件，要求统统销毁当地的铜铸和铁铸佛像。

圆仁日记

◀ **用外语写作**

正如同时期的欧洲学者用拉丁文论述宗教信仰一样，圆仁日记几乎都用中国文字写成，阅读方式是从上到下。圆仁日记共有7万字，篇幅基本相当于10万个英文单词。全文共编为4卷手稿。

宫廷生活传

1008—1010年 ■羊皮纸上的笔墨 ■日本人

紫式部：作家

11世纪早期，紫式部（公元973—1020年）写下了被认为是世界第一部小说的《源氏物语》（*The Tale of Genji*）。平安时代，紫式部在皇宫任女官。那时，日本首都是平安京（Heian-kyo），也就是现今的京都。日本的文化，从文学诗歌到美术，都在那段时期蓬勃发展。围绕在皇后身边成群的女官擅长写作颂扬她们。当时宫内有两位皇后针锋相对，紫式部就为其中之一的中宫藤原彰子（Empress Shoshi）写作。紫式部将宫廷生活的场景写进了自己的小说和私人作品［即后来出版的《紫式部日记》（*The Diary of Lady Murasaki*）］中。《紫式部日记》并未逐日记述紫式部的生活，而是一系列的简要描述，其中只有一部分标有日期。《紫式部日记》开篇写道："刚刚入秋，土御门邸内的景象美不胜收。"日记大半是在描述中宫藤原彰子怀孕及后来生下皇子的这段时期。紫式部极为详尽地描述了宫廷的繁文缛节和其他女官的服饰，偶尔带有几分自嘲的幽默："我的服饰……正是最流行的款式，也许更适合年轻点的女性。"

尽管日记写于1000多年之前，但是紫式部的坦诚相告，特别是她表达自我情感，例如丈夫死后的孤独之感，使之相当具有现代性。紫式部的文字既娓娓道来，又批判力十足，因此她对中宫权势滔天的父亲，左大臣藤原道长（Fujiwara no Michinaga）的观察也入木三分。她揭示了藤原道长嗜酒成性、恶毒残暴，到处拈花惹草。

这个场景画的是中宫藤原彰子和她的新生儿。画面右下角的这个人物可能就是紫式部。

▲绘卷

绘卷是用纸张或丝绸水平连接，围绕轴杆卷成的卷轴。13世纪时，艺术家制作了《紫式部日记》的绘卷，其中的文字配有插画。这种绘画风格被称为"吹拨屋台"（fukinuki yatai），字面意思是"吹走屋顶"。按照这种风格，绘画角度居高临下，仿佛俯瞰屋内一般。

◀《源氏物语》

紫式部所写的《源氏物语》是一部长篇爱情小说，主人公是皇子光源氏（Shining Genji），与多位女性过往甚密。小说生动地描写了平安时代日本贵族的生活和权贵的政治阴谋。这一幅15世纪的绘画是《赛画》（*The Picture Contest*）这一章的插图。

◀ **现存的绘卷**

《紫式部日记》的绘卷只有4个片段存留至今，原件可能有10—12卷。这些片段包含24个场景，只体现了日记15%左右的内容。这4个片段由3家日本机构持有，包括拥有这幅裱好的片段的东京国立博物馆（Tokyo National Museum）。

从回廊入口旁的房间里，能看见庭院的景象。空气中薄雾笼罩，树叶上还挂着朝露。道长大人在院中漫步……渡桥南面女郎花开得正盛，大人折下一枝，竟从屏风上探过身来。他身姿之美，令我羞愧，自己晨起的素颜，亦令我羞惭。大人说道："以此作歌，迟则无趣！"

《紫式部日记》

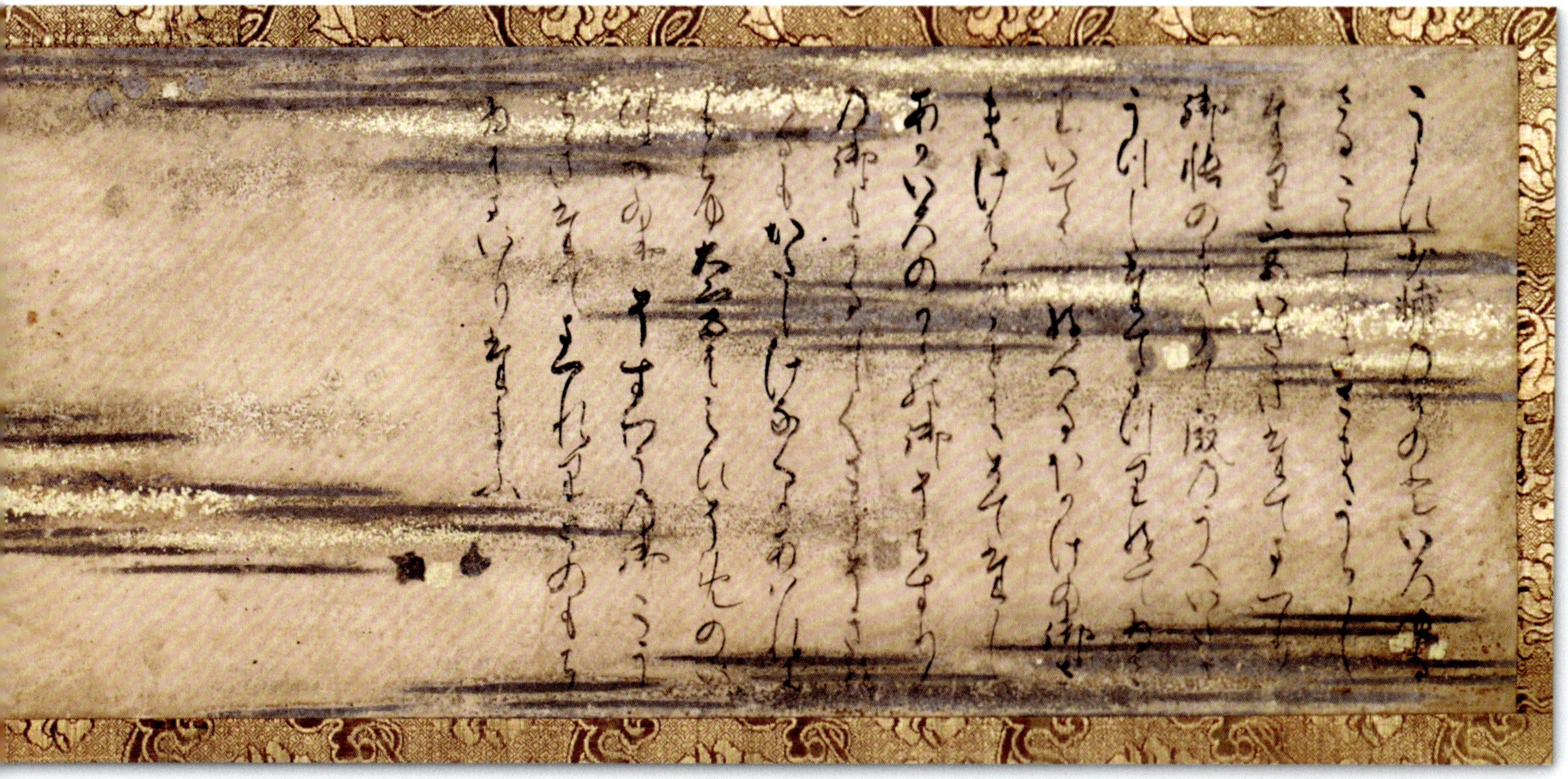

藤原道长的日记

在紫式部的日记中，道长常常出现。道长出身于势力强大的藤原家族，在10世纪晚期至11世纪早期，将四女嫁给皇帝，从而权倾朝野。道长写了本日记，即《御堂关白记》（*Mido Kanpakuki*），按时间顺序记录了他那个时代的政治、经济和社会事件。尽管原稿36卷中只有14卷留存至今，《御堂关白记》依然被认为是世界上最早由作者亲笔写下的日记。道长所处的时代，日本宫廷文化达到顶峰。道长自豪于自己的成就，从一首他写于1018年的和歌便可见一斑。诗歌写道："此世即吾世，如月满无缺。"

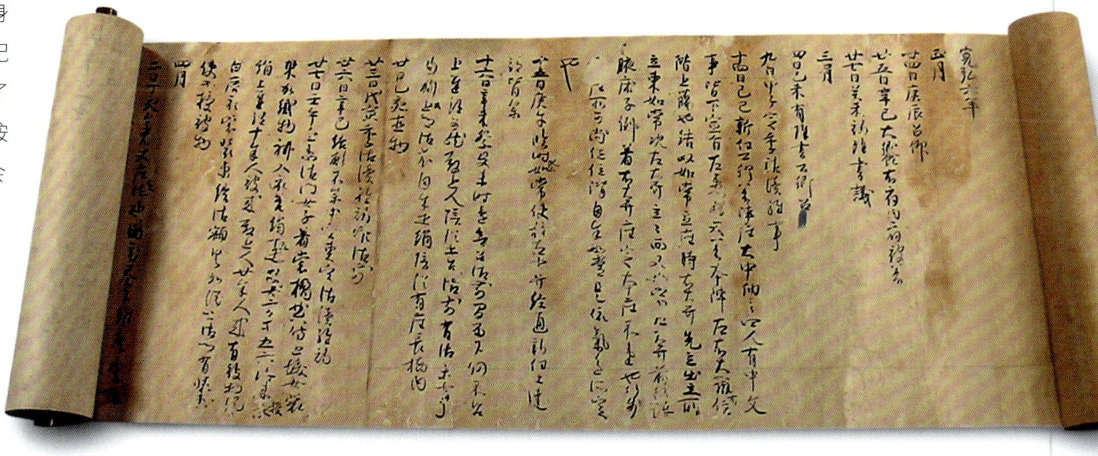

▲藤原道长的日记，《御堂关白记》的卷轴

虔诚的一生

约1438年 ■纸上的笔墨 ■124页 ■英格兰人

玛格芮·坎普：基督教神秘主义者

中世纪异象者玛格芮·坎普（约公元1373—1438年）的作品引人入胜，描述了她每日的宗教生活和个人生活。《玛格芮·坎普的传记》用当时的通用语中世纪英语写成，是已知最早的英语自传。

玛格芮·坎普居住在东安格利亚（East Anglia）的一个富庶的城镇林恩（Lynn）。她曾拥有一所磨坊，开过一座啤酒厂，生过14个孩子，后来还独自旅行。传记始于她的第一次怀孕，终于她65岁左右。传记的核心是玛格芮在生下一胎后所经历的宗教危机。那时候，她看见了恶魔的异象，恶魔教唆她摒弃基督、放弃家庭。然后她看见了基督的幻象，基督质问玛格芮为何背弃他。看到幻象之后，玛格芮与基督、上帝和圣母玛利亚进行了“对话”，巩固了她的宗教信仰，使她走上了神秘主义者的道路。后来，为了全身心信奉上帝，玛格芮与丈夫一致同意应该保持婚姻的忠贞。

在书中，玛格芮描述了她强烈的宗教体验（受到触动时，她常常会哭泣哀号），讲述了她长途跋涉的朝圣之旅。她的一些做法，例如穿白色衣服，被指控违反了天主教会的规定，因为白色是修女专用的。玛格芮描述了这一时期她所遇到的困境。玛格芮不会读写，所以她向数位抄写员口述她的故事。手稿于1438年完成，可能由修道士保管，但是随后丢失。1934年，手稿被重新发现于一栋乡村住宅中，此后被译为现代英语并出版。这本传记被誉为是一本独特的书，描述了一位15世纪女性一生的亲身经历。

▶《玛格芮·坎普的传记》
这份字迹整洁的手稿，用羊皮纸板装订，是原稿的抄本，也是现存唯一的手稿。原存于约克郡格雷斯山（Mount Grace）加尔都西会隐修院（Carthusian Monastery），1539年隐修院关闭时，可能流入民间。现存于伦敦大英图书馆。

背景信息

◀诺威奇的朱利安
玛格芮遇见了诺威奇的朱利安（Julian of Norwich）。朱利安是一名女隐修者（即女隐士，隐居于一个小房间内，全心全意地祈祷）。朱利安确证玛格芮所见的异象表明圣灵附身于她，并且朱利安认可了玛格芮所宣称的与上帝进行的对话。

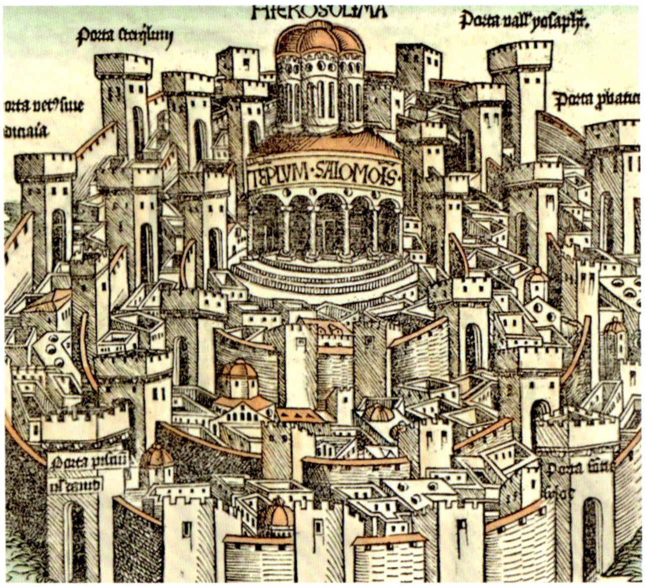

◀朝圣之旅
这本书记述了玛格芮前往英格兰及海外圣殿和圣地的旅行。她距离最长的一次旅行是去圣地（the Holy Land），回程时沿途探访了阿西西（Assisi）和罗马。这样的长途旅行在中世纪极为罕见，对于女性尤为如此，并且伴随着千难万险：一方面是因为路况不佳，另一方面则是有遭遇侵袭和抢劫的风险。

书中使用第三人称“她”或者“前述之人”称呼玛格芮。

在书中本部分内容所述的场景中，玛格芮看见圣母玛利亚的画像后，不由自主地哭泣。

一些红色墨迹的注解和标点可能是格雷斯山隐修院的修道士加上的。

红色大写首字母表示另起一段。

◀ 异端

玛格芮数次因违反教会法律而遭受审讯。这些违法行为包括布道（女性不得布道）以及直接和上帝对话。她被怀疑是一名罗拉德派（Lollard）成员，这一派别大力抨击天主教会的某些宗教信仰和习俗。罗拉德派人士遭受惩戒，有时被处以死刑，而玛格芮被判无罪。

当她来到圣斯蒂芬教堂墓地（churchyard of St Stephen's）（她认识的一位牧师就埋在那里）时，她哭泣、悲号、流泪，瘫倒在地上，这般热烈，仿佛爱之火就在她心内燃烧。她的思想和记忆这般神圣，以至于她无法抑制自己哭泣落泪。人们见状惊呆了，以为是什么俗世情欲令她哭泣。人们对她说道：“你怎么了，女人？你为何做出这般举动？我们也认识这位牧师。”随后，教堂里一些知晓玛格芮行为方式的牧师……非常友善地欢迎了她。

《玛格芮·坎普的传记》

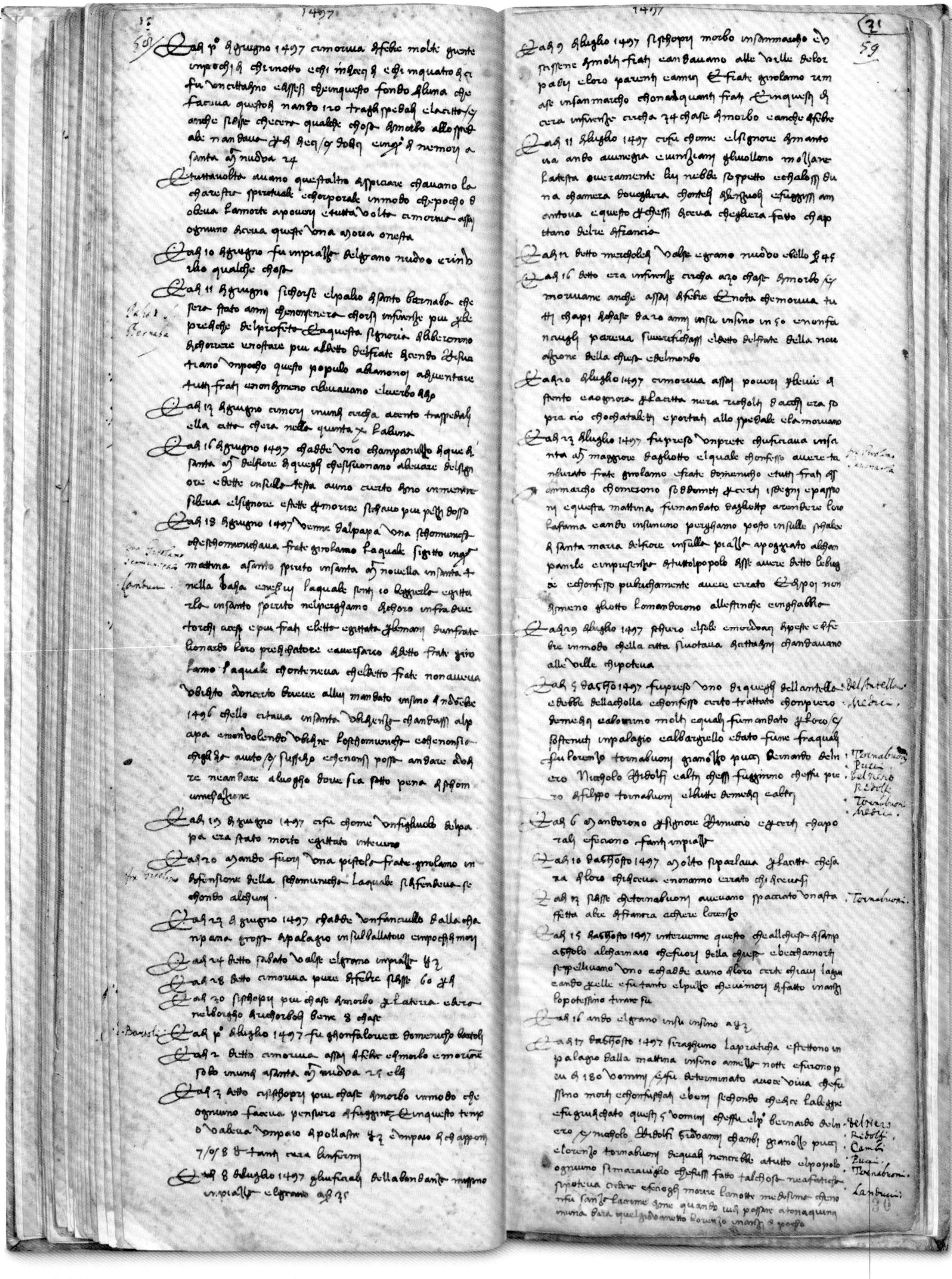

▲目击者的陈述

1497年8月17日，卢卡·兰度西记录了一次政治行刑。佛罗伦萨政府以谋反罪判处五名囚犯及一名美第奇家族成员死刑。兰度西写道：“同天晚上，他们都被处死。天亮前不久，当我看到年轻的洛伦佐……躺在停尸架上，被人抬过去的时候，我忍不住哭了起来。”

兰度西在此处列出了被处以死刑的人的名字。

一位市民的所见

1450—1516年 ■纸上笔墨 ■90页 ■佛罗伦萨人

卢卡·兰度西：药剂师

15世纪时，佛罗伦萨的城市规模、富裕程度和文明程度都在欧洲各大城市中遥遥领先。佛罗伦萨是意大利文艺复兴的心脏。富裕的佛罗伦萨人，特别是美第奇家族，变成了艺术的赞助人，委托伟大的画家、雕塑家和建筑师创作作品。药剂师卢卡·兰度西（1436—1516年）从他位于佛罗伦萨市中心的药店观察着一切，写下了了不起的日记。兰度西的日记始于1450年，那时他才14岁。但是日记中，对早些年的描述草草带过，意味着他在多年以后才开始动笔。在1478年左右，他的日记写得更加频繁，也更加详细，但绝非逐日记述。兰度西只是个寻常的店主，但是他亲历重要时期，并且按时间顺序记录下了城市的历史。兰度西所写的内容基本都是他亲眼所见，其中一些事件极不寻常。他记录了基尔兰达约（Ghirlandaio）杰出的湿壁画在新圣母玛利亚教堂（Santa Maria Novella）的揭幕、针对洛伦佐·德·美第奇（Lorenzo de' Medici）的刺杀行动以及原教旨主义修道士吉洛拉谟·萨伏那洛拉（Girolamo Savonarola）的崛起，包括萨伏那洛拉的支持者收集并且焚毁数千件“虚荣之物”的“虚荣的篝火”。

日记也记录了自然现象，例如洪水和日食，并且也描述了他每日亲眼所见。兰度西既描写艺术作品，也旁观绞刑和解剖。1516年3月19日的日记后打了一个叉，表示他的离世。但是日记一直写到了1542年，可能是由他的儿子执笔。这本由一位普通市民所写的日记，能够让人们深入了解文艺复兴时期佛罗伦萨的日常生活，内容令人信服，因此在早期的日记中具有里程碑意义。

> 大理石巨人（米开朗琪罗创作的《大卫》）从歌剧院（大教堂作品办公室）搬离……人们不得不拆下门上方的墙，雕塑才能通过。晚上，有人扔石头破坏雕塑，因此必须严加看护。雕塑搬运过程非常缓慢，因为要保持直立，还要保持悬空，以免雕塑的脚部触地……由40多名男性搬运……这里所说的巨人由米开朗琪罗·博那罗蒂（Michelangelo Buonarroti）雕刻。
>
> 卢卡·兰度西日记，1504年5月14日

背景信息

▲药店

在自己开店之前，兰度西接受过簿记员培训，当过一名药剂师的学徒。作为会计师之子，兰度西天生擅长于记录和盘货，这一切都有助于他对佛罗伦萨的生活情况写下丰富的记录。

▲萨伏那洛拉遭受火刑

多明我会修道士（Dominican Friar）吉洛拉谟·萨伏那洛拉强烈抨击美第奇家族和贪图财富之人的不义。他聚集起了追随者，但却越界批判教皇。他被当作异端而经受审判，并在1498年5月23日被处以火刑。兰度西记录了这一事件，其细节骇人听闻。

一位天才的笔记本

1478—1519年 ■纸上笔墨 ■6000页 ■意大利人

莱昂纳多·达·芬奇：既是艺术家，也是科学家

莱昂纳多·达·芬奇（1452—1519年）是文艺复兴时期意大利的全才，是有史以来最为顶尖的画家。他留下的6000多页笔记，原本可能写在散页上，后来才叠在一起装订成数本笔记本，亦被称为“手稿”（codices）。笔记内容包含他的观察发现和创意想法，涵盖多个领域，从物理学、建筑学、工程学到解剖学和植物学。笔记里满是细致入微的科学描述、图表和精妙绝伦的钢笔画。这些笔记的独特之处在于莱昂纳多不只是一名杰出的艺术家，还是一位充满创意的科学家和一丝不苟的观察家。文字结合图像，加上创意发明，都是他的精心之作，密密麻麻地布满了每页纸。15世纪时，大多数科学家都依赖于古代作者的看法，莱昂纳多则倾向于眼见为实。

大约自1478年起，莱昂纳多开始简要记述自己的思考和观察，直到去世的时候。其间，作为艺术家、建筑师和军事工程师，他为多位有权有势的赞助人工作，他们包括米兰公爵、佛罗伦萨美第奇家族和法国弗朗索瓦一世（François I of France）。笔记中的一些内容，例如米兰的城市规划，或者是雕塑示意图以及精密的设备，都跟资助人的兴趣紧密相关。其他内容则是异想天开的研究，有助于莱昂纳多画艺的精进，或是创意的形成。

有迹象显示，在莱昂纳多暮年时，他准备将笔记出版。在他过世后，他的一位学生将笔记汇集在一起，但是一些素材，包括多页有关绘画的笔记，后来遗失了。当时没人注意有多少笔记还存留着，其他科学家也没有接手莱昂纳多的笔记本，因为他接受的是艺术培训，而非科学教育。20世纪时，笔记已经散落于世界各处，最终成为欧美国家的藏品。现已有笔记译本出版。莱昂纳多高瞻远瞩，创作内容包罗万象，仍令今天的读者们惊叹。

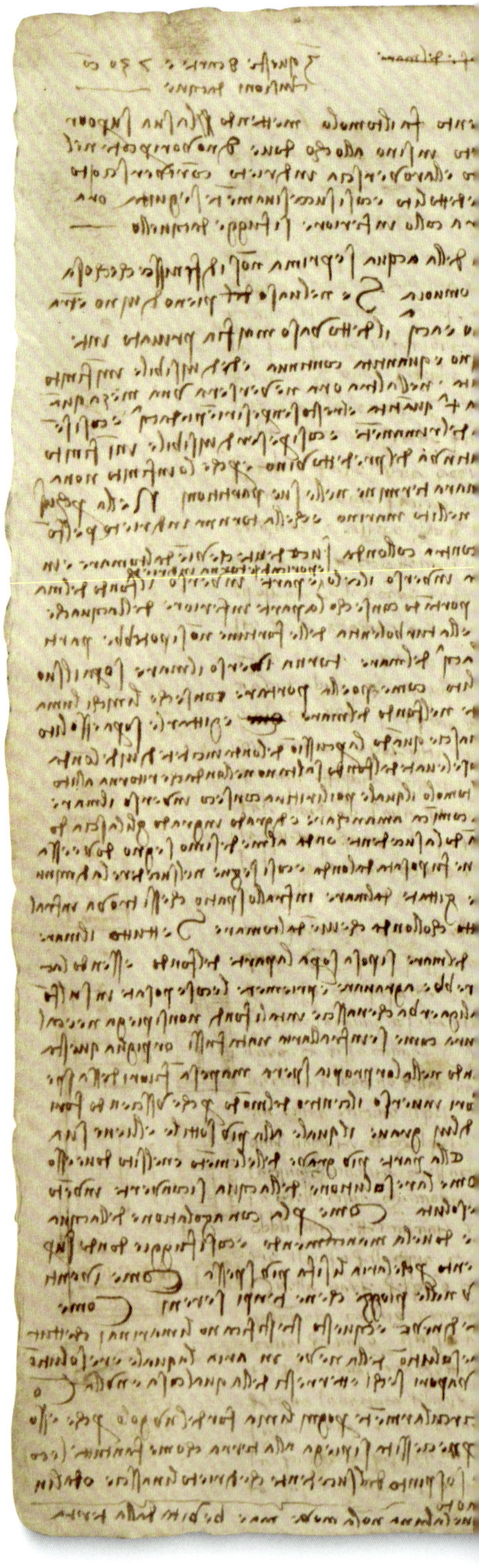

许多人会认为他们可以有理有据地批评我，并声称我的证据与某些权威相左。他们以自己的浅见寡识，将权威奉若星辰，却没考虑到我的作品只是单纯关乎经验。经验，才是真正的情人。这样的规则能让人明辨是非，让人适度探寻可行之物，并避免人们以无知作为借口，因为这种借口只会令人一无所成，在绝望中自暴自弃……经验是所有杰出作者的情人。所以在任何情况下，我都将引述这位情人的话语。

莱昂纳多·达·芬奇的笔记本

> “正如数学一样，绘画没办法教给那些没天赋的人……”

莱昂纳多·达·芬奇的笔记本

▲论水，《莱斯特手稿》(*the Codex Leicester*)

这一卷的大多数内容是莱昂纳多关于水的研究。他探讨了诸多话题，例如描述了水如何在障碍物周围流动、河流的起源和发展、水力侵蚀，以及洪水、风暴和潮汐的运动。笔记中心的插画展现了波浪拍岸的场景。莱昂纳多认为，现有的引力理论无法解释这种现象。

莱昂纳多用镜子书写，所以阅读他的文字时，需要从右到左。他这么做可能是为了避免他人窥探他的创作内容，或是因为他是左利手，这样写作更加便捷。

细节信息

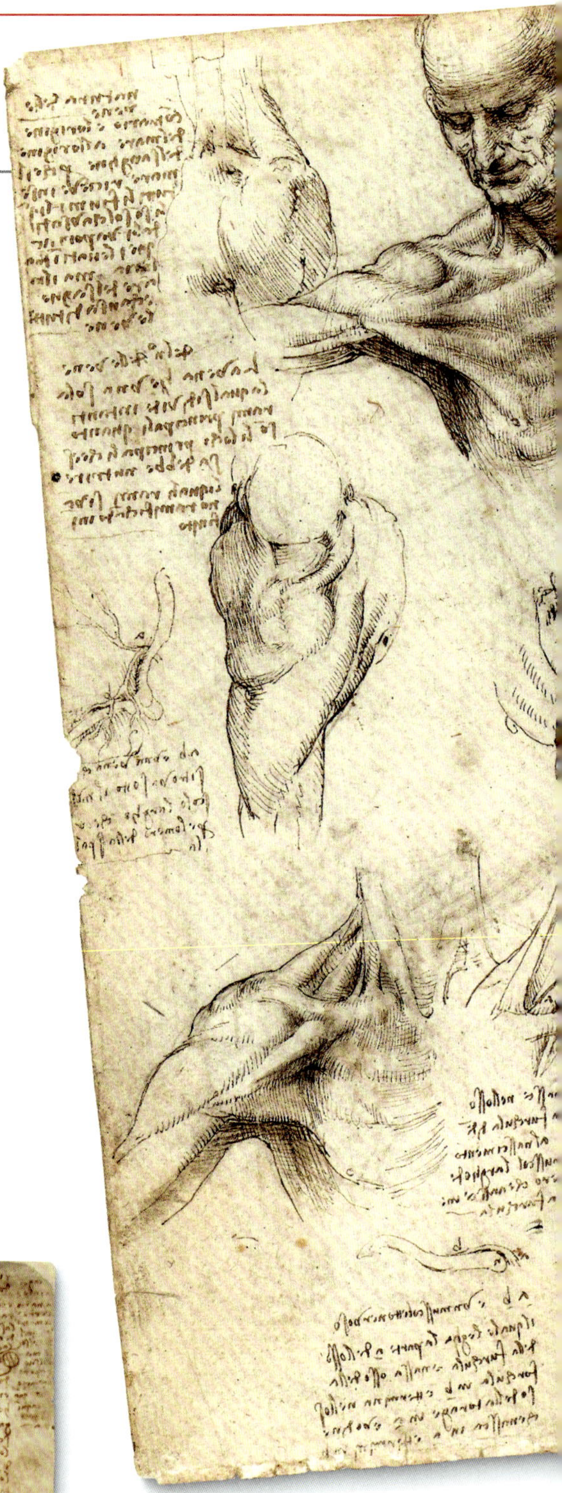

莱昂纳多的兴趣涉及多个主题。文艺复兴时期，人们相信，一个人有可能在各个学科都出类拔萃。莱昂纳多基本上做到了。他简要写下的笔记和画下的图表涉及多个主题，包括几何学、数学、地质学、飞行、音乐和军事工程学。他也有力地推动了水文学、天文学和解剖学研究。他的一些作品，例如城市或防御工事规划，或是十字弓（crossbow）和喷泉的设计，对他的资助人可能都有实用价值。

他的其他发明创意还包括奇异的机械，例如扑翼飞行器，以及降落伞。这些创意远远领先于时代，因此即便400年后，它们仍令发明者们苦思冥想。莱昂纳多的笔记不仅彰显了他的知识和科研探索的广度，也揭示了他的一些个人细节。比如他的服装清单就体现了他对粉色紧身衣的喜好。莱昂纳多个人的研究范围广泛，也有助于解释为何作为一名伟大的艺术家，他的画作却相对较少，且需要数年时间才能完成。

> “眼睛……被称为“心灵的窗户”，是人们以其认知能力，充分……欣赏大自然无数杰作的首要方式。”
>
> 莱昂纳多·达·芬奇的笔记本

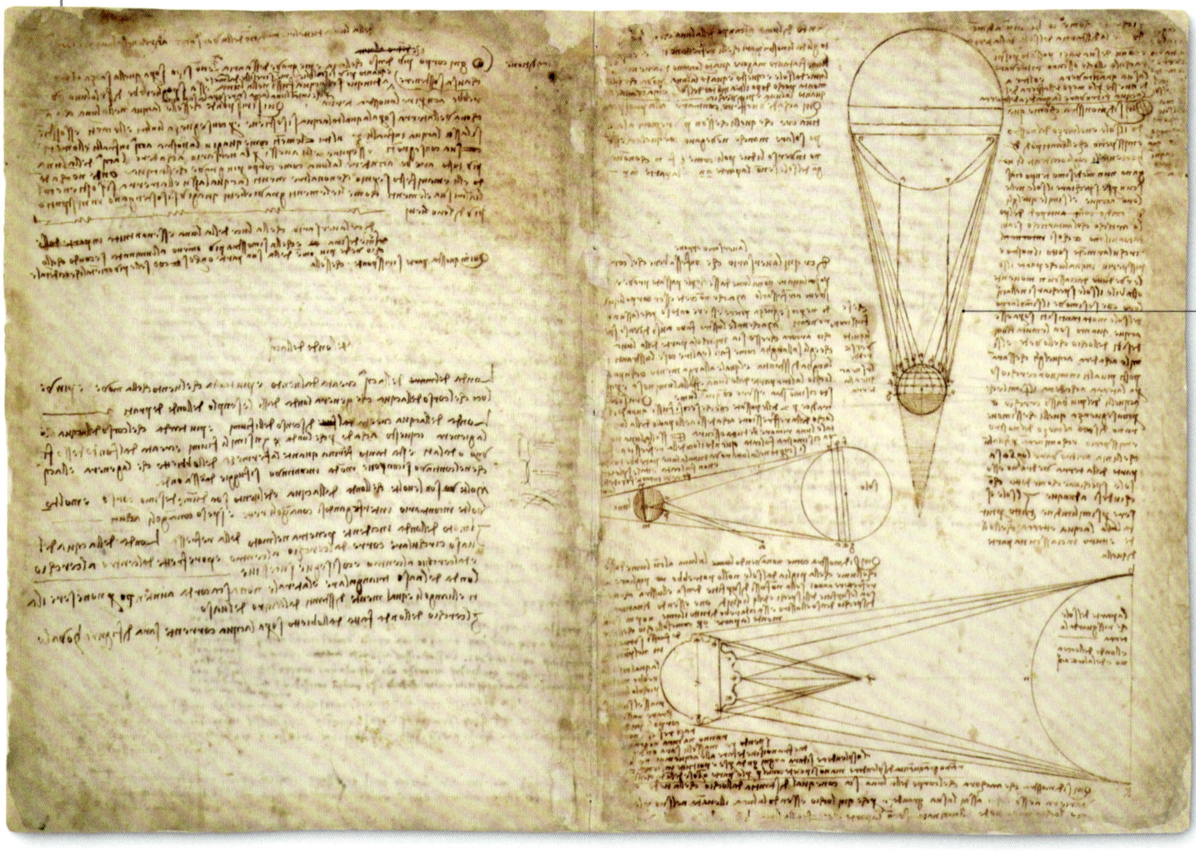

这张示意图体现了在莱昂纳多看来，阳光如何落在地球上。

◀ **有关光的理论，《莱斯特手稿》**

包含了莱昂纳多研究水和月球的笔记。莱昂纳多认为月球表面覆盖着水，并且推论阳光由泛着涟漪的水面向不同方向折射，让月光显得柔和。如今，我们知道这种理论是错的，但是莱昂纳多推理严密，并且还以天体反射光线的示意图作为理论支撑。

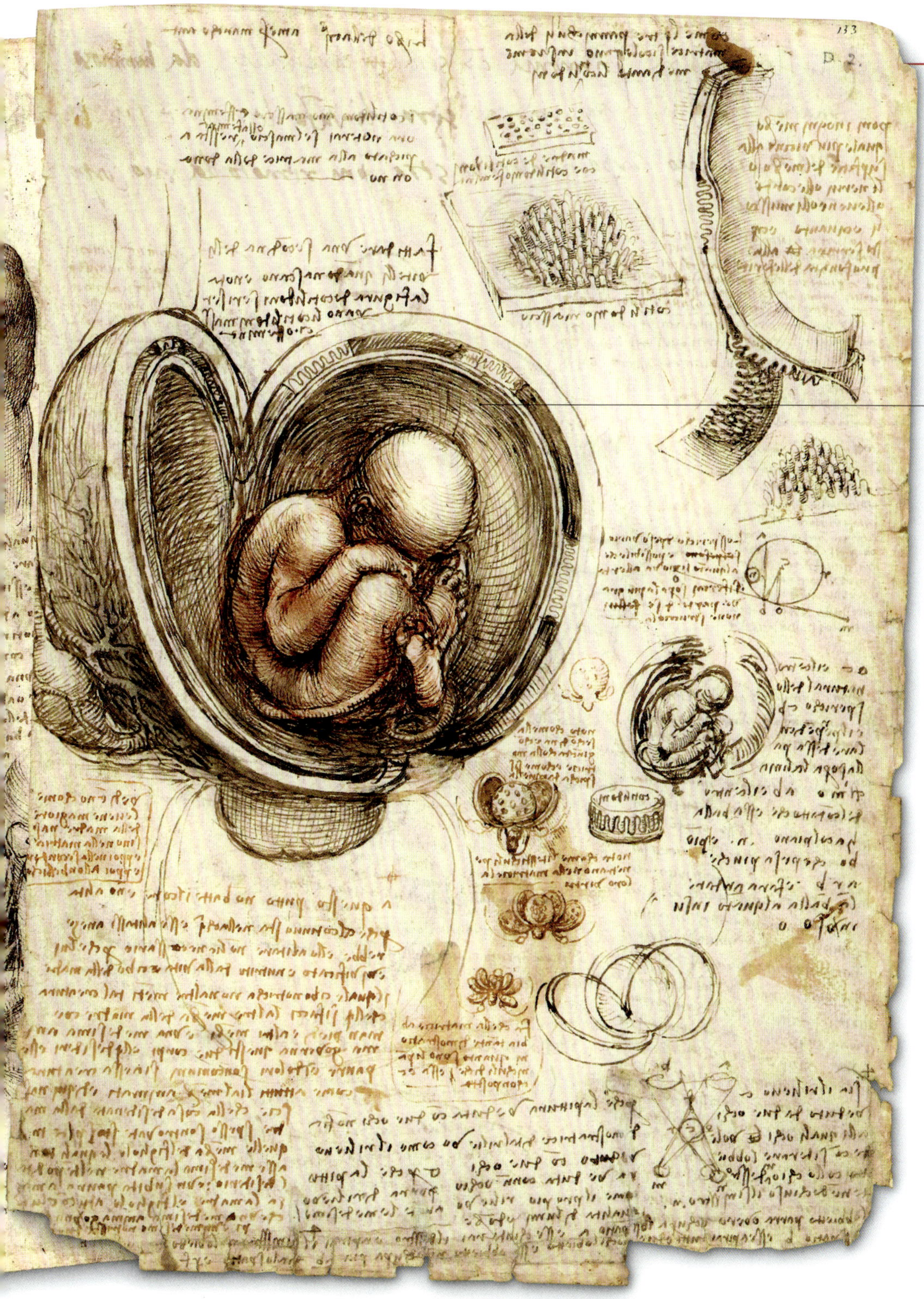

◀ 婴儿

莱昂纳多认为，为了画好人体，他需要学会解剖学。他学习了如何解剖尸体，他的笔记里也包含骨骼、肌肉、肌腱、神经和血管的图画，画得一丝不苟。他也研究了肌肉和骨骼如何运动，以及胎儿如何在子宫内成长。

此处，莱昂纳多假想了子宫切开，胎儿蜷缩其中的样子。

莱昂纳多的画作

莱昂纳多的画作里，大约只有15幅存留至今。因其伟大的现实主义风格，艺术家对颜料的高超运用，以及对人物表情和姿势把握得当，这些画作都是公认的艺术杰作，广受称赞。许多画作的主题或人物肖像取自圣经，描绘的人物包括圣母玛利亚和耶稣的门徒，绘画风格体现了人物的品格和情感。莱昂纳多笔记中的研究也有助于他的绘画。他对于解剖学的了解，使他的画作栩栩如生。他对植物和建筑物的研究，也为许多作品背景提供了参考。他的科学技艺还有助于他研发新的混合颜料，并应用于一些画作中。

▲《哺乳圣母》(*Litta Madonna*)，莱昂纳多·达·芬奇，1480—1490年

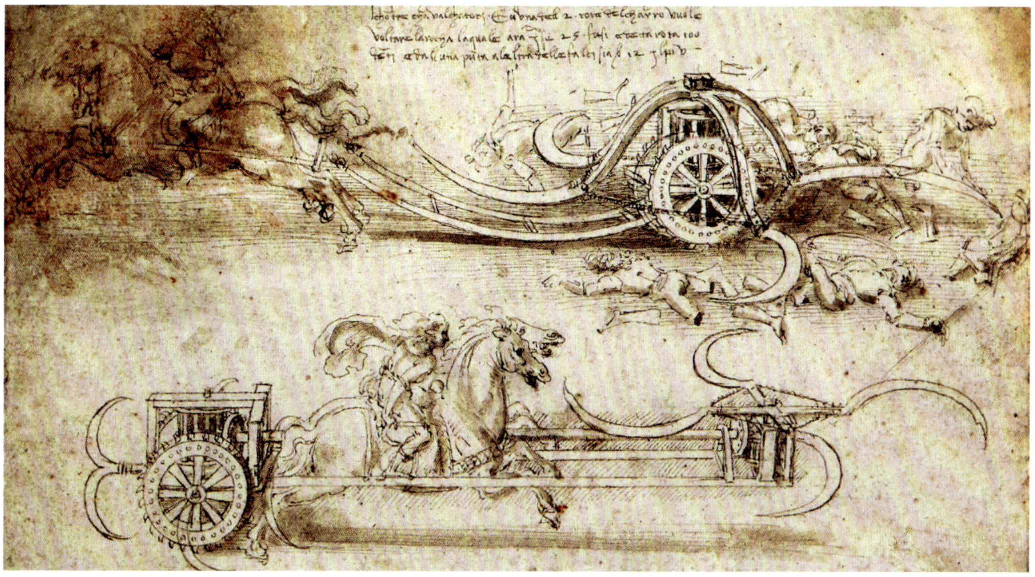

◀ 战争机器

莱昂纳多画了许多武器和战争机器的图纸。米兰公爵卢多维科·斯福尔扎（Ludovico Sforza）是莱昂纳多的资助人之一。公爵对莱昂纳多作为军事发明家和工程师的天赋特别感兴趣。这张献给米兰公爵的设计图描绘了一辆双轮战车，装着大镰刀片，由战车轮子的运转驱动刀片转动。

名录：1500年之前

马库斯·奥勒留的《沉思录》

罗马人（约170年）

公元121年，著名的《沉思录》（*Meditations*）的作者出生于显赫的罗马家庭，原名马库斯·阿尼乌斯·维鲁斯（Marcus Annius Verus）。公元161年，他在成为罗马皇帝时，将名字改成了马库斯·奥勒留（Marcus Aurelius）。一般认为他是五贤帝中的最后一位。当罗马帝国遭受瘟疫，面临蛮人部落侵犯的威胁时，马库斯·奥勒留发挥领导力，坚守原则。

马库斯·奥勒留率军在多瑙河边境上抗击罗马帝国的敌人。他的个人笔记便主要写于这段时间。后来，笔记被汇编为12册《沉思录》。通过使用当时罗马帝国普遍使用的通用希腊语（Koine Greek）进行写作，他表达了基于古希腊斯多葛学派（the Ancient Greek Stoics）哲学思想的个人世界观。通过警句的形式，马库斯·奥勒留敦促自己勿忘短暂的人生不过是沧海一粟，需要“节制和消除欲望”，并且要追求个人行为的高标准。

直到去世将近1000年后，这位皇帝的自我反思才重见天日。人们认为他的著作提供了独特的视角，有助于了解古代世界。

艾哈迈德·伊本·法德兰的《信息》

阿拉伯人（921—922年）

公元921年，奉行伊斯兰教的阿拔斯帝国（Abbasid Empire）的统治者哈里发穆阿台迪德（Caliph al-Muqtadir）向住在伏尔加河附近的保加尔人（the Bulgars）派遣了一个使团。伊斯兰法律和神学专家艾哈迈德·伊本·法德兰（Ahmad ibn Fadlan）随团出行，从阿拔斯帝国首都巴格达出发，穿越中亚，进入如今俄罗斯所处的疆域内。《信息》（*The Risala*，Risala在阿拉伯语中是“信息”的意思）记述了艾哈迈德在4000千米的旅行中所亲眼目睹的奇观。他的记叙中最令人称道的一点，就是形象地描述了罗斯人（Rus），即运营伏尔加河贸易路线的斯堪的纳维亚维京人的习俗。艾哈迈德惊讶于他们的体魄、文身和糟糕的个人卫生。在他的描述中，维京人的船葬骇人听闻，因此这段文字声名远扬，实属理所应当。在1923年《信息》全稿被发现之前，只有其中的部分内容为人们所知。

清少纳言的《枕草子》

日本人（约993—1002年）

清少纳言（Sei Shōnagon，约公元966—1017年）出生于文人和歌人世家。日本平安时代，清少纳言在京都的日本宫廷任皇后定子（Teishi）的女官。为了自娱自乐，她写下了宫廷生活日记，记录她的思绪、情绪和观察。《枕草子》（*The Pillow Book*）用平假名写成，而非当时日本男性作者常用的汉字。这本书富有魅力，结合了流言蜚语、宫廷轶事、陈年往事、自我反思和细腻的自然描写，并且罗列了特定事物，例如“不像样的事”“优美的事”“恼人的事”“怀恋过去的事”。清少纳言写道：“绝无打算让他人阅读这些笔记”，但是即便她还在世时，宫廷圈内人士已经在阅读欣赏她的日记了。《枕草子》内容丰富，毫无矫饰，自诞生之日起便被认为是同时代杰出的日本文学作品。

纳西尔·霍斯鲁的《旅行纪事》

波斯人（1046—1052年）

公元1004年，著名的波斯哲学家和诗人纳西尔·霍斯鲁（Nasir Khusraw）出生于伊朗东部的霍拉桑（Khorasan）。他一直担任政府官员，直到40岁的时候。根据他自己的说法，那时候，他在梦中看见了神示，驱使他出行寻求精神启迪。他外出游历7年，前往麦加朝圣，也探访了穆斯林世界的诸多地区，从中亚到叙利亚、耶路撒冷、阿拉伯沙漠和开罗。出行期间，他用日记记录每个国家的政治和经济状况、城市建筑以及与当地人的谈话，上至学者、下至店主。当他重返霍拉桑时，他将笔记作为《旅行纪事》（*Safarnama*）的底稿。《旅行纪事》是波斯文学著作的典范，为历史学家提供了价值连城的信息来源。因为霍斯鲁信奉伊斯兰教什叶派（Shia Islam）中的伊斯玛仪（Ismaili）派，他在暮年时被逊尼派（Sunni Muslims）赶出霍拉桑，1088年死于流放途中。

《梵蒂冈抄本》（*Codex Vaticanus*）的对开本，其中包含了最早的《沉思录》抄本

伊本·班纳的日记

伊拉克人（1068—1069年）

穆斯林世界已知较早的日记之一是由伊本·班纳（Ibn al-Bannā，1005—1079年）所写。他是著名的学者和教师，住在阿拔斯帝国首都巴格达。伊本·班纳亲笔所写的日记中，有部分存留至今。目前保存在叙利亚大马士革的图书馆，其内容所涵盖的时间跨度为伊斯兰历法460年至461年的14个月，相当于公历1068年8月至1069年9月。伊本·班纳的日记主要记述了他对于巴格达政治和学术事件的个人观察，并且描述了他所听说的奇迹和奇观。日记中还包含对伊本·班纳本人及亲朋好友的20多个梦的解释。日记中也有当时名声显赫的人物的讣告。伊本·班纳之所以记日记，可能是为了提供素材，以便在他计划写的当代学术编年史中使用。

诺威奇的朱利安的《启示录》

英格兰人（约1373年）

《神圣之爱的启示录》（*The Revelations of Divine Love*）由一名基督教女修士所写。她住在英国城市诺威奇圣朱利安教堂旁的一个小房间里，因此被称为诺威奇的朱利安。这名女修士生于1343年左右，在30岁时重病不起。当人们为她举行临终圣礼时，她感受到了耶稣受难的第一个神示。这样的宗教神示一共有16个，它们都栩栩如生，竟然奇迹般地治愈了她。

康复之后，她立即简要地写下了“上帝出于善意，向一位虔诚的女性所展现的”神示。大约30年后，她将原文本大幅扩写，详细描述她那不可思议的经历。两种版本的《启示录》都用当时的通用口语英语所写，而非知识分子所用的拉丁语。朱利安于1416年去世，随后一个世纪里，两种版本的《启示录》的手稿抄本问世，因此《启示录》得以留存至今。简版《启示录》直到1911年才得以重新发现。《启示录》被奉为宗教文学，具有历史意义，因为这是女性所写的第一本英语著作。

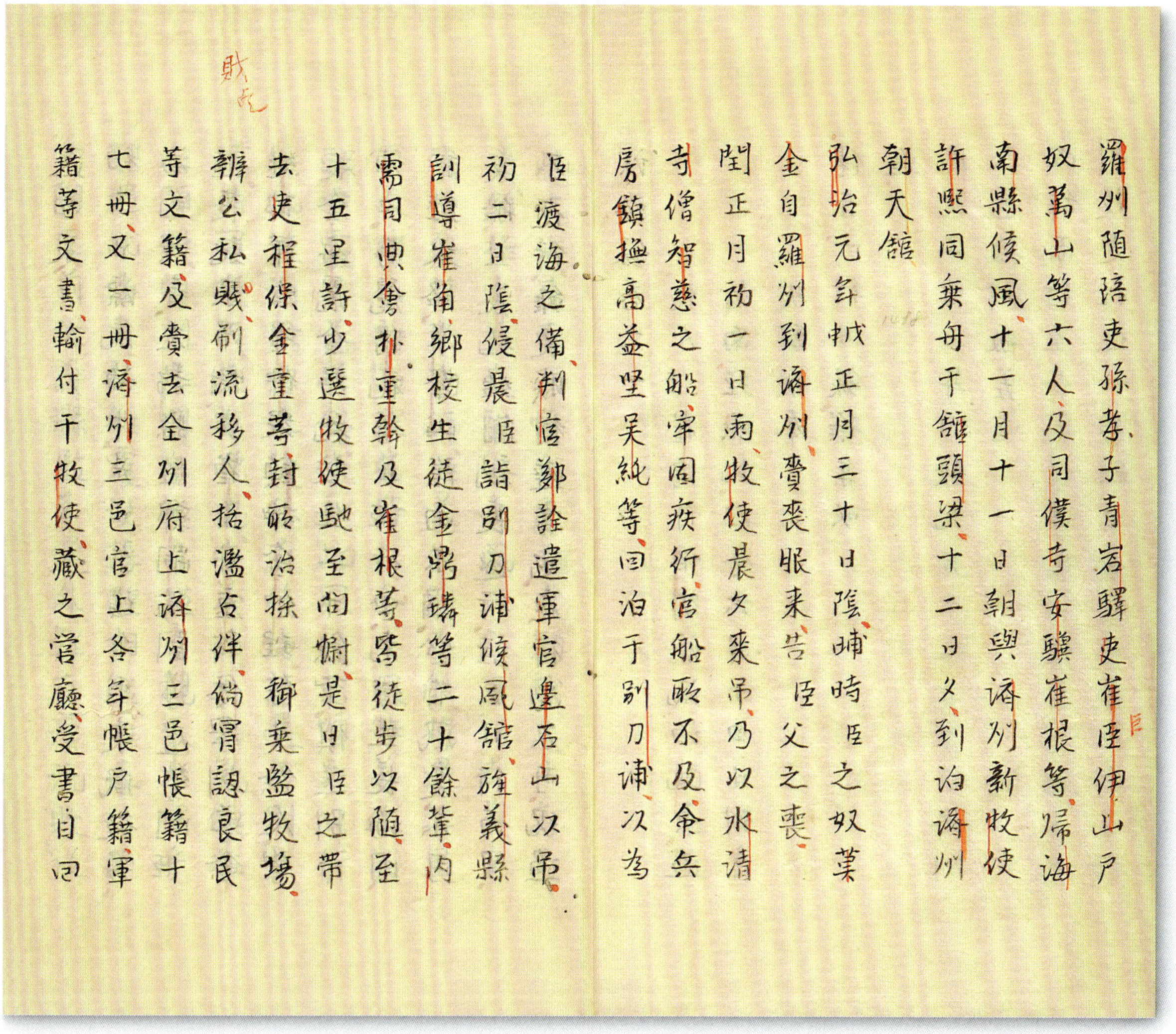
羅州隨陪吏孫孝子青岩驛吏崔巨伊山戶
奴萬山等六人及司僕寺安驥崔根等歸海
南縣候風十一月十一日朝與濟州新牧使
許熙同乘舟于館頭梁十二日夕到泊濟州
朝天館
弘治元年戊申正月三十日陰晡時臣之奴莫
金自羅州到濟州賫喪服來告臣父之喪
閏正月初一日雨牧使晨夕來吊乃以水精
寺僧智慈之船牢固疾行官船所不及命兵
房鎮撫高益堅吳純等回泊于別刀浦以為
臣渡海之備判官鄭詮遣軍官邊石山以吊
初二日陰侵晨臣詣別刀浦候風館旌義縣
訓導崔角鄉校生徒金鼎珤等二十餘輩內
需司典會朴重幹及崔根等皆徒步以隨至
十五星許少選牧使馳至問慰是日臣之帶
去吏程保金重等封所治採御乘監牧場
辨公私賤刷流移人括濫占伴倘冒認良民
等文籍及賫去全州府上濟州三邑帳籍十
七冊又一冊濟州三邑官上各年帳戶籍軍
籍等文書輸付于牧使藏之營廳受書目回

崔溥旅记的抄本，现存于哈佛大学图书馆

格雷戈里奥·达蒂的日记

佛罗伦萨人（约1385—1427年）

文艺复兴早期，丝绸商人格雷戈里奥·达蒂（Gregorio Dati）住在城邦佛罗伦萨。他写日记主要是为了记录生意往来。达蒂结婚四次，有26个孩子。他叙述家事的风格，跟记录生意往来一样，强调每次结婚所收嫁妆的数额。他将嫁妆作为商业投机的资本，并用于偿付债务。

达蒂的其中一本日记，《秘密之书》（*Libro Segreto*），更多地揭示了他试图调和基督教道德准则、自身利益以及社会目标时的个人心理，记录了他决定克己忘我，比如在周五时洁身自好。达蒂还记录了破产、海盗造成的损失以及人们的突然离世——1420年瘟疫期间，他的3个孩子在同一天去世。这些都很清楚地体现了当时生活的风雨飘摇。达蒂在市政府地位显赫，为佛罗伦萨写下了一段令人瞩目的历史。

《一位巴黎中产阶级人士的日记》

法国人（1405—1449年）

尽管这本书常用的法语书名提及了“中产阶级（bourgeois）”，但现代研究已经证实，这本匿名的15世纪巴黎生活日记的作者并非是一位“中产阶级”人士，也不是一位普通的市民，而是某位身份不明的牧师，与巴黎大学（University of Paris）和巴黎圣母院大教堂有一定关联。这本日记写于百年战争的动荡时期，当时法国因内战四分五裂，部分领土被英国军队占领。日记按时间顺序记录了公共事件和日常生活，内容大多细节丰富、形象生动。它描绘了1418年瘟疫时的大规模埋葬，以及1420年饥荒期间饥饿的儿童上街乞讨。这些叙述显然出自一位目击者之笔。日记还包含其他内容，比如谈及1431年对圣女贞德的审判。这些内容很有趣，因为有助于了解当时的谣传和迷信。通过15世纪和16世纪制成的手稿抄本，这本日记得以为人所知。日记的首个完整印刷版本于1729年问世。

崔溥的记录

朝鲜人（1488年）

《漂海录》（*A Record of Drifting across the Southern Brocade Sea*）记录了一位朝鲜王朝官员意外的中国之行。1488年2月，崔溥（Choe Bu）一行人从近海岛屿出发，前往朝鲜半岛。途中，因风暴猛烈，他们偏离了航线，最终被冲到宁波附近的中国海岸上。在中方官员护送下，他们沿着大运河航行49天后，抵达明朝首都北京。从北京出发，他们通过陆路返朝，并于7月抵达边境。在这段多姿多彩的旅程中，崔溥做了详细的记录，观察到了明朝商业、社会、法律和习俗方面先前所不了解的诸多迷人细节。返朝后，应朝鲜国王成宗（Seonjong）的要求，他用中国的文言撰写了游记，文言在当时是文人和精英所用的语言。16世纪时，这本书的印刷版已经家喻户晓了。如今，《漂海录》被认为是一部杰出的明朝时期中国见闻录。

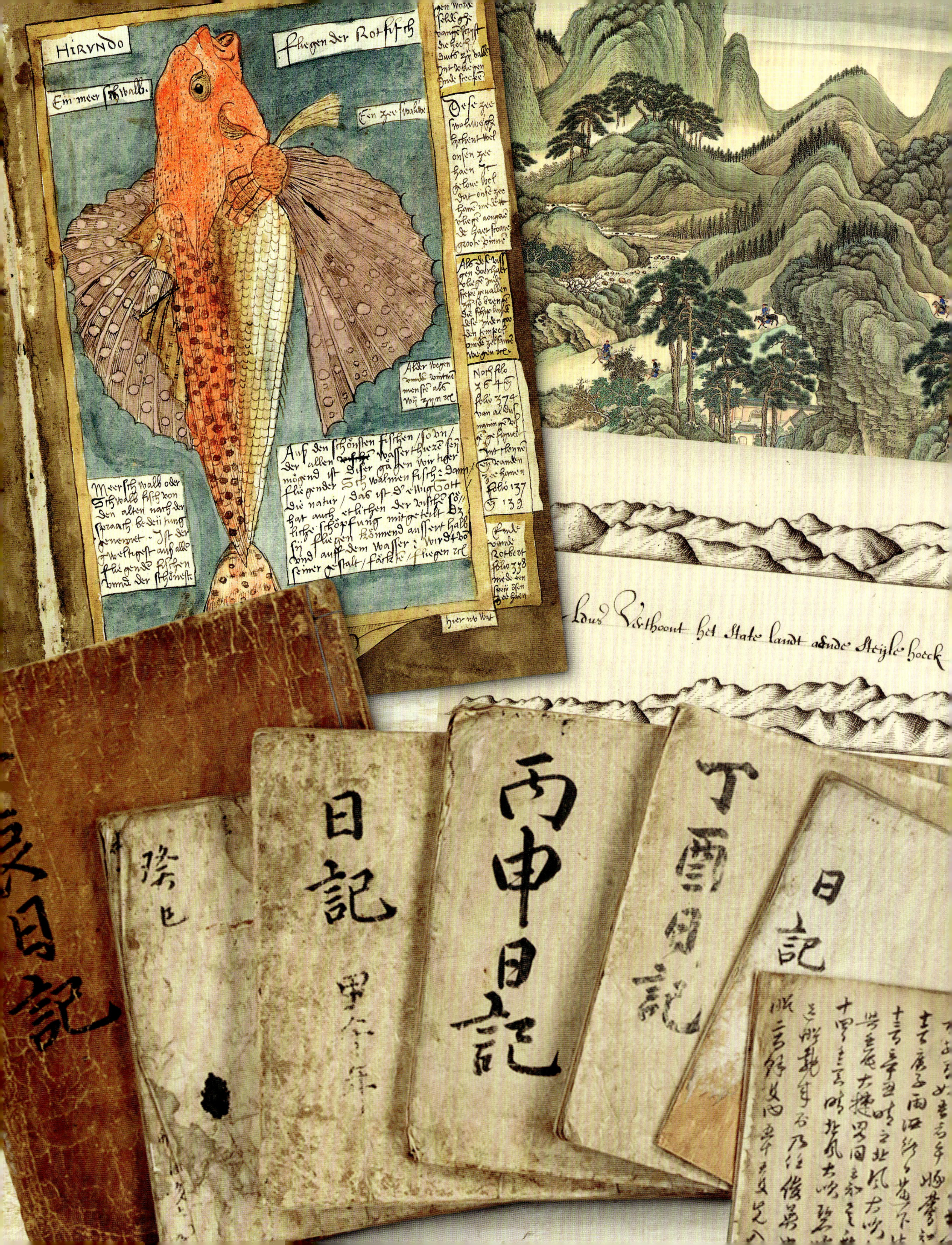
HIRVNDO
日記
丙申日記
丁酉日記
日記

第2章

1500—1700年

这一时期，因为识字率提高和清教主义（Puritanism）的盛行，记日记在欧洲变得更为普遍。清教主义鼓励信徒记录日常思想和行为，从而审视自己的良知。17世纪塞缪尔·佩皮斯（Samuel Pepys）和约翰·伊夫林（John Evelyn）的日记确立了英国人记日记的传统，尽管他们的日记在当时还籍籍无名。在法国路易十四的统治下，有自我意识的社会精英们写下了信件和回忆录，内容充满智慧，洞悉世事。与此同时，踏上发现之旅的欧洲旅行者和拓荒者记录下了各类异国冒险。在亚洲，从朝鲜李将军的战时日记，到日本诗人松尾芭蕉风格洗练的游记，个人写作的传统保持着旺盛的生命力。

麦哲伦航海

1519—1522年 ■羊皮纸上的笔墨和水彩画 ■98页 ■意大利人

安东尼奥·皮加费塔：既是探险家，也是学者

安东尼奥·皮加费塔（Antonio Pigafetta，约公元1492—1531年）的日记是早期引人入胜的游记之一。日记内容紧张刺激，富含戏剧性，读起来像一本冒险小说，充满了叛乱、海难、敌对的岛民、跳舞的巨人，以及各种各样奇特的异域生物。皮加费塔充分表现了探险中的高潮和低谷，但日记不只是巧妙地混合了各种内容。皮加费塔还是一位科学观察员，他的写作内容包含了关于太平洋岛屿地理环境和野生动物的宝贵信息，并且提及了航行对岛民的不利影响。

1519年9月20日，5艘船从西班牙的塞维利亚（Seville）启航。后来，这段旅程成为已知最早的环球航行。探险队的领队是葡萄牙探险家斐迪南·麦哲伦（Ferdinand Magellan）。尽管麦哲伦并未走完全程，但他的声誉却经久不衰。正是因为意大利维琴察（Vicenza）学者皮加费塔所记的日记，麦哲伦的事迹才得以闻名于世。皮加费塔自愿加入探险队，其背后的动因，用他自己的话说是渴望历练和荣耀。在海上的3年里，他详细地记录了他们所到之处的动植物群和原住民，并叙述了降临在船只和船员身上的惨剧。出发探险的270人中，回来的只有18人。

皮加费塔日记的原件现已遗失，但在1522年至1525年之间，他在原稿的基础上撰写了一份记录，题为《首次环球航行》（*The First Voyage around the World*），并将抄本呈送给欧洲政要，包括神圣罗马帝国皇帝查理五世（Charles V）。自负的皮加费塔称这些礼物的价值高过金银，"这本书由我亲手写下，涉及航行中每日发生的一切事物"。《首次环球航行》的文本存留于4份手抄本中，分别是一份意大利语抄本和3份法语抄本。这些手抄本是皮加费塔日记诸多出版版本的底稿。1800年，日记完本首次出版，语言为意大利语。1874年，英译本问世。

▶ **绘制世界地图**

《首次环球航行》的手抄本中，包括23幅精美的手绘水彩画地图。这张地图出自其中一本法语抄本，显示了南美洲的南端及其与火地岛（Tierra del Fuego）之间的水域。这片水域是大西洋和太平洋之间的天然航道，现被称为麦哲伦海峡。

◀ **斐迪南·麦哲伦**

当葡萄牙国王拒绝支持麦哲伦寻找通往印度的新路线时，这位葡萄牙探险家便转投葡萄牙的劲敌，西班牙查理一世（Charles I），提出愿为他效劳。为了控制全球香料贸易，两国展开了激烈的竞争。查理一世授权麦哲伦寻找西行通往香料群岛（Spice Islands）的路线。

原住民继续追赶我们，三番五次地捡起同一把长矛，不断掷向我们。认出了船长后，许多人都向他袭来，把他的头盔打掉了两次……他试着把手放在剑上，这样才好抽出剑来。但剑却只能抽到一半，因为他的手臂被竹枪刺伤了。原住民看到后，他们……拿着铁矛、竹枪和短剑向他冲去，直到杀死了我们的明镜、我们的光明、我们的慰藉和我们真正的向导。

皮加费塔的日记中叙述了麦哲伦之死

《首次环球航行》的文本分成了57个编号章节。

麦哲伦把南美洲另一边的海命名为“Mar Pacífico”，意为“平静之海”。

细节信息

皮加费塔日记直截了当地按照时间顺序记录此次探险。许多段落以日期开头。写作风格实事求是，不发表个人意见，但也不乏色彩和细节：“1520年11月28日，周三，我们驶出该海峡，进入太平洋。我们在海上待了3个月又20天，没有任何粮食补给，唯一能吃的饼干已经老化成粉末，长满蛆。老鼠还在上面藏污纳垢，弄得臭不可闻。”

皮加费塔记录了所见的奇特动物，特别是巴塔哥尼亚（Patagonia）的一群企鹅，它们现在以麦哲伦的名字命名。文本中也充满了对所遇之人的观察，探险队有时会残忍地对待这些人。皮加费塔试图逗读者开心：“当地人……认为船上的小船是船的孩子，当放下小船来载人出行时，船就生下了小船。小船躺在船边时，他们以为船在给小船喂奶。”

▼见闻录

这23张地图中的每一张都与书中的某一段内容紧密相关，可作为叙述的插图。卷轴标出所绘之地的名称，有时也标出地形特征或建筑。下方的卷轴画在菲律宾麦克坦（Mactan）岛上，写着：“船队司令在这里去世了。”“船队司令”指的是麦哲伦。

▲首次相遇

马里亚纳群岛（Marianas）是麦哲伦船队首次在太平洋上遇到的岛屿。皮加费塔记录道，当探险队抛锚时，岛民登上船，偷走了一切能拿得到的东西。因此，他将这些岛屿命名为“小偷之岛”（Islas de los Ladrones）。

误打误撞，环游世界

1519年，当他指挥的5艘小船离开西班牙时，斐迪南·麦哲伦并未打算进行环球航行。他的目标是找到一条西行通往香料群岛的路线。香料群岛位于今天的印度尼西亚，盛产珍贵香料。旅途中，麦哲伦无意中发现了诸多太平洋群岛和族裔，但随后丧命于麦克坦岛上的一场小规模冲突中。新船长带领着探险队继续前进。最终船队到达了香料群岛，但只有维多利亚号这一艘船成功返航，从而在1522年9月6日完成了第一次环球航行。探险队所创造的财富，并不是运回芬芳的丁香，而是带回了安东尼奥·皮加费塔日记中关于海洋、未知动物和族群的资讯。

▶《麦哲伦海峡的发现》(*The Discovery of the Strait of Magellan*)，奥斯瓦德·沃尔特斯·布赖尔利(Oswald Walters Brierly)，1873年

地图上标出了菲律宾的众多岛屿。

这段笔记提到，因为一艘船的船员人数不足以继续行船前进，所以烧毁了这艘船。

绘制精美的卷轴标注了摩鹿加群岛(Moluccas)或香料群岛每个岛屿的名字。

▲丁香之乡

傲然挺立于这张地图上的树是丁香树，代表了探险队的目标。皮加费塔写道："11月6日星期三，我们发现东面约56千米处有4座……相当高的岛屿。领航员……告诉我们，那就是马鲁古群岛(Maluco islands)。感谢上帝。"

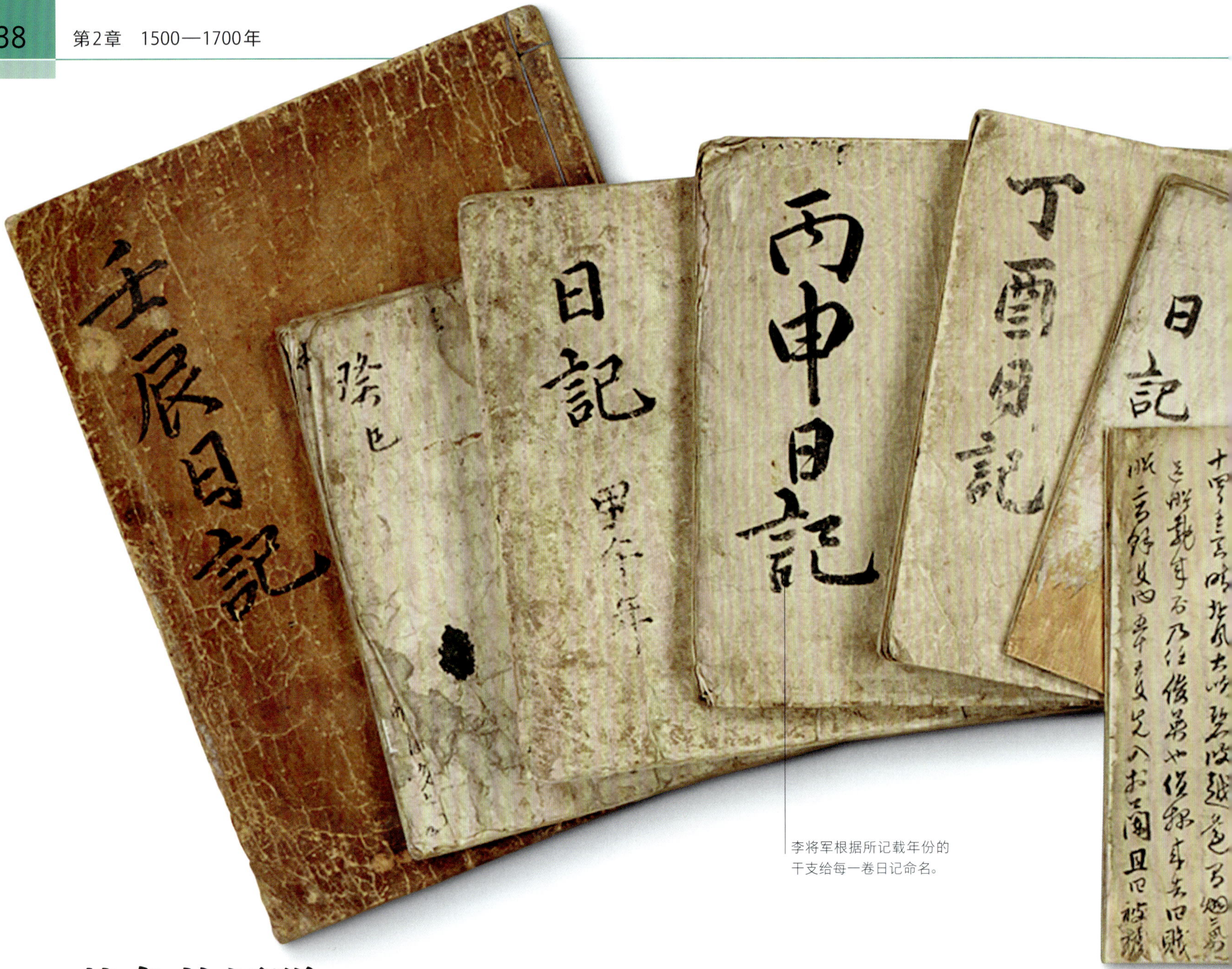

李将军根据所记载年份的干支给每一卷日记命名。

战争的证明

1592—1598年 ■桑皮纸上的笔墨 ■7卷 ■朝鲜人

李舜臣：海军将领

朝鲜最为声名卓著的海军指挥官李舜臣（Yi Sun-shin）所写的《乱中日记》（*Nanjung Ilji*），是这位战争时期爱国英雄的自画像，引人关注。李舜臣有时被称为“朝鲜的纳尔逊”。1592年1月1日，李舜臣被任命为海军将官，1598年11月19日牺牲于海战。此间，他将自己的生活记录了下来。这一时期，为维护独立，朝鲜王朝殊死一搏，抗击日本侵略者。李舜臣的战争日记生动地描述了他参与的海战和战略会议，但也带读者进入他的个人世界，描述他日常生活的细节，表达他对家庭的感情和对政治问题的关注。

1545年，李舜臣出身贵族世家。随着与日本的冲突迫在眉睫，李舜臣被任命为舰队司令。在此之前，作为一名战功显赫的将军，他已经声名远扬。在日记的描述中，通过艰苦备战，他的舰队变成了一支极其高效的作战力量；战术的运用，使他在23场海战中几乎无往不胜。但作为一名直言不讳的爱国者，李舜臣也经常批评朝鲜王朝政治领导阶层的分裂和腐败。在阴谋暗算和栽赃陷害下，他于1597年被捕，遭严刑拷打后被贬为普通士兵。

天地皆黑，旭日失色。悲乎！我儿，弃我而去，现在何处？是因你卓越超群，上天不舍得留你在世上，还是因我罪过，才致使这般不幸降临于你？即使我在这个世上抵抗到底，我的心现又有谁可依呢？我愿随你进墓，在地下与你同泣。但若如此，你的兄弟姐妹和母亲就无依无靠了。因此我强忍苦痛，但我哭泣的心已经死了，失去了灵魂。

战争日记，1597年10月14日，写于最小的儿子死后

因为李舜臣书法精湛，所以用汉字写成的日记被认为是一件艺术品。

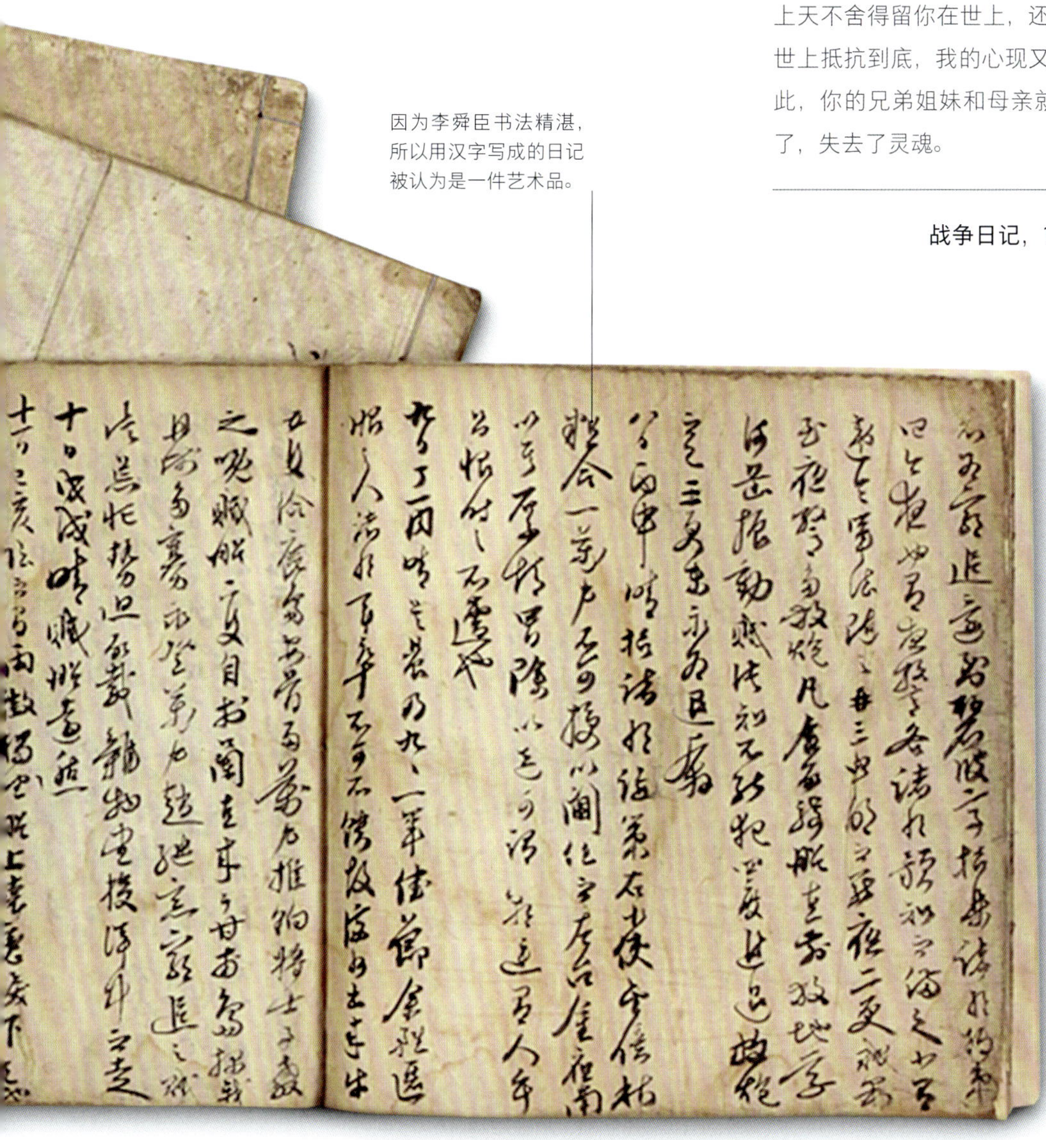

▲**海军日记**

李将军写了2539则日记，几乎涵盖了朝日壬辰战争（Imjin War）始末。日记共7卷，一年一卷，用毛笔和墨水写于传统桑纸上。原件手抄本因书法清晰刚劲而备受赞赏，在朝鲜400年的历史中，一直由李将军的后代保管。

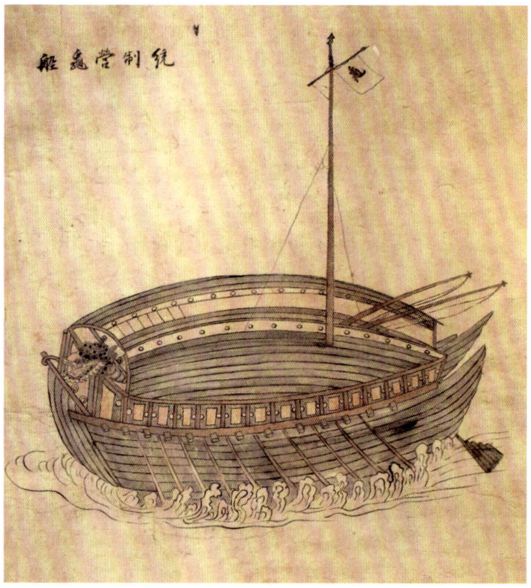

▲**龟甲船**

一般认为，装甲军舰龟甲船（kōbuksōn）的研制，要归功于李舜臣。龟甲船上层甲板装有带刺铁板，保护船员免受投掷物攻击、防止敌军登船。朝鲜军舰配有火炮，但是发射燃火箭矢往往能造成更大杀伤。

这样的耻辱自然让日记戛然而止。李舜臣重新开始写日记的时候，是当日本再度入侵、国家生死存亡之时。李舜臣官复三道水军统制使，并于1597年9月16日在鸣梁（Myongyang）海战中取得胜利，实质上决定了战争走势向对朝鲜有利的方向发展。1598年，李舜臣在露梁（Noryang）取得了最后的胜利，并牺牲于这场战斗中。李将军去世后被奉为朝鲜民族英雄。《乱中日记》首次出版于1795年，现已成为朝鲜半岛学校必学的经典。日记以其清晰和直率的风格而受到赞赏，作为典范文本，日记彰显了真正的爱国主义和秉公服务社会的价值。

壬辰战争

1592年，日本太阁丰臣秀吉（Toyotomi Hideyoshi）发动了入侵朝鲜的海战。日本军队占领了朝鲜釜山港，但李舜臣率舰队在闲山岛（Hansando）击溃了一支日本舰队。由于与日本的海路联系岌岌可危，丰臣秀吉撤出了军队。1597年，日本军队在李舜臣不在帅位的情况下，赢得了海洋控制权。李舜臣恢复指挥权后，在鸣梁海峡奇迹般地击败日本舰队。当中国陆军加入战局，与朝鲜军队并肩作战时，日本人决定放弃入侵。

▲**《围困釜山要塞》**（*The Siege of Pusan Fortress*），1709年

一名士兵的故事

1624—1649年 ■纸上墨迹 ■176页 ■德国人

彼得·哈根多夫：雇佣兵

1988年，在柏林档案馆发现了一份匿名文件，记录了三十年战争中一名普通士兵的经历。通过探索历史，追查到了这份独特文件的作者，确认他是来自德国萨克森-安哈尔特州（Saxony-Anhalt）的雇佣兵彼得·哈根多夫（Peter Hagendorf）。哈根多夫对自己生活的描述生动地展现了17世纪上半叶军旅生涯的惨状。

◀银币
三十年战争期间，流通的标准货币是泰勒银币。例图的硬币上就有曼图亚（Mantua）统治者贡萨加（Gonzaga）的画像。军衔最低的雇佣兵每月规定薪酬是4泰勒，但欠薪屡见不鲜。

1601年左右，哈根多夫出生。1627年，为求脱贫，哈根多夫与天主教联盟步兵团（Catholic League infantry）签约。哈根多夫拥有二等兵军衔，比普通的步兵高出一级。哈根多夫连续20年在德国作战。书中除了记述作者亲历的重大战役和马格德堡大洗劫（the Sack of Magdeburg）等历史事件，还描述了在饱受暴力、饥饿和疾病肆虐的世界里，人们为求生存，每日苦苦挣扎。书中讲述了士兵的暴行，但也体现了士兵自身境遇并不比他们所掠夺的平民好到哪里去。哈根多夫生动地描述了他是如何因宿醉落在军队后头，因而遭到农民袭击抢劫的。士兵们常常又冷又湿又饿，但在哈根多夫笔下黯淡无望的世界里，却也有一丝丝温暖的意味。无论行军还是安营，妻儿们都陪伴着他。他提到在他作战受伤后，第一任妻子对他的照顾。他也提及了自己对于病中子女的牵挂，但死亡无处不在。1633年，他的第一任妻子去世。他10个孩子中，8个离他而去。哈根多夫本人幸存了下来。自1648年停战后，哈根多夫既不受欢迎，也丢了工作。后来，他整理了自己的回忆录，活到了晚年。

▶受损的手稿
存留至今的哈根多夫回忆录手稿，很可能是他在服役后，依据战时草稿所整理的誊清稿。这本书原有192页，但进水受损，最后一部分内容已经丢失。此处展示的页面描述了1634年哈根多夫参战的讷德林根（Nördlingen）战役。

三十年战争

以德国为主要战场，从1618年打到1648年的三十年战争，其破坏力在整个欧洲历史中都难逢对手。天主教国家和新教国家曾相互妥协，在天主教神圣罗马帝国内和平共处。但是和解的破裂导致这场战争爆发。1620年，在波西米亚白山战役中，帝国军队和天主教国家联盟击溃了新教徒势力，但瑞典和法国先后介入，支持新教国家。由于双方都未能获胜，战争最终以《威斯特伐利亚和约》（*Treaty of Westphalia*）的妥协结束。和约使得德国由新教和天主教分而治之。在这场无果而终的战乱中，死亡人数可能高达800万。遇难者死于战斗、屠杀、饥荒和疾病。

▶《白山之战》（*The Battle of White Mountain*），彼得·斯纳尔斯（Pieter Sneyers），1620年

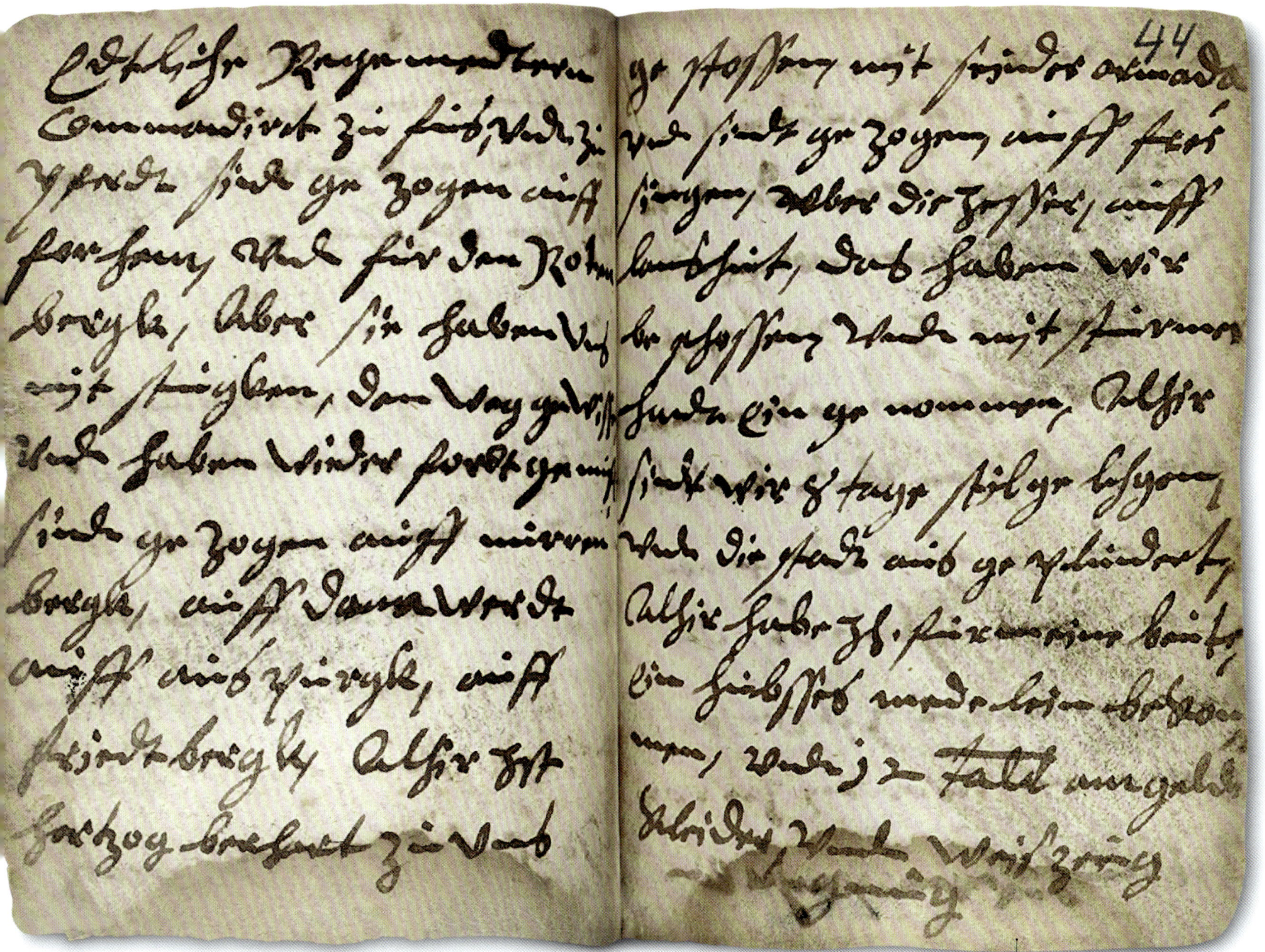

书页底部的水渍。

我在暴风雨中进入城市（马格德堡），毫发无伤。但一进城，在诺伊施塔特门（Neustadt Gate），我的身体被射穿了两次——那可是我的身体！……军医把我的手绑在背后，以便在我身上动用凿子。就这样，我被带回到帐篷里，半条命都没了。然而，烈火吞噬城市的惨状令我深感悲痛，因为这座城市不仅美丽，而且也是我的故乡。我的绷带裹好后，尽管城里已是一片火海，妻子还是进城了……去拿敷料、垫子和布，好让我躺在上面。

哈根多夫日记，1631年5月20日

◀ **马格德堡大洗劫**

1631年5月，经过两个月的围攻后，新教城市马格德堡落入天主教军队手里，哈根多夫也在阵中。点起的火焰很快从一栋房子蔓延到另一栋房子。大火中，军队肆意抢劫、强奸、拷打和杀害平民。约两万人遇害。

一位清教徒的日记

1630—1651年 ■纸上墨迹 ■2卷，共270页 ■英格兰人

威廉·布拉德福德：移民

1620年，一群后来被称为清教徒的宗教异见者乘“五月花”号起航，在北美创建了第一个长期存在的欧洲移民地。威廉·布拉德福德（William Bradford）是清教徒领袖之一，他在日记中描述了他们如何逃离欧洲以免遭迫害，以及如何花费数年时间建成定居点普利茅斯种植园（Plimoth Plantation）。种植园位于现在的马萨诸塞州。

布拉德福德记了21年的日记。日记第一部分记录了1620年的旅程和建立移民地的艰辛。其余内容则随着事件展开而分阶段写下。虽然布拉德福德用第三人称写作，但他的叙述像日记一样记录了日常活动。文中所述内容精彩过人，作者亲眼见证了定居者的生活、动机和他们那具有历史意义的定居点。此书是北美欧洲人早期历史的主要资料来源，涵盖了他们从宗教信仰到政体、耕作方法的方方面面。书中描述了他们横渡大西洋的艰辛，包括许多人强忍阵阵晕船、海上风暴多次来袭，以及救起一名落水男子。日记继而记录了早年新英格兰生活的艰难：许多人熬不过第一个冬天，当地人染上了移民者带来的天花，幸存者努力种植食物。这些内容都令人动容。日记赞颂了美洲土著居民向定居者们提供的帮助，但是定居者不但常常没有回赠任何东西，甚至还恩将仇报。布拉德福德坚信，杀害劫掠原住民的移民者应该受到惩罚。

布拉德福德之所以写作，是希望清教徒的后代能理解祖先面临的困难，以及先辈坚信会得到上帝帮助的信念。然而，他的日记在美国独立战争后遗失，最后出现在英国富勒姆宫（Fulham Palace）。日记出版于1856年，现存于马萨诸塞州州立图书馆。

背景信息

◀口译和向导

日记中，布拉德福德赞扬了美洲土著居民斯宽托（Squanto）。斯宽托曾跟随早期的定居者到访英格兰，学会了英语，因此能够帮助清教徒们。斯宽托为定居者们做口译，教他们如何种植当地的庄稼，告诉他们哪里可以捕鱼。

▲第一个感恩节

1621年11月，布拉德福德协助举办了为期3天的宴会，庆祝定居者的第一次丰收，并感谢美洲土著居民的帮助。斯宽托关于种植何种庄稼的建议确保了清教徒们口粮充足。这场宴会成为了美国的第一个感恩节。

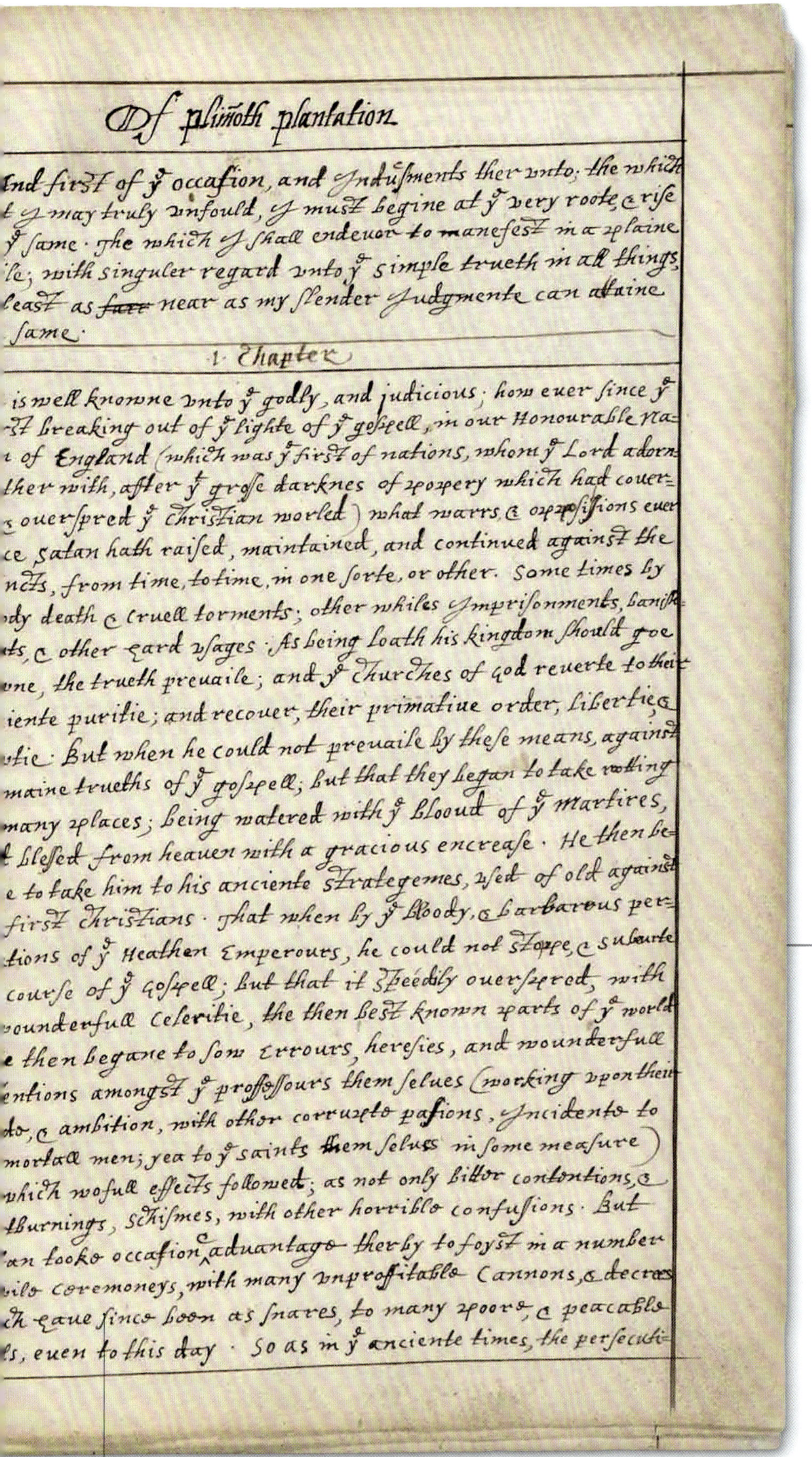
Of plimoth plantation
And first of ye occasion, and Indusments ther unto; the which
t I may truly unfould, I must begine at ye very roote & rise
ye same. the which I shall endeuor to manefest in a plaine
le; with singuler regard unto ye simple trueth in all things,
least as ~~farr~~ neare as my slender Judgmente can attaine
same.
1 Chapter
is well knowne unto ye godly, and judicious; how euer since ye
st breaking out of ye lighte of ye gospell, in our Honourable Na-
of England (which was ye first of nations, whom ye Lord adorn
ther with, after ye grose darknes of popery which had couer-
overspred ye Christian worled) what warrs & opposisions euer
ce Satan hath raised, maintained, and continued against the
ncts, from time, to time, in one sorte, or other. Some times by
dy death & cruell torments; other whiles Imprisonments, banish-
ts, & other eard usages; As being loath his kingdom should goe
one, the trueth preuaile; and ye Churches of god reuerte to their
iente puritie; and recouer, their primative order, libertie, &
tie. But when he could not preuaile by these means, against
maine trueths of ye gospell; but that they began to take rooting
many places; being watered with ye blooud of ye martires,
blessed from heauen with a gracious encrease. He then be-
e to take him to his anciente strategemes, used of old against
first Christians. That when by ye bloody, & barbarous per-
tions of ye Heathen Emperours, he could not stoppe, & subuerte
course of ye gospell; but that it speedily ouerspred, with
wounderfull celeritie, the then best known parts of ye world
e then begane to sow errours, heresies, and wounderfull
entions amongst ye professours them selues (working upon their
do, & ambition, with other corrupte pasions, incidente to
mortall men; yea to ye saints them selues in some measure)
which wofull effects followed; as not only bitter contentions, &
burnings, schismes, with other horrible confusions. But
an tooke occasion & advantage therby to foyst in a number
vile ceremoneys, with many unproffitable cannons, & decrees
ch haue since been as snares, to many poore & peaceable
s, euen to this day. So as in ye anciente times, the persecuti-

布拉德福德的字迹非常工整——他显然希望别人读懂他的日记。

◀ **真实故事**

布拉德福德的日记风格朴实而富有表现力，讲述了清教徒在欧洲被剥夺宗教信仰自由，面临种种问题，以及他们在新英格兰建立定居点的故事。此处，第一页，布拉德福德解释了英国国教如何变得腐败，迫使清教徒“净化”信仰方式。

那时正是冬天。了解那个国家冬天的人都知道，受残酷无情的风暴影响，冬天严寒凛冽，去熟悉的地方都危险重重，更别说搜寻未知海岸了。此外，目之所及，一片荒野不堪入眼，遍地野兽和野人……除了抬头望天，无论往哪看，任何外界事物都难以稍微慰藉或满足他们。夏季已经结束了，一切事物都是饱经风霜的模样。整个国家遍布树林和灌木丛，透露出荒凉野蛮之感。

《普利茅斯种植园》(*Of Plimoth Plantation*)，第9章

▲**《五月花号公约》**

1620年，清教徒们起草并批准了《五月花号公约》(*the Mayflower Compact*)。这份文件关乎政体，声明清教徒们将颁布自己的法律，但仍效忠于英格兰国王。这是他们在新国家建立自治的第一套法律。41名定居者签署了公约，布拉德福德便是其中之一。他也将公约抄写在日记中。

进入未知之地

1642—1644年 ■羊皮纸上的笔墨 ■192页 ■荷兰人

阿贝尔·扬松·塔斯曼：探险家

船长的航海日志所记内容全是关于风、天气、设定的航行路线和船帆结构，毫不令人意外。这些简短得有些生硬的每日笔记是阿贝尔·扬松·塔斯曼（Abel Janszoon Tasman，1603—1659年）写给荷兰东印度公司所有者的。他们委托塔斯曼航行寻找传说中的南方大陆——“南方之地”（Terra Australis），并确定新几内亚的西海岸是否与其相连。

不论日志内容如何平淡无奇，当写到打算扬帆前往未知之地时，日记也会平添几分戏剧性和期待感。塔斯曼开篇头几行简直就是一部小说的开头。“公元1642年8月14日这一天，‘游艇海姆斯凯克’号（the Yacht Heemskerk）和‘长笛齐哈恩’号（the Flute Zeehaan）这两艘船，从巴达维亚（Batavia，现为印度尼西亚雅加达）出发。风向为东北风，天气很好。”日志记录了船队的进展，例如记下了9月在毛里求斯维修并储存木材、动物和物资，船队官员在10月举行了一次会议。11月24日，塔斯曼写道：“下午4时左右，我们看到陆地，方位为东偏北，预计距离约16千米。我们看到的陆地海拔很高。”这就是他的成名作：发现了一块不为人知的新陆地。探险队以荷兰殖民总督安东尼·范·迪门（Anthony van Diemen）的名字为其命名，不过后来地名又改为塔斯马尼亚（Tasmania）。探险队继续航行，船员们成为了第一批看到新西兰的欧洲人。1643年6月15日，两艘船返航至荷属东印度群岛首都巴达维亚，塔斯曼的日记交给了荷兰东印度公司的官员。

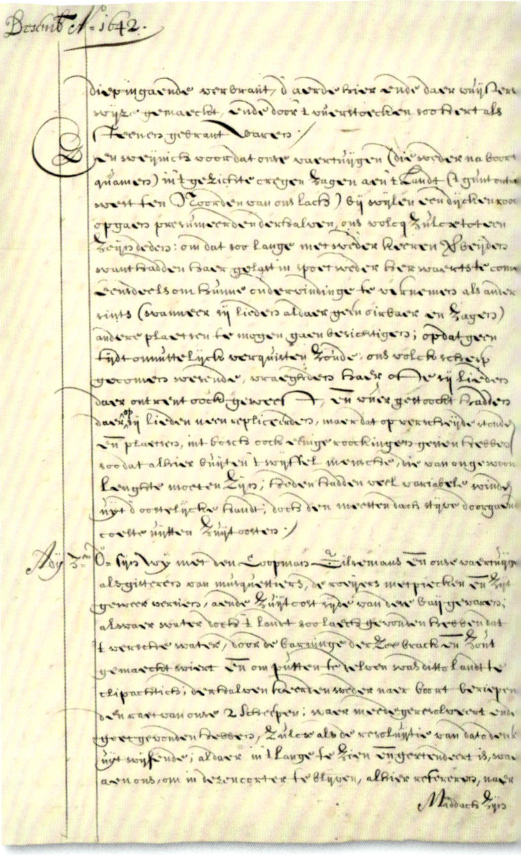

▲手抄本

塔斯曼日志的两份手抄本留存至今。很可能航行刚结束，就在巴达维亚用原件进行抄写。其中一份目前在荷兰国家档案馆（Netherlands State Archive），另一份在悉尼米切尔图书馆（the Mitchell Library）。两本均非出自塔斯曼之手，但都有他的签名，以证实其准确性。

荷兰东印度公司

1602年，荷兰人成立了东印度公司，名为“联合东印度公司”（Vereenigde Oost-Indische Compagnie，简称VOC）。在此之前，葡萄牙一直控制着东南亚海域利润丰厚的香料贸易。但葡萄牙帝国正在衰落，其他欧洲强国正在争夺这一宝贵市场的控制权。荷兰人在巴达维亚建立了一个基地，构筑了防御工事，并在周围布有数百个附属哨所。东印度公司派出包括塔斯曼在内的多位船长寻找新航线和潜在贸易机会。他们还想找到传说中广袤的南方大陆。人们认为，为了跟北半球的大陆相对应，南方大陆必定存在。

▲孟加拉胡格利城内恒河旁的荷兰东印度公司贸易站

亨德里克·范·斯库伦伯格（Hendrik van Schuylenburgh），1665年

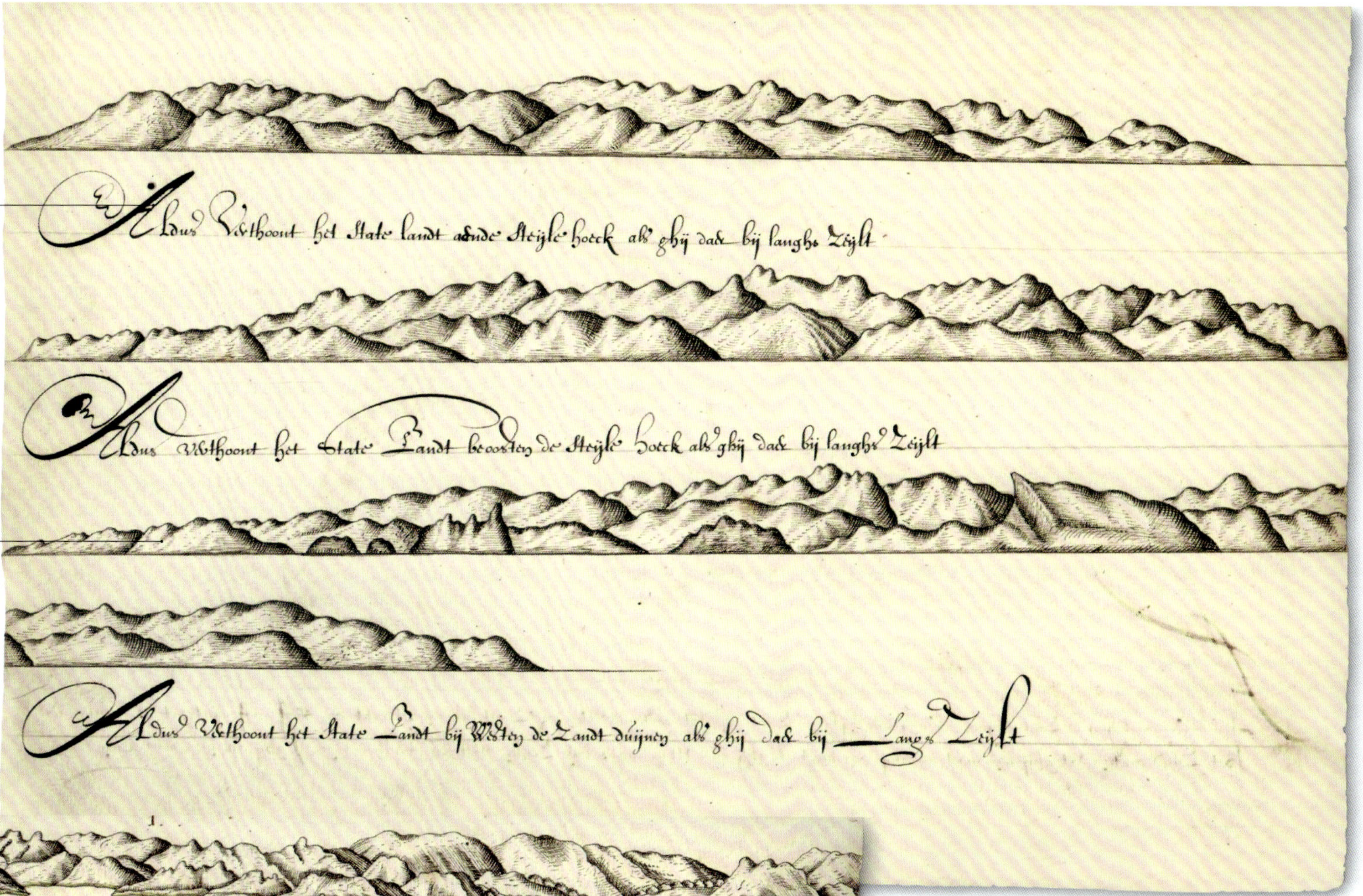

每个轮廓图下方都有冗长的荷兰文，说明图中所绘的是哪部分海岸。

险队标出了一些海的地形特征，其他的只标有经纬度坐标。

▲海岸图

日志载有许多海岸轮廓图和地图，很可能是艾萨克·吉尔斯曼斯（Isaack Gilsemans）的作品。吉尔斯曼斯是一名绘图员，专门随行制作这类记录。

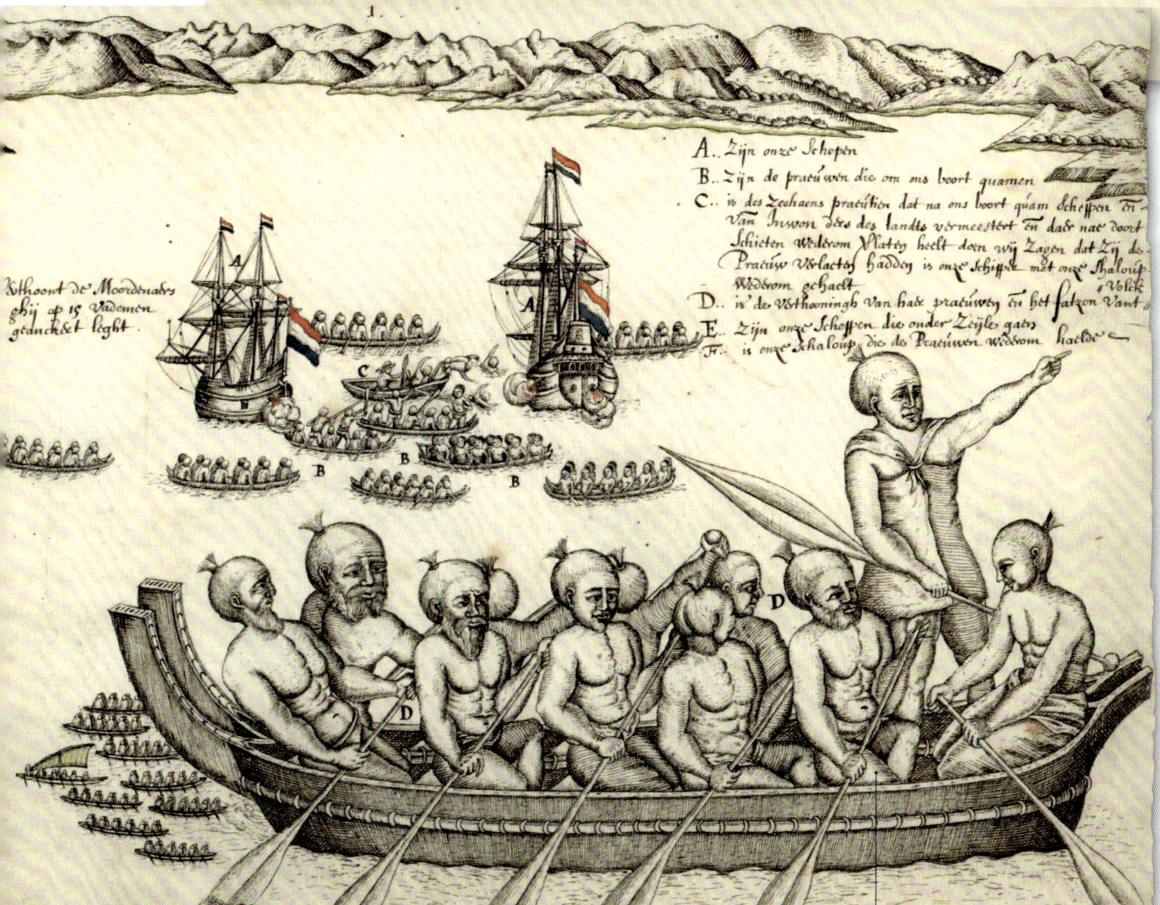

▲凶手湾的冲突

毛利人（Māori）认为荷兰人是劫掠土地的入侵者。毛利人乘坐两艘船，用念咒和大声呜响喇叭向荷兰人挑战。荷兰人开炮回应。毛利人撞向一艘荷兰船只，4名船员丧生。塔斯曼把这个地方命名为凶手湾（Murderers' Bay）。

吉尔斯曼斯称这幅画“描绘了人模人样的土著勇士”。

在船队的西和西南方向之间，有一个小水湾。我们正取道小湾靠岸时，波浪汹涌，要靠岸就要冒着海浪把船载艇撞成碎片的风险。然后，我们命令木匠带着旗杆和旗子，独自游向岸边……我们让他把挂旗的旗杆插到海湾中心的地面上，边上是呈新月形挺立着的四棵树，易于辨识。完工后，我们回到船上，留下旗杆，以供后来者留念。

塔斯曼日志，1642年12月3日

海上冒险

1659—1703年 ■羊皮纸上的墨迹和水彩画 ■英格兰人

爱德华·巴洛：水手

爱德华·巴洛（Edward Barlow，1642—1705年）先在农场和棉纺厂打工，后来17岁时逃到了海上。他在皇家海军舰艇“纳斯比”号（HMS Naseby）上当学徒。这是一艘有80门大炮和3层甲板的英国海军舰艇，指挥官是爱德华·蒙塔古爵士（Sir Edward Montagu）。巴洛出海第二年时，“纳斯比”号航行到荷兰，将查理二世（Charles II）接回英国，从而在内战后恢复了君主政体。

漫长的冒险生涯让巴洛乐在其中。他在几次海难中幸免于难，与巴巴里海盗有过冲突，参加过第二次英荷战争。他到过巴西、牙买加和中国，1671年在巴达维亚被荷兰人俘虏。在囚禁期间，他开始写前几篇日记。

巴洛丝毫未将水手的生活浪漫化。他写道：“虐待，困苦，生活比奴隶好不了多少。”他描述了在英国谋职的艰辛，有时甚至难以承担住宿费。在法尔茅斯（Falmouth）附近的一个小镇上，他一晚上都在四处敲门，请求陌生人让他借宿。他的描述风格写实，辅以精彩的插图，描绘了英国之外的土地，以及他遇到的海洋生物。虽然他的画技并不出众，但他的画极具魅力，充满动感：画中船只倾覆、鲨鱼噬人、人骑海豚。

> 终于有一艘在巴巴多斯装了货的船到达了……离开巴巴多斯两天，碰上了飓风。持续不断的暴风迫使船员砍掉主桅和后桅。货舱大量进水，浸坏了底层的糖，给他们造成巨大损失。这艘船不得不咬牙挺住，前往牙买加进行修理，重装桅杆。
>
> 爱德华·巴洛日记

1705年，巴洛去世了，去世时的身份是他自己的船的船长。他的死就如同他的一生一样充满戏剧性。他和船都在莫桑比克附近海域失踪了。巴洛的日记留存了下来，因为在最后一次起航前，他把日记留给了妻子。

背景信息

▲巴巴里海岸（the Barbary Coast）之战

1661年，巴洛再次随爱德华·蒙塔古爵士航行到阿尔及尔。阿尔及尔是巴巴里海盗老巢的港口之一。这些掠夺者夺取商船，偷走货物，并将船员贩为奴隶。不论是上谈判桌还是上战场，这支探险队都要制止海盗。

▶海上生活

巴洛明确表示，水手是高危职业。从索具上摔下会致伤致死，甚至轻微割伤也可能导致感染和截肢。饮食不良容易致病，坏血病尤甚。

hauing: Cut Downe ouer Mison Mast and The Shipe by godes great Marcey bearing vp and the windes and waues Somthing Abating wee Looked out for: the: other two Shipes: the Royall Subgeict and the honiball but wee Could not See aney of them and geting ouer Maine Top Mast Doune vpon Deak for to fish and Mende it by Reason: that wee had: Cut into it bee fore: Shee: bore vp: to: Cut it doun and hising ouer Maine yard wee Set ouer Maine Saile and: braught ouer Shipe to the winde and took in ouer Sprit Saile and fore Saile and Let her Lie a Trie vnder: ouer Maine Saile: and pumping all the water out hauing had fiue foote water in the: house and it: begining to bee More Moderate wether and wee Still Looking out for: the other: Shipes: but wee Could haue noe Sight: of: them: and Two dayes after wee had a faire winde: and geting ouer Top mast vp a gaine wee Steared away ouer Cours for the Cape of good hope west South west and Two or three Dayes after wee got vp a nother Mison mast which wee had: made of a Spare top mast

Which: wee had one: done: but ouer faire winde Continiued not Longe with vs for one The Munday folowing wee Met with a harde gale of winde which Continiued with vs three or four Dayes and Likewise three Mondayes one after an other wee had verey foure wether at Last hauing more fauable windes wee Came into the Latitude of therty Six Degreies and Iudging that wee were vp on the Soundings that Lie of from the Cape Lande wee Sounded and founde ninety fadom So wee knewe that wee were not far from the Cape but hauing Crosse windes wee Could not haue the Sight of it and not Longe after wee had a faire winde a gaine and being gone To the north warde of the Cape wee Steared ouer Cours north west and by north and north west for the Ilande of Saint helena for there wee Did intende to Water and get Som

◀ 波涛汹涌的大海

巴洛的叙述中，写满了海上的危险。他讲述了许多人死于疾病、事故或海战的例子。此处，巴洛画的是前往东印度群岛的“试验”号在风暴中折损了一根桅杆。

插图上方的文字是一首民谣，强调着暴风雨的力量。

这是“试验”号的假想观察视角，因为暴风雨来袭时，巴洛自己就在这艘船上。

虽然巴洛未曾接受教育，他的字迹却极为工整。

▶第一页

佩皮斯用速记法写日记。1660年年初所写的日记序言涉及一系列的话题，从他的健康状况和财政状况，到妻子经期的推迟和英国政局的动荡。日记写在文具店买来的笔记本上，上方和左侧的边线是佩皮斯自己用红笔照着尺子画的。

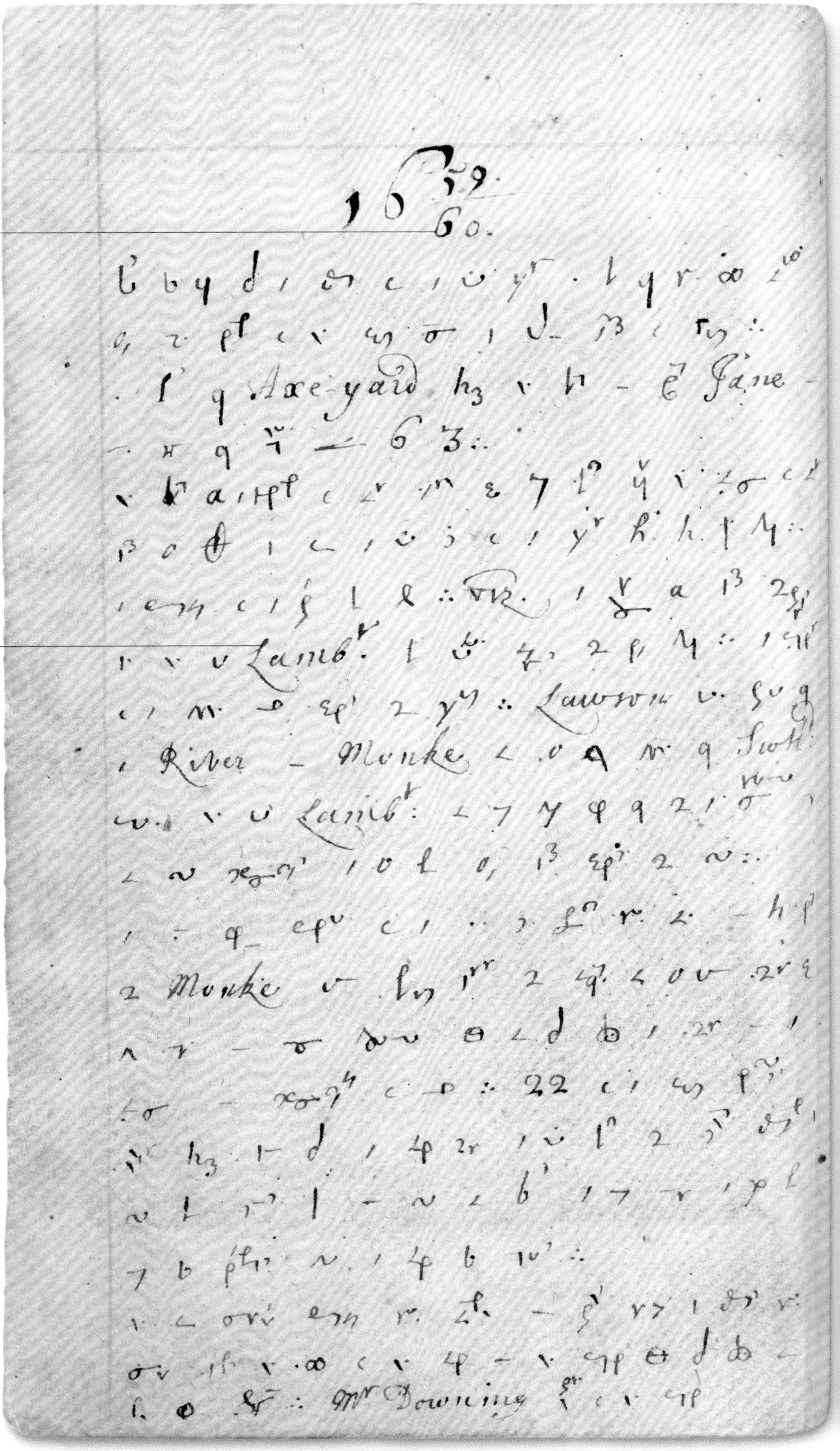

这一则日记的日期是“1659/60”，因为一年之始并非总是定在1月1日。另一个“日历年”始于较晚的3月25日。

结合速记法和普通手写方式，写下了：“兰伯特勋爵”（Lord Lambert）。他是一名将军。

感谢上帝，我去年年底身体很好，除感冒外，以往的疼痛没有复发。我住在斧院（Axe yard），身边有妻子以及仆人简，家里就只有我们3人。我的妻子7周没来经期了，我因此抱有希望，以为她怀孕了。但到了这一年最后一天，她的经期又来了……新一届市议会确实言辞激昂，派人告知执御剑者蒙克（Monke their sword-bearer），他们希望建立一个自由而完整的议会……我自己的情况很好，人们以为我很富有，但实际上我却很穷……

佩皮斯日记，序言，1660年

隐秘之眼

1660—1669年 ■纸上笔墨 ■6份手稿 ■英格兰人

塞缪尔·佩皮斯：海军部首席秘书

塞缪尔·佩皮斯从1660年1月1日到1669年5月31日的日记，既是英国历史动荡时期的非凡记录，也是无比坦诚的自画像。不论是带我们走进他那无子婚姻中最为隐私的秘密和不忠，还是描述与国王的会面和重大公共事件，他的写作风格都同样朴实无华。有一个很典型的例子：佩皮斯对1661年查理二世加冕进行了精彩描述，结尾却是他喝得烂醉，第二天一早醒来，满身都是自己的呕吐物。

这本独特日记的作者出生于1633年，父亲是伦敦的普通裁缝。他在圣保罗中学（St Paul's School）和剑桥大学得到了良好的教育。1655年，他与15岁的法国胡格诺派（Huguenot）流亡人士伊丽莎白·马尔尚·德·圣米歇尔（Elizabeth Marchant de Saint Michel）相恋结婚。这对夫妇早年生活困顿，但佩皮斯的精力旺盛、才能过人，再加上他的远房表亲，桑威奇伯爵（the Earl of Sandwich）爱德华·蒙塔古的照顾，最终促成佩皮斯晋升至海军委员会行政要职。

没有人知道为何佩皮斯的日记始于1660年，但他写日记肯定只是供自己阅读。文中充斥着佩皮斯的日常工作和闲暇时的琐事，家庭和经济状况的细节，以及他的忧乐。他写道，自己因财富渐增而感到高兴，并时常因此感谢上帝。这般坦率，几乎与他详述个人性生活一样惊人。日记并未专门刻画人物，但寥寥几笔评述，意味深长，人物形象跃然纸上。

佩皮斯写日记的前几年里，发生了极为重大的公共事件。当时，他近距离观察了联邦（Commonwealth）落幕和君主政体复辟。1665年，伦敦爆发天花瘟疫，约四分之一人口因此丧生。日记中，佩皮斯完全沉浸在节节攀升的事业和活跃的私人生活中，这场瘟疫似乎不过是令人不快的背景罢了。1665年7月，他写道："我获得了前所未有的巨大成功，但是瘟疫造成了一些困难。"

> "事实是，我的确有些过于纵情享乐，因为我知道，现在这个年龄正当其时。"
>
> 佩皮斯日记，1666年3月10日

查理二世复辟

1649年，国王查理一世（Charles I）在内战中战败后被处决，英格兰成为共和联邦。1653年至1658年，统治者为"护国公"奥利弗·克伦威尔（Lord Protector Oliver Cromwell）。1658年克伦威尔去世后，留下了权力真空。接手的是克伦威尔的儿子理查德，但他软弱无能，难堪大任。1660年，英国派出一个代表团，接回查理一世流亡荷兰的长子。佩皮斯与代表团同行。新国王查理二世登位后，定下了复辟时期的基调，即以享乐主义对抗清教主义。尽管佩皮斯经常批评国王轻浮，但他受皇室恩宠，忠心耿耿地为复辟后的君主政体效力。

▲《1661年4月22日，查理二世从伦敦塔前往威斯敏斯特》，德克·斯图普（Dirck Stoop）

佩皮斯的后半生

1666年，佩皮斯目睹大火焚毁伦敦大量建筑。第二年，荷兰人突袭查塔姆（Chatham），重创英国海军。佩皮斯在日记中谴责了国王，称这位“懒惰的王子”只会“跟在女人屁股后面”，他的整个家庭“因负债而混乱不堪”。但佩皮斯自己的家庭生活也不足以令人称道。1668年10月，他与年轻女仆亲密拥抱时，被妻子抓了个现行。这件事极大地影响了他们的婚姻。

1669年5月底，佩皮斯停止了日记写作，因为他认为写作的压力正导致他逐渐失明。但他并未失明，并且继续寻求事业上的突破。佩皮斯升任海军部首席秘书，并当选皇家学会（the Royal Society）会长。他曾因政敌捏造的莫须有罪名而两度入狱。1688年斯图亚特君主政体（Stuart monarchy）倒台后，他被彻底边缘化了。1703年，佩皮斯去世。直到1819年誊写本出现之前，他的日记一直被遗忘在剑桥图书馆，无人问津。无删减的完整版本直到1970年才问世。作为重要的历史文献，日记手稿目前保存在剑桥大学麦格达伦学院（Magdalene College）。

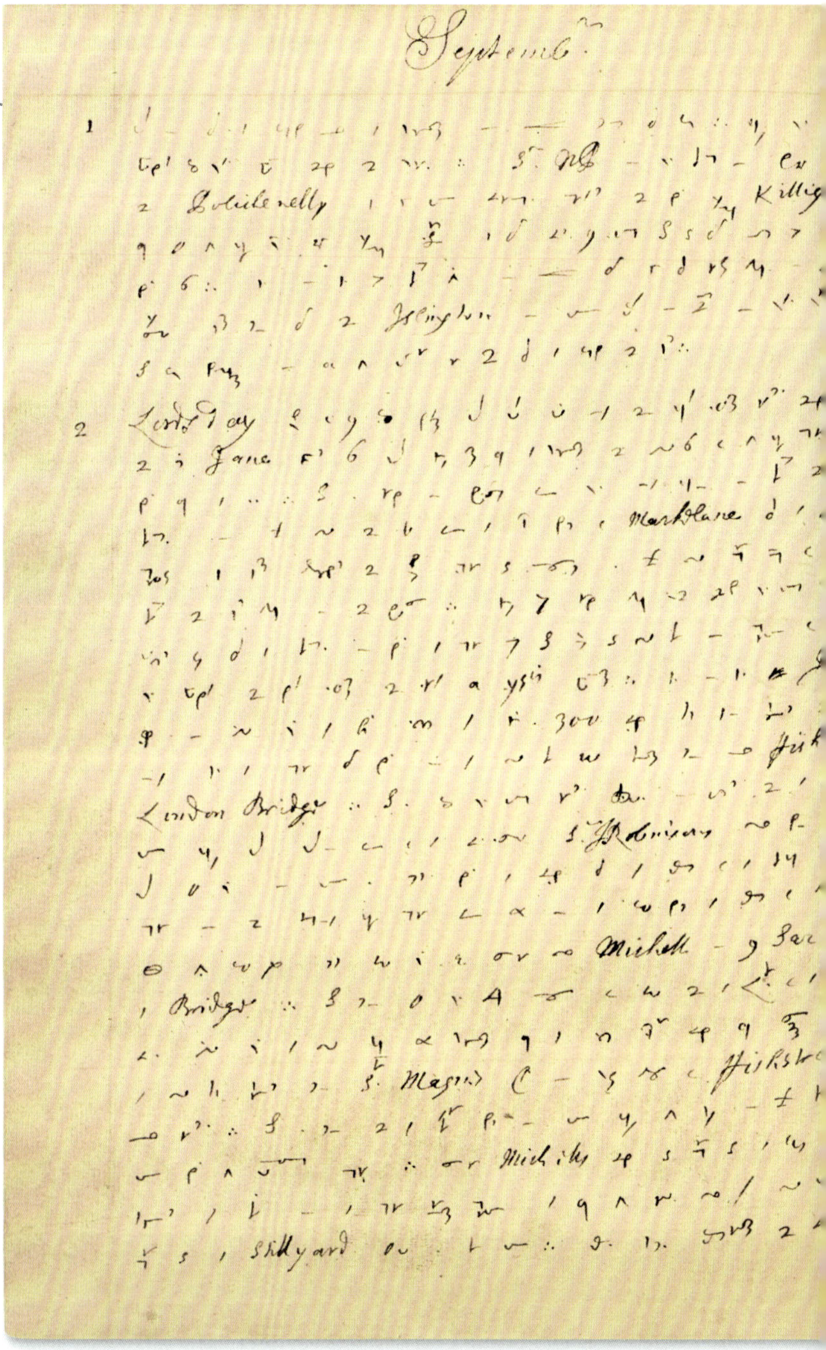

▶大火见证者

1666年9月6日是伦敦大火燃烧的最后一天，佩皮斯生动地描述了对此的亲眼所见。和日记的其他部分一样，所述内容的笔迹整洁、语言精练。因日记极为坦诚，为避免他人窥探，佩皮斯使用了速记法。他也用外语掩饰最为露骨的语段。

英荷战争

17世纪中叶，英国和荷兰共和国竞相争夺海上控制权。1665年，战争爆发，多场会战随之打响，比如有150多艘军舰参战的四日海战。1667年，战争以英国遭难告终。荷兰舰艇成功突袭查塔姆海军码头，引发了伦敦遇袭的担忧。只有达成一份屈辱性的和平协议，英国才能止损。作为海军部的高级官员，佩皮斯不得不出面驳斥对其腐败无能的指责。在日记中，他将此次战败归咎于国王拒绝足额资助舰队。后来，佩皮斯被提拔为海军部首席秘书。一般认为，在海军专业化方面，佩皮斯功不可没。

▶《特尔海德之战》（*The Battle of Terheide*），扬·亚伯拉罕（Jan Abraham），1653—1666年

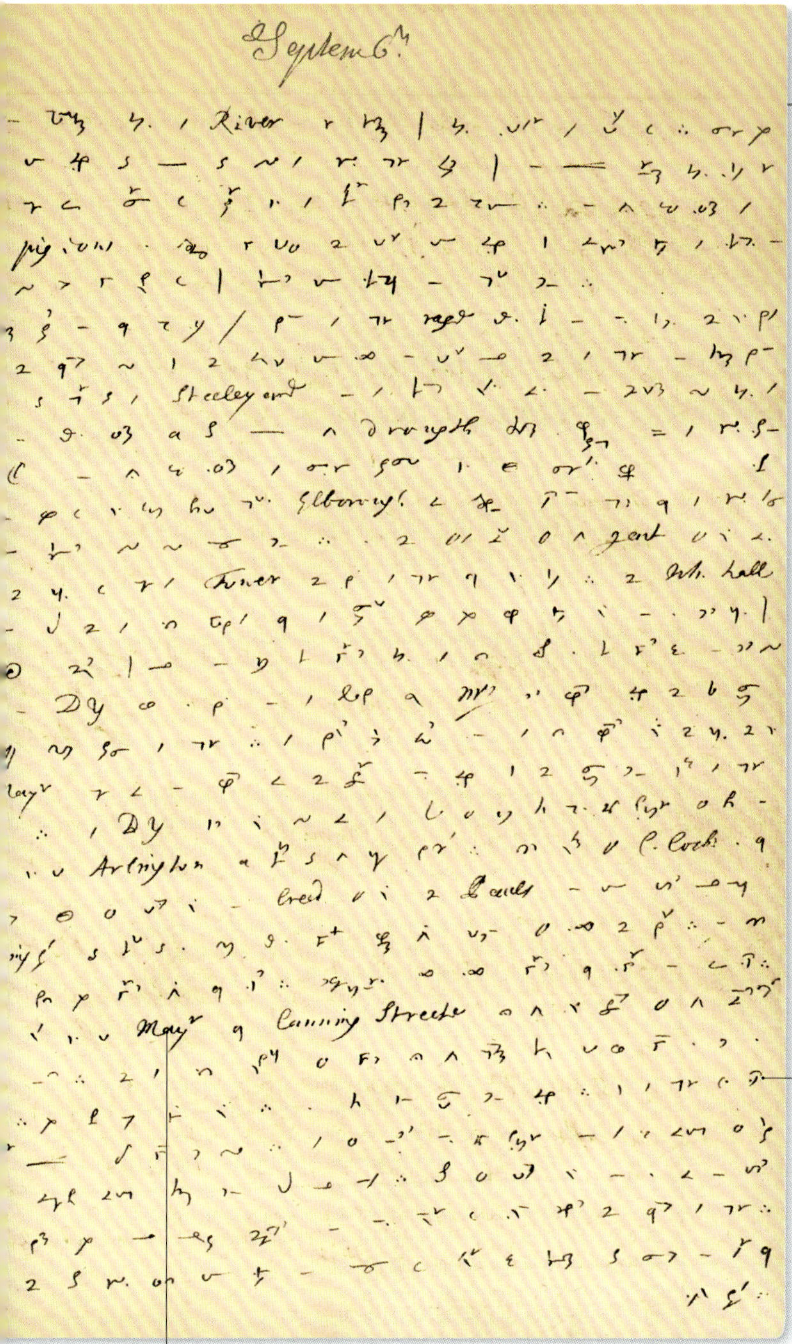

日记内容大多用速记法写成，难以读懂。

有些单词是完整写下的，用来表示姓名、地点或难以速记的词汇。

▲伦敦大火

1666年9月的第一周，布丁巷（Pudding Lane）一家面包店失火，火势席卷了拥挤不堪的伦敦旧城，烧毁了中世纪的圣保罗大教堂（St Paul's Cathedral）、近90座其他教堂和13,000栋房屋。佩皮斯率先向国王禀报火灾，他还敦促拆除建筑物，以建立隔离防火带。

于是我往下走到水边，找到一只小船，穿过桥，看到火灾情况，令人扼腕……所有人都竭力搬走自己的物品，把它们扔进河里或是带到离岸边稍远的驳船上。穷人则一直待在屋内，直到大火烧到他们的房子。等到那时，他们就会逃到船上，或是在水边的梯子之间攀爬。一片惨状中，我注意到那些可怜的鸽子不愿离开它们的屋子，在窗户和阳台周围盘旋，直到其中有些因翅膀烧伤而坠落。

佩皮斯日记，1666年9月2日

▲咖啡馆文化

在佩皮斯所处的年代里，咖啡馆在伦敦生活中属于新奇事物。自17世纪50年代起，咖啡馆为伦敦的男性精英提供了闲聊和探讨问题的文明场所。佩皮斯每周数次造访咖啡馆，但也仍然时常光顾以酗酒纵情而臭名昭著的旧式酒馆。

康熙皇帝的日记

1671—1722年 ■纸上墨迹 ■中国人

多位官员编著

中国历史源远流长，但在大部分时间里，只有一种日记有着重大意义，那便是对中国皇帝的日常活动的记录。中国社会中，皇帝被奉为天子，是尘世至高无上的统治者。皇帝每日的一言一行，不论重要或琐碎，都构成了中国的正史。编撰皇帝日记“起居注”的传统，发端于汉朝（公元前206—公元9年及公元25—220年），一直持续到20世纪。皇帝从未亲自写过日记，而是由史官负责记录皇帝的每日活动。汉朝时期，一度由女官负责修注。唐朝宫廷（公元618—690年，公元705—907年）设专职撰写起居注。明朝时期（1368—1644年），这项职责移交给翰林院的翰林。翰林是为朝廷效力的学者。

1671年，康熙皇帝执政初期，官方设立起居注馆。康熙皇帝是清朝（1636—1912年）第4位皇帝，在位61年（1661—1722年），是中国历史上在位时间最长的皇帝。康熙皇帝执政的标志性特点是领土扩张、相对富裕稳定以及欣欣向荣的文学传统。与历任皇帝一样，康熙皇帝的言行也被一丝不苟地记录下来。记录不仅覆盖皇帝的私生活，还包括朝会和外交活动等国家事务的细节。这些文件就被称为“起居注”。

皇帝死后，起居注就被编为其统治时期的官方历史，即“实录”。清朝的起居注，包括康熙皇帝的起居注，都较为完整，但其他朝代的多已失传。

背景信息

▲南巡

1689年，为考察领土，康熙皇帝开始南巡，全程超过3200千米。行程中，康熙皇帝登顶佛教、儒教和道教信众圣地泰山。此次南巡载于起居注中，亦有一系列12卷精美画卷加以纪念。

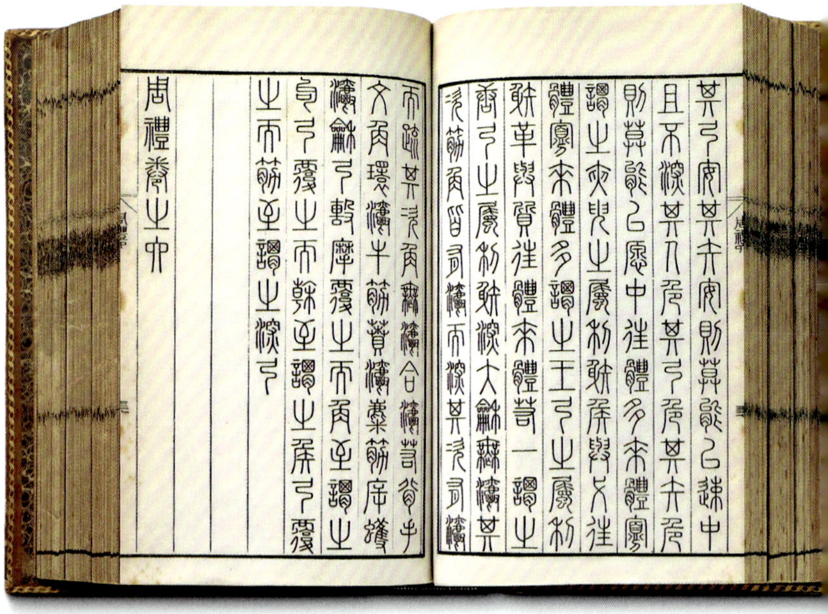

▲热心文学的朝廷

康熙皇帝热心支持文学发展，在位期间组织编辑与出版了许多书籍。其中最著名的是18世纪和19世纪标准汉语字典《康熙字典》。此处展示的书是康熙皇帝下令刻印出版的钦定“六经”，是儒家基础性文本的合集。

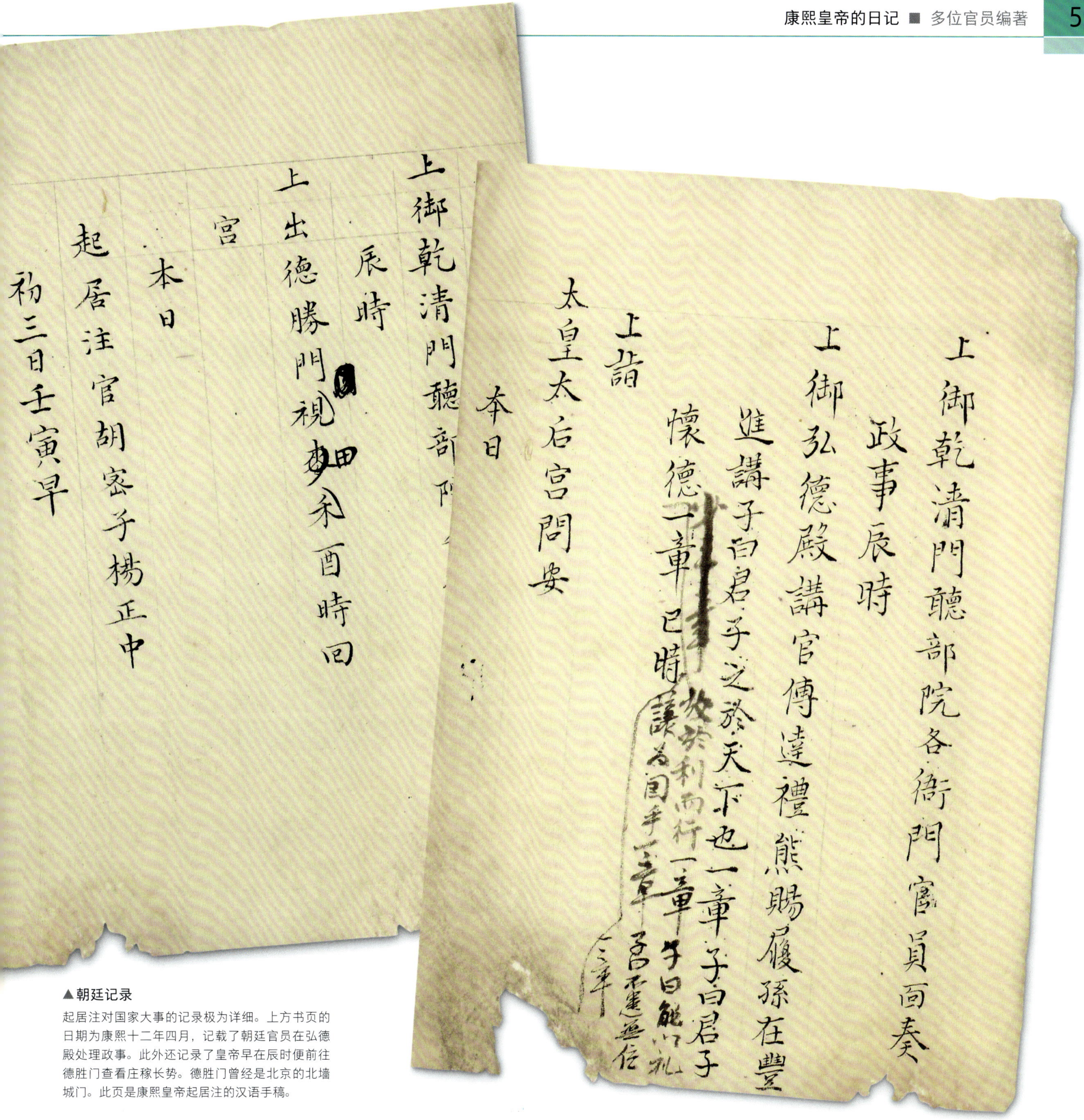
上御乾清門聽部院
辰時
上出德勝門視禾酉時回
宮
本日
起居注官胡密子楊正中
初三日壬寅早

上御乾清門聽部院各衙門官員面奏
政事辰時
上御弘德殿講官傅達禮熊賜履孫在豐
進講子曰君子之於天下也一章子曰君子
懷德一章巳時
上詣
太皇太后宮問安
本日

▲朝廷记录

起居注对国家大事的记录极为详细。上方书页的日期为康熙十二年四月，记载了朝廷官员在弘德殿处理政事。此外还记录了皇帝早在辰时便前往德胜门查看庄稼长势。德胜门曾经是北京的北墙城门。此页是康熙皇帝起居注的汉语手稿。

今观其风土，大略尚虚华，安佚乐，逐末者众，力田者寡，遂致家鲜盖藏，人情浇薄。为政者当使之去奢反朴，事事务本。庶几家给人足，可挽颓风。渐摩既久，自有熙皞气象。

《康熙皇帝在苏州》，引自《康熙起居注》，1684年12月3日

慈母之信

1671—1696年 ■纸上笔墨 ■已知1120封信 ■法国人

赛维尼夫人：贵族

赛维尼夫人的信温暖、诙谐、睿智，描绘了太阳王路易十四时代（the age of Louis XIV）的贵族生活，引人入胜。作者原名玛丽·德拉比丁-尚塔尔（Marie de Rabutin-Chantal），1626年出生于巴黎，家世显赫，接受过良好的教育。18岁时，她嫁给了赛维尼侯爵（Marquis de Sévigné），但结果他却粗暴成性，背叛妻子。1651年，侯爵在决斗中丧命。此后，她再无再婚的念头，而是全身心地抚养儿女长大成人。

赛维尼夫人写给巴黎亲友的信最早可以追溯到1648年，但直到1671年她的女儿格里尼昂夫人（Madame de Grignan）和丈夫搬到遥远的普罗旺斯后，她的通信才开始展现出内容的多样性。宠爱女儿的赛维尼夫人不断给女儿写信，不仅流露出她身为母亲的担忧，也体现了她诸多方面的兴趣和感想。除了哲学和道德上的思考之外，还有许多奇闻轶事，涉及婚姻不忠、情妇、性无能和同性恋。赛维尼夫人基本住在巴黎城外的利夫里（Livry）或布列塔尼（Brittany）。在表达自然之乐和独处之乐时，她所展现的感受力预示着浪漫主义的出现。她还叙述了当时发生的重大事件，有些是她亲眼所见的，比如1676年处决臭名昭著的投毒犯布兰维利耶侯爵夫人（Marquise de Brinvilliers）。赛维尼夫人一直与女儿保持通信，直到1696年作者去世。赛维尼夫人在世时，其信件抄本在特定的读者中传阅。1734年，她的孙女出版了她去世后的首部信件精选集，书中内容相当丰富。自此以后，这些信件一直被誉为法国散文的典范，对17世纪法国的描绘极为精彩，既诙谐幽默又尖锐深刻。

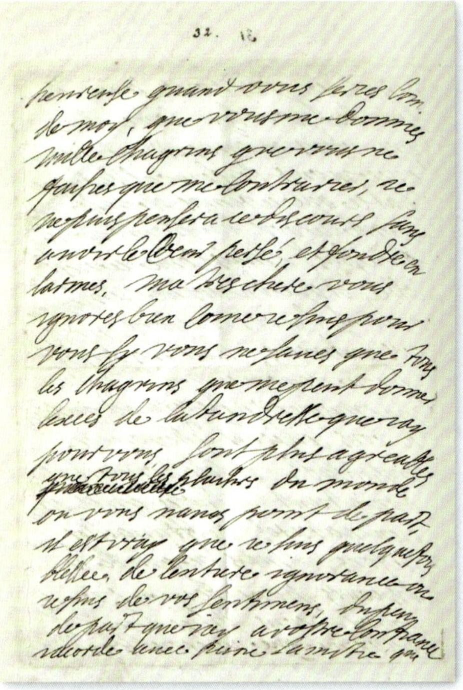

◀ 挥斥方遒

赛维尼夫人写信时，思绪自然流露，边说边写，一气呵成。信中说完私事，又无缝衔接到公事上，因此她有时会因信件过长而道歉。她写道，她一天会弄坏五六支羽毛笔，并哀叹自己没有掌握削尖的技巧。

背景信息

◀ 女儿的肖像画

赛维尼夫人深爱女儿弗朗索瓦丝-玛格丽特（Françoise-Marguerite，1646—1705年）。当年轻的玛格丽特出现在宫廷中的时候，她是公认的大美人。与母亲相比，她爱慕虚荣，不露感情。1669年，她嫁给了比她大14岁、两度丧偶的格里尼昂伯爵（Comte de Grignan），之后她住在伯爵位于法国南部普罗旺斯的城堡里。

◀ 赛维尼夫人的书桌

当赛维尼夫人住在布列塔尼勒罗谢（Les Rochers）时，她就在这张精美的中国涂漆写字台上写信。书桌的质量反映了赛维尼夫人社交圈的高雅品位。社交圈内的名人包括著名的格言作者罗什富科公爵（Duc de la Rochefoucauld）和法国第一位小说家费耶特夫人（Madame de la Fayette）等。

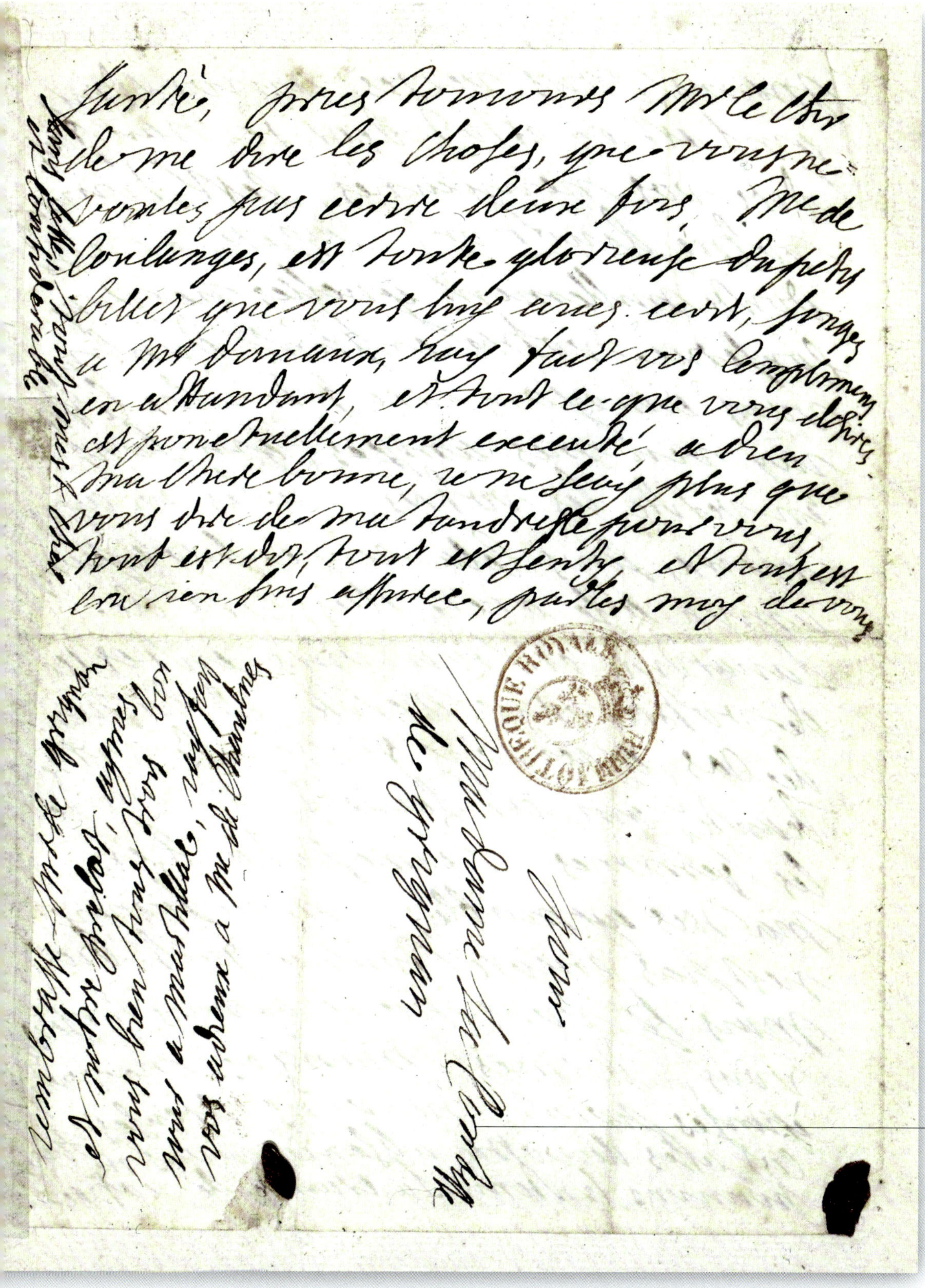
santé; vous trouverez Mr le Chev
de me dire les choses, que vous ne
voulez pas escrire deux fois, Mme de
Coulanges, est toute glorieuse du petit
billet que vous luy avez escrit, songez
a Mr [illegible], vous faites vos complimens
en attendant, et tout ce que vous desirez
est ponctuellement executé, adieu
ma chere bonne, je ne sçay plus que
vous dire de ma tendresse pour vous,
tout est dit, tout est senty, et tout est
bien [illegible] asseurée, parlez moy de vous

Madame
Madame la Comtesse
de Grignan

“我的生命和唯一的乐趣就在于与你通信，其他的不及半分。”

写给格里尼昂夫人的信，1672年1月20日

◀ **给女儿的信**

目前已知赛维尼夫人写了1120封信，其中764封写给了女儿格里尼昂夫人。赛维尼夫人的亲笔签名信现存不多，图中便是其中之一。1873年，在一家古董店发现了一大批信件抄本。

赛维尼夫人把女儿的头衔“伯爵夫人”写在信的地址中。

长途旅行真是件怪事。如果旅行结束时的感觉始终萦绕于心，那我们就该待在原地，不应离开。但是上苍赐予人们遗忘的能力，帮助妇女走出分娩的痛苦。上帝赐予人们遗忘的能力，是为了让世界不至于走向终结，让我们能够踏上前往普罗旺斯的旅程。我将开启旅程，给我带来生命中的极乐，但一想到你待在那里，永无归期，我是多么难过……有时，在这片树林里，我愁闷至深。回来时，比发了烧还要惊恐不安。

写给格里尼昂夫人的信，1671年5月31日

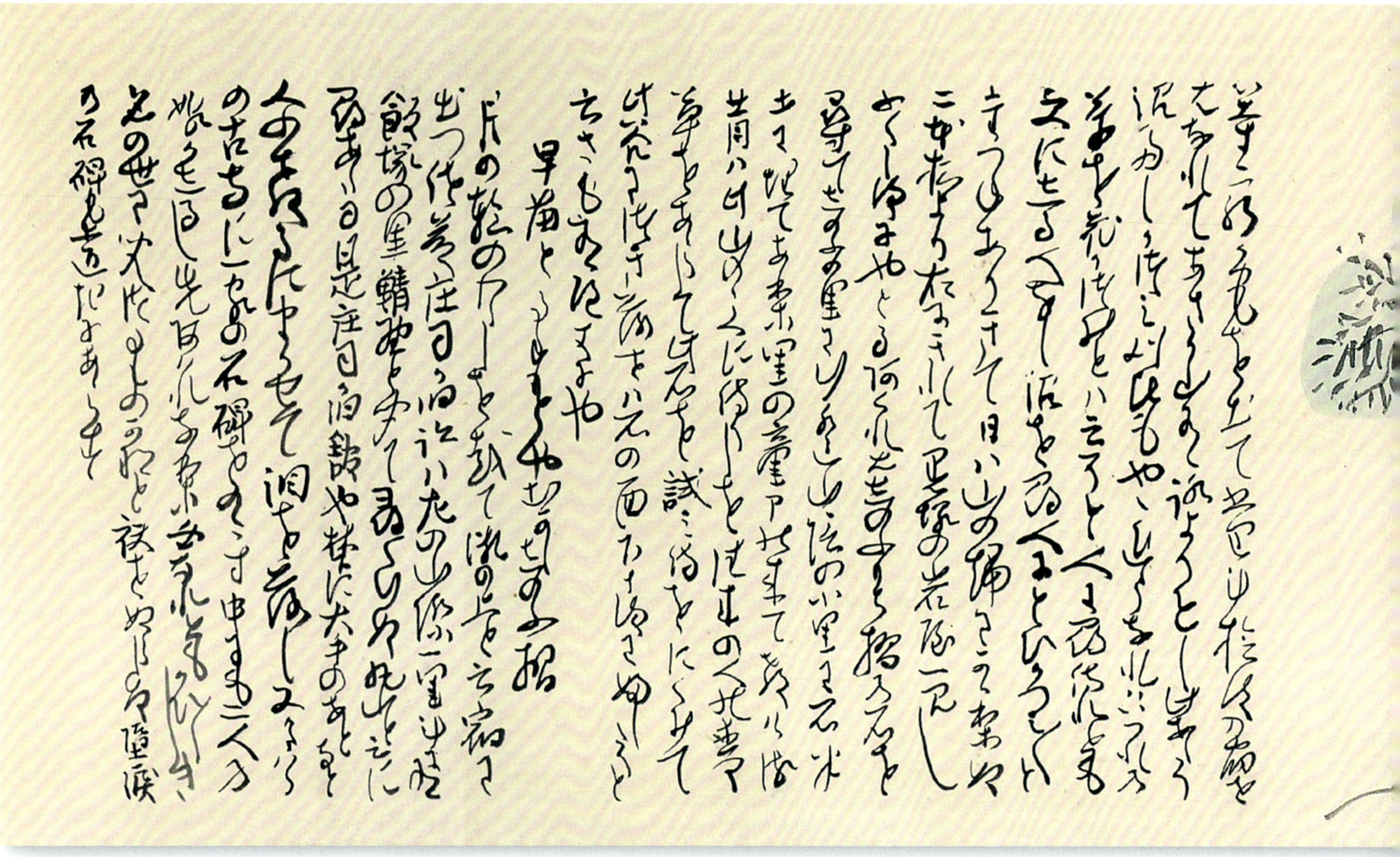

诗人之旅

1689—1694年 ■纸上墨迹 ■日本人

松尾芭蕉：诗人

日本江户时期的杰出诗人松尾芭蕉（1644—1694年）在全身心投入诗歌创作之前，曾担任仆从，为一位年轻的武士效劳。17世纪80年代和90年代，他多次徒步穿行于日本乡间。他最著名的旅行是前往当时还罕为人知的日本北部。松尾芭蕉进行旅行，主要为了追寻古代伟大诗人的脚步，进而让创作水平更上一层楼。

松尾芭蕉将旅行见闻写下来，形成了一系列结合了散文和诗歌的游记。他最著名的游记《奥之细道》表现了美景对其诗思的触动。这样的美景常常只存在于偏远乡村之中。他的诗描写了杜鹃和鹤等鸟类，追忆了栗树和樱花树的盛开，描述了天气状况，从聚积的雨水到雪的微弱气味，都有所涉及。松尾芭蕉还谈及旅途中所遇之人，从蚕农、稻农到其他作家均在其列，并提到了与其所访之处相关的历史人物，比如一栋房屋的贵族住户，或是寺庙的创始人。他常身居偏远地区，记录了山区徒步旅行的艰难和住宿的不适。一首俳句描述了他遭受跳蚤叮咬，睡在床边，而旁边一匹马正在撒尿的情景。对于这样的经历，松尾芭蕉轻描淡写，幽默诙谐。但是松尾芭蕉遇到的一个当地人告诉他，在山中穿行安然无恙、未遭横祸，实属幸运。松尾芭蕉在返乡5年后修订了游记，以供他人阅读。这些游记现在是公认的世界经典作品。

◀《奥之细道》

松尾芭蕉的作品激发了许多诗人和艺术家的灵感，包括创作了图中《奥之细道》插图抄本的18世纪书法家与谢芜村（Yosa Buson）。图中所示部分描绘了松尾芭蕉探访染布厂的一块岩石。松尾芭蕉得知，因为游客会踩踏石块附近的水稻，所以把岩石搬到此处。文中有一首关于稻农的俳句。

松尾芭蕉经过一个偏远地区，栗子树下是一位神官的房子。

有人告诉我，连歌的陈种一度随风飘扬，四处散落在大石田町（Ōishida），如今种子早已扎根，每年依旧开花，像篱管清澈的音符一样软化村民粗野的内心。但现在，乡野诗人们在谬误之林中苦苦挣扎，走投无路……因为没人引导他们。因此，在他们的请求下，我和他们坐在一起，编写了一本连歌，并将其作为礼物留下。对我来说，能在漫游途中帮上这样的忙，真是乐趣多多。

松尾芭蕉，《奥之细道》

◀曾良

诗人河合曾良（Kawai Sora，1649—1710年）是松尾芭蕉的友人，和他同行前往日本北部。曾良的日记记录了此次探险之旅和后来的一次旅程，并抄录了一些松尾芭蕉的诗。此书保存了松尾芭蕉的作品，充实了他们旅行的细节，因此具有重要意义。

此幅插图中，曾良站在右侧。

松尾芭蕉的诗

松尾芭蕉的俳句（haikus）最令人称道。俳句是三行诗，第一行和第三行有5个音节，中间行则有7个音节。俳句是一种已经确立的形式，但松尾芭蕉将俳句的发展推上了新高峰。他能用寥寥数语概述景象和相应的情感触动，能将对生活意义的思考浓缩为简练的诗句。他因与其他诗人合力创作连歌（renga）而闻名。游记中，松尾芭蕉结合俳句和散文，形成新的形式"俳文"（haibun）。散文语段让松尾芭蕉有更大的空间描述风景、人和时间的流逝，例如像月亮这样永恒却不断变化的自然美景。

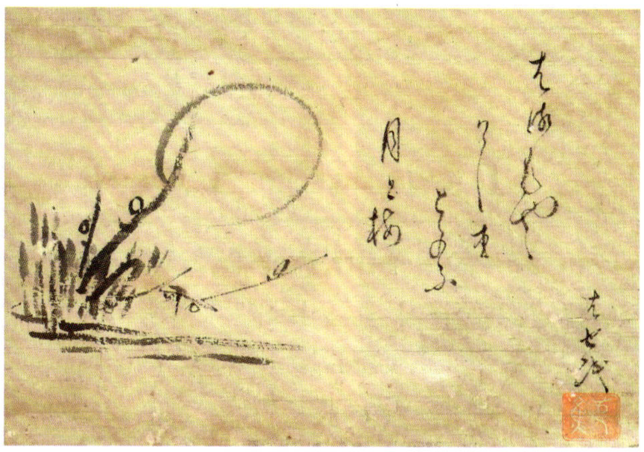

▲《月与梅》（*Moon and Plum Blossoms*）与俳句，松尾芭蕉，1693年

在太阳王的宫廷里

1694—1723年 ■纸上墨迹 ■2300页 ■法国人

圣西门公爵：贵族

圣西门公爵（Duc de Saint-Simon）所著的《路易十四及其宫廷和摄政期的回忆录》（*Memoirs of Louis XIV and His Court and of the Regency*）展现了太阳王时期内部人士对于法国君主制和宫廷贵族的批判性观点。回忆录涵盖了1694年到1723年这段时间，专注于描写宫廷的丑陋和罪恶。根据书中描述，宫廷讲求社会地位的细枝末节，充斥着政治阴谋和私通，并受制一个专制君主的奇思妙想。

圣西门出生于1675年，原名路易·德·鲁弗鲁瓦（Louis de Rouvroy），18岁时继承了公爵头衔，成为法国贵族中的精英。圣西门曾与国王的精英火枪手并肩作战，后与爱妻住进位于刚落成的皇家凡尔赛宫（Palace of Versailles）中的豪华公寓。正是在那里，他对宫廷生活进行了敏锐而无情的评述，为后来写作回忆录打下了基础。由于这些记录必定会惹恼国王，所以他秘而不宣。圣西门从来都不是路易十四的宠臣，他在1715年国王死后得到了晋升的机会。奥尔良公爵（Duc d'Orléans）摄政期间，圣西门担任统治委员会成员和驻西班牙大使。1723年，他回到自己位于巴黎北部的维达姆堡（La Ferté-Vidame），专心写回忆录。1755年圣西门去世时，作品已完成，但尚未出版。

圣西门的写作风格活泼有力、广受赞誉，是公认的法国散文典范。他按时间顺序剖析重大历史事件，结合了生动的人物刻画、宫廷日常生活细节、社会丑闻的描述和恶意流言。他笔下的奇闻轶事体现了皇室成员和朝臣行为古怪、狭隘残忍、自命不凡，读来极为有趣。但他也秉持基于天主教价值观和传统社会秩序的道德观，让他的讽刺挖苦更为有力。1829年首次出版的回忆录完本被誉为是对一段已逝岁月的绝佳刻画。

每一卷都装订在皮质书套中。

背景信息

◀皇宫

皇家凡尔赛宫宏伟壮观，花园喷泉布置井然有序，是路易十四为其宫廷而建，也是为了赞颂自己的伟大。圣西门认为它是“最为乏味无趣且令人生厌的宫殿”。他写道：“花园富丽堂皇，令人惊讶，但品位庸俗，令人遗憾。”

▶太阳王

1643年，尚在襁褓中的太阳王路易十四登基。作为专制君主，他一共在位72年，创建并统治着一个强大的中央集权国家，但他奢靡成性，连年征战，致使国力衰微。虽然圣西门对太阳王严词批判，但还是称赞了他的仪表——“他全身上下散发着魅力，庄严而自然”。

“我将……像评述他人一样，如实地自我评述。”

《路易十四及其宫廷和摄政期的回忆录》，第56章

空白处穿插着注解，总结了每部分内容。

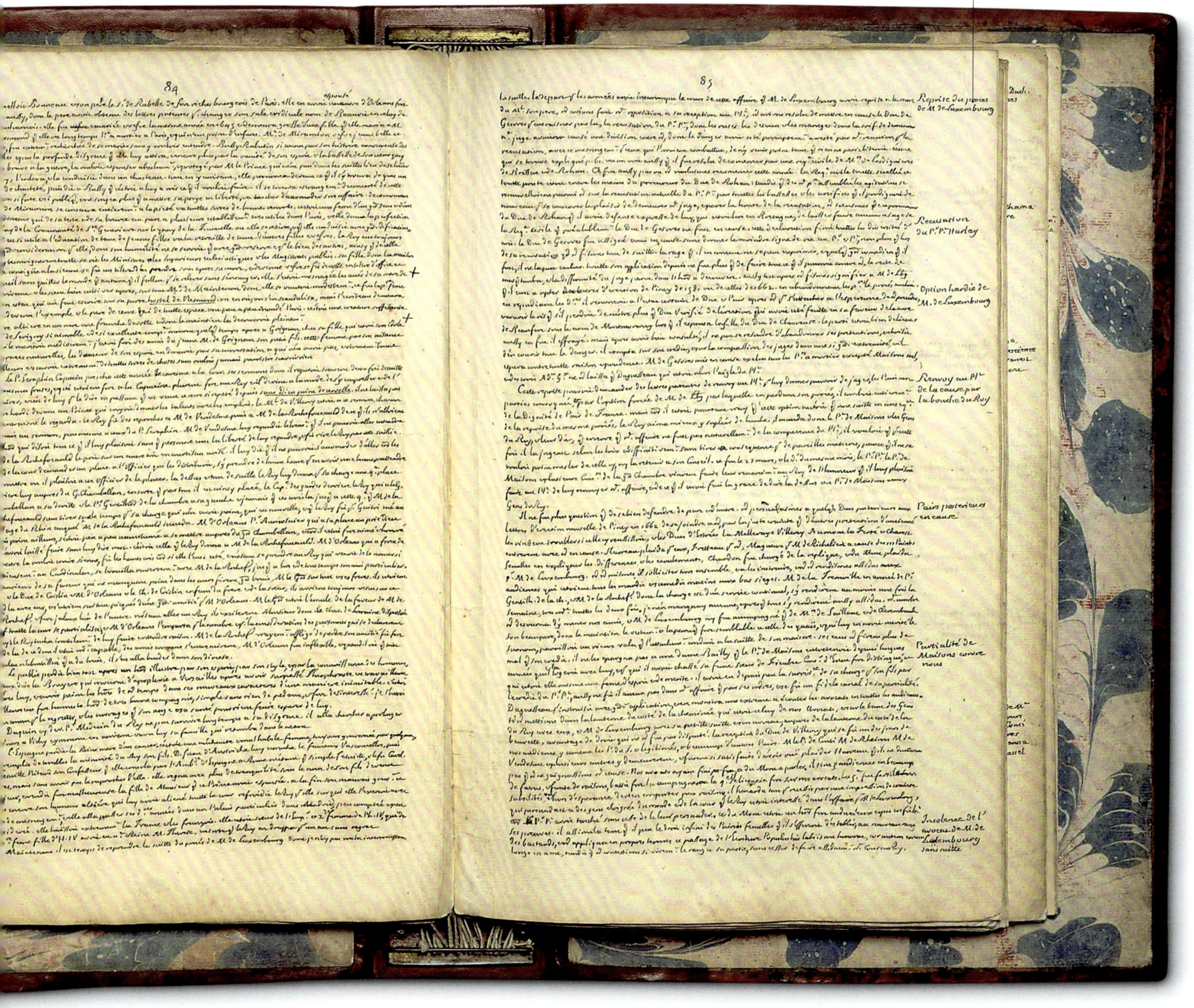

▲颠覆性文本

圣西门回忆录原稿共2300页，装在11个皮质书套中。正文笔迹整洁，字体小巧，非常工整易读，少有增删。因为政府认为手稿可能危及君主制，因此在圣西门死后，将手稿没收，束之高阁，直到1819年才归还给圣西门的继承人。

（国王）不喜欢任何人凌驾于他之上。因此，他选拔大臣，不是因为赏识他们学识渊博，而是因为他们一无所知……他始终沉浸在军队、家庭、府邸的细枝末节当中；他甚至还指导厨师，把他们当成新手，讲授他们早已学会的东西。这般虚荣，这般无止无休、昏头昏脑地爱慕虚名，最终毁了他。

《路易十四及其宫廷和摄政期的回忆录》，第73章

名录：1500—1700年

阿德里安·克嫩的《鱼书》

荷兰人（1577—1579年）

阿德里安·克嫩（Adriaen Coenen，1514—1587年）住在海滨小镇斯海弗宁恩（Scheveningen）。他一生中的谋生手段包括打鱼、贩鱼和海滩拾荒。16世纪70年代，已经年迈的克嫩通过结合手写文字和水彩画，开始创作以海洋生物为主题的插图手稿。他的著作中，内容最丰富、最为著名的是对开本《鱼书》（*Visboek*），共412页，现存于海牙。克嫩的手稿描绘了各类或真实存在，或纯属想象的海洋生物，不仅有鱼、无脊椎动物和鲸鱼，还有美人鱼和海兽。他在当地声名鹊起，甚至还将自己的一份手稿呈送给奥伦奇王子（the Prince of Orange），并在集市上展出其他手稿，供游客付费观看。尽管他的作品有虚构成分，但始终是以他与海洋、海洋生物打了一辈子交道做的笔记为基础。

蒙田的游记

法国人（1580—1581年）

1580年6月，人文主义散文家、哲学家米歇尔·德·蒙田（Michel de Montaigne，1533—1592年）开启了一段曲折的旅程，途经法国东部、德国、奥地利和瑞士，前往意大利。此行目的之一是寻找疼痛性肾结石的疗法，需要去温泉疗养，但更主要的还是出于对大千世界的好奇。起初，蒙田把旅行记录的任务交给了秘书，但后来他自己动笔写日志，时而用法语，时而用意大利语。蒙田略过了著名艺术作品和自然美景，转而寻觅外国风俗习惯的独特之处。他的日志记录了地方饮食习惯、瑞士床和炉灶的设计，以及罗马妓女的谈话。他记述了犹太人割礼、新教徒洗礼、当众处决和驱魔仪式。在意大利停留许久后，蒙田于1588年秋天回到法国，担任波尔多（Bordeaux）市长。蒙田的旅行日志放在他位于多尔多涅（Dordogne）的城堡里，无人问津，直到1772年才重见天日。后来，原稿遗失于法国大革命期间。万幸的是，当时印刷版已出版。

亨斯洛的日记

英格兰人（1591—1609年）

伊丽莎白一世（Elizabeth I）和詹姆斯一世（James I）时期，企业家菲利普·亨斯洛（Philip Henslowe，约1550—1616年）推动了娱乐性戏剧表演在伦敦的发展。1587年，亨斯洛在萨瑟克（Southwark）河岸建立了玫瑰剧院。1600年，他与女婿、演员爱德华·阿莱恩（Edward Alleyn）共同创建了名为“海军上将剧团”（the Admiral's Men）的演艺公司。亨斯洛记录了他从1592年到1609年之间的戏剧商业活动。为节约纸张，他把记录写在一家他感兴趣的钢铁厂的账目背面，内容包括商业事务评论、向剧作家和演员支付的款项和借出的贷款、服装和道具采购以及票房收入。亨斯洛在记述中提及多位著名剧作家，包括克里斯托弗·马洛（Christopher Marlowe）、本·琼森（Ben Jonson）和约翰·韦伯斯特（John Webster），但威廉·莎士比亚不在其列。亨斯洛的记录立足现实，为人们深入了解英国戏剧繁荣时期的舞台实情提供了非凡的视角。手稿存放于阿莱恩创办的达利奇学院（Dulwich College）的图书馆里，首次出版于20世纪初。

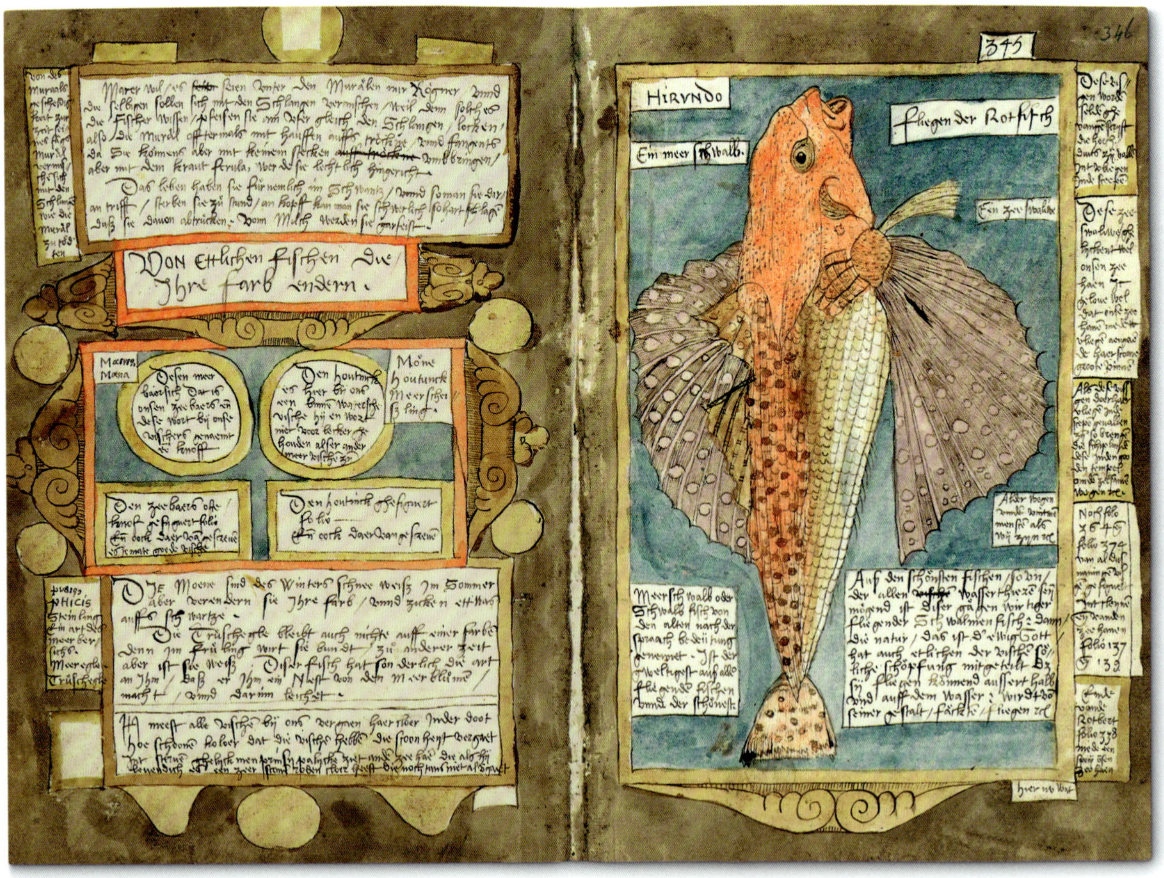

阿德里安·克嫩的《鱼书》中，飞鱼的插画和描述

托马斯·达勒姆的日记

英格兰人（1599—1600年）

出生于兰开夏郡（Lancashire）的托马斯·达勒姆（Thomas Dallam）是住在伦敦的年轻风琴匠。1599年，他被选派去执行一项重大外交任务。他要运送一架机械风琴，将其作为伊丽莎白一世的赠礼，呈送给土耳其奥斯曼帝国统治者苏丹·穆罕默德三世（Sultan Mehmet III）。达勒姆乘坐武装商船“赫克托耳”（Hector）号出发，在日记中记录了他前往奥斯曼帝国首都君士坦丁堡（伊斯坦布尔）的非凡之旅。他记述了一场海战、所见的鲸鱼和海豚、在阿尔及尔港口的逗留，以及与希腊赞特岛（island of Zante）上牧羊人的亲密接触。一经抵达苏丹的宫廷，他立刻组装风琴。这台风琴非同寻常，每天自动弹奏4次，琴上的发条鸟会在银色冬青丛中歌唱。苏丹

大喜，要从后宫中选两人许配给达勒姆，但这位风琴匠忍痛谢绝了。回到英国后不久，达勒姆就把他的日记整理成书，名为《向大领主呈送风琴之旅》（*Travels with an Organ to the Grand Signieur*）。而后，达勒姆继续在英国制作了一些颇有名气的风琴，但他的游记直到1893年才出版。

约翰·伊夫林的日记

英格兰人（1640—1706年）

约翰·伊夫林是英格兰最负盛名的日记作者塞缪尔·佩皮斯的朋辈，人们常将两人进行对比。伊夫林的社会地位更高，也更有学问。英国内战期间，作为保皇主义流亡人士的伊夫林住在欧洲，日记的写作就于此时开始。1660年君主制复辟后，他得宠于查理二世，联合创设了英国皇家学会，著述颇丰，涉猎的主题丰富，甚至涉及林业学和建筑学。伊夫林的日记记录了这一时期的历史事件，包括1665年瘟疫和伦敦大火。日记的写作风格清晰易懂、信息丰富，以个人观察为基础，但不如佩皮斯的作品那般直观。伊夫林对君主和皇室情妇等名人的性格刻画总是颇有见地。1685年，伊夫林19岁的女儿玛丽去世，他动情地倾诉悲痛之情，这是其日记最具个人色彩之处。日记一直写到1706年伊夫林去世。1818年，日记首次出版，名为《约翰·伊夫林生平及著作的说明性回忆录》（*Memoirs Illustrative of the Life and Writings of John Evelyn*）。

牛顿的笔记本

英格兰人（1661—1669年）

1642年，现代物理学创始人艾萨克·牛顿（Isaac Newton）出生在英格兰东部。1661年6月被剑桥大学录取后，牛顿开始在一本小牛皮装订的写字本上记录他的研究。这本笔记，加上截止到1669年他在学生时代写的其他笔记，让人们能够深入了解牛顿在数学、物理学、炼金术和玄学方面思想的初步发展。笔记用拉丁语、希腊语和英语写成，也显示了他个性化的一面。从买夜壶、棋盘到买橙子、啤酒，牛顿的账目清单体现了他的消费习惯。有一段直到1964年才被破译的隐晦速记，列举了他的罪行，包括“抢走了母亲的一盒李子和糖”和“对上帝没有像对俗物那样上心”，揭示了他本性中虔诚信教和有负罪感的一面。这些笔记保存于不同档案中，于2011年在网上公开。

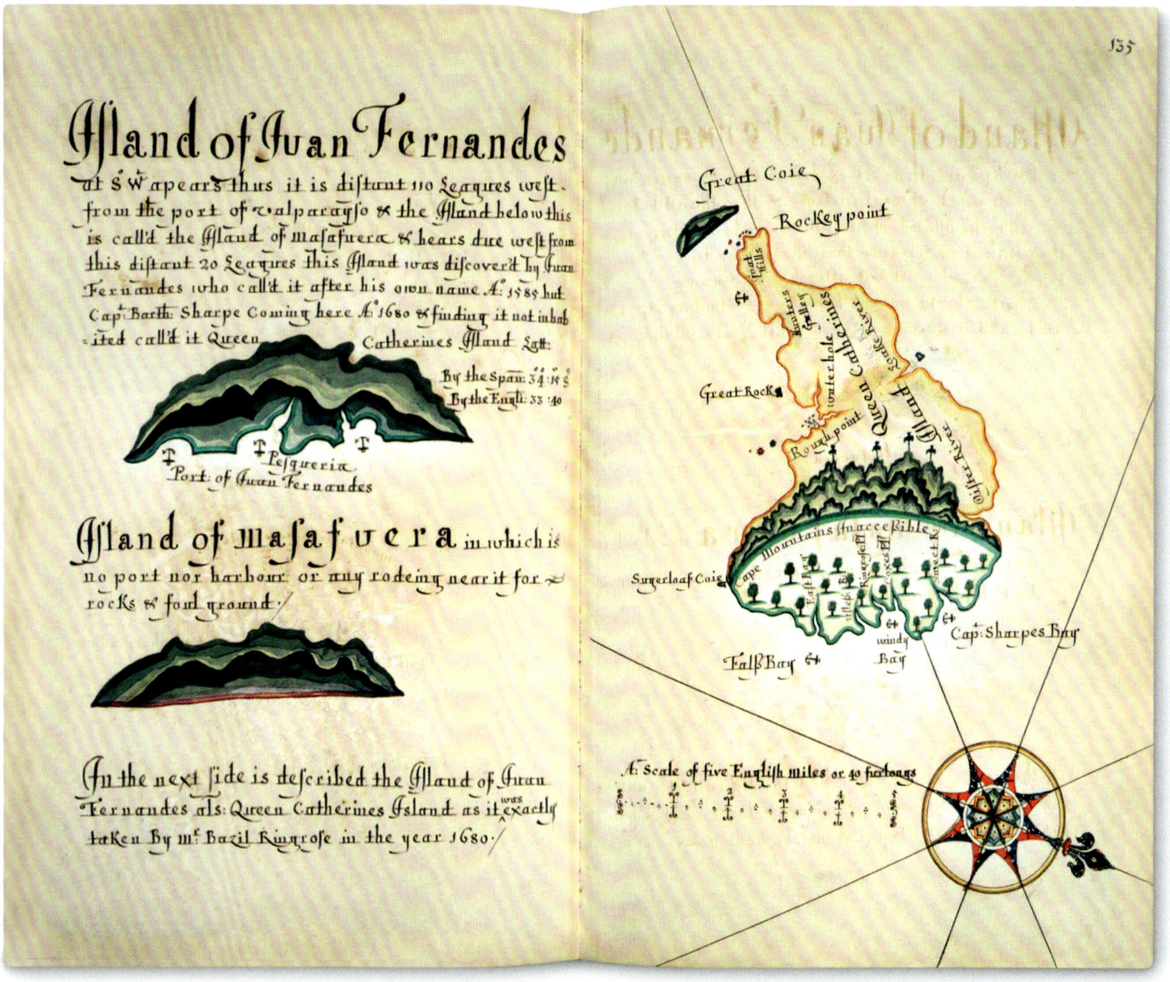

描绘智利胡安·费尔南德斯岛的地图，摘自《南海航行日志》（*Journal of a South Sea Voyage*，1683年）

巴塞洛缪·夏普的日记

英格兰人（1680—1682年）

巴塞洛缪·夏普（Bartholomew Sharp，约1650—1702年）是一名在西印度群岛从事海盗活动的英国水手。1680年，他和其他330人一同出发，前去掠夺西班牙所占领的南美洲太平洋海岸。此行最终由夏普带头，期间他每日写下日志。夏普记录了海盗们如何徒步穿越中美洲，然后乘坐偷来的西班牙船只向南航行。他们没能夺取西班牙宝藏，但沿途一路烧杀掳掠，引起骚乱。当夏普乘船绕过了合恩角（Cape Horn），抵达西印度群岛时，因为当时英国并未与西班牙交战，夏普被英国当局以海盗罪逮捕。在英国受审后，他似乎注定要被绞死。但夏普交出一幅价值连城的西班牙海图，成功赎回了自由之身。随后，夏普的日记被改写为辞藻华丽的散文，形成多种手稿抄本而流传于世，其中一份还呈送给了查理二世。夏普重返西印度群岛，最终死于狱中。

塞缪尔·弗里茨神父的日记

捷克人（1689—1723年）

1651年，塞缪尔·弗里茨（Samuel Fritz）出生于波西米亚（Bohemia）。加入耶稣会后，他于1686年被派往亚马孙河上游，向那里的美洲原住民传教。从1689年起，他就开始写日记记录自己与奥马瓜人（Omagua people）共同生活的经历，包括一段距离6000千米、为寻找疟疾疗法而乘独木舟从亚马孙河顺流而下的旅程。葡萄牙治下的巴西要争夺奥马瓜领土，与弗里茨效忠的西班牙秘鲁总督（Spanish Viceroyalty of Peru）起了冲突，使得弗里茨的传教任务变得复杂化。弗里茨曾一度被葡萄牙人囚禁。弗里茨描述了奥马瓜人一开始如何崇拜他，以为他有魔力，但后来却反抗他的权威。1704年，弗里茨升任耶稣会会长，离开了奥马瓜人。在接下来的几年里，奥马瓜社会遭到摧毁。1712年，弗里茨作为传教士重返南美洲，并与美洲原住民一起生活，直到1725年左右去世。弗里茨的日记摘录，附有一位佚名耶稣会士的评注，于1738年首次出版。弗里茨还因绘制了第一张精确的亚马孙河地图而闻名。

DOCT: LINNÆI
METHODUS plantarum SEXUALI
in SYSTEMATE NATURÆ
descripta
A
B
C
D
E
F
G
H
I
K
L
M
N
O
P
Q
A PARIS, sur le Quay de l'Horloge du Palais
GRANDE MER DU SUD

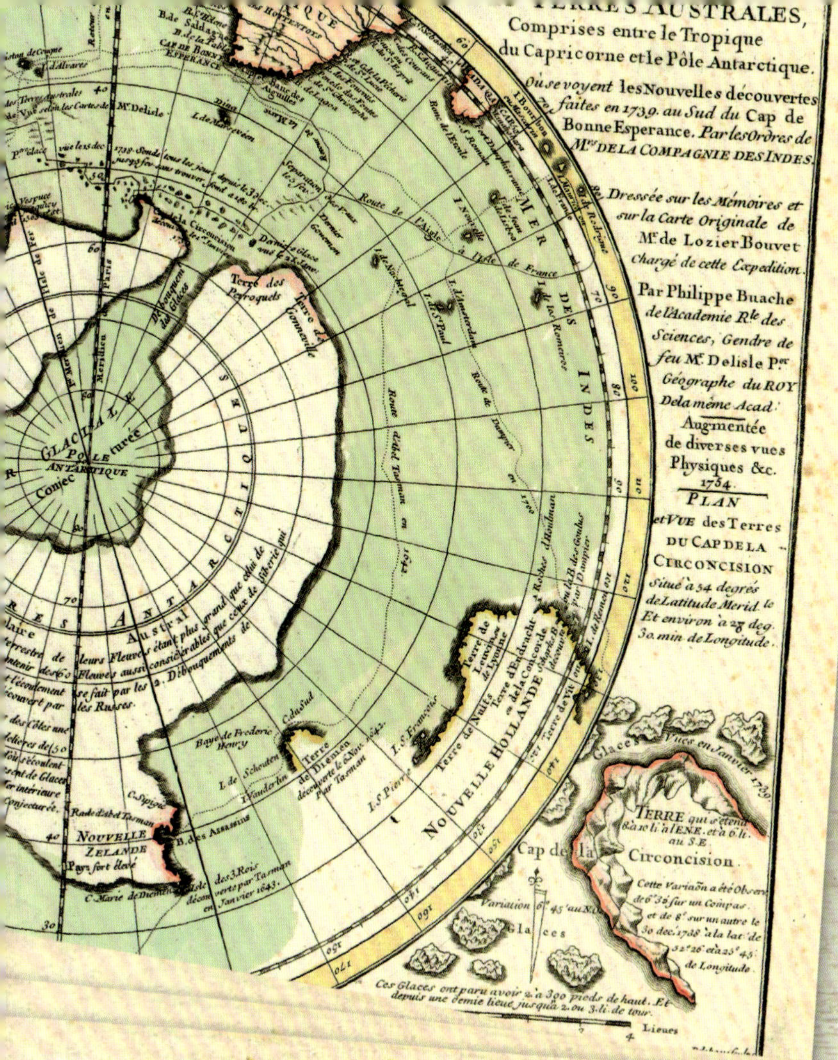

第3章

1700—1800年

启蒙运动期间，德国作家歌德、西班牙艺术家戈雅、奥地利作曲家莫扎特等著名人物写下了大量日记。在英国，詹姆斯·博斯韦尔（James Boswell）写了一本有关伦敦生活的私人日记，描绘了当时许多领军人物。对世界的好奇激发了人们开启科学发现的探险之旅，如库克船长（Captain Cook）的太平洋航行和亚历山大·冯·洪堡（Alexander von Humboldt）的横跨美洲之旅，这些都需要精确的记录。当欧洲人在世界范围内进行殖民时，印度官员阿南达·兰加·皮莱（Ananda Ranga Pillai）等亚洲观察家们记录了他们对这些重大变化的看法。美国独立战争，以及建国后的日常生活体验，都触发了社会各阶层进行日记写作。

拉普兰之旅

1732—1741年 ■纸上笔墨 ■191页 ■瑞典人

卡尔·林内乌斯：植物学家

1732年5月，植物学家卡尔·林内乌斯（1707—1778年）开始了一段距离2000千米的旅行，前往斯堪的纳维亚半岛北部的拉普兰（Lapland）。在5个多月的旅程中，他希望能发现未知动植物物种，找到珍贵矿物，并观察当地萨米（Sami）人的生活方式和风俗习惯。

林内乌斯一直记着日记，描述了旅途中的3次内陆探险，每次都从波罗的海北部波的尼亚湾（Gulf of Bothnia）的海滨小镇出发，或骑马或步行，进行长途跋涉。日记详细介绍了他发现的约100种此前未曾记录的植物。这一总数令人赞叹，因为拉普兰并不具备特别丰富的生物多样性。日记还描述了他与萨米人的接触。由于其生活区域地处偏远，因此外界对萨米人和萨米人的文化知之甚少。

林内乌斯的写作风格清晰易懂、直截了当，对实际情况的记录分毫不差。不过他也写下了一些引人共鸣的语段，例如描写开花的沼泽迷迭香时，称其颜色如同“佳人的气色”一般。就事论事、严谨明晰的风格，结合主观生动的语言，体现了林内乌斯浓厚的个人色彩，使他的日记妙趣横生。

日记还有其他特点。林内乌斯经过细致观察，描绘了动植物图画，并根据自己此行经历绘制了地形图，标出了山、河、湖。由于林内乌斯观察精准确切，绘图一丝不苟，收集整理了有关当地居民的新信息，因此《拉普兰日志》（*The Lapland Journal*）具有开创意义。他将这些数据用于重要科研工作中，包括他关于拉普兰植物的著作《拉普尼卡植物群》（*Flora Lapponica*），及其生物分类法的建立。时至今日，科学家们仍在使用这个著名的分类法为动植物命名。

▶ 观察细致

虽然林内乌斯画得飞快，着墨不多，日志中的插图依然传神地再现了所绘对象的核心特征。林内乌斯的速写对象包括鸟、昆虫、树叶、花朵、种子中的头状花序，以及他碰见的有趣工具或工艺品。图中右侧的鸟是他击落的北鹰鸮（Surnia ulula）。

> 我们观察到东北方向有一片浓密的云，从我们的上下方都清晰可见。这片云最终化为浓雾，向我们逼近，弄湿了我们的衣服，甚至彻底打湿了我们的头发……我们看不见日月，也看不见附近的山峰。我们不知该往何处走，担心像几年前的一个拉普兰人那样跌下悬崖，性命不保；又害怕坠入积雪中，那里深流涌动，往下看令人头晕目眩的高山激流中。我们现在分辨不清几米外的东西。我们的处境如同一个海上水手，笨拙不堪，没有罗盘、不见陆地，周围却暗礁密布。

卡尔·林内乌斯，《拉普兰之旅》（*Lachesis Lapponica*），1811年

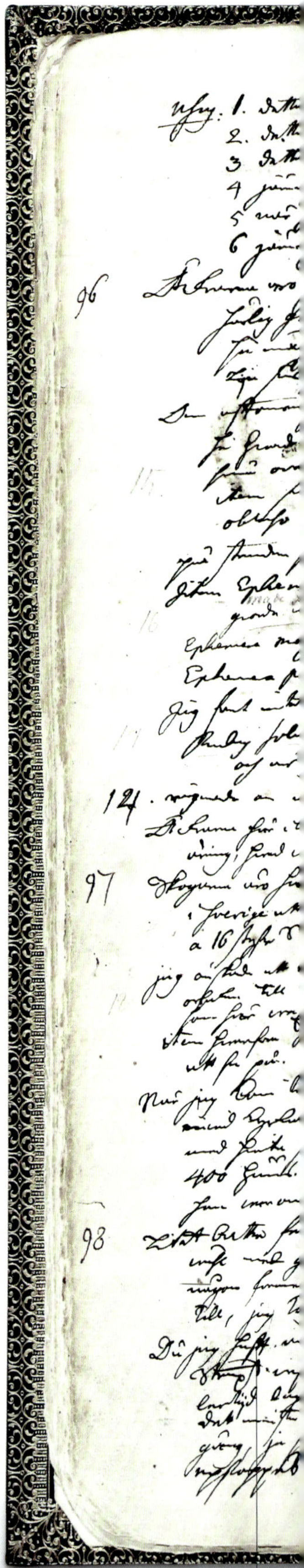

林内乌斯写得飞快，他的斜体字有时难以辨认。他写日记主要供自己使用。

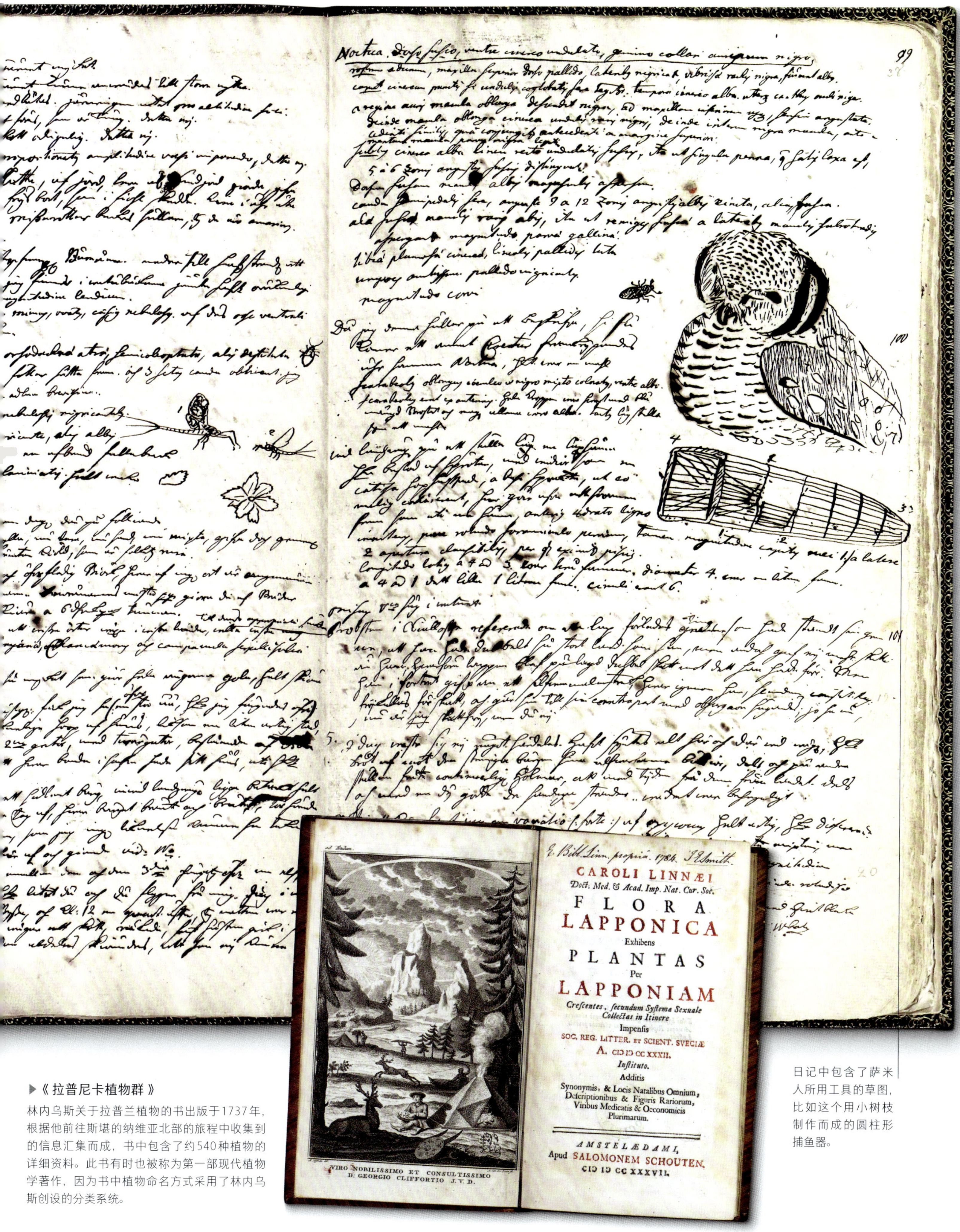

▶《拉普尼卡植物群》

林内乌斯关于拉普兰植物的书出版于1737年，根据他前往斯堪的纳维亚北部的旅程中收集到的信息汇集而成，书中包含了约540种植物的详细资料。此书有时也被称为第一部现代植物学著作，因为书中植物命名方式采用了林内乌斯创设的分类系统。

日记中包含了萨米人所用工具的草图，比如这个用小树枝制作而成的圆柱形捕鱼器。

背景信息

林内乌斯其实并未发表《拉普兰日志》，而是将其作为参考，应用于他出版的科学著作中，例如《拉普尼卡植物群》。他将日志手稿和其他手稿、书籍、信件以及旅行中收集的许多植物标本一起存放在他的图书馆里。1787年，林内乌斯去世几年后，英国医学生詹姆斯·爱德华·史密斯（James Edward Smith）意识到这位科学家藏品的重要性，担心部分藏品保管不当。林内乌斯年老时无力看管，致使一些标本遭飞蛾和老鼠损坏。

史密斯从林内乌斯的遗孀手中买下了几乎所有藏品，将其带到伦敦。1年后，他成立了伦敦林内乌斯学会（是当今世界上历史最悠久的博物学学会），并将这位科学家的文献移交给学会，由学会保存至今。史密斯还负责出版《拉普兰日志》。他在1811年发表了英文译本，许多人终于得以领会此书对科学的独特贡献。

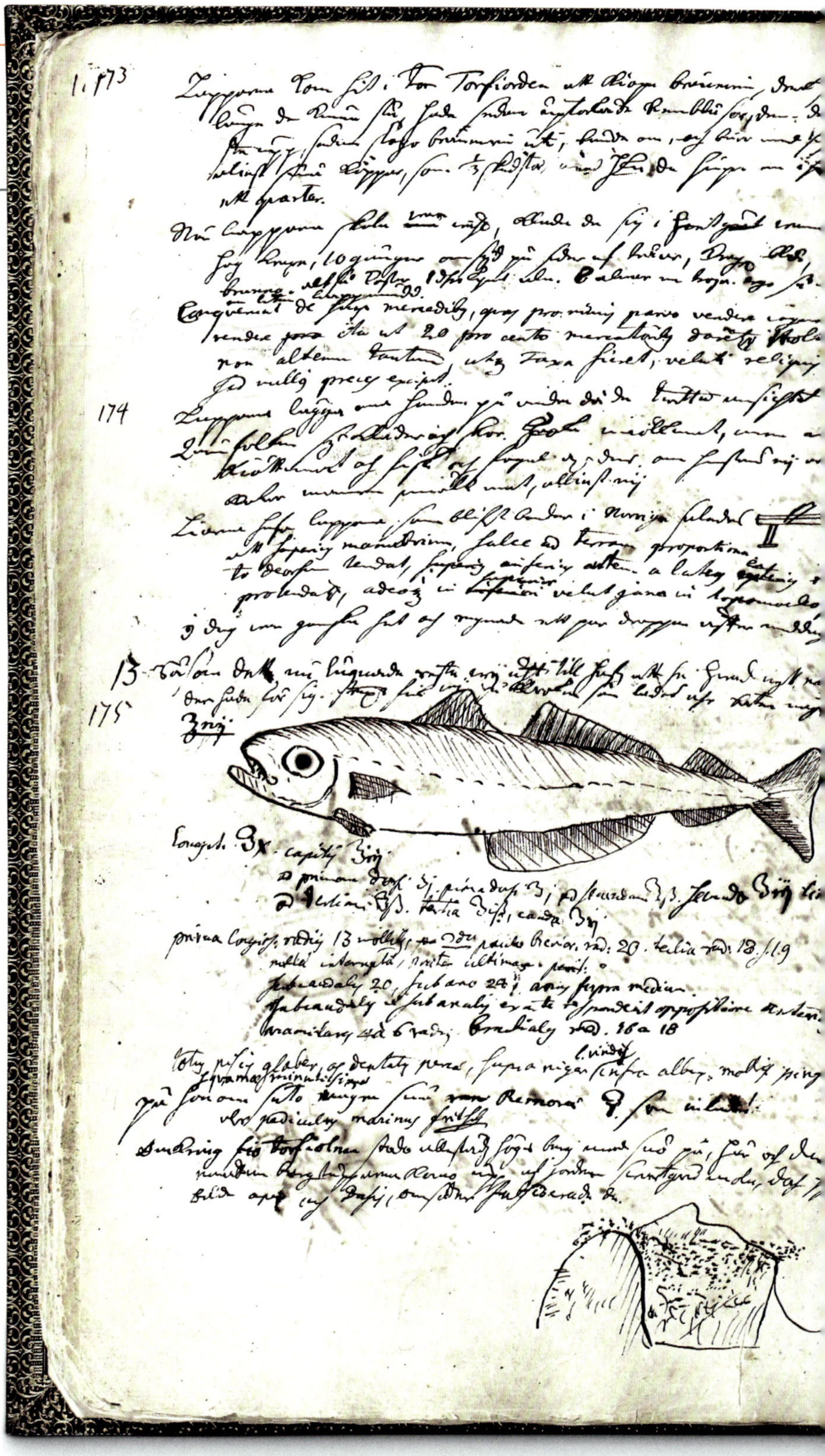

◀**个人象征**

前往拉普兰途中，林内乌斯收集到了北极花的精美标本。这种植物深得他的喜欢，后来还以他的名字被命名为“林奈花”（Linnaea borealis）。这种花因体型小而常被忽视，据说与林内乌斯有相似之处。1757年，林内乌斯成为瑞典贵族时，决定将这种植物作为个人象征。

▶**萨米人**

旅程中，林内乌斯与萨米人共度了许多时光。日志记录了他如何雇用萨米人作为向导和译员，并包含了许多关于萨米人房屋、服饰、工艺品和船只的笔记。林内乌斯还对萨米人的疗法和用药感兴趣。

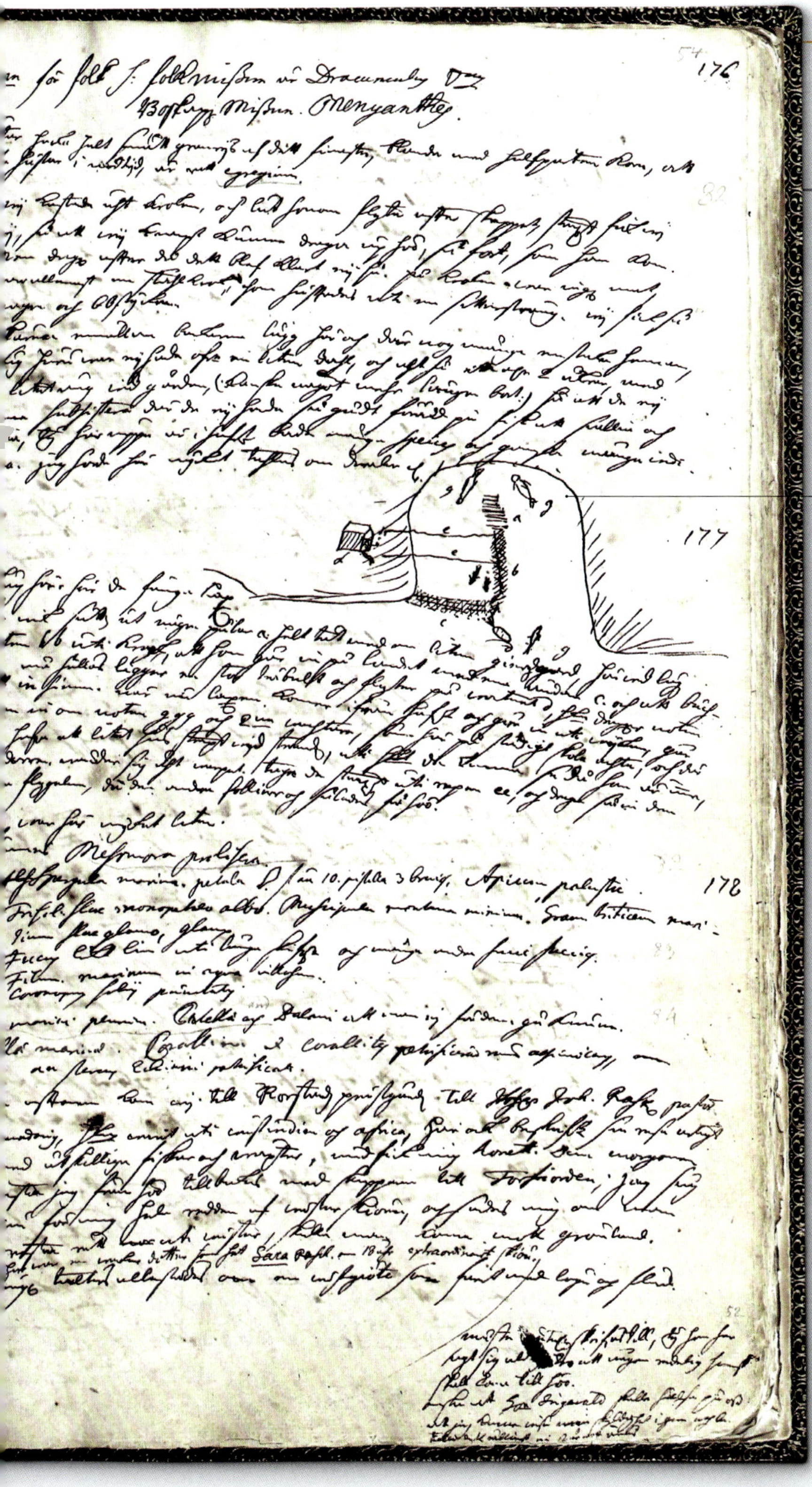

◀ 海岸上

在一次探险中，林内乌斯抵达了挪威海岸。此处的日志记录了他在船上钓鱼，捕获了许多绿青鳕（Gadus Virens）。日志的这一页上，出现了林内乌斯的绿青鳕素描，绘图清晰，易于辨认。根据林内乌斯的报告，数个标本上都附有印鱼（suckerfish）。

这幅素描展示了当地人如何在小海湾的入海口捕获鲑鱼。

“哪怕只有一种动物从地球上消失，我都不知道这个世界该如何不失优雅地维持下去。”

林内乌斯日志，约1760年

林奈氏分类法（Linnaean Classification）

林内乌斯设立了一套自然界分类系统，按不同组别顺次排列。被称为“界”的三大群体，分别包括动物、植物和矿物。例如，植物界可再分成更小的群组“纲”。每一纲包含几个“目”，“目”则由包含不同物种的“属”组成。林内乌斯给每个物种取了一个独特的拉丁名，由两部分组成，一部分表示属，另一部分表示种。他通过研究物种差异来为其分类。以植物为例，林内乌斯观察了植物生殖器官（雄蕊）的数量和排列。虽然这套系统自创立后已有所发展，但科学家们仍沿用类似的分类方法。

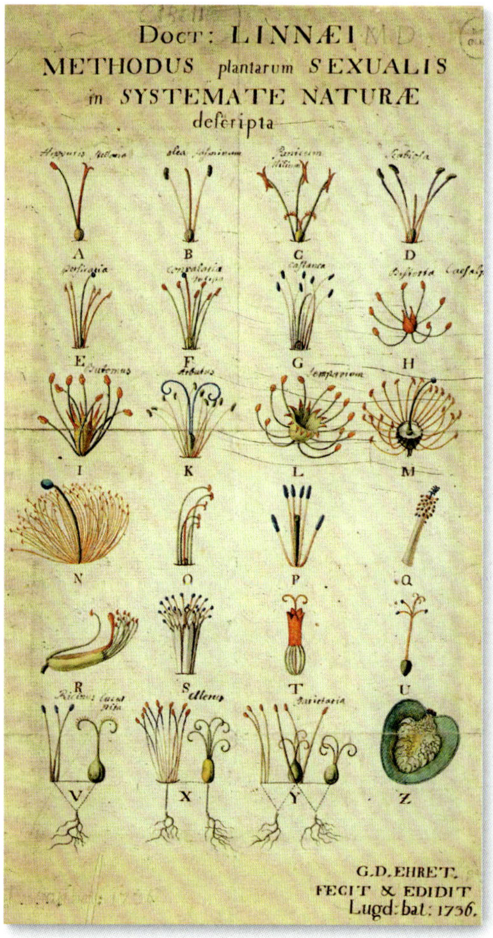

▲《植物属志》（*Genera Plantarum*）中，格奥尔格·埃雷特（Georg Ehret）为植物生殖系统绘制的插画，1737年

本地治里的生活

1736—1761年 ■纸上笔墨 ■12卷 ■泰米尔人

阿南达·兰加·皮莱：首席杜巴什

17世纪，为获取高额利润，欧洲列强都在竞相争夺印度境内的贸易权。但到了18世纪中叶，只剩下英法两国还在互相竞争。阿南达·兰加·皮莱（1709—1761年）小时候搬到印度东南部的法国殖民地本地治里（Pondicherry），后在当地的法国东印度公司工作，并成为首席杜巴什（chief dubash，翻译兼行政人员），效力于包括约瑟夫·马基·迪普莱（Joseph Marquis Dupleix）在内的四任法国总督。

1736年，即成为首席杜巴什的11年前，皮莱开始记日记，一写就是25年，无一日间断。他的日记以印度人视角描述了欧洲对印度的殖民，从而对18世纪本地治里的生活进行了独特的刻画。皮莱重视自己的特殊地位，他不仅是翻译，还担任行政人员、主管和秘书长。皮莱能与法国高层官员直接沟通，相当具有影响力，令他感到自豪。他的日记并非西方传统意义上的日记，而是混合了贸易项目、通信记录和编年史等内容。皮莱偶尔会挖苦他的法国雇主，用近乎滑稽的写法描述英法两国间的频繁冲突。他目睹了数次权力斗争、海军轰炸、法国从英国手中夺取马德拉斯（Madras），以及卡纳蒂克战争（Carnatic Wars）。作为行政人员，他认真而勤恳。比如，当几罐子脏东西被扔进一座寺庙，且据说是出自基督教教堂的时候，皮莱进行了一项敏感的调查，并收到了破罐子确切位置的报告。

皮莱的日记始终保持着戏剧性色彩，直至最后。1761年1月12日的日记在一句话写到一半时突然中断了。4天后，皮莱去世了。

> 谁也搞不明白，德·拉·布尔多奈先生（M. de la Bourdonnais）究竟有何打算。他头一天给本地治里议会写信说了一件事情，第二天又写信说另一件事，好像闹着玩似的。尽管我们知道欧洲人一团和气，彼此理解，从无纷争，但我们无法理解他时而说夺回了马德拉斯，时而又说没有，究竟有何用意。欧洲人过去总是步调一致，现在他们的行事方式显然已经变得像当地人和穆斯林那样了。
>
> 阿南达·兰加·皮莱日记，1746年10月16日

背景信息

◀ **殖民地前哨**

1674年，法国东印度公司在本地治里海岸建立了一个前哨基地。18世纪期间，这里一直是法国人在印度的主要港口和定居点。街道呈网格状排列，四周围墙得到了加固。图中这条运河分隔了法国区和当地居民居住的泰米尔区（Tamil Quarter）。

▶ **法国货币**

由于资金短缺，法国人获得许可后以当地卢比的形式自行铸造货币，币上加盖法国鸢尾花图案。阿南达·兰加·皮莱在日记中记录了他如何代表法国总督监督铸币厂。

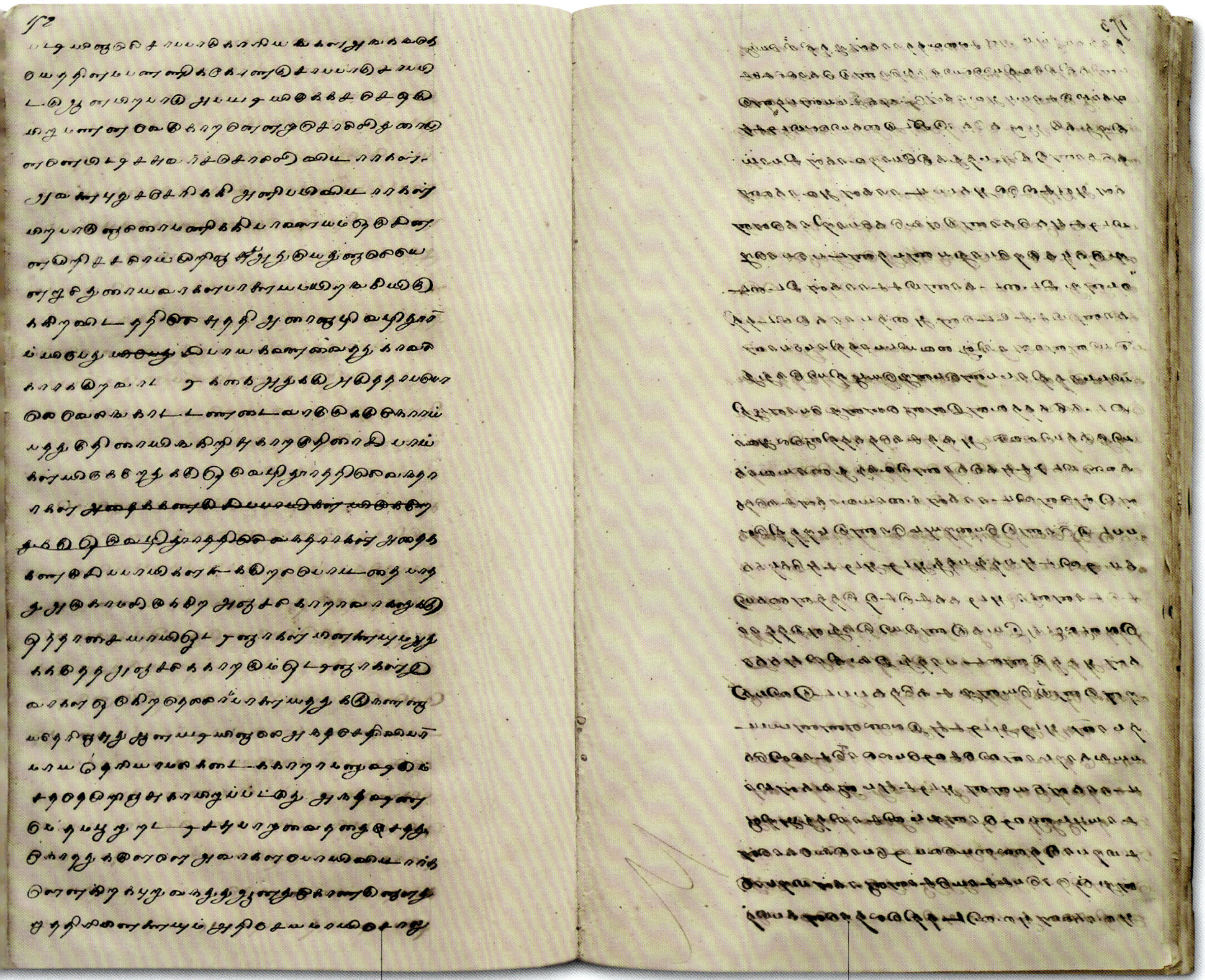

皮莱用母语泰米尔语写作，这本手稿抄本也用泰米尔语写成。

纸张很薄，可以看见下一页的文字。

▲了解印度的一扇窗

皮莱日记手抄本的左页描述了一支陆军分队的调动，以及虚惊一场后的混乱。“店主们不知道发生了什么，假消息不胫而走。击鼓后，军队受命集结。过了一段时间，有人宣称他们已经走了。”

卡纳蒂克战争

1715年，约瑟夫·马基·迪普莱随法国东印度公司来到印度。1742年，他被任命为总督，统管法国在印度的所有定居点，总部设在本地治里，阿南达·兰加·皮莱就在此地为他效力。迪普莱想要扩大本国在印度的利益，这与英国人的想法如出一辙，因此双方陷入冲突。卡纳蒂克战争是两大欧洲列强为争夺印度贸易港口控制权而进行的一系列战争。1761年，英国人占领本地治里，成为印度境内的主要外国势力，战争随即宣告结束。

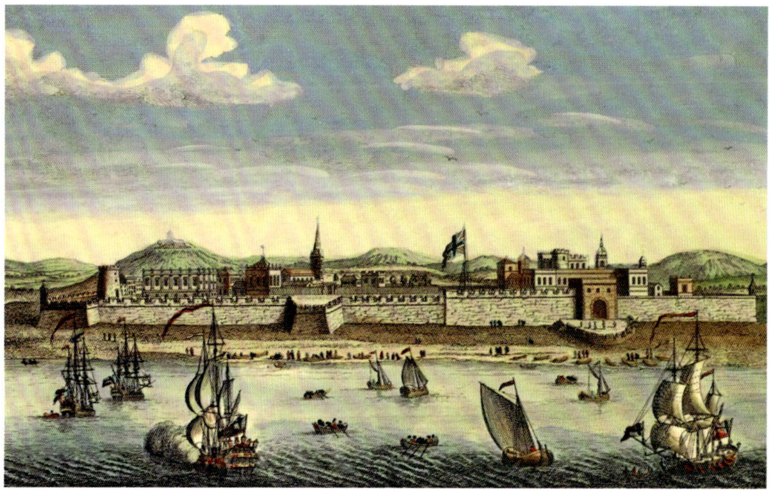

▶《科罗曼德尔海岸上的圣乔治堡》(*Fort St. George on the Coromandel Coast*)，扬·范·吕恩（Jan van Ryne），1754年

记录革命

1758—1807年 ■纸上笔墨 ■2100页 ■美国人

伊丽莎白·桑德维斯·德林克：贵格会教徒

伊丽莎白·桑德维斯·德林克（约1735—1807年）的日记记录了一位18世纪美国中产阶级妇女的自身生活经历，篇幅之长为同类型之最。日记始于伊丽莎白与费城富商亨利（Henry）结婚的两年前，叙述了她从年轻母亲变为祖母的过程，记录了家庭生活细节以及这对夫妇与各界友人的往来。伊丽莎白对美国独立战争的描述（见第71页右图）扣人心弦，生动地描绘了动荡时期人们的生活状况。

德林克一家是公谊会（the Society of Friends，又称“贵格会”）成员。日记揭示了他们在战争期间因宗教信仰而面临困境。贵格会教徒是和平主义者，不愿宣誓，因此亨利·德林克拒绝参战，也不愿宣誓效忠革命事业，致使他因“通敌”罪入狱。日记记述了此事令伊丽莎白忧心忡忡。她因与其他贵格会信徒结友而受到迫害，她的住宅遭到袭击，双方士兵都曾试图窃取她的财产。

此外，伊丽莎白还讲述了她如何帮助家人度过痢疾、麻疹和疟疾暴发的时期，并记录了天花疫苗的应用。她还动情地描述了1793年黄热病流行的影响，这场流行病迫使一家人逃离了费城。因为伊丽莎白观察敏锐，记录了身边发生的一切及其对家庭的影响，因此她的日记不仅是美国早期历史的重要参考信息来源，也是那个时代的生动写照。

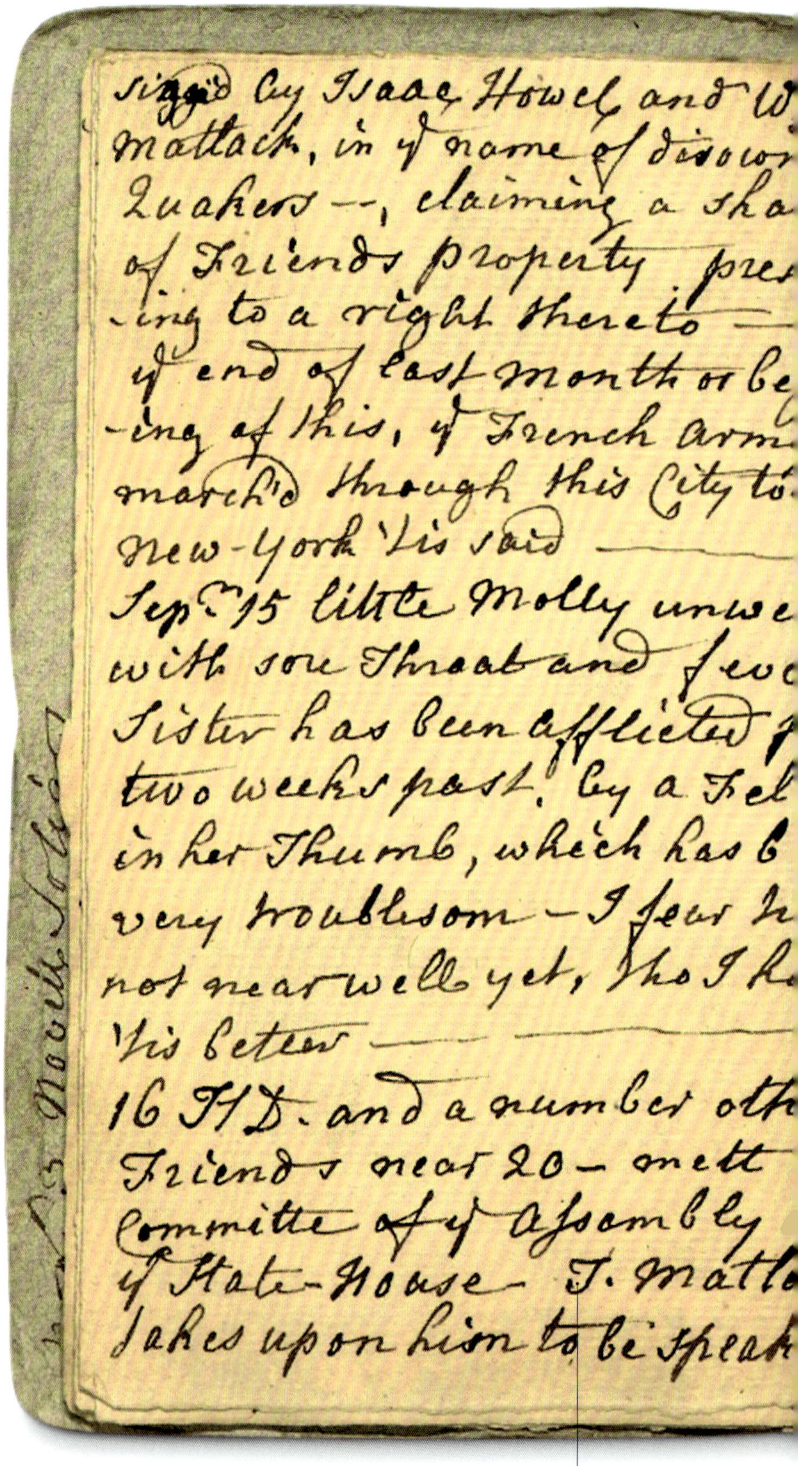

▲生活充实

如同此页一般，日记中大部分内容都描述了各类事件，包括各种各样的笔记，从德林克的读书清单到贵格会会议，从孩子生病到她对法国大革命的思考。德林克记录了大量细节，字迹清晰但并非十分工整。文段中出现了许多缩写，似乎是因为她写得飞快。

文中记录了几位贵格会教徒的会面，其中包括等待审判的亨利·德林克。

> 我们与朋友离别的时间推迟到了今天下午3点，因为他们发现难以找到马车和车夫。亲爱的亨利与我们一起吃过早餐，然后去了地方分会。我大约10点到那儿……目前城里一片混乱，下方传来开火的巨响，应该是军队在交战。据说河上游也有几个士兵……晚饭后不久，哈里匆匆忙忙地赶来取主人的马，好给一个仆人骑。他告诉我，马车已经在地方分会等着载走我们亲爱的朋友们。

伊丽莎白·德林克日记，1777年9月11日

> “他们往屋里扔石头，砸碎了近70块玻璃。”

伊丽莎白·德林克日记，描述独立派（Anti-Loyalist）的袭击，1781年10月24日

此处的“朋友”指的是公谊会（贵格会）成员。

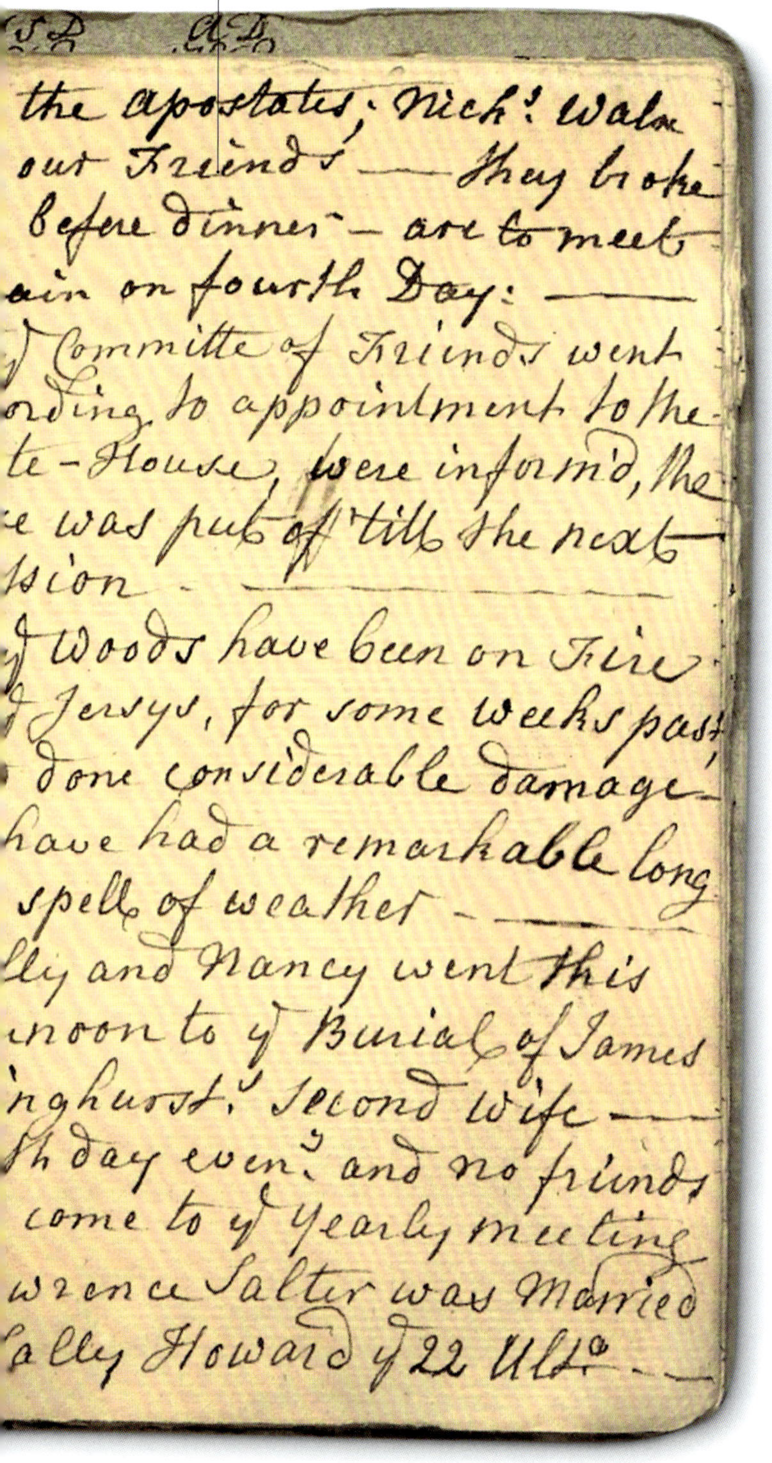
the apostates; Nich: Waln
our Friends — They broke
before dinner — are to meet
ain on fourth Day: —
Committe of Friends went
ording to appointment to the
te-House, were inform'd, the
e was put off till the next
sion —
Woods have been on Fire
Jerseys, for some weeks past
done considerable damage
have had a remarkable long
spell of weather —
lly and Nancy went this
noon to y Burial of James
nghurst's Second Wife —
th day even: and no friends
come to y Yearly meeting
wrence Salter was Married
ally Howard y 22 Ult° —

美国独立战争

这场战争（1775—1783年）的交战双方是英国和北美殖民者。北美殖民者宣布独立，并于1776年成立了美利坚合众国。战争导致英国的敌人与一心忠于英国王室的殖民地同胞反目，让反战的贵格会教徒处于尤为困难的境地中。德林克一家反对战争、反对独立，处境极为艰难，这些都记录在伊丽莎白的日记中。双方交战，炮火震天时，她也实时跟进记录。她还描述了与军方的遭遇，从她看到军队行军经过，到她旅行113千米，前往拜访乔治·华盛顿，恳求释放她的丈夫。尽管华盛顿也无能为力，但不久后亨利还是获释了。

▲《列克星敦战役》（*Battle of Lexington*），威廉·巴恩斯·沃伦（William Barnes Wollen），1910年

▶贸易城市

费城是一个重要港口，许多运载粮食、木材和其他物品的船只停靠在费城码头。德林克一家能从家里看到特拉华河（Delaware River）和许多建筑，例如亨利的仓库。伊丽莎白看得到卸货过程，还能看到商人和码头工人来来往往。

伦敦历险记

1762—1763年 ■纸上笔墨 ■736页 ■苏格兰人

詹姆斯·博斯韦尔：作家

《塞缪尔·约翰逊传》(*The Life of Samuel Johnson*)是一部卓越的英文传记，长久以来，詹姆斯·博斯韦尔（1740—1795年）主要因此书闻名。不过，20世纪20年代，人们发现了他的两本日记手稿集，并随后将其出版。日记吸引读者深入了解博斯韦尔的品性，并对18世纪生活进行了独到的描述。手稿中最具启发性的部分是他在1762年至1763年间初访英国首都时写的《伦敦日记》(*London Journal*)。

毫无疑问，在伦敦，有绅士风度堪称最大优势。这里自由自在，充满奇思妙想，造就了各类完美有趣的人物。还有熙熙攘攘的人群、繁忙的商业和娱乐业、诸多公共娱乐场所、宏伟的教堂和华丽的建筑……鼓动、取悦、振奋人心。此外，执行任何计划而不必被人知晓，不必受人审查，令人极为满足。

《伦敦日记》，1762年12月5日

《伦敦日记》充满对作家、贵族、士兵、政客、店主、劳工和妓女的生动描述，揭示了博斯韦尔性格中矛盾的一面：他热衷于发现“柔情似水、令人神魂颠倒的爱情仪式”，他与伦敦妓女的相遇，以及他内疚于自己的恣意挥霍。日记描述了他与作家塞缪尔·约翰逊关键性的初会，他与女演员路易莎·刘易斯（Louisa Lewis）的热恋，以及他发现自己感染了淋病。日记反映了他对生活的热爱，但也记录了他的抑郁之感。日记中常附有“备忘录”，博斯韦尔借此提醒自己应如何行事，以及第二天该做什么。他用流畅的斜体字在散页上书写，每周收集一批寄给朋友，要求朋友妥善保管。因为《伦敦日记》内容过于直白，他并未打算将其出版，而是作为《塞缪尔·约翰逊传》的素材。在1950年《伦敦日记》出版之前，除了博斯韦尔在传记中引用的段落外，人们对日记的其他内容一无所知。出版后，《伦敦日记》被奉为英语文学经典。

背景信息

◀ 迈特酒馆（Mitre Tavern）

图中，博斯韦尔位于左侧，塞缪尔·约翰逊位于右侧。两人见面后，博斯韦尔仔细记录了约翰逊说的话。在当时，引用别人的发言并不常见。博斯韦尔用对话佐证传记主人公的观点和性格，改变了传记的写法。

▶ 下层社会生活

博斯韦尔的日记描述了他与许多伦敦妓女的多次相遇。右图描绘了一个妓女及其鸨母。虽然博斯韦尔坦承自己的情欲，他也同情这些性命堪忧、生活凄惨的女性。

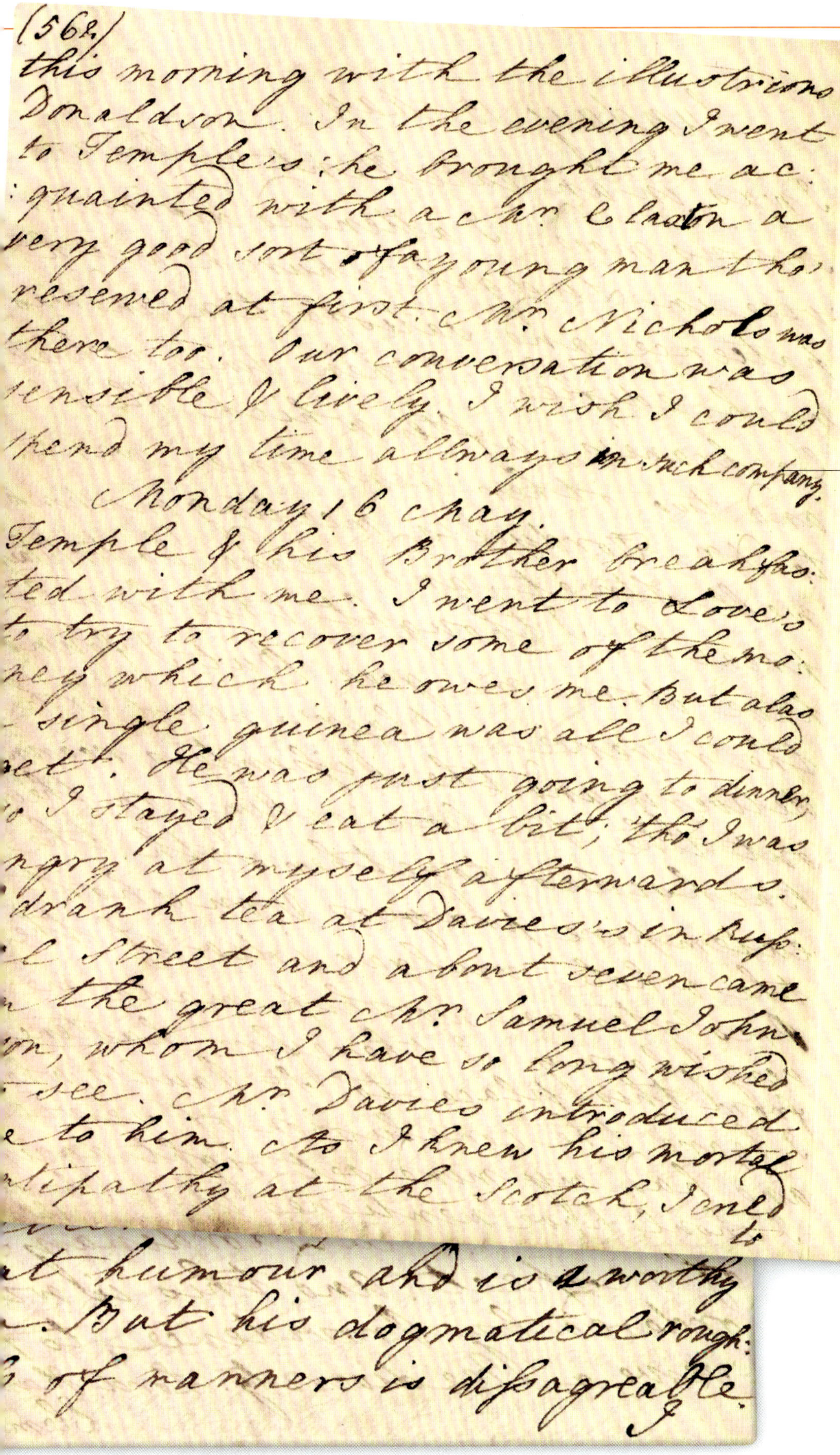
(562)
this morning with the illustrious
Donaldson. In the evening I went
to Temple's; he brought me ac:
quainted with a Mr Claxton a
very good sort of a young man tho'
reserved at first. Mr Nichols was
there too. Our conversation was
ensible & lively. I wish I could
pend my time allways in such company.
Monday 16 May.
Temple & his Brother breakfas:
ted with me. I went to Love's
o try to recover some of the mo:
ney which he owes me. But alas
single guinea was all I could
et. He was just going to dinner
o I stayed & eat a bit; tho' I was
ngry at myself afterwards.
drank tea at Davies's in Rus:
l Street and about seven came
n the great Mr Samuel John:
on, whom I have so long wished
see. Mr Davies introduced
e to him. As I knew his mortal
ntipathy at the Scotch, I cried to
[...]
t humour and is a worthy
. But his dogmatical rough:
of manners is disagreeable

◀ 决定性会面

1763年5月16日的日记描述了博斯韦尔与塞缪尔·约翰逊的初会。尽管开局不顺，但约翰逊全程乐在其中，两人很快成为了挚友。博斯韦尔钦佩约翰逊的学识和富有表现力的表达方式。“我将记住与他谈话的内容”，他说道。他言出必行，利用与约翰逊谈话中收集的信息写出了伟大的传记。

这天一开始，博斯韦尔就讨债无果，但他与约翰逊的邂逅改变了他的一生。

记录一生

博斯韦尔完整的日记卷帙浩繁，记录了他充实的一生中所发生的事件——他在法国、瑞士、德国和苏格兰旅行；他勉为其难地尝试在苏格兰获取律师资格并执业；他与演员大卫·加里克（David Garrick）和艺术家乔舒亚·雷诺兹（Joshua Reynolds）等18世纪名人的相会和友谊；以及当科西嘉岛（Corsica）试图脱离热那亚（Genoa）统治，为独立而战时，博斯韦尔探访了科西嘉岛。博斯韦尔生前只发表过科西嘉岛日记以及他与约翰逊一同游览苏格兰高地的记述。

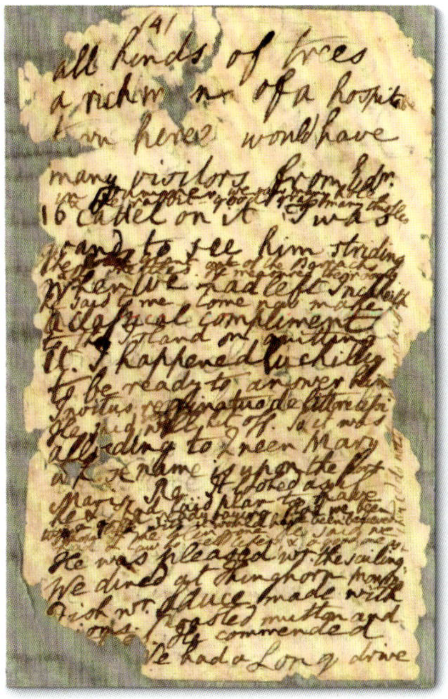
all kinds of trees
a richer ... of a hospit
... here would have
many visitors from Edr.

▲博斯韦尔的赫布里底群岛（The Hebrides）游记中残破的一页，1773年

“礼拜时，我正在盘算着情事。”

《伦敦日记》，1762年11月28日

库克船长的航行

1768—1779年 ■纸上笔墨 ■2卷 ■英国人

詹姆斯·库克：探险家

海军军官詹姆斯·库克（James Cook，1728—1779年）带领探险队完成首次环绕新西兰的航行，并于1768年至1771年，绘制了第一张出自欧洲人之手的澳大利亚东海岸海图。库克还得到秘密指示，前去寻找人们一度认为环绕着南极的南部大陆。在指挥皇家海军“奋进”号（HMS Endeavour）期间，库克每天写日记。库克一开始写日记时，舰艇正在穿越大西洋，日记内容较为简短。但当他描述在塔希提岛（Tahiti）、新西兰和澳大利亚的经历和印象时，语段内容则极为详细。除了提供关于海图方位和天气情况的基本信息外，库克还记录了他所看到的鸟类、动物和蝴蝶，并描述了探险队与原住民的会面。例如，1769年4月13日，当探险队与塔希提人首次接触时，他特地强调探险队必须循规蹈矩：“尽力以一切正当方式与当地人建立友谊，并尽可能人道地对待他们。”这些规定违背了他要求占领传说中的南部大陆的命令。1769年10月5日，当探险队首次接触毛利人时，库克的一名手下开枪打死了南佳地万万部落（Ngāti Oneone）的首领。毛利人通过抛掷长矛抵御探险队的舰艇，保护他们的土地，但英国人以武力反击。

库克进行了3次伟大航行，第一次航行所写的日记中，字里行间满是他的观察和发现。他指出，饮食中加入酸菜（sauerkraut），能够有效预防远途航行之苦——坏血病。他还提到了具有历史意义的日期。1770年8月22日，他写道：“我……占领了从南部到此地的整个东海岸，还要算上同一海岸上的所有海湾、港口、河流和岛屿。我将其命名为新南威尔士。”

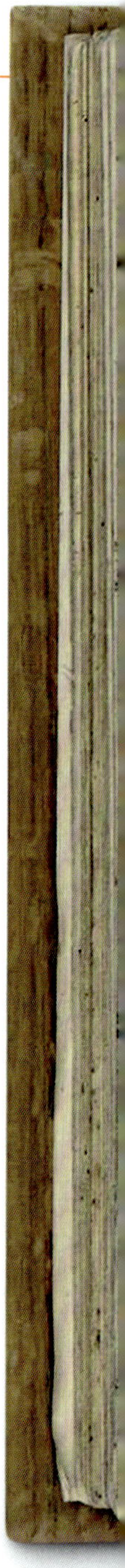

背景信息

◀有翼标本

植物学家约瑟夫·班克斯（Joseph Banks）也在“奋进”号上。与他同行的是一群艺术和科学精英。他们一共收集了约3万份植物标本，其中一半以上都是新物种。班克斯自己也写了20万字的日记。

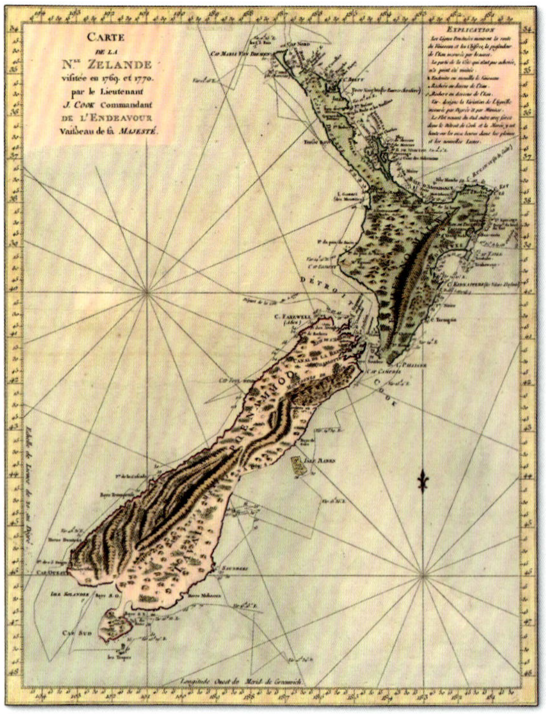

▶绘制新西兰地图

1769年10月7日，库克看到了新西兰海岸。1642年，阿贝尔·塔斯曼曾造访西海岸，但除此之外，欧洲人对这片土地一无所知。1770年3月10日，“奋进”号驶过南岛（South Island）南端，证明新西兰并不从属于广袤的南方大陆。

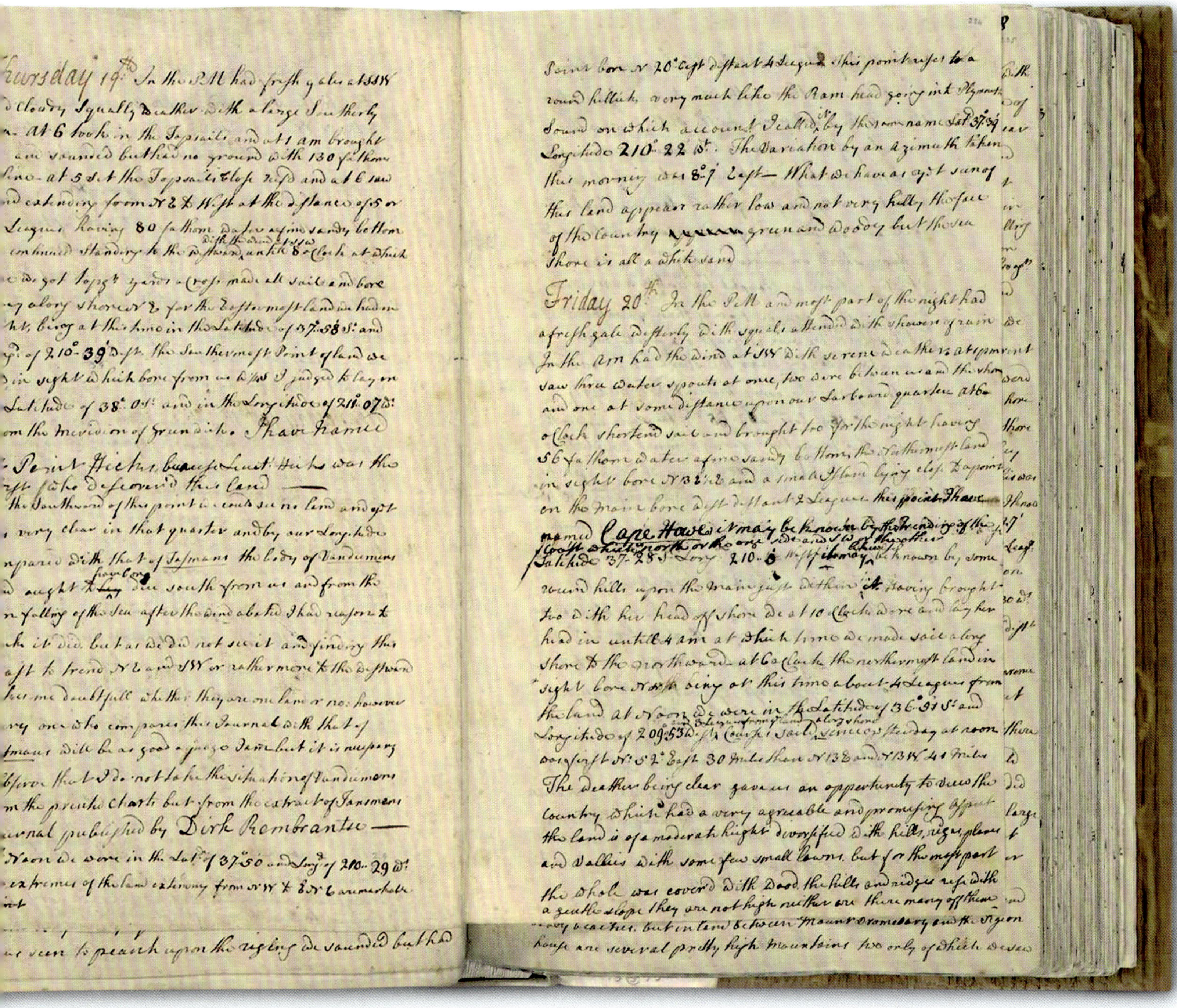

▲**首航**

上图所示的1770年4月19日至20日的日记中，库克录了他首次亲眼看见澳大利亚。库克首次太平洋航行时的日记由妻子伊丽莎白保存。1835年，94岁的伊丽莎白去世，日记留给了她的一个表亲。最终，这本753页的日记被现在的澳大利亚国家图书馆（National Library of Australia）买下。相关探险文献中，只有这一本是库克亲笔写成的。

▲**一只袋鼠**

1770年6月23日，库克在日记中记录他们“看到了一种鹿类动物，比灵缇犬小，呈鼠灰色，体型纤细、移动敏捷”。探险队里的艺术家西德尼·帕金森（Sydney Parkinson）后来看到了一只这种动物并画了下来。他从当地的古古伊米希尔（Guugu Yimithirr）人那里得知，这种动物被称为袋鼠。

11点前几分钟……船触礁，牢牢卡住了。我们立即收起所有的帆，抬出小船，在船的四周探测，发现我们的船撞上了珊瑚礁的东南角。我们开始尽快减轻船上负重，因为这似乎是我们唯一能使她脱离困境的办法了……我们……把我们的枪支、铁制和石制压舱物、木桶、箍、棍棒、油罐、腐烂贮存物等统统扔下船。尽管这时我们已经扔下了四五十吨重的东西，我们还是没能把船拉高。

“奋进”号撞上大堡礁，1770年6月11日

细节信息

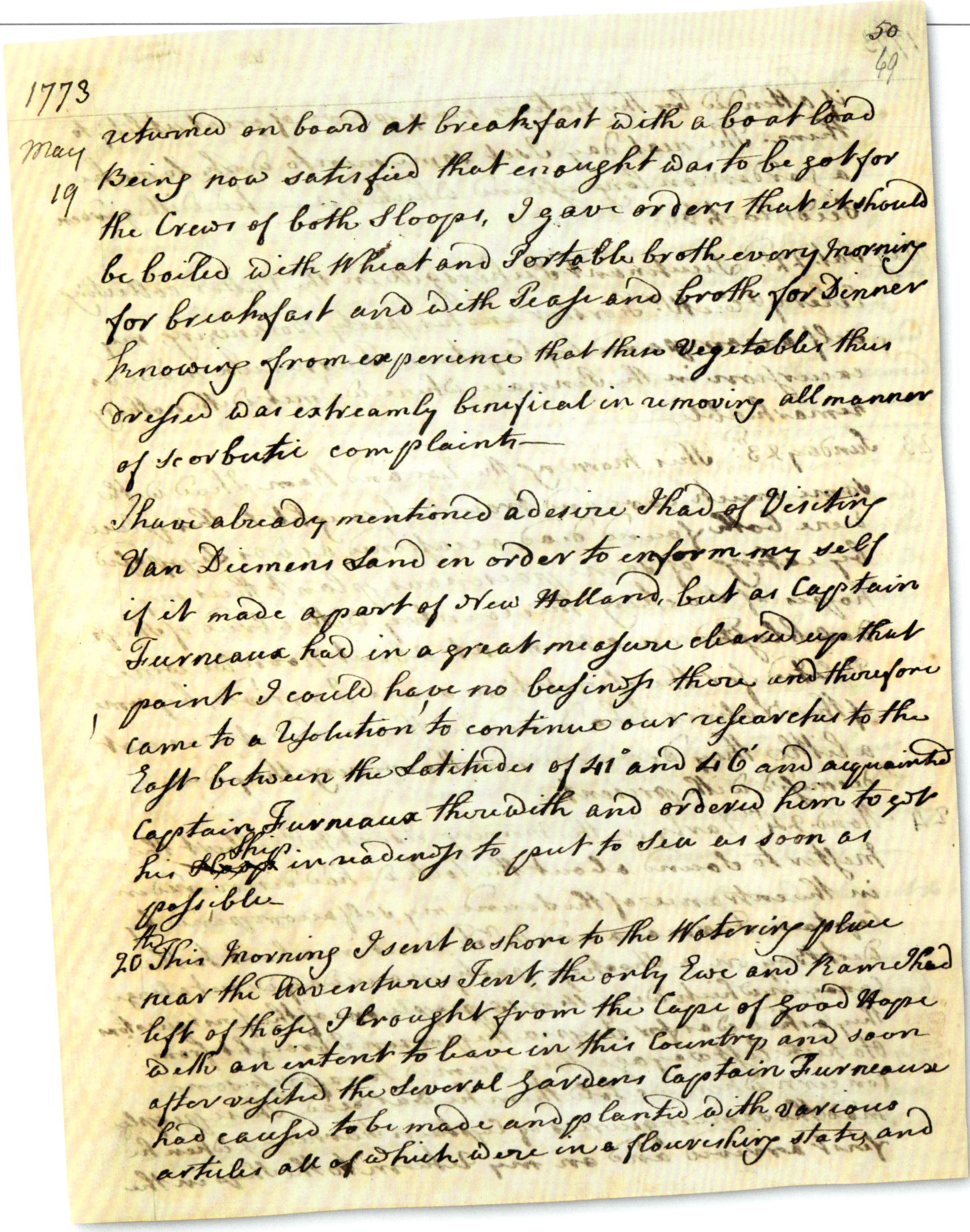
50
69

1773

May 19 returned on board at breakfast with a boat load
Being now satisfied that enought was to be got for
the Crews of both Sloops, I gave orders that it should
be boiled with Wheat and Portable broth every morning
for breakfast and with Pease and broth for Dinner
knowing from experience that these Vegetables thus
dressed was extreamly beneficial in removing all manner
of Scorbutic complaints—

I have already mentioned a desire I had of Visiting
Van Diemens Land in order to inform my self
if it made a part of New Holland, but as Captain
Furneaux had in a great measure cleared up that
point I could have no business there and therefore
came to a resolution to continue our researches to the
East between the Latitudes of 41° and 46° and acquainted
Captain Furneaux therewith and ordered him to get
his ~~Sloop~~ Ship in readiness to put to Sea as soon as
possible—

20th This morning I sent a shore to the Watering place
near the Adventures Tent, the only Ewe and Ram I had
left of those I brought from the Cape of Good Hope
with an intent to leave in this Country and soon
after visited the several Gardens Captain Furneaux
had caused to be made and planted with various
articles all of which were in a flourishing state and

1772年7月13日，库克开始写第二次航行的日记："早晨6点钟，我们从普利茅斯起航。"在"探险"号（Adventure）护航下，库克指挥英国皇家海军"决心"号（HMS Resolution），目标是再次探索南太平洋，从而确认是否存在辽阔的南部大陆。探险队三度穿越南极圈，环绕南太平洋，并绘制所到岛屿的地图。船上装有约翰·哈里森（John Harrison）发明的航海精密计时器的复制品，这是一种用于海上准确计时的仪器，使得经度计算比先前航行中使用的月距法（lunar distances）容易得多。库克偶然发现的许多地方都早已有探险者造访过，但它们的位置从未被准确地绘制在地图上。库克的探险之旅弥补了这个缺憾。库克的日记再一次写满了对太平洋岛屿及其居民的描述。在后来的一次探险中，他与原住民陷入冲突，最终丧生，现在许多人认为他的行为有争议之处。1777年，库克的日记首次出版，共两卷。

▲在南极

1773年1月17日，詹姆斯·库克船长往南航行得比任何其他船只都要远。在现存于大英图书馆的船上日志里，库克证实道："约11点15分时，我们穿过南极圈，因为根据中午的观察，我们已经位于南极圈以南约7.2千米。毫无疑问，我们是第一艘也是唯一一艘穿过南极圈的船。"

◀第二次航行时的日记

1773年5月19日的日记中体现了库克始终心系船员饮食，要求厨师提供"有助于消除各类坏血病"的蔬菜。他还记录了自己决定不去范迪门之地（Van Diemen's Land，塔斯马尼亚的旧称），不去确认它是否是新荷兰（New Holland，澳大利亚）的一部分，因为英国皇家海军"决心"号的姊妹舰"探险"号，在此番第二次伟大航行中，已经完成了相关确认。

▲塔希提岛的故事

1774年4月22日，"决心"号抵达库克首航就去过的塔希提岛。"8点停靠在马泰瓦伊湾（Matavai Bay），"他在日记中写道，"船刚停，几个老朋友就前来拜访。一见面，他们脸上就笑开了花。"停靠期间，探险队里的艺术家威廉·霍奇（William Hodge）画了幅素描，后来他在此基础上完成了这幅画。

南方之地

自古希腊时期起，地理学家就认为，从理论上讲，一定有一片辽阔的南方之地，与北半球大陆遥相呼应。有许多航海者尝试寻找这片大陆，库克船长是最后一位。他的第二次航行彻底解决了这个问题。"我现在已经环绕南大洋一周"，他写道。"因此我可以自豪地说，已经全面达成航行目标，充分探索了南半球，并彻底终结对南方大陆的探寻。在过去的两个世纪里，时有海洋国家高度关注南方大陆，各个时代的地理学家也曾因其魂牵梦绕。"

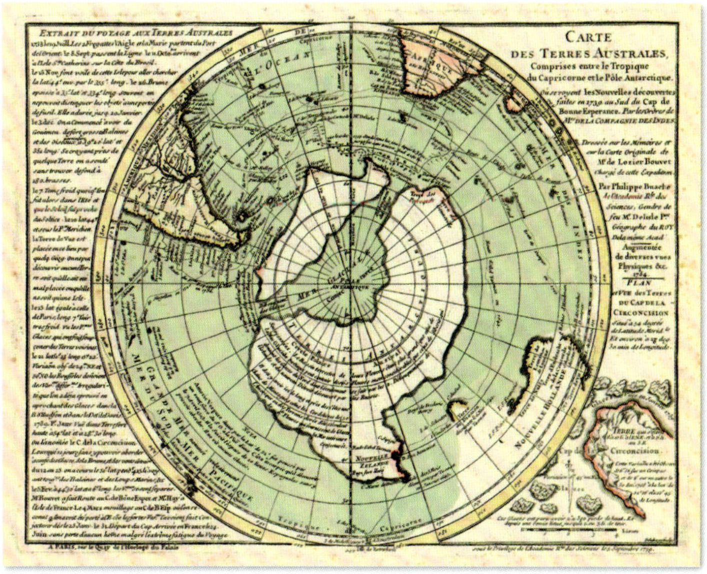

▲《南方之地地图》（*Carte des Terres Australes*），菲利普·布歇（Philippe Buache），1757年

意大利笔记本

约1771—1780年 ■纸上笔墨和红色粉笔画 ■83页 ■西班牙人

弗朗西斯科·何塞·德·戈雅：艺术家

弗朗西斯科·戈雅（Francisco Goya，1746—1828年）是浪漫主义时期最伟大的西班牙画家，以其细致入微的皇家肖像画、强有力的反战蚀刻画和富有张力的“黑色绘画”（Black Paintings）而享誉全球。在他首幅记录完整的画作《征服者汉尼拔首次从阿尔卑斯山俯瞰意大利》（*Hannibal the Conqueror Seeing Italy from the Alps for the First Time*）中，几乎没有迹象表明他的前景一片光明。这幅画的创作采用了当时流行的新古典主义风格，是戈雅为参加1771年帕尔马美术学院（Academy of Fine Arts in Parma）举行的一场比赛而特地创作的。

1769年至1771年，戈雅在意大利学习。尽管早期的传记作家炮制了一些奇闻异事，堪称异想天开，但他这一时期的生活状况还几乎不为人知。唯一可靠的信息来自戈雅的意大利笔记本。在意大利期间，他一直在这本笔记本上进行记录，回国后的10年里，他也一直加以使用。笔记本的手写部分包含各类实用信息：他所到之处和印象最深的画作列表、颜料及其他画材收据、有用的地址、一般性叙述、个人与家庭记录。

笔记本中的手绘部分则有趣得多，揭示了这位艺术家将时间花在何处。戈雅用铅笔、墨水或红色粉笔临摹古典雕塑，如《法尔内塞·海格立斯》（*Farnese Hercules*）和《贝尔韦代雷躯干》（*Belvedere Torso*）。他还保留了许多学生时期取材于真人模特的人体画习作，以及一系列迷人的圣经场景，例如押沙龙之死（Absalom's Death）。此外，戈雅还在笔记本上画了几页有关汉尼拔的速写。他完成的那幅汉尼拔画作广受赞赏，但并未赢得比赛。即便如此，笔记本上的图画仍然很有用，戈雅在绘画生涯中常常将其用作参考。

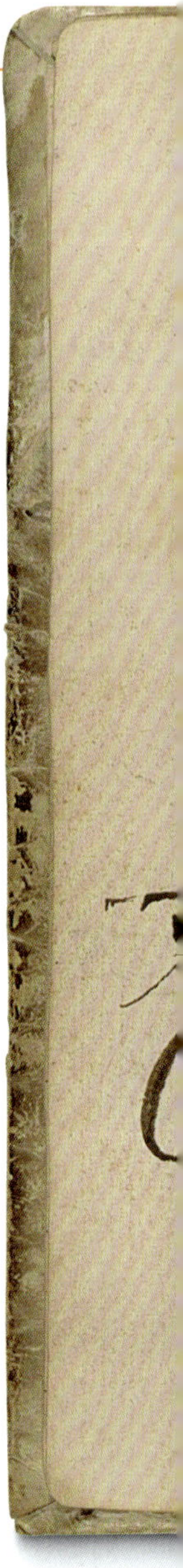

◀押沙龙之死

在这幅技艺高超的铅笔画中，戈雅刻画了《撒母耳记》（*Book of Samuel*）中一个不同寻常的《圣经》主题。书中，押沙龙背叛了他的父亲大卫王（King David）。随后的战斗里，押沙龙的头卡在了一棵大橡树的树枝当中。押沙龙的坐骑受惊而逃，他只能悬在半空，之后便被大卫的元帅约押（Joab）杀死。

《圣经》的叙述中，押沙龙骑着骡子。画中，戈雅改成了马。

这张平淡乏味的数据表单背后，是戈雅的人生悲剧史。

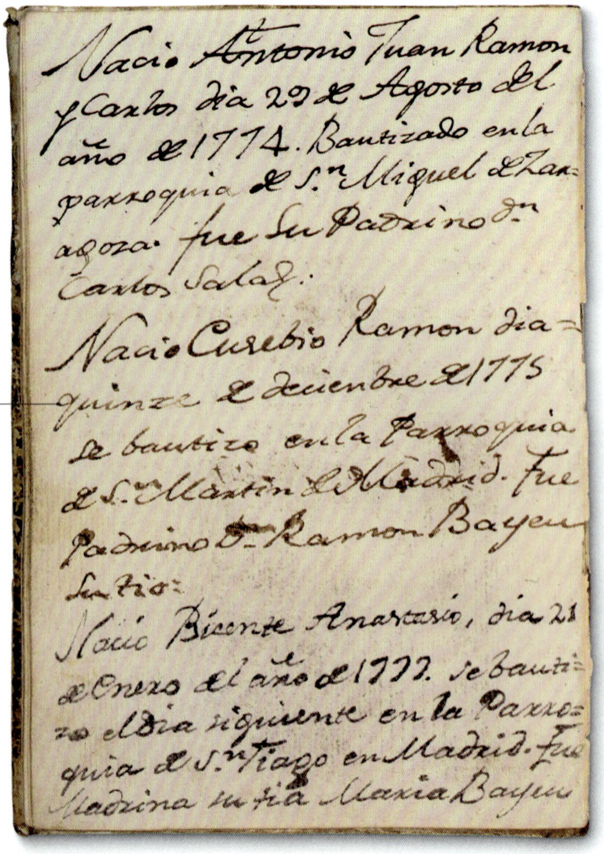

Nacio Antonio Juan Ramon y Carlos dia 29 de Agosto del año de 1774. Bautizado en la parroquia de S.n Miguel de Zaragoza: fue su Padrino D.n Carlos Salas.

Nacio Eusebio Ramon dia quinze de deciembre de 1775 se bautizo en la Parroquia de S. Martin de Madrid. fue Padrino D. Ramon Bayeu su tio.

Nacio Bicente Anastasio, dia 21 de Enero del año de 1777. se bautizo el dia siguiente en la Parroquia de S.n tiago en Madrid. fue Madrina su tia Maria Bayeu

▶家庭记录

重要的个人细节被记录于家庭《圣经》中，戈雅则写在自己的意大利笔记本上。图中，他记录了前3个儿子的出生、他们受洗的地方、他们教母的名字。令人痛心的是，这些记录也可能是为了悼念。这位艺术家和妻子何塞法·巴耶（Josefa Bayeu）有7个（也可能是8个）孩子，但只有一个孩子没有夭折。

◀ 早期实验

绘画中，河神的形象常常是一个半躺着的人物，打翻了一大缸水，或是有着一张状似面具的大脸，嘴里喷出湍流。此图中，戈雅似乎在其汉尼拔画作中尝试了后一种形象。此类雕塑在古罗马很流行，戈雅可能根据其中某个雕塑画过素描。

面具表情狰狞，暗示了戈雅喜好恐怖主题。这种志趣在他后来的艺术创作中发挥了重要作用。

图中这个人物预言汉尼拔将在意大利取得成功。她坐在战车上，手举象征胜利的桂冠。

▲杰作的演进

戈雅的意大利笔记本中，有这幅汉尼拔素描草图（右图为成品）。最初，戈雅的构图基于左侧主要人物形成的强势对角线。后来，他添加了下山的士兵，将构图结构改为金字塔形。一些评论家在画中的汉尼拔身上隐约看到了《贝尔韦代雷的阿波罗》（*Apollo Belvedere*）的影子。

图中这个寓言式人物代表了意大利北部的波河（River Po）。汉尼拔在波河支流上取得两次大捷。

波尼王国

1775—1795年 ■纸上笔墨 ■200页 ■苏拉威西人

苏丹艾哈迈德·萨利赫：统治者

艾哈迈德·萨利赫（Ahmad al-Salih，1757—1812年）在日记中按时间顺序记录了他作为第22任波尼（Bone）苏丹，从1775年开始统治，直到去世。波尼曾经是南苏拉威西（现在是印度尼西亚的一部分）布吉斯人（Bugis people）建立的五大王国中最为强盛的一个，其霸权一定程度上是通过与荷兰殖民者形成战略联盟而获得的。可能是在欧洲人的影响下，波尼王国统治者和宫廷高层官员开始写日记，因为在其他东南亚王国，似乎还没人用这种方式进行记录。在留存至今的文献中，艾哈迈德·萨利赫的《布吉斯日记》（*The Bugis Diary*）视角独特，有助于人们深入了解这样的王国在18世纪末是如何进行管理的。

日记始于1775年1月1日，叙述道："万物非主，唯有真主，穆罕默德是主的使者。"萨利赫以宗教学识闻名，上述开篇话语是清真言，是伊斯兰教的基本陈述，常在举办重要活动之前吟诵。日记随后记录了政治事件，也颇多着墨于私事、家事、国事，以及经济活动方面的信息。日记记载了与荷兰总督和邻近布吉斯州官员的会面，罗列了宫廷圈内人士的出生和死亡，描述了奴隶交易。奴隶在布吉斯经济中发挥着重要作用，是地位的象征。在一则日记中，这位苏丹写道，他将12个奴隶当作礼物，给他每个孩子都送一个。他也赞美布吉斯文化，日记里满是诗词歌赋，其中一首以战争为主题。日记中还抄写了许多他喜爱的诗歌。

日记内容实事求是，少有个人评论，但确实揭示了苏丹的爱好，包括猎鹿、打鳄鱼、钓鱼、划船、野餐和收集贝壳。日记涵盖了20年时间，几无中断，提供了大量印度尼西亚的历史信息，颇有趣味。

> 国王去世了，谥号为"长眠于马利孟刚（Mallimongang）之人"。经波尼人民确认，我被任命为（波尼的）法定统治者，这也是（先）王的夙愿。我住在（先王的）宫殿里。
>
> 《布吉斯日记》，1775年6月5日

其他日记

包括艾哈迈德·萨利赫的日记在内，共有20余本波尼宫廷日记存留至今。这种写日记的传统始于17世纪初，一直延续到20世纪头10年。1660年至1696年间，阿龙·帕拉卡（Arung Palakka）写下了最早的日记。他与荷兰东印度公司联手在1669年击败了望加锡（Makassar）王国，成为了波尼国王。在他去世后，大多数继任者都会记日记，高层官员以及后来的高级大臣也都如此。所有布吉斯日记都写在欧洲进口纸上，然后装订成册。这些日记现存于数个机构中，包括伦敦大英图书馆、荷兰皇家语言学和人类学研究所（the Royal Institute of Linguistics and Anthropology），以及印度尼西亚国家图书馆。

▶苏丹艾哈迈德·萨利赫的下属中，有一名高级官员，名为穆罕默德·拉马丹（Muhammad Ramadan），在他的日记中发现了一幅翼马画。

▼两种语言

日记是用布吉斯语写的，偶尔还有一些虔诚的短语，比如阿拉伯语的“真主的祝福（Baraka Allah）”。很难将两种语言相结合，因为布吉斯语从左往右书写，而阿拉伯语从右往左书写。一页对应一个月，包含大约22则日记。图中这两页是1789年1月和2月的日记。

用红笔在每页左上角写下了阿拉伯语月份名称。

公历年份写在此处。

星期五聚礼日用精巧的阿拉伯语文字写成，并用红色加以凸显。

为添加附加信息和评述，有些文本垂直于原文本书写。

音乐目录

1784—1791年 ■纸上笔墨 ■30页 ■奥地利人

沃尔夫冈·阿马多伊斯·莫扎特：作曲家

伟大的奥地利作曲家沃尔夫冈·阿马多伊斯·莫扎特（Wolfgang Amadeus Mozart，1756—1791年）在去世前最后7年里，将自己的作品记录在一本如今被称为“主题目录”（Thematic Catalogue）的精装笔记本里。笔记本封面上有一个标签，莫扎特在上面写道，他将收录自己所有的作品。因此，这本日记列出了各类作品：5部莫扎特最著名的歌剧，包括《费加罗的婚礼》（*The Marriage of Figaro*）和《唐·乔瓦尼》（*Don Giovanni*），还有几首咏叹调、钢琴协奏曲、他最后3部伟大的交响乐以及他给朋友单簧管演奏者安东·施塔德勒（Anton Stadler）写的协奏曲等杰作，甚至还有一些他去世后失传的作品。

根据完成的先后顺序，莫扎特将作品列在目录里。目录左侧每页都记录了5部作品的名称、完成日期和所用乐器。有时莫扎特也会添加附加信息，比如首演地点、歌唱家或作品委托人名称。右侧每页都有5组五线谱，莫扎特在上面写下了每部作品的开场主旋律。因为目录中一切内容都由莫扎特亲笔写成，所以能够吸引读者深入了解他的工作模式。目录提供的信息不仅显示了哪些音乐家和莫扎特合作过，还体现出他是如何忙于新作创作和旧作改编的，比如他为歌剧《依多美尼欧》（*Idomeneo*）谱写附加乐曲，以用于一场新的演出中。目录也揭示了他如何看待自己的一些作品。例如，他称一首钢琴曲为“简短的入门级钢琴奏鸣曲”，这就解释了为什么相较于其他奏鸣曲，他为这首奏鸣曲创作的音乐要简单得多。

目前尚不清楚为何莫扎特开始写这本音乐日记，他可能在尝试建立生活秩序，因为他需要更多钱养家，并因音乐会和巡回演出而忙得不可开交。显然他打算继续照此方式将作品列出，因为这本日记留有多页空白，画好了五线谱，便于莫扎特在有生之年继续记录。但不幸的是，莫扎特英年早逝，年仅35岁。

背景信息

◀皇家剧院

维也纳布格剧院（Burgtheater）首演了多部莫扎特器乐作品以及歌剧，包括《费加罗的婚礼》和《女人心》（*Così fan Tutte*）。布格剧院是皇家宫廷剧院，尽管莫扎特担任宫廷作曲家的时间只有短短几个月，但他的音乐还是广受皇帝和皇室欢迎。

▶《魔笛》（*The Magic Flute*）

这是莫扎特的最后一部歌剧，也是日记中列出的五部歌剧之一，备受观众青睐。在这部歌剧中，人物生动有趣，旋律精妙绝伦，戏剧性迭出的情节中，穿插着幽默色彩。歌剧讲述了正义战胜邪恶，以及主角们功德圆满、收获爱情的历程。

此处《依多美尼欧》的二重唱为女高音和男高音。

每组五线谱都画得很工整，用的是一根特制五头笔。

▲作曲家的笔记

“主题目录”的这两页内容覆盖了1785年12月到1786年3月这段时间。在此期间，莫扎特完成了短篇歌剧《剧院经理》（*The Impresario*）、两首钢琴协奏曲，并为其歌剧《依多美尼欧》的修订版创作了几首作品。他还在创作另一部歌剧《费加罗的婚礼》。1786年5月，《费加罗的婚礼》首次公演。

▶机械管风琴

在音乐日记中，莫扎特记录了一次委托：为陵园葬礼提供服务。陵园里唯一可用的乐器是一台小型机械管风琴。这种乐器并不常见，音管很细，发声刺耳，令这位作曲家厌恶。但莫扎特还是设法写了一首应景的曲子，长度为10分钟。

诗人的意大利发现之旅

1786—1788年 ■纸上笔墨 ■德国人

约翰·沃尔夫冈·冯·歌德：作家

1786年，担任魏玛公爵顾问的约翰·沃尔夫冈·冯·歌德（Johann Wolfgang von Goethe，1749—1832年）请了长假，在意大利长途漫游。旅行时，歌德在日记里记录了旅程随感。这本日记，连同当时的多封信件，成为他后来写《意大利游记》（*Italian Journey*）的底稿。

在日记记录中，歌德穿行意大利，欣赏北部风景如画的加尔达湖（Lake Garda），以及维罗纳（Verona）、维琴察、阿西西、那不勒斯等宏伟的城市。歌德参观了罗马庞贝古城遗迹，爬上了维苏威火山顶峰，探索了西西里岛。日记还记叙了他在途中结识的朋友，包括艺术家安杰利卡·考夫曼和约翰·威廉·蒂施拜因（Johann Wilhelm Tischbein）。作为诗人的歌德早已名声在外，为避免引人关注，保护隐私，旅途中歌德化名为约翰·菲利普·莫勒（Johann Philipp Möller）。他在罗马和威尼斯停留许久，惊叹于当地的古建筑，可惜当时北欧人知之甚少。南方景色光彩鲜亮，令他印象深刻，写下大量文章描写树木、风景和岩石（他是一位敏锐的地质学家）。

歌德不仅要探索意大利，还要“在所见事物中发现自我”。他的旅途经历使他实现了某种精神重生：“虽然我还是原来的我，但我相信，我的改变已经深入骨髓。”尽管歌德对文学运动持保留态度，但他的日记强调表达自我和欣赏自然，使之成为浪漫主义历史上的里程碑。

日记大部分内容最后收录进了《意大利游记》。这本游记在歌德意大利之旅30年后编写而成，是德国文学经典。游记内容令人感动，记录了一名伟大作家探索意大利的文化和风景，找到灵感源泉，从而帮助他创作了许多代表作的历程。

背景信息

◀古罗马

1786年11月，歌德初访罗马。许多古建筑，尤其是斗兽场，令他印象深刻。在德国艺术家雅各布·菲利普·哈克特（Jacob Philipp Hackert）的这幅画中，歌德对斗兽场赞叹不已。歌德写道，罗马斗兽场宏伟壮观，他每每重游，都会叹服于其规模之大。

▲手绘记录

歌德上过很多绘画课，喜欢在旅行中练习水彩画。这幅画完成于博尔盖塞庄园（Villa Borghese）。这座园林由枢机主教希皮奥内·博尔盖塞（Scipione Borghese）创建于17世纪。公园里松树、湖水、建筑物优美动人，浑然一体，吸引着歌德。

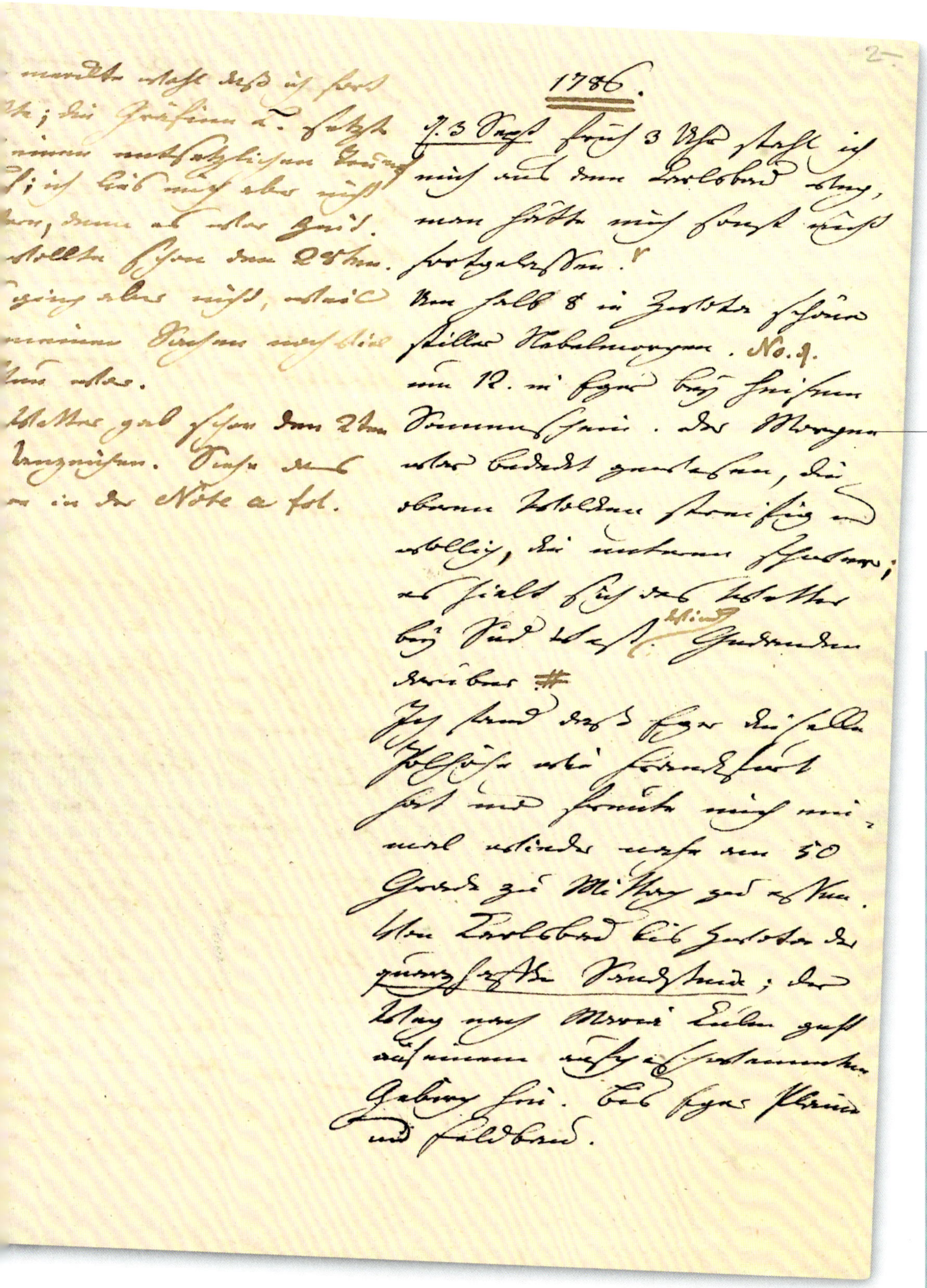

◀ **旅途中**

1786年9月3日凌晨3点，歌德从德国温泉小镇卡尔斯巴德（Karlsbad）悄然出发，前往意大利。图中这一页来自歌德的旅行日记，记录他开启了一段著名旅程，前往探寻“复兴和重生”。早期日记内容体现了歌德向南穿越阿尔卑斯山时的兴奋之情。还没等抵达意大利之旅第一站维罗纳，歌德就已经开始考虑出版日记了。

日记以笔记形式记录，经大幅修订扩写后，形成了《意大利游记》。

歌德的出版作品

虽然歌德作为诗人最为人们所称道，但在那个时代，歌德的写作才能也极为全面。他写过戏剧、小说、散文、哲学著作和科学研究。歌德最著名的作品《浮士德》（*Faust*，1829年）是一部长篇戏剧，分为两部分。作者本想让读者将其当作小说阅读，而非在剧院上演。歌德许多著作的特征是主人公发现自己与社会格格不入。有时，这些浪漫主义主角和非正统派主角会采取极端手段来表达自己的疏离感。维特自杀了，浮士德与魔鬼订立了臭名昭著的契约。

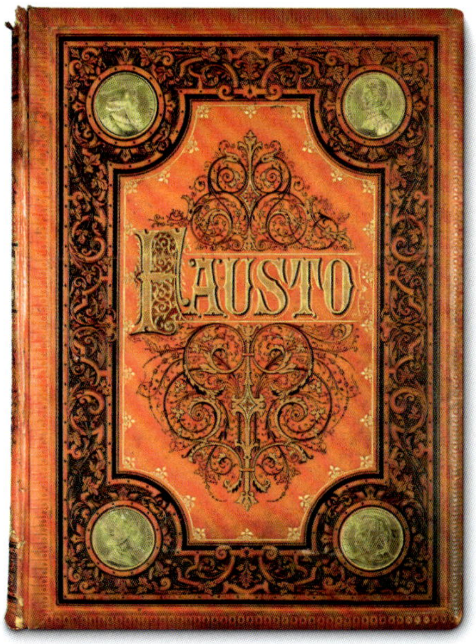

▲《浮士德》意大利语译本，装帧华丽，为19世纪风格

那不勒斯是天堂，人人都活得有些忘乎所以。我更是如此：我毫无自知；对自己而言，我似乎是另一个人。昨天我自言自语：“你要么疯了一辈子，要么现在刚疯。”我参观了卡普阿（Capua）古城废墟和周边区域。在这个国家，人们首先要弄懂什么是植物，为什么人要种地。这里的亚麻快要开花，麦子也有一尺高。卡塞塔（Caserta）周围，土地极为平整，田地修整得像花坛一样整洁精致……春来时，这一切会是什么光景呢？

《意大利游记》，1787年3月16日

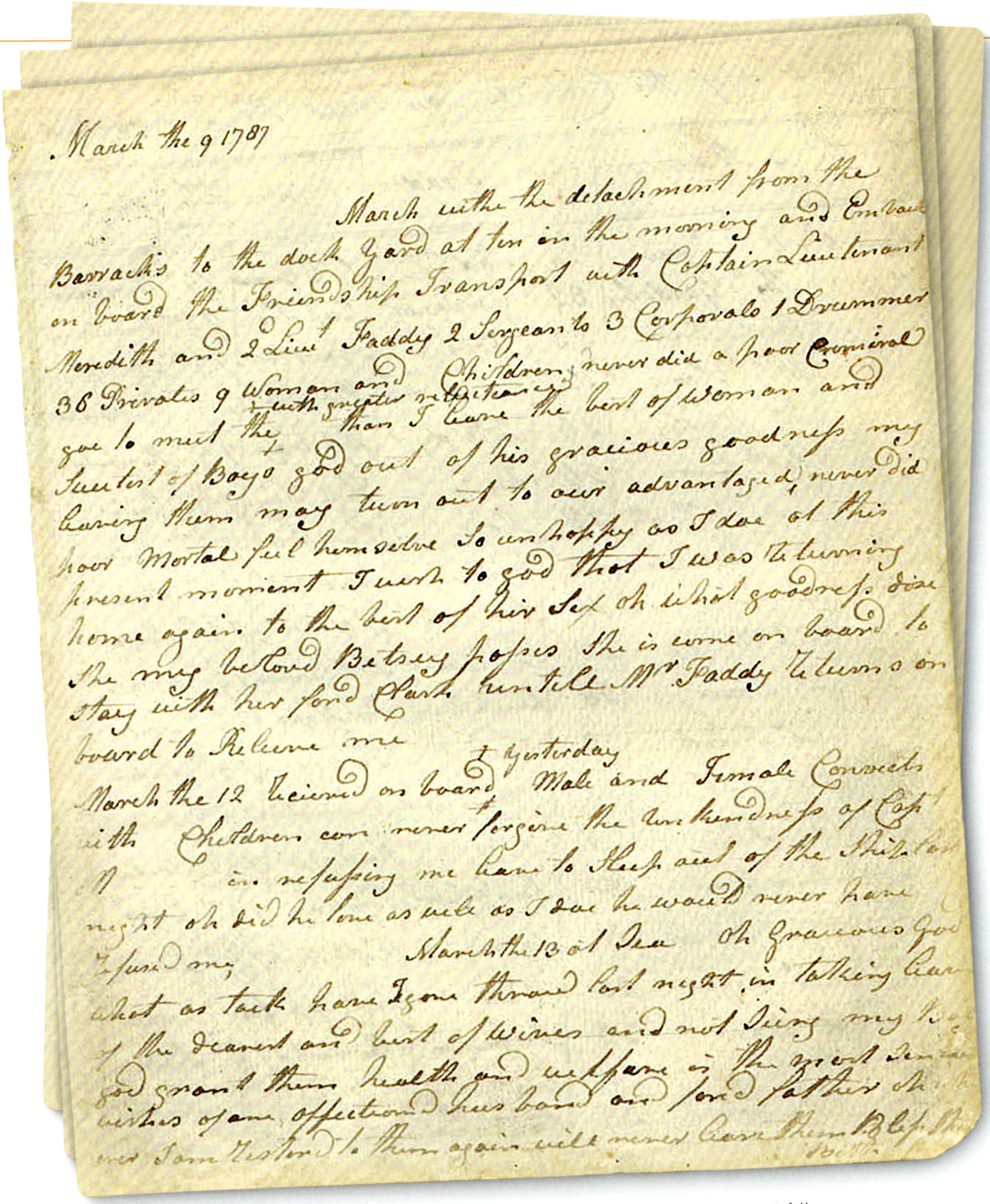
March the 9 1787

March withe the detachment from the Barracks to the dock Yard at ten in the morning and Embark on board the Friendship Transport with Captain Lieutenant Meredith and 2d Lieut Faddy 2 Sergeants 3 Corporals 1 Drummer 36 Privates 9 Woman and Children never did a poor Criminal goe to meet the with greater reluctance than I leave the best of Woman and Sweetest of Boys god out of his gracious goodness my leaving them may turn out to our advantage, never did poor Mortal feel himselve so unhappy as I doe at this present moment I wish to god that I was returning home again to the best of her Sex oh what goodness dose she my beloved Betsey posses she is come on board to stay with her fond Clark untile Mr Faddy returns on board to Relieve me

March the 12 recieved on board yesterday Male and Female Convicts with Children can never forgive the unkindness of Capt M in refusing me leave to Sleep out of the Ship last night oh did he love as wele as I doe he would never have refused me

March the 13 at Sea Oh Gracious God what a task have I gone throuw last night in taking leave of the dearest and best of Wives and not seeing my boy god grant them health and welfare is the most sincere wishes of an affectionate husband and fond father oh ... I am restored to them again will never leave them ...

▲启航

日记第一页的日期为1787年3月9日、12日和13日，克拉克叙述了自己登上“友谊”号（Friendship），接收第一批囚犯。克拉克因离开妻儿而感到绝望，悲叹着自己的命运：“可怜的凡人从未像我这般不幸……”他字迹整齐，但时有多余空格和拼写错误。

谢伊船长（Captain Shea）又打了一只袋鼠，还把它的幼崽也带了进来。它们是我所见过最奇特的动物，因为它们肚子底部有一个口袋，用来装幼崽，保护幼崽安全……我会把猎杀到的第一只做成标本，然后寄回家，送给你，我深爱的亲爱的艾丽西亚。

拉尔夫·克拉克日记，1788年2月15日

殖民地的生活

1787—1792年 ■纸上墨迹 ■312页 ■英国人

拉尔夫·克拉克：海军军官

一个国家的诞生能被亲历者以如此私密的形式记录下来，实属罕见。拉尔夫·克拉克（Ralph Clark，1755—1794年）是英国皇家海军陆战队军官。1787年5月，克拉克从英国朴茨茅斯出发，押送第一批囚犯到流放之地，即如今的澳大利亚海岸。克拉克的日记始于启航前两个月，终于1792年6月，历时5年有余。日记内容极为个人化，描述了他的长途航行（克拉克在途中时常患病）以及之后在英国新殖民地的生活。克拉克似乎受教育程度有限（他的拼写很差），他的日记常常着墨于想念妻子和1岁的儿子，但也提供了早期流放地生活的大量信息。

到达植物湾（Botany Bay）后，克拉克因环境恶劣而沮丧：“如果我们必须在这里定居……1年后，所有人都要丢了魂”（1788年1月23日）。杰克逊港（Port Jackson）被选作新定居点，但生活依然艰辛。因为食物匮乏，所以当3名罪犯被指控偷窃“黄油豌豆和猪肉”时，克拉克记录道，其中一人被判鞭刑300下，另外两人则被吊死。对于受到指控的罪犯，克拉克并不怎么同情，并且似乎乐于记录对其施加的惩罚。

克拉克日记的第一部分是写给家中妻子贝齐·艾丽西亚·特里文（Betsey Alicia Trevan）的，但第二部分却几乎没有提到她。1791年，克拉克回到英国。不久后，这对夫妇双双去世。贝齐的家人将日记保存了下来，后来卖给了新南威尔士州立图书馆（the State Library of New South Wales）。

第一舰队的日志

1787年5月，11艘舰艇从英国驶往澳大利亚，它们被统称为“第一舰队”。除拉尔夫·克拉克之外，舰队里还有数人也在同一时期进行记录。舰船上约有1000名囚犯、海员和士兵，其中有12人也写日记，包括指挥这次探险的船长阿瑟·菲利普（Arthur Phillip）。一名叫作詹姆斯·马丁（James Martin）的爱尔兰人，因为偷了几颗螺丝钉而被判处流放。抵达澳大利亚3年后，马丁和两个同伙偷走了殖民地的渔船，逃到了荷兰控制的帝汶岛（Timor）。直到20世纪30年代，马丁的手稿才被人发现，并以备忘录的形式出版。

▲《第一舰队于1788年1月26日驶入杰克逊港》，埃德蒙·勒·比昂（Edmund Le Bihan），1888年

背景信息

◀土著居民的土地

殖民者接触过当地土著部落。如果克拉克的日记可信的话，那么克拉克与土著居民关系相当融洽，但土著居民们依然饱受摧残。有一次，总督要求克拉克“逮捕”与他有过交易的两名土著居民。克拉克拒绝了，因为他担心他们的孩子会饿死。

▶新世界之鸟

阿瑟·鲍斯·史密斯（Arthur Bowes Smyth，1750—1790年）是第一舰队（the First Fleet）的外科医生。他也写日记，记录航行旅程和在新殖民地头18个月的生活。他对博物学很感兴趣，在日记中描绘了这只鸸鹋（emu），让鸸鹋首次在欧洲历史中登场。

深入南美

1799—1804年 ■纸上墨迹 ■9卷 ■普鲁士人

亚历山大·冯·洪堡：科学家

亚历山大·冯·洪堡（1769—1859年）对科学观察充满热情，富有远见。他跨学科的科研方法包罗万象，旅行时的观察一丝不苟，使他能将自然看作整体，为形成现代认知自然世界的方式铺平了道路。洪堡的日记记录了大量详细数据和自身想法，意义重大，继续为现代研究者提供丰富的信息。

美洲游记记录了洪堡和法国植物学家艾梅·邦普朗（Aimé Bonpland）穿越中南美洲之旅。旅行历时5年，全程超过9650千米。其间，他们划独木舟逆流而上，带着骡子长途跋涉、穿越热带森林，并攀登安第斯山脉的高峰。离开西班牙拉科鲁尼亚（La Coruña）后不久，洪堡在“皮萨罗”号（Pizarro）船上写下第一篇日记，落款日期为1799年6月3日（“3日到4日一夜不安”）。最后一篇日记写于1804年5月22日，质疑了在船上刷石灰能降低流行病风险的科学性。

在首尾两则日记之间，洪堡记叙了多次鲁莽冒险，比如鞋烂了就徒步跋涉，骑着马到河里捞电鳗。这些故事之中，穿插着洪堡观察自然世界，关注沿途人们遭遇的苦难——他谴责不公平现象，例如殖民时期墨西哥矿区的奴隶制度和惨无人道的工作条件。

临终前，洪堡把日记和笔记装订成九卷。尽管他在遗嘱中要求将其用于科学研究，但这些文件一直由他的后人把持，直到二战结束时被带到了苏联。1958年，文件被送回德国，现存于柏林国家图书馆（Berlin State Library）。

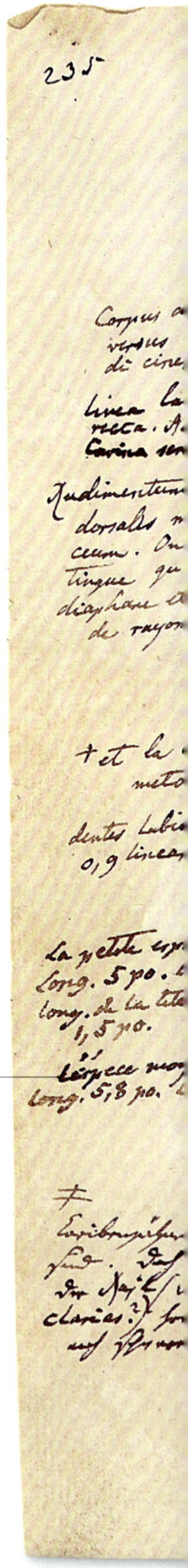

洪堡直到去世前都在增删笔记内容。

◀科学旅行者

图中可以看到洪堡（左）、艾梅·邦普朗以及他们的许多科学仪器。查尔斯·达尔文（Charles Darwin）称洪堡为“有史以来最伟大的科学旅行家”，以洪堡命名的自然现象比其他任何人都要多。洪堡最重要的科学贡献可能是预言了气候变化。他警告说，人类足以颠覆大自然微妙的平衡。

淡黄色和青灰色的鳗鱼，像大水蛇，在水面上游动，聚集在马和骡子的肚子底下。这些截然不同的动物相互争斗，场面极为惊人。鳗鱼受噪音惊吓，反复放电自卫。过了好一会，鳗鱼似乎要得胜了。电击无影无踪，席卷侵袭核心器官，令几匹马无力招架；强烈而频繁的冲击下，马都沉没到水面下了。

日记III，1799—1800年

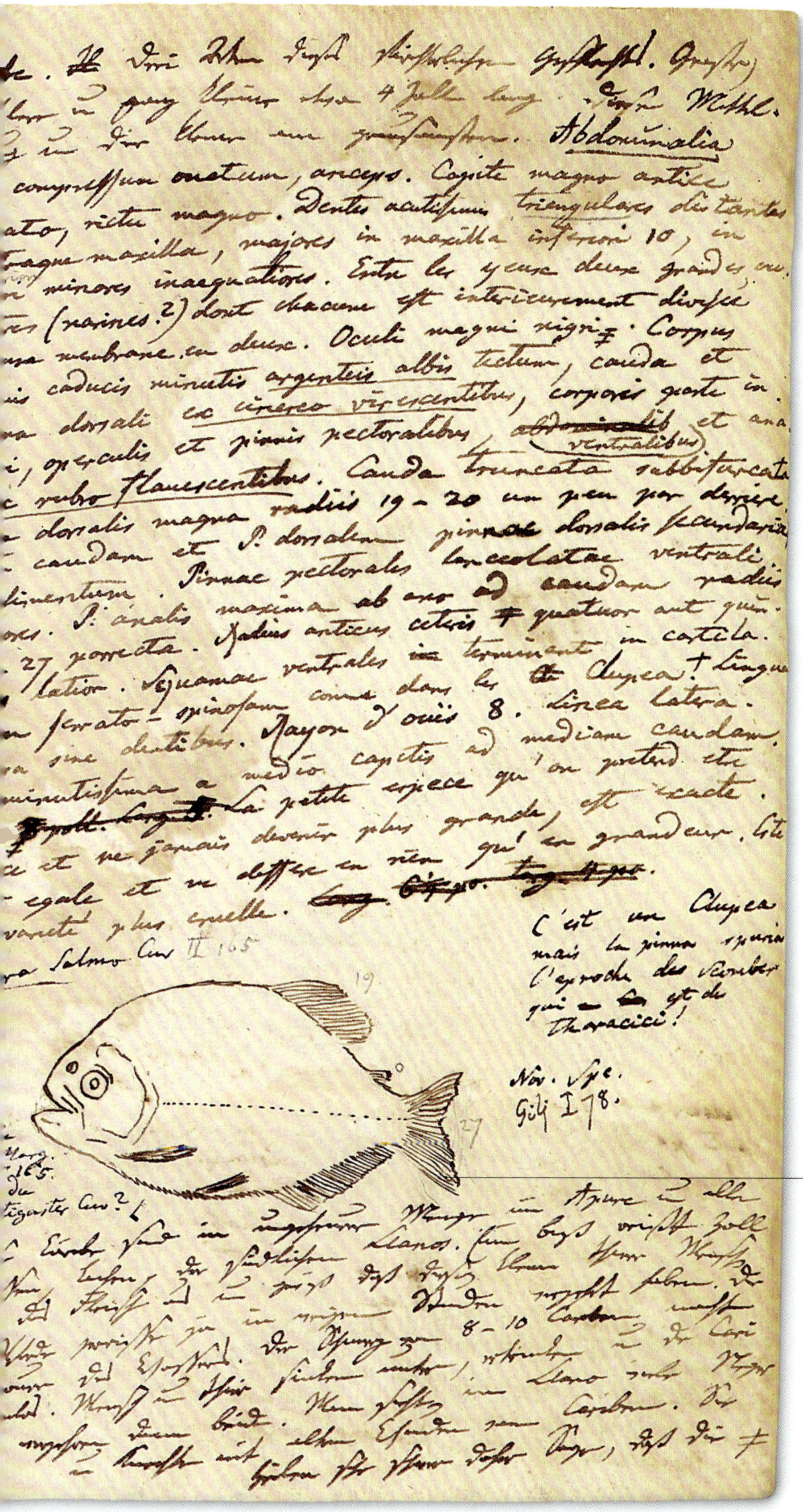

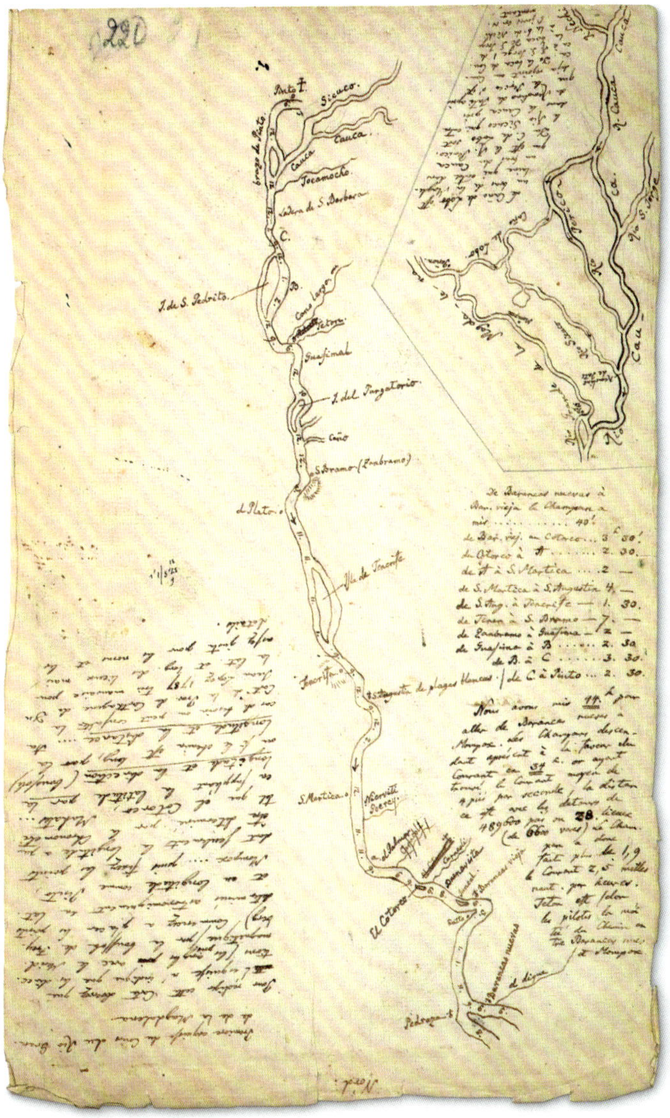

▲马格达莱纳河

日记VII的第一部分描述了1801年4月19日至6月15日，洪堡和同伴沿着哥伦比亚主要河流马格达莱纳河（Río Magdalena）进行的探险。队伍从卡塔赫纳（Cartagena）往河流上游行进时，洪堡绘制了上方的示意图。

日记IV记录了洪堡对奥里诺科河（Orinoco River）的探索，这幅水虎鱼（Piranha）的画便出自其中。

◀日记

洪堡用德语、法语甚至西班牙语写日记。文章往往不是按时间顺序写的，而是记叙日常事件且标有日期的日记和一般性笔记交替出现。洪堡还画了许多所见之物，比如左图的鱼。日记中散布着地图和素描，从印加遗址和动植物，到洋流示意图和地球曲率的计算。

细节信息

洪堡的日记中，有一个章节非常出名，描述了探险队攀登钦博拉索山（Mount Chimborazo）。这是一座位于现今厄瓜多尔的休眠火山，曾被认为是世界最高峰。探险队带着许多科学仪器出发，在攀登过程中定期停下，进行测量和读数。洪堡还速写了许多所见的动植物。但探险队准备不足、衣物和设备不够，加上天气条件糟糕，队员呼吸困难。随后，巨大的裂缝令他们寸步难行："登至高处，却停滞不前，极令人悲郁。薄雾笼罩中，我们勉力劳作，只能偶尔瞥见周遭的深渊。没有生物、没有昆虫，甚至没有秃鹰。在安蒂萨纳（Antisana）时，秃鹰在头顶上盘旋，给天空带来了生气。"

探险队被迫下山，但他们已经爬得比以往任何人都要高了。洪堡在登山过程中也收获甚多。当洪堡将笔记和测量结果与他在他处旅行时的见闻进行比较时，他意识到，在各个大洲，不同纬度都有相应的气候带。他认识到，世界各地的自然环境紧密相连。这种观点深刻地影响了现代认知自然世界的方式。

> "……尽管精准仪器的数量与日俱增，我们仍一无所知……"
>
> 亚历山大·冯·洪堡，《个人叙述》第1卷导论（Introduction to *Personal Narrative* Vol. 1），1819年

▲绘制自然

洪堡利用攀登钦博拉索山时收集的信息和数据，形成了一个新型山体横截面的信息图，既有海平面以上的部分，也有海平面以下的部分。这幅平版印刷画就是在此基础上绘制而成的。洪堡将所见的植物都放置在其确切的海拔高度，加之从动物群到温度等细节的数据，展现了不同的气候带和植被区。他称这种图像为自然画（Naturgemälde）。

▲植物学艺术

洪堡和艾梅·邦普朗收集了数以千计的植物标本，比如这株厄瓜多尔独有的罕见羽扇豆（Lupinus Nubigenus）。他们将标本压实后送回欧洲，供后续研究之用。通过这些标本，学者和艺术家们编写了15卷西班牙美洲殖民地植物的相关书籍，并于1805年至1834年出版。

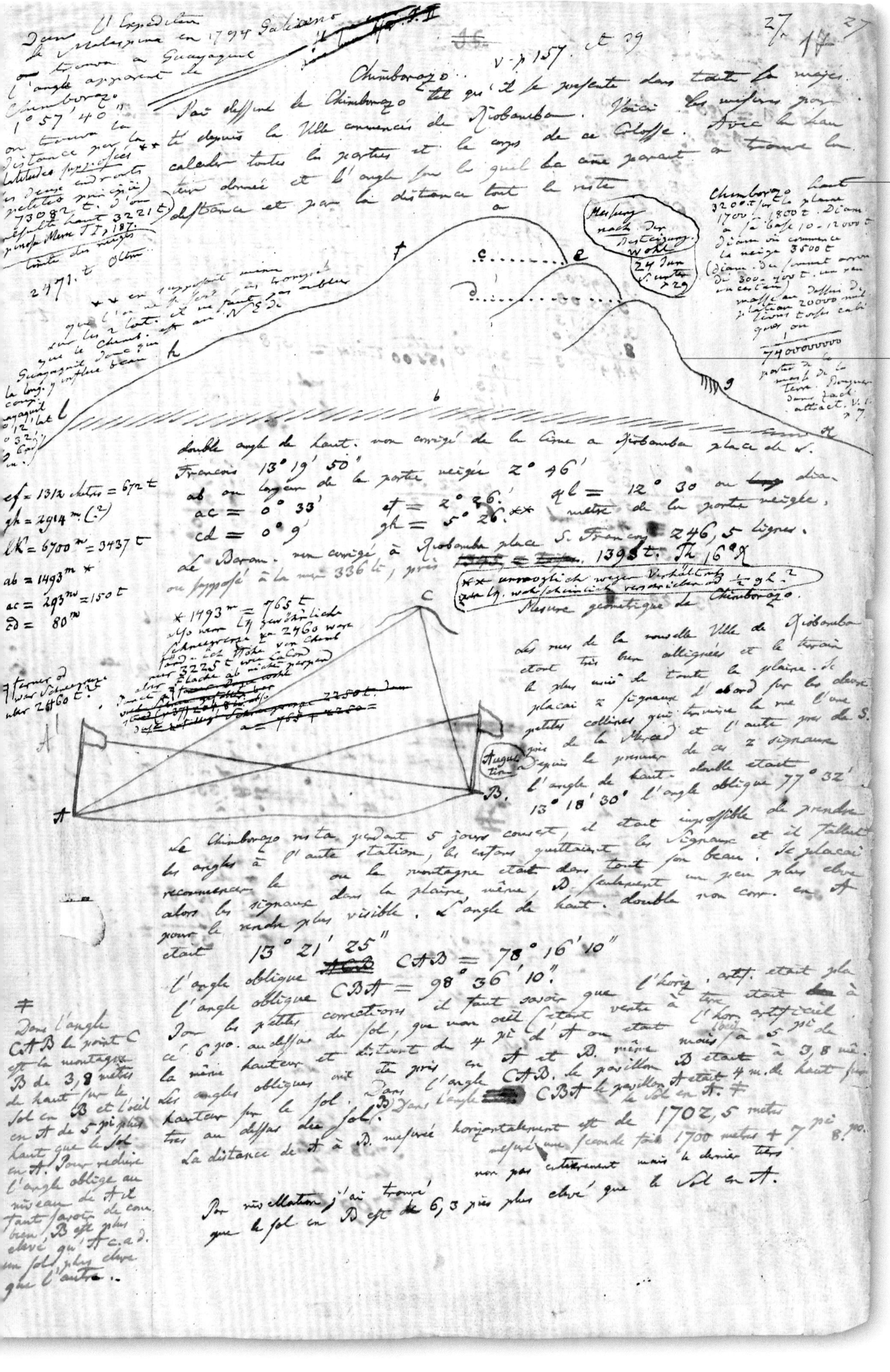

登山多年后所写的旁注。

这幅素描描绘了钦博拉索山四峰中的三峰。

◀ 钦博拉索

日记VII的这一页展示了钦博拉索山的轮廓草图，图画周围是密密麻麻的观察结果和一张神秘的示意图。一部分笔记和测量结果当场就被记录在日记里，而许多写在边缘的内容可能是后加的。日记的每一页都杂糅了零散的记录和想法。

名录：1700—1800年

约翰·亚当斯的日记

美国人（1753—1804年）

美国第二任总统约翰·亚当斯（John Adams，1735—1826年）在漫漫人生旅途中，写了50年的日记。他共有51卷手稿存留至今，不仅有日记，还包括财务账目、信件抄本和笔记。就读哈佛大学时，亚当斯开始写日记。早期手稿涵盖了他在马萨诸塞州的教学生活和律师生涯。1774年，亚当斯入选大陆议会，议会反对英国统治北美殖民地。自此之后，作为知情者的亚当斯写下日记，描述了催生美国独立的重大事件。亚当斯随后分别在法国、英国和荷兰担任外交官。1788年，亚当斯返乡。此后，他越来越少写日记。1797年到1801年，亚当斯总统任职期间，他没有动笔写日记。最后一部分日记主要谈及1804年夏天亚当斯在马萨诸塞州昆西（Quincy）农场的生活日常。亚当斯的日记深刻地体现了这位美国开国元勋的内心世界。

奥劳达·埃基亚诺

非洲人（约1765—1787年）

奥劳达·埃基亚诺（Olaudah Equiano，约1745—1797年）曾是奴隶。他生动地叙述了自己受人奴役的经历，以及重获自由后的冒险。根据他的自传《奥劳达·埃基亚诺一生的趣事》（*The Interesting Narrative of the Life of Olaudah Equiano*），埃基亚诺出生在西非的一个村庄，小时候被奴隶贩子拐走。跨大西洋航行后，他被运送到西印度群岛和北美，遭受奴役。在那里，他被称为“古斯塔夫·瓦萨”（Gustavus Vassa）。埃基亚诺能力和品性不俗，自学读写。为一位英国船长效力时，他周游四方，能够自己做买卖。赚足钱后，他赎回了自由身。在英国生活时，埃基亚诺成为循道宗信教徒（Methodist），是受人尊敬的公众人物。他捍卫黑人福利，并参加废除贩奴运动。他采用了“奥劳达·埃基亚诺”这个名字，从而强调自己的非洲血统。埃基亚诺一生奇遇连连，使他写的《趣事》生动有趣，1789年在伦敦出版时轰动一时，再版八次。

《范妮·伯尼》，爱德华·弗朗西斯科·伯尼（Edward Francisco Burney），1784—1785年

范妮·伯尼的日记

英国人（1768—1840年）

弗朗西丝·伯尼（Frances Burney，1752—1840年），婚后也被称为“达尔布莱夫人（Mme d'Arblay）”，是18世纪著名的英国小说家和剧作家。1786年至1791年，她住在乔治三世（George III）的宫廷之内，担任夏洛特王后（Queen Charlotte）的尚衣。1793年，伯尼完婚，丈夫是法国人。两人在拿破仑·波拿巴治下的法国生活了一段时间。伯尼晚年大部分时间都在英国温泉小镇巴斯（Bath）度过。范妮·伯尼（Fanny Burney）从15岁开始写日记，直到去世。她的书信颇多，许多素材源自日记。伯尼的文字一针见血，讽刺性强，大量着墨于当代杰出人物，包括塞缪尔·约翰逊博士、政治家埃德蒙·伯克（Edmund Burke）和演员大卫·加里克。在乔治三世“癫疯”时期，伯尼对英国宫廷的评述，就像她描述自己在1811年未经麻醉就接受乳房切除术的骇人文字一样名不虚传。伯尼对日记和信件进行大幅修改，以供去世后出版。她的侄女在1842年到1846年完成了这个任务。此后，她早期日记中删除的一些材料得以重见天日。

阿克兰的日记

英国人（1776—1777年）

1776年，时尚的英国贵族哈丽雅特·阿克兰夫人（Lady Harriet Acland，1749—1815年）做出了陪同丈夫前往北美的大胆决定。她的丈夫是步兵军官，在北美行军打仗，敌方是反抗英国统治的美国殖民者。她的日记叙述了后续经历，其中部分内容由她亲笔写下，部分则由可能身为牧师的匿名男助理代写。阿克兰先乘坐军用运输船横跨大西洋，再深入加拿大内陆，一路历尽艰辛，这些在日记中均有翔实描述。阿克兰同运送军队火炮和物资的部队一道行进，并随部队从加拿大向南行军。但英军一败涂地，于1777年10月在萨拉托加（Saratoga）投降。阿克兰表现英勇，照顾伤员，为了受伤的丈夫能在英军战败后获释，她怀孕六个月时还划船前往美军阵线。阿克兰的日记引人关注，因为除了记录军事行动，日记还记录了对北美荒野生活，包括渥太华原住民习俗的观察。

《热河日记》

朝鲜人（1780年）

《热河日记》（*The Jehol Diary*）是朝鲜士大夫朴趾源（Pak Chiwon，1737—1805年）所写的游记。1780年，朝鲜正祖派遣使节团前往中国，祝贺清朝乾隆皇帝70大寿，朴趾源随团出访。朴趾源用古汉语描述了探访热河皇家避暑山庄和骑马周游中国北方的经历。他生动地叙述了旅途艰辛和偶然发现——涉水渡过鸭绿江时碰上一场葬礼，还遇到了一个擅长仿制古董的商人。不过，他行文目的明确：他认为清朝的技术和知识水平领先于朝鲜。他报告了中国人的行事方式，从烧窑到整齐地堆马粪，希望国家能施行切实可行的社会和技术变革，从而提高国民的生活水平。《热河日记》共30卷26章。原稿有多个版本，但都不具有权威性。

1795年出版的本杰明·班内克《历书》（*Almanac*）的封面

玛莎·巴拉德的日记

美国人（1785—1812年）

玛莎·莫尔·巴拉德（Martha Moore Ballard，1735—1812年）住在缅因州肯纳贝克（Kennebec）河畔的哈洛威尔（Hallowell），是一名助产士。1785年1月1日，巴拉德开始写日记，这时候她已经50岁了。此后27年，她都笔耕不辍，借着烛光，用羽毛笔在自行装订的袖珍日记本上写作，记叙家庭和农村日常生活细节。日记记录了她作为助产士的日常工作：骑马或乘独木舟到偏远农场接生、参与验尸、派发自制药物。日记提及了偶发的重大事件，包括大屠杀和巴拉德作证的强奸案审判，但主要还是着墨于平常悲喜之事，例如求爱和婚姻、发烧的流行、未婚先孕和个人经济问题——1804年，巴拉德的丈夫因债入狱。日记由巴拉德的家人保存，直到1930年，巴拉德的后代将日记交给缅因州立图书馆（Maine State Library）。巴拉德的日记记录了一位全职女性在美国开拓时期的生活，具有历史意义，饱含人情味，但直到20世纪80年代，日记的独特性才获得认可。

霍韦利亚诺斯的日记

西班牙人（1790—1810年）

加斯帕尔·梅尔乔·德·霍韦利亚诺斯（Gaspar Melchor de Jovellanos，1744—1811年）是西班牙文学界、知识界和政坛的杰出代表。有感于西班牙经济和政治的落后，他希望引入启蒙运动的理性进步。在西班牙处境困难的历史背景下，这般雄心壮志使他与保守势力陷入冲突。1790年，霍韦利亚诺斯开始写日记。那时，由于政治原因，他被放逐回乡，回到西班牙西北部的阿斯图里亚斯省（province of Asturias）。好奇心极为旺盛的霍韦利亚诺斯周游农村地区，评论当地风俗古物、风景天气、食物饮料、路况和旅馆条件。他认为后两者大多状况糟糕。1797年，霍韦利亚诺斯被召回权力中心，此后，他的日记写得更是断断续续。1801年，他被对手投入监狱，日记写作完全停止了。1808年，霍韦利亚诺斯获释。当法国侵占在即时，霍韦利亚诺斯主导了建立西班牙自由政体的尝试。1810年3月，霍韦利亚诺斯最后一次写日记。第二年，他在躲避法国军队时去世。

本杰明·班内克的日记

美国人（约1791—1806年）

本杰明·班内克（Benjamin Banneker，1731—1806年）是非洲裔自由人，在马里兰州巴尔的摩市郊种植烟草。尽管他受教育程度极为有限，但在数学和科学方面能力非凡。年轻时，班内克建造木钟，并参与建设华盛顿特区的勘测工作，引起了人们的关注。1792年到1797年，他出版了一本结合天文计算的历书，准确预测了日食和其他天体现象，因而广受欢迎。班内克写日记主要是为了记录天文观测，但也涉及其他事项，从描述他的梦想，到他与时任美国国务卿托马斯·杰斐逊（Thomas Jefferson）通信的抄本。信中，他力争废除奴隶制。1806年班内克去世后，他的文件大多毁于火灾中。一本有关天文学的日记和一些文件散页幸免于难，自1844年以来均由马里兰历史学会（Maryland Historical Society）加以保管。

《阿尔斯塔日记》

瑞典人（1793—1839年）

《阿尔斯塔日记》（*The Årsta Diary*）的作者是默塔·海伦娜·伦谢纳（Märta Helena Reenstierna，1753—1841年），她是一名瑞典骑兵军官的妻子。日记名称源自伦谢纳和丈夫的住所，即位于斯德哥尔摩南部的阿尔斯塔庄园（Årsta Manor）。伦谢纳40岁开始写日记，那时她已经生了8个孩子，但只有一个男孩活了下来。伦谢纳稳重勤勉，描述了庄园内家事农事的日常管理以及涵盖斯德哥尔摩文化圈的社交生活。她的写作风格简洁客观，颇具吸引力。瑞典词曲作家卡尔·迈克尔·贝尔曼（Carl Michael Bellman）是她的朋友。伦谢纳的丈夫和儿子分别于1811年和1812年去世，但她继续写日记，直到去世前2年，共计写了5000多页。《阿尔斯塔日记》直到20世纪中叶才出版。

28—337
29. Jeudi. S. François de Sales.
29—336
PREPARATIONS
EFFET
WILLIAM TELL.

under ten thousand
lagation to the Hon mayor
vol adam lin for his kind
to me and my Wife and Child
on the 7 day of June 1833
friday the general laid a
achment on my Wife and
ildren at Mr armfield
and takein them from the
put them in the County
of alexandria to wait action
the court and my Wife and
dren Remained in the town
ail in alexandria from the 7
June 1833 until the eleven of
une 1833 on tusday and
same day Mr levy hurmphrey
papers and Manermated
m free the papers wher
uted at the City Hall in
hington she came up
alexandria the 12 day of
1833 on wensday and
allso under oblagations
r steil and Mrs Steil
ther kindness to my Wife
Childdren while they wher
the jail and may the
ighty Bless them
gave me such a Race
that time that all the
that wher acquianted with
ffair in alexandria wher
for me and a

第 4 章

1800—1860年

浪漫主义运动是19世纪欧洲文化的主流，倡导个人主义、反叛和情感彰显。日记作家们下笔千言，表达理想主义爱情和焦虑。浪漫主义崇敬自然，激发了多萝西·华兹华斯（Dorothy Wordsworth）、亨利·大卫·梭罗（Henry David Thoreau）等作家的创作灵感。龚古尔兄弟（Goncourt brothers）等法国文学人物的日记写作风格更为愤世嫉俗。环游世界继续为欧洲人提供日记素材。达尔文记录“小猎犬”号（Beagle）之旅，有助于他日后构建进化论，因此意义最为重大。女性日记，如夏洛蒂·勃朗特的日记，反映了女性在情感上苦于世俗枷锁，内心越发不安。

《格拉斯米尔日记》

1800—1803年 ■纸上笔墨 ■4本笔记 ■英国人

多萝西·华兹华斯：日记作家

浪漫主义诗人威廉·华兹华斯（William Wordsworth）和妹妹多萝西（1771—1855年）非常亲近。父亲去世后，他们搬到了英国湖区格拉斯米尔（Grasmere）的鸽舍（Dove Cottage），并一直住在一起，即便在威廉结婚后也是如此。威廉生前作为诗人已经声名远扬，当他创作杰作时，多萝西就在左右。多萝西写的日记，直到她去世后才出版，描述了他们的生活，揭示了威廉许多诗歌背后的灵感。《格拉斯米尔日记》（*The Grasmere Journals*）描述了他们在格拉斯米尔头几年的生活。

虽然多萝西对自己的写作能力很谦虚，但她擅长描写和记忆细节，这使她的日记栩栩如生。日记体现了多萝西热爱自然、阅读广泛，尤爱诗歌，喜欢当地人的说话方式，结交其他作家，特别是塞缪尔·泰勒·柯尔律治（Samuel Taylor Coleridge）。最引人入胜的是，《格拉斯米尔日记》记录了两兄妹的共同经历——一起散步、日常生活以及阅读的书籍。多萝西讲述了哥哥喜好步行，夜间亦是如此，以及他在诗歌写作中耗尽心力。她还记录了引发威廉写下名诗的事件，例如遇见一个女乞丐，激发了创作《乞丐们》（*The Beggars*）的灵感。兄长创作时，多萝西常常旁观，描述他边吃早餐边写《致蝴蝶》（*Poem to a Butterfly*），当他专心遣词造句时，马甲扣子都解开了。多萝西还记录了著名的《不朽颂》（*Immortality Ode*）中部分内容的创作过程。多萝西是一位独特的见证人，默默地为英国浪漫主义诗歌的诞生做着贡献。

> 但是，当我们继续往前走，湖边的水仙花却越来越多。最后，在大树枝下，我们看到岸边有一长串水仙花，宽度与乡间公路相当。我从来没见过这般美丽的水仙花。它们生长在长苔的石头之间，有的花朵倚靠在石头上，就像倦了靠在枕头上似的；其余的摇摆不定，左旋右转，舞动雀跃。风把水仙花往湖里吹，它们好像真的在和风一起欢笑。它们看起来这般开心，身姿不断变化，只留下匆匆一瞥。

《格拉斯米尔日记》，1802年4月15日

背景信息

◀ 威廉·华兹华斯

杰出的浪漫主义诗人威廉·华兹华斯创作诗歌，赞颂自然之美，描述散步时所遇之人。他出生在湖区，也在湖区度过了大半生。1799年至1808年，他住在鸽舍。威廉认为，在湖区“生活简朴，但思想高远”。

▶ 湖区

华兹华斯兄妹及其友人塞缪尔·柯尔律治等浪漫主义作家首开欣赏湖区天然胜景之风，尤其赞赏山川湖泊。而早先的作家大多较为适应斧凿雕饰过的场所。

有多处草草增删和墨水的污渍。

在多萝西的想象中，水仙欢笑舞动着。
她哥哥后来在诗中借用了这个创意。

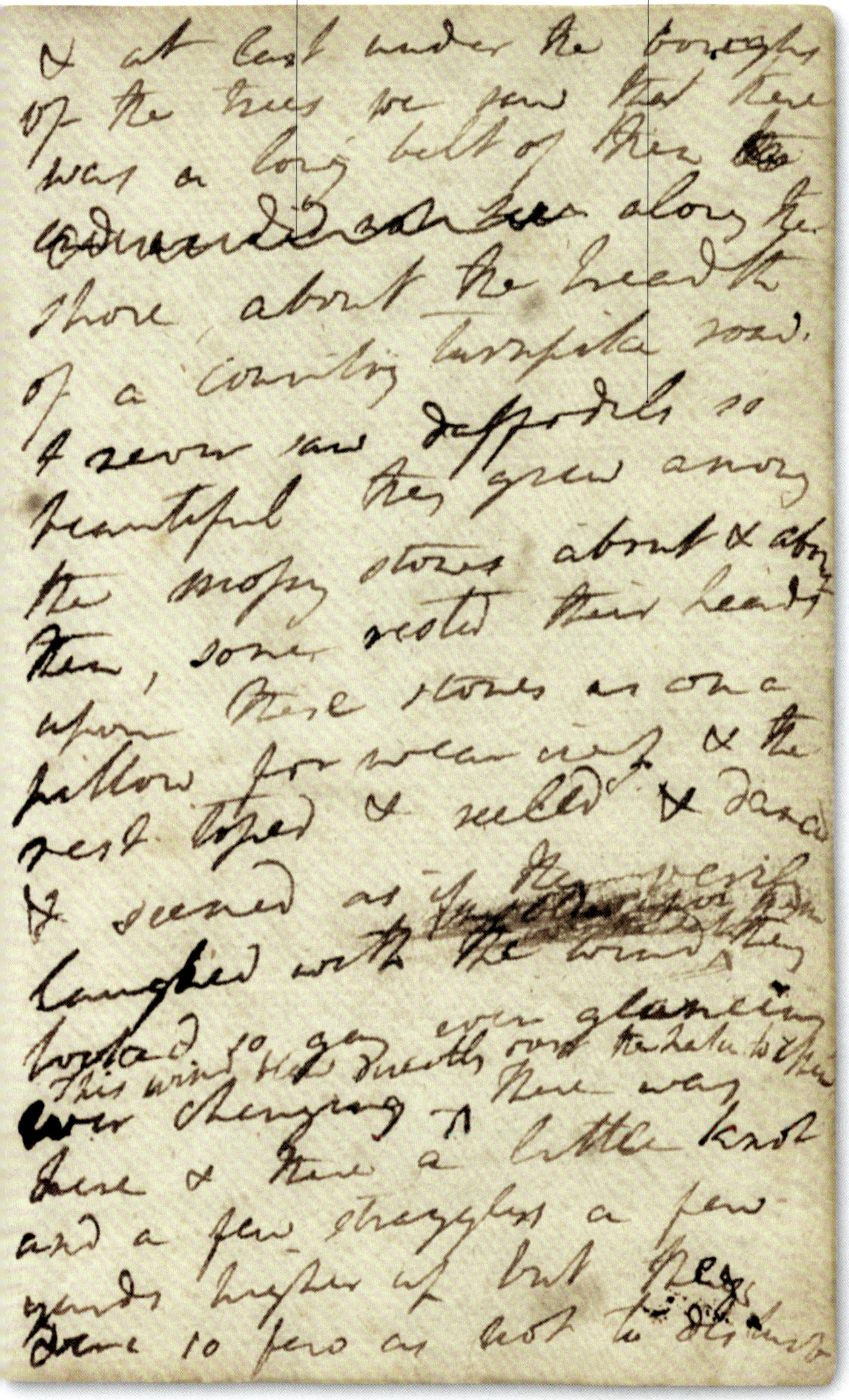

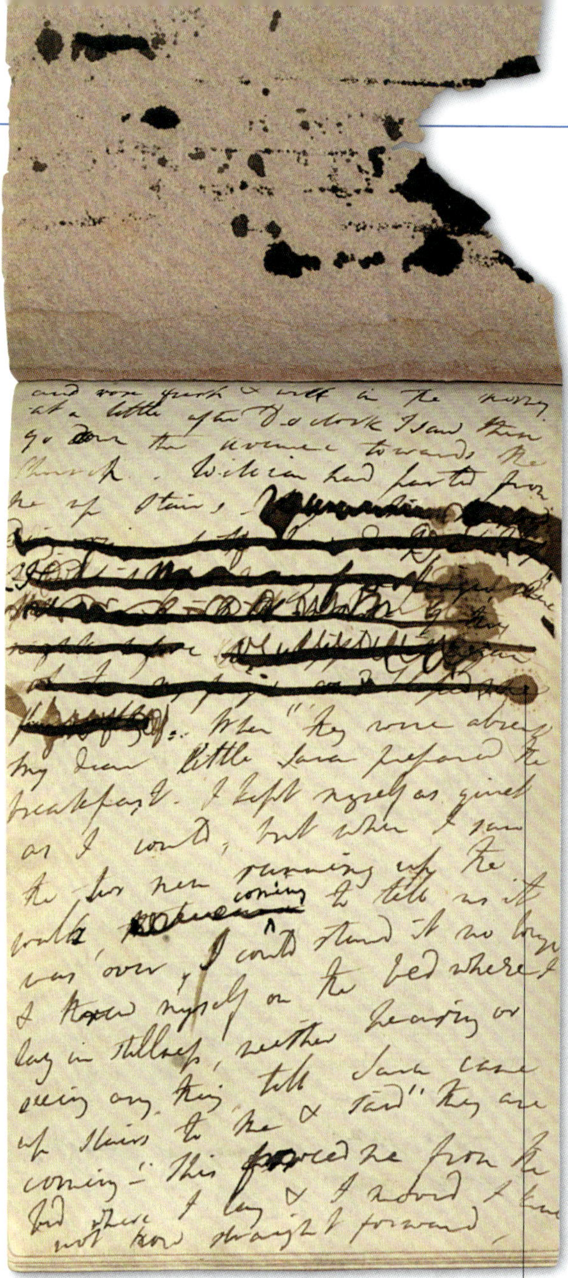

▲**亲密时刻**

华兹华斯兄妹忠于彼此。此处，多萝西写道，在威廉结婚前一晚，他把婚戒交给了多萝西。为了保管好戒指，多萝西戴了一整夜，直到第二天交还给威廉。这一部分被划掉了，也许是因为它暗示着威廉和多萝西过于亲密。

言辞不妥的语句
已被划掉。

◀**激发诗意**

1802年的这一则日记描述了多萝西和威廉在日常湖畔散步时，看到了长势旺盛的水仙花。这些花在微风中舞动，启发了威廉在2年后写出著名诗篇《我似孤云独自游》(*I Wandered Lonely as a Cloud*)。他在诗中借用了多萝西日记里对水仙花的描述。

> “格拉斯米尔美不胜收，我的心都要融化了。”
>
> 《格拉斯米尔日记》，1800年6月21日

通往太平洋之路

1804—1806年 ■纸上笔墨 ■18本笔记 ■美国人

刘易斯和克拉克：探险家

1804年至1806年，托马斯·杰斐逊总统的私人助理梅里韦瑟·刘易斯（Meriwether Lewis，1774—1809年）上校和拓荒者威廉·克拉克（William Clark，1770—1838年）带领科学考察先遣队穿越美国西部的未知荒野。他们被托马斯·杰斐逊派去探索路易斯安那领地（the Louisiana Territory）。这块土地刚从法国手中获得，位于现今美国中部，面积占全美三分之一。探险队将向西行进，穿过未知的、甚至可能存在敌对势力的领土，寻找一条经“大岩山”到太平洋的通航路线。探险队一路还要绘制密苏里河（Missouri River）等河流的河道，研究新土地的地质和动植物，并与遇到的土著部落结盟。

刘易斯和克拉克组建了一个名为“探索小组”（Corps of Discovery）的团队，大约有30人，于1804年5月从密苏里河向西出发。旅途漫长而艰辛。这两人以及探险队其他成员都定期记日记，描述了行船的河流流向宽度和所到之处的地形，辅以详细的气象图、指南针读数和每日旅程笔记。两人文化程度都不高，拼写和语法不够规范，但他们观察敏锐，能吸引读者深入了解探险队面临的挑战。

1805年，刘易斯和克拉克终抵太平洋。旅程中，许多人向他们伸出了援手，包括探险队路上遇到的部落、担任翻译的法裔加拿大捕手及其美洲原住民妻子。从密苏里河口出发，到达北太平洋海岸的哥伦比亚河口，全程长达13,000千米。次年春天，探险队向东返回，1806年9月回到圣路易斯。在日记中，他们不仅记录了伟大的探险故事，还记录了美国历史上的关键时刻。

▶抵达太平洋

这本用麋鹿皮装订，破破烂烂的书是威廉·克拉克的日记，涵盖了1805年9月11日至12月15日这段时间。此图中，右页的日记写于1805年11月7日，描述了探险队首次看见期待已久的目的地——太平洋的瞬间，证实了此时美国领土已经从大西洋延伸到了太平洋。

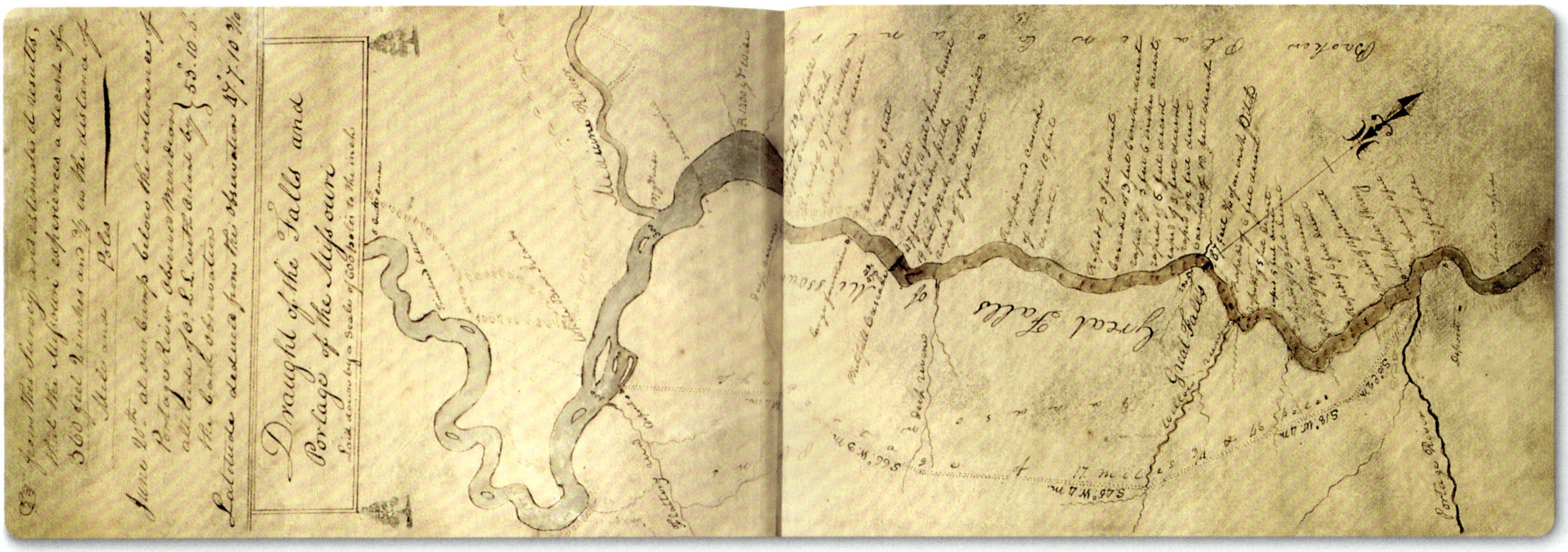

▼大瀑布

1805年6月13日，探险队抵达密苏里河大瀑布，花了一个月的时间才绕过这个障碍。1805年7月4日，克拉克绘制了这张草图，展现了5处瀑布和探险队计划采用的水陆联运路线。

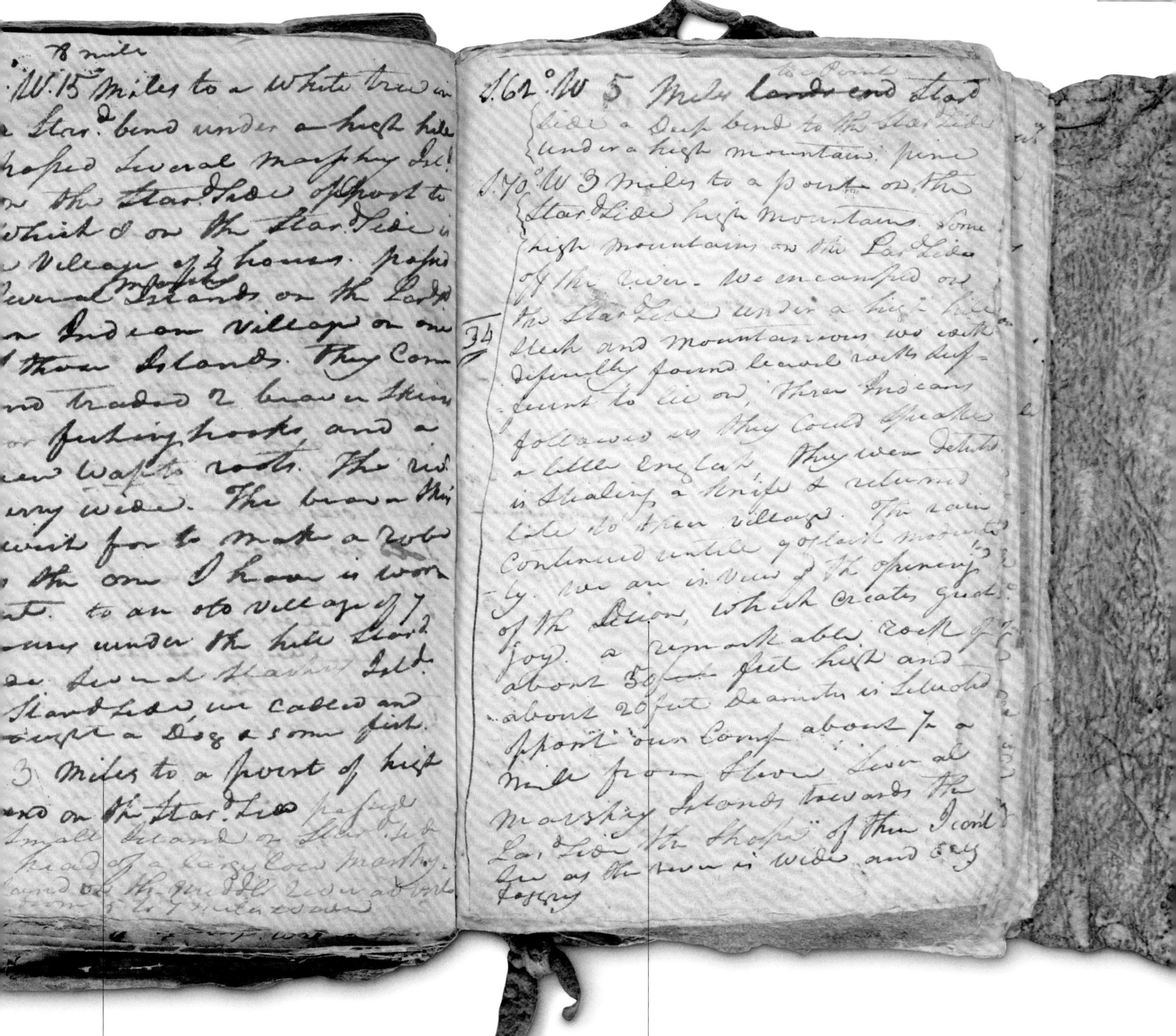

探险队每停一处，都要确定方位，精确描述。

看到太平洋，克拉克有感而发：“我们看见了开阔的海洋，令人欢呼雀跃。”

……落水声令人愉悦，在向我的耳朵致敬。往前走一点，我看到水雾从平原上生起，好似烟柱……然而，我仍然方向明确，因为不久后，落水声猛烈咆哮着，声音之大，只可能来自密苏里河大瀑布……

这座小山高约60米，难以攀登。我匆匆下山，凝视着这片胜景……河流和瀑布相接处，宽约270米……一片平滑均匀的水帘从至少24米高的悬崖上落下。河流剩余部分宽约180米，形成了我见过最宏伟的景象……

梅里韦瑟·刘易斯第一次看到密苏里河大瀑布，1805年6月13日

细节信息

一位美国历史学家称刘易斯和克拉克是“当时著述最为丰富的探险家”。在探险过程中，他们都写了多本笔记，并在搬运时用锡纸封住，加以保护。托马斯·杰斐逊告诉他们要描述“该地区的动物……尤其是那些在美国不为人所知的动物”。他们的日记里满是有关新奇动植物的笔记和图画。探险结束时，他们已经发现了300多个新物种。刘易斯和克拉克还受命记录新领土上美洲原住民的居住地点，以及与其相遇的经历。他们遇见了约50个不同部落，试图与其交易，意识到了与之建立良好关系的重要性。探险队笔记注重细节，记录了所遇之人的服装和习俗。

刘易斯和克拉克的日记现藏于美国哲学学会图书馆（American Philosophical Society Library）。他们写了18本笔记，其中13本用红色皮革装订，4本用大理石纹纸装订，1本用鹿皮装订。日记现已可以在线阅读。

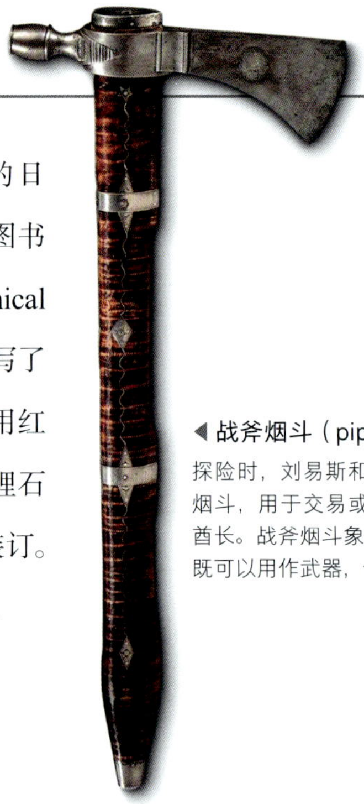

◀战斧烟斗（pipe tomahawk）

探险时，刘易斯和克拉克带着战斧烟斗，用于交易或送给美洲原住民酋长。战斧烟斗象征着战争与和平，既可以用作武器，也可以用于吸烟。

▲美洲原住民

当探险队遇到新部落，他们会身着制服，展示气枪，然后请求会见酋长，赠送礼物。这样做通常有助于建立友好关系，但也有例外。例如，提顿苏人（the Teton Sioux）就意识到，美国人正在与之争夺当地贸易控制权。

▶安营扎寨

从密苏里州圣路易斯出发1年半后，刘易斯和克拉克到达了太平洋海岸的哥伦比亚河口。他们在河口北边建立营地，在雨中度过了10天。克拉克称这是“令我最难受的一段经历”。这张区域地图绘制于1805年11月19日。

“看到我们此时这般处境，任何有血有肉的人都会觉得痛苦……”

威廉·克拉克的日记，1805年11月12日

▼**观察动物**

刘易斯和克拉克都大量记录所见动物。克拉克还画下了其中许多动物。克拉克不是艺术家，但他的画成功地捕捉到了每种动物的特点。下图是1806年3月16日绘制的白色大鳟鱼的画。“这是它的画像，”克拉克写道，“它长约81厘米”。

艾草榛鸡（sage grouse），首次被人发现于马里亚斯河口（the mouth of the Marias River），后来在1806年3月2日，克拉克对其进行了绘制。

绅士杰克

1806—1840年 ■纸上笔墨 ■26本笔记 ■英国人

安妮·利斯特：地主

英国地主安妮·利斯特（Anne Lister，1791—1840年）写了一本秘密日记，描述了她作为女商人的奋斗、她的旅行（足迹遍布法国、西班牙、俄罗斯等国家）以及她作为女同性恋者的生活。在她那个年代，极少有人公开讨论同性恋，稍有提及，便会招致反对或责难。利斯特选择通过日记表达最为私密的想法，关于她认为女性有何吸引人之处，她如何与女性朋友调情，以及后来她作为女同性恋者如何能与长期伴侣公开同居。她还写道，她敢于进入“男性”行业，在自家土地上开采煤矿，与当地男矿主竞争，因此别人对她抱有偏见。利斯特非但没有试图隐瞒有别于其他女性之处，反而借助着装表达自我。在女性流行穿浅色系服装时，她却身着黑衣。结果有些人给她起了个绰号，把她叫做“绅士杰克（Gentleman Jack）”。

日记里，描述利斯特奋斗历程的语段中也穿插着日常生活的有趣细节。日记主题广泛，下至当地社会事件，上至国内新闻，使得日记篇幅达到约400万字。利斯特瞒着亲友写日记，用密码写下最私密的内容。这些密码无人能解，直到19世纪90年代，她的后辈约翰·利斯特（John Lister）在当地教师帮助下才成功破译。由于当时英国禁止同性恋，约翰·利斯特不希望祖辈的性取向引起社会关注，因此他把日记藏了起来。1988年，日记摘录首次出版。

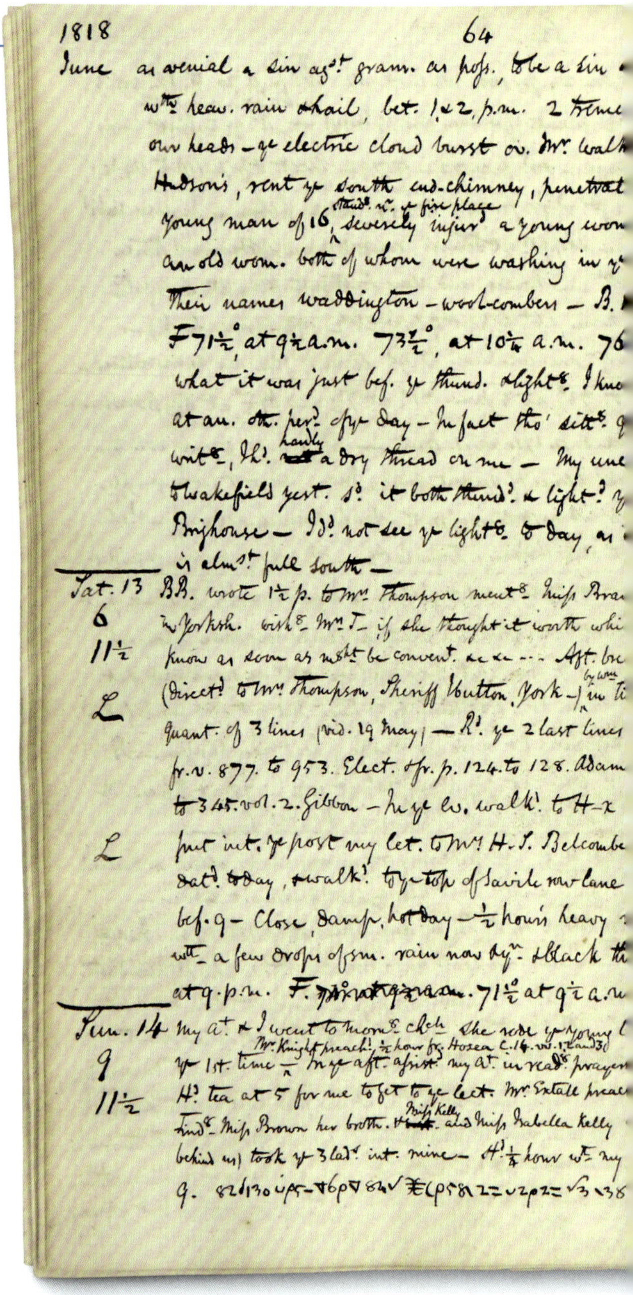

▲浪漫序曲

这几页日记始于1818年6月，当时利斯特被玛丽亚·布朗（Maria Browne）所吸引。加密语段讲述了她昵称玛丽亚为“卡利斯塔（Kallista，源自罗马神话中戴安娜女神所爱慕的仙女）”，以及玛丽亚似乎积极回应她的追求。不过，后来玛丽亚与一位男性订婚，于是利斯特将注意力转向他处。

▲席布登府

1826年，利斯特的叔叔去世，她继承了获益丰厚的投资，以及一栋大宅，名为“席布登府（Shibden Hall）”，位于约克郡哈利法克斯（Halifax）郊外。她终于获得私人空间和更高的自由度，能够随心所欲地生活。后来，为了满足需求，她对房子进行了扩建和改装。

我并未向（玛丽亚）许下诺言，但我的举动已经吐露了心迹，所以要是现在退出，便会名誉扫地……我爱她，她也对我一心一意。我们向往自由，而又摇摆不定，因此倍感煎熬。为什么我们这般愚蠢，抛弃自己的幸福？于情于德，她都是我的妻子，为何不立即公开承认？我们俩情投意合，我很高兴。我们之间的纽带是金色的。我喜欢这种纽带，胜过任何自由。

安妮·利斯特的日记，1821年6月13日

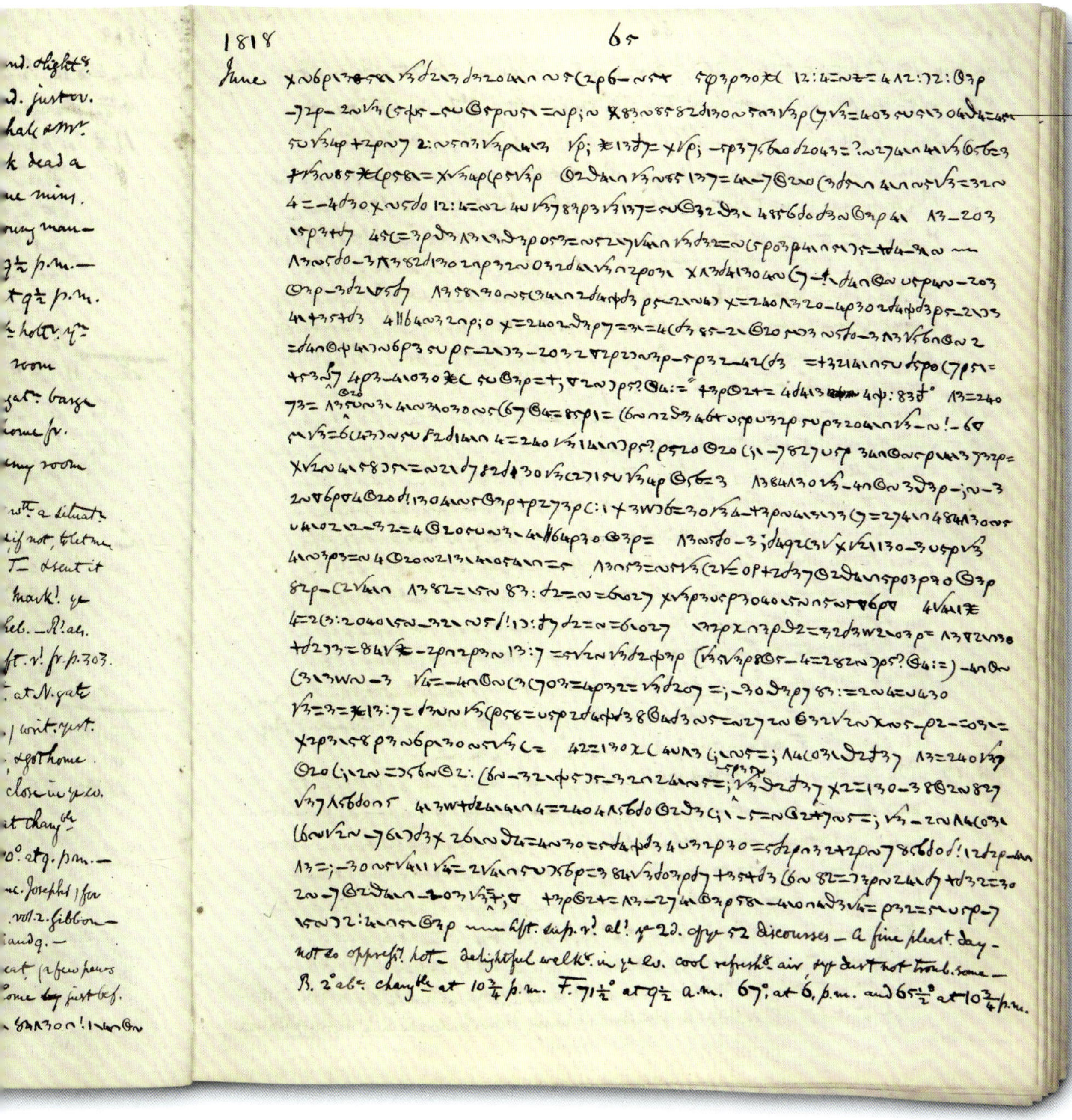

日记的加密内容混合使用了数字、英文字母、符号和希腊字母。

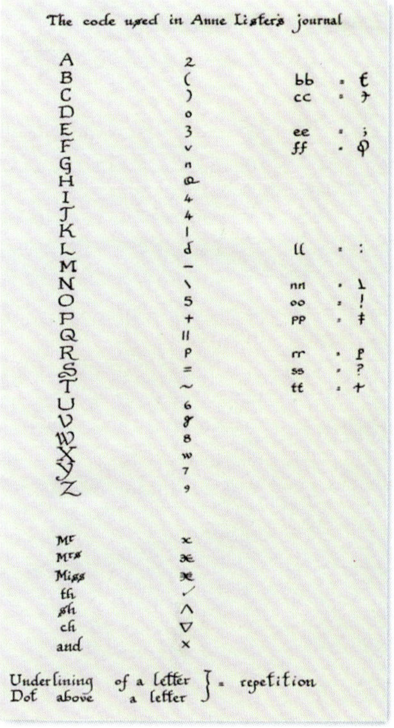

▲密写

大约六分之一的日记是利斯特用自制密码写成的，她将此法称为“密写（crypthand）”。利斯特精于此道，写得飞快。她没有在词语之间留下任何空格，因此难以破解。约翰·利斯特破译后，把日记和密钥抄本留给了哈利法克斯的一位图书管理员，后者将这些文件锁了起来。

密恋

在利斯特的那个年代，女性伴侣想要长期同居，公开保持亲密关系，简直难于上青天。女同性恋者如果能够同居，常常会隐瞒她们的真实关系。她们声称彼此关系纯洁，并借用古典神话中的同性伴侣来暗指同性恋。利斯特的日记描述了1822年她探访萨拉·庞森比（Sarah Ponsonby）和埃莉诺·巴特勒（Eleanor Butler）。这对著名的爱尔兰情侣住在北威尔士，被称为“兰戈伦夫人（Ladies of Llangollen）”。和利斯特一样，两位女士也衣着独特，身穿黑衣。据说她们像夫妻一样共同生活，但无法公开谈论此事。也许是在这对榜样的鼓舞下，利斯特开始认为自己已经和长期伴侣安·沃克（Ann Walker）结婚了。

▶《萨福和艾琳娜在米蒂利尼的一座花园中》（*Sappho and Erinna in a Garden at Mytilene*），希米恩·所罗门（Simeon Solomon），1864年

“我爱且只爱女性……

我的内心抗拒爱上其他人。”

安妮·利斯特的日记，1821年1月29日

奴隶日记

1813—1869年 ■纸上笔墨 ■186页 ■美国人

迈克尔·夏纳：海军造船厂工人

现存于美国国会图书馆（US Library of Congress）的迈克尔·夏纳（Michael Shiner，1805—1880年）日记有诸多特别之处。日记时间跨度为1813年至1869年，描述了夏纳居住的华盛顿特区发生的所有重大公共事件。他记录了1812年美英战争期间的亲身经历，以及他在工作单位华盛顿海军造船厂亲眼目睹的种族冲突、罢工和暴乱。他还描述了奴隶贩子绑架了他的妻儿，把他们运送到弗吉尼亚州亚历山大市的奴隶监狱里。这些叙述令人震惊，因为日记一大非凡之处就在于夏纳自己原本也是奴隶，后来才恢复自由身。

非裔美国人迈克尔·夏纳出生于马里兰州，生而为奴。1812年左右，他被送到华盛顿特区工作。他大半生都在海军造船厂油漆车间劳作。作为奴隶，他没有接受过正规教育，但却学会了读写，可能是在教堂主日学校上课时习得的。在当时，非裔美国人唯一能去的学校，就是主日学校。某天，夏纳开始写日记，他将日记称为“他的书”。他在小店买来的笔记本上写作，每一页都用优雅的斜体字写得满满当当。夏纳的写作方式较为另类，拼写、大小写和标点符号风格独特，使得语段读起来颇为有趣：“大约在1832年6月、7月、8月和9月，霍乱暴发，在华盛顿市肆虐。每天都有12到13人被抬到他们墓地。”

日记中部分内容的字迹不同，可能是夏纳的孙子后来补上的。日记中部分信息仅有可能是在所述事件发生后才添加上去的，表明日记中部分内容并非逐日记述，而是后期写成的回忆录，描述夏纳不平凡的一生。夏纳甚至自豪地写道：“我见证了这一切。”

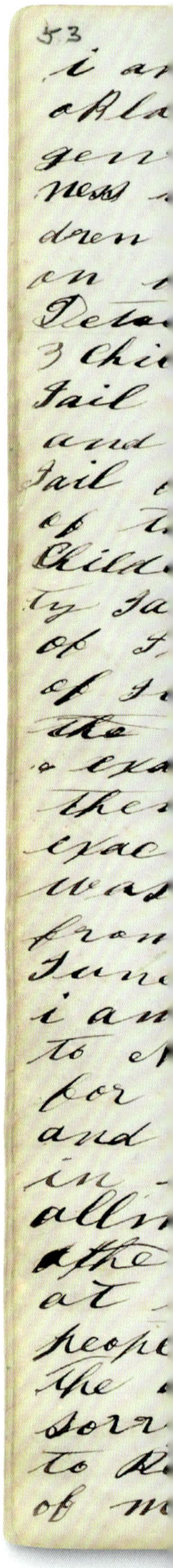

▶ 被贩为奴

图中右页的第二段文字里，夏纳写道：“1833年6月第5天，星期三，我的妻子和孩子们菲利斯·夏纳（Philis Shiner）被卖给了富兰克林（Franklin）和约翰·阿姆菲尔德（John Armfield）这两位先生，然后被运到了亚历山大市。”他描述了自己如何提前3天赶到华盛顿以南的亚历山大，并最终“在上帝的帮助下”解救了他们。

背景信息

◀ 华盛顿大火

1812年战争期间，1814年8月24日，英军在布莱登斯堡战役（the Battle of Bladensburg）中击败了美军。随后，英军在美国首都行军，并放火焚烧诸多建筑，包括白宫和国会大厦。迈克尔·夏纳写道：“我们看到英国军队登上了那座山。他们都身穿红色外套，就像一团团火焰。”

▶ 海军造船厂罢工

华盛顿海军造船厂是美国海军最大的造船厂。夏纳描述了厂内工作条件，以及1835年因管理层限制员工午餐权而爆发的罢工。罢工引发了被称为“雪暴”（Snow Riot）的激烈种族暴动，领头人是海军造船厂机修工。

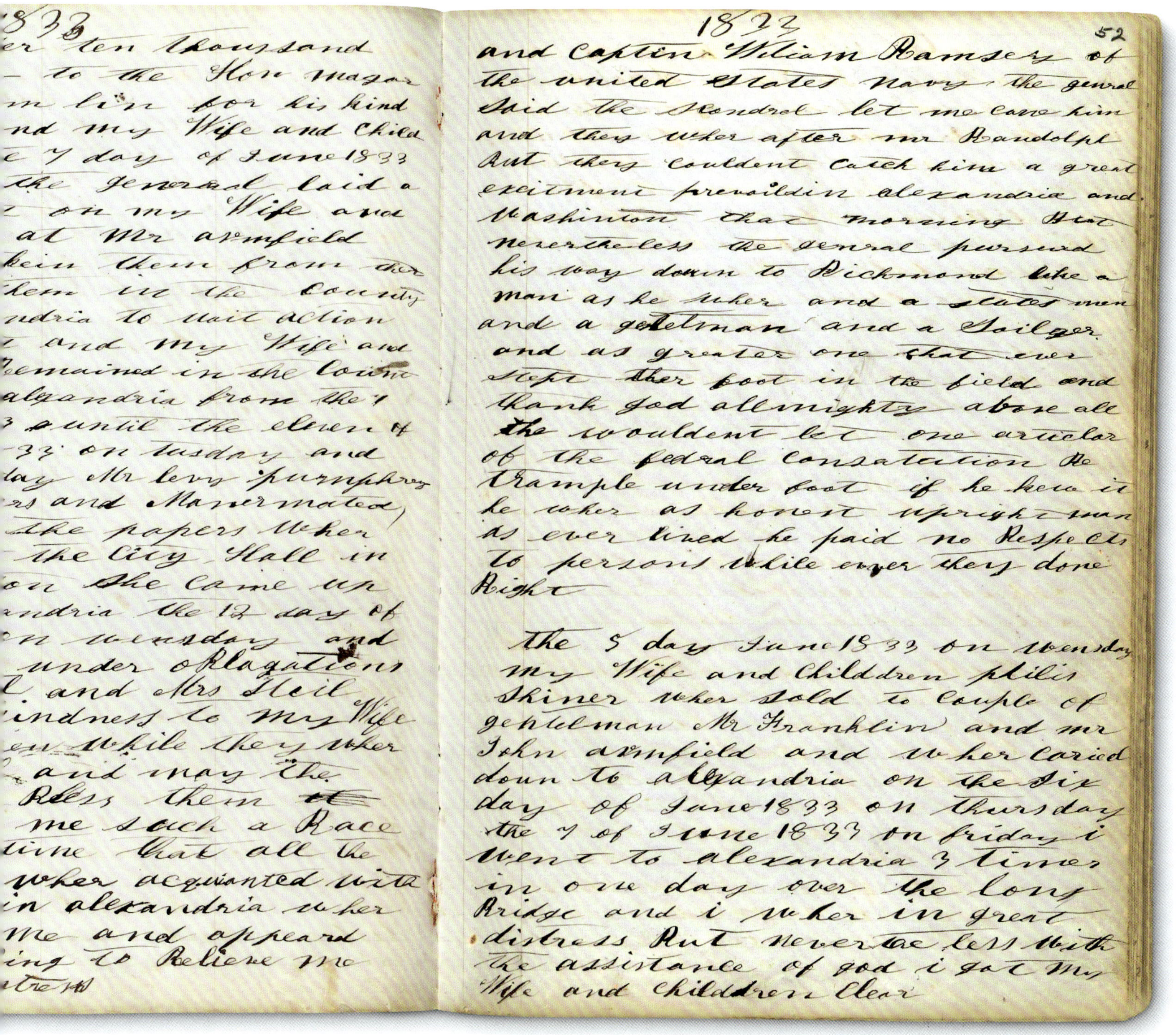
1833
er ten thousand
– to the Hon magor
m lin for his kind
nd my Wife and Child
e 7 day of June 1833
the General laid a
on my Wife and
at Mr armfield
kein them from ther
hem in the County
ndria to wait action
t and my Wife and
remained in the town
alexandria from the 7
3 until the eleven of
33 on tusday and
day Mr levy humphrey
rs and Manermated
the papers wher
the City Hall in
on She Came up
andria the 12 day of
n wensday and
under oblagations
l and Mrs Heil
indness to my Wife
en While they wher
and may the
Bless them
me such a Race
time that all the
wher acquianted with
in alexandria wher
me and appeard
ing to Relieve me
tress

1833 52
and Captin William Ramsey of
the united States navy the general
said the scondrel let me come him
and they wher after mr Randolph
But they couldent catch him a great
excitement prevailed in alexandria and
Washinton that morning that
neverthe less the general pursued
his way down to Richmond like a
man as he wher and a states men
and a gentelman and a Soilger
and as greater one that ever
stept ther foot in the field and
thank God allmighty above all
the wouldent let one articlar
of the federal consatation be
trample under foot if he knew it
he wher as honest upright man
as ever lived he paid no Respects
to persons while ever they done
Right

The 5 day June 1833 on wensday
my Wife and Childdren philis
Skiner wher sold to Couple of
gentelman Mr Franklin and mr
John armfield and wher caried
down to alexandria on the six
day of June 1833 on thursday
the 7 of June 1833 on friday i
went to alexandria 3 times
in one day over the long
Bridge and i wher in great
distress But never the less with
the assistance of god i got my
Wife and Childdren Clear

少将哈姆·林（Ham Lin）阁下有恩于我和我的妻儿，我愿为他做牛做马。1833年6月第7日，星期五，将军派遣分遣队到阿姆菲尔德先生的监狱，把我的妻子和3个孩子从那里带到亚历山大的郡监狱，等待法庭诉讼。我的妻儿从1833年6月7日至1833年6月11日都一直在狱中。所有人……都似乎愿意为我解难。

迈克尔·夏纳的日记，1833年6月

华盛顿特区的奴隶贸易

当迈克尔·夏纳开始在海军造船厂工作时，三分之一的员工都是非裔美籍奴隶。1800年，美国首都从费城迁往华盛顿特区，需要奴隶为新城市建造基础设施。华盛顿特区以南的亚历山大市，成为美国大型奴隶市场。1808年国会禁止进口奴隶后，该市的奴隶逐渐获得自由。1836年，迈克尔·夏纳提出申请，希望重获自由。几年后，他们全家人获得了自由。1862年，奴隶制终于得以废除。

▲《奴隶市场》，弗里德里希·舒尔茨（Friedrich Schulz），19世纪

环游世界

1817—1820年 ■纸上笔墨 ■3卷 ■法国人

罗斯·德·肖塞斯·德·弗雷西内：贵族

19岁时，出身卑微的青年女性罗斯·皮农（Rose Pinon，1794—1832年）嫁给了35岁的法国贵族路易·克劳德·德·肖塞斯·德·弗雷西内（Louis Claude de Saulces de Freycinet）。3年后，1816年，法国海军让她的丈夫率队进行环球科学探险。两人不愿天各一方，于是想出了一个计划。1817年9月，远征船“燕蛾”号（Uranie）离开法国南部的土伦（Toulon）。此前一夜，罗斯女扮男装，被偷偷带上了船，违反了海军禁止女性乘坐国家船只出航的规定。起初，她一直躲在自己的船舱里，但一等船只抵达欧洲最后一站，船长就公布了“他”的秘密。

“燕蛾”号环游地球，耗时3年，完成了那个时代最后一次宏伟的科学航行。回程中，尽管在福克兰群岛海岸遭遇海难，弗雷西内夫妇和船员还是带着调查结果和收藏品安然返乡。尽管任何官方探险报告都没有提到弗雷西内夫人，但在写给朋友的日记和写给母亲的信中，罗斯自己对此次航行进行了记述。她写道：“在这里，我比丈夫清闲得多，可以跟你好好聊聊。”她的日记描述了她对所到之处、所遇之人以及丈夫科研工作的印象。她叙述了惊涛骇浪中的战斗，安抚难免抱有敌意的岛民，以及在毛里求斯和悉尼参加舞会。

罗斯在38岁时因霍乱不幸英年早逝。她的日记和信件非同一般，是首份由完成环球航行的女性所写的书面记录。直到大约93年后的1927年，这些文件的部分内容才得以出版。日记现存于澳大利亚新南威尔士州立图书馆。

> 我家住土伦，日记就从我午夜离家出发那一刻写起。我独自前往朋友家。在那里，我一夜辗转反侧，想着我将要开启有些大胆的冒险，想着那些我将分离许久，甚至可能再也见不了面的亲友……第二天，我一整天都在写告别信。当晚11点半左右，我换上了男装。在路易和他的一个朋友的陪同下，我前往港口登船。
>
> 罗斯·德·弗雷西内的日记，1817年9月

背景信息

▲鲨鱼湾

“燕蛾”号上有两位艺术家，他们负责为此次探险绘制插图。在这幅描绘澳大利亚西海岸鲨鱼湾营地的画作中，可以看到罗斯站在最右侧圆锥形帐篷的入口之外。但是，用于官方报告的重绘版上，罗斯被抹去了。

▲在帝汶岛

虽然罗斯以私人身份参加此次探险，但她总是陪同丈夫上岸。这幅画描绘了当这对夫妇抵达帝力（Dili）时，他们受到了总督的欢迎。总督的仆人们手持饰有羽毛的华盖为罗斯遮阳。

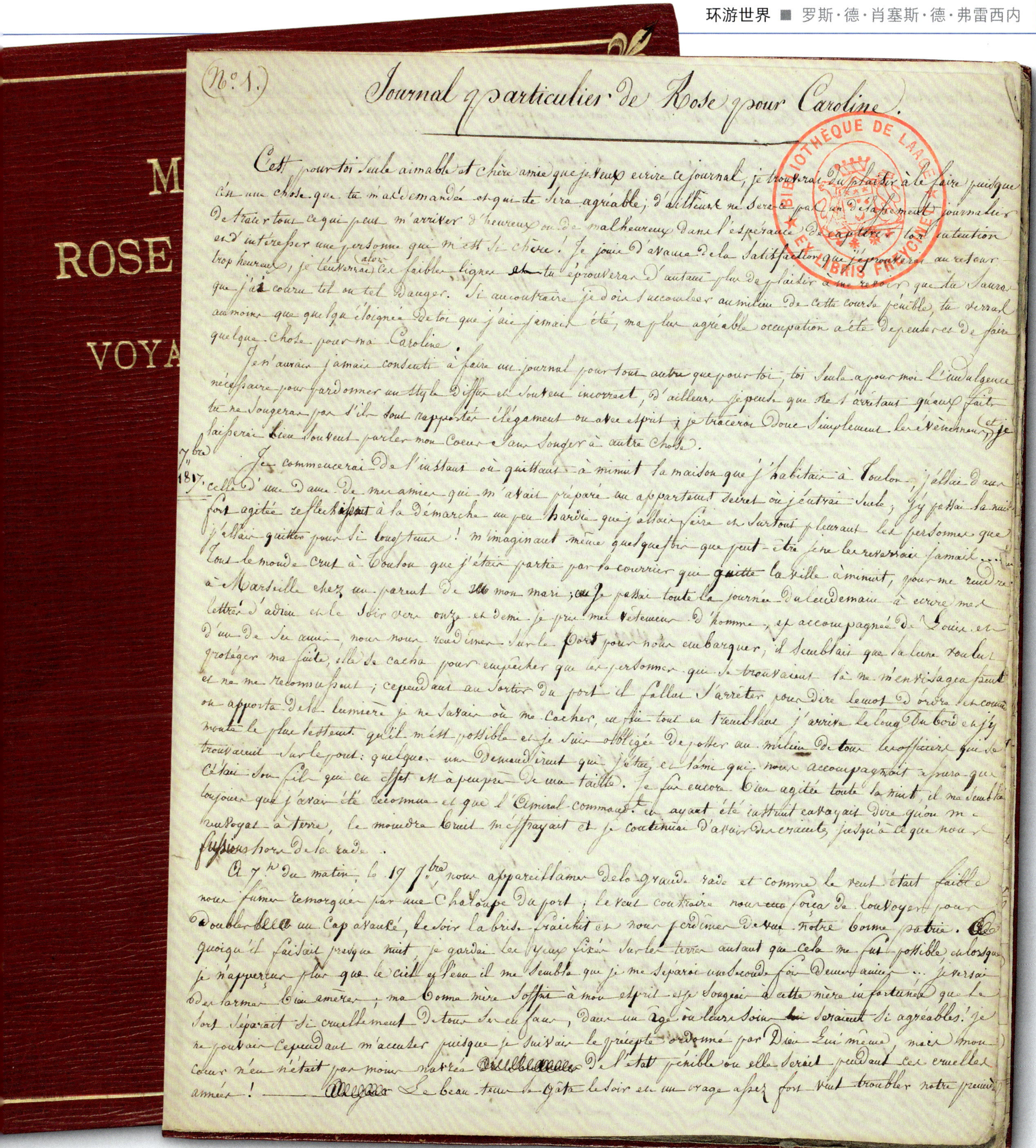

▲私人日记

罗斯不打算出版日记。她答应朋友卡罗琳·德·南特伊（Caroline de Nanteuil），她会写日记。图中日记首页上方写道：“罗斯为卡罗琳而写的私人日记。”日记共有132页手写稿。罗斯还给母亲皮农夫人（Madame Pinon）写了15封信，共计200页。

> “正是欢乐拯救我们于水火之中！……我拿出了我的响板和魔术盒。”
>
> 罗斯·德·弗雷西内的日记，1818年

艺术家的日记

1822—1824年；1847—1863年 ■纸上墨迹和水彩 ■7本素描本；20本笔记 ■法国人

欧仁·德拉克洛瓦：艺术家

欧仁·德拉克洛瓦（Eugène Delacroix）的日记呈现了一幅独特的肖像画，对这位法国浪漫主义中最伟大的画家进行了刻画。《日记》深刻地揭示了他的品性，并凸显了造就这位艺术大家的才能。

《日记》分为两大部分。第一部分从1822年写到1824年，描绘了一个紧张不安、易于激动，却即将大展宏图的年轻人。第二部分始于1847年，一直写到他去世。临终前，德拉克洛瓦已功成名就，他的文字也掷地有声。除了生动地描述纷至沓来的社交活动，他也详述了自己的作画方法和对其他艺术家的地位评判，这些细节描述令人着迷。早先的部分虽然简短，但更多地揭示了这位画家的个性。一开始，德拉克洛瓦写道，《日记》仅供自己阅读，希望借此理解自己的情绪从欣喜若狂到绝望不已的突变。德拉克洛瓦始终充满自我矛盾。他喜欢画野蛮暴力的场景——狮马相斗、暴君屠妃，大屠杀后受害者可怜地畏缩着——但他自己的生活方式却精致而文明。他的朋友，诗人夏尔·波德莱尔（Charles Baudelaire）概括道："德拉克洛瓦陷入了与激情的激恋中，但却狠下心，要将这种激情尽可能清楚地表现出来。"

德拉克洛瓦出身于富有的中上阶级，人们认为他是高层政治家莫里斯·塔列朗（Maurice Talleyrand）的私生子。他在公众场合自信满满、注重打扮、夸夸其谈、机巧过人。但在私下里，他却较为寡言少语。他怯于做出承诺，内心渴求独处。"面具就是一切"，他多次在《日记》中重复这句话。

▶摩洛哥日记

德拉克洛瓦在6个月的摩洛哥之行中画了7本素描。素描本里挤满了数百张小幅铅笔和水彩速写，并附有简短的笔记，详述任何一切有趣事物的颜色、形态和动作。他将素描本作为素材来源，用于绘制其著名的北非场景。

◀城门外的骑兵

摩洛哥之行令德拉克洛瓦印象极为深刻。他没有见到一些东方学者画笔下丰富多彩的异域细节特征，但是稳重庄严的生活方式让他想起了古希腊与古罗马："那些阿拉伯人身披白毯，长相酷似卡托（Cato）或布鲁图斯（Brutus），一举一动皆如贵族。希腊人和罗马人就在我的门前，就在那些阿拉伯人之间……"

这些素描描绘了骑兵和身穿宽松白袍的阿拉伯人。

德拉克洛瓦必定会速写服装细节，用于多年后的画作中。

除了人物，德拉克洛瓦还速写了乡村之景，记录了任何特殊植被的形状和颜色。

“对我来说，我画就的幻象这般真实，任何事物皆无可比拟。其余一切皆是流沙。”

德拉克洛瓦的日记，1824年2月27日

细节信息

《日记》的主体内容写在类似于家庭记账本的细长笔记本里。这位艺术家去世后，出现了数份《日记》手抄本，原件则交给了德拉克洛瓦姐姐的后裔，韦尔尼纳克家族（Verninac family）。1893年，以其中一本手抄本为底本的第一版《日记》问世，但这一版并非手稿完本。德拉克洛瓦去巴黎旅行时，把1848年的日记遗忘在车上，从此这份日记便下落不明。一些日记单页也被撕掉了。19世纪90年代，塞纳河附近的书店以几法郎的价格出售这些单页。1924年，保存下来的文献最终被捐给了巴黎大学艺术图书馆（the Art Library of Paris University）。图书馆管理员安德烈·茹班（André Joubin）将文献与日记的早期版本进行校勘，并于1932年出版了最权威的三卷版《日记》。

《日记》也附上了德拉克洛瓦的北非旅行日记。1832年，莫尔奈伯爵（Comte de Mornay）率领外交使团前往摩洛哥拜会苏丹，这位艺术家也应邀加入。德拉克洛瓦把此次访问相关的涂鸦笔记和素描当作备忘录，帮助他以此次经历为基础进行创作。

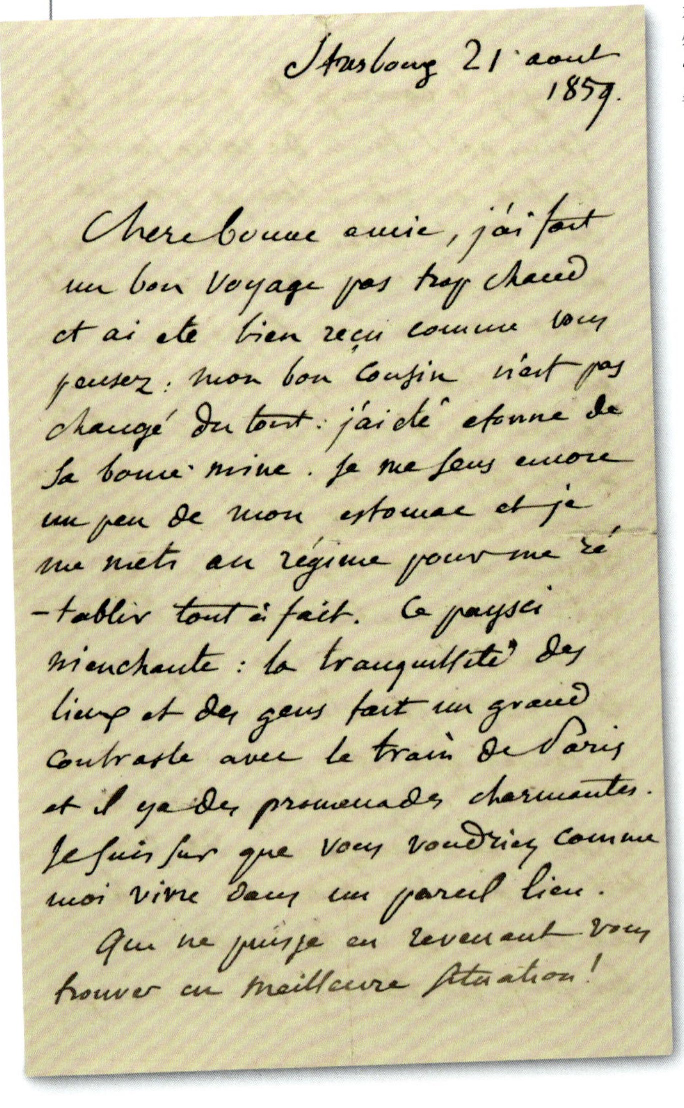
Strasbourg 21 août 1857.

Chère bonne amie, j'ai fait un bon voyage pas trop chaud et ai été bien reçu comme vous pensez: mon bon Cousin n'est pas changé du tout. j'ai été étonné de sa bonne mine. je me sens encore un peu de mon estomac et je me mets au régime pour me ré-tablir tout à fait. Ce pays est charmant: la tranquillité des lieux et des gens fait un grand contraste avec le train de Paris et il y a des promenades charmantes. Je suis sûr que vous voudriez comme moi vivre dans un pareil lieu. Que ne puis-je en revenant vous trouver en meilleure situation!

◀ 情书

约瑟芬·德·福尔热（Joséphine de Forget）在34岁丧偶后，与德拉克洛瓦相恋。两人后来分手，但仍是一生的挚友。德拉克洛瓦的遗嘱执行人销毁了德拉克洛瓦从1834年到1844年写给约瑟芬的最为私密的信件，但《日记》中时常提到她。

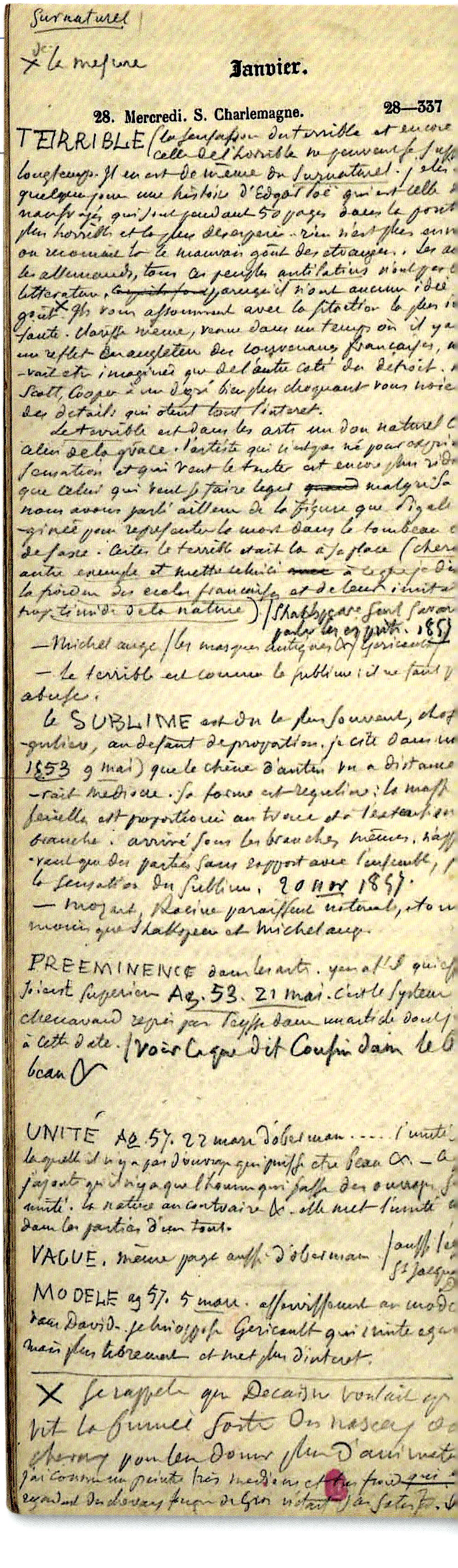
Janvier.

28. Mercredi. S. Charlemagne. 28—337

TERRIBLE ...

le SUBLIME ...

PREEMINENCE ...

UNITE ...

VAGUE ...

MODELE ...

本页大部分内容都涉及“绝妙之物”的诸多方面。此处语境中，“可怕的”意为“令人敬畏的”。每节都以大写的单词开头。

▶ 美术词典

多则日记末尾均附有用作美术词典的笔记。德拉克洛瓦可能打算将其加以出版，但该项目从未实现。这些笔记大多写于德拉克洛瓦因生病而无法作画的时候。笔记按专题分为不同小段，能够吸引读者深入了解这位画家的绘画实践和艺术理论。

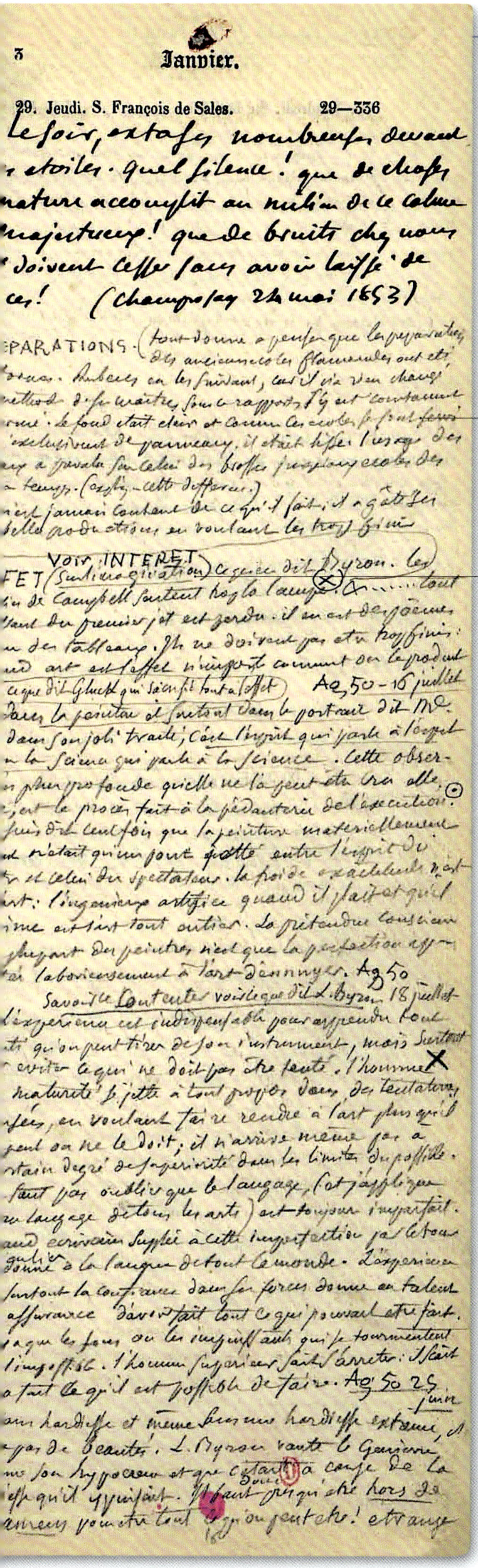
3 Janvier.

29. Jeudi. S. François de Sales. 29—336

此处描述了鲁本斯（Rubens）和早期佛兰德画家（Flemish painters）采用了同样的准备流程。

这一则日记详细介绍了艺术对想象力的影响："绘画不过是一座桥……使艺术家和观画者心灵相通。"

我承认曾按照逻辑作画。我并不钟情于逻辑型绘画，我现在认识到，我的内心动荡不安，需要活跃起来，必须打破现状，尝试百种不同方式，才能实现奋力争取的目标。在我内心深处，有什么东西发酵已久，黑得深沉，必须加以安抚。如果我不像女预言家的蛇那样，缠成一圈，兴奋地颤抖着，那么我就灵感全无了。我必须认识到这一点，并加以接受。我所有的佳作都是这样创作出来的。

德拉克洛瓦的《日记》，1824年5月7日

▶ **德拉克洛瓦的调色板**

德拉克洛瓦对色彩的运用炉火纯青，他组合纯色和互补色的方式启发了后世画家。他会花数小时尝试不同颜料，然后才小心翼翼地将调色板布置好。单单看到调色板"刚调好色，颜色鲜亮"，就能激发他的热情。

德拉克洛瓦的艺术

19世纪20年代，他的画备受争议。批评家们认为他的主题过于现代和暴力，并且憎恶其显而易见的粗犷画风。构图有序、轮廓明晰、表面光滑的画作才符合他们的习惯。对他们来说，德拉克洛瓦的油画显得混乱无序，尚待完工。《日记》第一节在争议爆发时戛然而止，引人遐想。《自由引导人民》（*Liberty Leading the People*）是德拉克洛瓦早期风格的典型代表。这幅画充满动感，描绘了起义军在1830年七月革命中冲过路障。玛丽安（Marianne）是法兰西共和国的象征，德拉克洛瓦大胆地将其塑造为袒露胸脯、手持现代步枪、鼓励起义者前进的形象。

▲《自由引导人民》，欧仁·德拉克洛瓦，1830年

深陷危机的作家

1825—1832年 ■纸上笔墨 ■2卷 ■苏格兰人

沃尔特·斯科特爵士：小说家

19世纪20年代中期，历史小说家和诗人沃尔特·斯科特爵士（Sir Walter Scott，1771—1832年）面临着人生危机。他已功成名就，投资重金于印刷企业詹姆斯·巴兰坦公司（James Ballantyne & Co.）。但是银行破产，公司倒闭，导致斯科特负债累累，于是他在日记中记录了这场灾难的深远影响。自1825年起，斯科特几乎每天都写日记，直至去世。临终前的日记在句中戛然而止。

他在日记中描述了自己决心加倍努力写出畅销书，以便清偿债务。他还叙述了自己工作繁重、精神紧张，导致他多次中风，因而无力工作。他记录了日常生活、1826年妻子的去世、写作的进展、自己的收入，以及前往那不勒斯、庞贝和马耳他进行疗养。他谈到了遇到的名人和经历的国家大事，如1832年改革法案前的暴乱，但他也描述了自己偶发抑郁，借助乡间散步加以克服。

斯科特写作风格流畅、节奏快，深受早期日记的影响，例如当时刚出版的塞缪尔·佩皮斯的日记。他希望出版日记中旅行的部分，因此他竭力将其写得有趣。但斯科特因伤寒流行意外去世，没能亲眼见到日记出版。不过斯科特的首位传记作家詹姆斯·洛克哈特（James Lockhart）在叙述其生平时，认为日记是珍贵的素材来源。因为日记生动描述了斯科特不懈努力，走出危机，所以后来许多传记作者也都非常重视其价值。

背景信息

▲金融崩溃

1825年，由于在南美投资不慎，引发金融危机并席卷全国，导致多家银行倒闭，大量投资者破产。作为巴兰坦的唯一投资人，斯科特债台高筑，债务总额约12万英镑（相当于今天的600多万英镑）。然而，写书获益丰厚，因此他的亲戚在他去世后不久就偿付了债务。

◀历史小说

斯科特在临终前几年创作了许多新书和短篇小说。《伍德斯托克》（*Woodstock*，1826年）和《盖尔斯坦的安妮》（*Anne of Geierstein*，1829年）等流行故事都属于韦弗利（Waverley）系列小说，在欧洲广受欢迎。他还撰写了包括拿破仑传记在内的纪实佳作。

用铅笔写下的注释凸显了日记中的一些关键主题和人物。

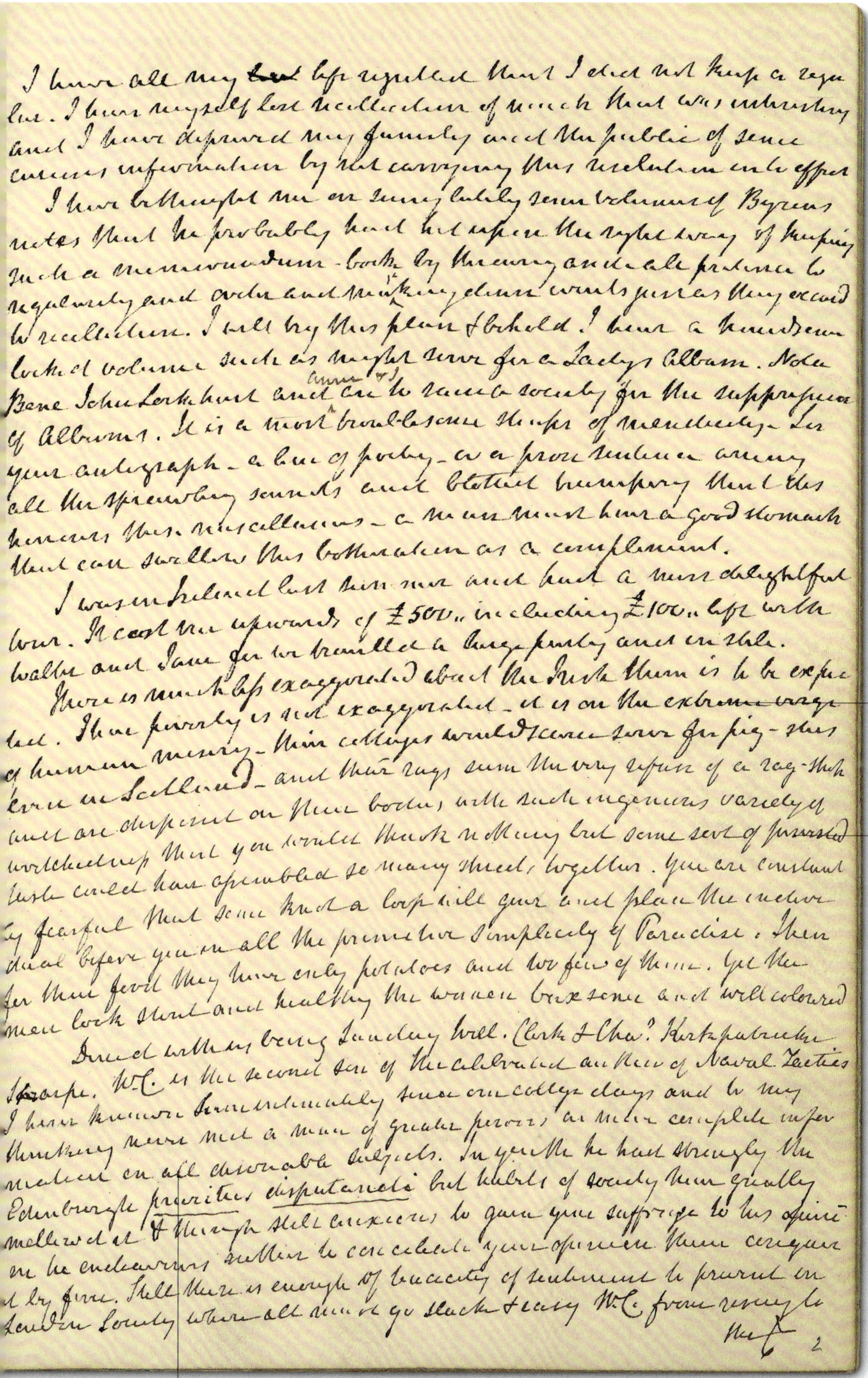

I have all my life regretted that I did not keep a regu-
lar. I have myself lost recollection of much that was interesting
and I have deprived my family and the public of some
curious information by not carrying this resolution into effect
I have bethought me on seeing lately some volumes of Byrons
notes that he probably had hit upon the right way of keeping
such a memorandum-book by throwing aside all pretence to
regularity and order and marking down events just as they occurd
to recollection. I will try this plan & behold! here a handsome
locked volume such as might serve for a Ladys Album. Nota
Bene John Lockhart and Anne & I are to raise a society for the suppression
of Albums. It is a most troublesome shape of mendicity. Sir
your autograph - a line of poetry - or a prose sentence among
all the sprawling sonnets and blotted trumpery that dis-
honours these miscellanies - a man must have a good stomach
that can swallow this botheration as a compliment.
I was in Ireland last summer and had a most delightful
tour. It cost me upwards of £500 including £100 left with
Walter and Jane for we travelled a large party and in style.
There is much less exaggerated about the Irish than is to be expec-
ted. Their poverty is not exaggerated - it is on the extreme verge
of human misery - their cottages would scarce serve for pig-sties
even in Scotland - and their rags seem the very refuse of a rag-shop
and are disposed on their bodies with such ingenious variety of
wretchedness that you would think nothing but some sort of perverted
taste could have assembled so many shreds together. You are constant-
ly fearful that some knot or loop will give and place the indivi-
dual before you in all the primitive simplicity of Paradise. Then
for their food they have only potatoes and too few of them. Yet the
men look stout and healthy the women buxom and well coloured
Dined with us being Sunday Will. Clerk & Cha. Kirkpatrick
Sharpe. W.C. is the second son of the celebrated author of Naval Tactics
I have known him intimately since our college days and to my
thinking never met a man of greater powers or more complete infor-
mation on all desirable subjects. In youth he had strongly the
Edinburgh prurities disputandi but habits of society have greatly
mellowed it & though still anxious to gain your suffrage to his opinion
he endeavours rather to conciliate your opinion than conquer
it by force. Still there is enough of tenacity of sentiment to prevent [illegible]
London Society where all must go slack & easy W.C. from rising to [illegible]
2

斯科特记录了有趣的用餐伴侣，例如他的苏格兰朋友威廉·克拉克，他们自大学起就认识了。

日记记录了斯科特对爱尔兰的印象，描述了当地多人深陷赤贫。

斯科特笔迹龙飞凤舞，尽管字距匀称，但大多难以读懂。

▲**第一页**

斯科特的日记开篇写于1825年，回想起自己没能定期写日记的遗憾。在拜伦勋爵（Lord Byron）日记的启发下，他指出拜伦并非逐日记述，而是记录了心中所想之事，并且要让描述尽可能生动有趣。仅仅两天后，斯科特就在日记里透露了对财务状况的担忧。这种忧虑主导了他的余生。

▲**妥善保管**

斯科特的日记共两册，用上等皮纸装订，可上锁。他称这种册子是女士用来收集亲笔签名和令人难忘的谚语的。尽管斯科特可能并不打算隐藏日记，但他依然对其非常重视。

我这是怎样的一生啊！只接受过半吊子教育，常遭冷落，形影相吊，脑子里装满最为无用的垃圾，在社会上一度被所有同伴看低。所有人都认为我只会痴心妄想，但我却不断进步，变得大胆聪慧……三番五次返贫又致富，一度行将万劫不复，却开辟了新财源，财富滚滚流。现在我洋洋得意，简直像插上了翅膀……因为伦敦处于喧嚣之中，在熊市牛市的骚动中，像我这样可怜无助、温和有礼的狮子陷入了绝境。

沃尔特·斯科特爵士的日记，
1825年12月18日

“小猎犬”号之旅

1831—1836年 ■纸上笔墨 ■800页 ■英国人

查尔斯·达尔文：博物学家

1831年12月，“小猎犬”号启程横渡大西洋，前往绘制南美洲海岸线地图。此行为后世留下了诸多文献，其中有18本小笔记本，记满了翔实的观察记录，作者是当时只有22岁的毕业生查尔斯·达尔文。他以“绅士”博物学家的身份登船，随时随地带着这些笔记本，尤其是当船只停泊，能上岸探险的时候。一回到船上，他就把实地记录的笔记转录到日记里。5年的探险过程中，日记越写越厚，最终多达800余页。

在写给姐妹们的一封信中，达尔文称笔记本和日记内容是“闲谈”，淡化其价值，并写道：“现如今，要出版世上常见之地的见闻录，可谓危险重重。”不过，达尔文还是过谦了，他的日记大量描写遥远之地，引人入胜，也常常出奇地有趣。例如1832年9月8日，达尔文在阿根廷所写的日记：“我雇了一个南美牛仔陪我骑马去布宜诺斯艾利斯，不过遇上了些麻烦，因为一个牛仔的父亲不敢放他走。另一个人似乎愿意，但据说他胆小如鼠，甚至会把远处的鸵鸟误认为（美洲）印第安人，然后拔腿就跑，因此我不敢带他去。”因此，后来达尔文的日记经修订后出版，广受读者欢迎，毫不令人惊奇。

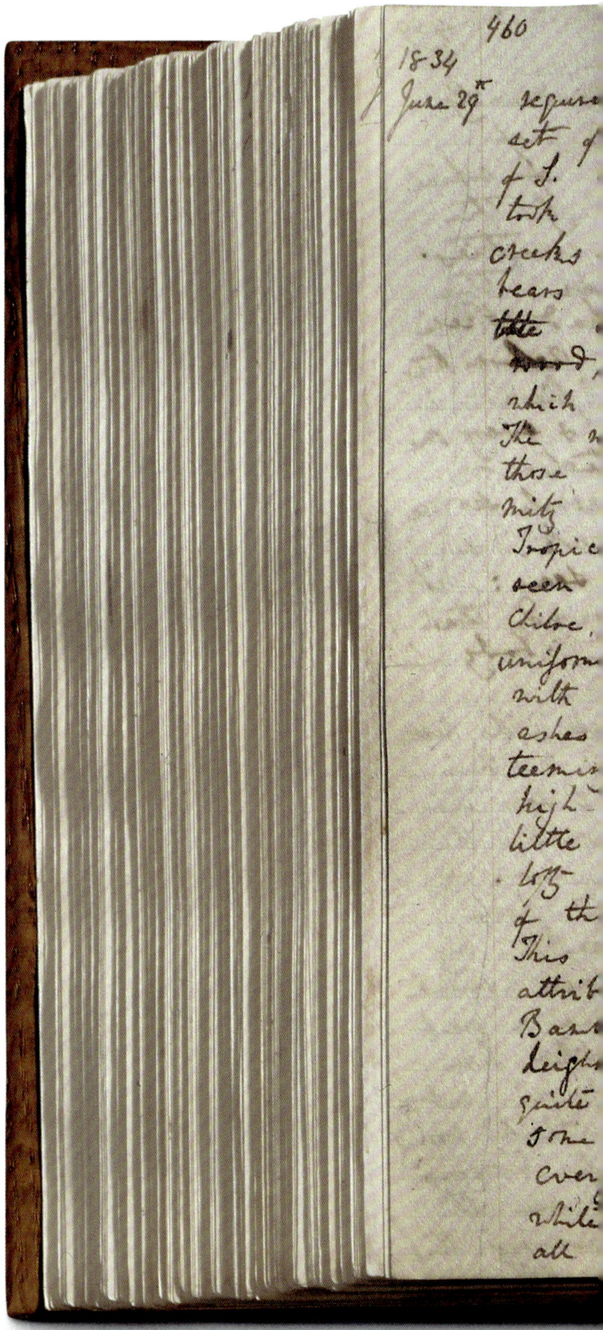

◀ “小猎犬”号

皇家海军舰艇“小猎犬”号原是双桅战舰，后被改装为勘探船，于1826年启程前往探索南美洲海岸线。在船长罗伯特·菲茨罗伊（Robert FitzRoy）的邀请下，达尔文参加了“小猎犬”号的第二次航行，协助勘探。达尔文既没有科研资质，也缺乏经验，但他热衷探索，充满热情、风度翩翩，因而受邀。他随船航行，使“小猎犬”号最终名留青史。

“……对一个年轻的博物学家来说，没有什么比在异国他乡旅行更为有益的了。”

查尔斯·达尔文，《“小猎犬”号之旅》（*Voyage of the Beagle*），1839年

达尔文在智利海岸外的奇洛埃岛（Chiloé）写下了这一篇日记。

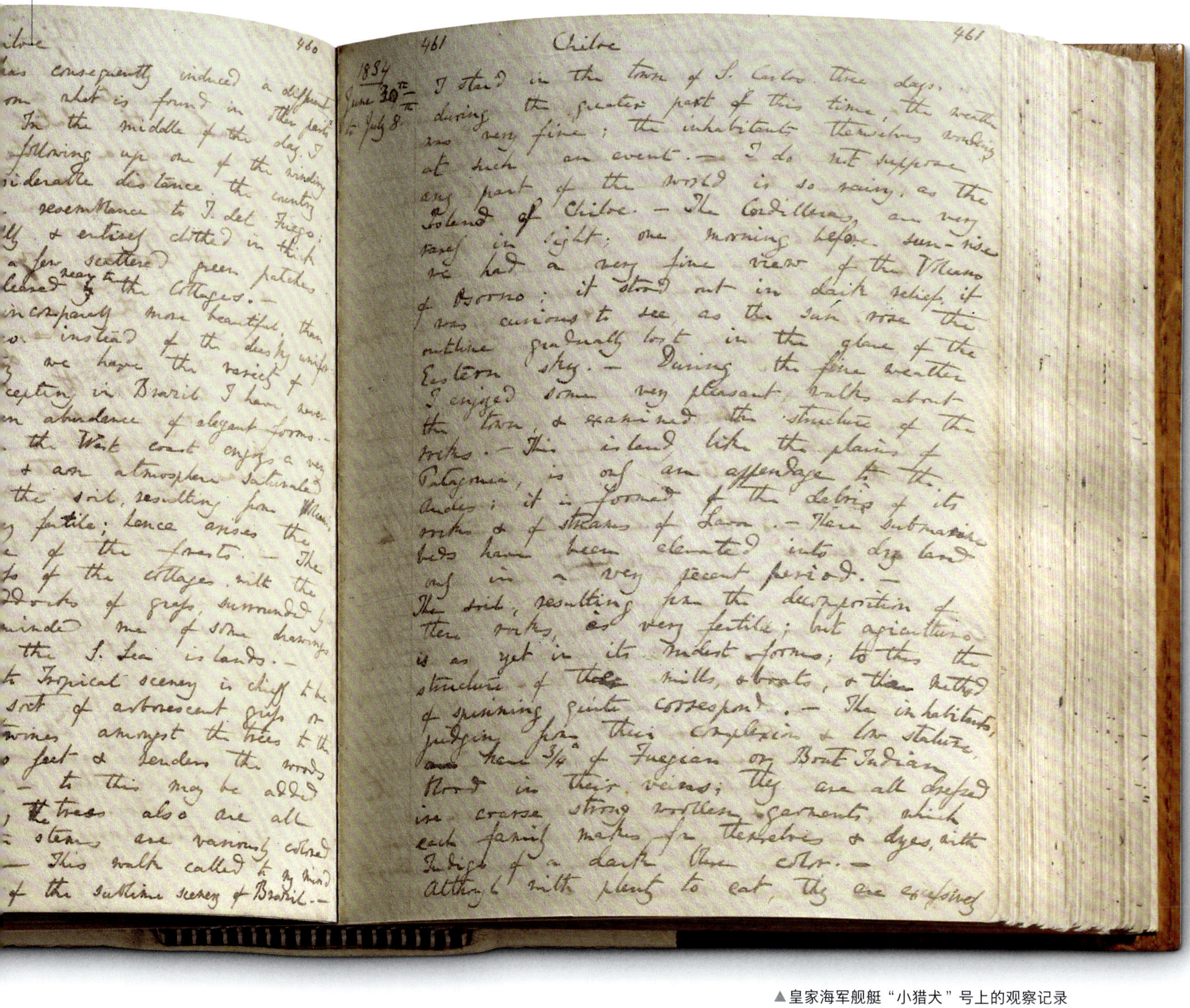

▲皇家海军舰艇“小猎犬”号上的观察记录

日记每页左上角标注日期，正上方标注地点。达尔文通常在“小猎犬”号上休息时把日记补上。日记读起来似乎是在所述事件发生后立即写下的，但有时候，达尔文显然过了数星期后才补写日记。

大约9点，我们靠近了巴西海岸……这时的喜悦，令人困惑——如果眼睛盯着飞舞的彩蝶，最终目光会落在奇特的树木水果上；观察虫子时，如果它爬过了一朵奇花，便也忘了虫子的存在——倘若转而欣赏胜景，前景的独到之处便会吸引注意。人的心灵由各种各样的喜悦交织而成。未来一切，以及更为静谧的乐趣，都将由此而生。

查尔斯·达尔文的日记，1832年2月8日

细节信息

1835年9月，“小猎犬”号抵达太平洋火山岛加拉帕戈斯群岛（the Galápagos Islands），距离厄瓜多尔海岸约1000千米。在这里，达尔文惊奇地发现，群岛上的巨型陆龟龟壳形状各异，而岛民能够认出乌龟具体来自哪个岛屿。群岛与世隔绝，意味着当地动植物物种有别于达尔文在他处见到的任何物种。“鸟没见过人，”他在9月17日写道，“把人当成了巨型陆龟，它们的伙伴。一米开外，小鸟在灌木丛中安静地跳来跳去，扔石头也吓不到它们。金先生用帽子杀了一只，我则用鹰式枪的枪托推开了一群鸟。”达尔文记录道，他“勤奋地收集了岛上所有动植物、昆虫和爬行动物”，并补充道：“日后通过比较，确认群岛上这些井然有序的生物究竟从属于哪个区域或哪个‘造物中心’，将极为有趣。”

岛上生物的演化方式如此不同，引发达尔文不断思考探究，最终得以形成以自然选择为基础的进化论。20多年后，他在《物种起源》（*On the Origin of Species*，1859年）中概述了这一理论。

> “（博物学家）应该养成大量记笔记的习惯，不只为出版，更为自我引导。”
>
> 查尔斯·达尔文，《海军部手册》（*Admiralty Manual*），1849年

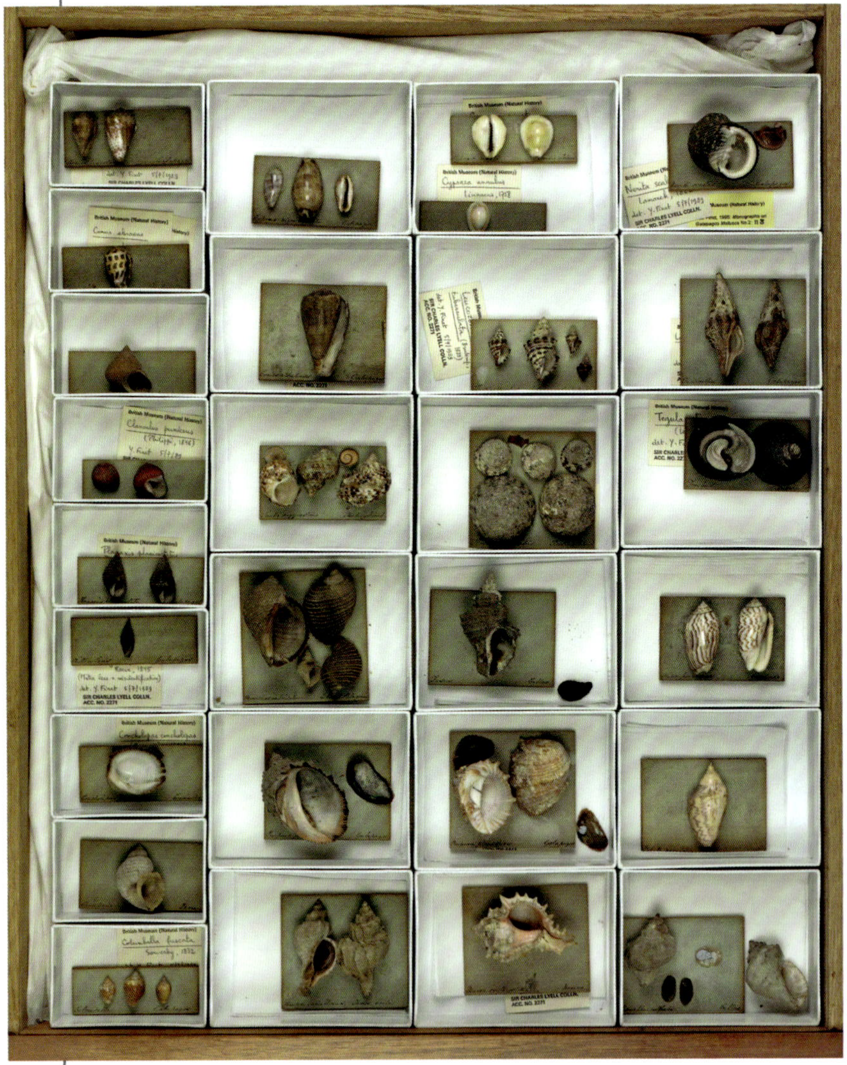

▲收集所发现之物

作为探险队里的博物学家，达尔文的职责是收集标本并进行观察。虽然他有些地质学知识，但在其他领域都是外行。因此，他在航行期间收集的诸多物品，包括动植物、化石和贝壳，每隔一段时间都会被送回英国剑桥进行鉴别分类。

▲加拉帕戈斯雀科鸣鸟（Finches）

达尔文注意到群岛上雀科鸣鸟的喙各不相同，这一观察后来对其理论发展起到了关键作用。他写道：“看到这种……结构多样性出现在血缘关系紧密的小型鸟群中，不禁引人遐想，一开始鸟类数量稀少……出于不同的目的，某个物种被带去进行改良。”

▲实地笔记

达尔文有一系列这样的袖珍笔记本。“小猎犬”号航行期间上岸远足时，他用铅笔在笔记本上记录“实地”观察的结果。他后来强调了现场记笔记的重要性：“收藏家的座右铭应该是‘记忆完全不可相信’，因为当有趣的事物被更有趣的事物替代时，记忆就变成了靠不住的守护者。”

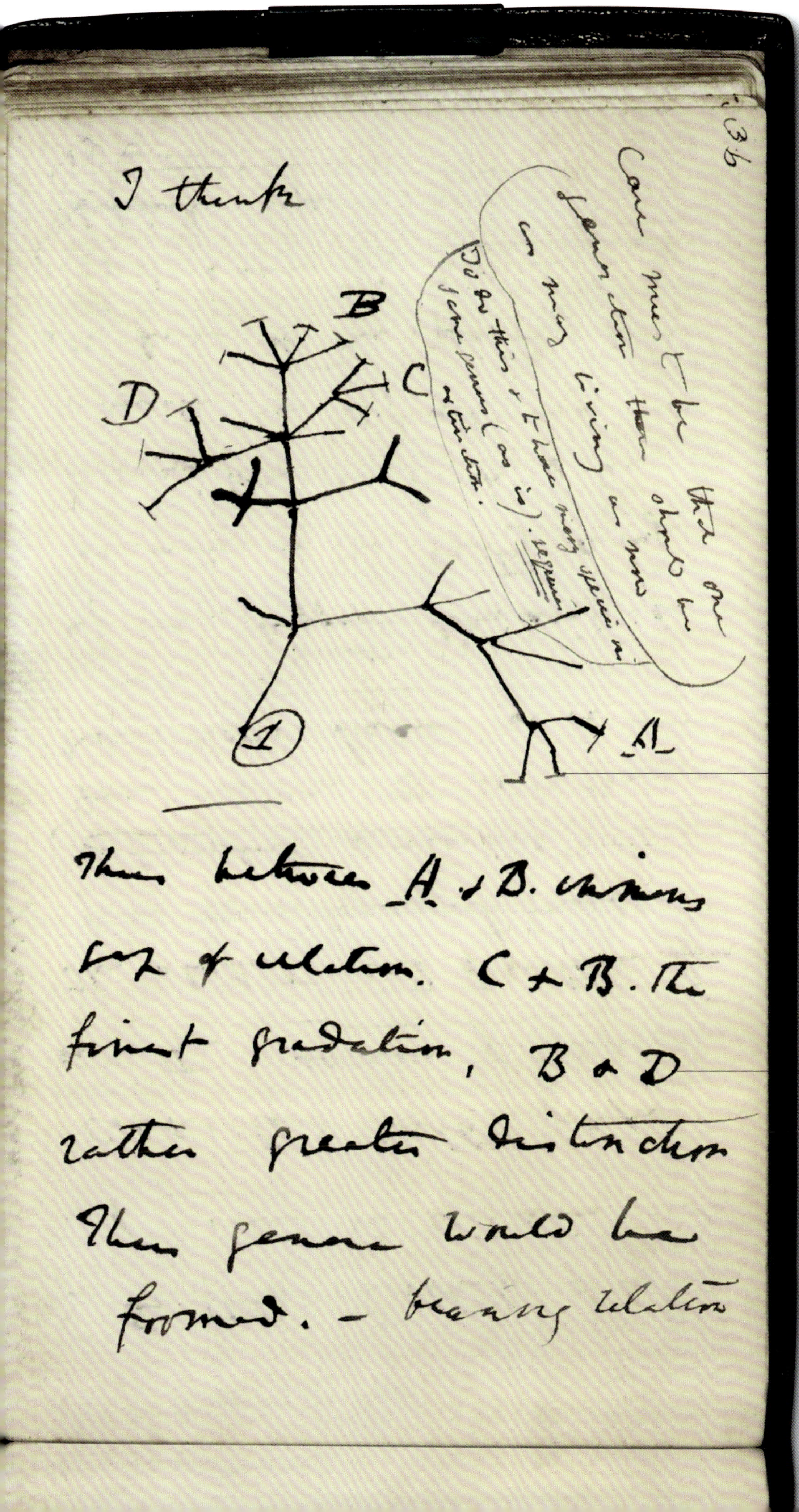

达尔文在分支末尾画一条线，表示幸存的物种谱系。

树状图根基标着“1”，表示共同的祖先，由此繁衍而生的不同后代则用字母表示。

◀生命之树

在这一页题为“我想”的笔记里，达尔文首先勾勒出物种如何像假想之树的树枝一样分化进化。不久后，这一概念就象征着达尔文以自然选择为基础的进化论。文本主体写道：“因此，A和B的关系存在巨大隔阂。C和B之间的渐变最为精妙，B和D则区别甚大。因此，将形成属……具有关系……”

皇家生活

1832—1836年 ■手稿和打印稿 ■140卷 ■英国人

维多利亚女王：君主

早在统治大不列颠之前，维多利亚女王（Queen Victoria，1819—1901年）就每天写日记。日记始于1832年，当时她只有13岁，一直写到她去世，期间少有中断。现存文稿包括13卷维多利亚的早期手稿、一些其他草稿、她的女儿比阿特丽斯公主（Princess Beatrice）誊写的111卷抄本，以及一些为历史学家伊舍勋爵（Lord Esher）而打印的原稿复本。比阿特丽斯之所以进行誊写，是因为维多利亚希望保存下来的日记语段不会惹恼王室成员，并且原件也要销毁。因此，比阿特丽斯删减了许多段落，特别是有些语段描述了维多利亚与丈夫艾伯特亲王（Prince Albert）的关系，以及她在晚年结识的男性友人，比如她的印度侍从穆罕默德·阿卜杜勒·卡里姆（Mohammed Abdul Karim）。

即便没有这些语段，维多利亚女王也通过日记描述了自己的一生，引人入胜。日记内容涵盖战争、政治事件、会见首相、旅行，以及私生活掠影，比如她对艾伯特亲王的爱和孩子的出生。所述事件悲喜交加，既有维多利亚加冕礼这样的欢乐时刻，也有喀土穆市（city of Khartoum）沦陷以及艾伯特去世这样令维多利亚悲痛不已的惨剧。维多利亚行文流畅明快，对人物和局势的描述生动，常用下划线和感叹号表达热情。日记选集直到近日才得以出版，不过日记的系列内容已于2012年在网上公开。

▲家庭素描

维多利亚女王是卓有成就的艺术家，她用家人或所遇之人的素描作为日记插图。比阿特丽斯公主在销毁原件之前，从女王的日记中剪下许多这类图画。上图为维多利亚女王的素描，日期为1851年6月13日，描绘了自己和艾伯特亲王（左）在斯图亚特舞会上的样子。比阿特丽斯公主撰写的女王日记里，也插入了这幅画。

背景信息

◀女王及其配偶

艾伯特和女王形影不离。艾伯特一往情深，与女王共育有9个孩子。艾伯特也是女王的政治顾问，在她生病时代理事务，并亲自设计了他们在怀特岛名为“奥斯本宫（Osborne House）”的家。1860年，艾伯特去世，维多利亚伤心欲绝，余生都身穿黑衣。

▶大博览会

1851年艺术与工业大博览会（The 1851 Great Exhibition of Arts and Industry）在伦敦海德公园水晶宫举行，展出来自世界各地的物品。艾伯特亲王在博览会组织方面发挥了重要作用，女王也于6月到访参观。她的日记记录了她对展出的数百台机器印象深刻。

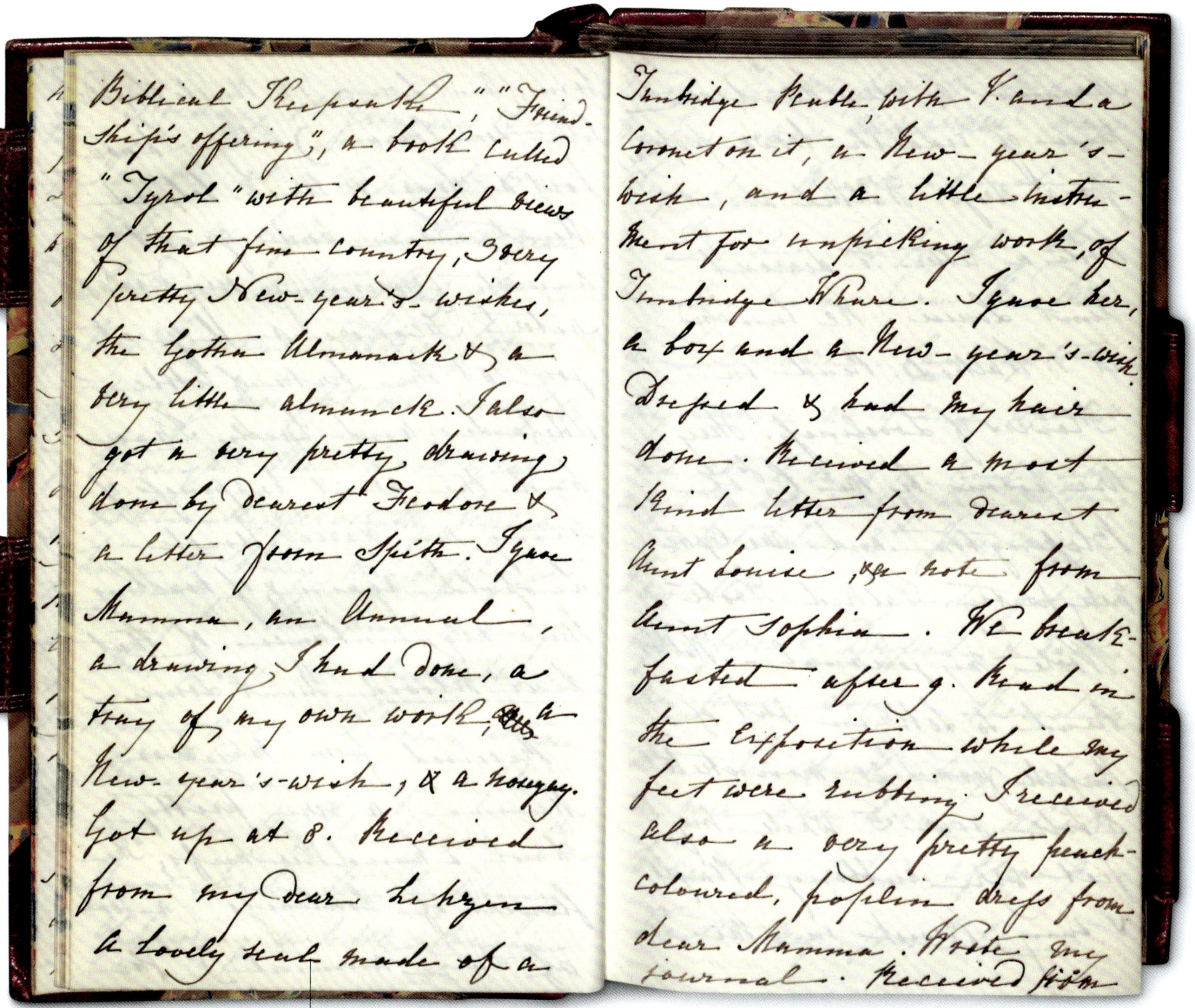

年轻时，维多利亚的花体字工整均匀、笔锋遒劲，大胆地向右倾斜。

▲公主的世界

这一页来自现存维多利亚加冕之前手写的日记。该页日期为1836年1月1日，列出了维多利亚公主送出和收到的新年礼物，这些礼物大多十分普通。其中，维多利亚送给母亲自己画的一幅画以及“我自己做的一个托盘”。

我从未，从未，一夜如此！！我最亲爱的，最亲爱的艾伯特……他对我溺爱有加，钟情尤甚，这种爱意和幸福仿佛让我身处天堂，我从未奢望过能有这般感受！他把我抱在怀里，我们不断拥吻！他英俊潇洒、温文尔雅、风度翩翩，能有这样的丈夫，我真的无比感激！……他以温柔之名呼唤我，我从未听过有人这样称呼我——简直幸福得难以置信！哦！这是我一生中最快乐的一天！

维多利亚女王的日记，1840年2月10日（她的婚礼日）

存在主义日记

1833—1855年 ■纸上笔墨 ■36卷 ■丹麦人

索伦·凯尔克高：哲学家

1833年末，20岁的索伦·凯尔克高（Søren Kierkegaard，1813—1855年）开始将每日所思所感写在笔记本上。他年轻而忧虑，反对严苛的新教教化。到1855年去世时，他已是著名作家和思想家，并在7000多页日记和笔记中记录了自己的思绪，读者能够借此深入了解这位谜团重重的19世纪作家经历了何种智识和精神上的动荡。

终其一生，凯尔克高都住在丹麦哥本哈根。他著述颇丰，出版作品包括小说、批评性文章和神学作品，但他最广为人知的一面，还是作为存在主义哲学家，为个人真理上下求索，“我愿为这一理念出生入死”。他的日记并未标注日期，也未逐日记录生活琐事，而是不论白天黑夜，都随时草草记下心中所想——迸发的灵感、未来作品的概述、自传的片段、充满激情的辩论，以及煽动性隽语。他曾经说过，只有通过写作，他才能保持理智。

日记中，一些描写作者父亲的段落感人至深。他父亲白手起家，脱贫致富，却专横跋扈、自以为是，始终笼罩在罪恶感的阴影中无法摆脱，命运堪忧。多则日记表达了凯尔克高对哲学和宗教的看法，他呼吁在个人经验和勇于信仰的基础上，创建真正的基督教。日记还戏剧性地描述了他与雷吉内·奥尔森（Regine Olsen）关系的破裂。他仰慕这位女性，但却和她解除了婚约。他写道，“我有几分恍若鬼魅，没人能受得了每天见到我”，仿佛是在辩解为何拒绝她。在他去世10年后，人们开始准备出版他的日记和笔记。这些文件的篇幅之长、内容之复杂，令此后的编辑们忙碌不已。

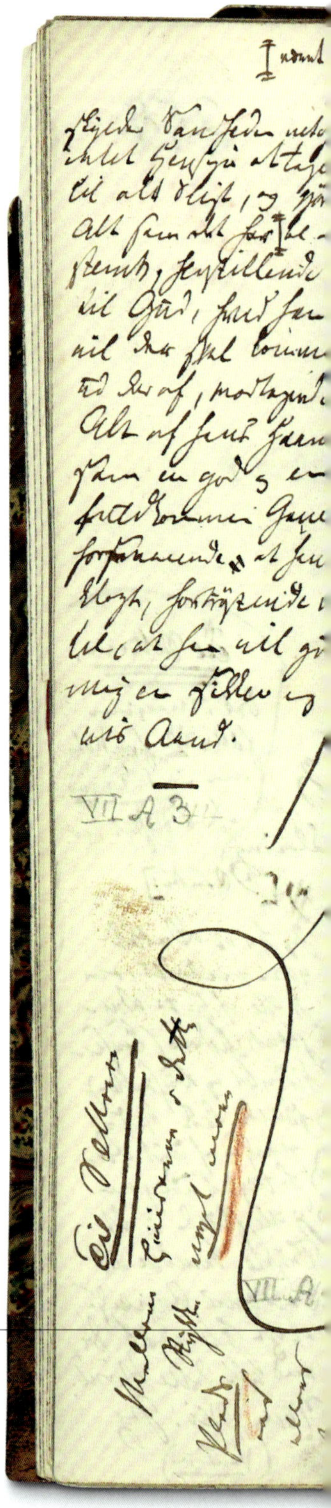

日记的每一页基本都可以分为两部分，本页用波浪线以示区分。

◀ 女神遭拒

雷吉内·奥尔森是哥本哈根政府高官的女儿。1840年，雷吉内与凯尔克高订婚，年仅18岁。一年后，凯尔克高无缘无故地决定解除婚约，闹得满城风雨，令人悲痛不已。但他继续将雷吉内视为自己的女神。

> 只要我未行先知，那么我真正需要的就是明确将行之事，而非必学之事……问题在于如何了解自己的命运，了解神灵真正希望我做什么；要找到适合于我的真义，找到我愿为之出生入死的理念……如果基督教对我和我的生活没有深层次意义……那么能够阐述基督教的意义，又有何用？……如果真相就站到我面前，清清楚楚，却冷冷冰冰，毫不在乎我是否认可，那又有何用？

凯尔克高的日记，1835年8月1日

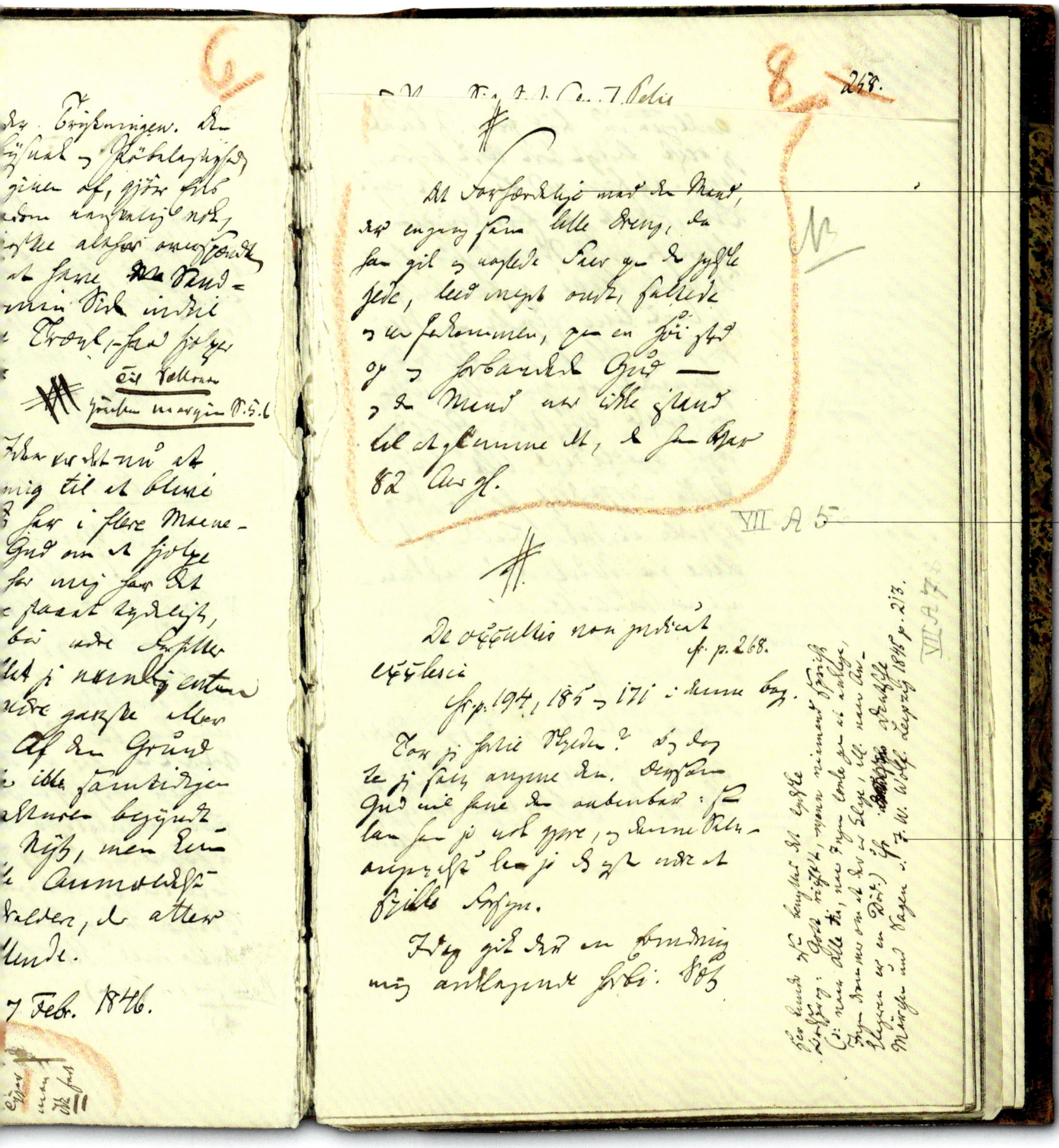

凯尔克高称他父亲的奇闻轶事“令人害怕”。

每则日记的命名格式为卷号（“VII”）加上这则日记的序号（“5”）。

旁注和修订反映了凯尔克高思潮翻涌，但有鲁莽草率之处。

▲诅咒上帝

这几页写于1846年2月的日记中，凯尔克高描述了他的父亲“还是男童时，在日德兰（Jutland）半岛荒野中照看羊群，数病缠身，饥肠辘辘、精疲力竭，站在山丘上诅咒上帝。他一直无法释怀，即便82岁时亦是如此”。

◀作家的笔记本

凯尔克高把日记写在此类简易笔记本上。在他去世后，为了出版而编辑文献时，凯尔克高早年的许多原稿已遗失或损毁。凯尔克高一直期盼日记有朝一日能够出版。

维多利亚时代的智者

1835—1887年 ■纸上笔墨和水彩 ■英国人

约翰·拉斯金：作家

艺术评论家、艺术家、社会改革家和慈善家约翰·拉斯金（John Ruskin，1819—1900年）多次赴欧旅行。他兴趣颇丰，涉猎绘画、政治经济等多个主题。他大半生都记笔记、写日记，还在笔记本上画出旅途中所见事物——风景、鲜花等，其中古建筑尤为突出。他将日记和素描本作为多部著述和定期授课的参考。拉斯金的著作中，关于绘画、建筑史、威尼斯的艺术和历史的作品最为出名，不过他也有著作涉及社会改革、植物学和神话等主题，他的日记和笔记亦是如此。拉斯金还热衷于评论英国风景画家J. M. W. 特纳（J. M. W. Turner）和英国拉斐尔前派画家。他对身处困境的劳动人民、自然和环境进行观察，预见了社会主义者和环保主义者的思想。

拉斯金的日记也涵盖多个主题：他的法国、意大利和瑞士之游；他所遇之人；他在教堂听到的布道；有关所读之书的笔记；他见到的岩石和鲜花。他对风景的描述，特别是对阿尔卑斯山景色的描写栩栩如生，记录了光线和云彩稍纵即逝的景致。他关于建筑物的笔记细致入微，辅以素描，刻画了鲁昂、巴黎、米兰和威尼斯的建筑，引人入胜。拉斯金在写《建筑的七盏明灯》（*The Seven Lamps of Architecture*）和《威尼斯的石头》（*The Stones of Venice*）时借鉴了这项研究。因此，在他有生之年，日记并未出版。后来日记出版于20世纪50年代，有助于读者深入了解拉斯金的品格和洞察力。

背景信息

◀ **埃菲·格雷**

1848年，拉斯金迎娶了年轻的埃菲·格雷（Effie Gray）。此前，两家就已相识。格雷称拉斯金是一个“专制”的丈夫，两人从未圆房。1854年，夫妻婚姻破裂，格雷嫁给了拉斐尔前派（Pre-Raphaelite）画家约翰·埃弗里特·密莱司（John Everett Millais）。

▶ **给琼·塞汶的信**

拉斯金有诸多信件保留至今，其中多封写给了他的远房表亲琼·塞汶（Joan Severn，又名“乔安娜”）。拉斯金晚年住在布兰特伍德（Brantwood），生活困苦，塞汶便担任他的管家和护士。上图是一幅珍贵的奶蓟画（milk thistle），完成于“清晨”时分，表明他观察细致入微，画功精湛，不减当年。

但在山脉的尽头，就在慕拉诺岛（Murano）上空……一条条云彩之间，天空间或可见，雪峰如火，混迹其中，其后却是灰色海云。夕阳将落，天空一片平静，毫无变化；云朵轮廓分明、稳如泰山，收起了它们那波浪状幕布，金色原野呼之欲出；山峦起伏，无限延伸，尖峰连线形成黑色山脉，琥珀色天空映衬下，线条明晰、高低不平，仿若由近高地的丘陵堆积而成。

约翰·拉斯金的日记，1849年11月20日

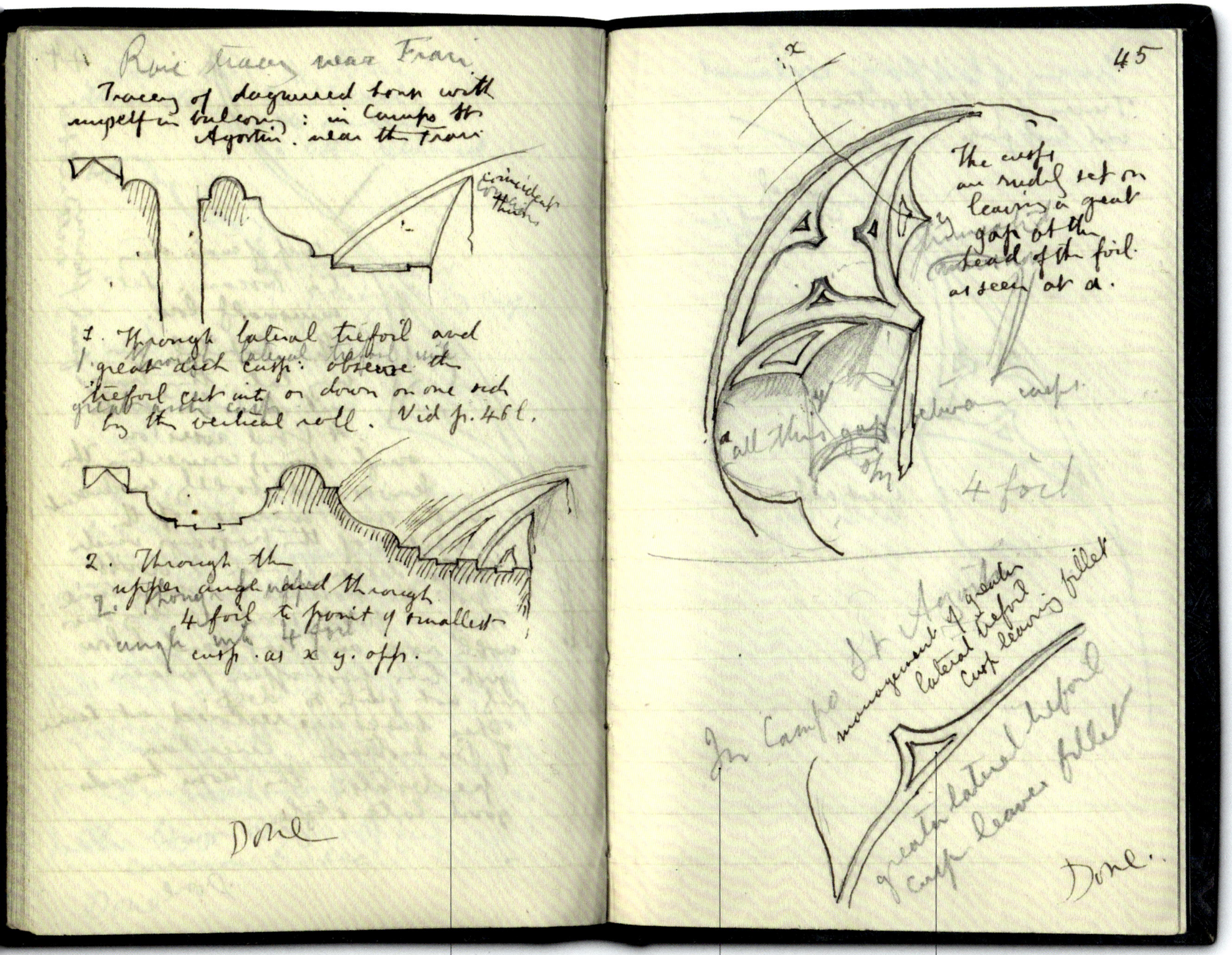

▲威尼斯素描本

19世纪40年代，拉斯金绘制了许多威尼斯建筑，尤为注重细节，例如装饰性雕刻以及哥特式教堂和宫殿窗户上的石制窗饰。他之所以重视这些细微之处，既因为其工艺精湛，也因为它们表明了中世纪的石匠获许制作至美之物，而非只是像许多维多利亚时代的劳工那样机械地劳动。

这是右页所示窗户的花饰和周边石制品的横截面。

每张草图都附有注解和标签，表明绘制地点。

威尼斯中世纪圣方济会教堂（Basilica dei Frari）附近，坎波圣阿戈斯汀（Campo Sant'Agostin）里，一栋建筑物窗户的部分细节。

细节信息

尽管拉斯金的日记大多涉及艺术、建筑和风景，但也有些语段的个人色彩浓厚，尤其是他晚年住在湖区布兰特伍德时写的那些内容。一些日记记录小病；其他日记则表明了他对罗丝·拉·图什（Rose La Touche）的痴迷。罗丝比他小30岁，拒绝了他的求婚。一些日记提到他受困于抑郁症，随着时间推移，症状愈加严重，导致他连续多次精神崩溃，令他虚弱不堪。一般认为，拉斯金的发病与罗丝在27岁时英年早逝有关。患病导致拉斯金长期荒废工作，对于他这样一个几乎日日工作的人来说很不寻常。为分析发病情况，拉斯金翻阅日记，试着寻找潜在症状和病因。

19世纪80年代初期，拉斯金即将写完一本日记。由于他只写在右页，因此他又从头开始，将日记写在左页。这就意味着19世纪70年代末和19世纪80年代初的日记会交织出现。右图的对开页体现了拉斯金平时神志正常、头脑清醒，与他精神不稳定时的状态形成了鲜明对比。

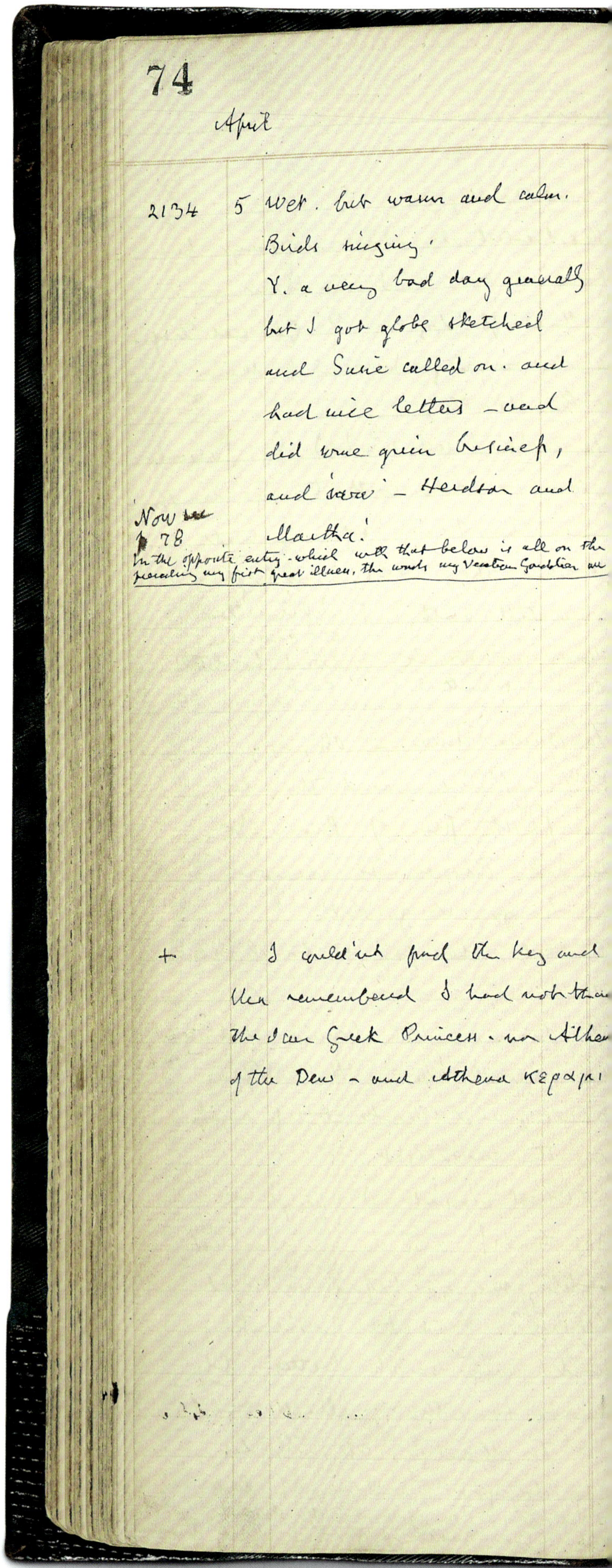

▲色彩和细节

1870年左右，拉斯金绘制了这幅翠鸟水彩画习作。他一丝不苟地再现了翠鸟全身羽毛鲜艳的颜色。画作色彩明亮，与他所仰慕的拉斐尔前派的作品不相上下。拉斯金将这幅习作交给了他创设于牛津的美术学院（the School of Drawing），希望借此激励同学们创作出此类观察入微的画作。

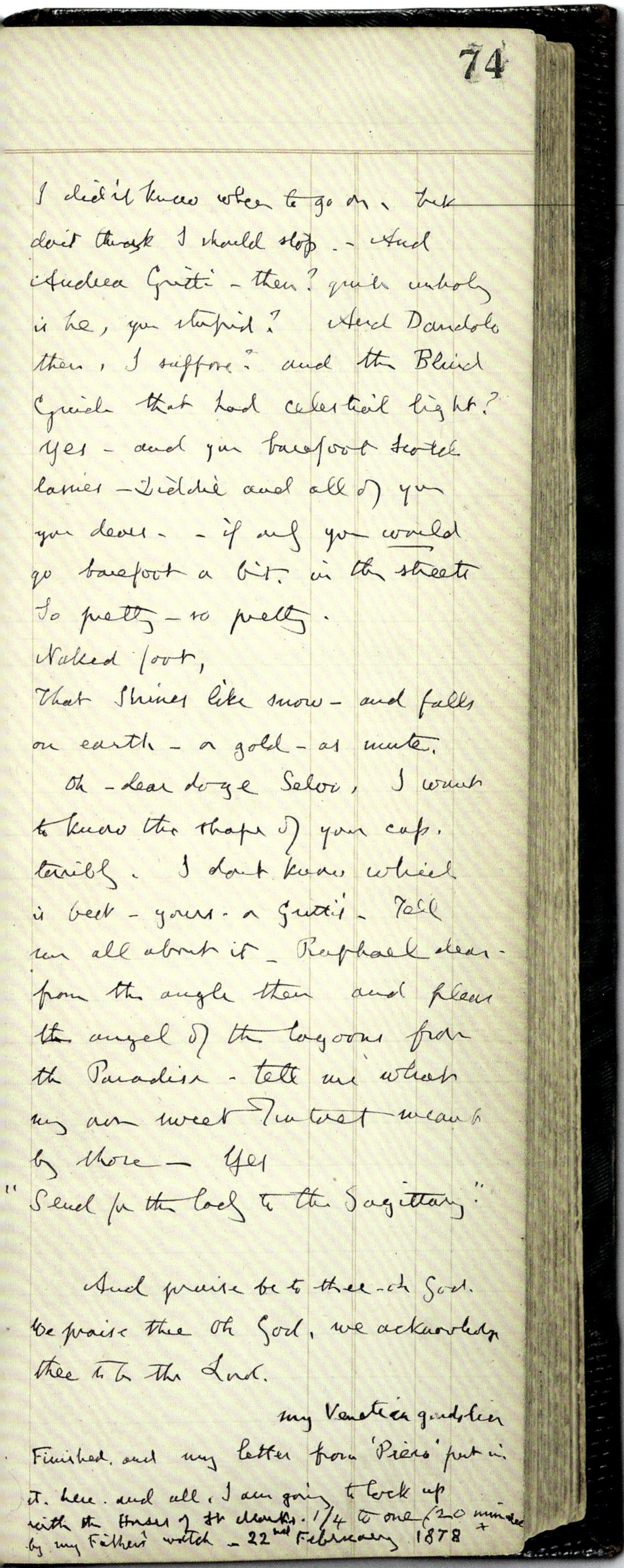
74

I didn't know where to go on, but
don't think I should stop. — And
Andrea Gritti — then? quite unholy
is he, you stupid? And Dandolo
then, I suppose? and the Blind
Guide that had celestial light?
Yes — and you barefoot Scotch
lassies — Diddie and all of you
you dears — if only you would
go barefoot a bit in the streets
So pretty — so pretty.
Naked foot,
That shines like snow — and falls
on earth — as gold — as mute.
Oh — dear doge Selvo, I want
to know the shape of your cap.
terribly. I don't know which
is best — yours — or Gritti's. Tell
me all about it — Raphael dear —
from the angle there and please
the angel of the lagoons from
the Paradise — tell me what
my own sweet Tintoret meant
by those — Yes
"Send for the lady to the Sagittary."
And praise be to thee — oh God.
We praise thee Oh God, we acknowledge
thee to be the Lord.
my Venetian guardian
Finished, and my letter from 'Prior' put in
it. here. and all. I am going to lock up
with the Houses of the dead. 1/4 to one (20 minutes
by my Father's watch — 22nd February 1878

◀ 回溯过往

这两页日记间隔了5年之久。左上角的语段写于1883年4月，根据所载内容，这一天拉斯金显然身体健康，能够收信、访友、作画。另一页则写于1878年2月，当时他第一次出现了精神崩溃的状况。此处的笔迹看起来迅疾流畅，但文字却相互脱节，连贯性方面大失水准。

此处文本间或提及拉斐尔、丁托列托（Tintoretto）、威尼斯总督和莎士比亚，语义不明。

> 又一次，春天又一次为我而来！
> 那就且让我看看，我不会化为废物！

约翰·拉斯金的日记，1879年1月

艺术评论家

拉斐尔前派画家包括约翰·埃弗里特·密莱司、威廉·霍尔曼-亨特（William Holman-Hunt）和丹蒂·加布里埃尔·罗塞蒂（Dante Gabriel Rossetti）。他们秉持拉斯金的理念，即艺术家应该忠于自然，直接根据生活创作，并绘制色彩鲜艳的图画。尽管他们的作品有时因亵渎和粗俗而遭受抨击，但还是获得了拉斯金的赞扬。密莱司的《洛伦佐和伊莎贝拉》（*Lorenzo and Isabella*）描绘了薄伽丘（Boccaccio）《十日谈》（*Decameron*）中的情节，他使用了鲜艳的色彩，以及拉斐尔前派特有的、略显呆板的姿势。这些是早期意大利画家（早于拉斐尔）的典型特征，拉斯金和拉斐尔前派都很钦佩他们。

▲《洛伦佐和伊莎贝拉》，约翰·埃弗里特·密莱司，1848—1849年

罗海德日记

1836—1837年 ■纸上笔墨 ■英国人

夏洛蒂·勃朗特：小说家

夏洛蒂·勃朗特（1816—1855年）因创作了《简·爱》（*Jane Eyre*）而闻名于世。她在约克郡豪渥斯（Haworth）的家中长大，家中有父亲、弟弟布兰韦尔（Branwell），以及同为作家的妹妹艾米莉（Emily）和安妮（Anne）。1831年，夏洛蒂离家前往32千米外的罗海德（Roe Head）上学。1835年，年仅19岁的夏洛蒂回校工作，当了3年老师。留校期间，夏洛蒂写了一本日记，字体小巧，字迹整洁。她将一张纸折成4页，折痕清晰可见，每页大小约为12cm × 18cm。她和兄弟姐妹们在年少时就制作了这类小本子，并在上面写满了虚构世界的故事。

夏洛蒂的罗海德日记（The Roe Head Journal）既描述日常生活，也进一步叙述了这些奇幻故事的情节。在她笔下，罗海德索然乏味，尽管她显然是一位好老师，并且受到学校领导的喜爱，但她感到压抑而孤独。她喜欢当地的极端天气，并加以描述。但她也表达了孤独之感，叙述自己努力适应教学生活，以及自己身困偏远地区，深感挫败。夏洛蒂和布兰韦尔创造了虚构世界安格里亚（Angria）、玻璃镇（Glass Town）和弗多波里斯（Verdopolis），与夏洛蒂身处之地形成了鲜明的对比。在安格里亚，满是风度翩翩的异邦英雄和浪漫的少女，革命和战斗接连不断。夏洛蒂在日记里续写故事，使她能从乏味的日常生活中暂时解脱出来，并与自己的至亲维持联系。

> 一梦终日，半悲半喜：悲在梦时断时续；喜在梦境映射了这个可憎的世界里发生的一切，真实而生动……然后，我们于无物，甚至于宗教信仰等强大体系中召唤强力幽灵，它们猛烈地朝我冲来。我觉得自己好像能笔下生花——我渴望写作。整个弗多波里斯、整个北部山区、整个西部林地、整个东部流域的鬼魂都涌入我的心中。如果我有时间……我觉得那一刻的模糊之感能写成好故事，至少好于自己先前的作品……我觉得自己本应呕吐的。

罗海德日记，1836年8月

背景信息

◀ **童年习作**

所有的勃朗特姐妹都从小开始写作。夏洛蒂手写的第一本书可以追溯到1828年左右，那时她才12岁。书里讲了一个故事，附有精美的水彩画插图。故事开头写道："曾经有一个小女孩，名叫'阿恩（Ane）'……"许多此类早期故事都极具戏剧性。有一个故事重点描述了一场火灾，似乎预示着《简·爱》结尾的大火。

▶ **罗海德学校**

在罗海德，教师和女孩都住在校舍里。除了乡间散步，极少有机会外出，整体氛围令人压抑。《简·爱》里，单调乏味的寄宿学校洛伍德（Lowood）可能就源自罗海德。夏洛蒂求学时结交的两位朋友使她还能尚且忍受罗海德的生活。

> “我真的得每天都被拴在这张椅子之上，
> 囚禁于这四面空墙之间吗？”

罗海德日记，1836年8月

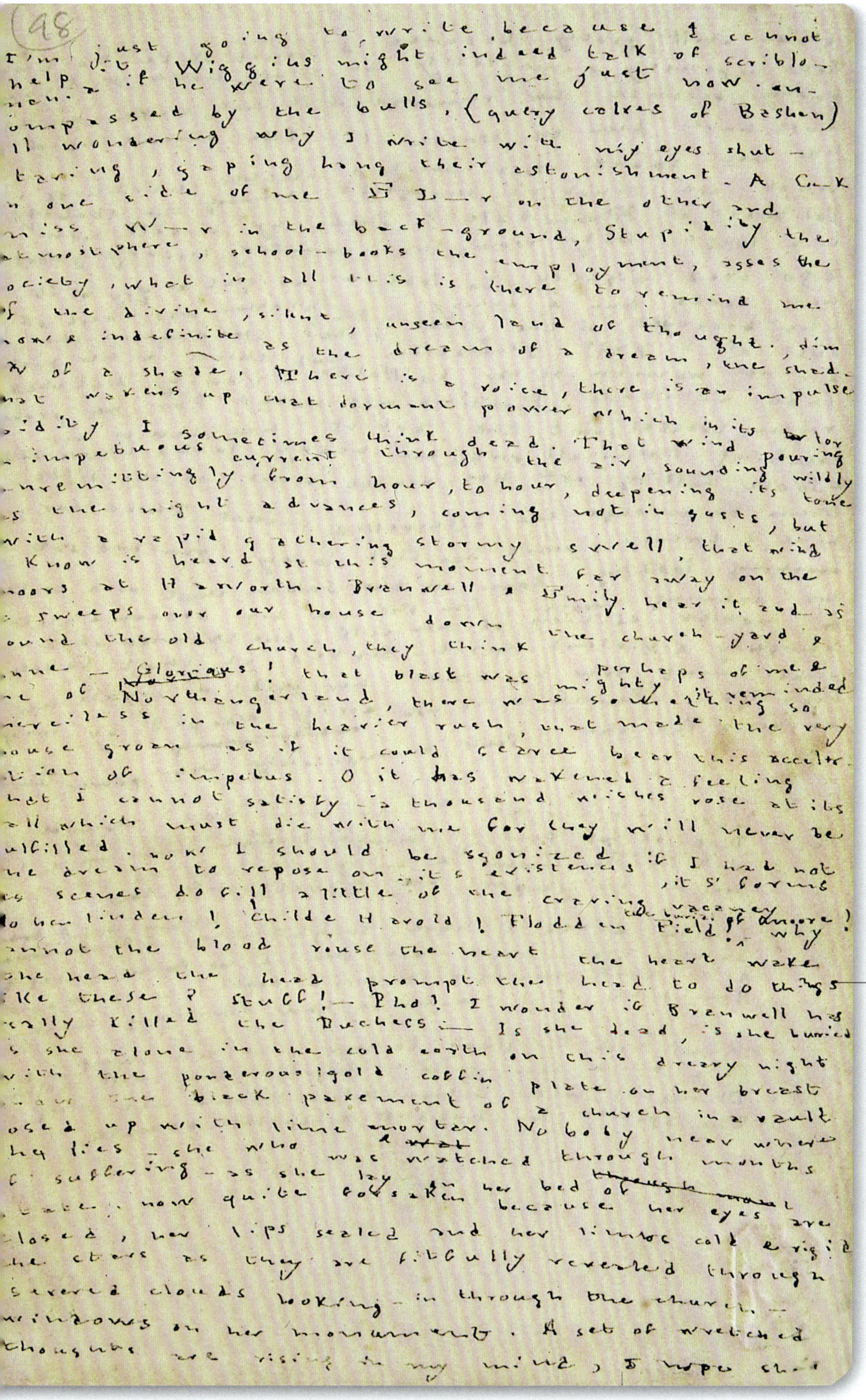

夏洛蒂的字体很小，有些人甚至需要放大镜才能看清。

◀ 写作欲

罗海德日记中，1836年的这一则日记颇具代表性。夏洛蒂写道：“我之所以写作，是因为忍不住要写”，然后叙述了她的所在地和正在做的事。她先是表达了自己在罗海德的处境令人懊恼，随后倾诉自己渴望回到豪渥斯和家人身边。紧接着，她转而构想故事中虚构的对象。这些故事是当她还在家里的时候，和布兰韦尔一起写的。

艾米莉·勃朗特的日记

夏洛蒂的妹妹艾米莉是小说《呼啸山庄》的作者，在19世纪30年代也写了4年的日记。日记将叙述日常生活与虚构世界冈德尔岛（Gondal）发生之事融为一体。冈德尔岛是她和安妮共同臆造出来的。艾米莉为其中几页日记画了插图，这幅图画就描绘了两个姐妹正在创作。桌上摆着金属管，摊着小纸片，她们就在纸上写冈德尔岛的故事和诗歌，写完后放入罐中保存。

▲艾米莉·勃朗特附有插图的日记，日期为1834年6月26日

大自然记录者

1837—1861年 ■纸上笔墨 ■47卷 ■美国人

亨利·大卫·梭罗：作家

亨利·大卫·梭罗（1817—1862年）是名副其实的多面手。他曾说过，自己从事“文学和科学，兼土地测量”，但他的才能远不止如此。梭罗还是创新型博物学家、哲学家和公民自由倡导者。他当时提出的许多担忧，如今甚至更具现实意义。梭罗热衷于保护自然栖息地和自然环境，“让我们保持新大陆的新之所在”，他说道。梭罗推崇社区公园理念，并以身作则，展示了如何在日益复杂的世界中活得更加单纯。

梭罗出生于马萨诸塞州康科德（Concord），几乎终生住在新英格兰。年轻时，梭罗和兄弟经营一所私立学校，但梭罗与超验主义哲学家拉尔夫·沃尔多·爱默生（Ralph Waldo Emerson）的友谊却对其职业生涯产生了决定性影响。梭罗在爱默生的家里工作了几年。1845年到1847年，梭罗都住在爱默生土地上的一间小屋里。

在此期间，梭罗独自生活，磨练出了写作和记录自然的独特手法。梭罗的日记在此过程中发挥了重要作用。

日记本应是梭罗思想和文学技巧的个人试验场，但如今，许多人对日记喜爱有加，更甚于梭罗在世时出版的著作和散文。

> 活在每个逐渐消逝的季节中，呼吸、畅饮、品尝水果，顺从于一切影响。仅以其为食……8月，以浆果为生，而非像乘船横渡荒芜的大海，或像在北部沙漠那样，靠吃着肉干和肉糜饼度日。来自各个方向的风，鼓动着船只前行。打开所有毛孔，沐浴在大自然的一切潮汐、溪流、海洋和季节中。
>
> 梭罗的日记，1853年8月23日

背景信息

▲瓦尔登湖

1844年，爱默生在康科德郊外的瓦尔登湖购置了几块林地，使其免遭破坏。梭罗询问能否以耕种土地为条件，在那里建一间小屋。征得同意后，梭罗便在铁路棚屋旧址上建了个单间小屋。在此，梭罗与世隔绝，能够安心写作，并近距离观察自然。

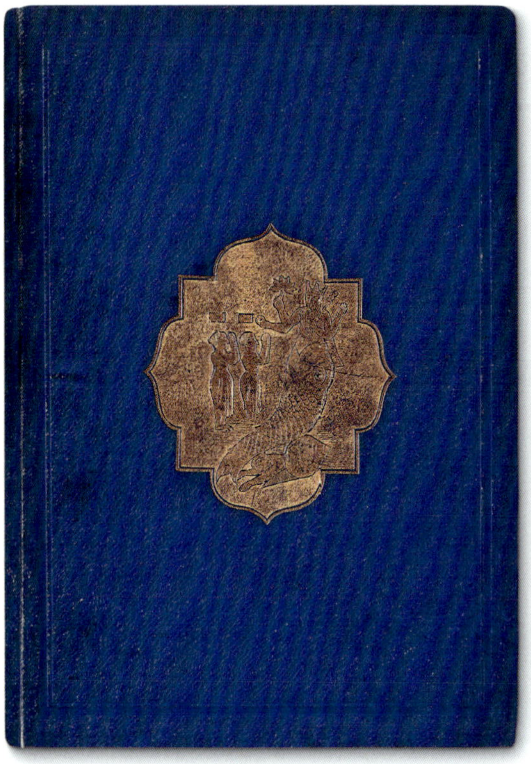

▶圣文

许多超验主义思想（transcendentalist ideas）源于印度圣文。爱默生收藏了大量东方书籍。和他同住期间，梭罗也阅读了这些书籍，尤其是《薄伽梵歌》（*Bhagavad Gita*）。“早上，我将自身智识沐浴在《薄伽梵歌》的超凡宇宙哲学中”，他写道。

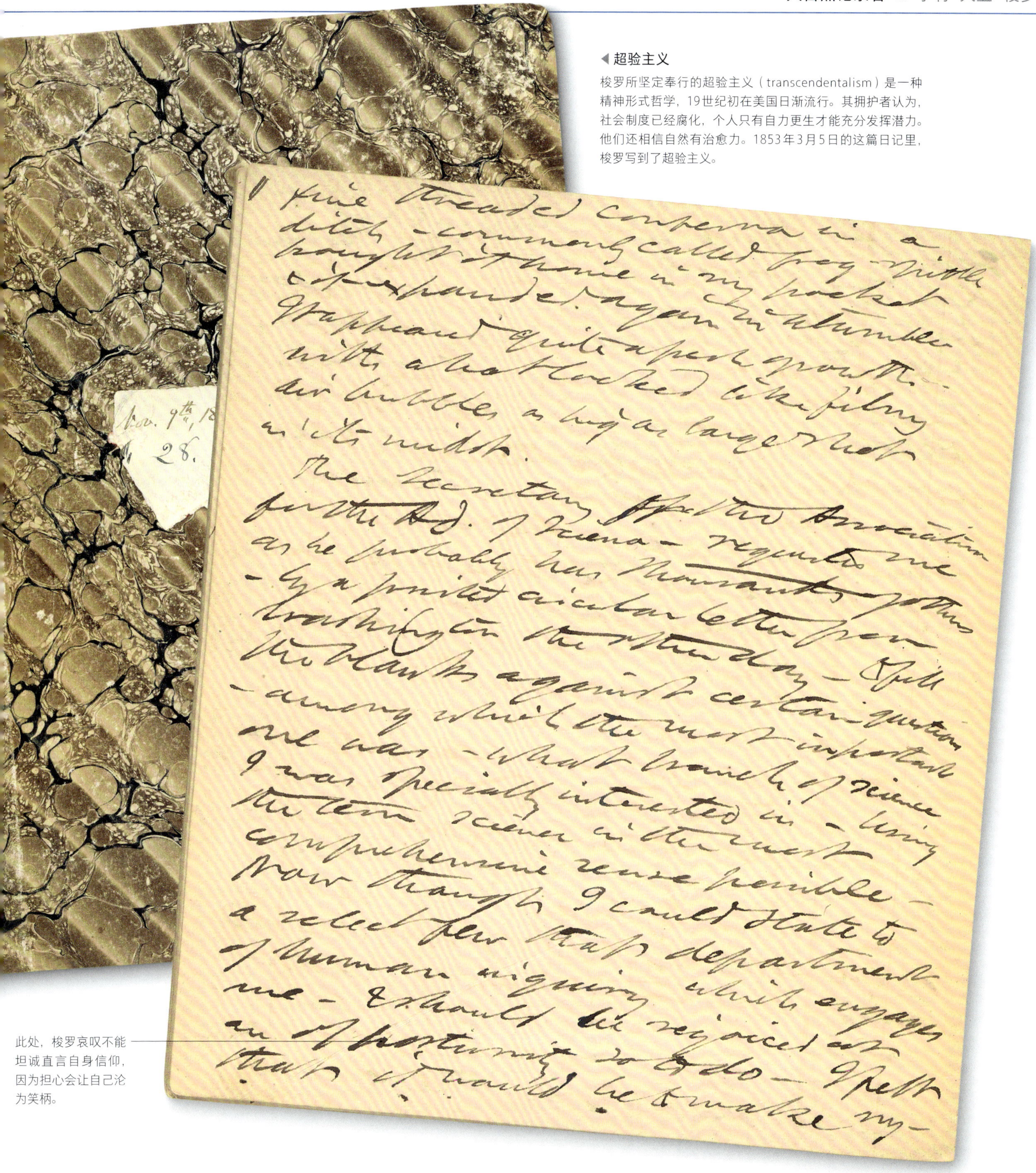

◀ **超验主义**

梭罗所坚定奉行的超验主义（transcendentalism）是一种精神形式哲学，19世纪初在美国日渐流行。其拥护者认为，社会制度已经腐化，个人只有自力更生才能充分发挥潜力。他们还相信自然有治愈力。1853年3月5日的这篇日记里，梭罗写到了超验主义。

此处，梭罗哀叹不能坦诚直言自身信仰，因为担心会让自己沦为笑柄。

> “事实是我是神秘主义者——超验主义者——还是自然哲学家。”

梭罗的日记，1853年3月5日

细节信息

1837年，梭罗开始写日记，一直写到1862年去世，最终形成47卷手稿。日记开篇极为寻常，记录日常事件，但日记内容逐渐变得复杂，储存着作者的思想、计划和观察结果。梭罗很早就认识到“只为自己而写”的价值，于是将日记用于打磨和扩充作品，以期出版。例如，1853年这一卷日记就包含了：《瓦尔登湖》部分章节的长篇草稿；对一次远足的描写，随后作为散文《缅因森林》（*The Maine Woods*）出版；以及一篇文章的注解，但这篇写给反奴隶制杂志的文章并未发表。

不过，在许多现代读者看来，日记最有趣的部分可能当属梭罗描述长时间漫步和划船远行，以及敏锐地观察“大自然每天的心情和着装”。梭罗通常早上在家写作，下午出发去散步。外出时，梭罗做了大量“田野笔记”，并随后以此为基础写日记，常常一次性写下一连几天的日记。梭罗想让材料的组织科学有序，因此他用墨水或铅笔画平行线，标出手稿中有关季节变化的语段。

1860年，梭罗开始将这些信息汇编成一系列列表和图表，但他没能活到任务完成的那一天。只要条件允许，梭罗总会引述其他作家的话来支持他的发现。不论是引自罗马农业作家，如瓦罗（Varro）、卡托和科卢梅拉（Columella）的作品，还是来自威廉·吉尔平（Reverend William Gilpin）对“风景如画”的描写，或是18世纪康科德店主伊弗雷姆·琼斯（Ephraim Jones）的账簿，引言来源广泛，令人眼花缭乱。

▲**爱鸟者**

鸟类应对换季的方式让梭罗特别感兴趣。例如，他称雪鹀（snow bunting）是“真正的冬鸟……这些有翼雪球。大雪纷飞时……我几乎看不到它们”。梭罗引用了威尔逊的《美国鸟类学》（*American Ornithology*）等权威著作来支持他的观察结果。

▼**植物学笔记**

随着时间流逝，梭罗成为了知识极为渊博的植物学家。他多次远足，收集树叶、植物和种子，少量放入日记中，大部分则收藏于他的植物标本馆里，共有近900个带标签的标本，现存于哈佛大学。

▶**冬景**

1858年11月11日，梭罗外出划船，欣喜地看到猪笼草和蔓越莓藤一片火红，在风霜中分外扎眼。他还带回了一只被邻居射杀、专抓家禽的鹰。梭罗确定了鹰的品种，欣赏它隐居于此，品位高雅。“引它住在林中，远离城市的，也正使我流连于此。”

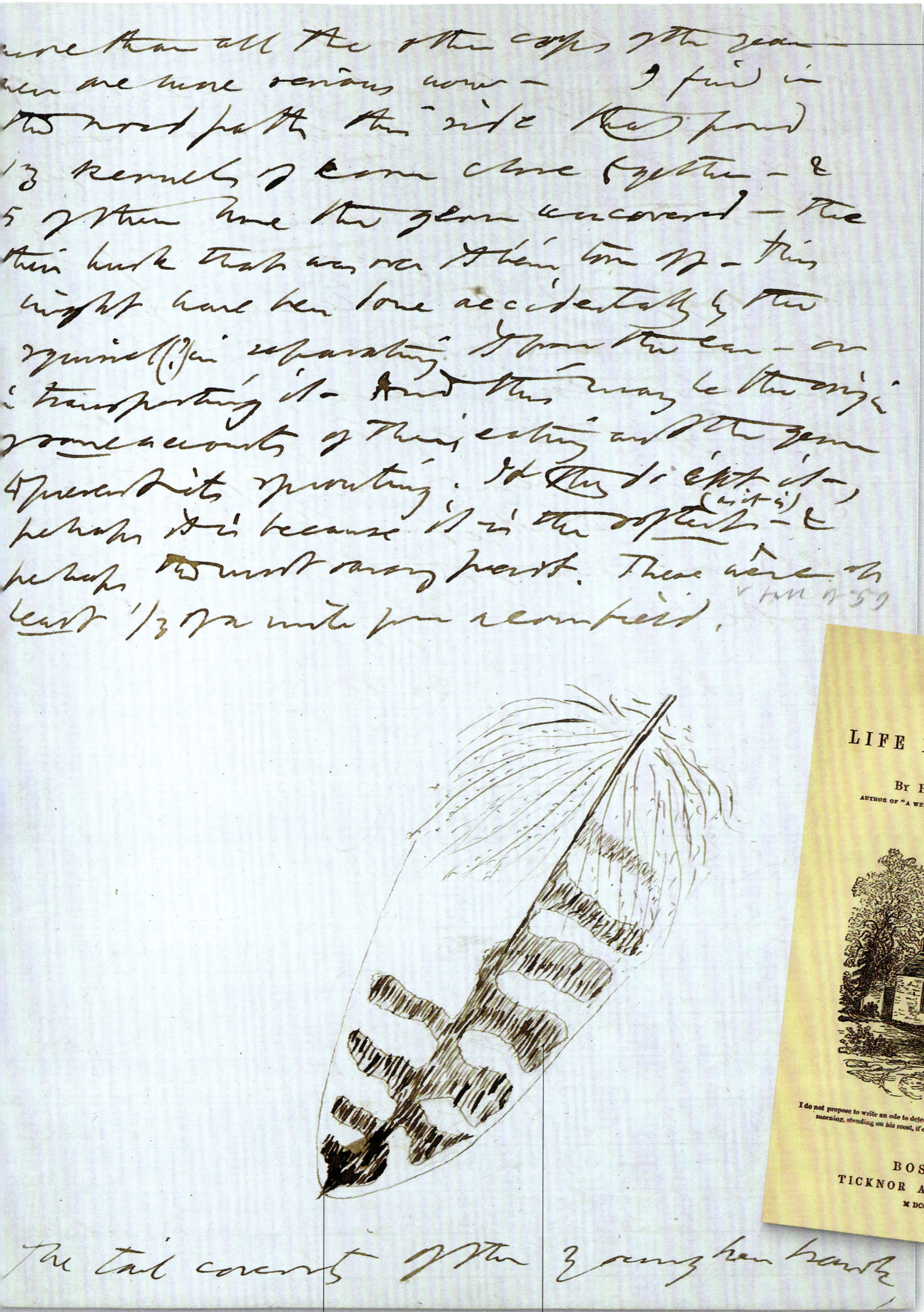

梭罗喜欢冬日的寒冷：“冬天收获思想，价值高于这一年收获的其他一切作物”，他说道。

梭罗所画的尾羽，来自一只专抓家禽的小鹰（一种秃鹫）。

梭罗对羽毛斑纹印象深刻，“带有深棕色条纹或波纹，甚是漂亮”。

▼《瓦尔登湖》

一般认为，《瓦尔登湖》是梭罗的杰作，描述了1845年至1847年这两年间梭罗住在瓦尔登湖畔小屋的经历。梭罗数易其稿，不断增改文本。作品最终于1854年出版。

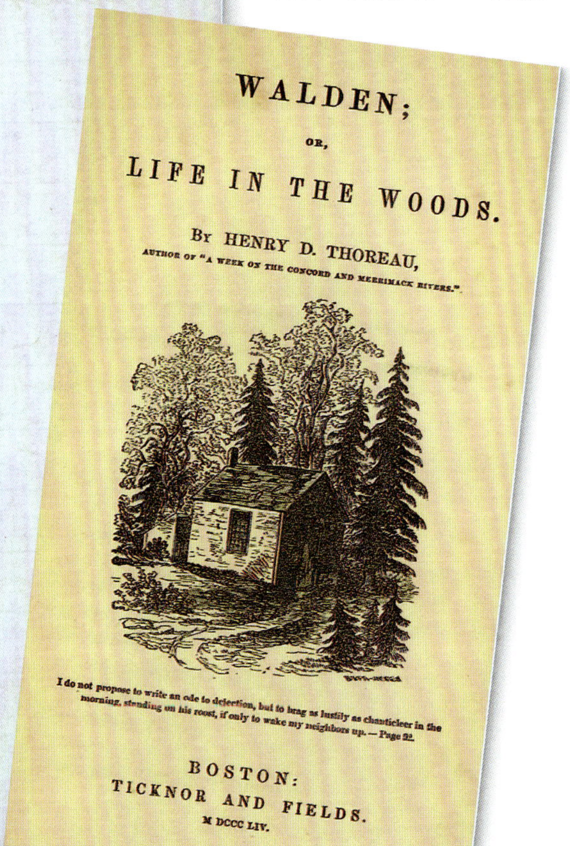

音乐婚姻

1840—1844年 ■纸上笔墨 ■德国人

罗伯特和克拉拉·舒曼：音乐家

1840年9月，婚礼后第一天，罗伯特·舒曼（Robert Schumann，1810—1856年）和他的新婚妻子克拉拉（Clara，1819—1896年）开始携手写婚姻日记。罗伯特写道，他们希望记录“婚姻生活中的所有悲欢”。夫妻俩都才华横溢。克拉拉原姓维克（Wieck），她的弹奏手法独特，颇具表现力，已是知名音乐会钢琴家。罗伯特是创新型作曲家，得到了少数音乐界精英和一位著名音乐评论家的赏识。克拉拉的父亲弗里德里希·维克（Friedrich Wieck）认为罗伯特懒惰无能，两人结婚会毁了女儿的音乐事业，因此强烈反对。两人经过抗争后，才终成眷属。

一开始，夫妻俩打算每周轮流写日记，但实际上克拉拉写得更多。他们的文字风格迥异——罗伯特写作经验丰富，时有几分迂腐，克拉拉则像在闲聊，较为随意。他们描述了在莱比锡忙碌的生活，一起探索音乐、拜会朋友、参加音乐会、安排表演、勉力维持生计。克拉拉出场演奏是他们主要的收入来源，但她还要负责操持家事，照顾孩子——她一共生了8个。克拉拉接受了分工不公，致力于发展丈夫的事业。唯一令克拉拉极为不满的，是她不能在罗伯特作曲时练琴，因为会打扰到他。总的来说，两人琴瑟和谐，充满爱意。婚姻日记的尾声谈及了克拉拉1844年在俄国的巡回演出。罗伯特一路相随，记录当地生活情况，克拉拉后来将其改写为游记。他们从俄国返回，标志着婚姻日记的终结。随后发生的事情尤为令人心酸——罗伯特·舒曼陷入疯狂，自杀未遂，最终死于精神病院。克拉拉比他多活了40年，但从未再婚。

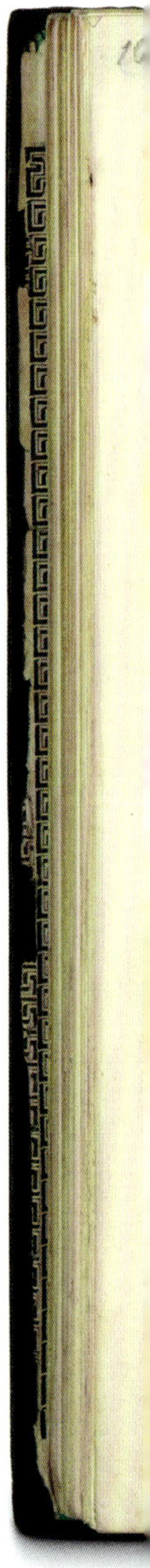

▶甘于奉献的妻子

1841年1月，克拉拉·舒曼写下了这几页日记，当时她的丈夫正在创作《春季交响曲》（*Spring Symphony*）。这对夫妇本应轮流写日记，但此时克拉拉已经连续写了5个星期，原因是“当一个男人在写交响曲的时候……连他的妻子也得甘受冷落！”

背景信息

◀天纵奇才

罗伯特未来的妻子克拉拉·维克9岁时就在莱比锡举行了钢琴演奏会，并在两年后首次成功举办欧洲巡回演奏会。她成为当时赫赫有名的钢琴演奏家，出场演出多达1300余场。

▶克拉拉的音乐

克拉拉擅长作曲，14岁时就写了一部钢琴协奏曲，并在婚后创作了著名的室内音乐作品和歌曲。克拉拉因无先例可循而沮丧：“女人绝对不要渴望作曲，因为就从未有女人做到过。”

这几页的开篇日记是克拉拉亲笔写的，日期为“23日，星期六”。

克拉拉提到，罗伯特将即将完成的作品称为“春季交响曲”（Spring Symphony），这一命名源自阿道夫·博特格尔（Adolf Böttger）的一首诗。

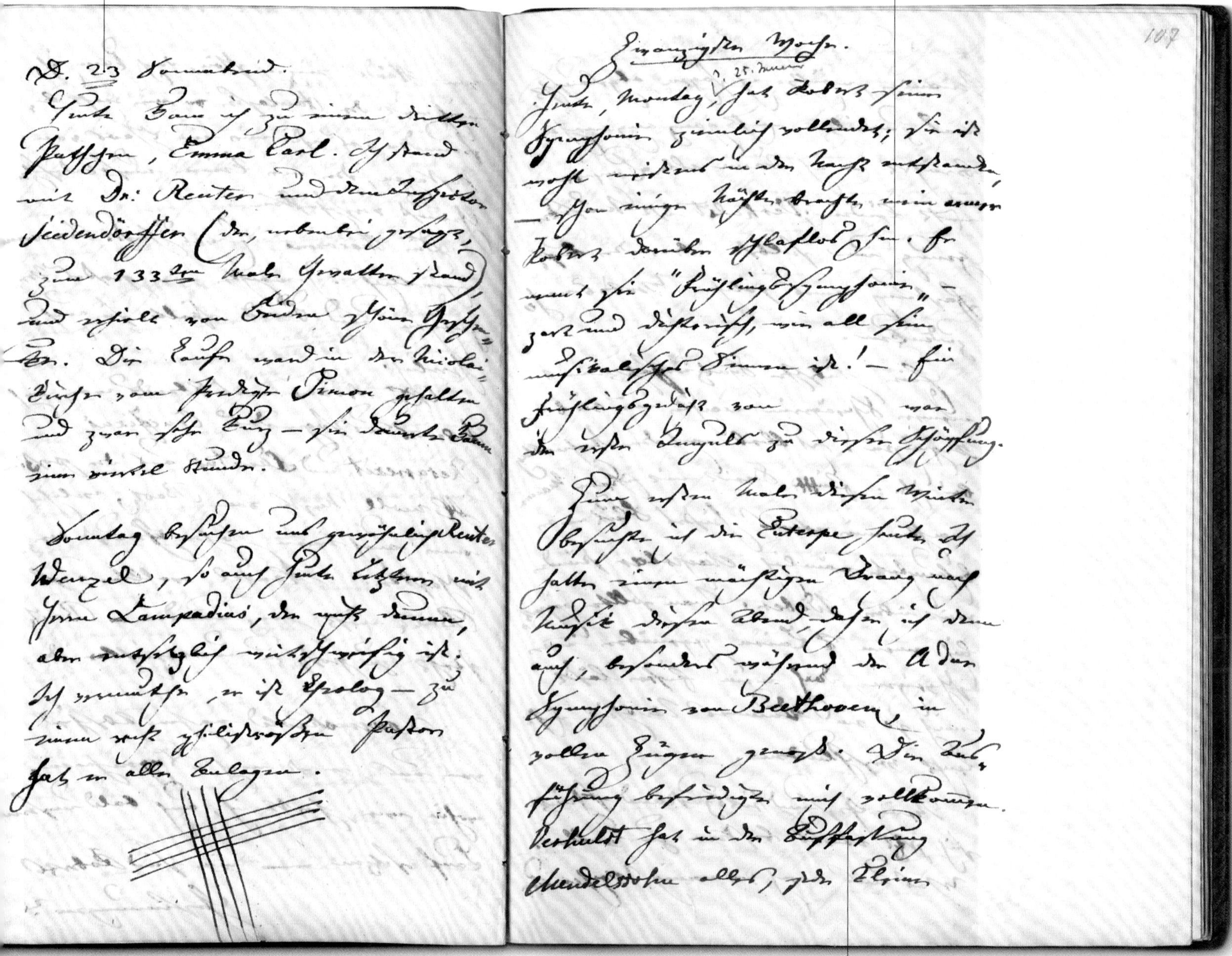

克拉拉写得很快，多用花体字，因此字迹难以辨认。

◀ **年轻的勃拉姆斯**

1853年，时年20岁，尚且寂寂无闻的约翰内斯·勃拉姆斯（Johannes Brahms）结识了舒曼一家。罗伯特临终前被关在精神病院时，勃拉姆斯与克拉拉过从甚密，两人甚至可能相恋。罗伯特去世后，勃拉姆斯作为作曲家声名鹊起，他的多部音乐作品都由克拉拉首演。

首先，在这一天，在你22年来首度为人妻子的第一天，请让我无比温柔地亲吻你。这本小书……情意绵绵；我们要把它写成一本日记，记述家庭和婚姻中触及彼此的一切；我们的愿望和希冀都将记录于此；当言不达意时，这本小书应该寄托对彼此的请求；出现误解时，这是一本和解之书；简而言之，它应该是我们真正的益友，我们向它托付一切，向它敞开心扉。

罗伯特·舒曼，婚姻日记，1840年9月13日

一生所想

1846—1910年 ■纸上笔墨 ■32卷 ■俄国人

列夫·托尔斯泰：作家

伟大的俄国小说家列夫·托尔斯泰（1828—1910年）出生于家族乡村庄园中，祖辈世代皆是贵族。托尔斯泰从18岁开始动笔写日记，除了其间不得不入院接受性病治疗外，他一直笔耕不辍，直至去世，一共写了400多万字。托尔斯泰从一开始就明确指出写日记的原因和他所设想的用法。托尔斯泰希望反思人生及意义，还期望借此提升自我。托尔斯泰为自身缺点自责，写道："我就像所有毫无个性的人一样，放纵无度、举棋不定、前后不一、自命不凡，热情得痴狂"。他还责难自己胆小懦弱、不切实际、游手好闲。

一开始，托尔斯泰试着通过记录每日工作来改进自身不足。他将每页日记分为两栏，在第一栏里定下每日目标，在第二栏中记录完成情况。后来，他就只写叙事日记，饱含所思所想，涵盖各类主题，包括俄国的社会问题、农村生活、工业化、教育和信仰问题。尽管身为19世纪的俄国贵族，托尔斯泰享有极大特权和巨额财富，但他却尤为关注下层阶级。托尔斯泰逐渐意识到自己的社会地位过高，有失公允，因此想要捐出自己大部分财富。托尔斯泰的宗教观也独树一帜。克里米亚战争（Crimean War，1853—1856年）期间，托尔斯泰在俄国军队中服役时写道，他希望开创一种基于理性的新型基督教，摒弃任何与之相关的教条或神秘主义。

日记呈现了托尔斯泰与众不同的见解、引人共鸣的人物和场景描写，能让读者深入了解杰出小说的创作历程，因此读来极为有趣。

▶情感漩涡

1862年8月至9月的日记写于托尔斯泰与妻子索非亚（Sofia）首次结婚并经历婚后生活波折的时候。托尔斯泰手速极快，一直写到页边，还划掉了许多内容。他的笔迹极难读懂，只有索非亚能轻易破解。

小说家托尔斯泰

完成三部半自传体小说后，托尔斯泰开始着手创作奠定了他一世盛名的作品。《战争与和平》（*War and Peace*，1869年）是一部伟大史诗，描写了拿破仑战争（1803—1815年）期间5个俄国家庭的生活。托尔斯泰深度融合了家庭生活场景、奥斯特利茨（Austerlitz）和博罗季诺（Borodino）等大战的描述，以及冗长的哲学探讨。他进行了大量的历史研究，还借鉴了自己在日记中记录的军旅经历。托尔斯泰想模糊历史与小说之间的界限，从而增强真实度。《战争与和平》之后是《安娜·卡列尼娜》（*Anna Karenina*，1878年），这部爱情悲剧讲述了已婚女主角与伯爵的婚外情，涉及当时的许多问题，例如政治、阶级、宗教和女性角色。这两部小说是托尔斯泰最伟大的作品，不过他后来创作的批判俄国教会的小说《复活》（*Resurrection*，1899年）也受众甚广。

▶托尔斯泰著名小说《安娜·卡列尼娜》法语版的封面，1949年

“写下当今欧洲的真实历史：这是终生的目标。”

列夫·托尔斯泰的日记，1852年9月22日

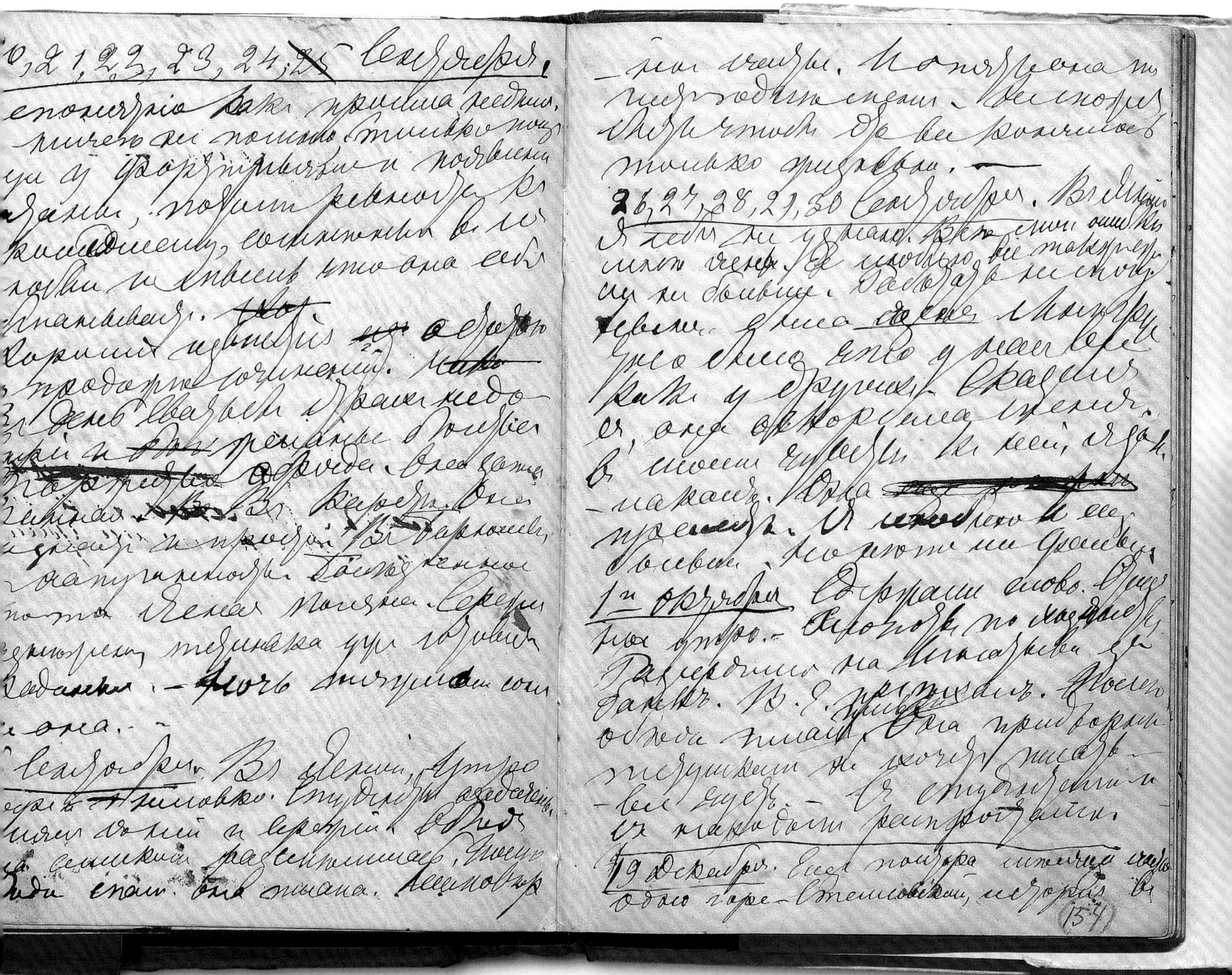

我对这段时间寄望颇多，但我却悲哀地发现，我还是老样子：短短几天，我就做遍了自己反对的事。一夜之间洗心革面纯属痴人说梦。最近，我多次表现出了自己的软弱，无论是在正常交往中、在险境中，还是在玩纸牌时，都是如此。我犹豫不决，但甚至还不是因为真的感到羞愧。我谎话连篇……我一直游手好闲，甚至到现在还无法整理思绪。尽管我在写作，却无心写作。

列夫·托尔斯泰的日记，1851年9月4日

细节信息

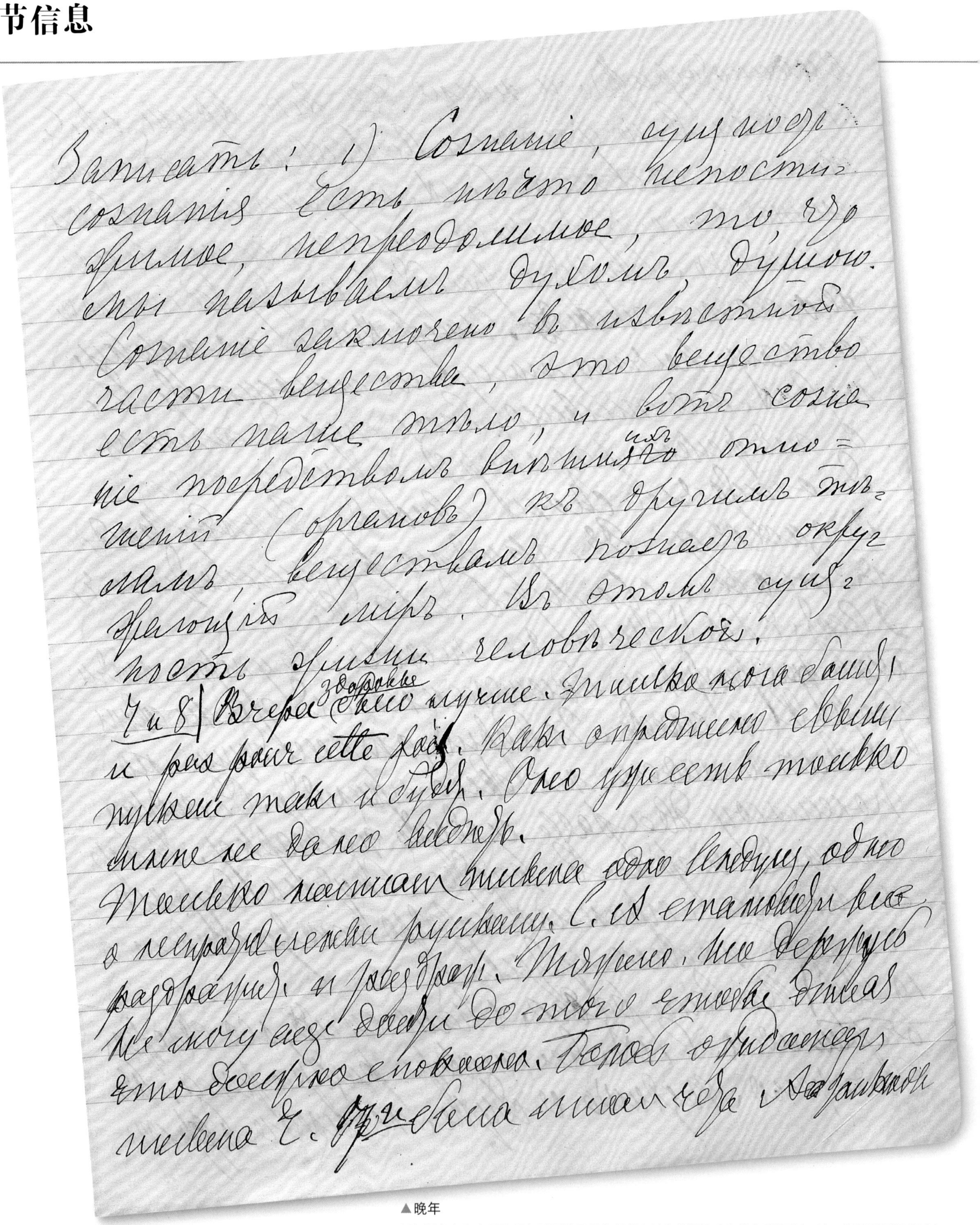

▲晚年

托尔斯泰在生命最后10年里写的日记变得越来越有哲学性（也越来越乏味）。这一则日记写于1910年，距他去世仅相隔两个月。托尔斯泰评述自己的健康状况以及朋友的来访，还记录了自己收发的信件，其中有些是他写给印度政治领袖甘地的。他称甘地为“那位印度教教徒”。

托尔斯泰的早期作品《童年》(*Childhood*)、《少年》(*Boyhood*)、《青年》(*Youth*)是半自传式的。这些虚构的故事叙述了一个年轻人不断成长，逐渐意识到为他工作的农民身处困境。对此，托尔斯泰的日记也有所体现。尽管托尔斯泰无意出版日记，但也未加保密。当托尔斯泰于1862年与索菲亚结婚时，他向索菲亚展示了自己的日记，其中一些内容必定令索菲亚感到震惊，尤其是日记坦承了她丈夫的爱情生活以及他与农奴所生的儿子。索菲亚坦然地接受了他的这一面。

1863年，托尔斯泰开始创作他的第一部杰出小说《战争与和平》《安娜·卡列尼娜》紧随其后。他在日记中记录了两本小说的写作进展。完成《安娜·卡列尼娜》后，托尔斯泰越发关注社会改革，后来又转而关注宗教问题。托尔斯泰去世后，索菲亚开始阅读他的日记，其中有多本日记是她从未翻开过的。这些日记引起了索菲亚的注意，她还将文本工整地抄写了下来。在阅读托尔斯泰的一些日记时，索菲亚在自己的日记中自责道：“为何我从未读过，也从未将其抄写下来？”

托尔斯泰的日记最终于20世纪出版。由于日记能让读者深入领略这位彪炳史册的小说作者的品格和思想，因此读者甚众，广受重视。

▲创新型伙伴关系

1862年，托尔斯泰迎娶了小他16岁的索菲亚·贝尔（Sofia Behrs）。索菲亚的父亲是德国医师，母亲是俄国人。两人结婚后还形成了伙伴关系，既富于创新，也饱含情感。索菲亚除了操持家事和庄园事务外，还尽职尽责地协助托尔斯泰创作，将他的草稿工整地抄写下来，并帮他校订。

▲解放农奴

19世纪上半叶，俄国农奴不得拥有地产，不得经商，必须获得许可才能结婚。1861年的《解放法令》废除了农奴制，恢复了农奴的上述权利。农奴重获自由，有权购买土地，但是许多人仍然买不起面积大到足以谋生的土地，因此他们的生活几乎毫无改进。

> “真正的艺术品……只有在艺术家上下求索，殚精竭虑时，才能创作出来。”
>
> 列夫·托尔斯泰的日记，1896年1月23日

索菲亚·托尔斯泰的日记

索菲亚的日记贯穿了多年的婚后生活。起初，她描述了托尔斯泰乡村庄园里看似诗情画意的优越生活：宴会、与孩子们野餐、拜会其他贵族和契诃夫等知名作家。然而，当托尔斯泰变得越来越痴迷于自己的宗教观点，并决心放弃自己的财产时，索菲亚感到自己被疏远了。她担心失去他们的财富，主要是因为她想让整个大家庭接受良好的教育，再加上她憎恶那群想见她丈夫的怪人和“歇斯底里”的妇女。索菲亚本人也擅长写作，她的日记描述了婚姻的颓败，令人心酸。日记终于1910年，当时时年82岁的托尔斯泰离开了她。几周后，托尔斯泰与世长辞。

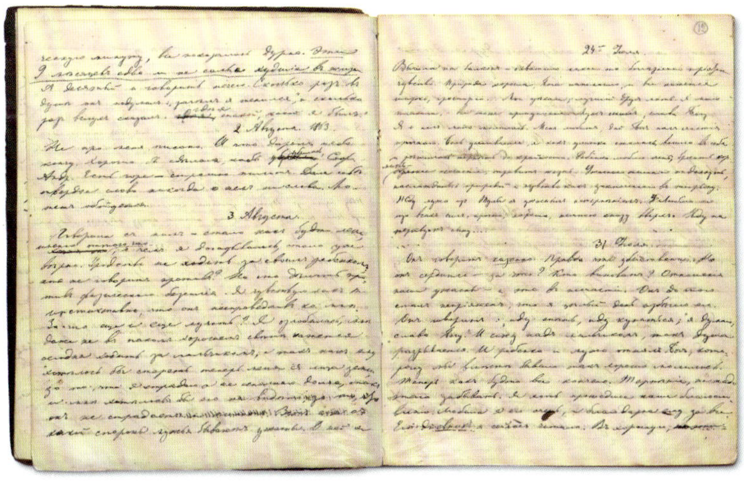

▲索菲亚·托尔斯泰写于1863年7月31日的日记

在亚马孙

1848—1859年 ■纸上墨迹 ■2卷 ■英国人

亨利·沃尔特·贝茨：昆虫学家

业余博物学家亨利·沃尔特·贝茨（Henry Walter Bates，1825—1892年）年轻时，闲暇时大多在家乡莱斯特附近研究昆虫，并成为了一名技艺娴熟的昆虫学家。与科学家艾尔弗雷德·拉塞尔·华莱士（Alfred Russel Wallace）见面后，两人决定前往科学界知之甚少的巴西亚马孙，从而研究当地的野生动植物。贝茨最终在巴西待了11年，并把发现记录在实地笔记中。他在便携的袖珍笔记本上详细记录了天气等日常细节，还描述了所见的野生动植物。

贝茨的日记揭示了他在热带雨林中穿行所面临的危险——野生动物、洪水和致命疾病——他在巴西染上了疟疾和黄热病。贝茨在日记中描述了凯门鳄、蛇、水虎鱼和昆虫，特别是他最感兴趣的蝴蝶。他用墨汁和水彩细致地绘制了数千幅蝴蝶和其他昆虫的图画，并用铅笔添加细节。长期研究大量蝴蝶后，贝茨对蝴蝶的生理结构有了独到的见解，从而得以形成令他扬名于世的拟态论。这种理论认为，一些动物进化后，外表仿若强毒性物种，令捕食者退避三舍。拟态论令查尔斯·达尔文着迷，为其自然选择理论提供了证明。

贝茨在其《亚马孙河上的博物学家》（*The Naturalist on the River Amazons*）中发表了他在巴西的发现。在撰写此书以及有关亚马孙野生动植物（尤其是甲虫和蝴蝶）和拟态研究的多篇文章时，他大量借鉴了自己的日记。由于研究报告已用此方法撰写而成，因此贝茨感到无需再将日记加以出版。最终出版于2020年的一本书囊括了伦敦自然历史博物馆馆藏的两卷日记摹本。

▶**亚马孙河上的探险**
在《亚马孙河上的博物学家》中，贝茨描述了当地风景、部落的生活状况以及他所发现的野生动植物。数张插画描绘了他在河上和河边的生活，以及他在旅途中所经历的倒霉事。他经常称之为“冒险”。这幅画上标注着“捕龟和冒险捕鳄”。

▼**翔实的记录**

实地笔记主要是对贝茨在巴西发现的物种进行详细严谨的描述。贝茨通过精美的图画记录了蝴蝶和其他昆虫的颜色，使他能够区分物种和个体之间的差异。每幅图画都有编号，在描述相应图案的日记开头，也有对应的编号。

由于贝茨所用的笔笔尖极细，因此写出来的字虽小，却极为清楚。

为了绘制此类细致的图画，贝茨抓住相应标本，并加以固定。他把重复的标本卖给了收藏家，为探险筹资。

在这些展开的薄膜（蝴蝶翅膀）上，自然写下了物种演进的故事，仿佛就像写在牌匾上一样。因此，蝴蝶的确在自己身上留下了一切演变的痕迹。而且，蝴蝶翅膀的颜色花纹相同，通常极有规律地体现出物种血缘关系的紧密程度。由于自然法则必定同样适用于芸芸众生，因此根据这种昆虫所得出的结论必然也适用于整个有机世界。所以，研究蝴蝶——蝴蝶被认为是空灵轻浮的物种——非但不会被鄙视，反而有一天将被视为生物科学中极为重要的分支。

亨利·贝茨，《亚马孙河上的博物学家》，1863年

巴黎文学八卦

1851—1896年 ■纸上笔墨 ■11本笔记 ■法国人

龚古尔兄弟：作家

埃德蒙（Edmond）和朱尔·德·龚古尔（Jules de Goncourt）共同创作了多本著作，也采用同样的手法写日记。朱尔（1830—1870年）去世前，兄弟轮流写日记，彼此校正文本，最终两人文风无缝衔接，无人能辨究竟出自谁人之手。朱尔去世后，埃德蒙（1822—1896年）曾考虑停写日记，但他最终还是决定独自写下去，继而记录了历史性事件，例如普法战争、巴黎之围和镇压巴黎公社。龚古尔兄弟的日记跨越了45年时光，是巴黎文艺圈的编年史，生动有趣、直言不讳，充满八卦。没有人知道他们为何写日记，也许某种程度上是为了发泄对作品销量不佳的不满，战胜恶评如潮所带来的挫败感。兄弟俩通常在晚上写日记，因为那时

▲志趣相投

龚古尔兄弟俩终生未婚。他们住在一起，几乎形影不离。他们的写作内容囊括小说、戏剧、历史和18世纪法国艺术，但如今日记才是他们最著名的作品。龚古尔兄弟在日记序言中坦承：“我们每晚通过日记表露心迹。既是两个同甘共苦，并肩奋战之人倾吐心声……也是一对志趣相投的双胞胎敞开心扉”。

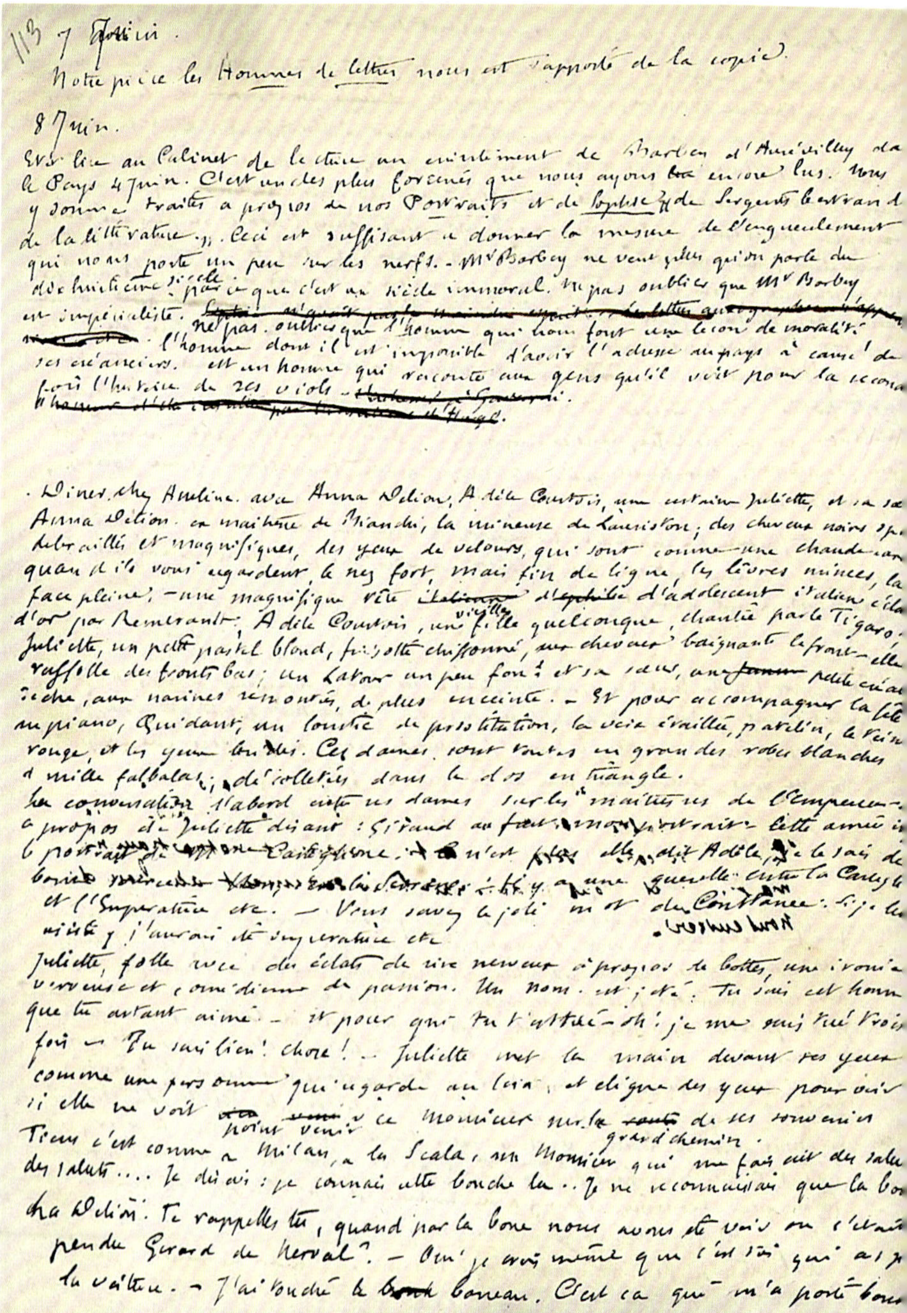

113 7 Juin.

Notre pièce les Hommes de lettres nous a rapporté de la copie.

8 Juin.

▶纷繁的社交活动

《龚古尔日记》(*The Goncourt Journal*)里，每一页都融汇了社会观察、恶意八卦，还提及了兄弟俩受伤的自尊。在1857年6月的这几页日记中，兄弟俩描述了与朋友就餐时遇到的名妓“眼波流转，柔情似抚”，记录了他们不得不忍受的辱骂和批评，记述了朱尔病症的反复发作。

> “我们的巴黎……我们出生的巴黎……正在消失。”
>
> 《龚古尔日记》，1860年11月18日

候白天的记忆依然鲜活。他们写得很快，有时还采用朱尔白天在袖口上记下的笔记，使他们的描述显得生动活泼。即便日记明显缺乏条理，主题跳跃（对下层社会生活的描述混杂着对艺术和书籍的观察评论），也依然令人乐于阅读他们的作品。兄弟俩起初并未出版日记，不过埃德蒙在1886年出版了日记选集，内容毫无遮拦，冒犯了其中提到的部分人物。去世前，埃德蒙将手稿留给了他创办的龚古尔学院（Académie Goncourt），并指示20年内不得出版日记。然而，即使20年过后，龚古尔学院仍然按兵不动。第一版《龚古尔日记》直到20世纪30年代才问世。

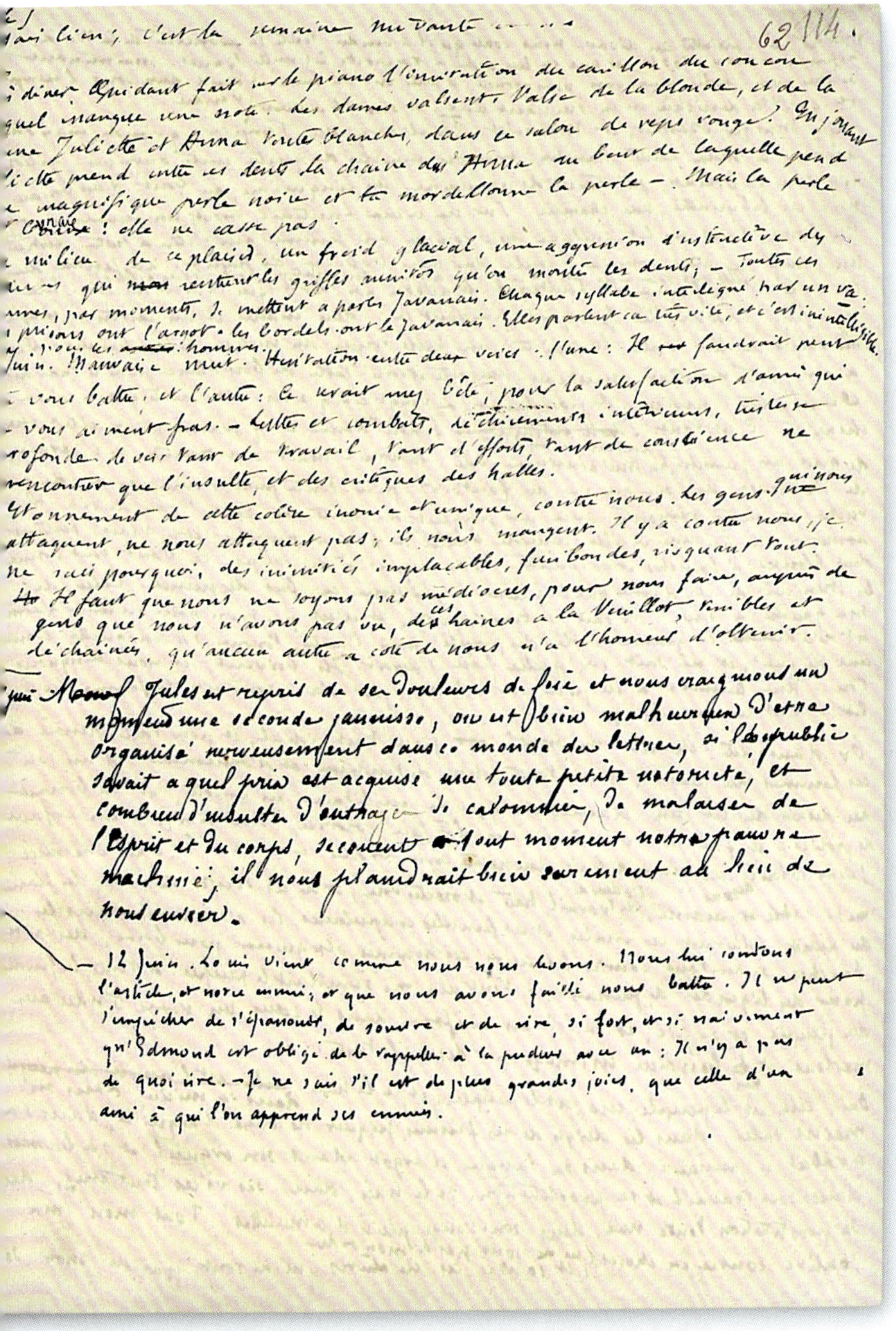

自然主义

尽管《龚古尔日记》的文学风格朴实无华，但兄弟俩在多本著作中的遣词造句则较为考究。不过，龚古尔兄弟的一些小说，尤其是《热曼妮·拉赛朵》（*Germinie Lacerteux*，1864年），坦率直接地描绘了上层阶级和下层阶级的生活，是自然主义文学运动先驱之作。自然主义讲求真实，以超然的视角创作小说，常常涉及社会底层人物、骇人听闻的事件和社会评论。与自然主义关联最为密切的小说家是埃米尔·左拉（Émile Zola），他的小说贴近现实，以同时期的法国为背景，触及了当时许多棘手问题，例如工业化、酗酒、卖淫和暴力。左拉的书大获成功，令龚古尔兄弟憎恨不已。他们认为自己首创了自然主义写作手法，但还未能从中获益，就被左拉盗用了。

▲《埃米尔·左拉》，爱德华·马内（Édouard Manet），1868年

背景信息

在巴黎文化生活多姿多彩、引领全球的背景下，《龚古尔日记》形象地描绘了当时的法国艺术家和作家。在巴黎的咖啡馆里、上流社会的宴会中、波西米亚风格的工作室里，甚至在妓院中，龚古尔兄弟遇见了许多有趣的人。他们结识了法国最著名的小说家和诗人，包括他们颇为赞赏的阿尔丰斯·都德（Alphonse Daudet）、泰奥菲勒·戈蒂埃（Théophile Gautier）、居斯塔夫·福楼拜（Gustave Flaubert），以及他们对其略有微词的小说家埃米尔·左拉。他们的描述敏锐而诙谐，例如，诗人波德莱尔穿着开领衬衫，“把头剃了，就像要上断头台一样”。龚古尔兄弟还结交了印象派画家埃德加·德加（Edgar Degas）和雕塑家奥古斯特·罗丹（Auguste Rodin）等前沿艺术家，以及玛蒂尔德·波拿巴公主（Princess Mathilde Bonaparte）等社会名流。他们擅长倾听对话，每天都将其逐字记录在日记中。尽管许多上述人物因埃德蒙·龚古尔筹划出版部分日记而感到担忧，但日记巧妙地将社会轶事和文学八卦结合在一起，使19世纪晚期的巴黎社会跃然纸上。

今天，我们的仰慕者和弟子左拉过来吃午饭。这是我们第一次相会。一见面，我们就觉得他像个疲惫不堪的师范生，既身强力壮，肩膀脖子粗厚，又瘦小孱弱，面如白蜡，毫无血色。他年纪轻轻，身材魁梧，但他的容貌、眼睛轮廓、笔挺的鼻子和双手，却又好似造型精巧的细瓷。他的身形，就仿若他的品性……两种相反的类型，杂糅了阴阳两性……

《龚古尔日记》，1868年12月14日

▲文化生活

日记中，除了知名作家云集外，马内、德加等多位艺术家也有所提及。在上流社会的宴会中，在咖啡馆里，龚古尔兄弟见到了许多人，有助于他们立体式还原“美好时代”（the belle époque）期间的巴黎文化生活。在那个时期，印象派画家带动了艺术转型，埃米尔·左拉和夏尔·波德莱尔为小说和诗歌指明了发展的新方向。

▶公主和名妓

《龚古尔日记》记述了各行各业的人物，上至公主，下至妓女。日记对于男性与妓女风流韵事的描写尤为直言不讳。丽安娜·德·普姬（Liane de Pougy）（右）是演员和名妓，在女神游乐厅（Folies-Bergère）演出，是多位贵族的情人。埃德蒙·龚古尔称她“美艳动人，胜过任何同代人”。

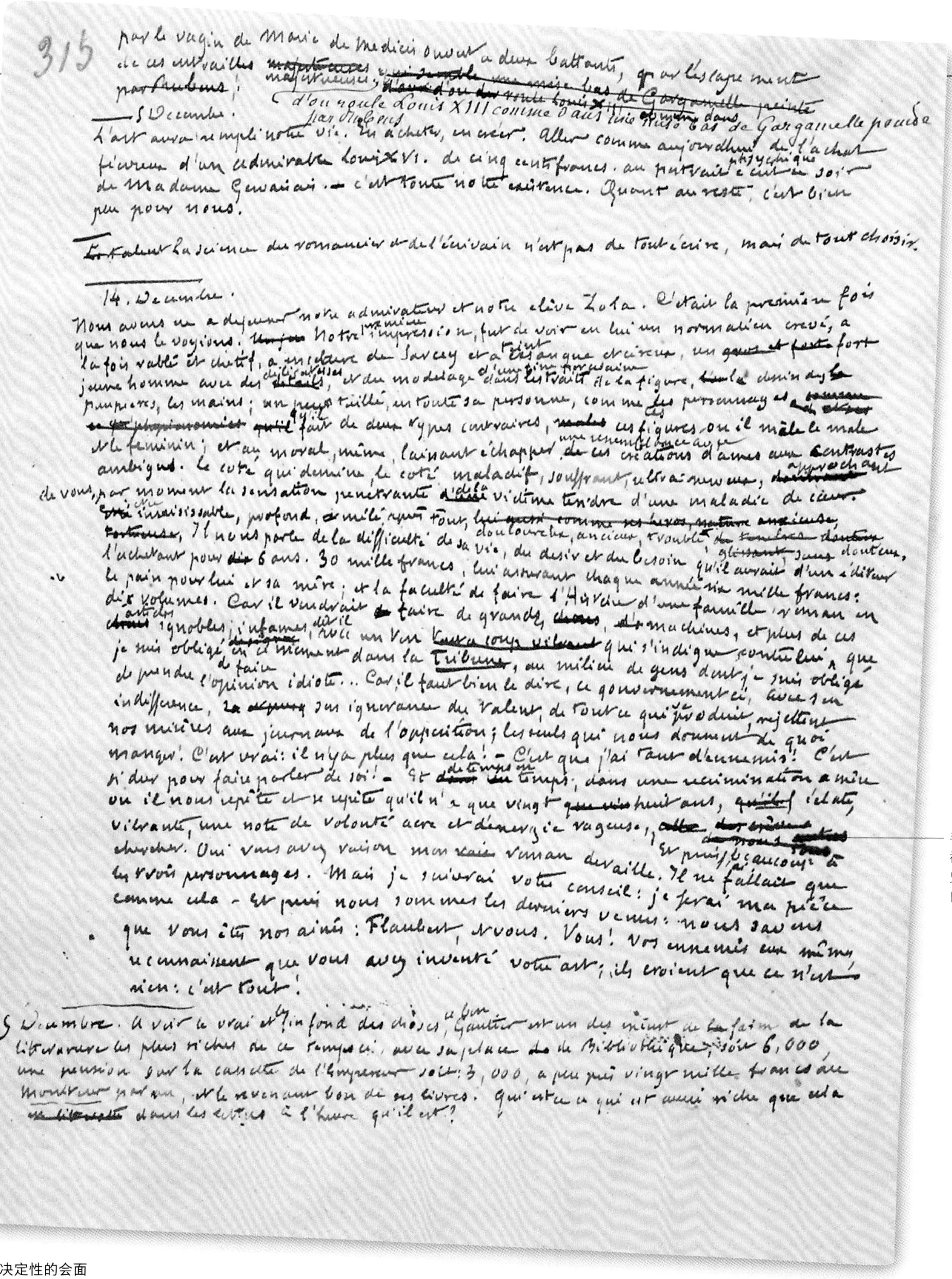

手稿中常有内容被划掉，体现了兄弟俩打磨订正日记的过程。

▲决定性的会面

1868年12月14日，龚古尔兄弟记录下了他们与现实主义小说家埃米尔·左拉的首次相会。他们对自己的“仰慕者和弟子”的描述绝非溢美之词。龚古尔兄弟称左拉体弱多病，过于敏感，似乎心脏不适。左拉立志创作10卷小说，以一个法国家族为主题。他最终完成了卢贡-马卡尔（Rougon-Macquart）系列小说，共20部。

名录：1800—1860年

拜伦的信件和回忆录

英国人（1798—1824年）

浪漫主义诗人拜伦勋爵（1788—1824年）的叙事诗《恰尔德·哈洛尔德游记》（*Childe Harold's Pilgrimage*）被奉为天才之作，令他在23岁时就享誉全球。由于债务缠身，有关私生活的流言蜚语不断，尤其是谣传拜伦与同父异母的姐姐奥古丝塔（Augusta）存在不正当关系，因此拜伦于1816年离开英格兰，先后住在意大利和希腊，在希腊独立战争期间患热病去世。拜伦有3000多封信件保存至今，信件开诚布公，妙趣横生，富有朝气，毫无矫饰，生动而深入地描绘了诗人的生活，表现了他对各类说教和虚伪的憎恶。1818年至1822年之间，拜伦还写了回忆录，第一部分据说相当乏味，第二部分则据说有辱斯文，令人震惊。拜伦去世后，与他分居的妻子和他的朋友声称出版回忆录会毁了他的一世英名，因此联手烧毁手稿。20世纪70年代和80年代，拜伦信件的完本首次出版，几乎可将其视为拜伦自传。

画中，拜伦勋爵身着希腊服装。画家姓名未知，画作完成于1830年左右

玛丽·雪莱的日记

英国人（1814—1844年）

小说家玛丽·雪莱（Mary Shelly，1797—1851年）原名玛丽·沃斯通克拉夫特·戈德温（Mary Wollstonecraft Godwin），是哲学家威廉·戈德温（William Godwin）和著名女权捍卫者玛丽·沃斯通克拉夫特的女儿。1814年夏天，17岁的玛丽与婚姻不幸的诗人珀西·比希·雪莱（Percy Bysshe Shelley）私奔到法国。浪漫冒险一开始，玛丽就着手写日记，起初还和雪莱共同执笔，记录了他们在欧洲大陆的穷游。当时战火稍歇，欧洲满目疮痍。后来，日记与其他材料一道出版，名为《六周旅行史》（*History of a Six Weeks' Tour*）。在随后的艰难岁月里，玛丽继续定期写日记。雪莱妻子自杀后，玛丽与雪莱结婚，住在意大利。他们的两个孩子去世了。玛丽创作了哥特派小说《科学怪人》（*Frankenstein*）。1822年，雪莱溺死海上。玛丽的日记大多简短精练，只用一句话记录雪莱第一任妻子去世的消息，且未予置评。但雪莱本人去世后，玛丽在“悲伤日记”中倾诉了悲痛之情。此后，玛丽继续写日记，但时有间隔，感情较为平淡，一直写到了1844年。

马克西米利安·朱·维德的日记

德国人（1815—1817年，1832—1834年）

马克西米利安·朱·维德王子（Prince Maximilian zu Wied，1782—1867年）是莱茵河畔市镇的博物学家和民族学家。1815年，维德开始对巴西东南部尚未在地图上标注的地区进行科学考察，并研究了当地的动植物群和美洲原住民。1817年回国后，维德发表了以旅行日记为底稿的巴西见闻录。1832年，50岁的维德开启了第二段伟大旅程。这一次，维德在艺术家卡尔·博德默尔（Karl Bodmer）的陪同下，前往北美内陆。维德的北美日记主要记录了他乘坐皮货商的轮船，从圣路易斯出发，沿密苏里河而上，最终抵达蒙大拿州的边界。维德沿途遇到了多个美洲原住民族群，并详细记录了他们各有特色的习俗和文化。维德还注意到白人拓荒者严重破坏环境，过度捕猎令野生动物迅速消失。历经艰难险阻，挺过致命疾病之后，1834年，维德回到德国，博德默尔为其日记绘制了精美插图。维德日记记录了一个正在飞速消失的自然世界，因此具有独特意义。

阿巴思诺特夫人的日记

英国人（1820—1832年）

哈丽雅特·费恩（Harriet Fane，1793—1834年）出身于英国贵族旁系，1814年嫁给保守党资深政治家查尔斯·阿巴思诺特（Charles Arbuthnot），从此便被推向高层政坛。她负责招待政客，与外交大臣卡斯尔雷格勋爵（Lord Castlereagh）等政界精英以及英国最著名的将领惠灵顿公爵（Duke of Wellington）结下了深厚友谊。1820年，阿巴思诺特夫人（人们常这么称呼她）决定，因为她“常与权势显赫之人打交道”，是政界知情人士，所以要写日记记录自己对于政局的看法。她逐字记录的政治会议和对话现已是历史学家重要的参考文献来源。不仅如此，日记还极富个人色彩，幽默诙谐、充满热情，体现了她极为钦佩自己的偶像（尤其是惠灵顿），厌恶一切保守党反对人士。尽管流言盛传她是惠灵顿的情人，实际情况可能并非如此。不过，1828年惠灵顿就任首相后，阿巴思诺特夫人实际上充当了他的社交秘书。1830年，惠灵顿和保守党失势，阿巴思诺特夫人便对写日记兴趣寥寥。她在去世2年前写下了最后一则日记，并在句中突然停笔。

《吉萨狮身人面像》(*The Sphinx of Giza*)，马克西姆·杜坎摄影，出自《埃及、努比亚、巴勒斯坦和叙利亚》(*Égypte, Nubie, Palestine et Syrie*，1852年)

摩门教助产士的日记

美国人（1846—1888年）

帕蒂·巴特利特·塞申斯（Patty Bartlett Sessions，1795—1892年）日记的独特之处在于记录了后期圣徒运动（Latter Day Saint Movement）早期的生活状况。该运动主要信奉摩门教（Mormon）。巴特利特生于美国缅因州，于1812年与戴维·塞申斯（David Sessions）结婚，并成为助产士。19世纪30年代中期，夫妇俩改信摩门教。帕蒂·塞申斯的第一本日记始于1846年，当时她获选加入摩门教先遣马车队，随队开辟了从伊利诺伊州途经内布拉斯加州冬季营地到犹他州盐湖谷定居点的路线。第一任丈夫去世后，她于1851年与约翰·帕里（John Parry）结婚。她写道，她很高兴"有人为我砍柴"。她的两任丈夫都按照教义奉行一夫多妻制。提及此事时，她明确表达了不快，但试着接受事实。20年来，她每天写日记，如实记录了边远地区的生活经历，也记录了她负责的数百次分娩。1866年之后，塞申斯的日记写得越来越少，最后一则写于她去世4年前。

居斯塔夫·福楼拜在埃及

法国人（1849—1850年）

法国著名现实主义小说家居斯塔夫·福楼拜（1821—1880年）写过许多信，但只在旅行时才写日记。1849年10月，时年28岁的福楼拜踏上了前往埃及的旅程，作家及摄影师马克西姆·杜坎（Maxime du Camp）与他同行。福楼拜的日记描述了他们横渡地中海和游历埃及的经历（参观亚历山大港和开罗、攀登金字塔、沿尼罗河而上航行至底比斯（Thebes），然后骑骆驼和马穿越沙漠）。马克西姆·杜坎为他们参观的古迹拍照。虽然福楼拜对古物没什么兴趣，但埃及不像欧洲那样庸俗乏味，没有条条框框的限制，令福楼拜沉醉于异国情调之中。福楼拜注重细节，翔实地描述了严酷的沙漠地貌、古迹和所遇之人，不过他也用大篇幅叙述了自己探访妓院和澡堂。1851年，福楼拜返回欧洲，尝试以游记为底稿写书而未果。福楼拜去世后，日记删减版于1881年出版。直到20世纪后期，日记全文才得以出版。

马克·吐温的笔记本

美国人（1855—1910年）

幽默作家塞缪尔·兰霍恩·克莱门斯（Samuel Langhorne Clemens，1835—1910年）的笔名"马克·吐温"（Mark Twain）更为大众所知。自19岁起，他就在数本笔记本和日记本上写满了东西。当他在密苏里河上为船只领航时，他将河流的所有特征都记录下来，从此便养成了记笔记的习惯。后来，他将笔记用于辅助专业写作，当故事灵感、对周遭世界的观察、笑话和讽刺性话语在他想象力丰富的大脑里闪过时，他便匆匆将其记在笔记本上。19世纪80年代，马克·吐温已是知名作家，他有时会口述，让秘书转录笔记。这些笔记都融进了马克·吐温的大量著述中，包括新闻报道、游记和小说。他的笔记杂乱无序、残缺不全，淋漓尽致地体现了他翻涌的思绪。笔记精选集在他去世25年后首次出版，完本则出版于1975年。

PARIS PITTORESQUE. — A LA BRASSERIE, LE SOIR, SUR LE BOULEVARD
"Come, and buy Wine and Milk, without money
and without price."
Hark! It is Wisdoms voice, that spreads itself
around
Chas. A. Benson
Salem
Mass.
The Lord my shepherd is, He will my want supply
On board Bark Glide of Salem
From Boston
Bound to the eastward of Cape of Good Hope
1879
Broad is the road that leads to death,
And thousands walk
From Miss Martha Webb, to Ida Lois Benson
COTTON GOODS FOR MADAGASCAR.

第5章

1860—1900年

19世纪末期，涌现了大批包括日记在内的个人记录。有些关乎历史事件，例如玛丽·博伊金·切斯纳特（Mary Boykin Chesnut）从个人视角，生动地叙述了美国内战；法国犹太军官阿尔弗雷德·德雷富斯（Alfred Dreyfus）蒙冤入狱，写下狱中日记。玛丽·居里、托马斯·阿尔瓦·爱迪生（Thomas Alva Edison）等人写下记录，体现了科学的重要性与日俱增。艺术家梵高、保罗·高更（Paul Gauguin）以及建筑师安东尼·高迪的叙述深刻体现了西方艺术转型时期艺术家们的创作过程，具有独特意义。瑞士探险家伊莎贝尔·埃伯哈特（Isabelle Eberhardt）冲破世俗枷锁，过上了游牧生活。除了这些非凡之人留下的文字外，英国牧师弗朗西斯·凯尔佛特和法国幽默作家朱尔·勒纳尔（Jules Renard）也记述了日常生活。

美国南部日记

1861—1865年 ■纸上笔墨 ■现存7卷日记，2本笔记 ■美国人

玛丽·博伊金·切斯纳特：日记作家

玛丽·博伊金·切斯纳特（1823—1886年）的日记从个人视角描述美国南北战争，是公认的佳作。切斯纳特出身于美国南卡罗来纳州种植园主家族，黑奴劳作是其家族收入的命脉。她的丈夫詹姆斯·切斯纳特（James Chesnut）是杰出的政治人物，参与了1861年南部邦联（Confederacy）成立。邦联试图脱离联邦（Union），从而引发了南北战争。

1861年，随着内战逐步席卷美国，玛丽·切斯纳特开始写日记。战争持续了4年后，最终联邦战败，废除奴隶制的宪法修正案（constitutional amendment）得以通过。就在南方最终战败后不久，1865年6月，切斯纳特停止了日记写作。因为事务繁忙，日记写得断断续续。1862年8月到1863年10月间写的日记很少。即使如此，她还是写满了12册带锁的皮封面日记本，袒露所思所想和对周遭事物的观察。不论是作为女主人招待邦联精英、住在狭小的酒店区，或是在切斯纳特家族的桑树种植园里深感孤独，她都一一加以记述。尽管她追求客观地刻画人物和事件，但仍在字里行间流露出自己坚强而复杂的个性。她既沮丧抑郁、焦躁易怒，又自视甚高——“只要我愿意，谁都得爱上我”——出乎意料的是，她对奴隶制持批判态度。她生动地描述了邦联逐步战败的各个阶段，从“制服和欢快的士兵”到“的确陷入苦战”，最终以她的出逃为高潮。在她走后，联邦将军威廉·谢尔曼（William Sherman）进军南方，到处生灵涂炭。

战争结束20年之后，切斯纳特孤身栖居南卡罗来纳州，并大幅改写南北战争期间的日记，从而更连贯地叙述南北战争。日记选集出版于1905年，名为《美国南部日记》（*A Diary from Dixie*），为她赢得了身后名。1981年后，《玛丽·切斯纳特经历的内战》（*Mary Chesnut's Civil War*）出版，该版本日记结合了更多日记原件中的个人素材。

背景信息

◀导火索

1861年4月12日，在玛丽·切斯纳特丈夫的领导下，邦联炮轰了由联邦控制的南卡罗来纳州查尔斯顿港萨姆特堡（Fort Sumter），玛丽也亲历了这一切。内战第一枪由此打响，迫使林肯总统招募军队镇压南方。玛丽称此日是“伟大的一天”。

▶邦联领袖

图中，邦联“总统”杰斐逊·戴维斯（Jefferson Davis）身着军服，被将军们簇拥着。玛丽·切斯纳特熟识戴维斯，并在日记中多次表示支持他担任总统。战争期间，戴维斯的妻子瓦里纳（Varina）是玛丽的挚友。对于其他常来家里作客的邦联领袖，玛丽则多有挖苦之词。

不论在何处，奴隶制都是祸害。不知道这样想是不是一大罪过……愿上帝宽恕。但美国的奴隶制丑陋不堪、荒谬不公……我只看到：就像古代族长一样、男性跟妻妾同住一屋，家家户户的黑白混血儿跟白人孩子一模一样——每位女士都会告诉你，谁是这些黑白混血儿的父亲。不过要是说到自己家，她们就好像觉得这些孩子是天上掉下来似的，或者假装这样想……令我深恶痛绝……

玛丽·切斯纳特，1861年3月18日

美国内战

19世纪50年代，美国国内在奴隶制问题上分歧严重。奴隶制在北方各州已遭废除，但在南方却是经济社会支柱。1861年，蓄奴州唯恐林肯废除奴隶制，因而大多脱离联邦，成立了独立的邦联。林肯宣布此举违法，为叛乱行径，并发动战争，以重新控制南方。起初，北方诸州无意废除奴隶制，但非裔美国人加入联邦阵线作战，使得北方转而支持废除奴隶制。最终联邦战败，战后，南部各州只剩残垣断壁，白人精英生活困顿，心怀怨恨。

▶《突袭瓦格纳堡》(*Storming Fort Wagner*)，库尔茨（Kurz）与艾利森（Allison），1890年

◀ **转折点**

政局危机，情势紧张，促使切斯纳特写下日记。当她与母亲（Em）住在亚拉巴马州科尼卡县（Conecuh Country）时，她写下了下方图中的头几页日记，描述了亚伯拉罕·林肯当选后自己的担忧，并写道：“我们天命已定”。她表示：“必须头脑冷静，沉着坚定地支持南方邦联。”

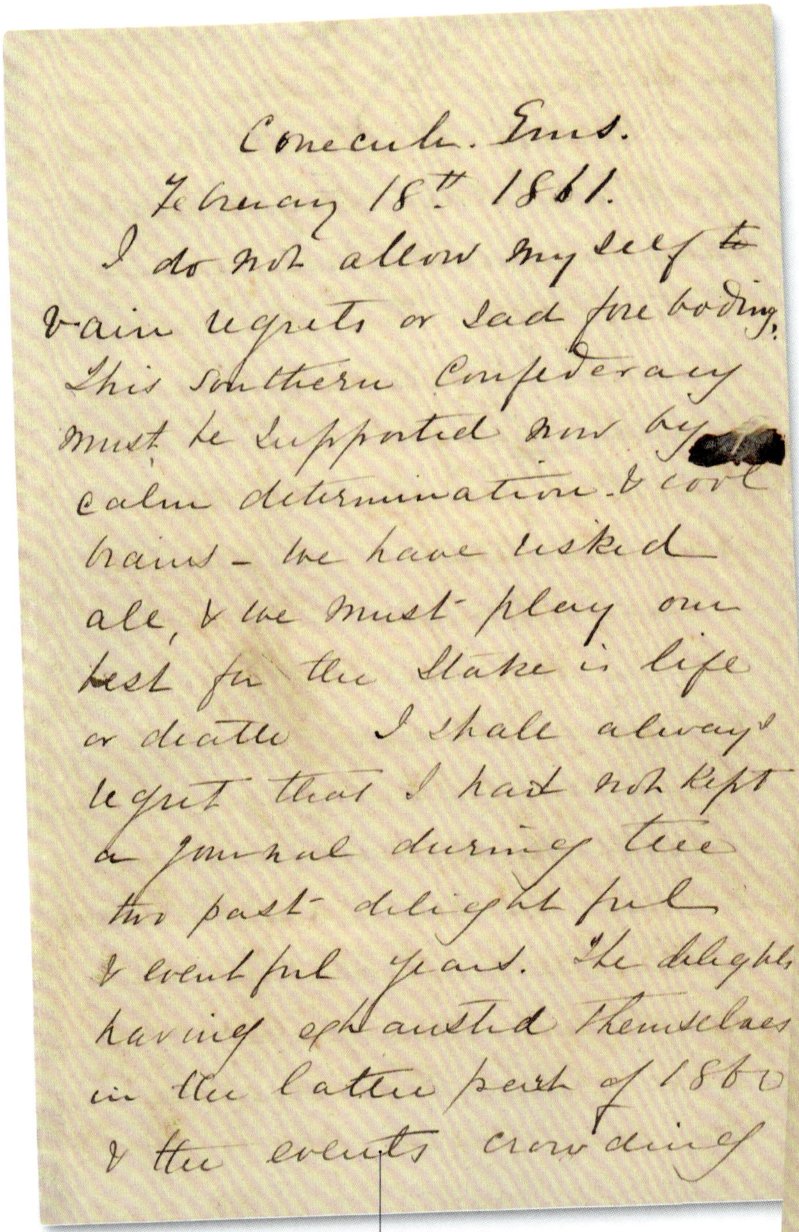

Conecuh. Ems.
February 18th 1861.
I do not allow myself to
vain regrets or sad foreboding.
This Southern Confederacy
must be supported now by
calm determination & cool
brains - We have risked
all, & we must play our
best for the stake is life
or death. I shall always
regret that I had not kept
a journal during the
two past delightful
& eventful years. The delights
having exhausted themselves
in the latter part of 1860
& the events crowding

此处，玛丽·切斯纳特写道，到1860年年底，事态发展速度越来越快，令她无所适从。

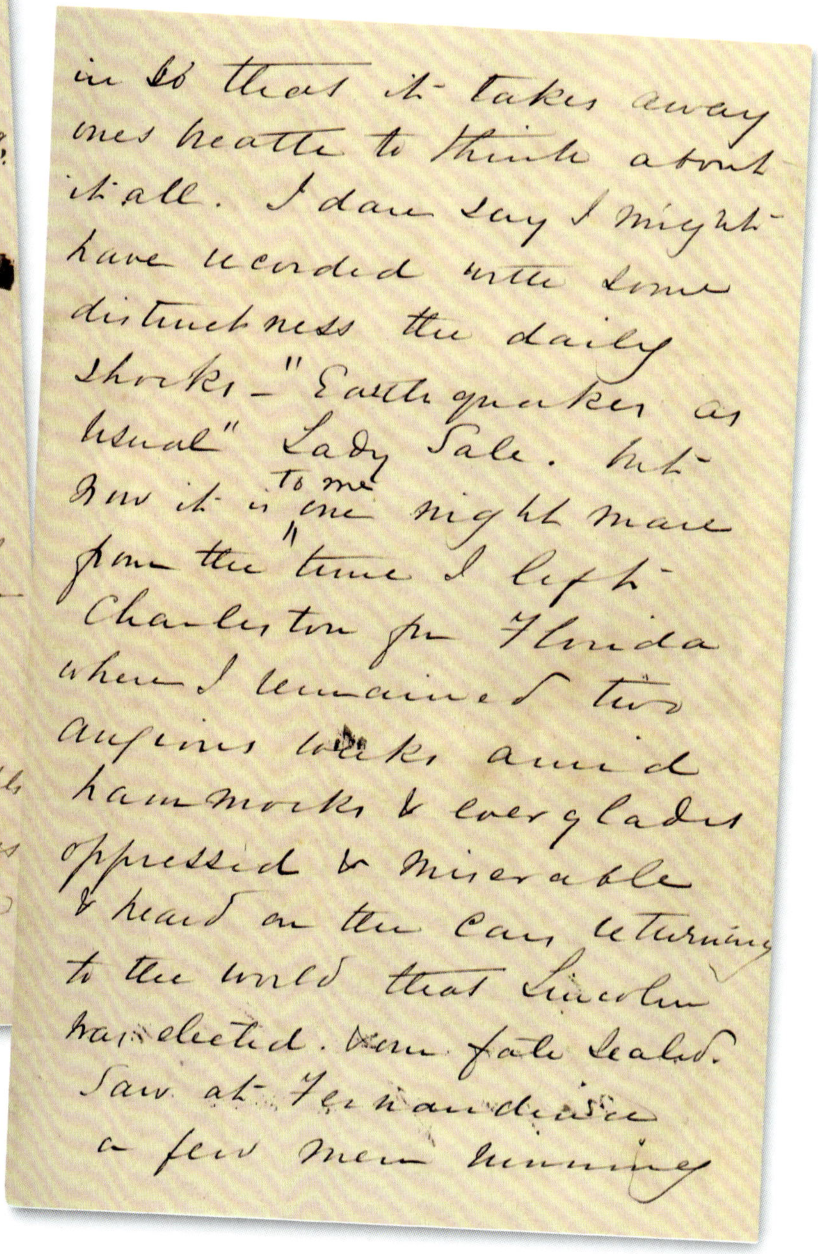

in so that it takes away
ones breath to think about
it all. I dare say I might
have recorded with some
distinctness the daily
shocks - "Earthquakes as
usual" Lady Sale. but
now it is to me one night mare
from the time I left
Charleston for Florida
where I remained two
anxious weeks amid
hammocks & everglades
oppressed & miserable
& heard on the cars returning
to the world that Lincoln
was elected. Our fate sealed.
Saw at Fernandina
a few men running

深入荒野

1867—1913年 ■纸上笔墨 ■84卷 ■苏格兰人

约翰·缪尔：自然环境保护主义者

“我只是出去散散步，结果一直待到日落，因为我发现，走到户外，就是走进自然。”在旷野远足中寻求精神慰藉，是约翰·缪尔（John Muir，1838—1914年）日记写作的一大特征。缪尔出身于信教家庭，家教严格。他一开始住在苏格兰，后搬到美国中西部。后来，缪尔成为环保运动领袖，常被尊称为“国家公园之父”。

1867年，一场事故几乎导致缪尔单眼失明。就在这一年，缪尔决定追逐探险之梦，从肯塔基州出发，步行大约1600千米，前往佛罗里达州。他没有遵循任何既定路线，而是想走“最为荒凉、最为树木丛生、最为无人踏足的道路”。后来，他在加利福尼亚州优胜美地山谷（Yosemite Valley）里住了几年，过上了僧侣般的生活，研究当地地质和植物。探索荒野时，他在笔记本上写满了自己的思考和观察，这个习惯持续了终生。缪尔的日记现存于太平洋大学图书馆，记录了他从1867年直至去世前一年，即1913年之间的活动。日记叙述了他“徒步千里”、阿拉斯加州之旅、1903年环球旅行以及1911年的南美和非洲航行。有些笔记本里只有文字，有些则附有缪尔的精美插画。不过，所有日记中，最为显著的特征是缪尔对自然的热爱。他用近似狂热的话语加以表达，声称：“要进入宇宙，最明确的途径就是穿过原始森林”。有人认为，他的写作风格既有几分像普鲁斯特（即Marcel Proust，意识流文学的先驱与大师），又有几分近似佛陀。这些日记为缪尔撰写多篇杂志文章和多部书籍提供了素材。自缪尔去世后，数本日记摘录集已经问世。

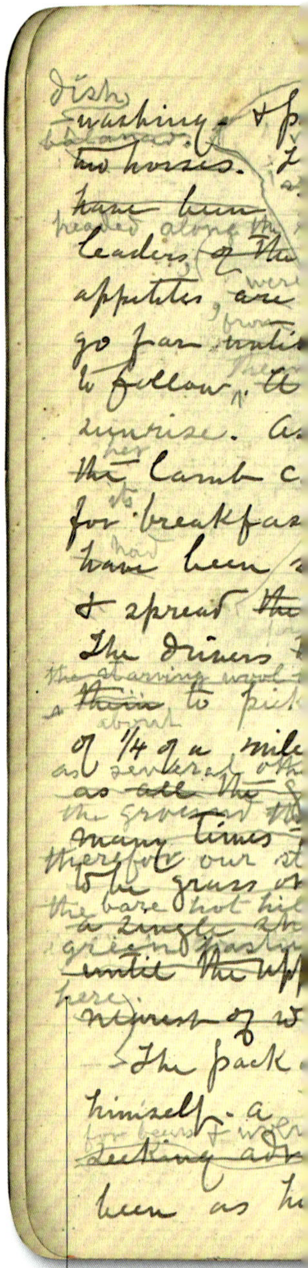

▶ **内华达山脉日记**

除了实时写作日记外，缪尔还写了几本笔记，其中有些是事后补写的。这本《内华达山脉日记》（*Sierra Journal*）描述了缪尔在1869年夏天的经历，但实际写作时间为18年后的1887年。岁月的沉淀无疑使得这本日记大为增色。

缪尔用墨水写作，但用铅笔进行大幅更正和补充。

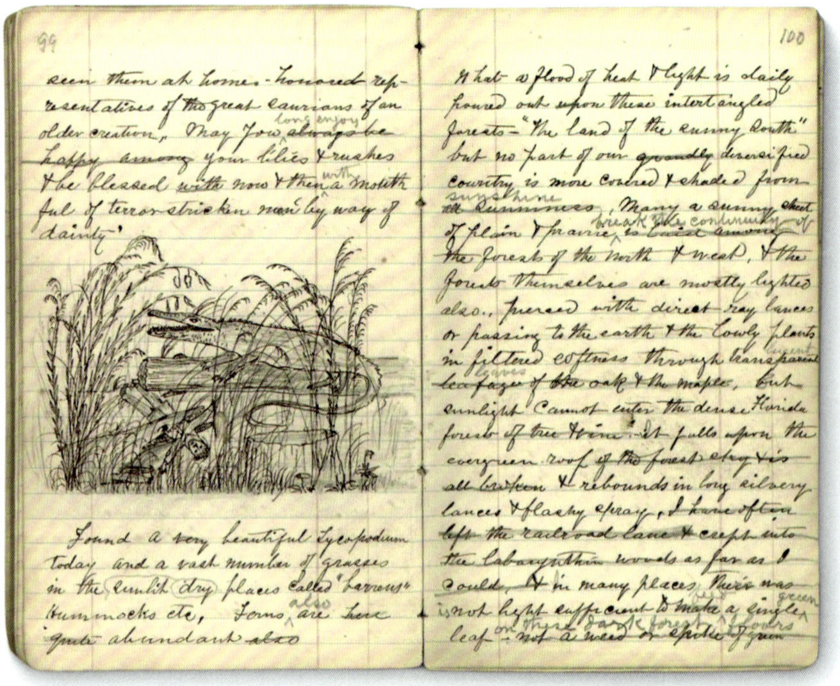

◀ **“徒步千里”**

1867年9月2日，缪尔从肯塔基州路易斯维尔（Louisville）出发，背着一个帆布背包，里面装有一些必需品，例如圣经和用来保存植物标本的植物压制器（plant press）。缪尔几乎身无分文，主要依靠陌生人伸出援手。他在袖珍日记本上记录了徒步远行的细节。这些日记后来成为一本书的底稿。

有人认为，树是有瑕疵的人。他们似乎还叹息于树木扎根大地，无法脱身。在我看来，却并非如此。我从未看见任何一棵树心怀怨念。树木根植于土地，仿佛乐于此道。尽管树木咬定大地不放松，但我们能走多远，它们就能走多远。它们随风四处漂泊，像我们一样来去去，随我们一道，每天环日旅行200万千米。谁人能知，它们在宇宙间穿行的速度有多快、距离有多远呢？

约翰·缪尔的日记，1890年7月11日

笔记本中的这幅画是从别处剪来贴上的，可能源自早期的日记。

背景信息

◀ **优胜美地**

1903年，西奥多·罗斯福（Theodore Roosevelt）总统（左）陪同缪尔在优胜美地露营。缪尔认为可以借机“在篝火旁自由交谈，从而造福森林”。缪尔成功说服罗斯福创建了优胜美地国家公园。罗斯福总统一共支持设立了5个国家公园，优胜美地是其中第一个。

▶ **长期旅行**

缪尔的许多日记经过后期改写和扩写后出版。1869年，他在加利福尼亚州内华达山脉的丘陵当了几个月的牧羊人，为1911年出版的《我在内华达山脉的第一个夏天》（*My First Summer in the Sierra*）提供了素材。此书问世仅3年后，缪尔就去世了。

牧师的视角

1870—1879年 ■纸上笔墨 ■现存3本笔记 ■英国人

弗朗西斯·凯尔佛特：牧师

弗朗西斯·凯尔佛特（1840—1879年）的日记生动地描绘了维多利亚时代的英国乡村生活。日记特点鲜明，勾勒出凯尔佛特作为牧师的自画像。尽管人们对他那个时代和职业都抱有诸多成见，但与他的态度行为出入甚大。1870年2月，凯尔佛特开始写日记。那时，他30岁，在英格兰和威尔士交界处附近的拉德诺郡（Radnorshire）克莱罗村（the village of Clyro）担任助理牧师。凯尔佛特对范妮·托马斯（Fanny Thomas）一见钟情，但女方家里认为他地位和收入较低，禁止两人结婚。凯尔佛特的父亲也是牧师，教区在威尔特郡（Wiltshire）。于是，1872年，凯尔佛特便回到该教区。4年后，他搬回了拉德诺郡，后来结婚，并在不久后的1879年去世。他在这一时期写的一些日记留存至今，体现出他精力逐渐趋弱。

日记中，凯尔佛特充满同情心，谦虚友善、性情温和，擅于发现自然和异性之美。他尽忠职守，探访穷困潦倒的教区居民。他们大多或茕茕孑立，或疾病缠身，或精神失常，可谓闻者伤心、见者落泪。但是凯尔佛特自己过着乡村精英的生活，享受野餐、宴会、海边度假、槌球和打草坪网球的新潮流。他有时也毫无敬畏之心，将葬礼的扶灵者描绘成几乎被棺材压垮的滑稽模样。他还热衷于裸泳，并喜欢与年轻女性调情。现代读者可能会质疑他的某些作派。

凯尔佛特写道，他之所以记日记，是因为“在我看来，生活如此奇妙而美好……即便是我这样平平无奇的生活”。1938年至1940年，凯尔佛特的日记选集首次出版。自问世以来，日记选集就被奉为追忆往昔的经典之作。

背景信息

▲浪漫景致

凯尔佛特传承了英国浪漫主义运动的鉴赏力，陶醉于乡村美景。他流连其间，在日记中用抒情语段进行描述。威廉·韦斯特（William West）的这幅《拉德诺郡的风景》（*A View in Radnorshire*）同样以浪漫主义笔触描绘了克莱罗村附近的景致。凯尔佛特也对这番景色赞赏不已。

▶挑剔的寡妇

1879年，凯尔佛特与伊丽莎白·罗兰（Elizabeth Rowland）结婚，但度完蜜月后没多久就去世了。他的遗孀继承了这些日记，据说还对日记进行审查，销毁了其中两部分，并删去了所有提及自己的内容。目前尚不清楚她的动机何在，因为她还留下了大量体现出凯尔佛特欣赏其他女性的语段。

日记以日期（8月5日，星期五）开头，并带有下划线。

此处，凯尔佛特往下凝视着被称为“地狱之口”的陡峭海湾，并描述道：“下方深得可怕”。

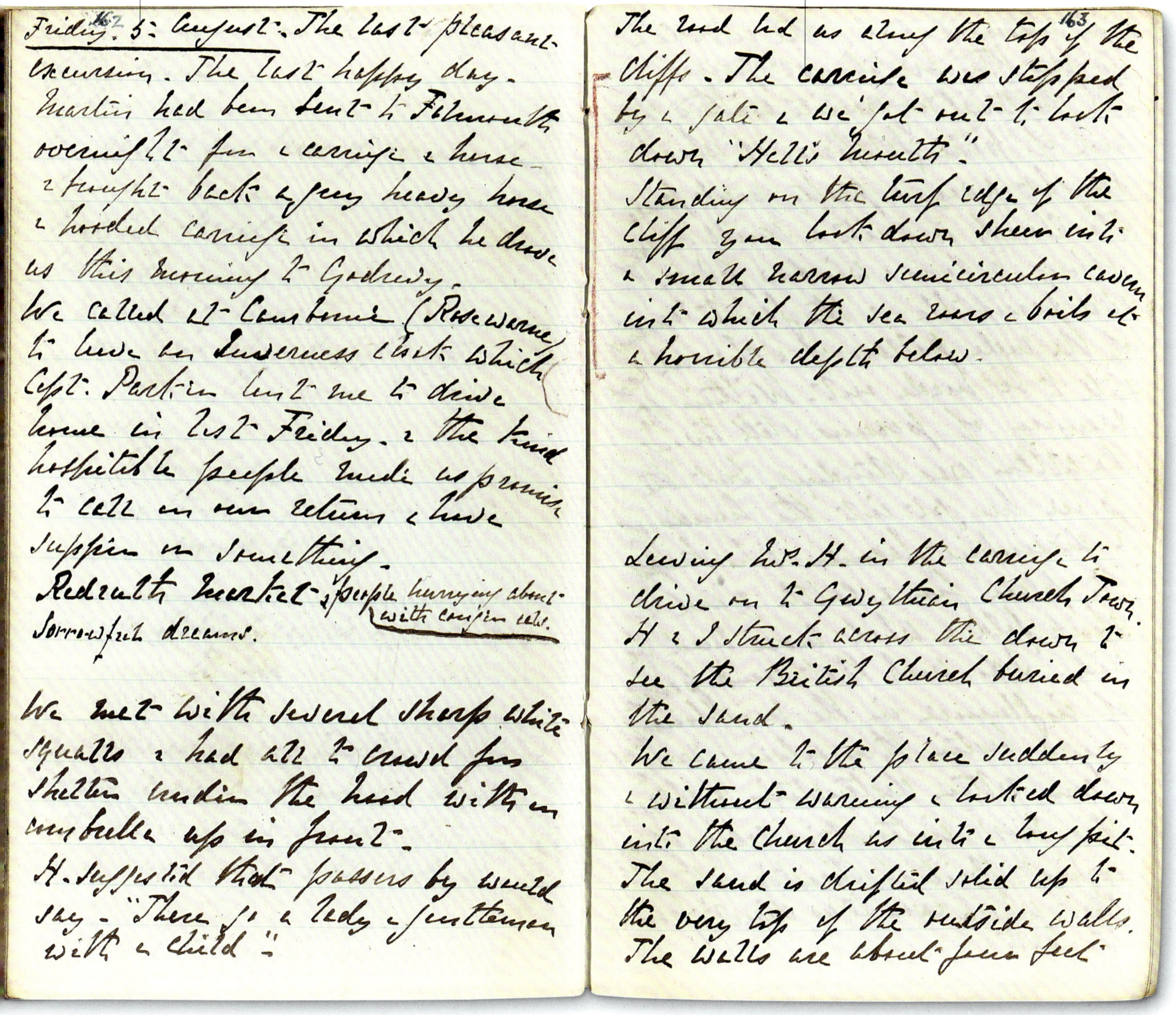
162

Friday. 5. August. The last pleasant excursion. The last happy day. Martin had been sent to Falmouth overnight for a carriage & horse & brought back a very heavy horse & hooded carriage in which he drove us this morning to Godrevy. We called at Conerbone (Rosewarne) to leave an Inverness cloak which Capt. Parkin lent me to drive home in last Friday & the kind hospitable people made us promise to call on our return & have supper or something. Redruth market - people hurrying about with conger eels. Sorrowful dreams.

We met with several sharp white squalls & had all to crowd for shelter under the hood with an umbrella up in front. H. suggested that passers by would say "There go a lady & gentleman with a child".

163

The road led us along the top of the cliffs. The carriage was stopped by a gate & we got out to look down "Hell's Mouth". Standing on the turf edge of the cliff you look down sheer into a small narrow semicircular cavern into which the sea roars & boils at a horrible depth below.

Leaving Mr. H. in the carriage to drive on to Gwythian Church Town, H & I struck across the down to see the British Church buried in the sand. We came to the place suddenly & without warning & looked down into the church as into a long pit. The sand is drifted solid up to the very top of the outside walls. The walls are about four feet

▲凯尔佛特的笔记本

凯尔佛特将日记写在22本笔记本上，但只有3本原件保存至今。一本制作于20世纪30年代的抄本使得其余日记的内容得以流传至今。3本笔记中，有一本描述了1870年夏天凯尔佛特在康沃尔郡（Cornwall）度假的经历。8月5日的这一则日记记述了假期的最后一天，凯尔佛特对一个市场进行观察，记下了一个尤为有趣的细节：“人们拿着康吉鳗四处奔忙”。

这两天都去游泳了……在尚克林（Shanklin），人们习惯穿内裤游泳，所以我也不得不适应这种令人讨厌的风俗。如果女性不愿意看到男性赤身裸体，她们为何不转移视线呢？今天穿的内裤老是往下掉。波涛汹涌，打落了内裤，把它扯到了脚踝的位置，束缚了双脚。大浪席卷而来，将我扑倒在地，却又忽然退去，只留下我赤身躺在卵石海滩上。我站了起来，血流如注。之后，我脱掉了那条既危险又该死的破裤子。当然，我从水里走出来时，也有女性目不转睛地盯着看。

凯尔佛特的日记，1874年6月12日

艺术家的信

1872—1890年 ■纸上笔墨 ■约800封信 ■荷兰人

文森特·梵高：艺术家

梵高的信件如日记般记叙了这位当代杰出艺术家的思想和品格，引人入胜。800多封信保存至今，有助于读者深入了解梵高的日常生活、他与病魔斗争以及他的创作历程。信里满是他正在创作的画作草图，以及相对应的灵感来源。

1853年，梵高出生于荷兰乡村赫罗特津德尔特（Groot Zundert）的牧师家庭。在尝试成为艺术品经销商、老师和世俗布道者（lay preacher）而未果后，梵高走投无路，只能进入艺术领域。1880年左右，梵高住在荒凉的比利时煤矿区博里纳日（Borinage）。他极为同情穷人遭受的苦难，开始以他们为对象进行绘画。他的命运从此出现了决定性变化。

梵高主要靠自学，起初专注于描绘农民生活。1882年，梵高开始使用油彩，但直到1886年移居巴黎前，他的画作仍然较为阴郁。梵高的创作在巴黎经历了蜕变。他发现了印象派，画作色彩也大为明亮。1888年，梵高移居至法国南部城市阿尔勒（Arles），此后，他的绘画色彩愈加浓烈。在阿尔勒，梵高的艺术禀赋全面绽放。他像着了魔一样，在接下来的18个月里创作了200多幅画作，包括多幅举世闻名的杰作。

梵高希望能和其他画家一道在阿尔勒创设艺术家聚居区，但他的梦想很快就破灭了。在梵高弟弟提奥（Theo）资金支持的诱惑下，保罗·高更来到阿尔勒，但到头来却是灾难一场。激烈争吵后，高更逃跑了。绝望中，梵高割下了部分左耳，交给了当地妓女。梵高的伤口很快就愈合了，他再次以猛烈之势创作。然而精神创伤却未弥合。在阿尔勒危机爆发后不到2年的时候，1890年，梵高自尽。

▶弟弟提奥

梵高的信件大都写给弟弟提奥（1857—1891年）。终其一生，梵高都仰仗着提奥的坚定支持。提奥为梵高支付油彩费和生活费，并通过自己作为艺术品经销商的身份，将梵高介绍给了印象派画家。

◀阿尔勒的医院

精神崩溃后，梵高在阿尔勒入院休养，并再次开始绘画。一般认为，梵高的病因是癫痫、精神分裂和酒精中毒，过度劳累和压力又让病情雪上加霜。梵高悲哀地意识到，自己将不得不孤军奋战：“我不敢邀请其他画家来这里……他们可能会失去理智。”

> “在这里，每个人要么发烧，要么出现幻觉，要么精神失常。我们像家人一样和睦相处。”

从阿尔勒的医院写给提奥的信，1889年2月3日

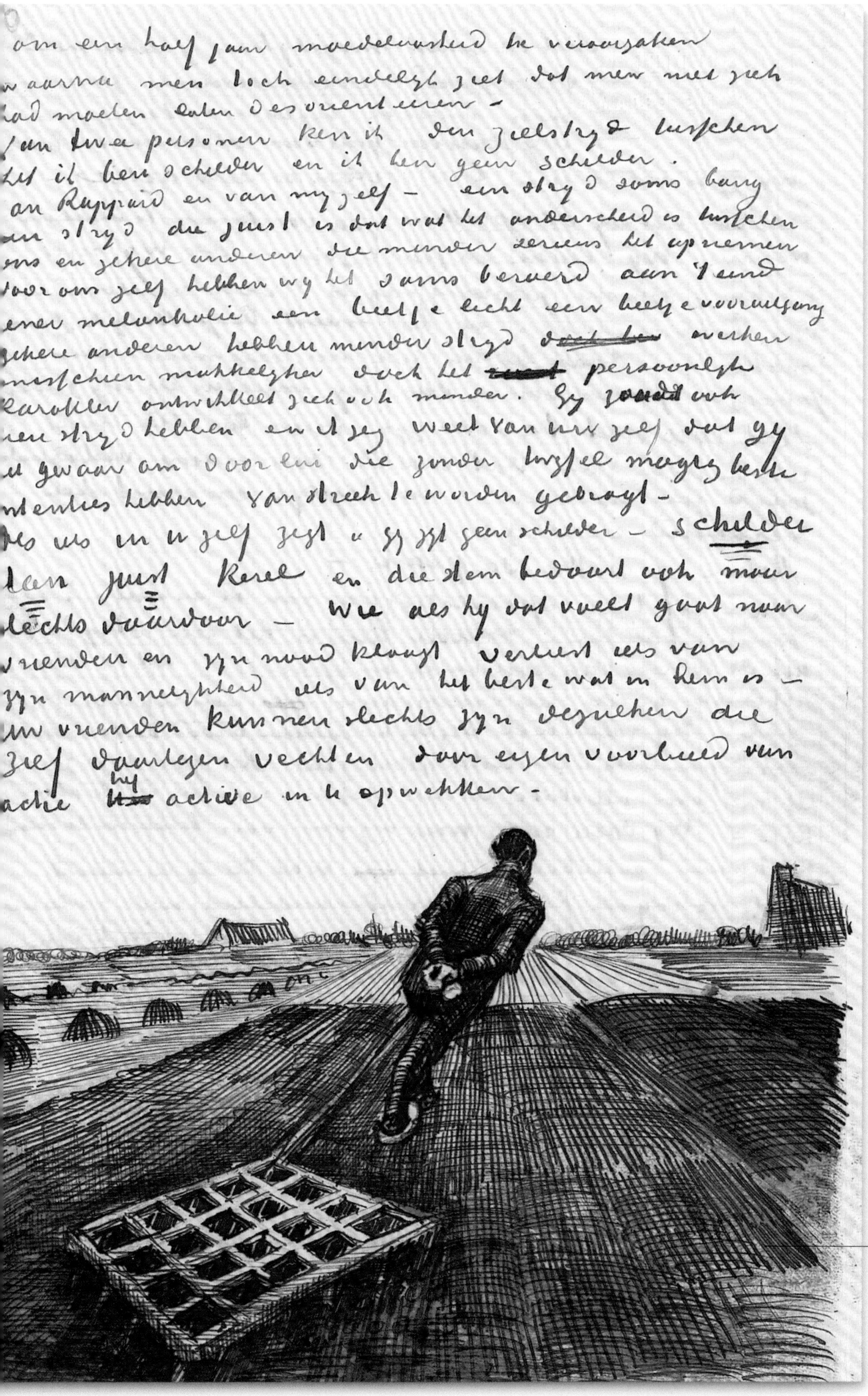

om een half jaar modelwerk te veroorzaken
waarna men toch eindelijk ziet dat men niet zoo
had moeten laten desorienteeren –
Van twee personen ken ik den zelfstrijd tusschen
'ik ben schilder' en 'ik ben geen schilder'.
Van Rappard en van mij zelf – een strijd soms bang
een strijd die juist is dat wat het onderscheid is tusschen
ons en zekere anderen die minder ernstig het opnemen
Voor ons zelf hebben wij het soms benaauwd aan 't end
eener melankolie een beetje licht een beetje vooruitgang
zekere anderen hebben minder strijd doch werken
misschien makkelijker doch het ~~...~~ persoonlijk
karakter ontwikkelt zich ook minder. Gij ~~zoudt~~ ook
een strijd hebben en 't zeg weet van uw zelf dat gij
u gewaar om door lui die zonder twijfel mogelijk beste
intenties hebben van streek te worden gebragt –
Als ge in u zelf zegt 'gij zijt geen schilder' – schilder
dan juist kerel en die stem bedaart ook maar
slechts daardoor – wie als hij dat voelt gaat naar
vrienden en zijn nood klaagt verliest iets van
zijn mannelijkheid iets van het beste wat in hem is –
uw vrienden kunnen slechts zijn degenen die
zelf daartegen vechten door eigen voorbeeld van
actie het actieve in u opwekken –

犁过地后，农场工人正在耙地松土。通常用马拉耙。

◀来自荷兰

1883年10月，当梵高在荷兰农村地区停留，描绘劳作的农民时，他将此信寄给了弟弟。他表示自己决心在绘画上取得成功，还用一幅画来强调自己的观点：“要做事，就要满怀信心……就像下方图中那人一样……自己的耙自己拖。”

简而言之，正因为我没有任何，任何，任何其他方式来偿付开支，所以我觉得自己渴求创作，已经到了精神崩溃、精疲力竭的地步。如果画卖不出去，我就无能为力了。但总有一天，人们将意识到，这些画的价值超过了颜料成本和基本的生活开销，况且这些开支本身已经低得可怜……但我亲爱的弟弟，我已经债台高筑，等偿清债务时……创作的艰辛将……夺去我的全部生命。如此这般，我也不觉得自己曾在这世上走过一遭了。

致提奥，1888年10月25日前后

细节信息

梵高的信件非同寻常，充分记录了其卓越的创造力以及所遭受的苦难。梵高一生大多漂泊不定，形单影只。他时常搬家，无法维系恋情。梵高还倾向于走极端。出于对穷人的同情，梵高开始捐出自己所有财物，因而丢掉了世俗布道者的工作。同样地，在阿尔勒绘画时，梵高每天都在户外高温环境下长时间创作，影响了身体健康。

历经风风雨雨，梵高的信件形成了一条与亲友维系关系的生命线。其中，写给提奥的信最为重要。这些信大多很长，表意清晰，充满深思熟虑。可惜梵高没有保留弟弟的来信，因而基本只有去信。但很显然，提奥在精神和经济上支持着梵高，为他加油打气。没有提奥的帮助，梵高便难以投入艺术创作。当然，梵高也认可弟弟的贡献，并在1889年4月30日的一封信中评述道："如果没有你的友谊，我会堕落到选择自杀，且毫无悔恨之心。"

▲在阿尔勒的卧室

在高更到来之前，梵高已经独自在阿尔勒呆了几个月，渴望有另一位画家的陪伴。梵高对房屋进行了简单的装饰，希望修饰风格既令人放松，又有助于绘画。这幅画的风格取自日本版画，轮廓突出、色彩单一。

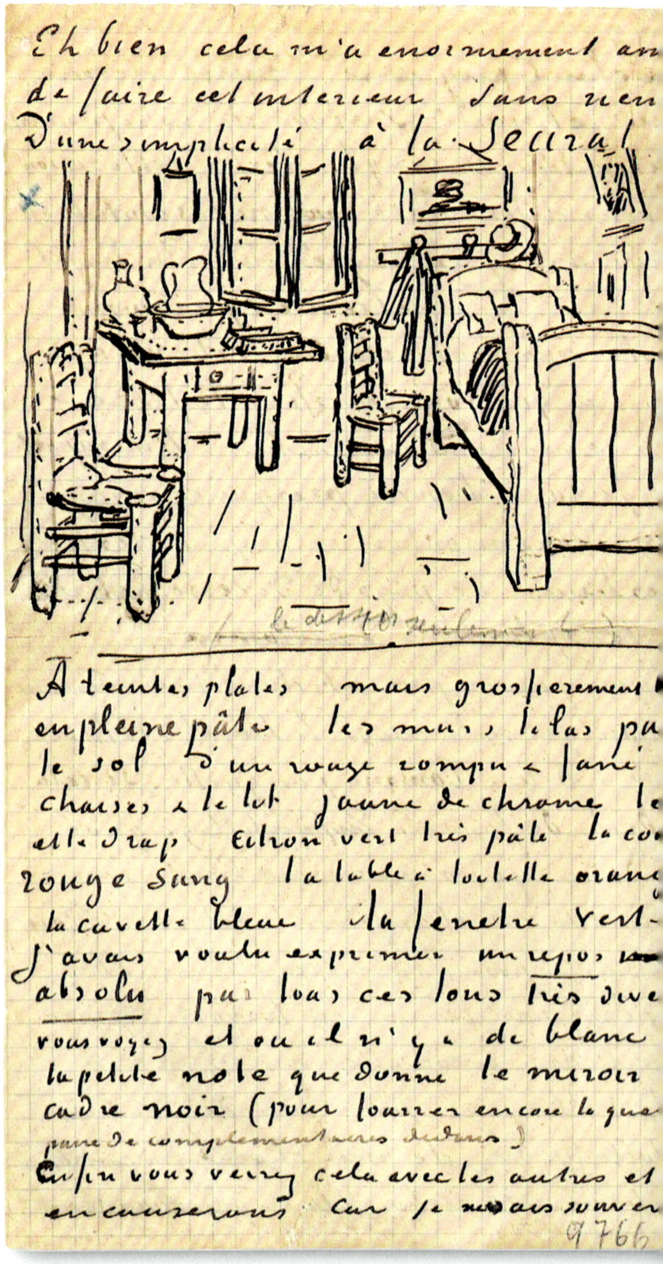

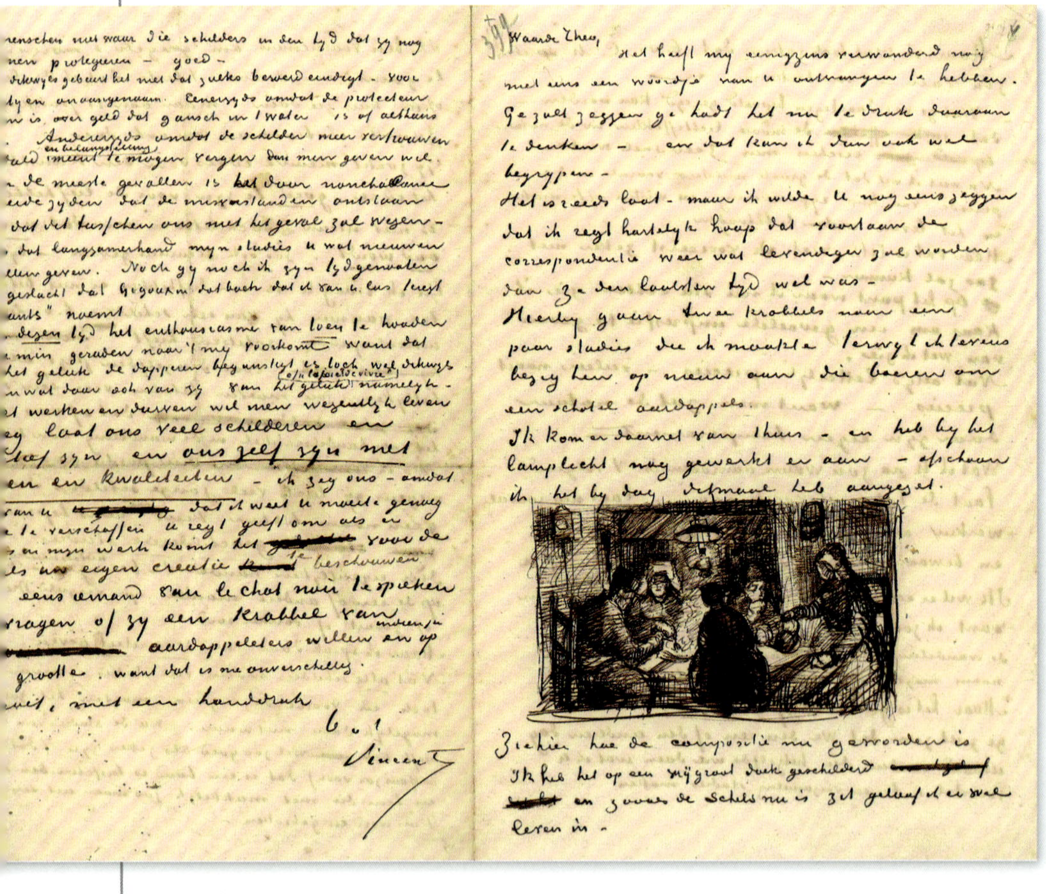

▲致提奥的信

1885年4月的这封信体现了梵高情绪昂扬。他附上了《吃土豆的人》（*The Potato Eaters*）的草图。《吃土豆的人》是他早期在荷兰的一大杰作。他觉得这是一幅"真实的农民画"，展现了人们享用着自己亲手从土壤中辛苦挖出来的食物。

> “简而言之，看画应该能放松心智，或者说放松想象力。”

致提奥，1888年10月16日，谈及《在阿尔勒的卧室》（*The Bedroom at Arles*）

I heard Rodin had a beautiful
head at the Salon.
I have been to the seaside for a
week and very likely am going thither
again soon. - Flat shore
sands - fine figures there
like Cimabue - straight stylish.
Am working at a Sower:
The great field all violet. The sky & sun very
yellow. It is a hard subject to treat.
Please remember me very kindly to
Mrs Russell - and in thought I heartily
shake hands.
Yours very truly
Vincent

这幅画的后期版本中，夕阳更加凸显，令播种者相形见绌。

梵高想用的具体颜色是：田野用紫色，太阳和天空用黄色。

▲《播种者》

这幅画源自1888年6月梵高写给澳大利亚艺术家约翰·彼得·罗素（John Peter Russell）的一封英文信。此时，梵高在与高更发生冲突前后已经画了数种版本的《播种者》（*The Sower*）。这一主题强烈地吸引着梵高。这是一幅描绘农民的图画，但也有《圣经》方面的寓意。在后期版本中，太阳画得很大，在整个场景中占主要位置。

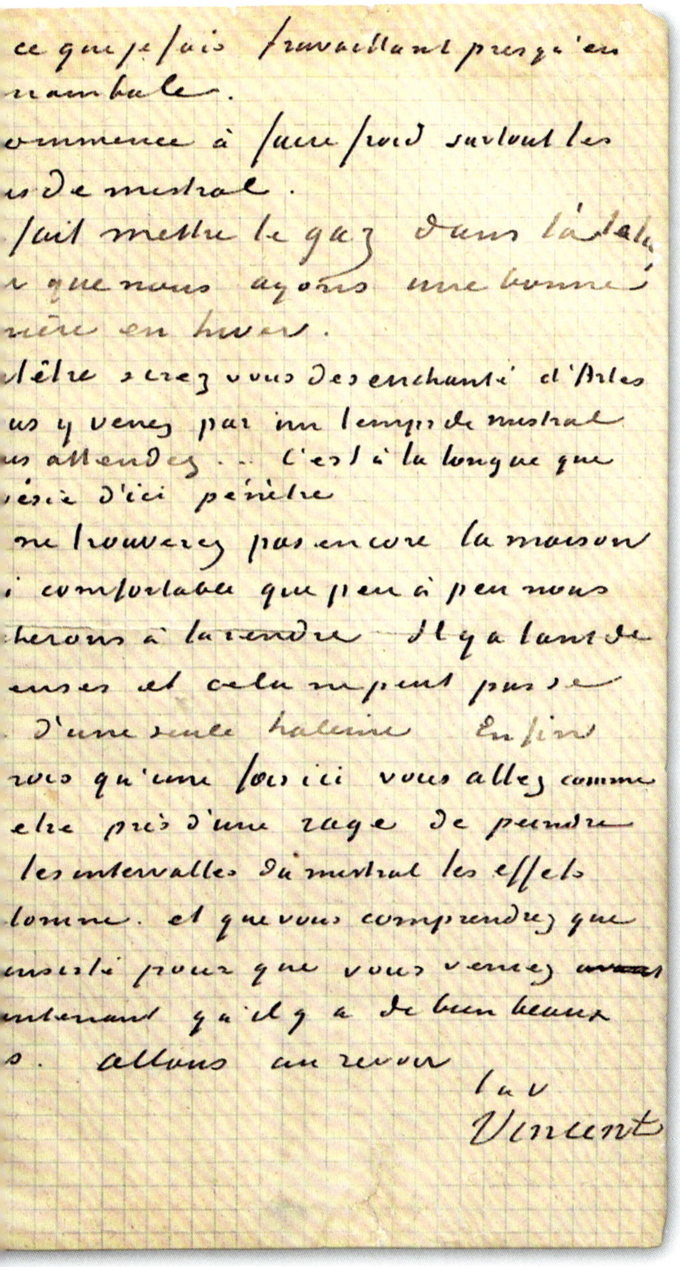
ce que je fais travaillant presqu'en
nambule.
ommence à faire froid surtout les
s de mistral.
fait mettre le gaz dans l'atel
que nous ayons une bonne
ière en hiver.
-être serez vous desenchanté d'Arles
us y venez par un temps de mistral
is attendez.. C'est à la longue que
ésie d'ici pénètre
ne trouverez pas encore la maison
i confortable que peu à peu nous
cherons à la rendre. Il y a tant de
enses et cela ne peut pas se
d'une seule haleine. Enfin
rois qu'une fois ici vous allez comme
être pris d'une rage de peindre
les intervalles du mistral les effets
tomne. et que vous comprendrez que
insisté pour que vous veniez
intenant qu'il y a de bien beaux
s. allons au revoir
t à v
Vincent

◀欢迎信

梵高的这封信写于1888年10月17日，此时距离高更抵达阿尔勒只有数日之遥。这是一封充满希望的信。高更此前一直借故拖延，现在终于上路了。梵高竭尽让高更感到宾至如归。为了体现他把家里装扮得多漂亮，梵高还在信中附上草图，并补充道：“我敢肯定，一到这里，你就会像我一样拼命作画。”

《雷乌斯手稿》

1873—1879年 ■纸上笔墨 ■西班牙人

安东尼·高迪：建筑师

20世纪建筑大师高迪极具创见性，他设计的宅第、公园和教堂既独树一帜、优美动人，又异乎寻常。历史学家一直热衷于研究高迪，渴望了解为何他的想象力这般丰富。遗憾的是，相关原始资料极为有限。西班牙内战期间，巴塞罗那圣家堂（Sagrada Família）的高迪办公室遭受劫掠，大部分记录都被损毁。所幸高迪学生时期的笔记《雷乌斯手稿》（*The Manuscript of Reus*）已提前转移至安全场所，不过此后被世人遗忘，直到20世纪60年代才被传记作家塞萨尔·马丁内尔（César Martinell）重新发现。

权威人士称《雷乌斯手稿》是“一套精美的高迪手写笔记，反映了高迪年少求学时的个性，体现了他充满活力，渴望征服建筑设计界”。但是，高迪绝非寻常学生。因为家庭并不宽裕，所以高迪在多项建筑业务中担任助理，为自己赚取学费。因此他年纪轻轻便阅历甚广。《雷乌斯手稿》中，图纸类型各异，包括太阳钟、手套工匠的展示柜、天使像、医院平面图和圣物箱，足以说明高迪经验之丰富。

在《雷乌斯手稿》中，尽管高迪还未形成独树一帜的写作风格，但他的文字依然有趣。书中最重要的部分以装饰、基督教堂和住宅为主题。高迪喜好特殊装饰，形成了其后期作品的一大特征。高迪信奉天主教，因此有人正式提议为高迪举办宣福仪式（beatification）。高迪革新了民居建筑设计，因而成为加泰罗尼亚复兴（Catalan Resurgence）的先锋人物。在高迪的一生中，巴塞罗那经历了巨变，城市人口翻了两番，城市规模也有所增长，达到了现代都市的水平。高迪的杰作为巴塞罗那赋予了独特的个性，象征着人们对加泰罗尼亚文化、身份和民族主义抱负重拾信心。

职业建筑师

高迪是西班牙最伟大、最具创造力的建筑师。他有多达7件作品被列入联合国教科文组织世界遗产名录。高迪出生于塔拉戈纳（Tarragona）地区的雷乌斯市，在巴塞罗那接受培训，几乎整个职业生涯也都在巴塞罗那度过。高迪是倡导加泰罗尼亚现代主义（Modernisme，相当于西班牙版的新工艺美术派）的最强音。高迪受哥特式和摩尔式风格影响，但也从自然界汲取灵感。高迪设计的建筑物表面大多看起来或起伏不平，或模仿植物生长形态。高迪喜欢色彩缤纷的异域装饰，经常使用陶瓷碎片。他还是虔诚的天主教徒，投入多年心血建设建筑杰作圣家堂。

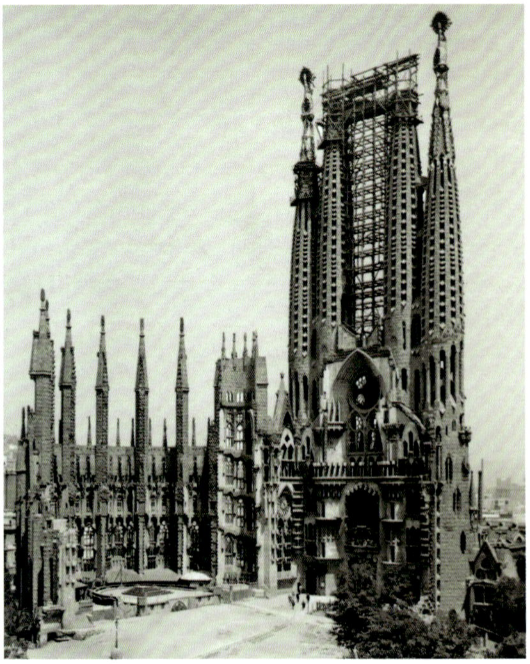

▶**圣家族大教堂**是高迪最出名的作品，但他始终未能完成这个激进的哥特式幻想作品。

住宅就是家庭的小天地……独立的家庭拥有独立住宅，而非将房屋出租。住宅即是祖国，出租屋则是移居之地。这就是为何房屋本身就承载着所有人的梦想……在我们的设想中，住宅有两大目标：一是卫生干净，居住者能茁壮成长；二是具有艺术性，尽可能赋予居住者正直的品格。

摘自《雷乌斯手稿》的《宅第》（*The Manor House*）部分

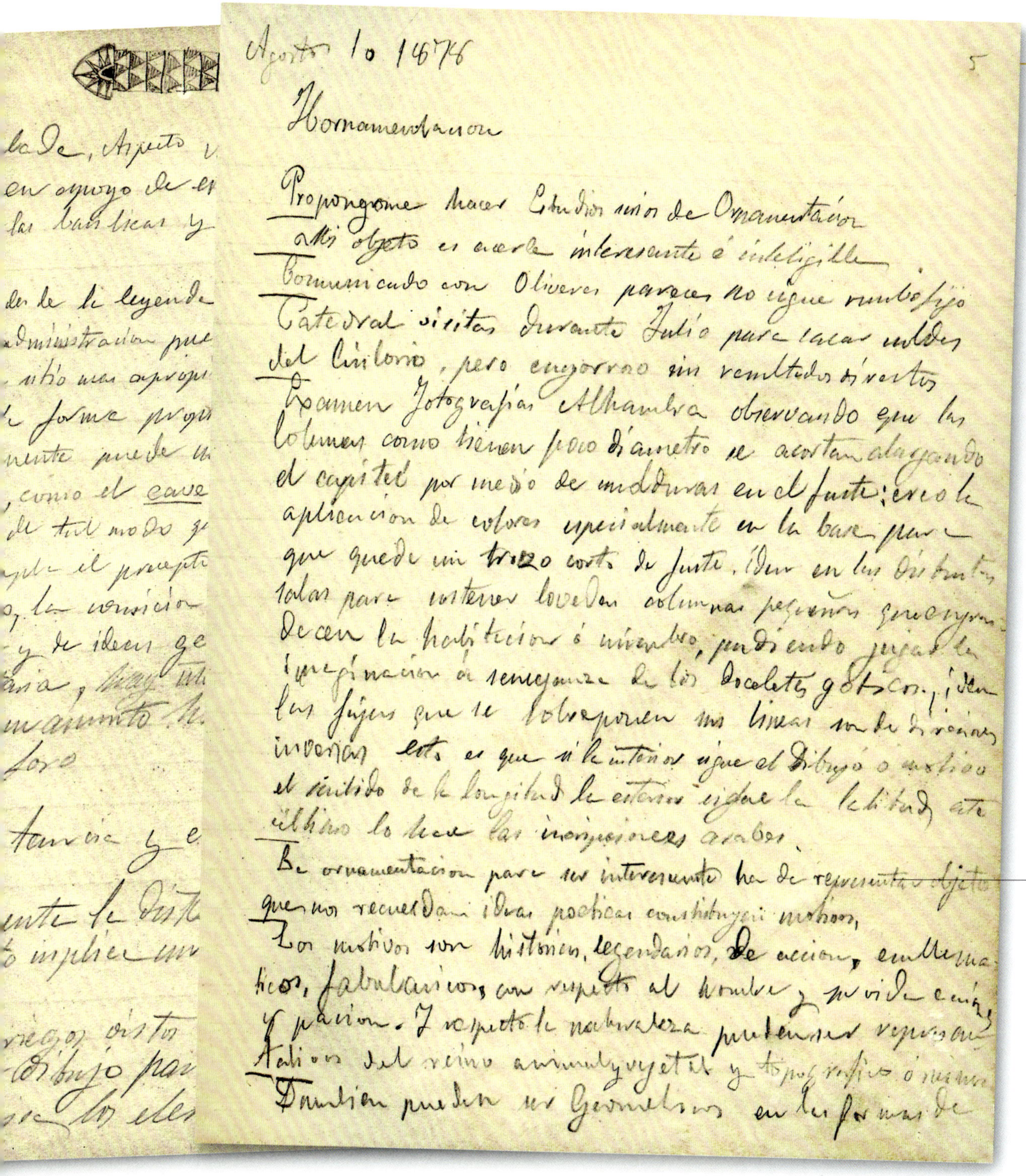

◀ 笔记本

《雷乌斯手稿》本质上是高迪的学生日记，包含高迪的课程作业细节和他对建筑的初步想法，还囊括诸多方案、图纸和草图。1873年至1879年之间的这些笔记被高迪放在同一个文件夹中，涵盖了高迪的求学时期以及他全职工作的第一年。

在这一页日期为1878年8月10日的日记中，高迪阐述了他对装饰方面的看法。

◀ 高迪的项目

高迪在学生时期完成了各类任务，不仅有观赏性喷泉和皇家码头，甚至还有墓地大门。高迪在期末考试里展示了这幅大学礼堂设计图。高迪结合了古典穹顶和早期基督教回廊的特点，融汇了穆德哈尔（Mudéjar）和西班牙—摩尔（Hispano-Moresque）风格装饰，体现了他的多才多艺。

社会改革者的工作

1873—1943年 ■纸上笔墨 ■57本笔记 ■英国人

比阿特丽斯·韦布：社会学家

社会学家、经济学家、著名改革家比阿特丽斯·韦布（Beatrice Webb，1858—1943年）在英国社会主义史中有着举足轻重的地位。她与丈夫悉尼（Sidney）结婚50年来琴瑟和鸣，两人几乎终生并肩奋斗。韦布是伦敦政治经济学院（London School of Economics and Political Science）的创始人之一，她在20世纪初的研究和著作为数十年后引入英国的社会福利制度奠定了基础。

韦布的日记卷帙浩繁，从个人生活视角出发，记录了她所从事的这些活动。韦布的日记也描述了她与温斯顿·丘吉尔和拉姆齐·麦克唐纳（Ramsay MacDonald）等政治家的友谊，以及她与H.G.威尔斯（H.G. Wells）、萧伯纳、伦纳德（Leonard）和弗吉尼亚·伍尔夫（Virginia Woolf）等作家的友谊。多则日记谈及韦布夫妇为推进社会主义和社会研究所做的工作，包括为伦敦政治经济学院筹款，以及她写的书籍和文章。这些出版作品中，有些是她与悉尼合写，有些则由她独自撰写，涵盖了合作社运动和英国穷人待遇等主题。

韦布还在日记中记录了20世纪的动荡——两次世界大战以及重大社会和政治变革。日记清晰易懂、生动活泼，有时甚至带有讽刺意味。日记按照时间顺序记录了韦布的忙碌生活和不断变化的局势，体现了作者对人物和政局的准确评判，入木三分。韦布有着巨大影响力，但她偶尔也会怀疑自己的能力，这种品质有助于她在日记写作中更具同情心。韦布将日记作为素材，用于自传《我的学徒期》（*My Apprenticeship*）的第一卷。韦布在世时，并未继续出版其他卷，因此最能充分记录韦布一生经历的作品，便是她的日记。

> “我们合作著书，是否相当于……我们共同生儿育女？”
>
> 比阿特丽斯·韦布的日记，1901年4月24日

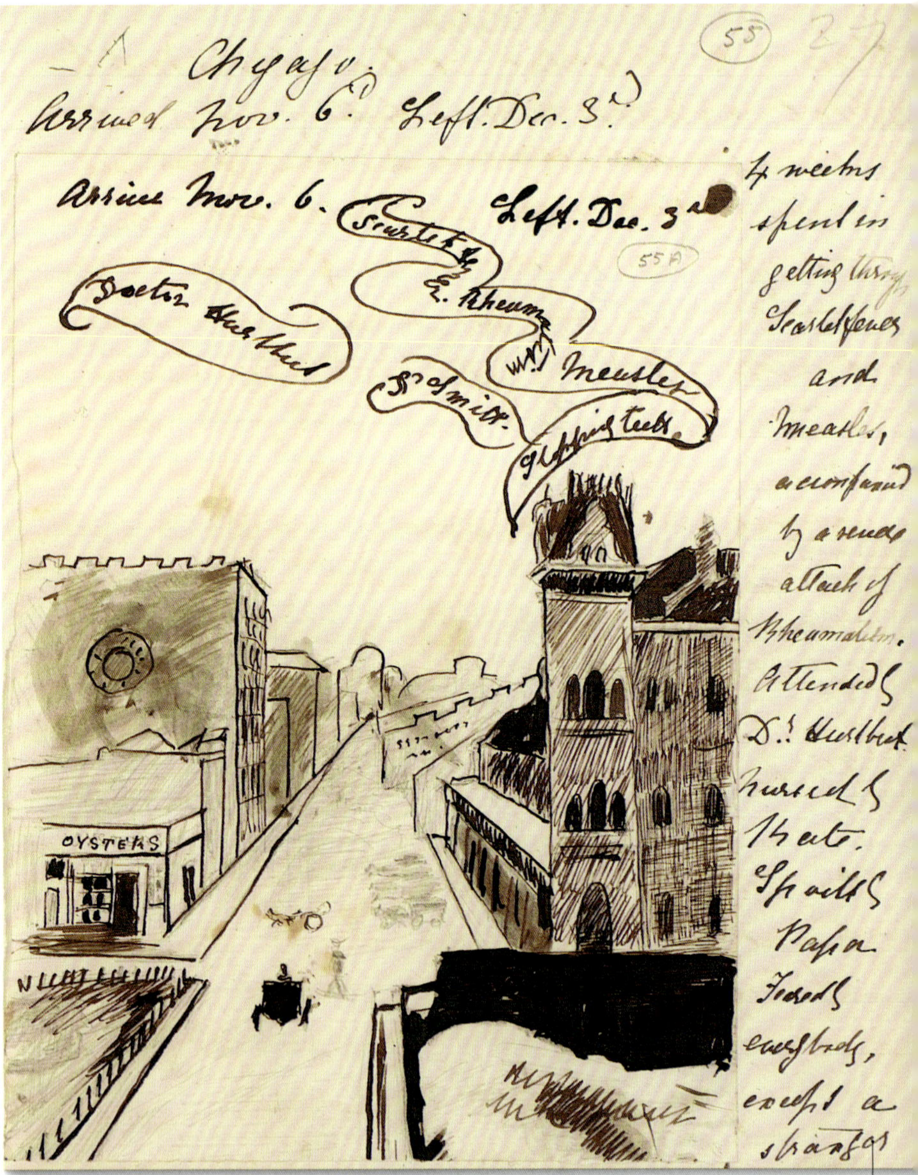

▲日记发端

比阿特丽斯15岁时，她的父亲，商人理查德·波特（Richard Potter）带她去了美国。她探访了纽约和芝加哥，看到了尼亚加拉大瀑布。旅途中，她开始写日记，还画了这一幅芝加哥街景。此后，比阿特丽斯一直保持着写日记的习惯。

比阿特丽斯在忙碌之余抽空写日记，因此写得很匆忙，字迹难以辨认。

有时候，我跟悉尼都觉得生活幸福而快乐，仅凭工作难以报答。能够按照自身意愿，选择自己认为有益的事业，并且能跟志同道合者相亲相爱，共同投身其中，也可谓是一大奢侈之事了吧。我们投入精力，建立一门社会科学，是否是明智之举？我们为自己设定的科研工作量，是否是量力而行？答案将在10年后见分晓。

比阿特丽斯·韦布的日记，1900年9月25日

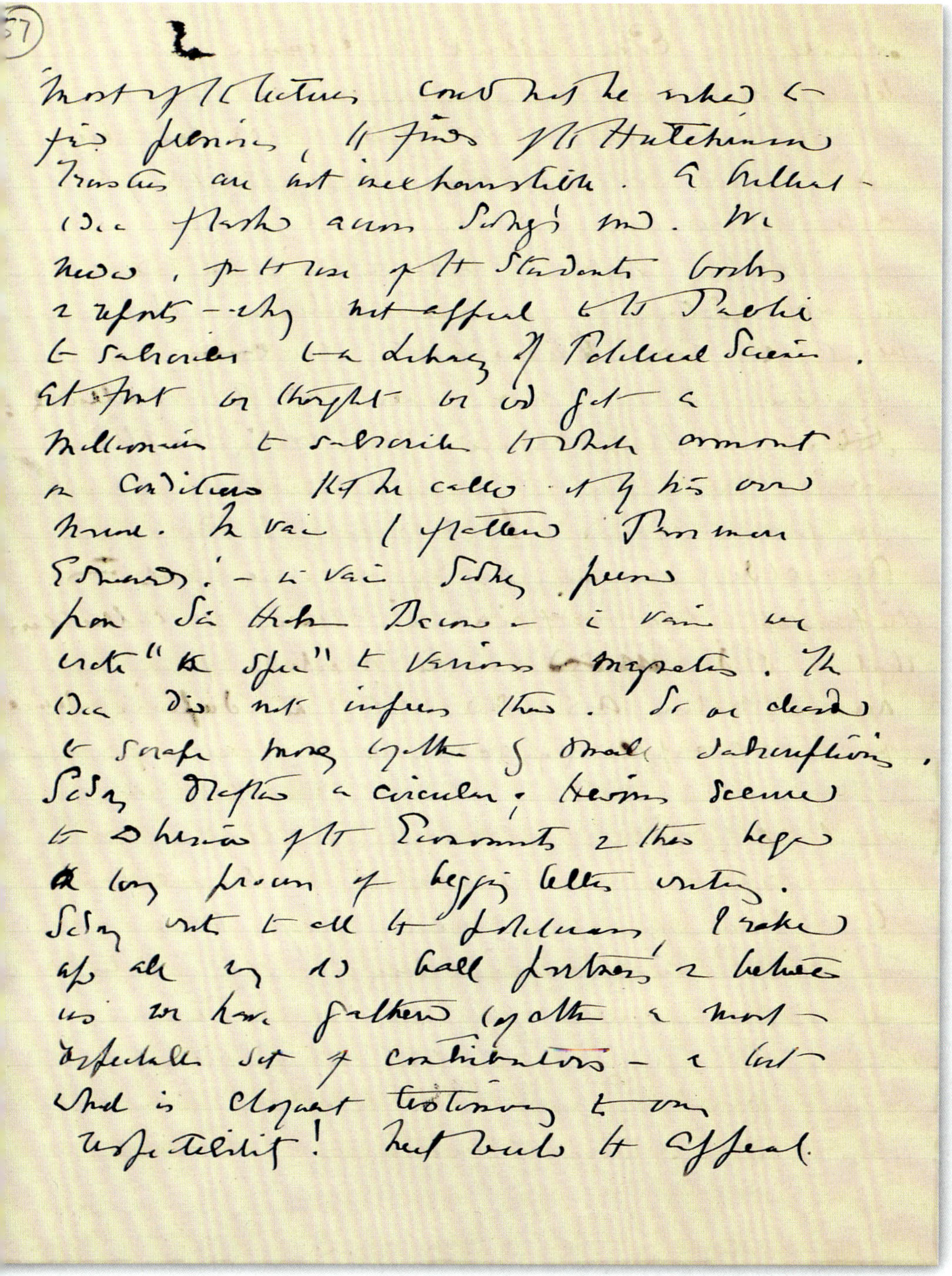

▲将设想变为现实

日期为1896年3月26日的这一页日记中，韦伯描述了“悉尼心中突然闪过”为伦敦政治经济学院设立政治学图书馆的想法。她随后解释道，在通过多个渠道募资未果后，他们只能呼吁公众出资筹建图书馆。他们的努力没有白费，成功地助力伦敦政治经济学院发展成为领先的政治学研究中心。

背景信息

▲费边社会主义

比阿特丽斯·韦布是费边社（Fabian Society）的领军人物。该社会主义组织致力于推行社会改革，例如全民医疗保健制度和最低工资。费边主义者认为，要实现社会变革，不能诉诸革命，而应通过渐进的方式。这一观点影响了英国左翼政治思想。

▲伦敦政治经济学院

1895年，英国第一所提供社会科学学位的大学——伦敦政治经济学院成立。帕斯莫尔·爱德华兹大厅（Passmore Edwards Hall）是学院为特定用途而建立的首栋建筑。比阿特丽斯将创办伦敦政治经济学院的想法归功于悉尼，因为他设想成立一个“协会，从而指导并辅助学生开展原创性研究”。

捕鲸日记

1880年 ■纸上笔墨 ■2卷 ■英国人

阿瑟·柯南·道尔：作家

阿瑟·柯南·道尔（Arthur Conan Doyle，1859—1930年）因塑造了福尔摩斯这一侦探形象而闻名于世。起初，他在家乡爱丁堡接受医学培训。1880年，还是青年医学生的柯南·道尔获邀作为捕鲸船“希望”号（The SS Hope）的随船外科医生前往北极。在此次为期6个月的旅途中，他写日记记录了旅行经历、船上的日常生活、北极风景以及可怕而危险的捕鲸工作。

日记细节丰富，描述了年轻的柯南·道尔履行职责，救治落水人员、医治冻伤患者、照顾垂死船员。柯南·道尔还记述了自己的海上作业经历，例如冒着严寒猎捕海豹，结果三番两次跌入冰冷刺骨的海里。他记录了自己应对苦寒之策，那便是回船后紧贴炉边。他虽然热衷狩猎，但却不忍杀生。柯南·道尔记下了自己看到的海豹、鲸鱼和各种鸟类，生动地描述了他的周边环境，并用船舶、水手、鸟类和动物的诙谐素描和绘画作为日记插图。

柯南·道尔并未出版日记，而是将其作为素材，用于多篇事实性文章中。柯南·道尔的一些短篇小说，例如《“北极星”号船长》（*The Captain of the Pole-Star*），也是取材自他旅途中所发生的事件。柯南·道尔显然极为重视这本日记，将其珍藏一生。

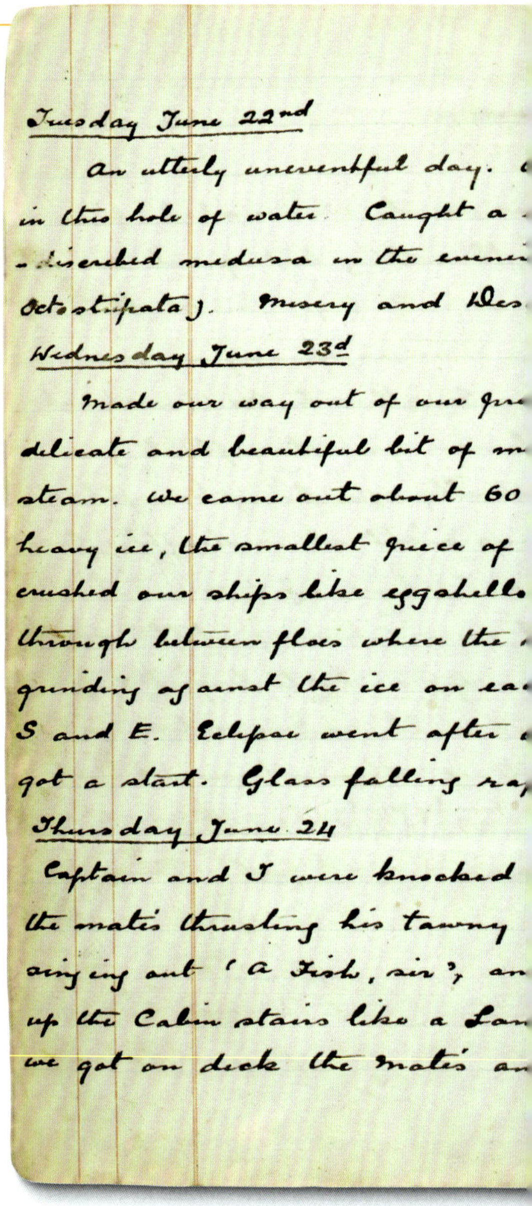

Tuesday June 22nd
An utterly uneventful day.
in this hole of water. Caught a
-described medusa in the evening
Octostipata). Misery and Des
Wednesday June 23d
Made our way out of our
delicate and beautiful bit of
steam. We came out about 60
heavy ice, the smallest piece of
crushed our ships like eggshells
through between floes where the
grinding against the ice on ea
S and E. Eclipse went after
got a start. Glass falling ra
Thursday June 24
Captain and I were knocked
the mate's thrashing his tawny
singing out 'a Fish, sir', an
up the Cabin stairs like a
we got on deck the mate's an

当我把头伸出舱口时，首先映入眼帘的是鲸鱼头冲出海面，在“堡垒”般的大冰块另一侧四处嬉戏。夜色正美，墨绿色水面上几无涟漪。船员们跳到小船上，值班人员看到他们的枪已经装好子弹，一切准备就绪，便将小船推下海面，于是这两艘长条形捕鲸船便依靠木腿似的船桨向远处缓慢驶去。

捕鲸日记（Whaling Diary），1880年6月26日

“我对鹰的看法是，”柯南·道尔在这只斑点鸟的下方写道，“鹰在幼年患过天花。”

这幅画描绘了周六晚上一脸沮丧的捕鲸者们，淋漓尽致地体现了柯南·道尔的冷幽默。

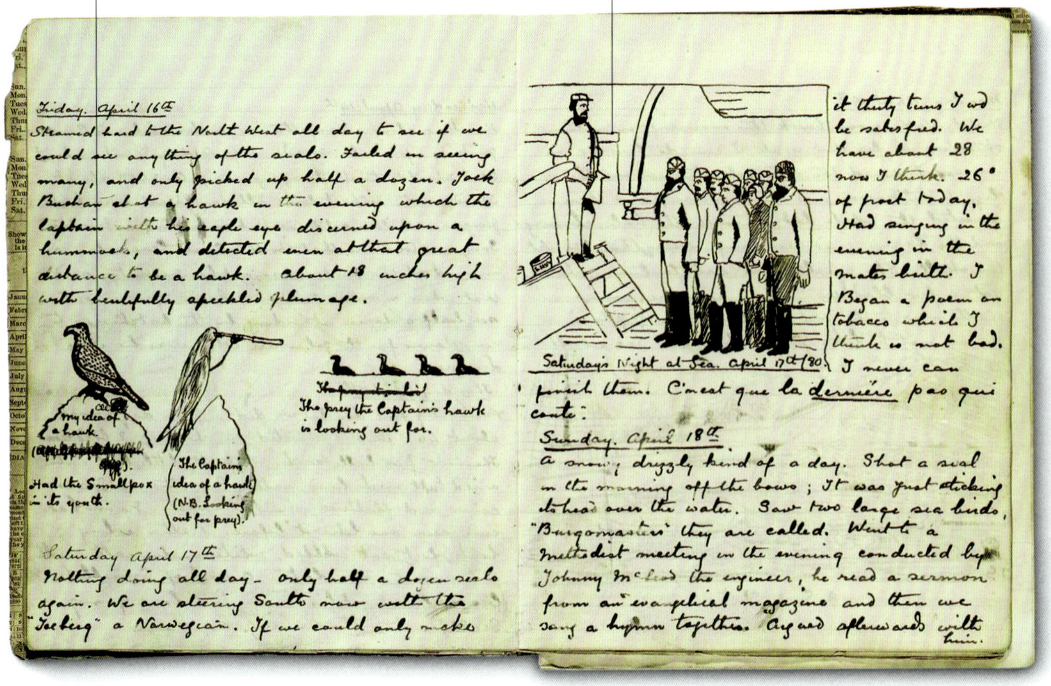

Friday April 16th
Steamed hard to the North West all day to see if we could see anything of the seals. Failed in seeing many, and only picked up half a dozen. Jack Buchan shot a hawk in the evening which the Captain with his eagle eye discerned upon a hummock, and detected even at that great distance to be a hawk. About 18 inches high with beautifully speckled plumage.

Saturday April 17th
Nothing doing all day – only half a dozen seals again. We are steering South now with the "Iceberg" a Norwegian. If we could only make

it thirty tuns I would be satisfied. We have about 28 now I think. 26° of frost today. Had singing in the evening in the mate's bunk. I Began a poem on tobacco which I think is not bad. I never can finish them. C'est que la dernière pas qui coute.

Sunday April 18th
A snowy drizzly kind of a day. Shot a seal in the morning off the bows; It was just sticking its head over the water. Saw two large sea birds "Burgomasters" they are called. Went to a Methodist meeting in the evening conducted by Johnny McLeod the engineer, he read a sermon from an evangelical magazine and then we sang a hymn together. Argued afterwards with him.

◀ 注意观察

“希望”号此行只捕获了2只鲸鱼和2400只海豹，并未产生丰厚的经济效益。4月17日，柯南·道尔写道：“终日无所事事”。他那滑稽的钢笔素描不仅对船员进行刻画，还描绘了一只靠望远镜搜寻海上猎物的“鹰”。

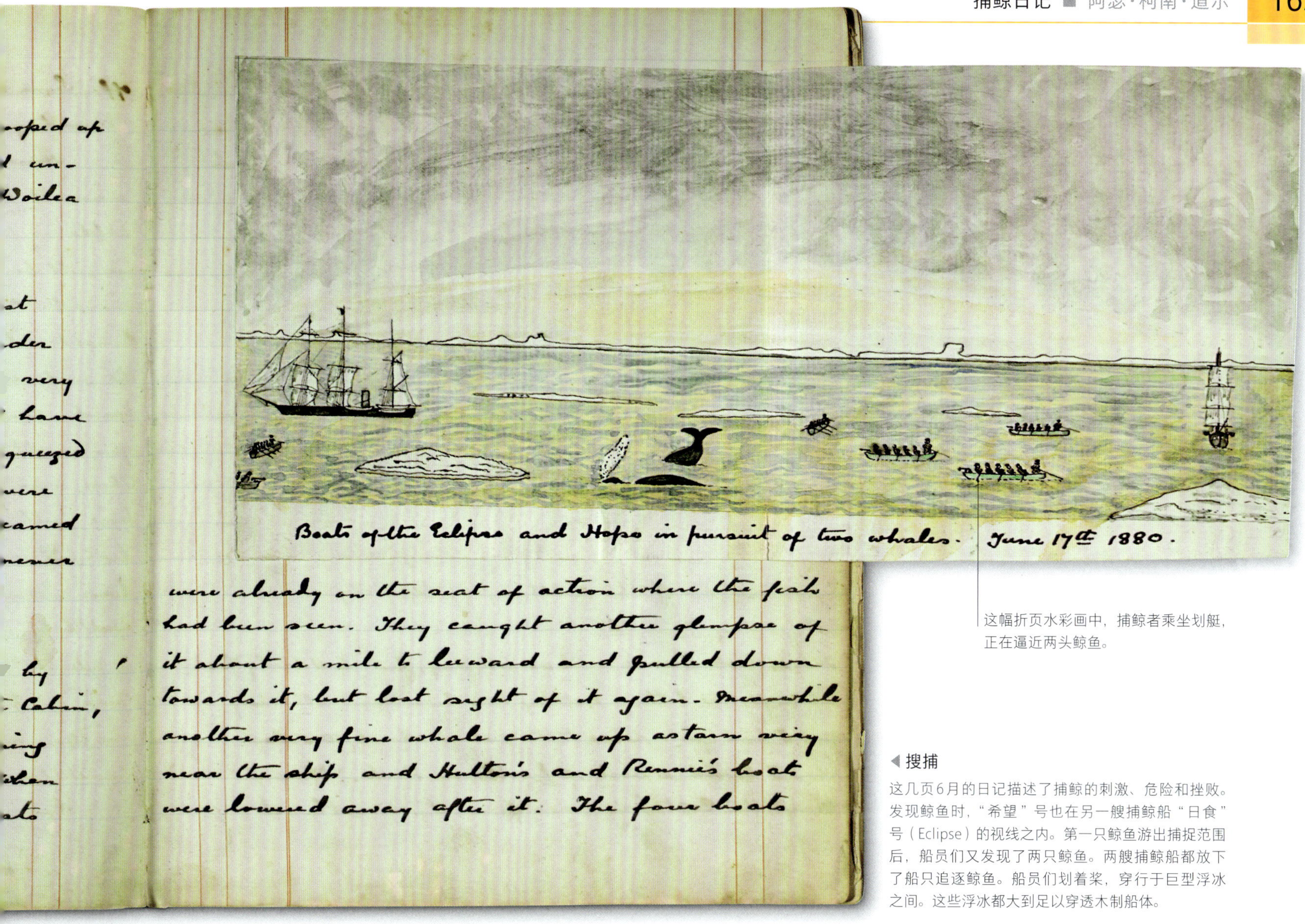

这幅折页水彩画中，捕鲸者乘坐划艇，正在逼近两头鲸鱼。

◀ 搜捕

这几页6月的日记描述了捕鲸的刺激、危险和挫败。发现鲸鱼时，“希望”号也在另一艘捕鲸船“日食”号（Eclipse）的视线之内。第一只鲸鱼游出捕捉范围后，船员们又发现了两只鲸鱼。两艘捕鲸船都放下了船只追逐鲸鱼。船员们划着桨，穿行于巨型浮冰之间。这些浮冰都大到足以穿透木制船体。

背景信息

▲ 捕鲸者的赏金

捕鲸是为了获取用以加固紧身胸衣的鲸骨，但最主要还是为了获取用以制作珍贵油产品的鲸脂。即便在各大捕鲸港口，例如“希望”号停靠的苏格兰彼得黑德港（Peterhead Port），巨大的鲸鱼也相当罕见。当庞大的鲸鱼尸体被带上岸时，人们都会目不转睛地盯着看。

◀ 夏洛克·福尔摩斯

阿瑟·柯南·道尔的小说《夏洛克·福尔摩斯》为他赢得了众多拥趸。小说主角侦探福尔摩斯破案能力过人，凭借细致入微的观察和秉持逻辑思维侦破疑难案件。柯南·道尔一共出版了56篇福尔摩斯短篇小说和4本福尔摩斯小说。时至今日，福尔摩斯这个形象在电影和电视剧中仍然大受欢迎。

学习写作

1881—1897年 ■纸上笔墨 ■英国人

比阿特丽克斯·波特：作家、插画家

作家比阿特丽克斯·波特（Beatrix Potter，1866—1943年）自14岁开始写日记，写了大约16年。早在出版《彼得兔的故事》（*The Tale of Peter Rabbit*）和《格鲁塞斯特的裁缝》（*The Tailor of Gloucester*）等著名的儿童读物之前，波特就停写日记了。她的日记体现了她在作家之路上的探索，日记主题既涉及家庭生活，也涵盖她对知名人士，例如艺术家约翰·埃弗里特·密莱司的印象。

波特在父母呵护下生活，大部分时间住在伦敦她出生的房子里。不过，夏天和初秋时，一家人也经常在湖区租房居住。在那里，波特散步、休憩、沉醉在大自然中，并对绘画和研究蘑菇产生了兴趣。后来她还以蘑菇为主题发表科研文章。日记中最为生动的语段，包括对她所访之处、所爱的湖区风光、乡间漫步以及动物的描述。她对所遇之人的观察也敏锐生动，尤其是当她描述自己偶然听到的事情时。

波特的日记是她的私人空间，她可以借此回顾过往经历，而无需忍受严母的微词。实际上，波特自一开始就为日记加密，因此她母亲根本就看不懂。她还通过日记磨练自己的写作技能。波特在日记里记述了她遇到的常怀有敌意的男性科学家——她还将时任英国皇家植物园邱园（Kew Gardens）主任称为“植物学教皇”。不过，在开始撰写科研文章后不久，她就没有继续写日记了。此后，甚至在波特去世后的很长一段时间里，日记都无人问津。

> “我敢说这幅米开朗琪罗的画丑陋不堪，画技很差。要不是出于好奇，我看都不会看一眼。”
>
> 比阿特丽克斯·波特的日记，1883年4月25日

◀ **父母和女儿**

波特的父亲鲁珀特（Rupert）和母亲海伦（Helen）继承了父辈通过运营纺织业赚取的财富，鲁珀特还是大律师，两人生活富足。他们和女儿一样，热爱自然和艺术，还鼓励儿女养宠物。因为家境优渥，鲁珀特和海伦有条件带着孩子们在乡下度长假。

▶ **密码**

基于简易的“字母替换”系统，波特为日记设定了密码。该系统用一个字母或符号替换另一个字母或符号。一旦用惯了密码，波特就写得飞快，因此她的笔迹难以辨认。研究波特的专家莱斯利·林德（Leslie Linder）花费数年时间才完成了日记解码。

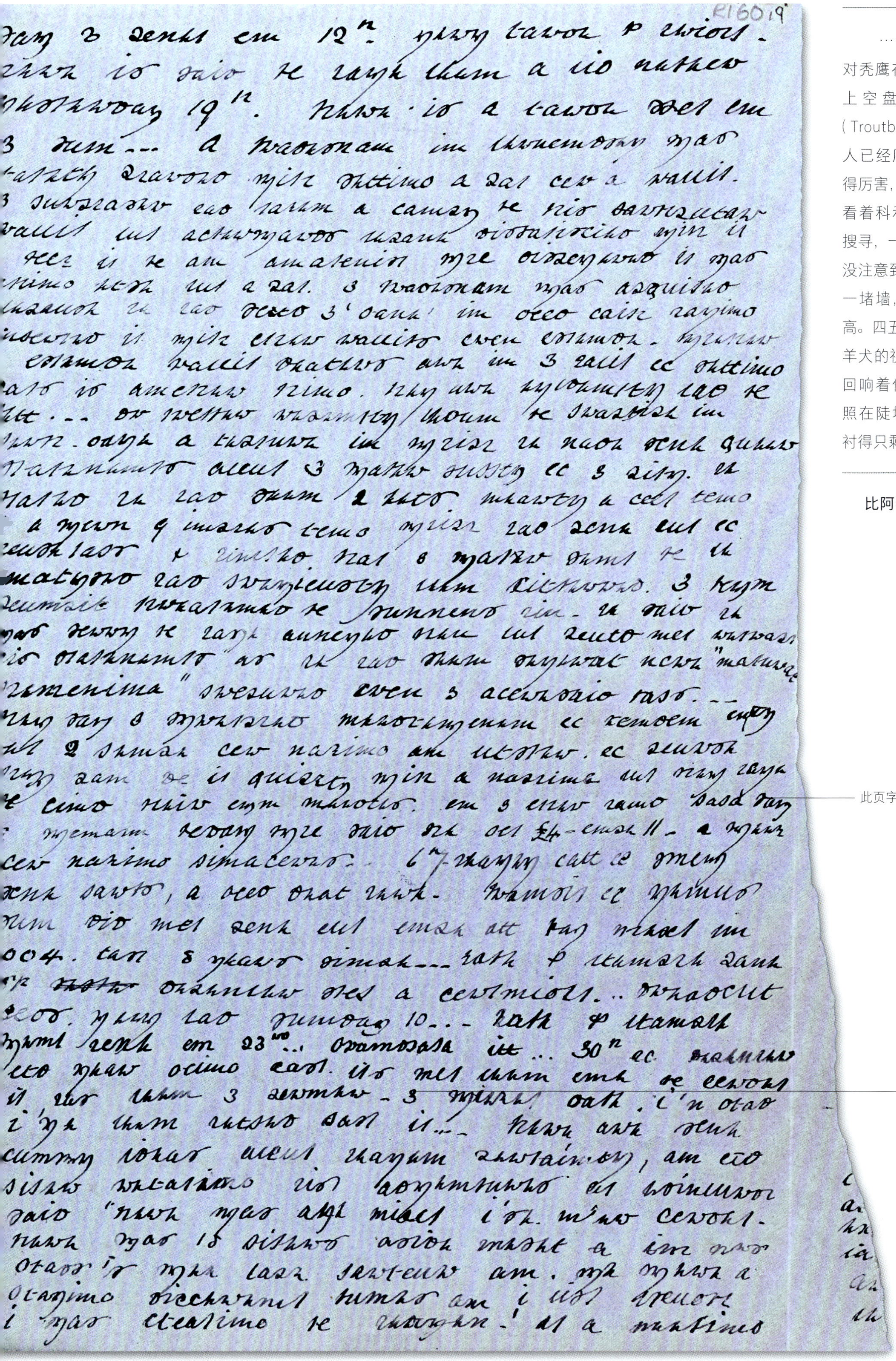

……我们很高兴地看到一对秃鹰在万斯费尔山（Wansfell）上空盘旋。在特劳特贝克村（Troutbeck）那一侧，一个老牧羊人已经爬到了半山腰。他的腰弯得厉害，拿着棍子打手势。他一边看着科利牧羊犬在石墙周围四处搜寻，一边从我们身旁走过，丝毫没注意到我们。在我们右手边，有一堵墙，至少三英尺（约0.9米）高。四五只羊跳了上去，进入了牧羊犬的视野盲区。于是，……山里回响着他的阵阵恶毒咒骂。斜阳照在陡坡上，将老牧羊人的身影衬得只剩一个小点。

比阿特丽克斯·波特的日记，1885年8月10日

此页字迹清晰，但还有多页字迹难辨。

波特使用数字“3”表示特指或表示“三”。

细节信息

波特的日记体现了她喜欢动物，着迷于动物行为。日记既谈及她见过的生物，也提及了她读过的动物故事。波特在家接受教育，父母为她聘请了多位家庭女教师和一位美术老师。有些老师鼓励她写作和绘画，波特也喜欢上了她们。写作和绘画逐渐成为了波特的拿手好戏，尽管她的拼写有时还略显古怪。她与一位家庭女教师安妮·穆尔（Annie Moore）及其儿子诺埃尔（Noel）常年保持联系。

除了观察英国乡村的野生动物，波特也留心观察自己养的宠物，包括一只老鼠和两只兔子。为了逗诺埃尔·穆尔开心，波特给他寄了以动物为主题的有趣且带插图的信件。有一封信围绕她的宠物兔子彼得展开。信一开始描述了彼得的习性以及波特尝试为它修剪过长的爪子。第二页却是兔子投掷雪球的画面，好像波特已经从现实世界跳到了虚构世界。这封信实际上表明了波特的成名作彼得兔系列的诞生。她寄给穆尔的孩子们的图画信也是《松鼠纳特金的故事》（*The Tale of Squirrel Nutkin*）和《格鲁塞斯特的裁缝》这两本书的底稿。

◀ **宠物与饲主**

波特养的第一只兔子，本杰明·蹦瑟（Benjamin Bouncer），常伴她左右。一家人带着它度假，波特给它系上长牵引绳，带着它散步。本杰明的继任者是彼得·派珀（Peter Piper），波特走到哪，它就跟到哪。波特常常画宠物，后来她为自己的书画插图时，这些素描就成为了插画底稿。

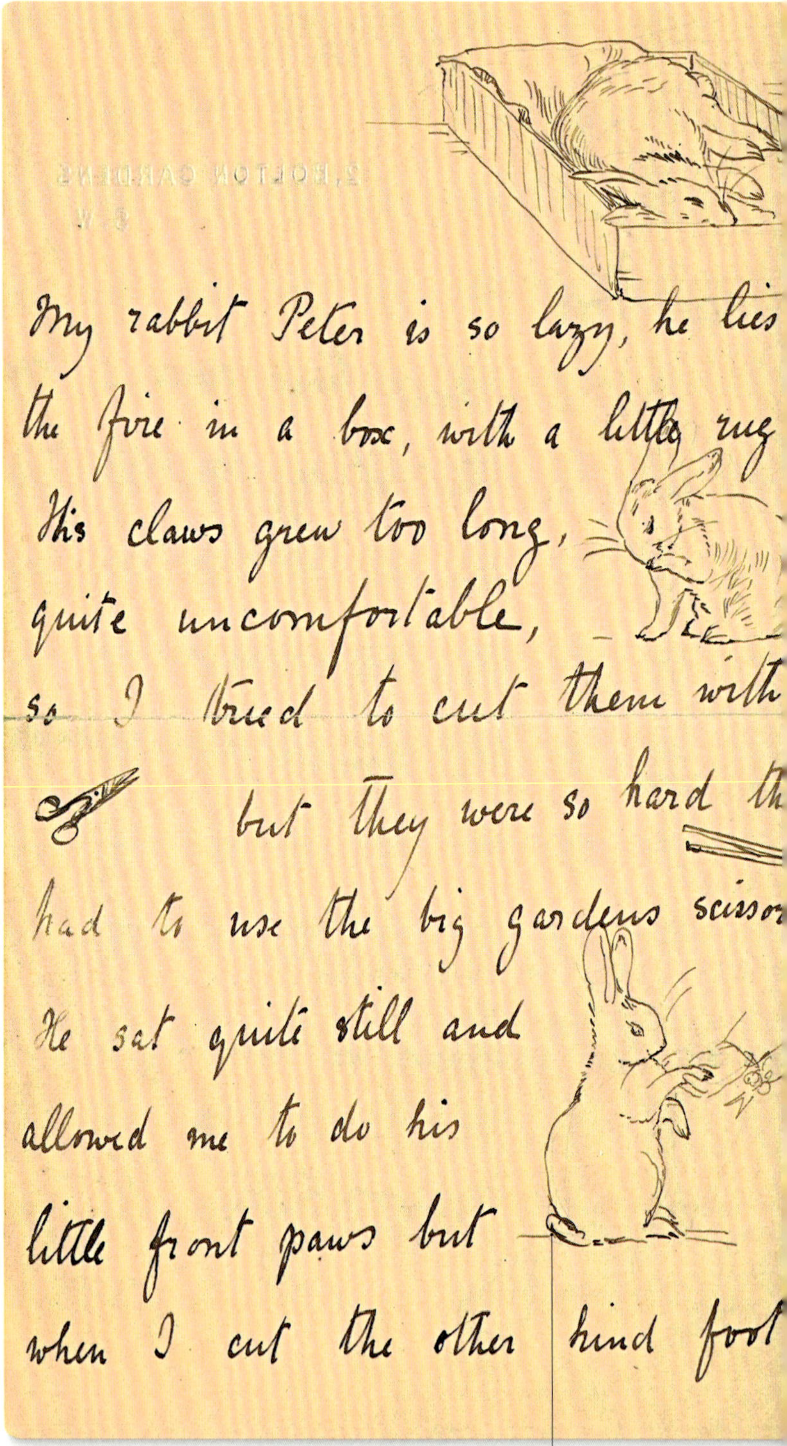
My rabbit Peter is so lazy, he lies
the fire in a box, with a little rug
His claws grew too long,
quite uncomfortable,
so I tried to cut them with
but they were so hard th
had to use the big gardens scissor
He sat quite still and
allowed me to do his
little front paws but
when I cut the other hind foot

▲ **图画信**

从这封写给诺埃尔·穆尔的信可看出，波特创造性地结合了简要叙述和动物插图，形成了独树一帜的风格。当她首次提交书稿给出版商时，其中的图画是简单线条插图，画风类似于这封信中打雪仗的兔子。不过，出版商说服她将图画重绘为彩画，因为他认为这样对小孩更有吸引力。

为波特的宠物兔彼得·派珀修剪爪子。

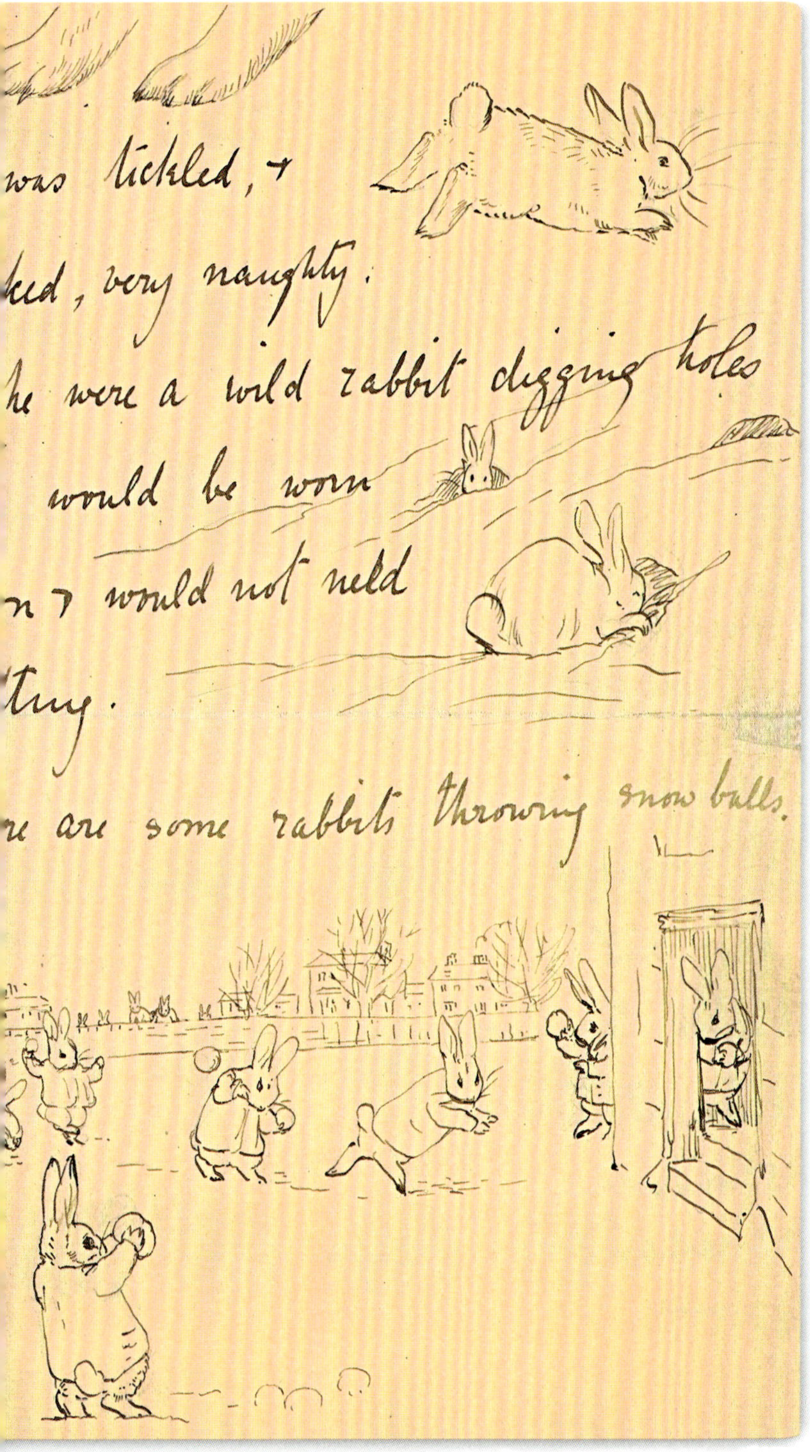

was tickled, +
ked, very naughty.
he were a wild rabbit digging holes
would be worn
n 7 would not reld
ting.
re are some rabbits throwing snow balls.

▲**湖区景观**

后来，波特离开伦敦，住在湖区山顶（Hill Top）农场。她在自家土地上养羊，与当地律师威廉·赫利斯（William Heelis）结婚。她喜欢家附近的山丘，经常以此作画，上图便是一例。去世前，她将土地和农场献给了国家信托组织（National Trust），以便加以保护，福泽后人。

彼得兔

尽管波特卖出了一些为他人书籍绘制的插画，但没有出版商愿意出版她写的第一本书《彼得兔的故事》。为了给亲友们看，她决定自费出版，并用简单线条画了行为举止近似人类、穿着衣服的兔子，以此作为插图。她印得不多，书本上市后，先前拒绝过的出版商沃恩（Warne）主动提出愿意出版，波特接受了。于是，1902年，带彩色插画的沃恩版问世，很快就成为了畅销书。波特随即推出更多小开本故事集，销路甚佳，不过她笔下最受欢迎的形象，可能还当属调皮的彼得兔。

▲该插图来自**比阿特丽克斯·波特创作和绘制插图**的1902年沃恩版《彼得兔的故事》

“他生性和蔼可亲，永远都这般惹人喜爱。”

比阿特丽克斯·波特版《彼得兔》的题词

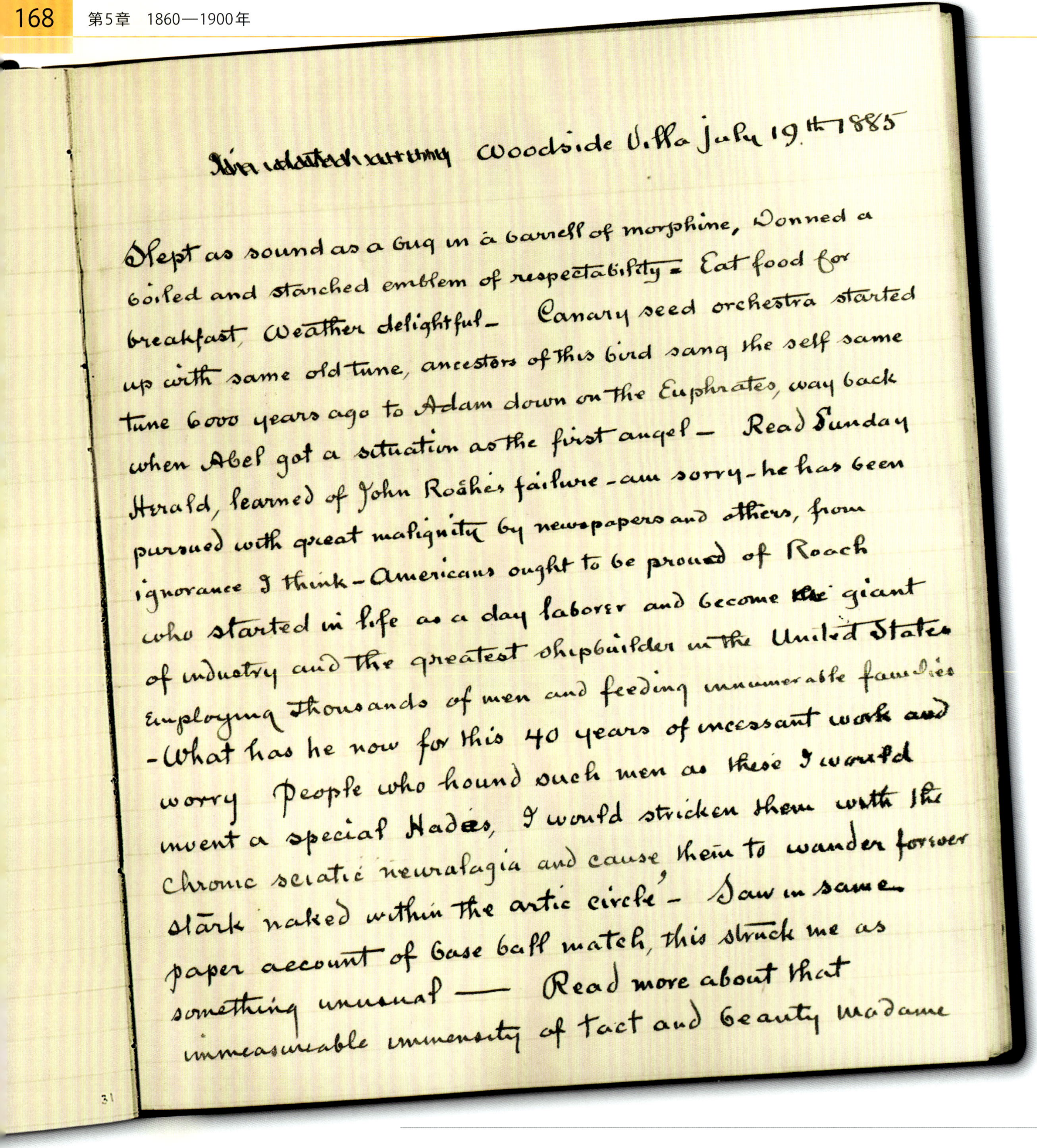

Woodside Villa July 19th 1885

Slept as sound as a bug in a barrell of morphine, Donned a boiled and starched emblem of respectability = Eat food for breakfast, Weather delightful— Canary seed orchestra started up with same old tune, ancestors of this bird sang the self same tune 6000 years ago to Adam down on the Euphrates, way back when Abel got a situation as the first angel— Read Sunday Herald, learned of John Roache's failure—am sorry—he has been pursued with great malignity by newspapers and others, from ignorance I think—Americans ought to be proud of Roach who started in life as a day laborer and become the giant of industry and the greatest shipbuilder in the United States Employing thousands of men and feeding innumerable families —What has he now for this 40 years of incessant work and worry People who hound such men as these I would invent a special Hades, I would stricken them with the chronic sciatic neuralagia and cause them to wander forever stark naked within the artic circle— Saw in same paper account of base ball match, this struck me as something unusual —— Read more about that immeasureable immensity of tact and beauty Madame

31

▲义愤填膺

日记中，爱迪生时而记录日常活动，时而思考在美国发生的事件。媒体对约翰·罗奇（John Roach）的报道令爱迪生义愤填膺，并在此页倾诉愤怒之情。罗奇白手起家，成为美国最大的造船商。但政府取消合同加上银行叫停规划好的贷款，导致罗奇损失惨重。

多特（Dot，爱迪生的女儿）刚给我读了她构思的小说框架，似乎是基于一桩胁迫婚姻而展开——我告诉她，要写婚姻就要写得惨剧连连，这样才具有真实性。谈到绘画等领域的现实主义，斯蒂尔·马凯耶（Steele Macaye）……向我们谈及一种现代现实主义的定义：“现实主义，就是一个脏兮兮的长发画家坐在莎士比亚半身像头上，画着一双溅满粪便的旧靴子。”这是由某位我已忘记姓名的法国人提出的。晚餐铃响了，我过去用餐。沙丁鱼是主菜……

托马斯·阿尔瓦·爱迪生的日记，1885年7月12日

正在度假的发明家

1885年 ■纸上笔墨 ■44页 ■美国人

托马斯·阿尔瓦·爱迪生：发明家

爱迪生（1847—1931年）是有史以来最著名的美国发明家，最让他扬名于世的发明也许当属白炽灯泡和留声机。爱迪生在1885年夏天曾短暂地写过日记。那时，他在工作多年后首次休长假，住在朋友埃兹拉·吉利兰（Ezra Gilliland）家里，就在马萨诸塞州海岸旁。

此时爱迪生已经完成了多项著名发明，但他在日记中极少谈及科学技术，而是漫谈式地记录每天所做之事，描述所读书籍，发表文学、艺术和宗教方面的观点。爱迪生也在寻找伴侣。玛丽·史迪威（Mary Stilwell）与爱迪生结婚13年，为他生了3个孩子，但于1884年去世。爱迪生希望吉利兰将女性朋友介绍给他。他遇到了数位年轻女性，其中一位是20岁的米娜·米勒（Mina Miller）。爱迪生写下了米娜是如何地令他魂牵梦绕，以至于他差点被有轨电车撞倒。次年，两人结婚。

尽管爱迪生对米娜的描写大多极为平淡，但日记辞藻华丽，体现出一个务实之人尝试使用文学化手法写作。不过爱迪生并不看好自己的文学能力，还称自己为野蛮人，因为他虽然正在看纳撒尼尔·霍桑（Nathaniel Hawthorne）的书，但却欣赏不来。爱迪生的日记深入刻画了这位伟大的美国发明家走出熟悉的实验室之后的形象，日记也时常穿插着幽默话语，比如他称这只鹦鹉“像雕像般沉默，像水牛群般排泄”，因此日记也颇有趣味，令人意外。

发明

托马斯·爱迪生是一位多产的发明家，名下专利超过1000项。爱迪生发明创造的范围很广，包括留声机、碳粒传声器、白炽灯泡、发电和配电法、较高清X射线成像法以及蓄电池（可充电电池）。他还研发了电影摄影机和被称为“电影视镜”的电影设备。爱迪生之所以成果如此丰硕，是因为他出售了多项早期专利，换取利润，建立实验室，与助手们共同工作。爱迪生率先采用大规模协作研究法，有人认为研究实验室是爱迪生最伟大的发明。

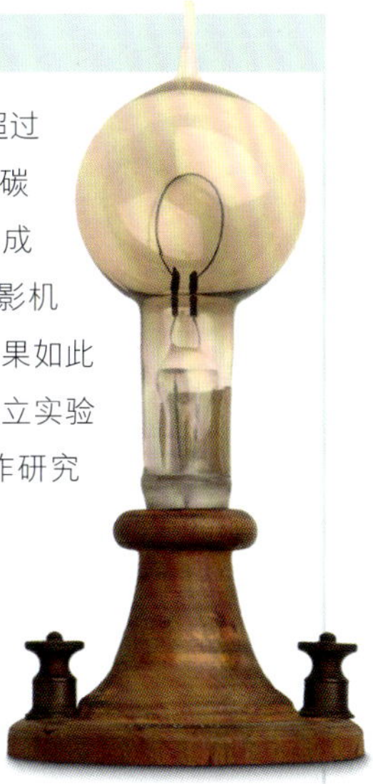

▶ **19世纪晚期**爱迪生电灯的复制品，带有碳丝灯泡

> “我的才智还会迎来多少次希望的曙光呢？”
>
> 托马斯·阿尔瓦·爱迪生的日记，1885年7月19日

◀ **电流之战**

爱迪生的配电系统使用直流电（Direct Current，DC），而竞争对手西屋公司（Westinghouse Company）则使用交流电（Alternating Current，AC）。交流电可以通过更为廉价、纤细的电线传输，因此在大面积路灯和家庭供电方面更具商用价值。于是，爱迪生输掉了配电系统之战。

社会观察家

1887—1910年 ■打印稿 ■4卷 ■法国人

朱尔·勒纳尔：作家

朱尔·勒纳尔（1864—1910年）热情、机智、极擅长于观察。他20岁出头就开始写日记，直到去世。值此期间，法国迎来了“美好时代”，这是一个和平、繁荣的社会变革期，艺术蓬勃发展。勒纳尔的日记对这一时期进行了深入刻画，读来极为有趣。勒纳尔创作诗歌、短篇小说、长篇小说和戏剧，但他的一生却有别于一般作家，因为他除了与巴黎作家、评论家交往外，大部分时间都住在勃艮第（Burgundy）小城希特里（Chitry），还跟父亲一样，担任奇特里市长。因此，勒纳尔的日记对城市和乡下的生活情况均有所记述。勒纳尔机智诙谐而又简明扼要地刻画了他的乡下邻居以及当红作家，如诗人保尔·魏尔兰（Paul Verlaine）、小说家阿纳托尔·法朗士（Anatole France）。勒纳尔对巴黎进行描述，但也捕捉到了自然世界的细微之处。他记录了文学人士之间谈话的片段，也草草写下有关生活和写作的俏皮话。

勒纳尔童年时历尽艰辛，但他最终走出童年阴影，与所爱之人永结同心，抚育子女。勒纳尔多以欢快的笔调写作，文字诙谐幽默，充分体现了对生活的热忱。勒纳尔写日记主要是为了磨练自己的写作技巧，并将日记作为轶事和对话的素材来源，用于小说和戏剧中。不过，他的作品合集版出版时，日记也在其中。日记的描述引人共鸣，其中的格言警句妙趣横生。日记还生动刻画了世纪之交的法国，使之成为勒纳尔的热门作品。

> “我想为自己打造春晨般明晰的文风。”
>
> 《朱尔·勒纳尔日记》（*The Journal of Jules Renard*），1898年10月

▲咖啡人生

19世纪80年代后期，年轻的勒纳尔刚刚完婚，住在巴黎。当时，作家和演员在咖啡屋会面、闲聊、读报，因此勒纳尔也开始探访咖啡屋。作家阿尔弗雷德·卡皮（Alfred Capus）作为记者的知名度与日俱增，他也是勒纳尔的朋友。勒纳尔一边品味咖啡，一边接触到了文学界和戏剧界相关人物。

胡萝卜须

朱尔·勒纳尔最受欢迎的是《胡萝卜须》（*Poil de carotte*），这是一部半自传体短篇小说，主人公是无人疼爱的红发小孩弗朗索瓦·勒皮克（François Lepic），原型是他本人。弗朗索瓦的母亲讨厌他，父亲无视他。这本书讲的就是他如何巧妙地与父母斗争。勒纳尔以小说形式，通过弗朗索瓦的故事回溯了自己童年的艰辛，也运用了日记中标志性的幽默语言。1900年，《胡萝卜须》被勒纳尔改编为舞台剧，从此名扬天下。如今，《胡萝卜须》是公认的法国经典文学作品。

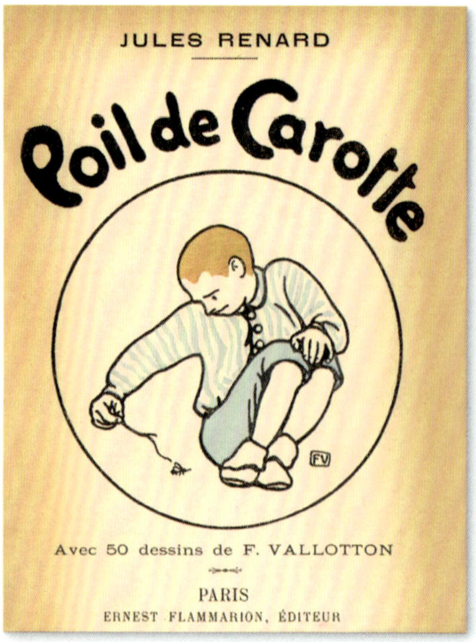

▶《胡萝卜须》书籍保护套，F. 瓦洛东（F. Vallotton）绘图，1902年

LES ŒUVRES COMPLÈTES

Jules Renard

(1864-1910)

Journal Inédit

1887-1895

Typographie
FRANÇOIS BERNOUARD
73, Rue des Saints-Pères, 73
A PARIS

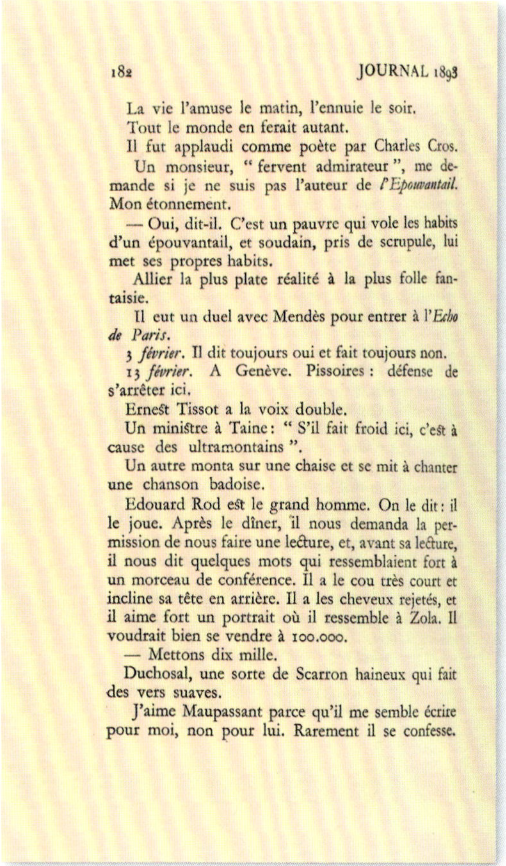

182 JOURNAL 1893

La vie l'amuse le matin, l'ennuie le soir.
Tout le monde en ferait autant.
Il fut applaudi comme poète par Charles Cros.
Un monsieur, " fervent admirateur ", me demande si je ne suis pas l'auteur de *l'Epouvantail*.
Mon étonnement.
— Oui, dit-il. C'est un pauvre qui vole les habits d'un épouvantail, et soudain, pris de scrupule, lui met ses propres habits.
Allier la plus plate réalité à la plus folle fantaisie.
Il eut un duel avec Mendès pour entrer à l'*Echo de Paris*.
3 *février*. Il dit toujours oui et fait toujours non.
13 *février*. A Genève. Pissoires : défense de s'arrêter ici.
Ernest Tissot a la voix double.
Un ministre à Taine : " S'il fait froid ici, c'est à cause des ultramontains ".
Un autre monta sur une chaise et se mit à chanter une chanson badoise.
Edouard Rod est le grand homme. On le dit : il le joue. Après le dîner, il nous demanda la permission de nous faire une lecture, et, avant sa lecture, il nous dit quelques mots qui ressemblaient fort à un morceau de conférence. Il a le cou très court et incline sa tête en arrière. Il a les cheveux rejetés, et il aime fort un portrait où il ressemble à Zola. Il voudrait bien se vendre à 100.000.
— Mettons dix mille.
Duchosal, une sorte de Scarron haineux qui fait des vers suaves.
J'aime Maupassant parce qu'il me semble écrire pour moi, non pour lui. Rarement il se confesse.

▲生活剪影

这一页日记体现了勒纳尔收录了各种类型的材料。1893年2月的短短几天里，勒纳尔记录了引语、作家指导原则、观察结果、对法国作者莫泊桑的钦佩以及遇见一个人把他错当成幻想和科幻小说家莫里斯·勒纳尔（Maurice Renard）。

◀出版物

第一版《朱尔·勒纳尔日记》完本于1925年至1927年之间出版，共5卷。因为勒纳尔的遗孀销毁了日记手稿，因此这一版便是现存最早的日记文本。完整版问世之后，单卷文选和翻译版也陆续推出。日记尤其受到其他作家青睐。英国作家W.萨默塞特·毛姆（W. Somerset Maugham）陶醉其中，读后也决定要出版自己的日记。

巴黎变得如梦如幻。那些没有马牵引的巴士……我们好像活在幻影之国。我脑海里又浮现了这个念头：“我们已经在不知不觉间死去了？”伴着这些声音和倒影，我们在这片薄雾里走着，忧心忡忡，比起被车撞的担忧，更害怕自己已不在人世。我们仿若身处巨大洞穴，耳边尽是噪音。各式各样的烟雾：蓝的、淡的、白的、灰的、深黑的，全都升到蔚蓝色的空中，然后消失了，而天空依然一片蔚蓝。叶子落尽了，风吹过，只是徒增喧嚣。岁末，我们仅存的力气也像叶子般零落了。

《朱尔·勒纳尔日记》，1905年12月

诺阿诺阿

1893—1903年 ■纸上笔墨、水彩和拼贴画 ■200页 ■法国人

保罗·高更：艺术家

在职业生涯大部分时间里，保罗·高更（1848—1903年）都将自己视为局外人。“我的两种本性，”他说，“一种是野蛮人，另一种是文明人。”这个想法源于他在秘鲁生活的童年回忆。为了使自己往“野蛮”的一面发展，高更试着融入自然，摆脱他眼中的资产阶级欧洲的束缚。高更开始绘画时，只是将其作为爱好。丢掉股票经纪人的工作后，高更才转行从事绘画。高更曾在布列塔尼逐梦，沉醉于当地古老的凯尔特传统。但在参观1889年世界博览会塔希提村庄复制品后，高更受到了启发，将目光投向了远方，启程前往南方海域，将丹麦籍妻子和5个孩子抛在脑后。

塔希提岛的实际情况令人失望。塔希提已经西化，沦为殖民地，当地传统更是被传教士封禁。高更本人接受了政府旅行经费，还利用殖民者特权地位压榨塔希提年轻女性。不过，高更在艺术作品中创造了自己梦寐以求的天堂。在高更笔下，当地女孩穿着五颜六色的服饰，而非传教士怂恿她们穿的衣服。在塔希提岛文化日渐衰退的情况下，高更引介了塔希提的文化符号。在布列塔尼，高更曾经名声在外，但等他回到法国，却已遭人遗忘。高更的塔希提画作销路惨淡，因此他决定动笔写下自己在塔希提的经历，从而帮助公众理解他的新作。高更按照日记体裁写《诺阿诺阿》（*Noa Noa*），但实则借此将其浪漫化形象宣传成“野蛮人”。高更从1893年开始动笔，但直至去世仍未完成。

> 我感觉正渐入佳境，终于能听懂当地语言，邻居……几乎都把我当成自己人；我每天赤脚踩石，已经习惯了直接接触地面；我几乎赤身裸体，不再惧怕阳光；文明的痕迹一点点剥离，我的思想也返璞归真……我像动物般自由行事——有一种明日复今日的安定感……我变得无忧无虑、沉着冷静，充满爱心。

《诺阿诺阿》，第4节

高更的职业生涯

在卡米耶·毕沙罗（Camille Pissarro）的指导下，高更最初以印象主义风格作画，但他很快就被象征主义理论所吸引。高更采用简化的形状和单一色调的纯色图块，意图借此表达情绪和情感，而非寻求精确描绘现实世界。在布列塔尼，高更与埃米尔·伯纳德（Émile Bernard）共用工作室，高更的绘画风格也趋于成熟。他们融会了来自日本版画、中世纪艺术和彩色玻璃窗的元素，共同开创了一种象征主义形式。高更将其运用到塔希提画作中，效果非凡。但是，同时代的人并未认识到这些画作的真正意义。直至去世，高更作为现代艺术先驱的地位都没有得到认可。

▶《两位塔希提女性》（*Two Women of Tahiti*），保罗·高更，1892年

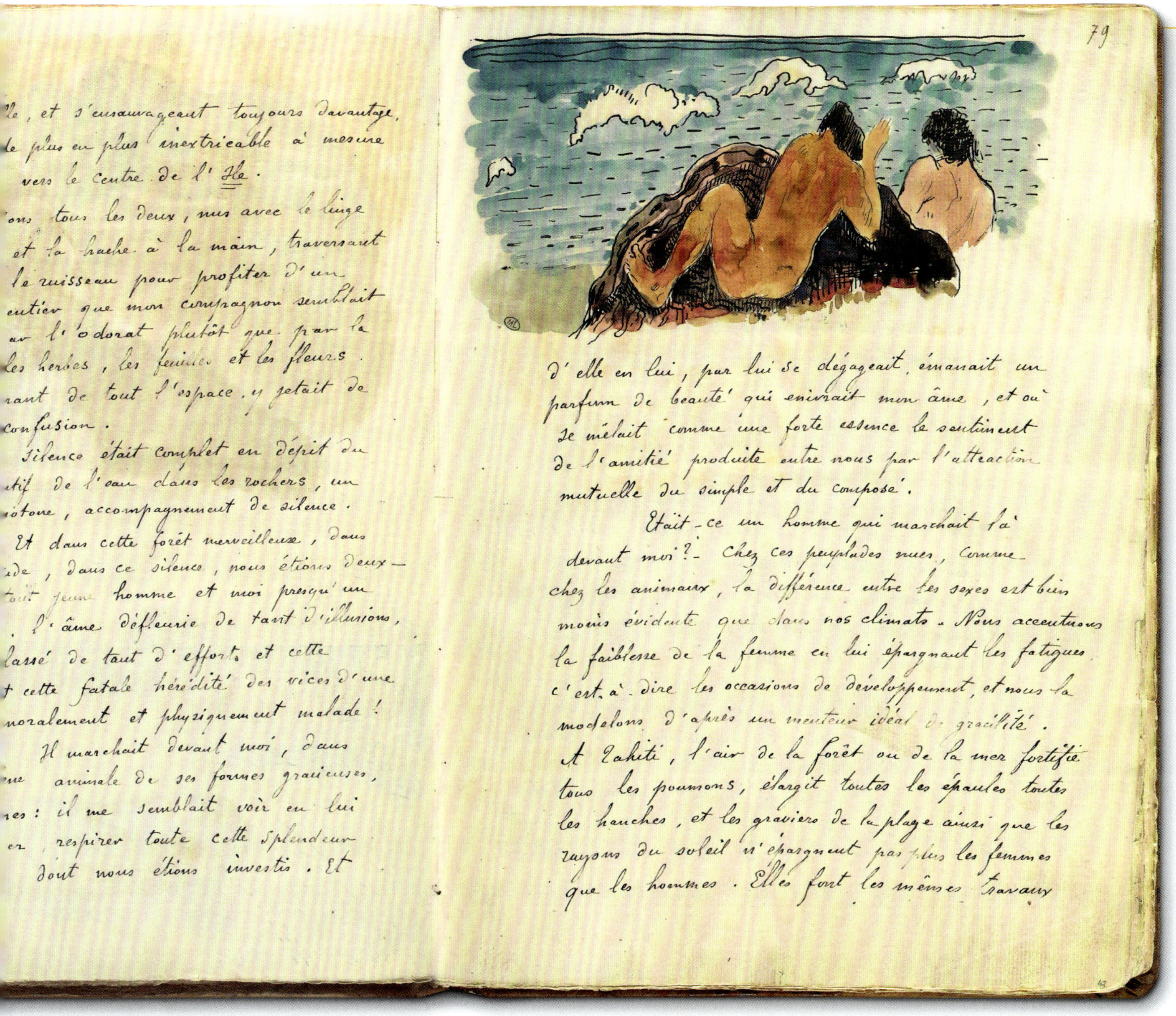
79

le, et s'ensauvageant toujours davantage,
de plus en plus inextricable à mesure
vers le centre de l'Ile.
ons tous les deux, nus avec le linge
et la hache à la main, traversant
le ruisseau pour profiter d'un
entier que mon compagnon semblait
ar l'odorat plutôt que par la
les herbes, les feuilles et les fleurs.
rant de tout l'espace, y jetait de
confusion.
silence était complet en dépit du
tif de l'eau dans les rochers, un
otone, accompagnement de silence.
Et dans cette forêt merveilleuse, dans
ide, dans ce silence, nous étions deux –
tout jeune homme et moi presqu'un
l'âme défleurie de tant d'illusions,
lassé de tant d'efforts et cette
t cette fatale hérédité des vices d'une
oralement et physiquement malade!
Il marchait devant moi, dans
me animale de ses formes gracieuses,
es: il me semblait voir en lui
er, respirer toute cette splendeur
dont nous étions investis. Et

d'elle en lui, par lui se dégageait, émanait un
parfum de beauté qui enivrait mon âme, et où
se mêlait comme une forte essence le sentiment
de l'amitié produite entre nous par l'attraction
mutuelle du simple et du composé.
Était-ce un homme qui marchait là
devant moi? – Chez ces peuplades nues, comme
chez les animaux, la différence entre les sexes est bien
moins évidente que dans nos climats. Nous accentuons
la faiblesse de la femme en lui épargnant les fatigues
c'est à dire les occasions de développement, et nous la
modelons d'après un menteur idéal de gracilité.
A Tahiti, l'air de la forêt ou de la mer fortifie
tous les poumons, élargit toutes les épaules toutes
les hanches, et les graviers de la plage ainsi que les
rayons du soleil n'épargnent pas plus les femmes
que les hommes. Elles font les mêmes travaux

▲沉思于波利尼西亚

高更在这几页描述了自己深入岛中探险，寻找雕刻用的木材。砍倒一棵树所付出的体力劳动令他兴奋不已，他感到这个过程“彻底消除了内心中残留已久的文明人的一面”。高更还仰慕塔希提人与自然和谐统一，由此“产生了一种美，一种芳香（诺阿诺阿），使我的艺术之魂迷醉其间”。

背景信息

◀令人难忘的缪斯

首次暂住塔希提时，高更遇到了13岁的女孩特哈阿玛那（Teha'amana）。她出现在高更的多幅画作中。这尊精致的雕像用当地普阿木（pua wood）雕刻而成，刻画了特哈阿玛那出神凝望的样子。雕像背面还刻有一个小巧而模糊的人像，也许象征着夏娃。

▶来自塔希提岛的音讯

高更将自己在塔希提岛逗留的经历故事化，写下了《诺阿诺阿》。“诺阿”意指“芳香”。高更之所以选择这个书名，是为了令人感受到塔希提岛和塔希提文化那令人陶醉的异国情调。为了突出这一点，高更还用轮廓清晰、色彩鲜艳的“原始”风格绘制精美的木版画和水彩画插图。

在魔鬼岛上

1894—1899年 ■手稿上的墨水 ■现存14本笔记 ■法国人

阿尔弗雷德·德雷富斯：炮兵上尉

阿尔弗雷德·德雷富斯（1859—1935年）被判叛国罪，在孤岛上被野蛮监禁长达1517天。在此期间，他只能通过纸笔为自己抗辩。在日记里，在数千封写给妻子吕西（Lucie）和法国当局的信中，德雷富斯记录下了自己的绝望之感。德雷富斯害怕自己性命不保，因此希望书信能为他沉冤昭雪。

为维持法国军威，德雷富斯被迫牺牲了自由。那时候，德国大使馆收到了一份法国低层级军事机密清单。当情报部门截获相关信息时，作为总参谋部里的唯一犹太军官，德雷富斯成了头号嫌犯。文件的字迹与德雷富斯的笔迹略有相似之处，这便足以给他定罪。此后5年里，德雷富斯持续写作，还在1895年4月到达恶魔岛（Devil's Island）后写了一本日记。这座岛曾是法属圭亚那沿海的麻风病患者聚居地。

德雷富斯在日记中反复谈及：与妻子和两个孩子天各一方的痛苦；疟疾导致发热，使他濒临死亡；在恶臭的小屋里忍受着昆虫叮咬和有毒蜘蛛蟹横行；禁止外出散步的安保措施。在遭受孤身监禁和通信受审查的情况下，德雷富斯没有意识到法国出现了一场危机，即“德雷富斯事件（Dreyfus Affair）”，使他最终得以平反。1898年11月，对判决的修改得到通过，德雷富斯在时隔多年后终于获许去看海。

> 他们必定会不断折磨我，或者迫使我为保持理智而自寻短见，从而置我于死地。我要死了，罪当属迪帕蒂（du Paty）少校、贝蒂荣（Bertillon）和所有帮凶。每晚我都梦见妻儿。但一醒来，又是多么可怖！睁开双眼，发觉自己身居陋室。一瞬间，感到痛苦至极，简直可以永远闭上双眼，再不必看，再不必想。到了晚上，心脏剧烈痉挛，常伴有窒息之感……
>
> 德雷富斯日记，1895年12月13日

在法国雷恩（Rennes）进行的重审徇私舞弊，判定德雷富斯有罪。为了保有自由，德雷富斯接受赦免。1901年，他的日记、笔记和信件出版，书名为《我一生中的五年》（*Five Years of My Life*）。1906年，所有指控均被撤销。

背景信息

◀ **虎落平阳**

被判叛国罪后，德雷富斯上尉的所有军衔标识都被当众没收，他的剑也被折成两段。他还被押着沿军校广场示众，周围满是官员和厉声责难的看客。《小日报》（*Le Petit Journal*）给这场羞辱性仪式冠以“叛徒”的标题。

▶ **监禁与孤独**

德雷富斯在恶魔岛上被单独关押，他从书籍、杂志和写作材料中获取慰藉。他写下自己如何努力生火来洗亚麻衣物和做饭。配给的食物是水、大米、面包、硬邦邦的肉和炼乳，不过他却扔掉了猪肉罐头。

将德雷富斯的笔迹与一份向德国泄露军事情报的备忘录进行比对，是起诉德雷富斯的依据。不过这种比对具有争议性。

每页纸都有编号和签名，以防止德雷富斯暗中传递信息。

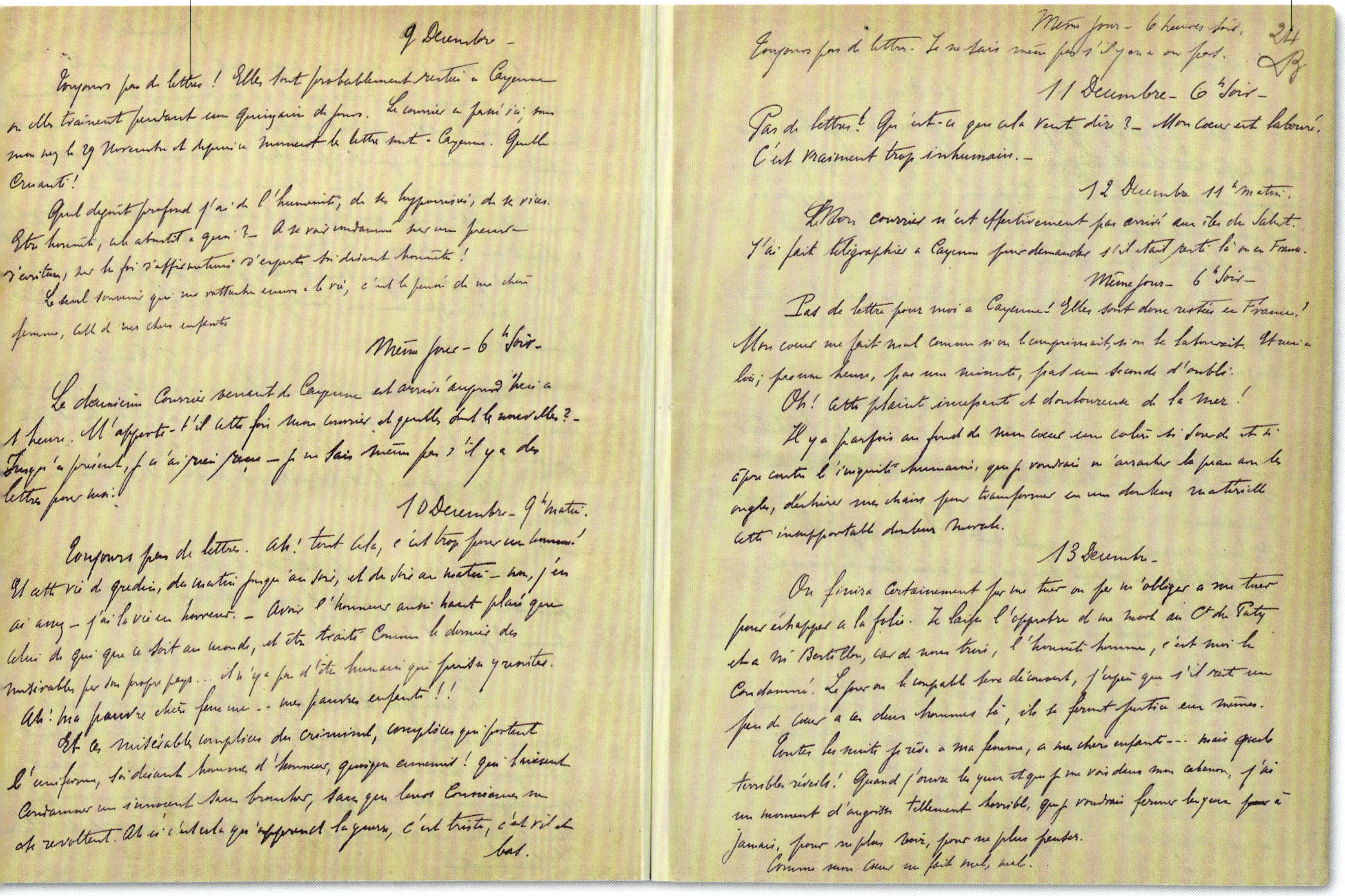

▲不公缠身

在日记开头，德雷富斯叙述了自己在户外散步，透过窗户凝视大海。但自从法国流传着他越狱的谣言后，他便无时无刻不处于幽禁之中，晚上还被铁链锁在床上。高墙遮蔽了他的视野。最令德雷富斯感到痛苦的，是他被误判为犯下了滔天大罪。他坚称："如果世间还有公道，就必须还我一个清白。"

国家分裂

1870年普法战争令法国受辱。此后，反犹太主义一直在法国发酵。在恐惧猜疑和极端民族主义氛围中，新闻界大肆渲染"内部敌人"，将矛头对准了4000万法国人里的10万犹太人。作为陆军总参谋部的唯一犹太军官，德雷富斯被安上了叛国罪，导致整个国家出现了分裂。小说家埃米尔·左拉领衔40万德雷富斯的支持者，在致总统的公开信《我控诉……！》(*J'Accuse...!*)中，揭露了这一事件的核心骗局。他写道："真相正在行进，无可阻挡！"随后，他指出，费迪南·埃斯特拉齐（Ferdinand Esterhazy）少校才是真正的叛徒。紧随其后的诽谤罪审判宣判左拉有罪，并判处1年徒刑。

Cinq Centimes

L'AURORE

Littéraire, Artistique, Sociale

J'Accuse...!

LETTRE AU PRÉSIDENT DE LA RÉPUBLIQUE

Par ÉMILE ZOLA

LETTRE

A M. FÉLIX FAURE

Président de la République

▶**埃米尔·左拉**在刊载于《震旦报》(*L'Aurore*)的公开信中，指名费迪南·埃斯特拉齐少校。

撒哈拉流浪者

1897—1904年 ■纸上笔墨 ■瑞士人

伊莎贝尔·埃伯哈特：探索者

伊莎贝尔·埃伯哈特的作品揭示了她短暂而非凡的一生。一位俄国无政府主义者在俄国将军家里当孩子们的家庭教师。后来，将军的妻子与他一起私奔到了瑞士。不久之后，她于1877年在日内瓦生下了自己的第5个孩子：私生子伊莎贝尔。长大后，伊莎贝尔和兄弟姐妹所接受的教育打破了传统，结合了脑力学习与体力活动。人们鼓励伊莎贝尔剪短头发、穿男装，以便砍柴、骑马、种植花木。

1897年，伊莎贝尔和母亲航行至突尼斯，并在此地皈依伊斯兰教。6个月后，母亲去世，但伊莎贝尔感到自己在北非重获新生，便留居于此。她抛弃了欧洲身份和服饰，将自己改头换面成年轻阿拉伯男子，取名希·马哈茂德·萨阿德（Si Mahmoud Saad）。她成为伊斯兰教神秘主义派别苏菲派的一员，学阿拉伯语，与穷人住在一起，吸大麻麻醉剂，拈花惹草，穿越了北非更为荒芜偏远的区域。1901年，她与隶属于法国军队的阿尔及利亚士兵斯利梅纳·恩尼（Slimène Ehnni）结婚。

埃伯哈特的作品融合了自传和游记。她记录了自己与撒哈拉各地居民的对话，讲述了他们的故事，分享了当地习俗而未加评判。她的冒险也是寻求自身身份和真实性的旅程。“对我来说，在未知之地前行，”她写道，“似乎就让我走进了自己的生命。”

自1902年起，埃伯哈特长期担任阿尔及尔法语报纸记者。她见到了主管奥兰市的法国将军于贝尔·利奥泰（Hubert Lyautey），帮他联络当地阿拉伯人，甚至还可能为他打探情报。1904年，当她在驻军城镇艾因塞夫拉（Aïn Sefra）停留时，洪水骤发，埃伯哈特被淹死，年仅27岁。维克托·巴吕康（Victor Barrucand）是埃伯哈特所供稿报纸的主编，他将埃伯哈特的一些未竟之作补充完整后出版，包括她的游记《在伊斯兰教的阴影中》（*Dans l'ombre chaude de l'Islam*，1906年）。

背景信息

◀ 乔装打扮

埃伯哈特女扮男装，以便在北非自由行动，因为当地未婚妇女不得独自外出。然而，在1901年，当一名宗教狂热分子得知她乔装后，用剑袭击埃伯哈特，几乎将她的左臂砍断。当被问及为何要女扮男装时，她回答道：“便于骑行。”

▶ 抢救于洪水之中

1904年11月6日《小日报》上的这张插图描绘了艾因塞夫拉洪水暴发的景象。洪水也夺走了埃伯哈特的生命。洪水过后，人们发现她的遗体被压在房屋横梁下。士兵们在一片废墟中细细筛查，收集了她所有尚存的遗作，并随后交给了编辑维克托·巴吕康。

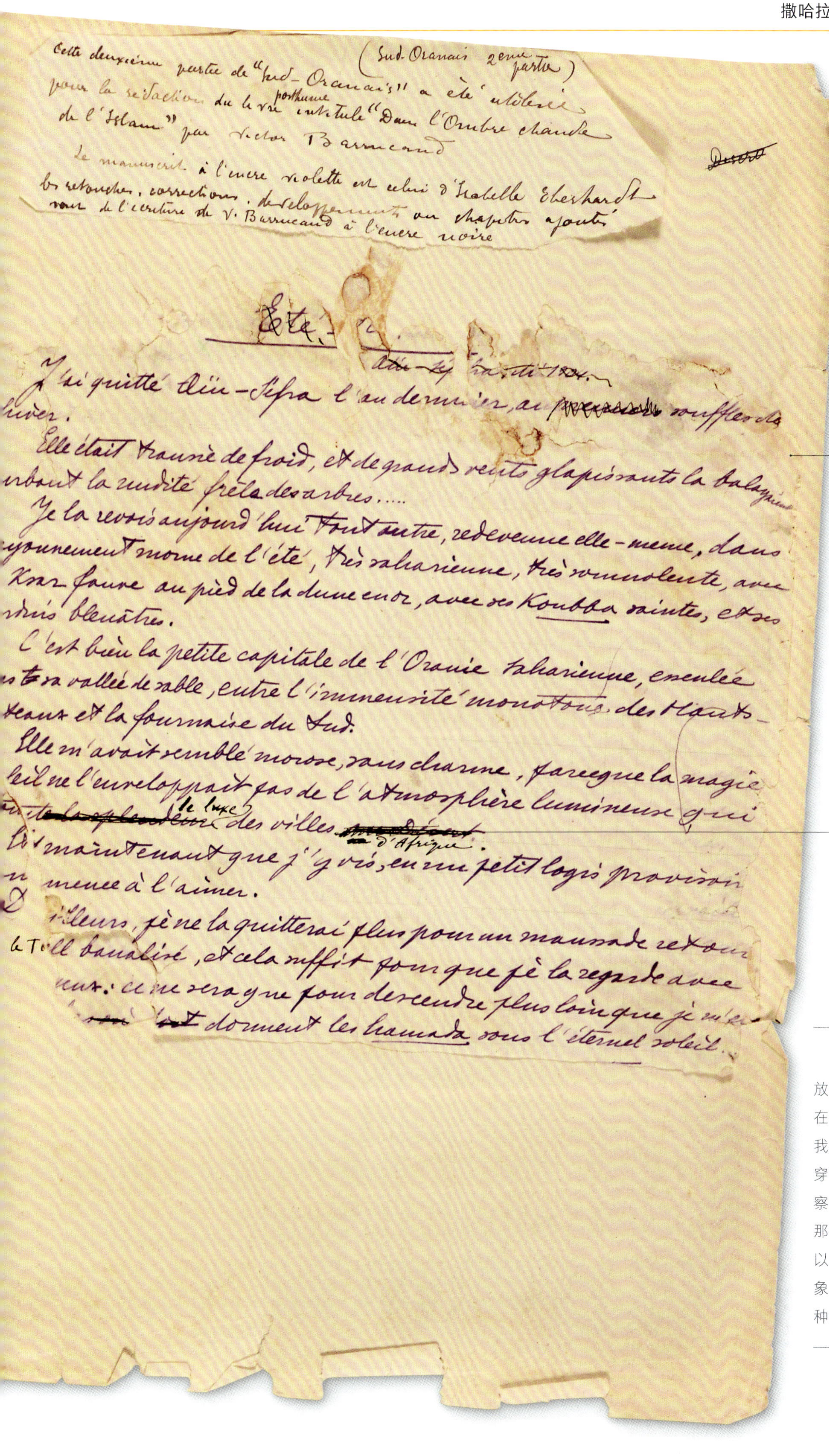

Cette deuxième partie de "Sud-Oranais" a été utilisée pour la rédaction du livre posthume intitulé "Dans l'Ombre chaude de l'Islam" par Victor Barrucand

(Sud-Oranais 2eme partie)

Le manuscrit à l'encre violette est celui d'Isabelle Eberhardt, les retouches, corrections, développements ou chapitres ajoutés sont de l'écriture de V. Barrucand à l'encre noire

Été.

J'ai quitté Aïn-Sefra l'an dernier, au [illegible] souffle de l'hiver.

Elle était transie de froid, et de grands vents glapissants la balayaient [illegible] la nudité frêle des arbres.....

Je la revois aujourd'hui tout autre, redevenue elle-même, dans le rayonnement morne de l'été, très saharienne, très somnolente, avec son Ksar fauve au pied de la dune énorme, avec ses Koubba saintes, et ses [illegible] bleuâtres.

C'est bien la petite capitale de l'Oranie saharienne, enserrée dans sa vallée de sable, entre l'immensité monotone des Hauts-Plateaux et la fournaise du Sud.

Elle m'avait semblé morose, sans charme, parce que la magie [illegible] ne l'enveloppait pas de l'atmosphère lumineuse qui [illegible] le luxe des villes d'Afrique.

[illegible] maintenant que j'y vois, en un petit logis provisoire [illegible] menée à l'aimer.

D'ailleurs, je ne la quitterai plus pour un maussade retour [illegible] banalisé, et cela suffit pour que je la regarde avec [illegible] yeux : ce ne sera que pour descendre plus loin que je m'en [illegible] dorment les hamada sous l'éternel soleil.

◀ **道别**

埃伯哈特去世后，她的游记出版，名为《在伊斯兰教的阴影中》，左图便是第一页。她伤感地描述自己离开位于阿尔及利亚沙漠艾因塞夫拉的临时住所，因为她要出发探索周边撒哈拉沙漠景观，并结识当地居民。埃伯哈特坚持探险，毫不妥协。这本始于1904年5月的游记也对她探险生涯的最后1年进行了记录。

埃伯哈特的遗作是从洪水中抢救下来的，因此留下了水渍。

埃伯哈特遗稿管理人维克托·巴吕康进行了删减。

身处这群勇敢之人当中，我彻底放松下来了。我走到人群中，然后坐在院子角落里。他们甚至没有注意到我。当然，我也毫无特别之处。我能穿过任何地方而不引人注意，这对观察极为有利。如果女性不擅长于此，那是因为她们的服饰引人注意。一直以来，女性都被塑造为受人观察的对象，她们对此也不以为意。我认为这种态度给男性带来了太多好处。

《在伊斯兰教的阴影中》

具有放射性的笔记本

1897—1902年 ■纸上笔墨 ■3本笔记 ■波兰人/法国人

玛丽·居里：物理学家、化学家

科学家玛丽·居里（1867—1934年）的影响力彪炳史册。因为玛丽对放射性进行了开创性研究，所以她获得了诺贝尔物理学和化学奖，并成为巴黎大学首位女教授。玛丽起初与丈夫，法国物理学家皮埃尔·居里（Pierre Curie）共同合作，后来她发现了放射性元素钋（Polonium）和镭（Radium）。

居里夫妇在自己房子的地下室设立实验室，并在此工作。他们的实验室笔记里，有3本留存至今，时间跨度为5年，以玛丽首次着手研究沥青铀矿（Pitchblende）[一种富含铀（Uranium）的黑色矿物]的特性作为起点。法国物理学家亨利·贝克勒尔（Henri Becquerel）在1896年发现铀盐会放射射线，而当时玛丽正在进一步推动他的研究。居里夫妇的笔记记录了他们为解释沥青铀矿释放辐射的现象而不辞辛劳地加工大量沥青铀矿。笔记还记叙了居里夫妇通过何种方法尝试分离沥青铀矿所含元素，并跟进记录了他们取得的进展。1898年7月，他们发现了新元素，将其命名为钋，取自玛丽的故乡波兰。12月，他们发现了镭。12年后，玛丽才设法从沥青铀矿中分离出纯金属镭，并明确证明了它的存在。

这项开创性研究记录于实验室笔记中，为玛丽发表多篇科研论文奠定了基础。她常在极其恶劣的条件下工作，有时候，比如当温度降到临近冰点时，她也会在笔记中倾吐挫败之感。在那个年代，放射性的危害尚且不为人知，因此居里夫妇没有穿防护服，也未采取预防措施。他们的笔记仍具有极强的放射性，因此必须放置于衬铅盒中。这些笔记现存于巴黎国家图书馆，记录了科学先驱的科研工作，具有独特意义。

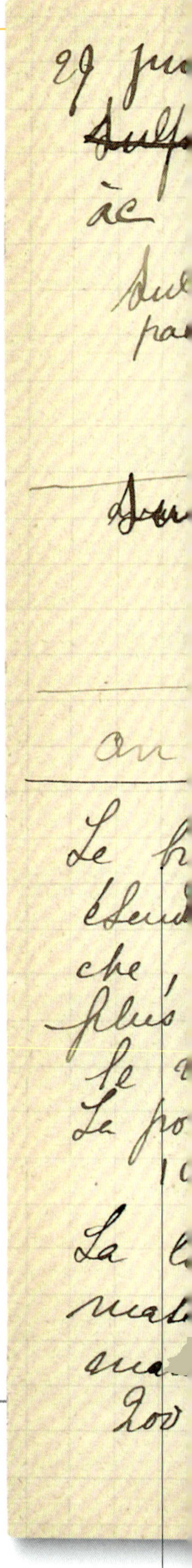

居里夫妇确定放射性元素钋在化学上与元素铋（Bismuth）相似。

背景信息

Huit pages : CINQ centimes

Dimanche 10 Janvier 1904.

Le Petit Parisien

SUPPLÉMENT LITTÉRAIRE ILLUSTRÉ

DIRECTION: 18, rue d'Enghien (10e), PARIS

UNE NOUVELLE DÉCOUVERTE. — LE RADIUM

M. ET Mme CURIE DANS LEUR LABORATOIRE

◀ 珠联璧合

1891年，玛丽到巴黎学习，遇见了皮埃尔·居里。皮埃尔在自己的实验室里给她划出了一片工作区域。1896年，两人成婚，不久后开始携手研究放射性物质。居里夫妇相互协作，直到1906年皮埃尔意外离世。此后，玛丽独自承担所有科研工作，并在巴黎获授诺贝尔物理学奖（1903年）和化学奖（1911年）。

▶ 放射性

为检测放射性物质，居里夫妇使用了由皮埃尔设计的电离室（ionization chamber）等仪器。他们意识到辐射会对物质和物体产生影响。例如，会将用于实验的玻璃烧瓶变成紫色。玛丽深入研究了辐射的影响，进而开创性地研究了使用放射性物质治疗恶性肿瘤。

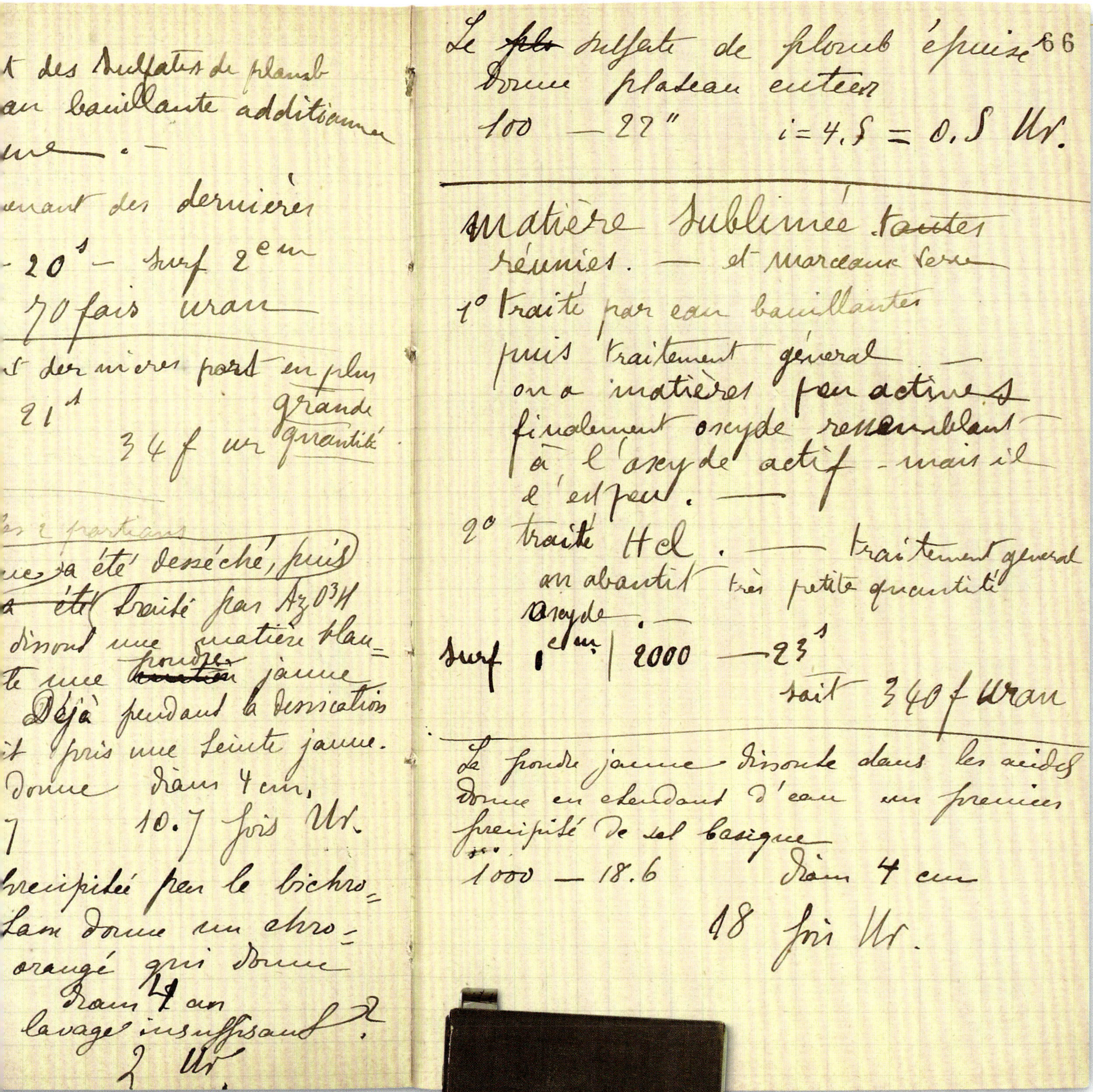

▲**寻找钋** 1898年6月18日的这几页日记由居里夫妇共同撰写，描述了为发现钋而做的前期工作。居里夫妇通过多种物理和化学工艺处理沥青铀矿样品，以便分离其中各类元素，如铅、铜和铋。

▶**高危职业**

实验室里的放射性物质污染了居里夫妇的笔记本。镭的放射性衰变很慢，因此这些笔记在未来至少1500年里仍具危险性。玛丽在危险的工作环境中患上了白血病，并因此去世。

“这些矿物可能含有一种元素……比铀更具活性。”

玛丽·居里，1898年4月12日

名录：1860—1900年

查尔斯·本森的日记

美国人（1862年—1881年）

查尔斯·本森（Charles Benson，1830—1881年）是来自马萨诸塞州农村地区的自由黑人。他在年轻时抛下妻子，搬到了塞勒姆港（Port of Salem），在商船上当厨师和乘务员。他再度结婚，养家糊口，极为看重名望。本森在多次航行中写日记，还将自己的画和取自期刊的图像作为日记插图。本森的日记描述了海上生活的艰辛、他的孤独之感和思乡之情，以及他与船长和船员的关系。本森还认真思考了自己的目标和婚姻问题。美国南北战争结束后10年，本森都未曾从事海上工作。直到1875年，本森才重返海上。他乘商船“滑行”号（Glide）最后一次出海航行，行至马达加斯加和桑给巴尔（Zanzibar）。1881年3月，本森最后一次写日记。没过几个月，他就去世了。

贝尔的笔记

美国人（1865年—1910年）

出生于苏格兰的科学家、工程师亚历山大·格雷厄姆·贝尔（Alexander Graham Bell，1847年—1922年）最为人称道的成就是发明了电话。贝尔的实验室笔记记录了他在一生中多个时期所做的实验，笔记插图也是他自己画的。发明电话的想法源于贝尔与语言和听力障碍人士共事的经历：他的母亲和妻子都聋了。1874年，贝尔首次在笔记中绘制电话设计图，当时他住在马萨诸塞州波士顿市。在1876年3月10日的日记里，他宣告了语音电子传输首获成功。这段语音信息传送给了坐在隔壁房间的助手，内容是：“沃森——过来一下——我想见你。”电话专利使贝尔发家致富。此后，贝尔继续从事发明创造，涵盖了从录音到航空的各类领域。贝尔成果丰硕，在笔记和日记里写满了新想法。贝尔坚定地支持优生学（通过选择性繁殖改良人种），也写下了自己在这方面的思考。

玛蒂·J.杰克逊

美国人（1866年）

玛蒂·简·杰克逊（Mattie Jane Jackson，1847—1910年）的回忆录深入揭示了南北战争前和战时美国南方黑人奴隶家庭的动荡生活，令人动容。杰克逊出生于密苏里州圣路易斯市。她的父母埃伦·特纳（Ellen Turner）和韦斯利·杰克逊（Wesley Jackson）从属于不同奴隶主。玛蒂出生后没几年，她父亲就逃到北方，重获自由。埃伦·特纳再婚，与另一位奴隶乔治·布朗（George Brown）生了两个孩子，但他后来也逃走了。特纳曾试图脱逃，但屡屡受挫。特纳遭到惩罚和虐待，连孩子都被带走卖给了不同的奴隶主。1863年，玛蒂·杰克逊逃到了印第安纳州印第安纳波利斯市（Indianapolis），后与母亲团聚。1865年废除奴隶制后，杰克逊与继父及其后妻露西·斯凯勒·汤普森医生（Dr Lucy Schuyler Thompson）在马萨诸塞州劳伦斯市共同生活。杰克逊虽能识几个字，但一个字都不会写。于是杰克逊口述回忆录，由汤普森协助记录。1866年，《玛蒂·J.杰克逊的故事》（*The Story of Mattie J.Jackson*）出版。杰克逊呼吁读者“购买我的小书，帮我获得受教育机会，也许我就能做出积极贡献，让重获自由的兄弟姐妹们过得更好。”

利文斯通最后的日记

苏格兰人（1866—1873年）

1866年，苏格兰传教士大卫·利文斯通医生（Dr David Livingstone，1813—1873年）率领探险队深入东非，寻找尼罗河源头。此时，利文斯通已经因数次深入非洲内陆而享誉全球。他习惯于在袖珍实地日记本上写日记，然后再抄录下来，补充完整，写成更为正式的日记。但东非探险很快就变成了一场灾难。利文斯通被搬运工抛弃，孤立无援、疾病缠身。尽管利文斯通厌恶奴隶贩子的行当，但不得不与其同行。1871年，用完笔记本和墨水后，利文斯通用浆果汁在旧报纸上写实地日记。目睹同伴屠杀当地玛涅玛人（Manyema people）后，利文斯通感到“精神崩溃、震惊不已、魂飞魄散”。不久后，美国记者亨利·莫顿·斯坦利（Henry Morton Stanley）找到了他，还给他带来了急需品，包括新笔记本。利文斯通继续探险，在去世前4天写下最后一则日记。1873年，在今天的赞比亚境内，利文斯通去世了。他的《最后的日记》（*Last Journals*）在随后1年出版。尽管因年代久远，写于1871年的实地日记原件已经字迹褪色，难以辨认，研究者还是在2011年通过数字扫描技术成功地辨识出其中的内容。

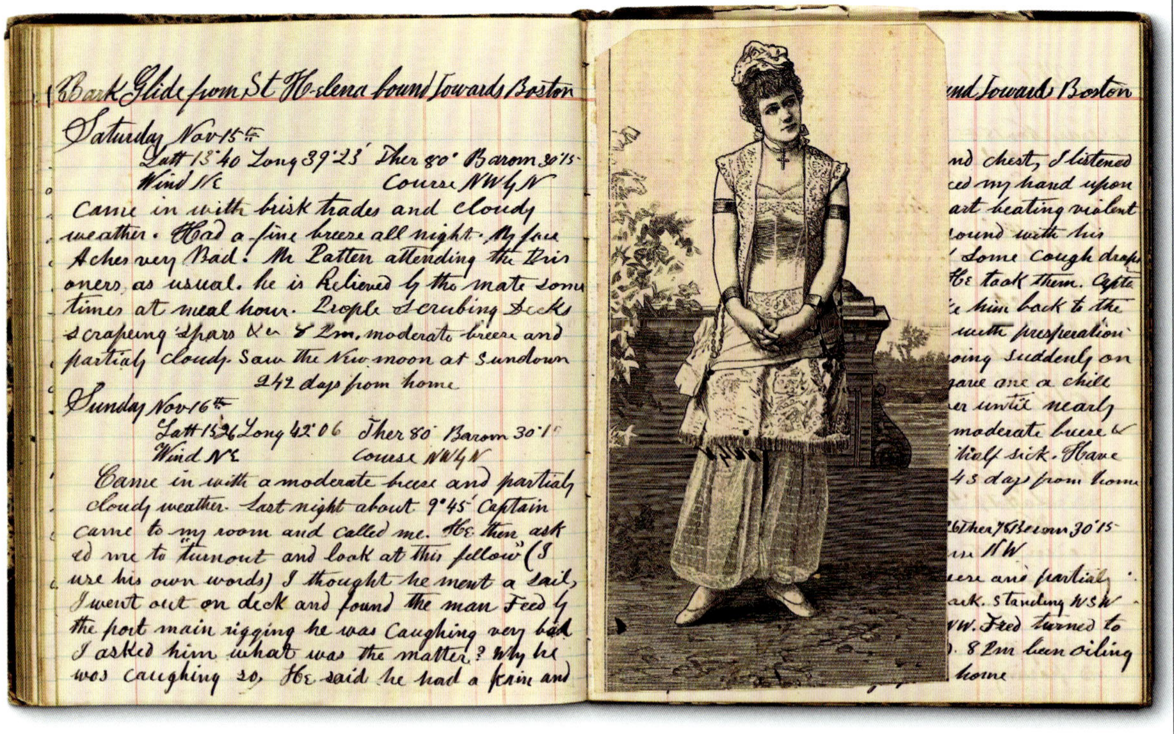
Bark Glide from St Helena bound towards Boston
Saturday Nov 15th
Latt 13 40 Long 39 23 Ther 80 Barom 30 15
Wind NE Course NWbN
Came in with brisk trades and cloudy weather. Had a fine breeze all night. My face Aches very Bad. Mr Patten attending the Prisoners as usual. he is Relieved by the mate some times at meal hour. People Scrubing Decks Scraping Spars &c 8 P.m. moderate breeze and partialy cloudy. Saw the New moon at Sundown
242 days from home
Sunday Nov 16th
Latt 15 26 Long 42 06 Ther 80 Barom 30 15
Wind NE Course NWbN
Came in with a moderate breeze and partialy cloudy weather. Last night about 9 45 Captain came to my room and called me. He then asked me to turnout and look at this fellow (Sure his own words) I thought he ment a sail. I went out on deck and found the man Feed by the port main rigging he was Caughing very bad I asked him what was the matter? Why he was caughing so, He said he had a pain and

查尔斯·本森的日记，插图取自一本期刊

柴可夫斯基的日记

俄国人（1873—1891年）

俄国作曲家彼得·伊里奇·柴可夫斯基（Pyotr Ilyich Tchaikovsky，1840—1893年）几乎终生写日记，但只有11本保存至今——他可能销毁了其他日记，从而掩饰自己是同性恋的秘密。尽管现存最早的日记写于1873年，但日记大部分内容则涵盖了1886年至1891年这段时间，那时柴可夫斯基的名望已如日中天。柴可夫斯基在多则日记中以笔记形式零散地记录日常活动：“散步、看报、打牌、在家吃晚饭”。柴可夫斯基常因酗酒而自责，但并未像在信中一样公开提及性倾向。谈论音乐和美学时，有时柴可夫斯基毫不留情地评论同代人：他将作曲家约翰·勃拉姆斯（Johann Brahms）贬称为“恶棍”。出国开办巡回音乐会是日记中的重要内容。最后一本日记记录了1891年柴可夫斯基成功访美。1893年，柴可夫斯基去世，可能死于俄国霍乱流行，但也有学者认为是自杀。

少女日记

美国人（1889—1891年）

塞利娜·理查兹·施罗德（Selina Richards Schroeder）是纽约市富家千金。她从14岁开始写日记，共写了3年。她在日记中倾吐了个人想法和感受。有时，为了确保加强机密性，她还用密码写日记。从讥讽“没长胡子的粗人”到憧憬爱情，谈论“男孩子”构成了日记中的重要部分。日记展现了上流社会的生活方式：在纽约名店购物、在汉普顿斯度假、上舞蹈和音乐课。施罗德提供了宝贵的孩童视角，便于读者深入了解19世纪末美国女孩的期盼。日记现由宾夕法尼亚州历史学会（Historical Society of Pennsylvania）保管。

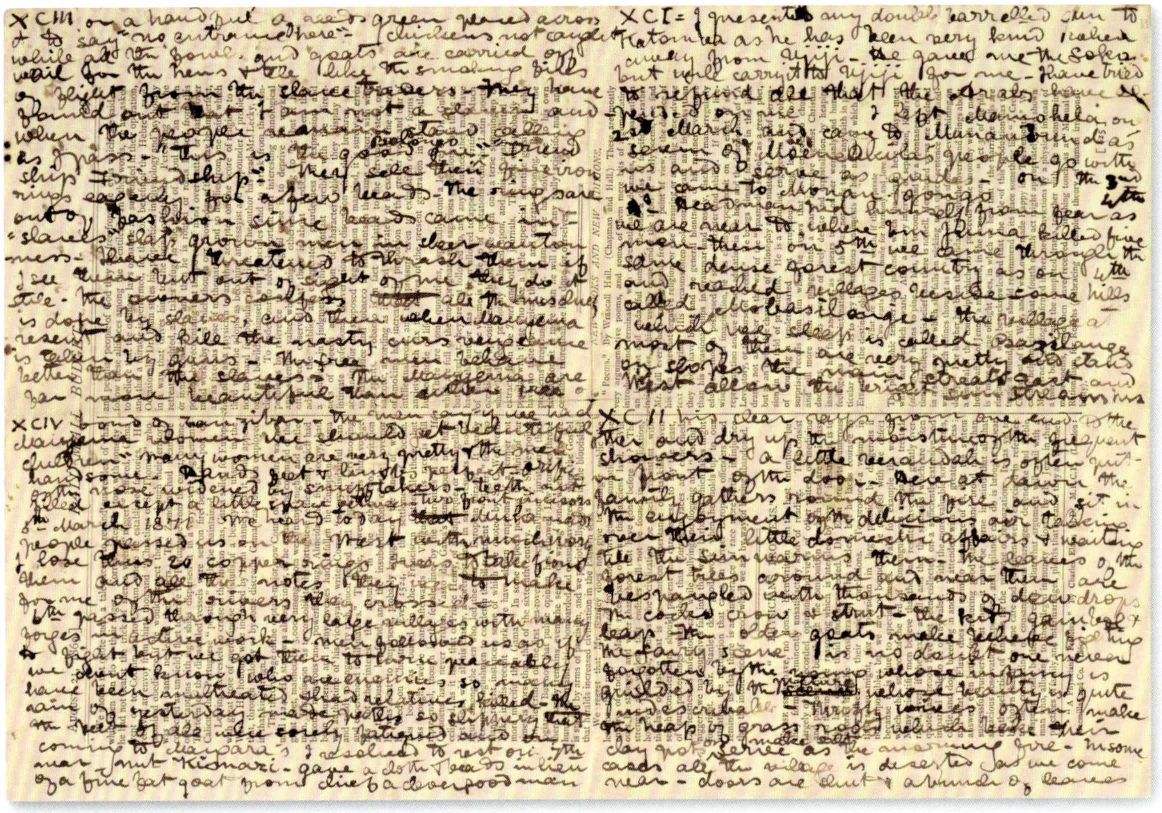

大卫·利文斯通1870年实地日记中的一页

艾丽斯·詹姆斯的日记

美国人（1889—1892年）

著名波士顿知识分子，小说家亨利·詹姆斯（Henry James）和心理学家威廉·詹姆斯（William James）是艾丽斯·詹姆斯（Alice James，1848—1892年）的兄长。严重的身心疾病几乎折磨了艾丽斯一生。被诊断患有歇斯底里症后，1889年，当艾丽斯还在英格兰时，她开始写日记，既为了倾吐杂乱心绪，也为了摆脱“孤独悲戚之感”。无论是亲笔写，还是艾丽斯口述，朋友凯瑟琳·洛林（Katherine Loring）记录，日记一直写到她43岁时因癌症去世。在无情的自我剖析中，日记描述了艾丽斯自杀和杀人的冲动，她感到内心既朝气蓬勃又极度虚弱，“被砂轮般严酷的疼痛慢慢碾碎”。艾丽斯·詹姆斯去世后，洛林将日记副本分发给了艾丽斯家人。日记体现了她的才气和文学素养，令家人敬佩，但也揭露了某些敌对情绪，令他们震惊。这本日记直到1934年才出版。20世纪60年代，更权威的版本问世。此后，许多女权主义者将艾丽斯视为英雄。

艾里斯·沃恩的日记

南非人（1897—1906年）

亨丽埃塔·艾米莉·艾里斯·沃恩（Henrietta Emily Iris Vaughan）的童年日记于1958年首次成册出版，是南非经典著作。艾里斯·沃恩是东开普省（Eastern Cape）玛瑞斯（Marais）地方法官的女儿。为分散她的注意力，避免她当众失言，在她7岁时，父亲就鼓励她写日记。她以孩童稚嫩的拼写水平写道：“每人都应该写日己。因未生活太难了，又要说可套话，又不能说谎。”在布尔战争（Boer War）前后和战时，善于观察、好奇心旺盛、少年老成的沃恩以孩童视角描绘了开普殖民地小镇的生活。这种写作角度别具一格，虽是无意为之，却常逗人发笑。谈到布尔战士时，她写道：“他们几乎都像圣经里那样留着胡须。”沃恩的日记一直写到16岁。后来她写了小说，但反响平平。不过，1949年日记摘录出版，1958年日记成册出版后好评如潮，激励她在20世纪60年代后期创作了两卷回忆录。

里尔克青年时期的日记

奥匈帝国人（1898—1902年）

赖纳·马里亚·里尔克（Rainer Maria Rilke，1875—1926年）出生于当时属于奥匈帝国的布拉格。在德国文学中，他是公认的抒情诗巨匠。1897年，年方21岁的里尔克爱上了37岁的卢·安德烈亚斯-萨洛梅（Lou Andreas-Salomé），后者成为了前者的智识和艺术导师。里尔克与萨洛梅一道前往俄国和意大利，有时她丈夫也会同行。1898年春，当里尔克还在佛罗伦萨时，他开始为萨洛梅写日记，表达了他对文艺复兴艺术的感受以及他在生活、历史和天才本质方面的崇高理念。写给萨洛梅的日记中包含了多段象征丰富的散文，一直写到1900年秋天，那时里尔克正住在位于德国北部沃尔普斯韦德（Worpswede）的艺术家聚集地。他在那里邂逅了雕塑家克拉拉·韦斯特霍夫（Clara Westhoff），并与她结婚。通过日记可以看出，在此期间，从当丈夫到当父亲，里尔克经历了情感的大起大落。移居巴黎后，里尔克的诗歌开始迅速向新现代主义美学发展，日记也于1902年停写。

B15
the doorway
A.B. Occipital
C.D. Head of
E.F. Depth of body
G.H. Point of elbow
6·1 cms
BARLIN (P.-de-C.) - Mairie et École
Le 15 Juin 1915 le 280e R
vint pour 24 heures seulen
à Barlin
afin d'y recevoir un renfort
de Narbonne
Le 13: Escouade reçut en renfort le
Ventresque de Rieux
et Pelissier de Lapalme
Favier de St Trichoux
open this diary after an interval of
, the war being once again in a
Cripps's departure for India
public opinion here seems gloomy abt
which is also one of the
German wireless). This is very
English people who
India is of any importance. Better-inform
pessimistic because the non-publication of
to India indicates almost certainly
terms. Impossible to discover what
Cripps has got. Those who may know something
I propose in my newsletters,
to give Cripps a build-up, to build
This draws the warning,
political extremist.
which raises the

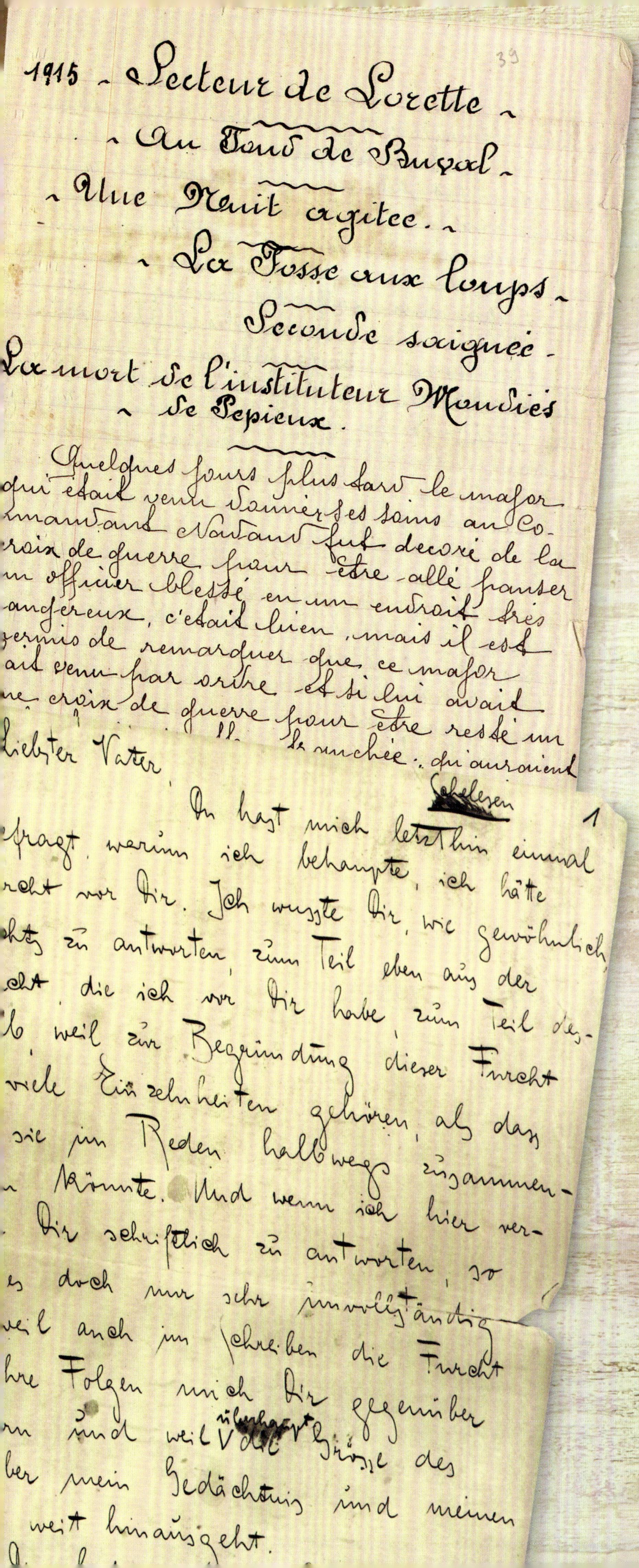

1915 - Secteur de Lorette -
- Au Fond de Buval -
- Une Nuit agitée. -
- La Fosse aux loups -
Seconde saignée -
La mort de l'instituteur Mondiès
- de Pepieux.

Liebster Vater,

Du hast mich letzthin einmal gefragt, warum ich behaupte, ich hätte Furcht vor Dir. Ich wusste Dir, wie gewöhnlich, nichts zu antworten, zum Teil eben aus der Furcht, die ich vor Dir habe, zum Teil deshalb, weil zur Begründung dieser Furcht zu viele Einzelheiten gehören, als dass ich sie im Reden halbwegs zusammenhalten könnte. Und wenn ich hier versuche, Dir schriftlich zu antworten, so wird es doch nur sehr unvollständig sein, weil auch im Schreiben die Furcht und ihre Folgen mich Dir gegenüber behindern und weil die Grösse des Stoffs über mein Gedächtnis und meinen Verstand weit hinausgeht.

第6章

1900—1940年

一战给20世纪初期蒙上了阴影，也给一代人留下了精神创伤。这场工业化战争令许多人有感而发，德国艺术家凯绥·珂勒惠支（Käthe Kollwitz）和英国诗人西格弗里德·沙逊（Siegfried Sassoon）等人的日记便是如此。斯科特船长记录了南极探险的悲剧，标志着欧洲探险时代走向末路。文学现代主义伊始，诞生了两大作家日记，分别由弗吉尼亚·伍尔夫和弗兰兹·卡夫卡创作，两人各行其法，拷问自我人格。心理学家卡尔·古斯塔夫·荣格（Carl Gustav Jung）的笔记和阿奈丝·宁（Anaïs Nin）探讨性的日记都揭示了当时对无意识的着迷。乔治·奥威尔（George Orwell）和阿尔贝·加缪（Albert Camus）的信件和笔记则反映了20世纪30年代经济萧条所引发的剧烈社会和政治冲突。

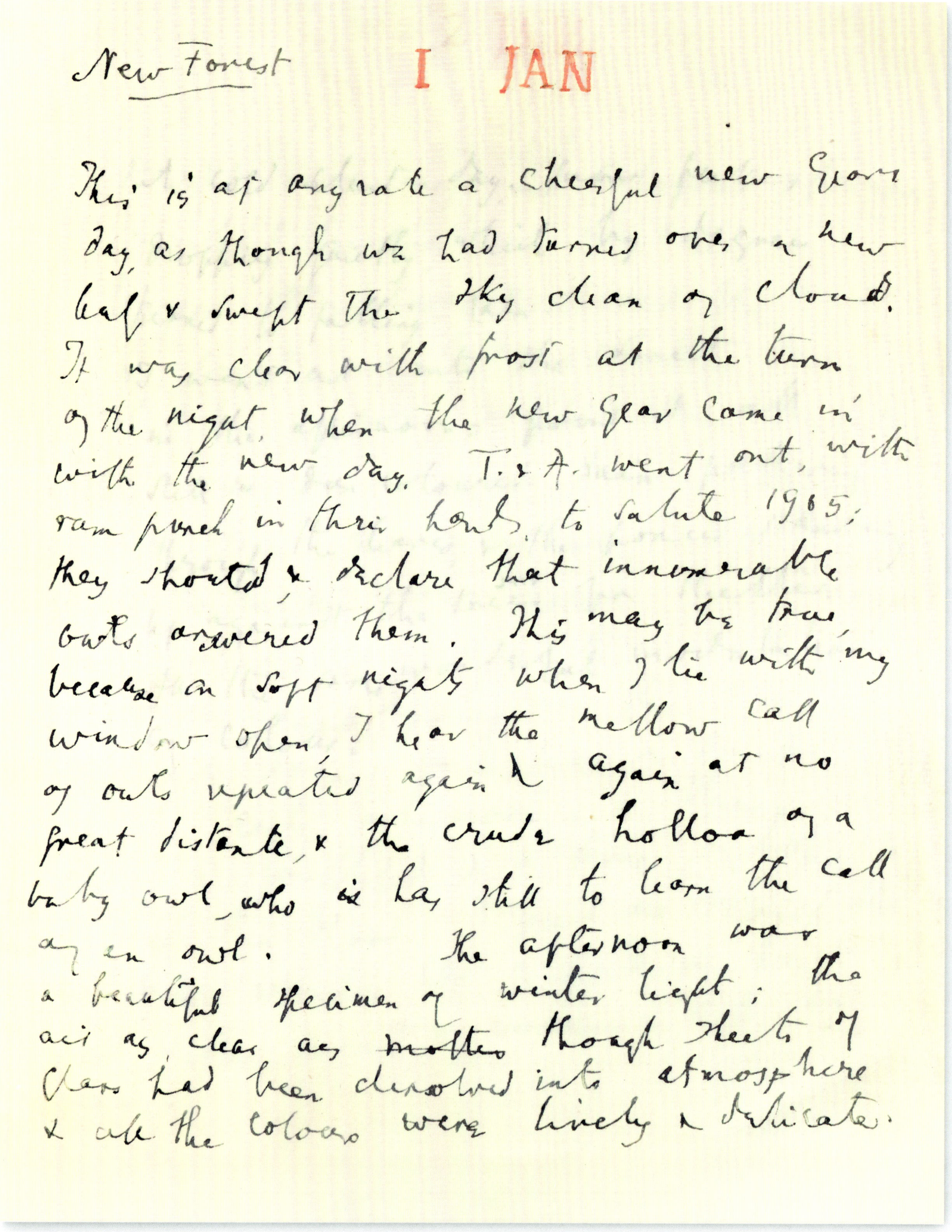

New Forest I JAN

This is at any rate a cheerful new years
day, as though we had turned over a new
leaf & swept the sky clean of cloud.
It was clear with frost at the turn
of the night, when the new year came in
with the new day. T. & A. went out, with
rum punch in their hands, to salute 1905;
they shouted, & declare that innumerable
owls answered them. This may be true,
because on soft nights when I lie with my
window open, I hear the mellow call
of owls repeated again & again at no
great distance, & the crude holloa of a
baby owl, who is has still to learn the call
of an owl. The afternoon was
a beautiful specimen of winter light; the
air as clear as ~~molten~~ though sheets of
glass had been dissolved into atmosphere
& all the colours were lively & delicate.

为自己而写

1897—1941年 ■纸上墨迹 ■26卷 ■英国人

弗吉尼亚·伍尔夫：作家

1882年，小说家、散文家弗吉尼亚·伍尔夫出生于伦敦，原名弗吉尼亚·斯蒂芬（Virginia Stephen）。她父亲莱斯利·斯蒂芬（Leslie Stephen）是维多利亚时代文学精英中的杰出人物。1897年，14岁的伍尔夫开始写日记，详细记录了其特权家庭圈的日常生活。当时伍尔夫就已经精神受创。1895年，母亲去世，导致伍尔夫遭受严重精神崩溃，后来还多次发作。她可能还被同父异母的兄弟性虐待。尽管心魔纠缠不休，最终令其自杀，但伍尔夫毕生所写的日记却极富洞察力，思维活跃，充满恶意幽默、好奇心和对玩乐的向往。

伍尔夫的日记写作与作家生涯并行展开。一开始，日记既是某种文学练习，也是小说和散文写作培训。自1915年出版小说后，伍尔夫几乎天天写日记。她将日记视为勤勉文学写作之余的自我释放和随心所欲表达观察发现和观点的机会，写日记时"恣意挥就""草草写成，充满活力"。伍尔夫逐渐将每年精心保存并用硬纸板装订的日记视为小说或未来回忆录的潜在素材。

伍尔夫在日记里描绘了丰富多彩的生活。她是布卢姆斯伯里小组（Bloomsbury Group）成员，该小组由知识分子和艺术家组成。自1905年起，他们就定期聚会，彼此以友相待。伍尔夫还与丈夫伦纳德·伍尔夫共同管理霍加斯新闻社（Hogarth Press），因而能够近距离观察和描写当时诸多显赫人物和文化事件。日记也具有私密性，涵盖了她与作家维塔·萨克维尔-韦斯特（Vita Sackville-West）的恋情、她的婚后生活、与仆人关系不佳、每天努力达到成为作家的要求。伍尔夫去世后，她的日记被公认为是其文学杰作。

文学成就

弗吉尼亚·伍尔夫用意识流叙述手法创作而成的《达洛维夫人》（*Mrs Dalloway*，1925年）和《到灯塔去》（*To the Lighthouse*，1927年）使她确立了杰出现代主义小说家的地位。她后来写的小说包括热情洋溢、跨越性别的讽刺作品《奥兰多》（*Orlando*，1928年）和在二战爆发前夕沉思英国历史的《幕间》（*Between the Acts*，1941年）。她的纪实作品也很出名，例如经典女权主义作品《一间自己的房子》（*A Room of One's Own*，1929年）和半虚构反战文章《三个畿尼》（*Three Guineas*，1938年）。

▲伍尔夫的长篇文章《三个畿尼》（1938年）的封面

◀生涯起步

在1905年第一则日记里，年轻的弗吉尼亚·斯蒂芬充满诗意地回忆起在英国乡村天寒地冻时过的新年。撰写此文时，她才刚从重度精神疾病发作中恢复过来，开始迈出职业作家生涯的第一步。直到1915年33岁时才出版第一部小说《远航》（*The Voyage Out*）。

▶伉俪情深

1912年，弗吉尼亚·斯蒂芬嫁给了剑桥高材生，犹太知识分子伦纳德·伍尔夫。他曾在英国统治的锡兰（Ceylon）（斯里兰卡）担任殖民地公务员。为了给妻子提供始终如一的情感支持，伦纳德放弃了自己的事业。虽然她的精神疾病多次发作，但伦纳德始终维持着这段充满爱意的婚姻。

> "为何生活这般悲惨，
> 好似深渊上空的人行小道？"
>
> 弗吉尼亚·伍尔夫日记，1920年10月25日

细节信息

20世纪30年代，伍尔夫的日记揭示了她日益关注法西斯主义的抬头和二战的逼近。伍尔夫夫妇在两次世界大战间隔期间多次出国。令人吃惊的是，日记记述了他们在1935年假期开车穿越纳粹德国，还带着一只宠物狨。1937年，弗吉尼亚的小侄子朱利安·贝尔（Julian Bell）命丧西班牙内战。残酷的现实令伍尔夫意识到危机正愈演愈烈。

伍尔夫主张以女性主义为基础的和平主义，即便1939年英国参战，她也难以宣言放弃这一主张。伍尔夫夫妇大部分时间住在苏塞克斯郡（Sussex）农村地区罗德梅尔村（Rodmell），他们发现自己正处于不列颠之战（Battle of Britain）的前线。日记交替记录了玩草地滚球和观察空战——伍尔夫描述道，轰炸机从头顶飞过时，她面朝下躺在草丛中。1940年10月，伍尔夫夫妇的布卢姆斯伯里房产遭轰炸，好在日记幸运地保存了下来。

伍尔夫在1941年春季的日记流露出些微沮丧之感，但并未明确表明她正在经受致命危机，她还继续制定写作计划。最后一则日记写于3月24日，结尾是“伦（纳德）正在做杜鹃花插花……”。4天后，由于担心精神疾病再次发作，伍尔夫在附近的乌斯河（River Ouse）投河自尽。

◀ **满目疮痍**

1940年10月的闪电战期间，当伍尔夫夫妇还住在苏塞克斯郡时，他们位于塔维斯托克广场的布卢姆斯伯里住宅被炸毁。早在1年前，伍尔夫夫妇就将财产（包括弗吉尼亚的日记）转移到附近位于梅克伦堡广场（Mecklenburgh Square）的新家。尽管此处也遭炸弹破坏，弗吉尼亚还是找回了日记。

而且，日记所能实现的某种形式，正在我眼前隐约浮现。我可能会渐渐学会运用这种松散缥缈的生活素材，为日记找到其他用途，更加有意识地，更加谨慎地运用于小说中。我应当写何种类型的日记？某种结构松散的日记，但也并非凌乱不堪，又极具灵活性，包容一切……心中所想之事。我希望日记就像大容量旧桌子或手提旅行袋，可以随意往里扔大量零碎物品。

弗吉尼亚·伍尔夫日记，1919年4月20日

布卢姆斯伯里小组

布卢姆斯伯里小组组员还包括瓦妮莎·贝尔（Vanessa Bell，伍尔夫的姐姐）、她丈夫克莱夫·贝尔（Clive Bell）、艺术家邓肯·格兰特（Duncan Grant）、传记作家里顿·斯特拉奇（Lytton Strachey）、艺术评论家罗杰·弗莱（Roger Fry）、经济学家约翰·梅纳德·凯恩斯（John Maynard Keynes）、小说家E.M.福斯特（E.M. Forster）。这些精英人士不拘泥成规，反抗维多利亚女王时代的道德风尚，因信奉性平等、性自由，不拘礼节、思辨探讨激烈，文化成就显赫而闻名于世。20世纪20年代，布卢姆斯伯里小组的影响力盛极一时，但此后其精英式唯美主义遭到了强烈反对。

▶ 里顿·斯特拉奇（中）在威尔特郡哈姆斯普雷（Ham Spray，Wiltshire）和布卢姆斯伯里小组成员喝茶

伍尔夫说，写得快迫使她直抒胸臆，
自然而然地将话语倾泻而出。

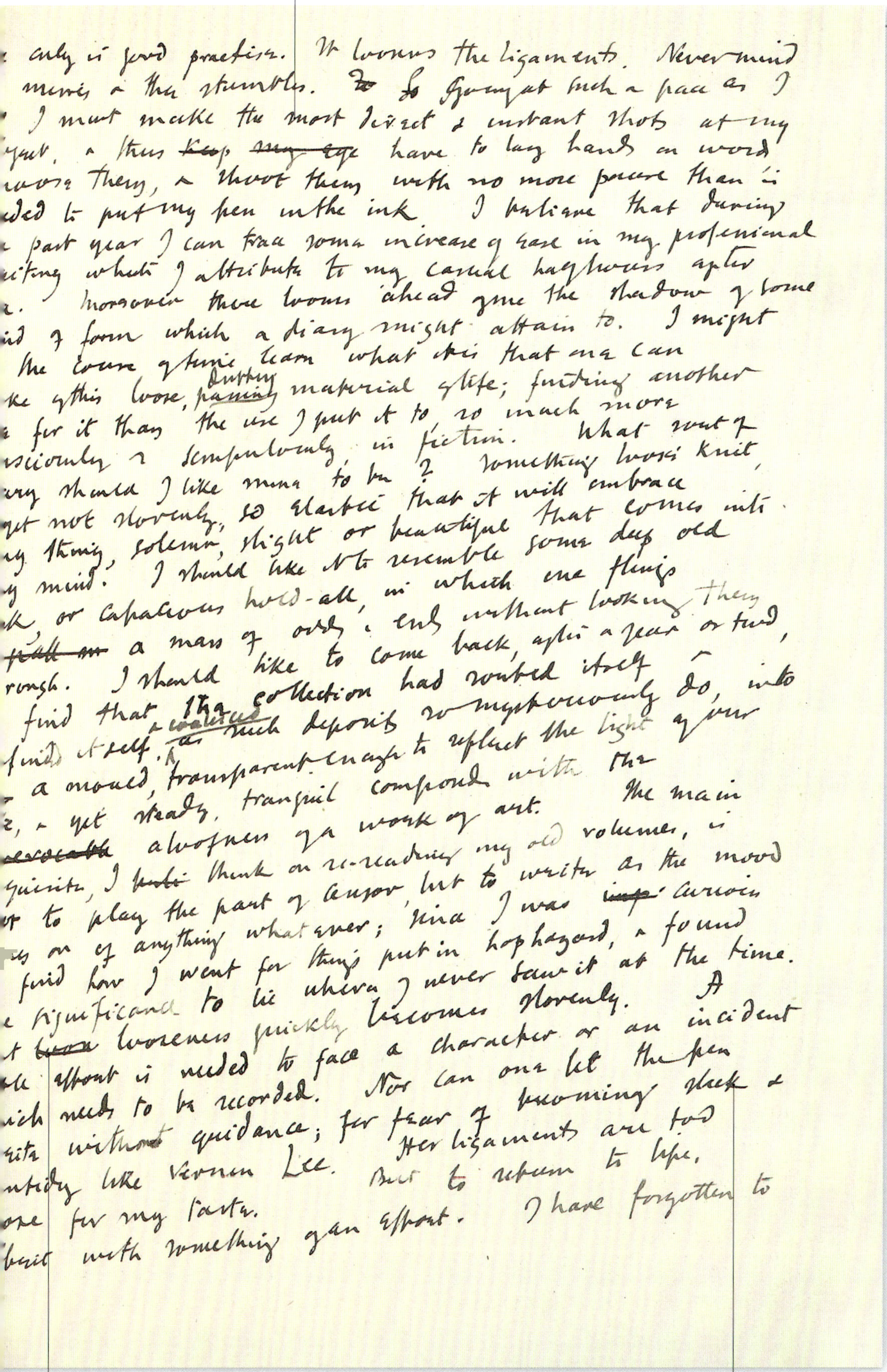

即使在日记中，如果伍尔夫认为
某些词语词不达意，她也会将其
划去。

虽然伍尔夫想“随心”而写，
但她也意识到了文本变得
“松弛而凌乱”的危险。

◀ 思考日记写作

1919年4月20日的这则日记讨论了写日记的价值。“因此，只写给自己看是种好做法。”伍尔夫说，“这样能放松韧带。永远不用介意错漏。”她承认写作略微容易些了，并将其归因于每天的日记写作。

▲ 公开发表

1953年，伦纳德·伍尔夫出版了弗吉尼亚日记摘录，名为《一个作家的日记》(*A Writer's Diary*)。伦纳德将自认为与弗吉尼亚作家生涯相关的语段纳入选集中。他宣布其余日记的“个人色彩过于浓厚，不宜全部发表”。1915年至1941年的日记全文于1977年出版。

带着线条散步

1898—1918年 ■纸上笔墨 ■4卷 ■瑞士人

保罗·克利：画家

保罗·克利（Paul Klee，1879—1940年）从1898年到1918年的这20年里写了4本日记，描述了一个年轻人在艺术上走向成熟的历程。19岁那年，克利写下了第一则编号日记，后来总共写了上千则，记录了他一生先后探索音乐、戏剧、文学和艺术，以及他逐步发现“线条”的过程。克利用瑞士德语写作，他精心编排日记文本的情绪和节奏变化，谱写出了生活交响曲。克利年纪轻轻就已是功成名就的音乐家。除了记录与女性完成壮举、狂饮、意大利和巴黎的艺术之旅和自我反省时的焦虑，他的日记也间或出现诗歌、改编“老掉牙”的重复乐段以及颇有预见地分析艺术将把他引向何方。

1957年，克利的日记出版，克利可能为了写自传而修改过日记。虽然克利在日记中谴责公众过于关注著名艺术家的生活，但他自己的传记依然令人着迷。克利向钢琴家莉莉·施通普夫（Lily Stumpf）求婚时，他草草写下的笔记揭示了他内心的自我怀疑，因为他的“艺术作品连一个人都养活不了”。莉莉上钢琴课以维持家庭的生计，克利则按时间顺序记述了自己如何照顾尚在襁褓中的儿子费利克斯（Felix），也记录了自己的试验性绘画和雕刻，以及展览和杂志将他的作品拒之门外。克利的生活在一战前后发生了巨大变化：作品好评如潮，出现了“新艺术”画廊和赞助人；他与俄罗斯艺术家、表现主义团体“青骑士”（Der Blaue Reiter）创始人瓦西里·康定斯基（Wassily Kandinsky）结盟。

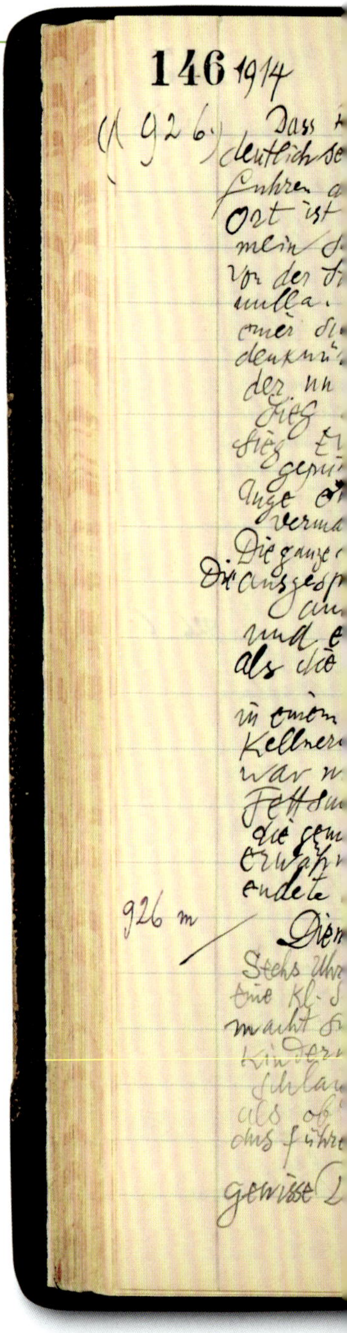

背景信息

◀ 色彩攫住了我

从突尼斯回国后，克利画了自己的第一幅纯抽象画——由矩形和圆形组成，名为《凯鲁万风格》（*In the Style of Kairouan*，1914年）。就在不久前，克利记录道，当他在凯鲁万“柔和的漫射光”中绘画时，他顿悟了：“色彩攫住了我。我不必特意寻求……色彩与我已是一体。我是画家。”

▶ 疯狂的战争

1916年，克利（第3排中）被征召到施莱斯海姆（Schleisheim）兰茨胡特（Landshut）的步兵部队。此时战乱已经持续2年了，克利后来将其称为“这场疯狂的战争”。克利的艺术伙伴奥古斯特·马克（August Macke）和弗朗茨·马克（Franz Marc）已经牺牲。克利被派驻在飞行队车间、空军后勤部门和薪资部门，使他得以远离前线。

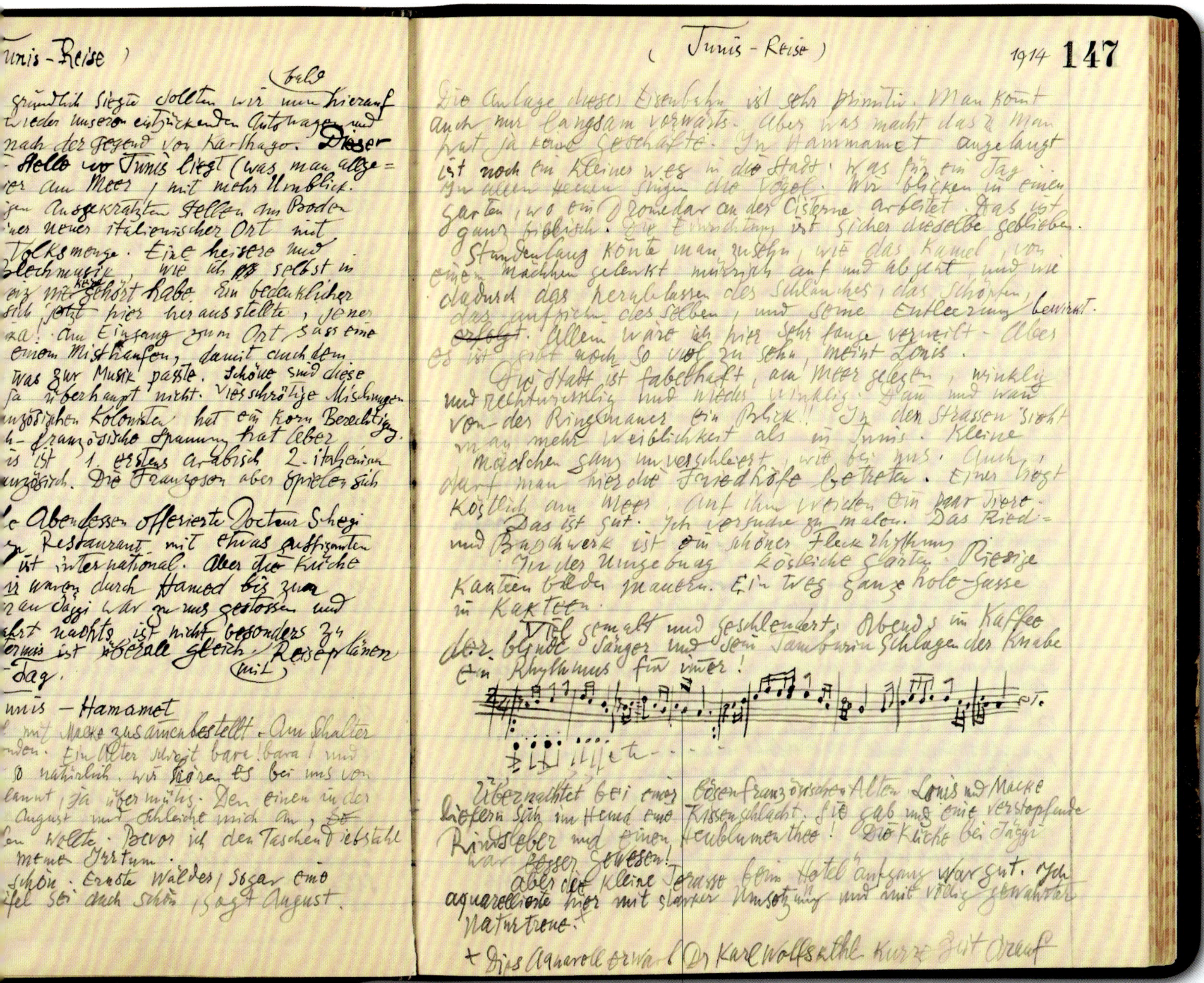

听着一个盲人歌手唱歌，一个小男孩打手鼓伴奏，克利写道："终生难忘的韵律！"

▲突尼斯三人行

克利的日记记述了1914年4月的突尼斯之旅，有时读起来就像《男孩子》（*Boys' Own*）系列冒险故事。在克利35岁左右时，他与画家奥古斯特·马克、康特·路易·穆瓦雷（Count Louis Moillet）一同乘坐从马赛开往北非的客轮。克利的日记记述了他痴迷于阿拉伯建筑、文化和景观，也记录了狂欢和盛宴。

多么美好的一天！每道篱笆上都有鸟儿在歌唱。往花园里望去，一只单峰驼正在蓄水池里劳作。完全是圣经式场景。这般布局肯定从未改变……

这座城市［突尼斯哈马马特（Hammamet，in Tunisia）］很美，就在海边，到处都是弯道和急弯。时不时还能看到城墙！可以看到，街上的女性要比突尼斯市多，小女孩没戴面纱，就像在家里一样。然后，这里的公墓也对外开放。有一片公墓坐落在海边，位置极佳。几只动物在里面吃草，景色优美，我试着画下来。一片片芦苇和灌木形成了优美的韵律。

《保罗·克利日记》(*The Diaries of Paul Klee*)，1898年至1918年

细节信息

保罗·克利认为“线条”这种抽象的形式是重塑艺术的基石。他在包豪斯（Bauhaus）执教10年，提出了图像形式和视觉设计理论，并通过2500多页笔记、备忘录、图表和草图进行了详尽的探索。1956年至1973年，以这些笔记为底稿的《思想之眼》（*The Thinking Eye*）和《自然本质》（*The Nature of Nature*）的德文版和英文版先后出版。在《思想之眼》中，克利对不同线条之间的关系、颜色与色调的关系、静与动的关系、主动与被动的关系进行分析，内容复杂难懂，普遍认为对现代艺术具有革命意义，其重要性堪比莱昂纳多·达·芬奇之于文艺复兴，艾萨克·牛顿之于物理学。在《自然本质》中，克利重点关注自然界的过程和运动：生命形态如何形成、蜂巢结构隐藏着何种几何形状、如何判断豆荚中仁、内部空间和外壳之间的关系。

克利提出，他的理论源自作品创作，因此也即源自潜意识，应该是“实现清晰的思维的方法”，而非熟记于心的规则。

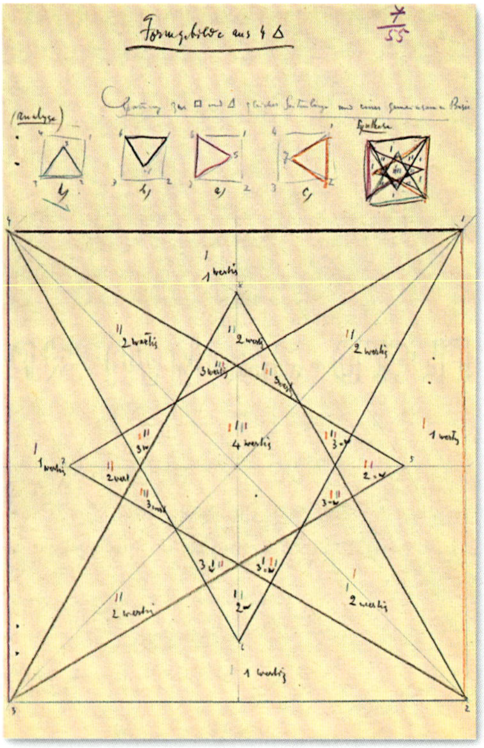

▲含有四个三角形的图形

此图中，彩色三角形的排布形成了权重各异的色块。克利痴迷于绘画与几何之间的关系。通过测量线条和色调，克利让人们注意到了现实世界与抽象艺术之间的深层次关系。

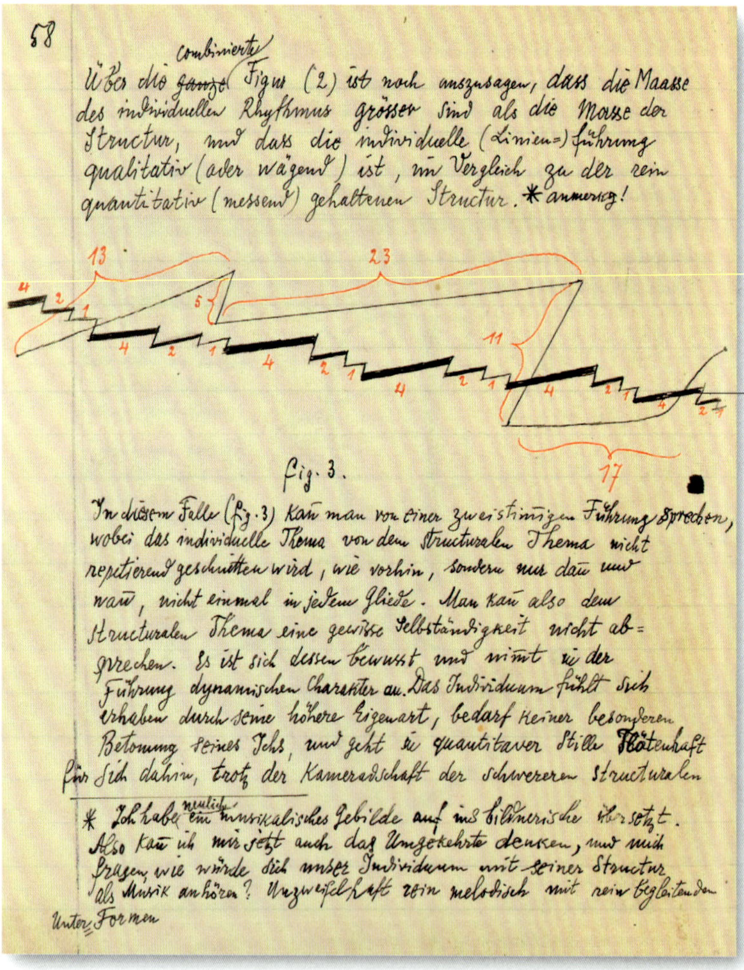

正在对代表“两种声音”的线条进行质量和品质测量。

◀复调艺术

复调音乐令身为音乐家的克利着迷。这种音乐可以同时呈现多个独立旋律。在笔记中，克利将音乐转换为图像形式，以证明音乐质感在艺术中有一席之地。随后，他反过来问自己何种钢笔画结构有韵律感。

> “艺术不在于复现可见之物，而在于使不可见之物显形。图形艺术的本质吸引我们欣然而理性地走向抽象。”

保罗·克利，《思想之眼》

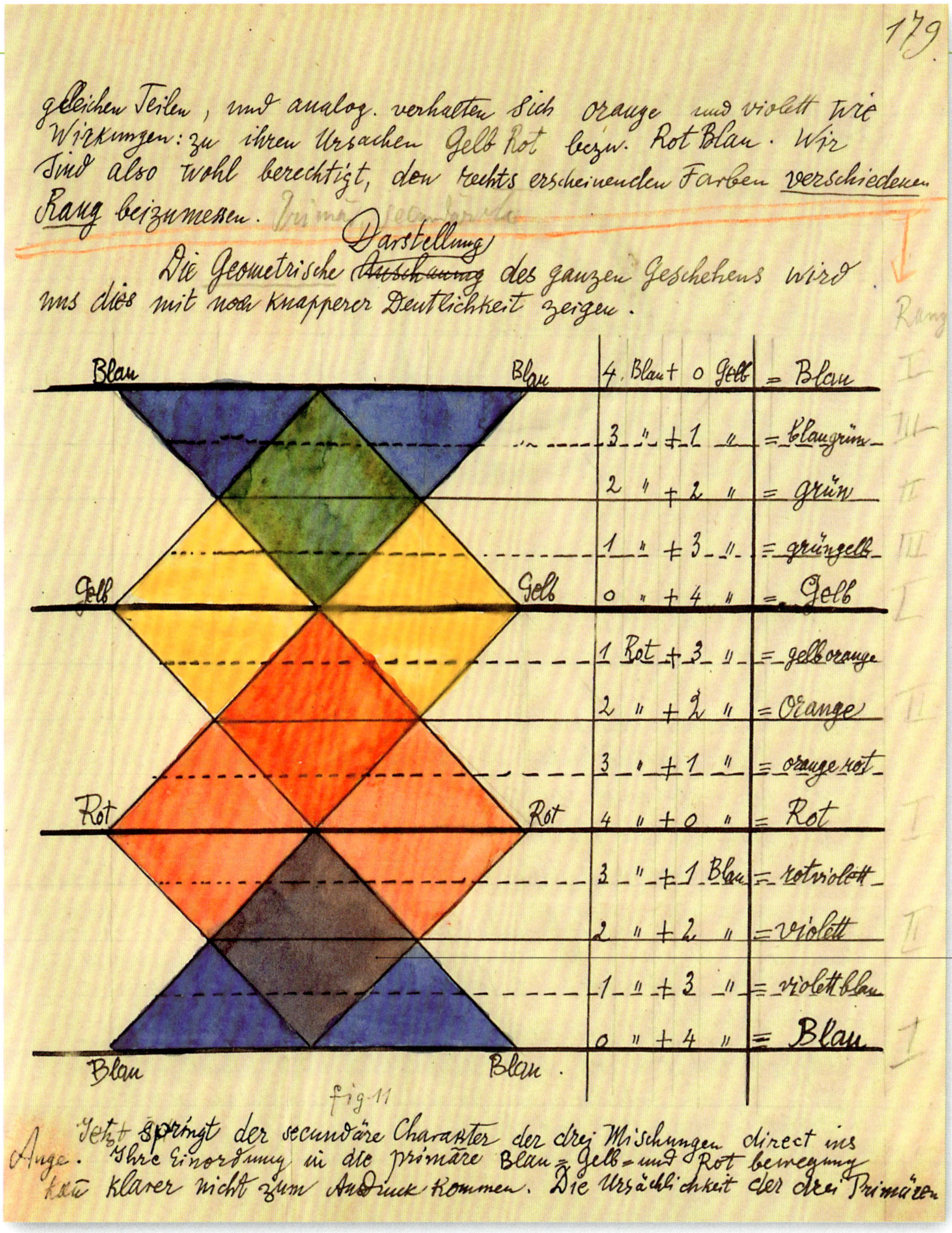

◀ 理解颜色

1922年12月，克利在包豪斯讲授色彩理论，此图表便是其中部分插图笔记。克利将红黄蓝三原色正方形和三角形相互重叠，体现出二次色和第三色的形成过程。在页面右下方，克利列出了出现变化的颜色名称：蓝色，蓝绿色，绿色等。

如图所示，紫色为二次色，由同等数量的红蓝原色合并而成。

包豪斯

1919年，建筑师瓦尔特·格罗皮乌斯（Walter Gropius）在德国魏玛（Weimar）建立包豪斯实验学校。各国画家和工匠齐聚一堂，在这个充满活力、包容并蓄的社区中工作教学。艺术、手工艺、技术和材料地位相当，也是工作坊式课程的主题，课堂指导教师则是大师级工匠和艺术家。1921年，克利受邀加入包豪斯，在此工作10年，从事理论教学，指导装订、创意绘画、玻璃绘画和编织工作坊。20世纪20年代中期，为适应机器时代的需要，并且在右翼政府的施压下，包豪斯搬到了工业城市德绍（Dessau）。包豪斯的左翼倾向不断遭受审查。1933年，盖世太保（Gestapo）宣称包豪斯不被德国所接受，并将其关停。

▶瓦尔特·格罗皮乌斯（中）、保罗·克利（右四）以及其他老师在德国德绍包豪斯屋顶上

社会正义斗士

1908—1943年 ■纸上笔墨 ■10本笔记 ■德国人

凯绥·珂勒惠支：艺术家

珂勒惠支是杰出的画家、雕塑家，也是德国表现主义运动领军人物。珂勒惠支写日记时，正逢德国历史动荡期。尽管珂勒惠支无意把日记写成官方时代记录，但日记轶事细节丰富，生动描绘了她的祖国在20世纪上半叶的社会弊病和国运变迁。原名为凯绥·施密特（Käthe Schmidt，1867—1945年），出生于东普鲁士柯尼斯堡（Königsberg，今俄罗斯加里宁格勒），成长于品德修养良好、社会责任感强的家庭。在家人鼓励下，凯特在艺术上雄心勃勃，但始终对于探索时新美学理论兴趣寥寥。对珂勒惠支来说，艺术只是一种手段，用以凸显她所见周遭的苦难与不公。纳粹势力抬头，导致她艺术生涯后期遭遇阻碍。

这种表现手法在凯绥嫁给卡尔·珂勒惠支（Karl Kollwitz）之后得到加强。卡尔在柏林穷苦地区行医，凯绥则为多位卡尔的病人作画，并在日记中谈及贫困对病患生活的影响。她有些知名版画的创作灵感便来源于此，尤其是《受压迫之人》（*The Downtrodden*），以及她关于工人起义的系列作品。一战爆发后，珂勒惠支转而专注更为惨重的苦难。1914年10月，她的小儿子彼得（Peter）死于佛兰德（Flanders），使得珂勒惠支成为坚定的和平主义者。她制作反战海报，并加入国际妇女争取和平与自由联盟。1918年当局征召老少男性参战时，珂勒惠支写道："死的人够多了！不要再让一人倒下。"

珂勒惠支晚年时全身心投入到建立彼得纪念馆的工作中。在日记里，她描述自己看到雕像立了起来："我们从人像那里走到了彼得之墓，一切都栩栩如生，全然有感于心。我站在那座女性雕像前，看着她——那是我自己的脸——我哭了，轻抚她的脸颊。1988年，珂勒惠支日记完整版《日记：1908—1943年》（*Die Tagebücher: 1908-1943*）出版。

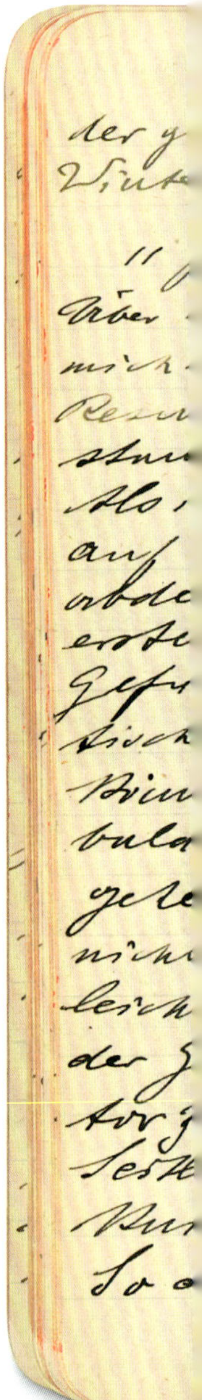

▶彼得纪念馆

珂勒惠支决心为彼得建立彼得纪念馆，但从计划到落地却历经多年。1924年1月11日，珂勒惠支在此处阐述了纪念馆构想，最后形成了作品《哀痛的父母》（*The Mourning Parents*）——两座雕像俯瞰着比利时迪克斯迈德（Diksmuide）附近的军事公墓。父亲凝视坟墓，母亲则垂首哀痛。

背景信息

◀《俘虏》（*The Prisoners*）

"农民战争"（The Peasants' War，1902—1908年）系列蚀刻版画由7幅画组成，具有很强的感染力，也是珂勒惠支声名鹊起的重要因素。该系列取材自16世纪起义，但反映的问题在20世纪仍具有现实意义。珂勒惠支因该项目作品获得历史艺术协会（Association for Historic Art）资助。左图便是该系列最后一幕。

▲《丧子之母》（*Woman With Dead Child*）

转而关注更为普世的主题后，珂勒惠支一开始创作了许多重要作品，其中之一便如上图所示。这幅作品于1903年在柏林展出，并因"体现母亲的悲痛"而获得赞誉。女性的容貌因极度痛苦而扭曲。男孩的原型则是珂勒惠支时年7岁的儿子彼得。

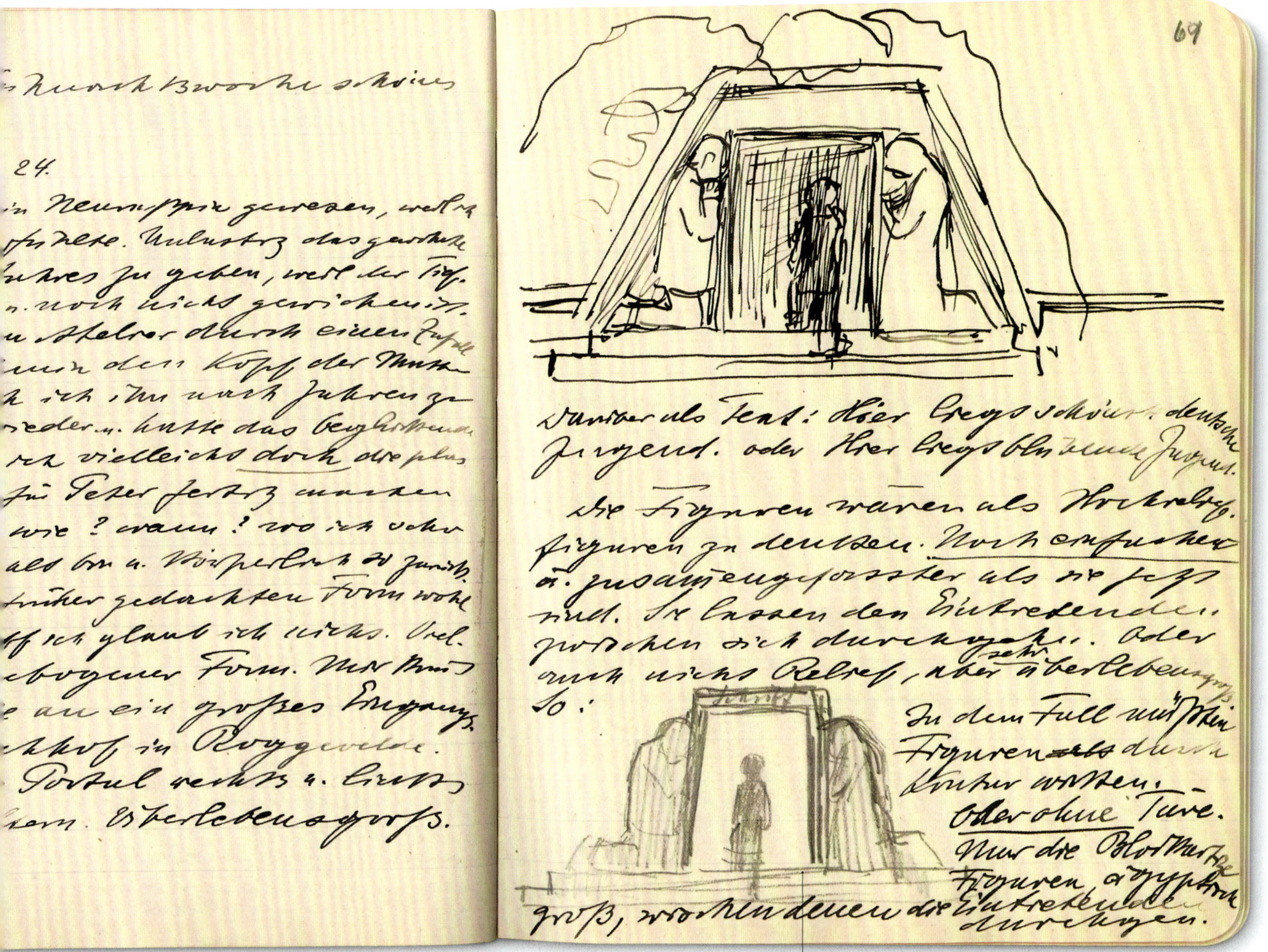

珂勒惠支的纪念馆建馆方案历经多个阶段才得以成形。她在此处构思了一种大门样式。

艺术生涯

她曾受雕刻师鲁道夫·莫尔（Rudolf Mauer）培训，并参加了慕尼黑女艺术家学校（Munich School for Women Artists）的课程。珂勒惠支专攻版画技艺（蚀刻、平版印刷和木刻）。她的成名作是两组富有感染力的蚀刻版画：“织工起义”（The Weavers' Revolt，1893—1897年）和“农民战争”（1902—1908年）。珂勒惠支在巴黎朱利安学院（Académie Julian）学习，学成后从事雕刻并大获成功。她是妇女艺术协会（Women's Art Association，1913年）的联合创始人，也成为了柏林普鲁士艺术学院（Prussian Academy of Arts）首位女性成员（1919年），并在学院担任版画教授。

▲凯绥·珂勒惠支正在创作雕刻作品《带着两个孩子的母亲》（*Mother with two children*），1932—1936年

回来的路上，我们的车厢里有一个年轻的西里西亚士兵，他正从医院前往卫戍区驻守。他是一个乐观的年轻人，脸颊红润，像个小孩子。卫戍区也是他军旅生涯的起点。他在比利时历经风雨，在马恩河沿岸的大战中负伤。有人问他遭到狂轰滥炸是什么感觉。“没人说半句话——所有人都彻底沉默——但当士兵一个接一个倒下，我害怕极了，而恐惧会驱使着我往前。”

《日记：1908—1943年》，1914年9月29日

死亡之旅

1910—1912年 ■纸上铅笔字迹 ■3卷 ■英国人

罗伯特·法尔肯·斯科特：海军军官、探险家

罗伯特·法尔肯·斯科特（1868—1912年）的日记记录了他再次尝试成为抵达南极第一人却无疾而终的经历，有些日记语段可谓道尽辛酸。1901年至1904年，在斯科特带领下，“发现”号探险队（Discovery Expedition）创造了人类抵达地球最南点的纪录。1910年，斯科特率领另一支探险队南征。他们搭乘皇家海军舰艇“特拉诺瓦”号（HMS Terra Nova），次年1月抵达南极洲。

10月24日，在埃文斯角过冬后，探险队成员出发前往南极。2个半月后，1912年1月16日，斯科特写道：“糟糕透顶”。斯科特和队员发现，有迹象表明，他们的对手，挪威探险家罗阿尔德·阿蒙森（Roald Amundsen）已经走在他们前头。2天后，这一点已经确定无疑：抵达南极后，斯科特团队发现了挪威人的帐篷和阿蒙森留下的便条。万般沮丧之下，探险队只得开始掉头返回冬季大本营。等在他们前面的，是1126千米的长途跋涉。

斯科特和4位队员经历了日渐恶劣的天气、疾病和伤病，食物也逐渐告急。到3月21日，只有3人还活着。口粮只够吃2天了。他们饿得发虚，又因身患坏血病而奄奄一息。因为暴风雪迫近，他们搭起了帐篷。探险队距离补给站只剩下17.5千米了，站里粮食供应充足。

7个月后，搜救队发现了这个小型绿色帆布帐篷，里面躺着3具冰冷的尸体。斯科特身边放着一捆信和他的日记。他的日记一直写了到最后。最后几则日记写于帐篷中，其中一则写道：“我们很虚弱，难以写作。但就我自己而言，我不后悔踏上此番旅程。此行体现了英国人能克服艰辛，同舟共济，直面死亡，刚毅不屈，一如既往。”

背景信息

▲埃文斯角

探险队在埃文斯角（Cape Evans）预制好的棚屋中过冬，一度有多达25人居住其中。斯科特写道：“棚屋正在变成能想象得到的最为舒适的住所。我们给自己打造了让人流连的家。这里平和、静逸、舒适，无与伦比。”

▶巴恩冰川之下

赫伯特·庞廷（Herbert Ponting）是“特拉诺瓦”号探险队摄影师，在南极停留了14个月。斯科特写道：“没有任何一支探险队有过这么丰富的影像记录，唯一难点在于，他拍摄了无数题材，要从何选起？”

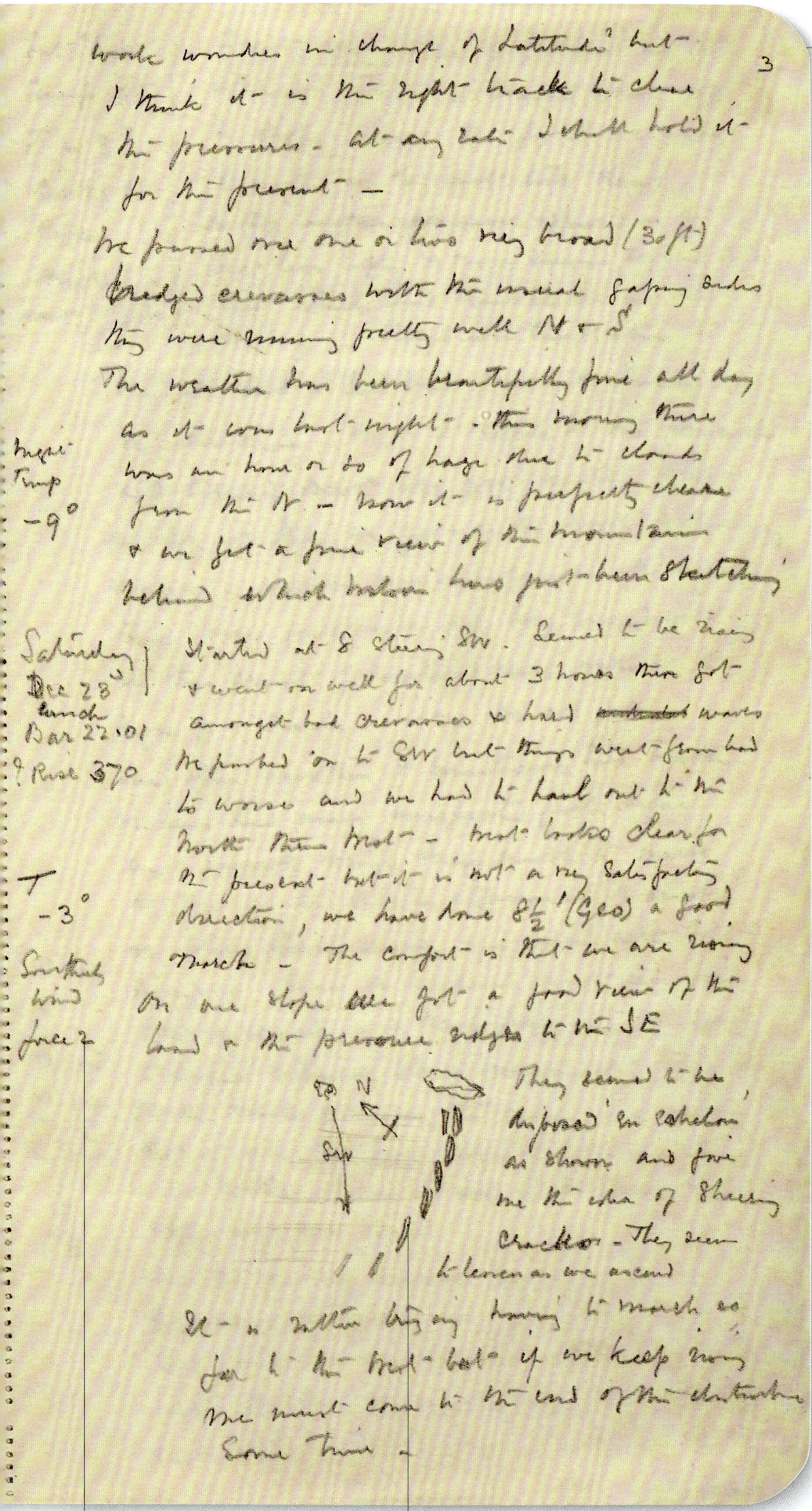

◀冲向南极

斯科特用整洁的铅笔字记录了向南极迈进的进度，也记下了天气和地形。此处，1911年12月23日，他写道：“8点出发，朝向西南，地势似乎正在升高，3小时内一切顺利，随后周边都是冰隙，地势起伏不平。我们继续往西南行进，但情况越来越糟，不得不转而往北走，然后再往西。”

▲借着烛光写作

埃文斯角的棚屋有人工照明，也有煤油灯，但斯科特常在烛光下写日记，用火柴点烟斗。

糟糕透顶，或者说相当糟糕……鲍尔斯眼很尖，刚行进1个小时，就认为自己看到了堆石标；他惴惴不安……半小时后，他看到前方有个小黑点。我们马上就知道，这并非自然雪景。我们继续行进，发现黑点原来是绑在雪橇支架上的黑色旗帜；走近了，还能看到营地的痕迹、雪橇和滑雪板来来去去的痕迹。狗爪印很清晰——许多只狗。这下都一目了然了。挪威人已经捷足先登，率先抵达南极了……明天我们必须赶往南极，然后火速返程，能多快就多快。

斯科特日记，1912年1月16日

标注的天气情况是“温（度）-3°。南风风力2级”。

示意图用铅笔画成，持续记录了探险队前往南极的进度。

细节信息

探险队抵达南极时，斯科特时写道："伟大的上帝！此地令人生厌。我们竭力前来，却没能拔得头筹，太糟了"。探险队急于原路返回埃文斯角基地。但对于能否如愿返程，斯科特在日记中表示怀疑。天气异常恶劣，队员越加虚弱。2月4日，斯科特以轻松的口吻写道："就在午饭前，埃文斯和我意外跌入冰隙。"2月17日，埃德加·埃文斯（Edgar Evans）去世。一个月后，劳伦斯·奥茨（Lawrence Oates）的脚被冻伤。他意识到自己拖累了其他人，于是以大无畏的精神说道："我要去外面，可能要一阵子。"斯科特写道："他走进暴风雪，我们未曾再见过他。"

在最后几则日记中，斯科特很清楚探险队已经在劫难逃，因此他的日记是写给后来者看的。他最后写道："要是我们能活下去，我会讲述队友们的刚毅、坚忍、勇敢的传奇故事，让每个英国人心潮澎湃。这些粗糙的笔记和我们的遗体必定会诉说这一切。"

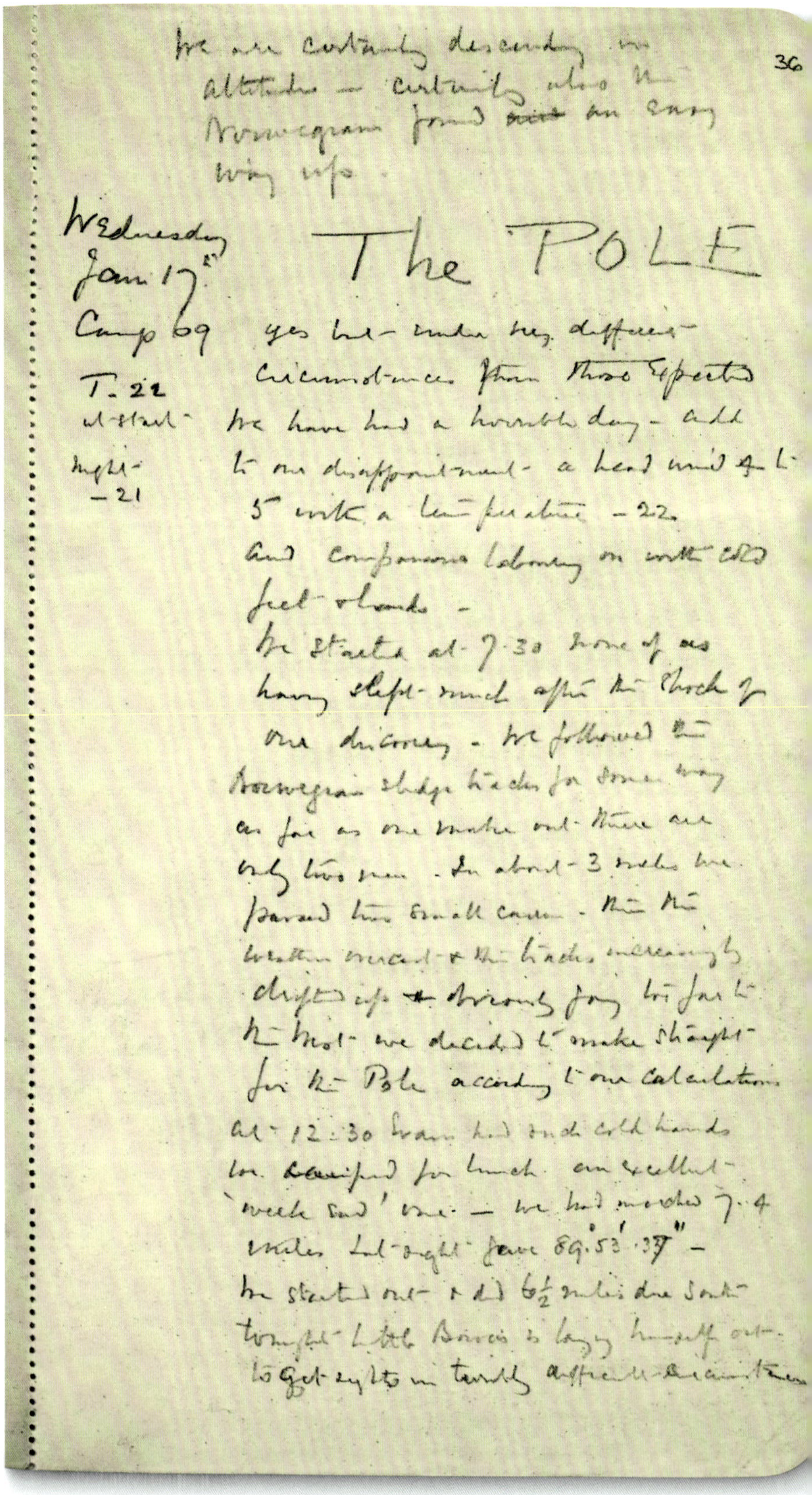
36

We are certainly descending in altitude — certainly also the Norwegians found an easy way up.

Wednesday Jan 17th
Camp 69
T. -22 at start
Night -21

The POLE

yes but under very different circumstances from those expected. We have had a horrible day — add to our disappointment a head wind 4 to 5 with a temperature -22, and companions labouring on with cold feet & hands. We started at 7.30 none of us having slept much after the shock of our discovery. We followed the Norwegian sledge tracks for some way as far as we make out there are only two men. In about 3 miles we passed two small cairns. Then the weather overcast & the tracks increasingly drifted up & obviously going too far to the West we decided to make straight for the Pole according to our calculations. At 12.30 Evans had such cold hands we camped for lunch — an excellent 'week end' one — we had marched 7.4 miles. Lat sight gave 89°53'37". We started out & did 6½ miles due South. Tonight Little Bowers is laying himself out to get sights in terribly difficult circumstances

▲归路难

斯科特日记第2卷第36页记录了探险队抵达南极。这本该是辉煌胜利和成就，但是事与愿违，探险队知道自己已经输了。斯科特写道："糟糕的一天。"风很大，气温为-22摄氏度（-7华氏度）。跟随挪威人足迹行进时，探险队还未从震惊中恢复过来。

▼罗阿尔德·阿蒙森

1911年12月14日，挪威探险家罗阿尔德·阿蒙森率领5人探险队抵达南极，比斯科特团队早了5个星期。挪威人身着因纽特式皮草，很清楚要用狗拉雪橇。最终，探险队全员安全返回基地。

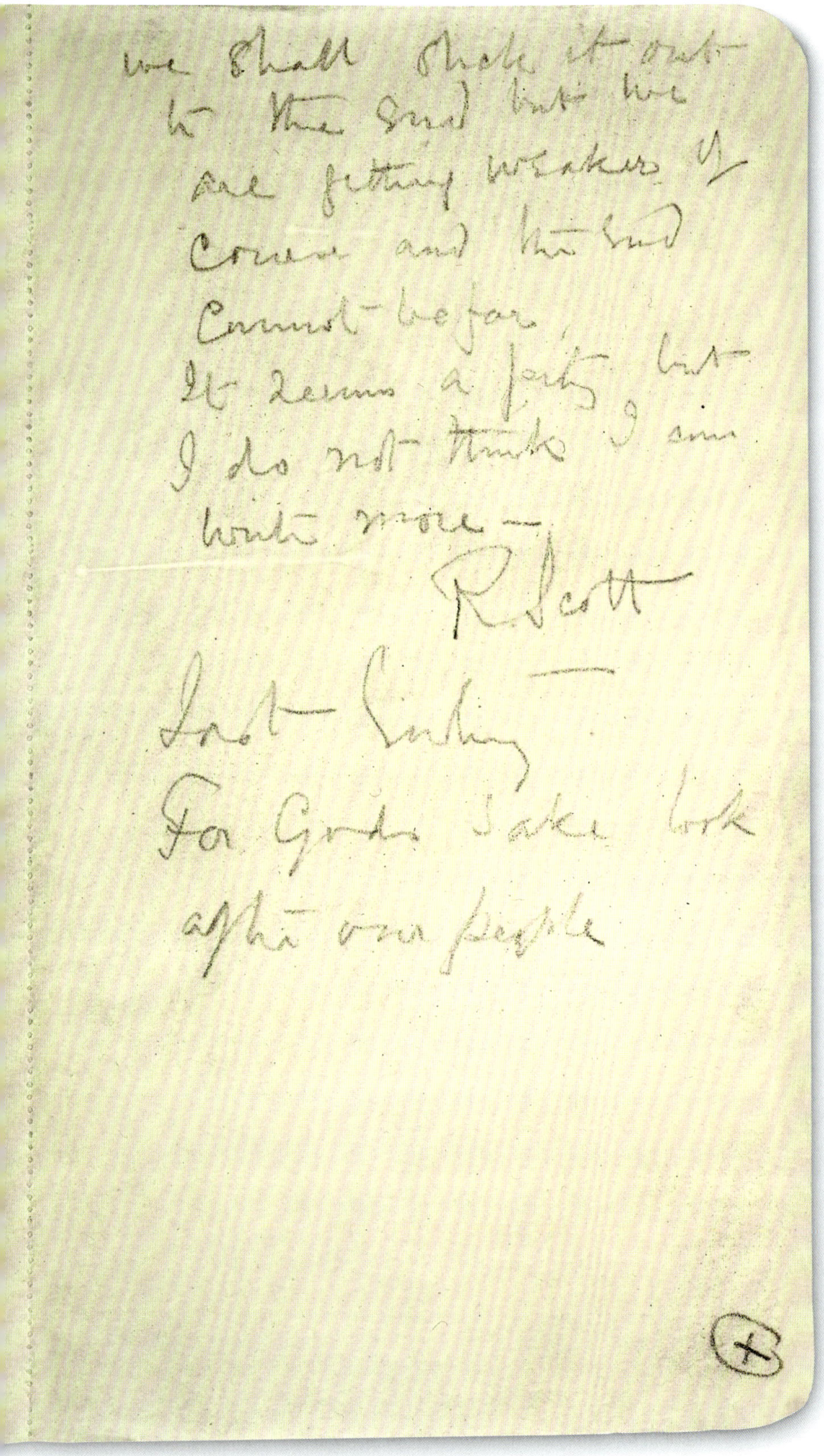

We shall stick it out
to the end but we
are getting weaker of
course and the end
cannot be far.
It seems a pity but
I do not think I can
write more —
R. Scott
Last entry
For God's sake look
after our people

▲遗言

尽管距离下一个补给站只有17.5千米，但暴风雪却把最后3名探险队成员困在帐篷里。暴风雪持续了9天，探险队寸步难行。斯科特变得越来越虚弱。1912年3月29日，斯科特意识到自己大限已至："虽然很遗憾，但我觉得自己已经写不动了——R.斯科特——最后的日记——天佑吾民。"

▲斯科特的英国国旗

来自丹麦的爱德华七世遗孀亚历山德拉王后（Queen Alexandra）赠与斯科特这面丝质英国国旗。斯科特此行随身带着。为拍摄探险队5名成员合影（正下方），斯科特在南极升起了国旗。后来，在发现斯科特、威尔逊（Edward Wilson）和鲍尔斯遗体的帐篷里，也找到了这面旗帜。

肯定是因为气象状况突然恶化，我们才会举步维艰……我不认为有人能像我们一样挺过如此艰难的一个月。不论天气多么恶劣，我们原本还能坚持到底。但是，第二位队员，奥茨队长也病倒了。雪上加霜的是，补给站不知为何燃料短缺。最后还要归罪于风暴骤临。我们距离补给站只剩11英里（约等于17.7千米，译者注），本该能在站里获取最后的补给。

斯科特日记，1912年3月29日

"特拉诺瓦"号探险队

65人加入了"特拉诺瓦"号探险队。探险队的目标不仅是抵达南极，还要进行科学研究。只有16人借助狗队、矮种马和摩托雪橇，从南极洲海岸出发，经陆路前往南极。后来，摩托雪橇的发动机坏了，队员不得不射杀矮马取食，狗队也被遣送回去。斯科特挑选了下方图中4名队员进行最终的南极冲刺。图中从左到右分别是：爱德华·威尔逊、亨利·鲍尔斯（坐着）、罗伯特·法尔肯·斯科特、埃德加·埃文斯（坐着）和劳伦斯·奥茨。

▲斯科特队长五人组进入最后冲刺阶段，尝试抵达南极，但此行最终结局悲惨。

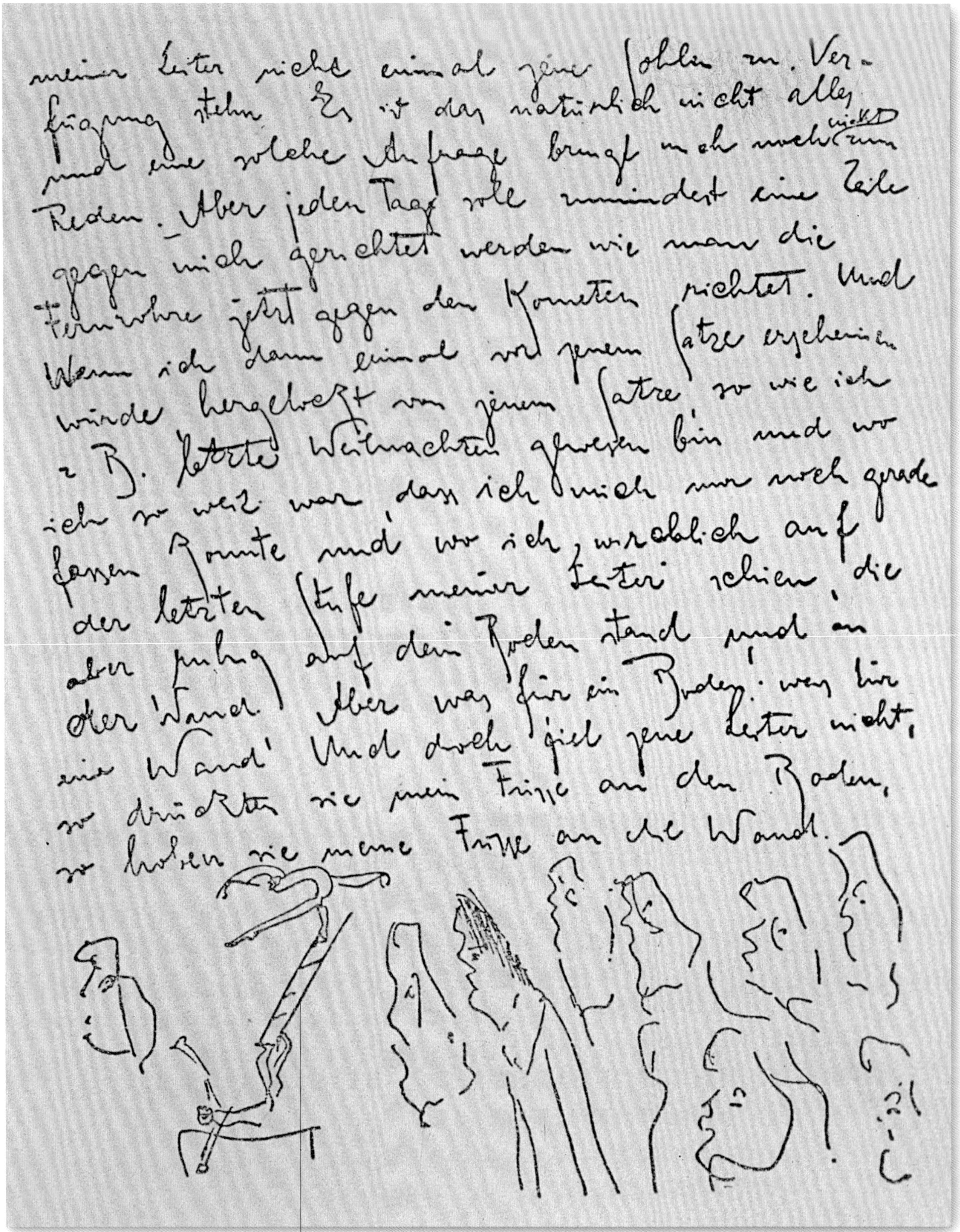

meiner Leiter nicht einmal jene Sohlen zur Ver-
fügung stehn. Es ist das natürlich nicht alles
und eine solche Anfrage bringt mich noch nicht zum
Reden. Aber jeden Tag soll zumindest eine Zeile
gegen mich gerichtet werden wie man die
Fernrohre jetzt gegen den Kometen richtet. Und
Wenn ich dann einmal vor jenem Satze erscheinen
würde hergelockt von jenem Satze so wie ich
z. B. letzte Weihnachten gewesen bin und wo
ich so weit war, dass ich mich nur noch gerade
fassen konnte und wo ich wirklich auf
der letzten Stufe meiner Leiter schien, die
aber ruhig auf dem Boden stand und an
der Wand. Aber was für ein Boden! was für
eine Wand! Und doch fiel jene Leiter nicht,
so drückten sie meine Füße an den Boden,
so hoben sie meine Füße an die Wand.

卡夫卡将自己的写作比作运动员在摇摇晃晃的梯子上保持平衡——他觉得自己无法为自身想法找到坚实的立足点。

▲信手涂鸦

卡夫卡年轻时想当艺术家，还画素描和涂鸦作为部分日记的插图。卡夫卡的许多速写极具表现力，在1910年初的日记中，就有一幅描绘人们观看日本杂技的插图。每张脸都一笔画成，富有表现力的曲线勾勒出表演者勉力维持平衡的身躯。

孤独与焦虑

1910—1923年 ■纸上墨迹 ■13本笔记 ■捷克人

弗兰兹·卡夫卡：作家

捷克犹太小说家弗兰兹·卡夫卡（1883—1924年）去世前14年里都在写日记。他用德语（在卡夫卡的故乡布拉格，知识阶层都用德语）写作，按时间顺序记录了日常生活、旅行、焦虑、艺术和哲学思想以及梦想。卡夫卡写满了13本笔记，字越写越小。他谈论与家人，特别是与难以相处、专横跋扈的父亲之间的隔阂，对写作能力的不确信以及自己的体弱多病。这些内容在很大程度上使得痛彻心扉的自我批判和强烈感情成为日记主基调。尽管卡夫卡最好的朋友马克斯·布罗德（Max Brod）坚称，无论是在实际相处过程中，还是在多封书信中，卡夫卡都要开朗得多，常常言辞诙谐，日记还是起到了疏导作用，供卡夫卡倾吐对棘手之事的感受以及黑暗压抑的想法。不过，日记除了记录忧郁之情外，也有入木三分、细致入微的观察，极富洞察力的艺术和写作评论以及更多积极向上的语段，尤其是那些描述他在意大利、法国和瑞士旅行的文字。

卡夫卡的狂热爱好者们将日记视若珍宝，不仅因为日记语段大多形象生动，还因为日记有助加深对作者的了解，并且日记里还有小说草稿。卡夫卡离世前要求布罗德销毁所有手稿，包括小说（当时已出版的极少）和日记。布罗德坚信朋友的作品意义重大，自己下不了手。布罗德转而将文件保存下来，从而确保了卡夫卡的3部长篇小说《城堡》（*The Castle*）、《美国》（*America*）和《审判》（*The Trial*），以及多部短篇小说和日记得以出版。

> “时光荏苒：10天又过去了，我一事无成。没能达到预期。”
>
> 《弗兰兹·卡夫卡日记》，1915年3月11日

背景信息

◀订婚

日记记述了1912年8月卡夫卡与费利斯·鲍尔（Felice Bauer）首次相会。费利斯在柏林工作，不过双方定期通信。1913年，两人订婚，却依然很难见上一面。书信往来一直持续到1917年，当时卡夫卡取消了婚约，因为他知道自己患上的肺结核是绝症。

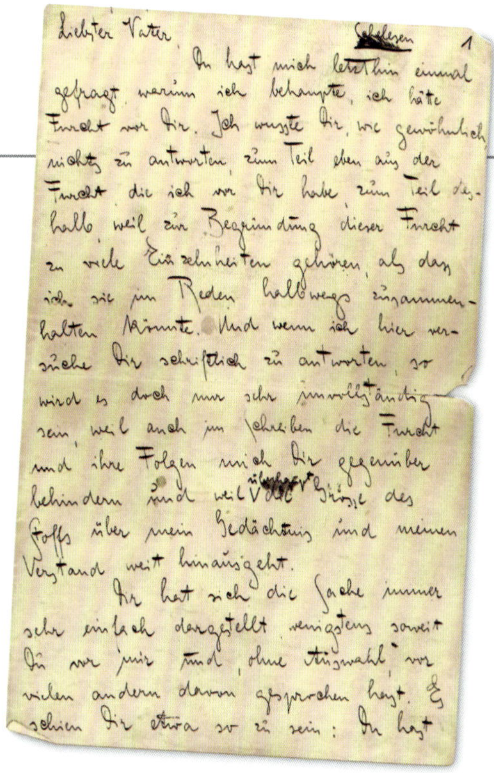

Liebster Vater
1
Du hast mich letzthin einmal gefragt, warum ich behaupte, ich hätte Furcht vor Dir. Ich wusste Dir, wie gewöhnlich, nichts zu antworten, zum Teil eben aus der Furcht, die ich vor Dir habe, zum Teil deshalb, weil zur Begründung dieser Furcht zu viele Einzelheiten gehören, als dass ich sie im Reden halbwegs zusammenhalten könnte. Und wenn ich hier versuche, Dir schriftlich zu antworten, so wird es doch nur sehr unvollständig sein, weil auch im Schreiben die Furcht und ihre Folgen mich Dir gegenüber behindern und weil die Größe des Stoffs über mein Gedächtnis und meinen Verstand weit hinausgeht.
Dir hat sich die Sache immer sehr einfach dargestellt, wenigstens soweit Du vor mir und, ohne Auswahl, vor vielen andern davon gesprochen hast. Es schien Dir etwa so zu sein: Du hast

◀父与子

卡夫卡的父亲赫尔曼（Hermann）是一家时装零售店的老板。父亲因卡夫卡想当作家，不想接手家族企业而深感失望，便批评了卡夫卡，这深深地伤害了他。在这封致父亲的长信中，卡夫卡义正词严地指责赫尔曼刚愎自用，根本不关心他。

细节信息

尽管卡夫卡受过良好教育，也在保险公司担任要职，但作为讲德语的犹太人，他在布拉格还是格格不入。卡夫卡觉得自己难以融入社会。日记记录了他想找话聊却不得的经历，也记述了他与女性之间的关系断断续续、难以为继。卡夫卡大多数小说的主题是社会里的局外人。他的一些小说则以日记中记录的梦为灵感。

因此，自然而然地，卡夫卡将日记视为自己的写作笔记。他记录了许多关于艺术和写作的感想，以及观剧后的评论。在一些日记里，卡夫卡严厉批判自己的作品，哀叹自己写作遇到了瓶颈。日记中有些短小精悍的语段构成了小说开头，或是形成了较长的草稿，应用于小说《美国》或是《司炉》(*The Stoker*)、《一只狗的研究》(*Investigations of a Dog*)等短篇小说中。最终，卡夫卡在部分草稿的基础上进行扩写，才让作品得以出版。当布罗德为出版卡夫卡的小说而开始整理文稿时，其他草稿也起到了帮助作用。

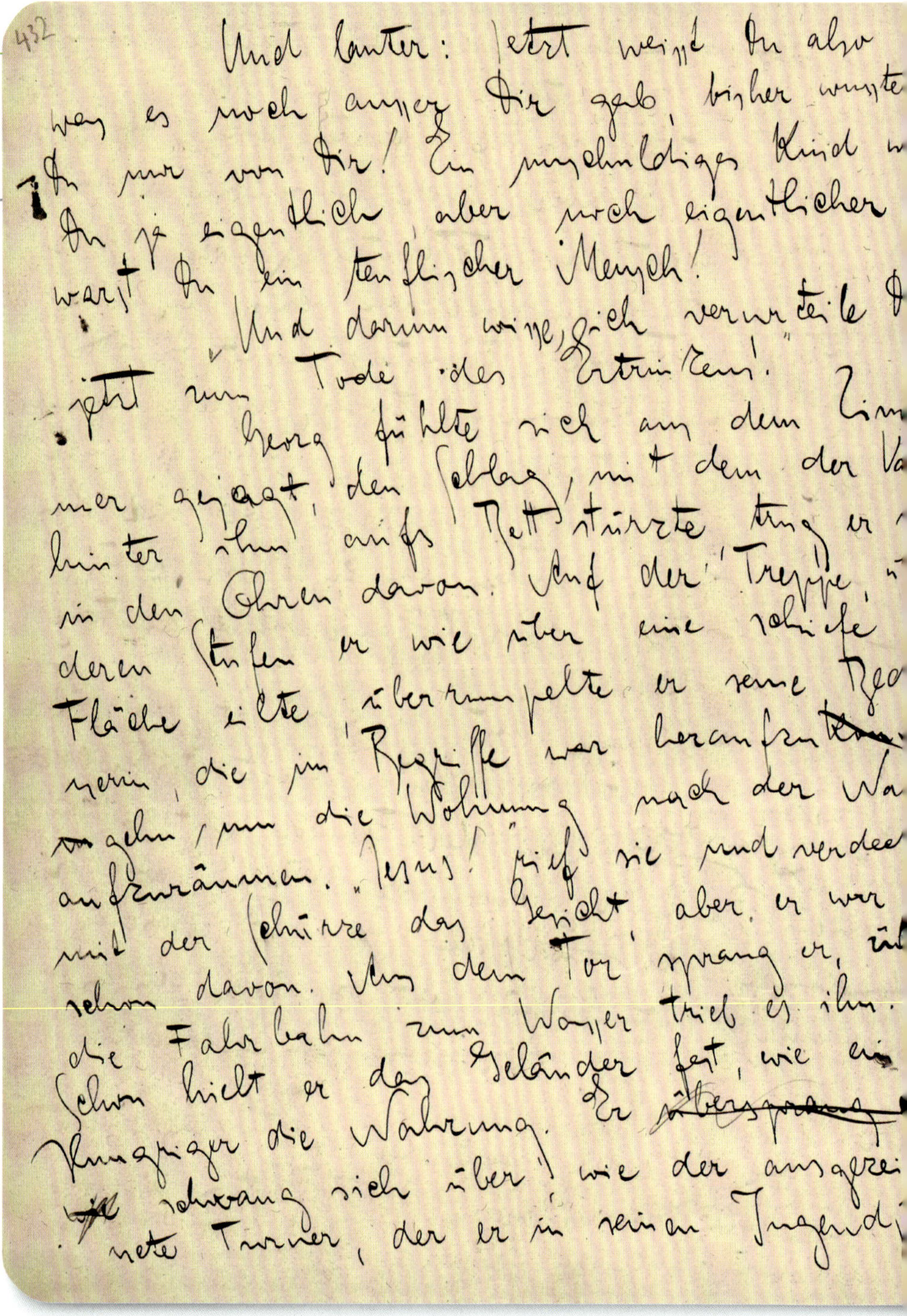
Und lauter: Jetzt weißt Du also, was es noch außer Dir gab, bisher wußtest Du nur von Dir! Ein unschuldiges Kind warst Du ja eigentlich, aber noch eigentlicher warst Du ein teuflischer Mensch! Und darum wisse, ich verurteile Dich jetzt zum Tode des Ertrinkens!

Georg fühlte sich aus dem Zimmer gejagt, den Schlag, mit dem der Vater hinter ihm aufs Bett stürzte, trug er noch in den Ohren davon. Auf der Treppe, über deren Stufen er wie über eine schiefe Fläche eilte, überrumpelte er seine Bedienerin, die im Begriffe war heraufzugehen, um die Wohnung nach der Nacht aufzuräumen. „Jesus!" rief sie und verdeckte mit der Schürze das Gesicht, aber er war schon davon. Aus dem Tor sprang er, über die Fahrbahn zum Wasser trieb es ihn. Schon hielt er das Geländer fest, wie ein Hungriger die Nahrung. Er schwang sich über, wie der ausgezeichnete Turner, der er in seinen Jugendj

▲原稿

卡夫卡在日记里为多部小说写过草稿，其中一部是《判决》(*The Judgement*)。上图便是小说结尾语段。卡夫卡记录道，小说一气呵成，从1912年9月22日晚上一直写到23日早上6点，写了一整晚。他还补充道，写完时，浑身因久坐而僵硬不已，脚都差点没办法从桌子底下伸出来。

◀布拉格犹太人区

卡夫卡一家住在布拉格犹太人区。这里有多座犹太教堂，包括西班牙犹太教堂（左图）。如今，这座教堂附近有一尊卡夫卡的雕像。直到13岁时，卡夫卡接受的都是犹太教育。但是，成年后，卡夫卡只在犹太教赎罪日和父亲一起去犹太教堂。

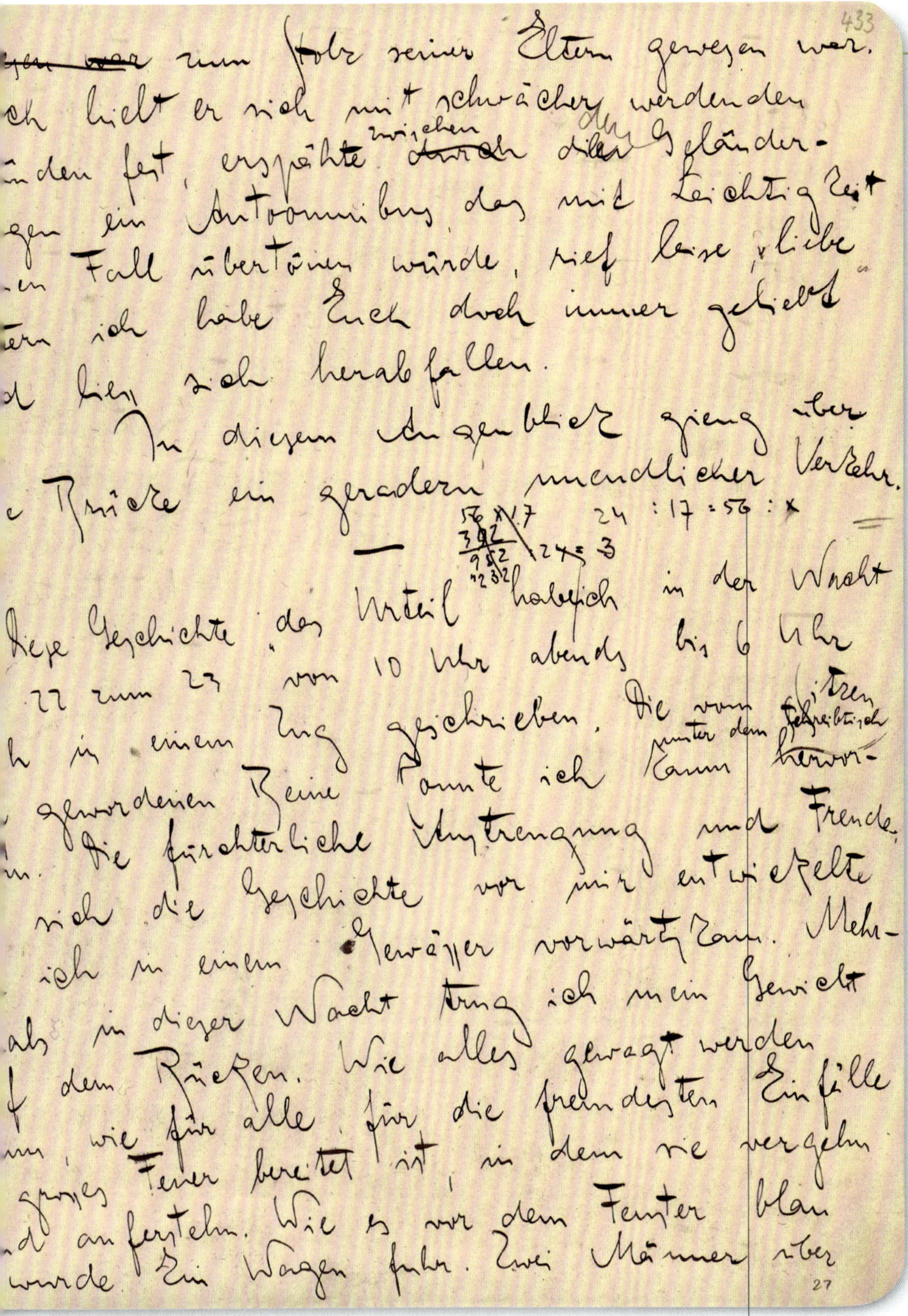
433
zum Stolz seiner Eltern gewesen war.
hielt er sich mit schwächer werdenden
fest, erspähte zwischen den Geländer-
ein Autoomnibus, der mit Leichtigkeit
Fall übertönen würde, rief leise: „Liebe
ich habe Euch doch immer geliebt"
ließ sich hinabfallen.
In diesem Augenblick gieng über
Brücke ein geradezu unendlicher Verkehr.
Diese Geschichte „das Urteil" habe ich in der Nacht
vom 22 zum 23 von 10 Uhr abends bis 6 Uhr
in einem Zug geschrieben. Die vom Sitzen
gewordenen Beine konnte ich kaum unter dem Schreibtisch hervor-
Die fürchterliche Anstrengung und Freude,
sich die Geschichte vor mir entwickelte,
ich in einem Gewässer vorwärtskam. Mehr-
als in dieser Nacht trug ich mein Gewicht
dem Rücken. Wie alles gewagt werden
wie für alle, für die fremdesten Einfälle
großes Feuer bereitet ist, in dem sie vergehn
auferstehn. Wie es vor dem Fenster blau
wurde. Ein Wagen fuhr. Zwei Männer über
27

此处，《判决》的草稿语段结束，
日记写作重新开始。

卡夫卡式小说

卡夫卡还创作了短篇小说《变形记》(*Metamorphosis*，1915年)，写的是一名销售一天早上起来时，发现自己变成了“一只巨型害虫”(一般将其解读为是昆虫或者蟑螂)。卡夫卡多部作品的主题都是主人公陷入令人困惑的局面中。千人一面、遥不可及的官僚体系常常现身其间。在《城堡》(1926年)中，一位测量员因公被派往村庄，但却无法接触到在神秘城堡中管理村庄的官员。卡夫卡笔下的主人公受制于怪异凶险的力量，无力抵抗。这种困境催生了术语“卡夫卡式”，用以描述现实生活中的相似窘境。卡夫卡的日记记述了他自己受困于束手无策的局面中——不仅在工作中，在生活中也是如此。

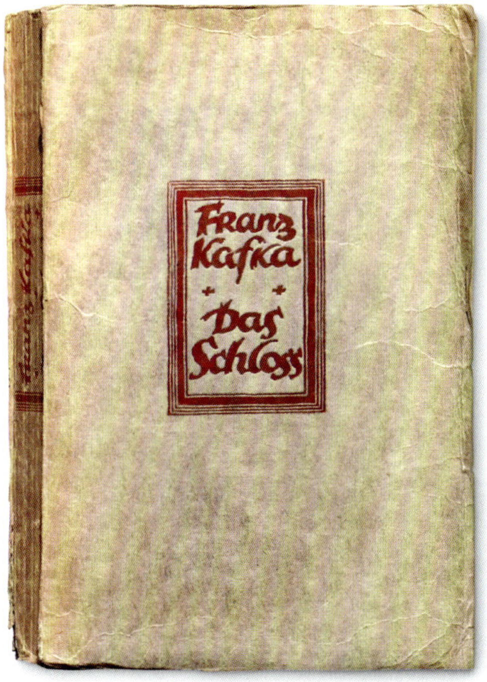

▲卡夫卡小说《城堡》(1926年)的首个平装版

▲马克斯·布罗德

在布拉格大学，卡夫卡与布罗德首次相遇。两人都是法学生，也都刚开启写作生涯。布罗德成为了卡夫卡的知己，两人常常探讨彼此的作品。卡夫卡去世后，布罗德变成了卡夫卡的遗稿管理人。布罗德极为重视友人的遗作，即便卡夫卡嘱托他要销毁手稿，布罗德也未遵照执行。

没回家吃晚饭，也没去马克斯那，他那今晚有聚会。原因是没胃口，担心晚上回得太晚；最重要的是，想到我昨天一字未写，写作越来越生疏，甚至可能会让过去半年努力的成果付之东流。证据就是，又给自己已经决定放弃的新小说写了一页半的狗屁文章……有时候，我觉得不幸之感几乎将我肢解，同时，我也确信其必要性，也确信存在着某种目标，要历经种种困苦才能实现。

《弗兰兹·卡夫卡日记》，1915年3月13日

《红书》

1914—1930年 ■羊皮纸上墨迹 ■205页 ■瑞士人

卡尔·古斯塔夫·荣格：精神病学家、心理治疗师

在精神分析这门新兴科学的前沿工作多年之后，卡尔·古斯塔夫·荣格（1875—1961年）辞去学术和专业职位，退居瑞士。因为与前导师、合作者西格蒙德·弗洛伊德（Sigmund Freud）的理念相抵触，这位38岁的精神分析学家遭到嘲讽，他发现自己正凝视着深渊。荣格小时候曾偶尔出现幻觉，但如今他看到的是欧洲被鲜血洪流淹没的幻象。一战（1914—1918年）爆发后，荣格将个人想象与外部事件联系了起来。荣格得出结论：他并未迷失心智，而是需要进行细致的调查研究。

1913年，荣格开始在黑色笔记本上写作。他一共写了7本，按时间顺序记录了"他与无意识的对峙"。在完全清醒的情况下，荣格整夜整夜地回想自己看到的幻象，进入其中，从而与自己的女性、阴暗面、教师、灵魂化身对话。在蛇、龙、神和魔鬼的包围中，荣格通过记录这些"积极想象"而获得了安全感——他相信，将其记录下来，能使他免于被它们的力量控制。接下来的16年里，荣格分析了其"黑书"的内容，将其转写进被他称之为《新书》（*New Book*）的红色皮革装订本中。荣格还为其作插图。此书为荣格后续提出的理论奠定了基础，这些理论包括内倾和外倾、原型（具有普遍性的角色模型和形象）、集体记忆、宗教、神话的形成等。

> "对于流于表面的读者而言，此书看上去就像疯言疯语。"
>
> 《红书》后记，1959年

如今，此书一般被称为《红书》（*The Red Book*）。荣格在世时并未出版——他不愿将内心挣扎暴露于科学研究之下。荣格去世后的50年里，《红书》一直被搁置在瑞士银行的金库里。直到2009年，荣格历史学家索努·沙姆达萨尼（Sonu Shamdasani）才说服荣格继承人协会出版了《红书》的复制本。

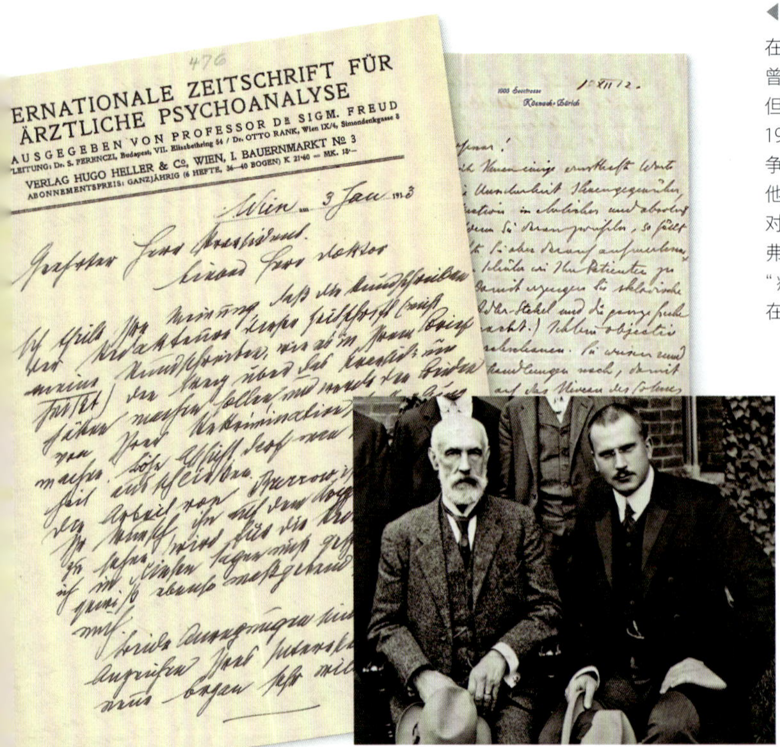

◀**荣格和弗洛伊德**

在精神分析领域，荣格（下图右）曾被视为弗洛伊德的当然继承人，但他与弗洛伊德理论却渐行渐远。1912年和1913年，两人书信往来，争执不下。荣格指责弗洛伊德把他的学生当成"盲从的儿子"，还对他的病人毫无仁慈之心或爱心。弗洛伊德则回答说，荣格对自身"疾病"缺乏洞察力，并且荣格正在剥离两人间的关系。

▶**吞噬太阳**

在荣格的书中，龙代表着自身兽性、潜意识或反基督者（the Antichrist）。荣格解释说，此处所画的龙象征着生命气息（Atmavictu）的消退。这位屠龙青年曾帮助荣格在先前的想象中杀死主人公。

每章均以花体彩色字母开头，一般认为是要令人联想到凯尔经（Book of Kells）。

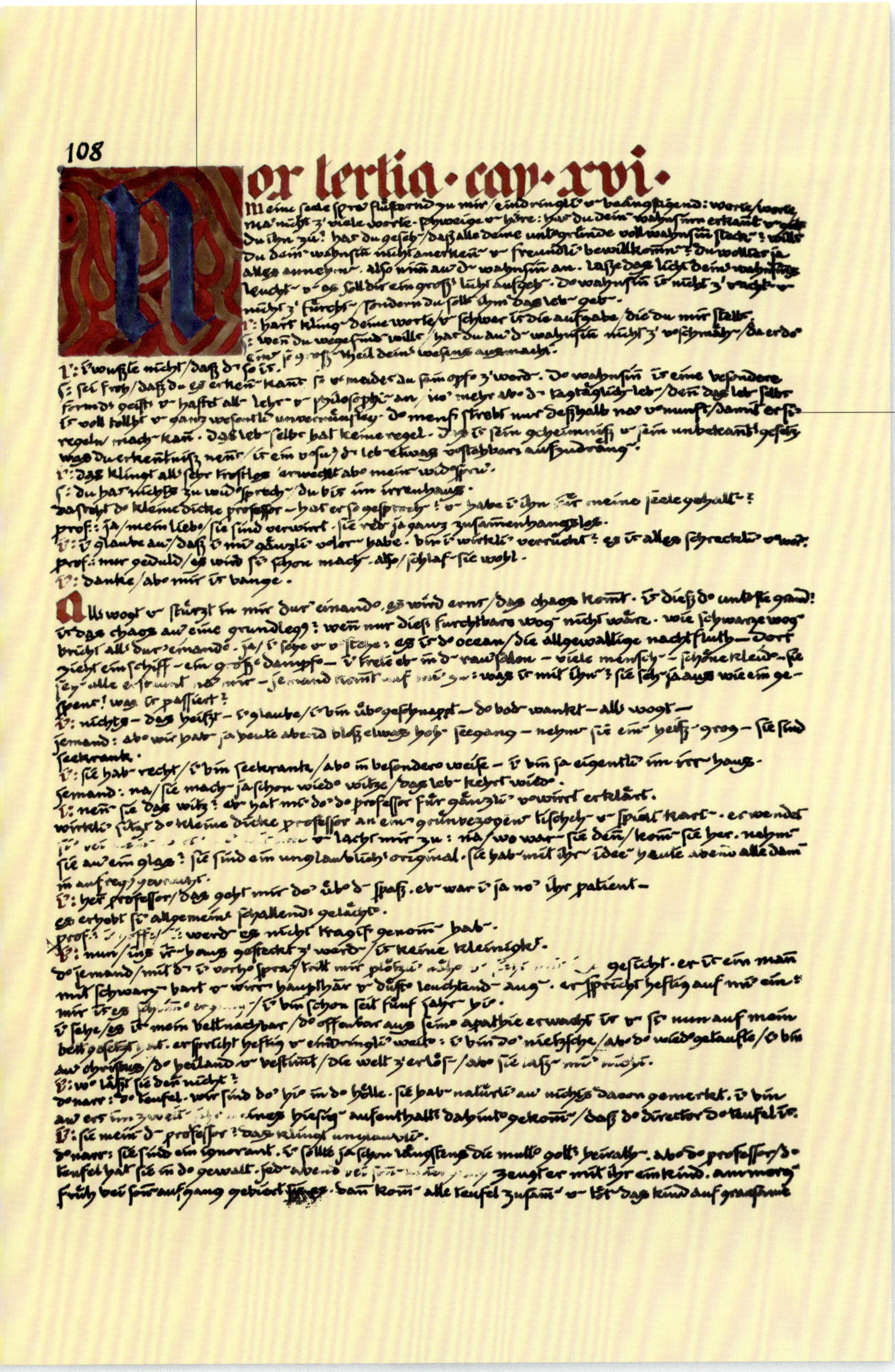

此处，荣格与化为精神向导的自身灵魂交谈。

◀《第三夜》

在《第三夜》（*Nox Tertia*）一章中，荣格与自身灵魂探讨了疯狂、混乱、基督和地狱。在原作《新书》中，他在米色羊皮纸上书写德语，文字密集，富有诗意。《新书》就像中世纪手稿一样，放在他的书房画架上。该书有70多幅插图，包括曼荼罗（Mandalas）——荣格视其为“自我的整体性”的循环形式。

我的灵魂对我私语，急急切切，令人惶恐：‘话，话，不要说太多话。静下来倾听：你是否认识到自己的疯狂？你承认吗？你是否注意到，你的一切根基都完全陷入疯狂之中？你是否不愿承认自身疯狂，并友好地迎接它？你曾想接受一切。因此，也接受疯狂吧。让你的疯狂之光闪耀，那么你就会顿悟，明白疯狂的意义。不应鄙视或惧怕疯狂，而应赋予它生命。’

《红书·卷二·第三夜》

大战中的应征士兵

1914—1918年 ■纸上笔墨 ■19本笔记 ■法国人

路易·巴尔塔：士兵

一战法军动员伊始，路易·巴尔塔（Louis Barthas，1879—1952年）与数百万公民一道应征入伍。巴尔塔来自法国南部，35岁，是个制桶匠，也是社会主义者、和平主义者和工会会员。1914年12月至1918年4月，巴尔塔担任步兵下士，率领一个班驻扎在西线战壕。战场杀戮中，100多万法国士兵阵亡。巴尔塔幸免于难，带着记录自身经历、沾染泥土的袖珍日记回到家中。接下来几年里，巴尔塔专门利用晚上时间，将日记整理为战争回忆录，部分内容来自他从前线寄回的家书。巴尔塔辛勤劳作，最终形成了1700多页手稿，写满了19本笔记。他希望借此呈现普通士兵眼中的战争，从而戳破军国主义宣传的谎言。巴尔塔描述了士兵仇恨军官，偶尔集体违令，与敌军深交，以及班内团结一致，使他们得以克服战壕的肮脏和恐怖。

巴尔塔没能看到作品出版。笔记本一直放在抽屉里，无人问津，直到他的孙儿将其寄给出版商。1978年，回忆录最终出版，书名为《法国陆军士兵》（*Poilu*，法语俚语，意思是“长毛人”）。作者称：“受诅咒、臭名昭著的战争，永远令本世纪蒙羞，并摧毁了我们引以为傲的文明”。回忆录对此描述准确生动，广受赞誉。

▲长期受苦的士兵

法国步兵被称为“长毛人”。在弗朗索瓦·弗拉芒（François Flameng）创作于1915年、描绘阿图瓦苏谢（Souchez）的画中，法国步兵戴着钢盔，沿着战壕行进。1917年，法国军队不满于攻势徒劳无用、伙食糟糕、纪律严苛、休假不足，进而哗变。

▼插图日志

以下两页摘自巴尔塔的第5本笔记，描述了阿图瓦（Artois）前线洛雷特圣母（Notre Dame de Lorette）山脊争夺战。巴尔塔用明信片图片作为日记插图，并为叙述语段冠以戏剧性标题：“热闹的夜晚……第2次杀戮……”。对于一名医务人员因救治一名军官而获授勋章，普通士兵每日英勇奋战，却无人问津的现象，图中文字进行了批判。

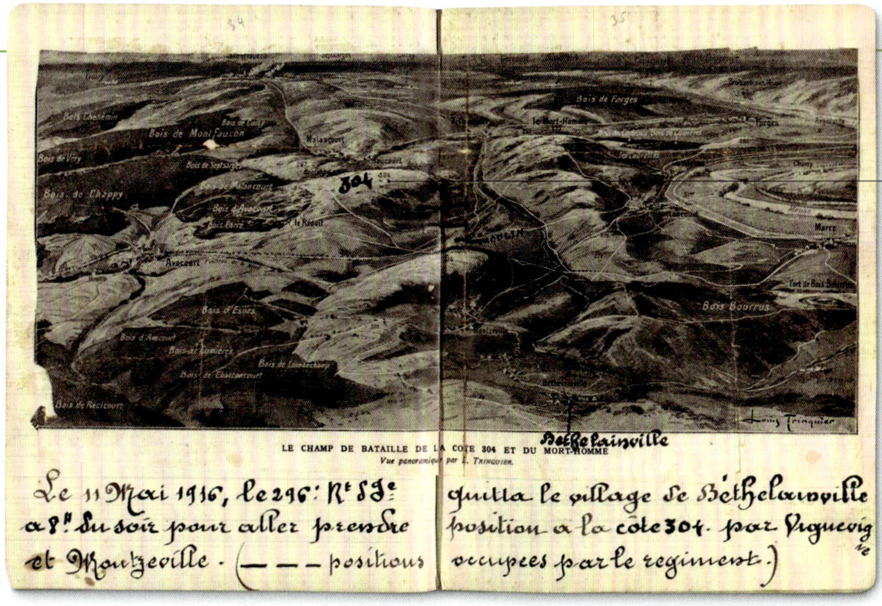

巴尔塔标出了304高地所在位置。

▲战斗计划

巴尔塔将杂志上的战场地图剪下来，贴到笔记本里，并标注本班位置。1916年5月，巴尔塔被部署在臭名昭著的304高地。一战期间，部分最为激烈的战斗就在这座小山丘上打响。这张照片来自巴尔塔第10本笔记，显示了当时凡尔登的局势。

▲第五本笔记

巴尔塔第5本笔记封面饰有他的素描，标题是“洛雷特藏尸所（The Lorette Charnel House）”，指的是伤亡惨重的洛雷特圣母山脊争夺战。尽管巴尔塔仔细撰写战争回忆录，还为其画插画，但并未尝试出版。

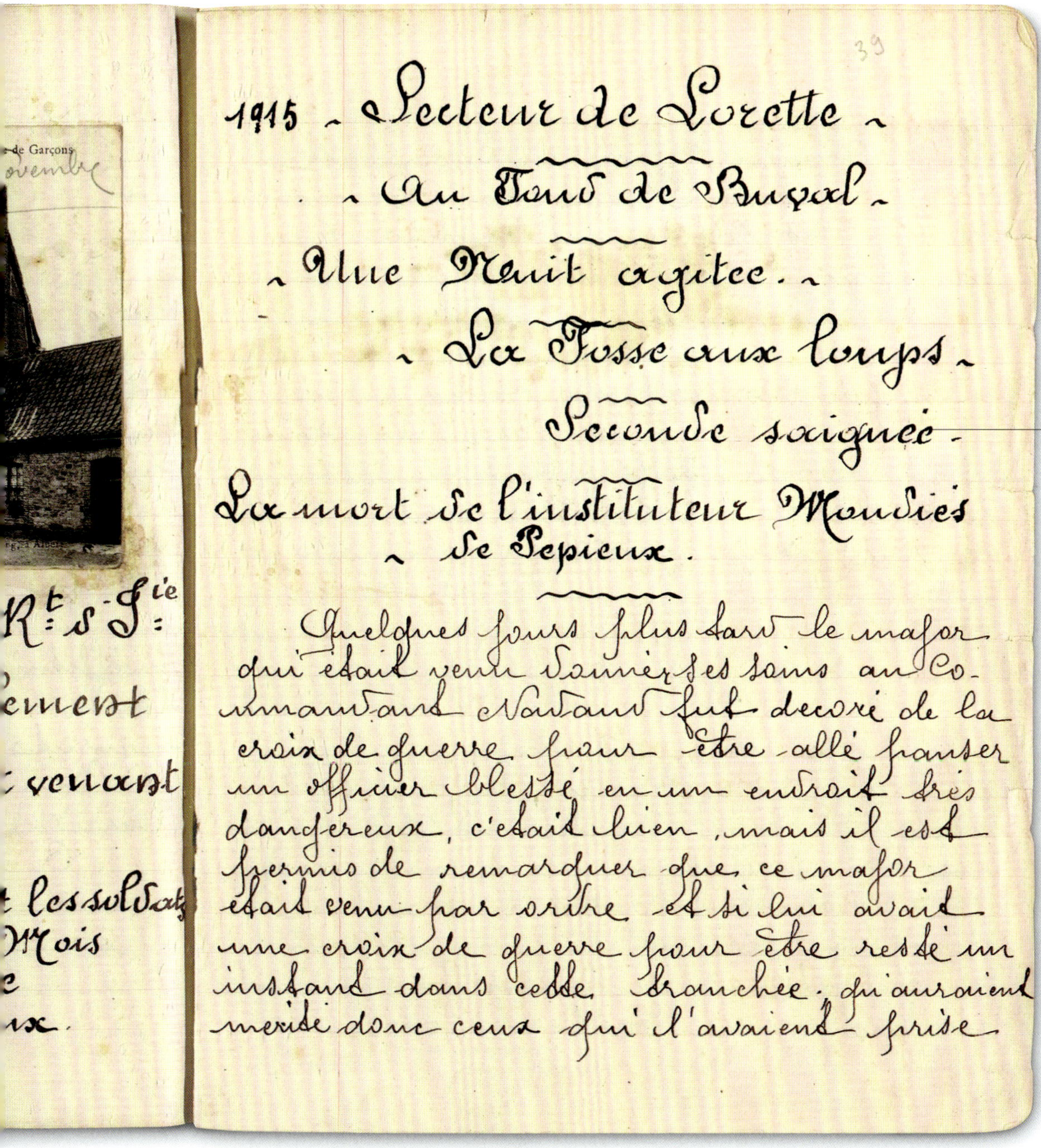

1915 – Secteur de Lorette –

– Au Fond de Buval –

– Une Nuit agitée. –

– La Fosse aux loups –

Seconde saignée –

La mort de l'instituteur Mondiés de Pepieux.

Quelques jours plus tard le major qui était venu donner ses soins au commandant Nadaud fut décoré de la croix de guerre pour être allé panser un officier blessé en un endroit très dangereux, c'était bien, mais il est permis de remarquer que ce major était venu par ordre et si lui avait une croix de guerre pour être resté un instant dans cette tranchée, qu'auraient mérité donc ceux qui l'avaient prise

该标题指的是“第2次杀戮”。

……我看到3个壕沟住民向我走来。我惊恐地看着他们。从鞋头到军帽顶，他们浑身是泥，好像刚刚蹚过淤泥之海一样。他们的手、脸、小胡子、眉毛、头发都沾满了黏泥……简而言之，这场面勾勒出了他们悲惨的命运。每晚必须进攻，巡逻或挖掘。机关枪使人发疯。在泥泞中一卧就是几个小时。每天下雨，没有遮盖，伙食很差——这便是他们的悲惨命运，也即将是我的悲惨命运。

第2本笔记，
1914年11月4日至12月14日

战壕里的诗人

1915—1918年 ■纸上铅笔字和墨迹 ■10本笔记（战争日记） ■英国人

西格弗里德·沙逊：战争诗人

西格弗里德·沙逊（1886—1967年）出身富裕，一战（1914—1918年）爆发后，他志愿入伍。此前，沙逊是一位小诗人、业余运动员，还自称“猎狐人”。1915年，沙逊被派往法国战壕，他的经历改变了他的一生，也改变了他的诗歌。沙逊的战争日记生动地记述了自己身为军官，既英勇作战又直言反战。

战争日记写在小到能放入军官制服上衣口袋的袖珍笔记本里。日记开篇写的是沙逊加入皇家韦尔奇燧发枪团（Royal Welch Fusiliers）后进驻法国。起初，沙逊用大自然诗人的敏锐眼光观察欣赏着法国乡村美景，但很快他就开始叙述堑壕战的残酷经历。一位密友去世，令沙逊愤而写道“仇恨接踵而至，杀戮的欲望也是如此”。沙逊率领士兵对德国战壕进行堪称自杀式的袭击，使他获得了“疯狂杰克”的绰号。对此，他形容道：“讲到在无人区的乐事，和战友们开怀大笑”。

除了因鲁莽勇敢获得军功十字勋章（Military Cross）外，沙逊对战争感到愈加愤怒。受同为军官和诗人的罗伯特·格雷夫斯（Robert Graves）影响，沙逊的诗——有时他在日记中拟诗稿——对战争恐怖之处的观察愈发贴近现实。在可怕的1916年7月索姆河战役（Battle of the Somme）之后，沙逊因高烧退伍回家。1917年春，沙逊肩部中弹，宣告第二次前线服役的终结。此时，沙逊的日记表露出他正在做噩梦，精神压力巨大。被送回英格兰进行康复后，沙逊决定公开反战。

> “内心某些东西驱使我不断前进；我必须坚持下去，直到被杀。”
>
> 沙逊的日记，1917年4月29日

◀ 堑壕战

战争期间，在法国交战的军队长期固守战壕，双方战壕之间隔着“无人区”，即一片布满弹坑和带刺铁丝网的泥地。战壕常年潮湿，老鼠成灾。沙逊英勇作战，因指挥实施夜袭德军战壕而闻名。

德国皇帝的头像。

▶ 战场负伤

除了写日记外，沙逊还在笔记本上绘制形象的素描，例如这幅描绘军队医院病房的画。战争期间，沙逊两度负伤——1917年4月被德军狙击手射中，1918年7月则被战友误射。

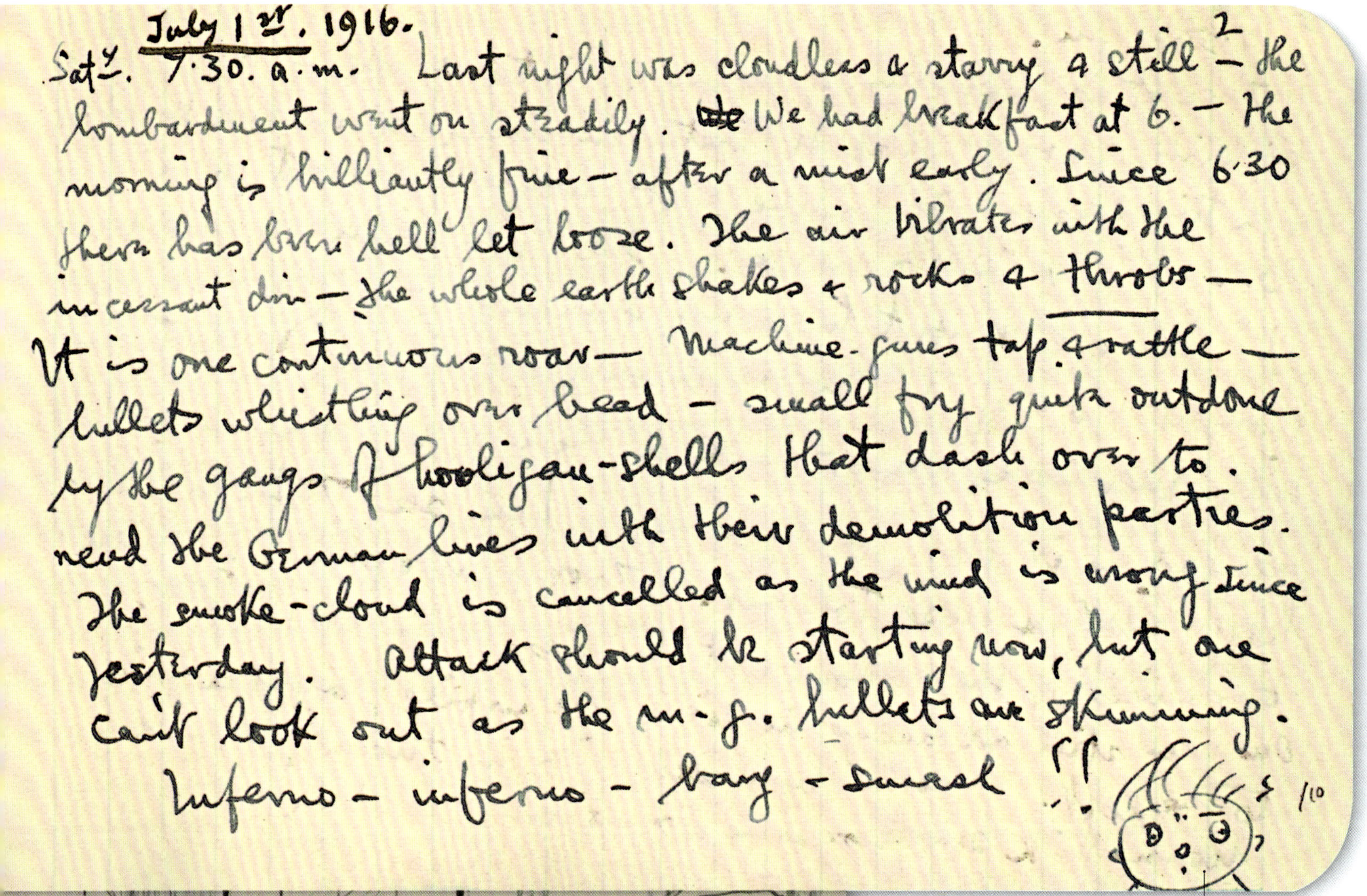

◀ **索姆河之灾**

沙逊的恣意狂草记录了1916年7月1日索姆河攻势的灾难性开局，他在战壕防空洞中目睹了这一切。无以形容轰炸之猛烈，沙逊只能写道："地狱——地狱——砰——粉碎！"当天，超过19,000名英军士兵阵亡。

这张速写描绘了一张被爆炸震慑住的脸。

上午10点左右，坐在射击踏台上，天气暖和，阳光和煦，空中飞着云雀，飞行员亦是如此，一如往常。不太记得周四晚上的那一幕；似乎雨没怎么停过，冷飕飕的，黑暗中闪过步枪的火光；地狱般的堤岸上，奥布莱恩（O' Brien）支撑着支离破碎的肢体——照明弹之下，他脸色惨白，衣衫褴褛，头发缠在一起，盖住了前额……试着把他抬到弹坑一侧，但脚下的松土不断下陷……如果他能活下来，我会全力以赴，但已经没希望了……

沙逊的日记，1916年5月27日

细节信息

1917年7月，在英格兰养伤期间，沙逊公开发表声明，批判战争持续进行，呼吁和谈。作为现役军官，沙逊本应会因自己所说的“蓄意违抗上级之举”而被军事法庭审判。然而，他被诊断患有“炮弹休克症”，因此被送往克雷格洛克哈特（Craiglockhart）军事医院治疗。1917年12月之前，沙逊的日记一片空白。尽管那时沙逊仍有反战情绪，他还是同意归队服役，先进驻巴勒斯坦，而后重返法国。1918年11月，一战停火，沙逊此时则已因再次负伤而回到英格兰。最后一则战争日记中，沙逊称伦敦的庆祝活动是“暴民爱国主义的爆发……过去4年来令人作呕的悲剧迎来了令人作呕的结局”。

战后10年，沙逊以战争日记为基础，将其略为小说化，形成了“乔治·舍斯顿三部曲”（George Sherston Trilogy）系列回忆录，广受好评。沙逊继续写日记，直到1967年去世，但读者对他后期的日记已没什么兴趣了。

> “战壕四处散落着的尸体……会始终萦绕心间，直到我去世。”
>
> 沙逊的日记，1917年4月14日

▲军官的灵魂

沙逊1916年6月至8月的日记中，附有这张粗蛮的讽刺画，剖析了一名前线军官的心理，虽看似在闲聊吹嘘，背后却潜藏着贪生怕死的念头。沙逊参战时，觉得心满意足，甚至乐在其中，这样的自己令他深感痛苦。

“假装勇敢”中，部分内容包括吹嘘虎口脱险。

另一计是吹嘘性征服，且举止粗俗。

英国战争诗人

参加一战的经历使许多士兵写出了极富感染力的英文诗歌。一战初期，鲁珀特·布鲁克（Rupert Brooke）、朱利安·格伦费尔（Julian Grenfell）等诗人赞颂一战是多年死气沉沉的和平之后的一场革新性挑战。后来，堑壕战的恐怖之处令其他诗人，包括沙逊、罗伯特·格雷夫斯和艾萨克·罗森伯格（Isaac Rosenberg）发展出一种新诗歌风格，追求反映实情的现实主义和讽刺。威尔弗雷德·欧文（Wilfred Owen）堪称最著名的战争诗人。1917年，他与沙逊在克雷格洛克哈特医院入院治疗时见面，而后前者便受到了沙逊的影响。后世对一战持负面评价，很大程度上是受战壕诗歌的影响。

▲1918年巴约勒战役（Battle of Bailleul）期间，米德尔塞克斯团（Middlesex Regiment）第一营的士兵在战壕中。

▼一名士兵的宣言

1917年7月30日，一名议员在下议院宣读了沙逊题为《终结战争：一名士兵的宣言》（*Finished with the War: A Soldier's Declaration*）的反战抗议声明。沙逊也在日记中抄写了这份声明。沙逊在首页指责英国政府在“侵略和征服之战”中“故意延长”战争，但事实并非如此。

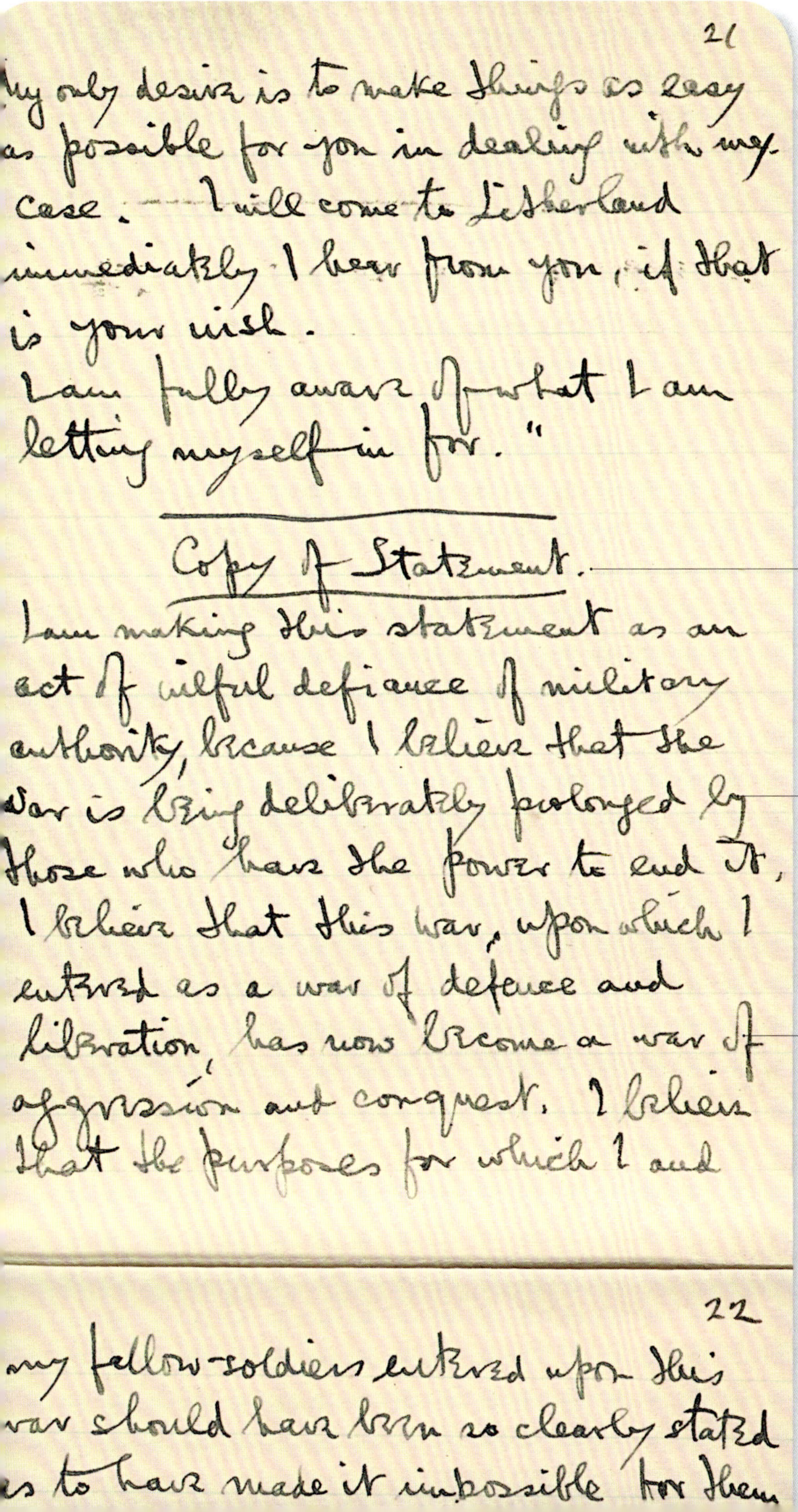

21

My only desire is to make things as easy as possible for you in dealing with my case. I will come to Litherland immediately I hear from you, if that is your wish.
I am fully aware of what I am letting myself in for."

Copy of Statement.

I am making this statement as an act of wilful defiance of military authority, because I believe that the War is being deliberately prolonged by those who have the power to end it.
I believe that this war, upon which I entered as a war of defence and liberation, has now become a war of aggression and conquest. I believe that the purposes for which I and

22

my fellow-soldiers entered upon this war should have been so clearly stated as to have made it impossible for them

这份誊清稿很整洁，原稿则有删减，甚至被成段成段地划去。

撰写这份煽动性声明时，沙逊知道自己面临着上军事法庭的风险。

沙逊对事件的解释并不符合实情。

▲有助治疗的刊物

位于爱丁堡的克雷格洛克哈特精神病医院收治一战期间患炮弹休克症的英国军官。院内病患自制了《海德拉》（*Hydra*）杂志。1917年住院期间，沙逊和同为战争诗人的威尔弗雷德·欧文都在《海德拉》上发表过诗歌。

加泰罗尼亚之声

1918—1919年 ■纸上笔墨 ■1本笔记 ■加泰罗尼亚人

何塞普·普拉：新闻记者

何塞普·普拉（Josep Pla，1897—1981年）是杰出的加泰罗尼亚作家。一战行将结束时，普拉在巴塞罗那学习法律，但家庭财力不足以支持他成为律师，他则坚信自己可以通过写作谋生。1918年，西班牙流感大流行迫使他离开巴塞罗那，回到了位于布拉瓦海岸（Costa Brava）帕拉弗鲁赫尔（Palafrugell）村的家中。在这里，普拉开始写日记。回巴塞罗那完成学业、获得学位后，普拉依然继续写日记。

> 兰布拉（Rambla）大街很棒。巴塞罗那只有几条街道能让我彻底放松，兰布拉便是其一。街上人很多，总会碰见一两个熟人。人多，也意味着大可以隐匿于人群中。早晨，在法庭实践和商法课间隙，沿着兰布拉大街散步，就像由死入生……巴塞罗那有三大美食：面包、菜豆、鳕鱼。鳕鱼怎么煮都可以：烤、炖、拌土豆等等。还有极好的糕点——但是我不喜甜食，所以吃得少——以及咖啡、烟草。
>
> 《灰色笔记本》，1919年1月17日

在普拉看来，写日记是为了帮助自己“学会写作”。在20个月里，他在灰色笔记本上深情地描写了周围人物（家人、朋友、邻居、店主、乡村牧师）；思考了正在阅读的书；不乏幽默地回溯了从加泰罗尼亚语到宿醉在内的各类事物。普拉刻画了加泰罗尼亚乡村景象，描述了海滨小镇卡莱利亚（Calella）的氛围。回到巴塞罗那后，普拉记录了定期参加的雅典娜神庙俱乐部（Atheneum）辩论，并思考自己写作能力是否提升。普拉透露，大学老师没教他什么，结识的作家令他受益良多，观察城市生活更是如此。普拉观察细致入微，擅长冷嘲，又对语言充满热爱。当普拉获邀担任加泰罗尼亚语报纸《宣传》(*La Publicidad*)驻巴黎记者时，他便不再记日记了。

普拉一生都在保管着日记，后来还对文本进行增改，从而写成了自己的成年回忆录《灰色笔记本》(*The Grey Notebook*)。这本书是对前一个时代的见证，用加泰罗尼亚语写成，属于第一批赞颂加泰罗尼亚语的现代散文作品，已成为文学经典。

背景信息

◀繁忙的城市

普拉撰写日记时，巴塞罗那是一个繁华的工业城市，也是加泰罗尼亚最大的城镇。19世纪时，巴塞罗那大幅扩张，并且面积仍在不断增加。安东尼·高迪等创新型建筑师的作品使巴塞罗那更加令人印象深刻。许多加泰罗尼亚作家、艺术家、音乐家都来自于此。

▶灰色笔记

多年来，普拉不断重新审视日记，增改语段。最终，他将日记改写为小说，讲述了一个年轻人逐渐成长，并找到了适合自己的职业。1966年，普拉69岁时，小说出版，书名为《灰色笔记本》。此后，小说译著在世界范围内出版。

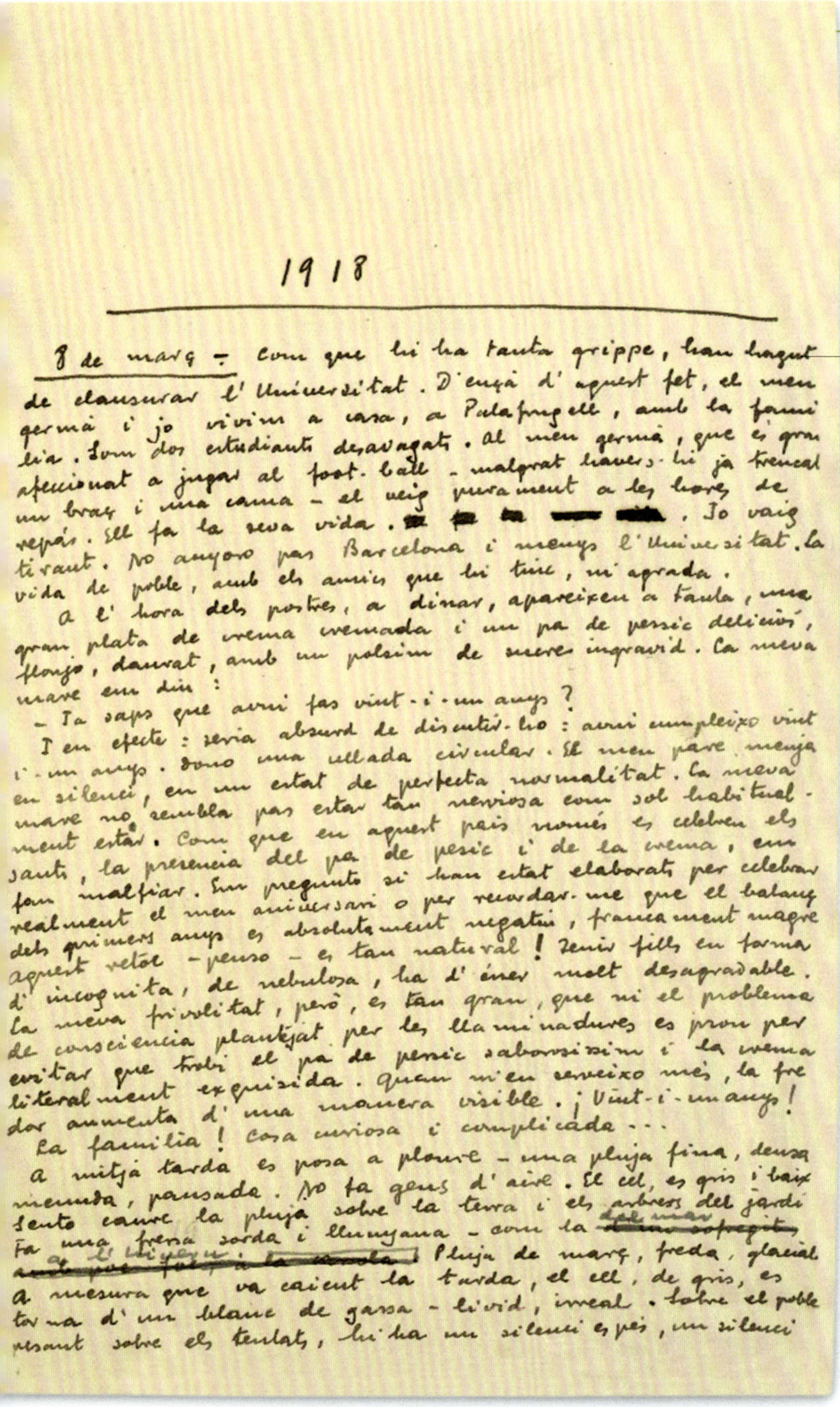

1918

8 de març — Com que hi ha tanta grippe, han hagut de clausurar l'Universitat. D'ençà d'aquest fet, el meu germà i jo vivim a casa, a Palafrugell, amb la família. Som dos estudiants desvagats. Al meu germà, que és gran aficionat a jugar al foot-ball — malgrat haver-s'hi ja trencat un braç i una cama — el veig purament a les hores de repàs. Ell fa la seva vida. [redacted]. Jo vaig tirant. No enyoro pas Barcelona i menys l'Universitat. La vida de poble, amb els amics que hi tinc, m'agrada.

A l'hora dels postres, a dinar, apareixen a taula, una gran plata de crema cremada i un pa de pessic deliciós, flonjo, daurat, amb un polsim de sucre ingràvid. La meva mare em diu:

— Ja saps que avui fas vint-i-un anys?

I en efecte: seria absurd de discutir-ho: avui compleixo vint-i-un anys. Dono una ullada circular. El meu pare menja en silenci, en un estat de perfecta normalitat. La meva mare no sembla pas estar tan nerviosa com sol habitualment estar. Com que en aquest país només es celebren els sants, la presència del pa de pessic i de la crema, em fan malfiar. Em pregunto si han estat elaborats per celebrar realment el meu aniversari o per recordar-me que el balanç dels primers anys és absolutament negatiu, francament magre. Aquest vetot — penso — és tan natural! Tenir fills en forma d'incògnita, de nebulosa, ha d'ésser molt desagradable. La meva frivolitat, però, és tan gran, que ni el problema de consciència plantejat per les llaminadures és prou per evitar que trobi el pa de pessic saborosíssim i la crema literalment exquisida. Quan m'en serveixo més, la fredor augmenta d'una manera visible. ¡Vint-i-un anys! La família! Cosa curiosa i complicada...

A mitja tarda es posa a ploure — una pluja fina, densa, menuda, pausada. No fa gens d'aire. El cel, es gris i baix. Sento caure la pluja sobre la terra i els ~~arbres del jardí~~ Fa una fressa sorda i llunyana — com la ~~[illegible]~~ Pluja de març, freda, glacial. A mesura que va caient la tarda, el cel, de gris, es torna d'un blanc de gasa — lívid, irreal. Sobre el poble pesant sobre els teulats, hi ha un silenci espès, un silenci

◀ 第一页

日记始于1918年3月8日，何塞普·普拉那天21岁生日。当时，为躲避流感大流行，普拉离开巴塞罗那，前往东北方向约120千米以外的帕拉弗鲁赫尔。他决心“写下发生的一切——只为消磨时间——有什么写什么”。普拉怀疑自己的随感是否有人能读懂。但正因为他坚持专注于日常生活细节，才写成了这般有趣的日记。

普拉写道，由于流感疫情，大学不得不闭校。

加泰罗尼亚文学

加泰罗尼亚地区特征鲜明，有本地语言。普拉开始写作时，许多加泰罗尼亚作家已经挖掘了加泰罗尼亚语的潜能。其中有现代主义者，他们想维护本地身份特征，倾向于关注生活阴暗面；还有新百年主义运动（Noucentisme Movement）成员，他们较为保守，以传统形式作诗，写得精巧但做作。普拉和结识于雅典娜神庙俱乐部的朋友们摒弃了这两条路线。他们不喜欢新百年主义的言论，而采用更具新闻性的方式写作。简约明晰是普拉的首要目标。

▲加泰罗尼亚政府印章

“写作比思考要难，而且是难得多：所以每个人都思而不作。”

《灰色笔记本》，1918年5月11日

寻找图坦卡蒙

1922—1930年 ■纸上笔墨 ■9本日志和袖珍日记 ■英国人

霍华德·卡特：埃及古物学者

1922年10月，考古学家霍华德·卡特（Howard Carter，1874—1939年）开始写日志记录他在埃及卢克索帝王谷的发掘工作，他后来一共写了9本有关日记。短短几周内，卡特就取得了埃及考古学中最具标志性的发现。前厅胡乱堆着宝藏，可以通往图坦卡蒙（Tutankhamun）原封未动的墓室。图坦卡蒙是第18王朝法老王，大约在3000年前去世，当时他还不到20岁。卡特的日记描述了发现过程中的每一步，起点是通向坟墓的下陷楼梯。

十几岁时，艺术家卡特就在埃及从事挖掘工作，从而掌握了有关方法。卡特年近50时，拥有帝王谷特许挖掘权的卡那封勋爵（Lord Carnarvon）资助了他。卡特的日记记录了他发给卡那封的第一封电报："终于在帝王谷获得重大发现。墓室宏伟壮观，封印完好。已复原，等您到来。恭喜。"11月下旬，卡那封及他女儿、霍华德及同事阿瑟·卡伦德（Arthur Callender）进入坟墓前厅，厅中物品令他们惊诧——法老真人大小的乌木雕像、镀金长榻、雪花石膏花瓶、王座和金光闪闪的战车部件。卡特写道："这番景象前所未见……"

后续日记叙述了历经10个季节的挖掘，也记录了打开墓室，发现了嵌套在石棺中的纯金棺材。卡特对古代花环、小雕像、珠宝进行描写，其间也夹杂着叙述了有贵宾参加的官方开幕式以及与埃及当局抗争。日记将卡特刻画为一个顽强的完美主义者。当上千人涌向墓室时，卡特正竭力保护好约5000件珍贵物品，并将其转移到开罗博物馆。一位官员表示，卡特顽固不化，会让游客大失所望。听罢，卡特怒道："我不为游客工作，所以我毫不关注这种无用之谈。"卡特袖珍日记里的"待办事项清单"可以让读者深入了解20世纪20年代的挖掘实务。他需要电缆、一扇大门、水泥、照相材料、绷带、32匹棉布、化学制品、驴子。

热气外溢，烛光闪烁，过了一会眼睛才能看得清。但是，一旦眼睛适应了微光，房内景象逐渐显现，其中奇特美丽的物件混在一起，彼此堆叠，看起来奇异而美妙……一时之间，自然悬念重重……卡那封勋爵对我说："你看得见吗？"我回答道："看得见，很棒。"然后，我小心翼翼地将洞打大，足以让我们两人往里看。

挖掘日志，1922年11月26日

◀图坦卡蒙真身

这张哈利·伯顿（Harry Burton）拍摄的照片中，一位埃及工人拿着火把，而卡特则在分析将木乃伊黏在纯金棺中的黑色沥青状润肤剂。卡特依靠当地助手和考古学家开展工作，其中包括侯赛因·阿卜杜勒·拉苏尔（Hussein Abdel Rasoul），他在找地方放水时，发现了坟墓入口。

每处发现都有对应编号，用于所有挖掘记录和图纸中。

▶棺木之下

法老的遗体草图记录了16层布制绷带之间的手镯、护身符、戒指和项链。每件都标有一个字母编号：P是双翼展开的鹰形金片，Q是金丝黑树脂圣甲虫。在法老身上发现了近百组物件。

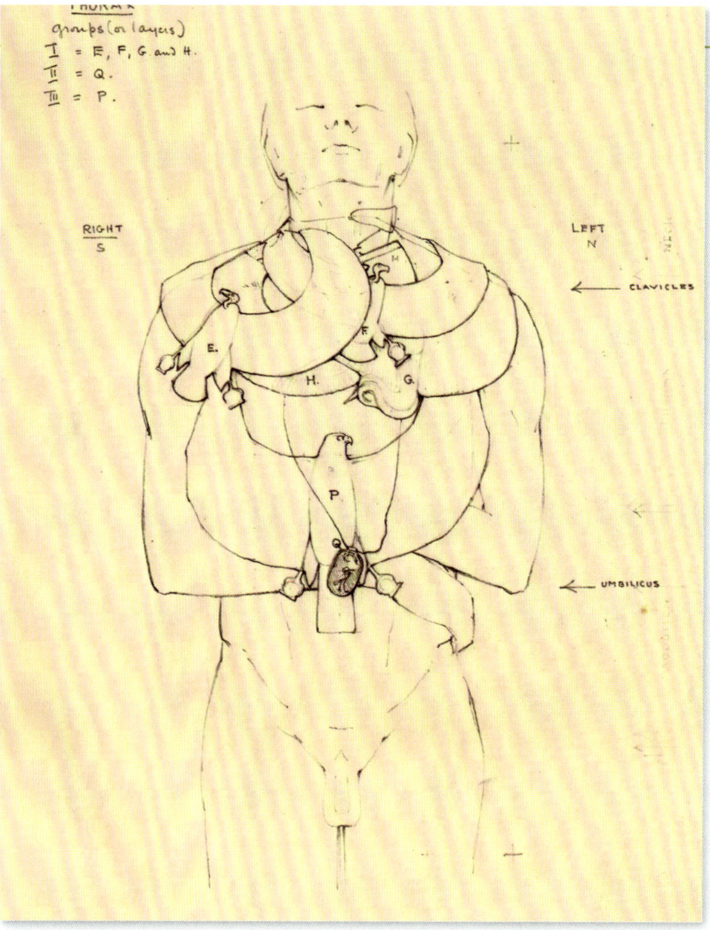

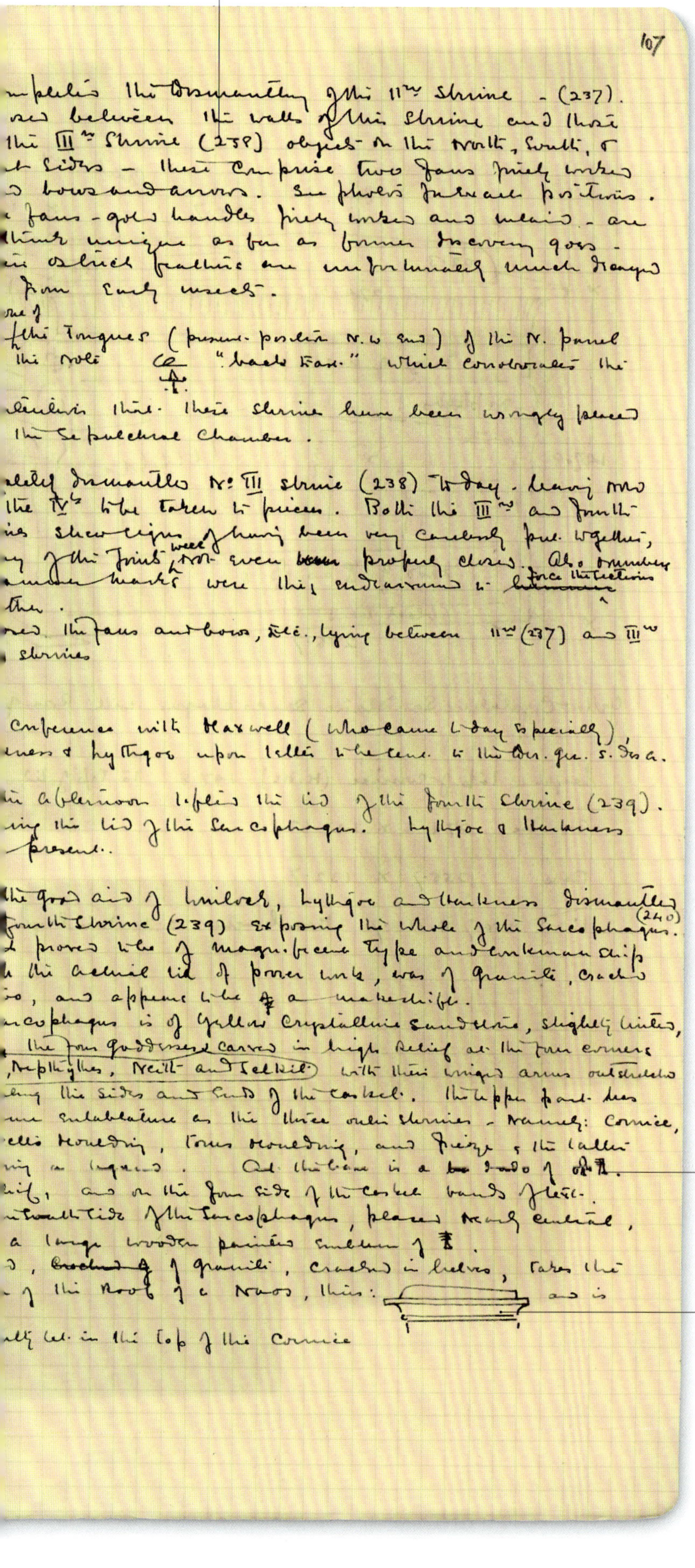

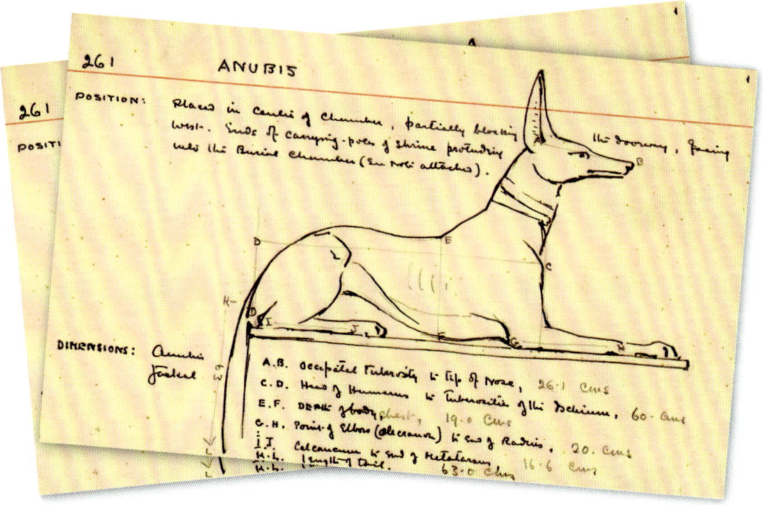

▲阿努比斯神龛

早期的艺术生涯令卡特受益良多。卡特对墓室文物进行记录，这幅绘制精美的素描也是出自他的手笔，描绘了胡狼形象的阿努比斯（Anubis）雕像。阿努比斯是木乃伊制作和阴世之神。阿努比斯雕像卧在附有扁担的台座上，占据了墓室储藏间的中心位置。

在神龛的北侧嵌板上，卡特注意到象形文字写着“向东”，从而推断出神龛位置摆错了。

卡特勾勒出一块花岗岩板的形状。石板一分为二，形成了石棺盖。

◀石棺

第二次挖掘进行到第四个月的时候，卡特团队使用绞车和起重机打开了墓室中带有折叠门且层层嵌套的包金木套。在木套之间，他们发现了弓箭、灯和金柄扇，并且最终找到了宏伟的水晶砂岩石棺（Crystalline Sandstone Sarcophagus）。石棺角落处还饰有四尊女神雕像。

情感动荡

1914—1977年 ■ 纸上笔墨 ■ 约1500页 ■ 法国人、美国人

阿奈丝·宁：作家

作家阿奈丝·宁（1903—1977年）最著名的作品是她的日记。宁的父母是古巴人，但宁早年住在法国，后来大半辈子住在美国。宁从11岁时就开始写日记，并持续终生。宁的日记写得极为坦诚，在女性作家中难逢敌手。日记揭露了她的多段风流韵事，对象包括其精神分析医生奥托·兰克（Otto Rank）、几乎不来往的父亲等。她还描述了自己与亨利·米勒（Henry Miller）和戈尔·维达尔（Gore Vidal）等作家，以及与评论家埃德蒙·威尔逊（Edmund Wilson）之间的激恋，叙述了自己有双重婚姻，不得不在纽约和加利福尼亚过着复杂的双重生活。

但是，宁的日记不只涉及个人情感关系。她还讲述了自己努力奋斗，想成为知名作家，也叙述了二战令她惊恐。尽管宁认为日记具有私密性，但还是考虑将其出版。不过，她面临两大阻碍：露骨的性描写和日记篇幅超长——约15,000页打字稿。1966年，7卷选文集的首卷在美国出版。尽管已删去较为露骨的部分，但宁的风流恋情之多，还是令许多人大为震惊，但也让读者越发感兴趣。许多女性认为宁是女权主义代言人，是女性个人自由与男性相当的罕见案例。1986年，无删减的新版本问世，读者反应不一。有些称赞日记坦诚，有些则不满于日记过多关注男女关系。尽管阿奈丝·宁仍具争议性，但还是令读者着迷。

> 但我需要地方哭喊。一天中某些时候，我必须变成西班牙野蛮人。我在此记录生活令我歇斯底里的经历。肆意挥霍，不受约束。品味和艺术、压缩和打磨，都见鬼去吧！我在此喊叫、跳舞、哭泣、咬牙、发疯——都是我一个人，语言拙劣，一片混乱。这将使我还能对世界和艺术保持理智。

《乱伦：摘自“爱的日记”》（*Incest: From “A Journal of Love”*），1933年10月27日

背景信息

◀ 奥托·兰克

20世纪30年代，阿奈丝·宁在巴黎学习精神分析。西格蒙德·弗洛伊德（中）的同事奥托·兰克（左）是宁的老师，也对她进行了分析。分析环节显然对宁很重要，她经常在日记中加以谈及，希望有助于自己成为作家。兰克对宁影响巨大，她自然也成为了兰克的爱人。

▶ 自费出版

20世纪40年代，没有美国出版商愿意出版宁的作品。于是她买了一台小型印刷机，自行印制作品。脚踏板难以操作，但她还是设法为两部作品印制了300本。其中一部作品，《玻璃钟之下》（*Under a Glass Bell*）获得了评论家埃德蒙·威尔逊的赞扬，从此宁的作品终于为人所知。

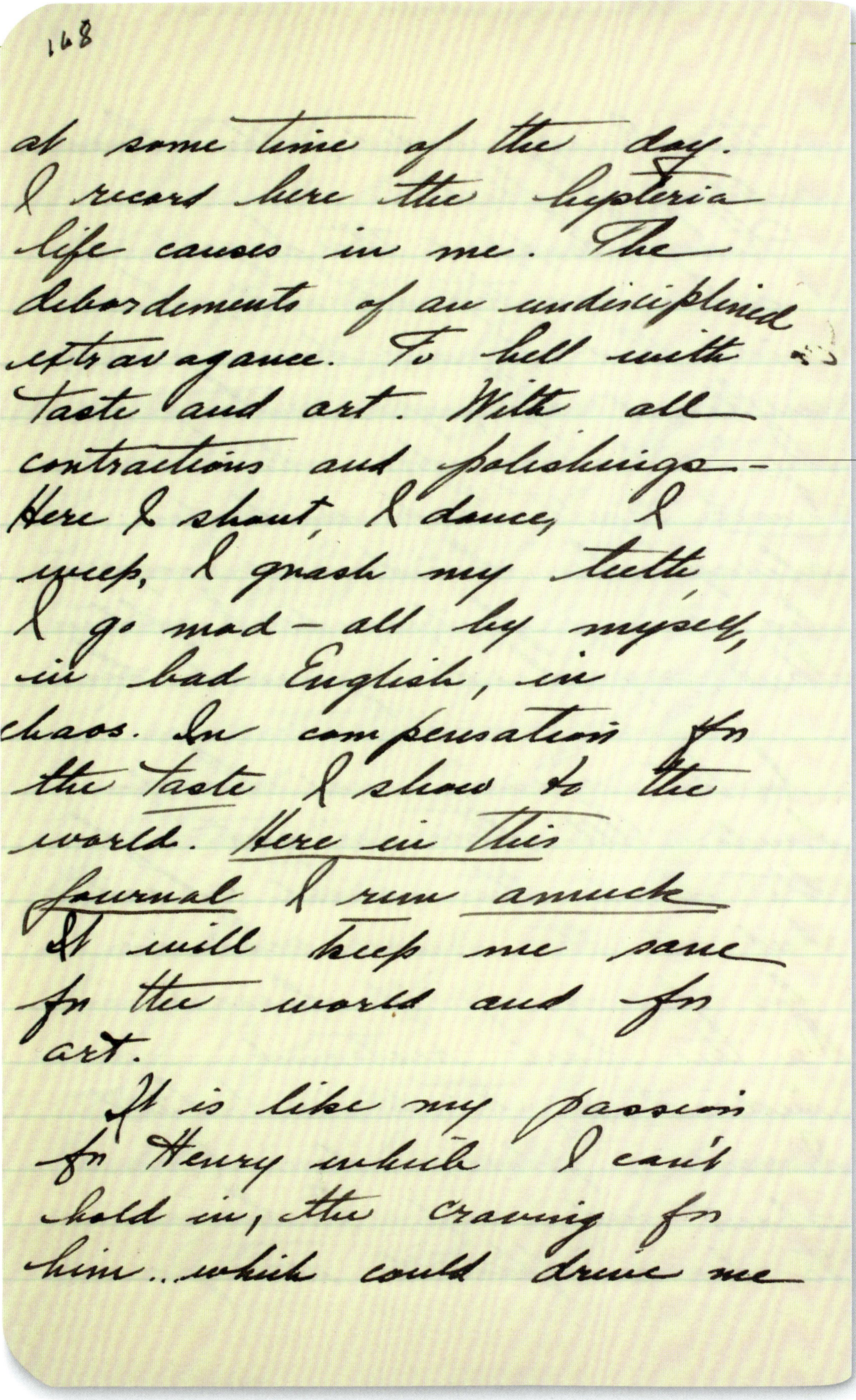
168

at some time of the day.
I record here the hysteria life causes in me. The debordements of an undisciplined extravagance. To hell with taste and art. With all contractions and polishings— Here I shout, I dance, I weep, I gnash my teeth I go mad — all by myself, in bad English, in chaos. In compensation for the taste I show to the world. Here in this journal I run amuck It will keep me sane for the world and for art.
It is like my passion for Henry which I can't hold in, the craving for him.. which could drive me

◀痛苦岁月

20世纪30年代初期，宁卷入了亨利·米勒和他妻子琼（June）的关系之中。宁的中篇小说《迪尤娜》（*Djuna*）便取自于此。1933年10月27日的这则日记中，宁表示，自己一往情深，却又常常为情所困。除了日记，这种情感无处安放：“所有这些都不在艺术作品（《迪尤娜》）中，因此我更有理由写在日记里。书里有的是克制、委婉、欺骗！”

宁在日记中吐露，没有“压缩和打磨”，从而试图保持生活中的某种秩序感。

“我们写作，是为了再次品味生活。
第一次是当下，第二次是回想……
我们写作……是为了使这一切永恒。”

《阿奈丝·宁的日记》（*The Diary of Anaïs Nin*），第5卷，1947—1955年

文学作品

宁的作品种类繁多——长短篇小说、散文以及对英国作家D. H. 劳伦斯（D. H. Lawrence）的批判研究。她还为20世纪40年代的一位匿名“收藏家”创作色情作品，但无意将其大范围出版。《乱伦之屋》（*House of Incest*）等早期小说使用超现实主义技巧分析各种角色，并叙述了宁做过的梦。像宁的许多作品一样，早期小说的特点是一位核心女性角色追寻成就感和“整体性”。小说5部曲《内陆城市》（*Cities of the Interior*）的核心是多位女性角色，正如宁的不同面。小说大量借用了日记中的语段，但没有任何一部能像日记本身那样受读者欢迎。

▲美国第一版《乱伦之屋》，阿奈丝·宁，1947年

艰难岁月的笔记

1931—1949年 ■纸上墨迹 ■11本笔记 ■英国人

乔治·奥威尔：小说家、散文家

埃里克·布莱尔（Eric Blair）的笔名乔治·奥威尔更为人所知。奥威尔几乎终生写日记和记笔记，其中11本存留至今。这为奥威尔提供了写作素材，使他能够发表政治和社会观点，并满足了他记录周围事物的迫切冲动。没有一本笔记涉及奥威尔个人生活，闲言碎语和深刻内省均无迹可寻。

奥威尔出生于1903年，曾在伊顿（Eton）接受过精英教育，随后在英治缅甸（British-ruled Burma）[现在的缅甸（Myanmar）]担任警官，之后才决定成为职业作家。在20世纪30年代，因为厌弃自身优越的背景，奥威尔寻求各类体验，从睡在廉价旅馆到参加西班牙内战（1936—1939年）。现存奥威尔最早的日记是1931年的《啤酒花采摘日记》(*Hop-Picking Diary*)，对穷人生活的观察形象生动，《去维冈码头之路日记》(*Road to Wigan Pier Diary*，1937年）也是如此。这部日记记录了奥威尔1936年在英格兰北部工业区的实地考察。两部日记都表达了奥威尔对社会底层生活条件的义愤填膺，也都形成了奥威尔所发表作品的底稿。

很可惜，奥威尔在西班牙内战服役期间的笔记本丢失了。奥威尔的其他日记里，两本写于二战（1939—1945年）初期的日记最为有趣，体现了奥威尔善于捕捉细节。伦敦大轰炸期间，他对日常生活的观察尤为细致入微。奥威尔不断表示对当权者无能的不满，他认为这场战争英国非赢不可。战后，奥威尔声名鹊起，但身体每况愈下，因此他退隐到荒凉的苏格兰朱拉（Jura）岛上当起了佃农。奥威尔的朱拉日记记录了日常实际情况，从天气到拔萝卜、捕龙虾、观察海鸟等。1950年，奥威尔因结核病在伦敦医院去世。离世前不久，他刚在笔记上写下最后一则内容。奥威尔还发表了数百篇文章，谈及各类主题，包括政界的语言滥用、英国社会主义、男孩漫画和粗俗的海边明信片。

背景信息

▲大萧条

20世纪30年代，英格兰北部的工业城镇，包括上图所示的谢菲尔德（Sheffield），都受困于贫困、大量失业、居住条件恶劣和环境污染。1936年，奥威尔到北方走访了两个月，介绍穷人的生活条件。他的日记为后来的作品《去维冈码头之路》提供了素材。

▲伦敦大轰炸

1939年9月，英德交战。1940年至1941年的8个月中，伦敦和其他英国城市不断遭纳粹德国空军夜袭，4万多平民因此丧生。大轰炸期间，奥威尔和妻子艾琳（Eileen）基本都住在伦敦公寓里。作为亲历者，奥威尔对这场破坏进行了描述。

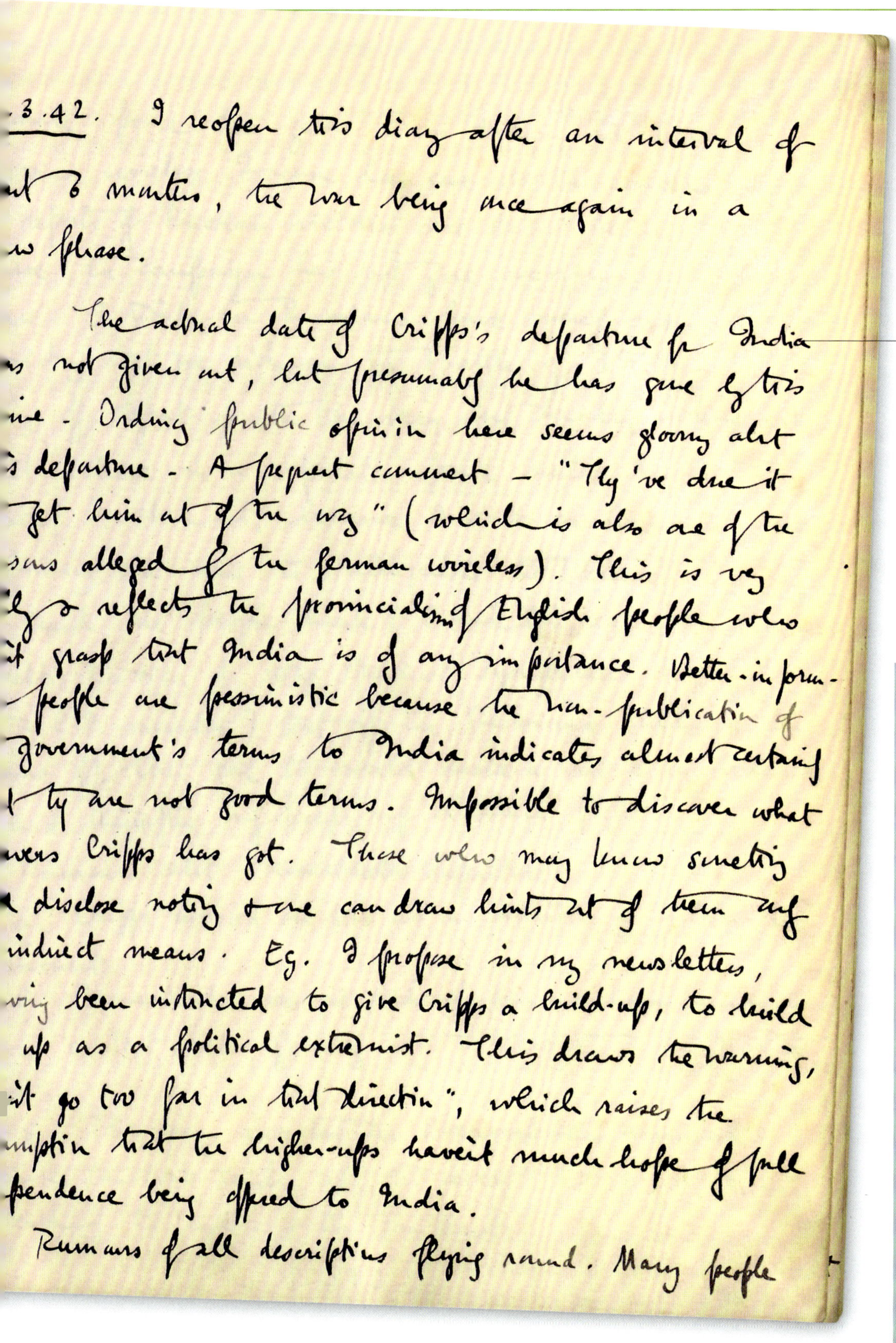
.3.42. I reopen this diary after an interval of
…t 6 months, the war being once again in a
…w phase.

The actual date of Cripps's departure for India
…s not given out, but presumably he has gone by this
…ime. Ordinary public opinion here seems gloomy about
…s departure. A frequent comment — "They've done it
…get him out of the way" (which is also one of the
…sons alleged by the German wireless). This is very
…ly & reflects the provincialism of English people who
…t grasp that India is of any importance. Better-inform-
…people are pessimistic because the non-publication of
…Government's terms to India indicates almost certainly
…t they are not good terms. Impossible to discover what
…wers Cripps has got. Those who may know something
…disclose nothing & one can draw hints out of them only
…indirect means. Eg. I propose in my newsletters,
…ving been instructed to give Cripps a build-up, to build
…up as a political extremist. This draws the warning,
…'t go too far in that direction", which raises the
…umption that the higher-ups haven't much hope of full
…pendence being offered to India.

Rumours of all descriptions flying round. Many people

◀ 战时宣传员

1942年3月14日，奥威尔开始写第二本战时日记，左图便是第一页手稿。当时，奥威尔在英国广播公司工作，他称该公司有一种"介于女子学校和疯人院之间"的氛围。奥威尔从事宣传广播，工作目标是说服印度为英国提供战时支持。奥威尔不满于此，写道："所有宣传都是谎言，即使说的是真话。"

英国政府尝试通过克里普斯使团（The Cripps Mission）与印度在二战中取得合作，但失败了。

当时的常见特征：一堆堆扫好的玻璃、碎石、燧石碎块、煤气泄漏的气味、在警戒线旁等待的一小群看客……因延时炸弹而从家中撤离的普罗大众四处游荡。昨天，两个女孩在街上拦住我，她们外表极为优雅，只是脸很脏："先生，请问您知道这是哪吗？"……伦敦大片区域依然基本一往如常，大家白天都很开心，好像从未想过即将到来的夜晚……

关于伦敦大轰炸，战时日记，1940年9月21日

奥威尔的出版作品

20世纪30年代，奥威尔创作了现实主义小说，如《叶兰在空中飞舞》（*Keep the Aspidistra Flying*，1936年）和《上来透口气》（*Coming Up for Air*，1939年），撰写了纪实报告文学作品，如《巴黎伦敦落魄记》（*Down and Out in Paris and London*，1933年）、《去维冈码头之路》和《向加泰罗尼亚致敬》（*Homage to Catalonia*，1938年），因而小有名气。奥威尔还创作出两部代表作品：寓言《动物庄园》（*Animal Farm*，1945年）和反乌托邦幻想小说《一九八四》（*Nineteen Eighty-Four*，1949年），表达了他对极权主义的厌恶。

▲英国第一版《一九八四》，乔治·奥威尔，1949年

存在的不可能性

1935—1959年 ■纸上笔墨 ■9本练习簿 ■法国人

阿尔贝·加缪：作家

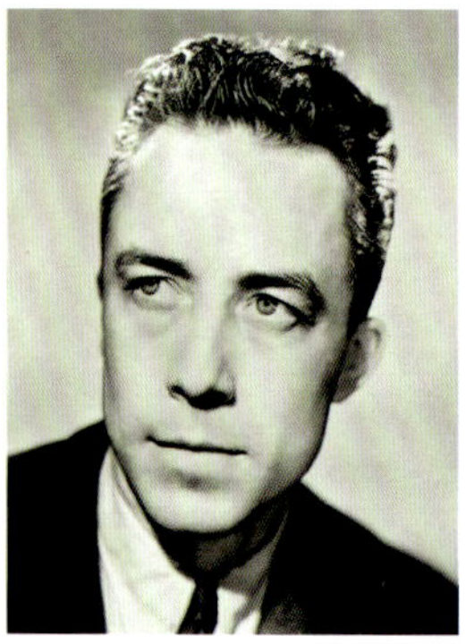

阿尔贝·加缪（1913—1960年）在第5本笔记中自问："为什么我是艺术家而不是哲学家？"他自答："因为我根据言语思考，而非根据思想。"1935年5月，22岁的加缪开始在练习簿上创作，一共写了9本，言语便是这一切的基石。练习簿记录了这位作家的写作技法，大量描写风景、天气、文学瑰宝、与同代人的讨论，充满欢乐。练习簿中，场景和对话描写夹杂着加缪在有轨电车上、在电影院里听到的谈话片段，后来加缪将这些素材运用于小说和戏剧中。

荒诞的理念——在无意义的存在中寻找意义——是笔记中反复出现的主题。加缪尝试分析"司法及其荒谬程序对某些人的吸引力"，这也正是其小说《局外人》（*L'Étranger*）的主题，讲的是一名凶手因不遵守社会规范而被判死刑。后来，加缪指出了自己正在对抗内心的愤世嫉俗，以及"存在并非困难，而是不可能"。加缪30岁就声名远扬，但他对成功和批评的态度却自相矛盾。加缪写了封信给质疑《局外人》是否合乎道德的评论家，谈及独裁统治下的审查制度，不过信并未寄出。加缪宣称，没有人"有权判定一部作品从当下或从长远来看对国家有害或有利"。当《鼠疫》（*La Peste*）获得法国批评奖（the Prix des Critiques）时，加缪却又感到"忧郁"，因为"反对声必不可少"。1957年获得诺贝尔文学奖时，加缪也表达了相似的忧虑。

加缪删去了前6本笔记中绝大多数自传式事件，仅简要提及结核病发作。1960年，加缪因车祸英年早逝。此前9年，他以日记形式写了最后3本笔记。由于担心记忆力衰退，加缪记录了自己在希腊和意大利的旅行，与哲学家让-保罗·萨特（Jean-Paul Sartre）和巴黎马克思主义者争执不下，以及阿尔及利亚独立战争期间，困惑于是否应当支持陷入困境的法国裔阿尔及利亚人。

EDITION DE 5 HEURES

COMBAT

DE LA RÉSISTANCE À LA RÉVOLUTION

DIX TONNES de dynamite devaient faire sauter tout le quartier du Luxembourg

LES ALLIÉS FONCENT VERS LA FRONTIÈRE BELGE et la trouée de Sedan

RIEN sans la Résistance

Prise de Ploesti et de ses pétroles par les Russes

UNE SALLE DE TORTURE et un nouveau CHARNIER sont découverts

L'installation du Gouvernement provisoire à Paris est accueillie favorablement par les Alliés

Laon, Reims et Châlons-sur-Marne occupés et dépassés

TOUTE LA VILLE TIRE

par Jean-Paul SARTRE

CRITIQUE DE LA NOUVELLE PRESSE

背景信息

◀抵抗运动

加缪为战时法国抵抗运动地下刊物《战斗报》（*Combat*）撰写报道，并于1944年担任主编。加缪见证了解放巴黎之战期间的巷战，写道："自由的街垒再次立了起来……不得不又一次用人们的鲜血赎回正义。"

▶阿尔及利亚

自1954年起，阿拉伯阿尔及利亚从法国殖民者手中争取独立的斗争演变为民族解放阵线（Front de Libération Nationale）的血腥袭击，欧洲裔阿尔及利亚人对此表示抗议（右图）。加缪发表社论，呼吁各方不要伤及平民，并反对使用酷刑。

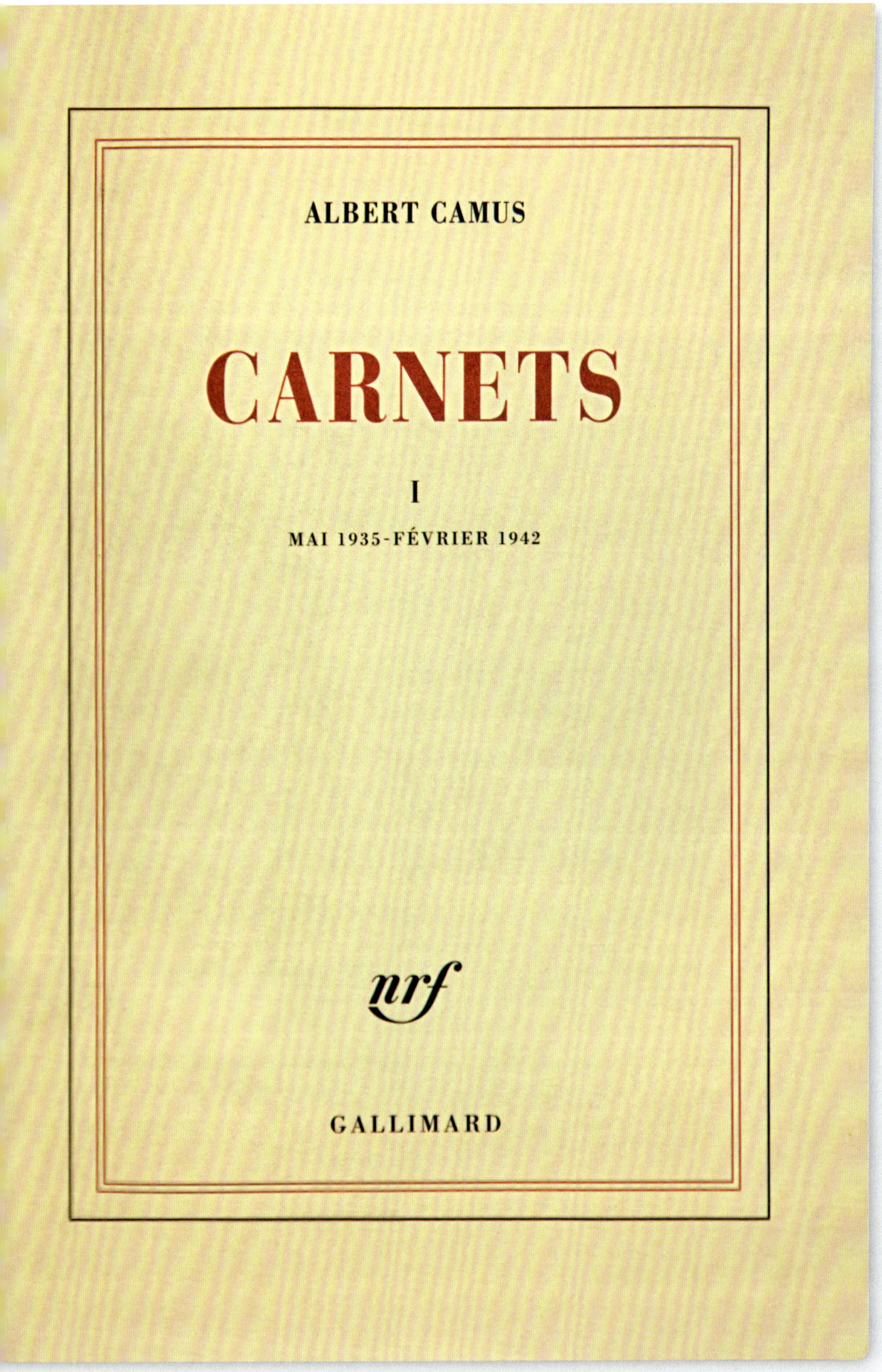

◀生活所思

加缪将记录所思所感的本子称为《练习簿》(*Cahiers*)。1962年，巴黎伽俐玛出版社(Editions Gallimard)将其出版时，书名则改成了《笔记》(*Carnets*)，以便于与加缪的散文集加以区分。译者菲利普·索迪(Philip Thody)阅读原稿后指出，加缪圆润饱满的笔迹在每则笔记中都有所变化，在他去世前，字越写越密，难以读懂。

文学生涯

阿尔贝·加缪的作品包括新闻、戏剧、哲学文章和5本小说。加缪最有名的小说出版于20世纪40年代，包括荒诞主义小说《局外人》《鼠疫》。《鼠疫》探讨了鼠疫期间，在阿尔及利亚城市封锁的情况下，人们如何应对分离和孤寂。加缪的笔记饶有趣味，能让读者深入了解一部以追求幸福为主题的早期小说。《快乐的死》(*La Mort Heureuse*)和《第一个人》(*Le Premier Homme*)在加缪去世后出版。《第一个人》是一部尚未完成的自传体小说，主题是加缪在阿尔及尔的童年时光。

▲《鼠疫》的封面，阿尔贝·加缪，1947年首次出版

我们生活艰难，虽然对世界充满憧憬，却未能坚持付诸实践……我们苦苦挣扎，受苦受难，为的是再次独享安宁。但是，总有一天人们会看到，地球的微笑简单而淳朴。到那时，我们的内心世界和挣扎都会好似一扫而空。数百万只眼睛曾看过这片风景，对我而言，这就像世界的第一个微笑，让我超脱自我，只有最深层含义才可以表达。我因此确信，除了所爱之外，一切都不重要。即便如此，倘若所爱不再纯真自由，于我也毫无价值。

第1本笔记，1937年9月

名录：1900—1940年

奥尔加·罗曼诺夫日记

俄国人（1905—1917年）

奥尔加·尼古拉耶芙娜·罗曼诺夫女大公（Grand Duchess Olga Nikolaevna Romanov，1895—1918年）是俄国末代沙皇尼古拉二世（Nicholas II）的长女。她从10岁开始写日记，记录了沙皇宫廷这个封闭世界里的生活日常：家宴、宗教仪式、游戏、天气。奥尔加·罗曼诺夫敏锐地意识到了父母正努力为她找如意的皇家夫婿，于是用自制私人密码记录了自己对男性的爱慕之情，即便他们并非上佳人选。1914年，俄国加入一战，奥尔加·罗曼诺夫的生活和日记都出现了根本转变。在军医院当护士时，她见识到了战争的恐怖之处，她所照料的负伤军官也触动了她的心弦。1916年12月，日记记录了神秘主义者格里高利·拉斯普京（Grigori Rasputin）遇害。拉斯普京因在宫廷的影响而广遭痛恨，但对奥尔加而言，他只是个自小认识的友好人士。1917年3月，沙皇尼古拉二世在俄国革命初期退位，奥尔加的日记也停写了。1918年7月，奥尔加女大公与其他王室成员被布尔什维克革命者杀死。

迈尔斯·富兰克林的日记

澳大利亚人（1909—1954年）

澳大利亚作家、女权主义者迈尔斯·富兰克林（Miles Franklin，1879—1954年）出生于新南威尔士州，22岁时出版了代表作，小说《我的辉煌生涯》（*My Brilliant Career*）。可惜她自己的写作生涯并不辉煌。1906年至1932年，富兰克林住在美国和英国，想要寻求更高文学成就而不得。1909年，住在芝加哥时，富兰克林开始每天写日记。富兰克林最后回国，住在悉尼郊区。她继续保持练习，直至去世。富兰克林一共在袖珍日记本上写了超过一百万个单词，部分内容速写而成，极难辨认。她还在文学笔记本上写作，字迹较为工整。像富兰克林的所有文字一样，日记的魅力在于她性格坚强、幽默刻薄、观点鲜明。日记描述了富兰克林苦恼于作品销量一般，反响平平，记述了她为维持生计而从事卑微工作，也描写了她在悉尼文学界的朋友和敌人。2004年，日记选集首次出版。

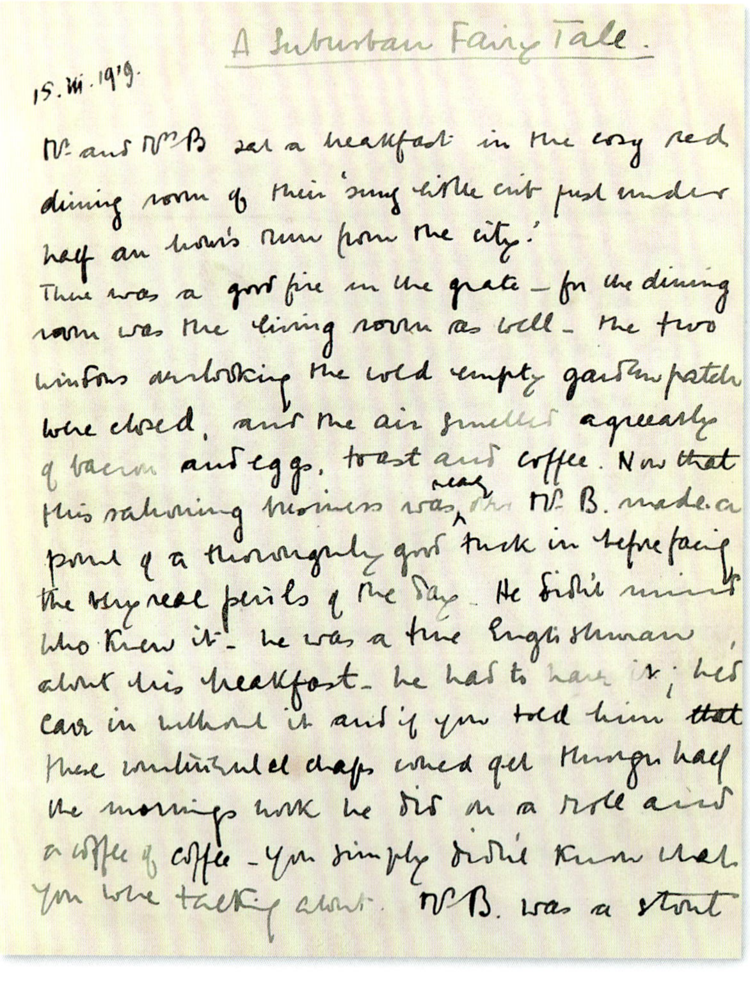
A Suburban Fairy Tale.

15.iii.1919.

Mr and Mrs B sat at breakfast in the cosy red dining room of their 'snug little crib just under half an hour's run from the city.'
There was a good fire in the grate – for the dining room was the living room as well – the two windows overlooking the cold empty garden patch were closed, and the air smelled agreeably of bacon and eggs, toast and coffee. Now that this rationing business was near, Mr B. made a point of a thoroughly good tuck in before facing the very real perils of the day. He didn't mind who knew it – he was a true Englishman about his breakfast – he had to have it; he'd cave in without it and if you told him that these continental chaps could get through half the morning work he did on a roll and a cup of coffee – you simply didn't know what you were talking about. Mr B. was a stout

凯瑟琳·曼斯菲尔德的故事开篇

E. M. 福斯特的带锁日记

英国人（1909—1967年）

英国小说家爱德华·摩根·福斯特（Edward Morgan Forster，1879—1970年），即E.M.福斯特，自16岁始就在各类日志和笔记本上写作。1909年，福斯特从亲戚那继承了带有锁和钥匙的日记本，其隐秘性使福斯特余生中能自由地将其用来记录事件和思索。福斯特也在其他笔记本上写一些会被别人读到的日记。带锁日记中，一些比较有意思的内容是关于福斯特的同性恋取向，这在当时的英国是非法的。日记记录了福斯特思考自己性取向时，间或感到烦恼不安。日记也描述了各种短暂偶遇和性幻想。福斯特被工薪阶层男性所吸引，最终与一名已婚警察保持长期来往。带锁日记表现出福斯特情绪波动，欲望转瞬即逝，但因作者在日记常常暗指私人事宜，所以内容大多晦涩难懂。日记形成了一幅私密自画像，勾勒出了复杂的个体形象。2011年，日记全文首次出版。

巴顿日记

美国人（1910—1945年）

20世纪美国杰出将领乔治·S.巴顿（George S. Patton，1885—1945年）自1910年在欧洲度蜜月起，就开始断断续续写日记。巴顿的日记涵盖了他的参战经历：从1916年至1917年美国对墨西哥的武装干涉，到担任一战西线坦克指挥官，再到奠定功名的二战辉煌战绩。1942年到1945年，巴顿的日记尤为详尽坦率。巴顿每日记录了自己在突尼斯、西西里岛和北欧作战胜利，包括成功攻入诺曼底，占领德国。巴顿态度激昂地表达了他那让人又爱又恨的好斗心，包括违抗上级，一贯厌恶美国盟友——“该死的英国人。”他写道。日记已编入《巴顿文集》（*The Patton Papers*）出版。

凯瑟琳·曼斯菲尔德日记

新西兰人（1914—1922年）

凯瑟琳·曼斯菲尔德（Katherine Mansfield，1888—1923年）出生于新西兰。移居英国后，曼斯菲尔德成为了杰出短篇小说作家，闻名遐迩，但因结核病不幸早逝，年仅34岁。曼斯菲尔德从未系统地写日记。她留下了46本笔记和成堆散页，上面草草写着零星日记、日常思索、故事片段，夹杂着购物清单和食谱。1927年，曼斯菲尔德的丈夫约翰·米德尔顿·默里（John Middleton Murray）在大量编辑了这些私人文字后，汇编为选集出版，名为《凯瑟琳·曼斯菲尔德日记》（*Journal of Katherine Mansfield*）。这部作品成为了文学经典，表现出曼斯菲尔德头脑清醒、感受能力强、善于捕捉细节，重现了作者身患绝症仍苦苦追求一线生机的挣扎，令人悲从中来。曼斯菲尔德笔记的完整抄本随后也出版了。比起原先出版的《日记》，完整版中，曼斯菲尔德更具冒险精神，也更加尖锐挑剔。这些笔记，加上她早年在新西兰生活的少年日记，更加全面地刻画了复杂的个体形象。不过，《日记》作为文学经典的地位并未动摇。

托马斯·曼的日记

德国人（1918—1921年，1933—1955年）

著名德国小说家托马斯·曼（Thomas Mann，1875—1955年）终生写日记，但也销毁了不少。1896年，曼烧毁了最早的日记，1945年又焚毁了1933年之前其余的日记，唯有1918年至1921年的日记偶然存留至今。1933年，纳粹在德国掌权，迫使曼进行政治流亡。他不想让此前的个人政见公诸于世，因为可能有损他的反纳粹立场。去世前，曼把日记放入密封盒里，要求20年内不得打开。曼在日记中写道：“让世界了解我吧，但要等到所有人都死了。”1975年，人们检查日记时发现，其中主要内容是曼每日睡前所写的日常笔记，详细记录了他的散步、健康状况、用药、饮食、梦境和性功能。尽管日记内容单调乏味，但还是揭示了曼一生中最核心的秘密：他对男青年的无限渴望。曼的日记在德国出版，共10卷，是其多部长短篇小说的重要补充。

魏尔笔记

法国人（1934—1943年）

政治活动家和基督教神秘主义者西蒙娜·魏尔（Simone Weil，1909—1943年）如今广受尊敬，她在世时却鲜为人知。魏尔出生于巴黎的世俗犹太家庭，长大后当了哲学老师。1934年，魏尔开始在笔记本上书写哲学思考和政见，为了体验生活，她还利用假期到工厂劳动。1937年，一次神秘启示使她转而信奉天主教。二战时，魏尔逃离了纳粹占领下的法国，最终逃到了英格兰。魏尔坚持要与沦陷区的法国人一样，吃极少定量的口粮，后来魏尔可能因绝食去世。1948年，首个魏尔笔记选集出版，书名为《庄严和恩典》（*Gravity and Grace*），凸显了她独特的宗教观点。从1951年到1956年，较为完整的3卷笔记出版，着重强调了魏尔对国家权力之弊和社会不公的关注。魏尔的思想简明精要、自相矛盾而又抽象，融入了她因世上重重苦难而感受到的苦痛，她也决意要承担这份苦难。

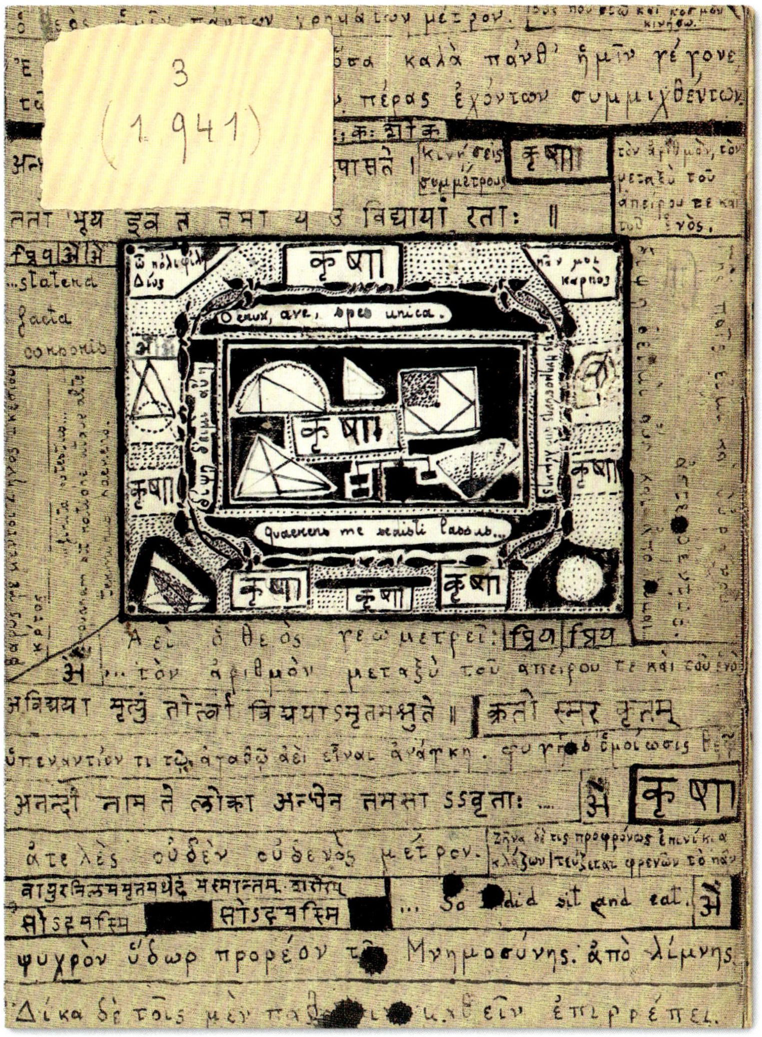

其中一本魏尔笔记的封面

内战日记

西班牙人（1936—1937年）

福斯蒂诺·巴斯克斯·卡里尔（Faustino Vázquez Carril，1914—1937年）是一位来自西班牙北部的年轻人。福斯蒂诺有志于从事新闻工作，但为了摆脱贫穷，不忍饥挨饿，他选择参军。1936年，包括弗朗西斯科·佛朗哥（Francisco Franco）在内的西班牙将军发动暴动，抗击西班牙共和党运动。尽管此时福斯蒂诺支持共和党，但他却在叛军阵营中作战。从西班牙内战爆发以来，福斯蒂诺就一直写日记，既充满诗意地描写乡村景色，又刻画了战争的恐怖之处。福斯蒂诺还批判了叛军将领及其法西斯同伙长枪党（the Falangists）。战争期间，福斯蒂诺因交通事故入院。其他士兵注意到了福斯蒂诺日记中的颠覆性言论，于是举报他。经军事法庭审讯后，1937年5月10日，福斯蒂诺被行刑队处决，享年23岁。他的日记于2011年出版。

约翰·斯坦贝克的工作日

美国人（1938—1941年）

1938年，作者约翰·斯坦贝克（John Steinbeck，1902—1968年）开始撰写《愤怒的葡萄》（*The Grapes of Wrath*），这本开创性小说讲述了旱灾和贫困迫使俄克拉荷马州农民移居加利福尼亚。写小说时，斯坦贝克每天都写日记把控写作进度，记录恼人的自我怀疑，并敦促自己坚持到底。“这是我写得最久的日记，”斯坦贝克写道，“当然不仅仅是日记，而是试着弄清楚一本小说到底要写多久。”斯坦贝克不断地提醒自己需要自律和毅力，实际上每天也都写了约2000字小说。5个月后，小说完成。斯坦贝克继续写日记，直到1941年，他在日记中记录了这本书销量上佳，广受好评（1940年赢得了普利策小说奖）以及某些人对小说的政治攻击。斯坦贝克无意出版《愤怒的葡萄》工作日志，但他说应该让儿子们看日志，这样他们就可以“在一定程度上知道父亲是个什么样的人”。一般认为，日记刻画了创作过程，具有独特意义。1989年，日记首次出版，名为《工作日》（*Working Days*）。

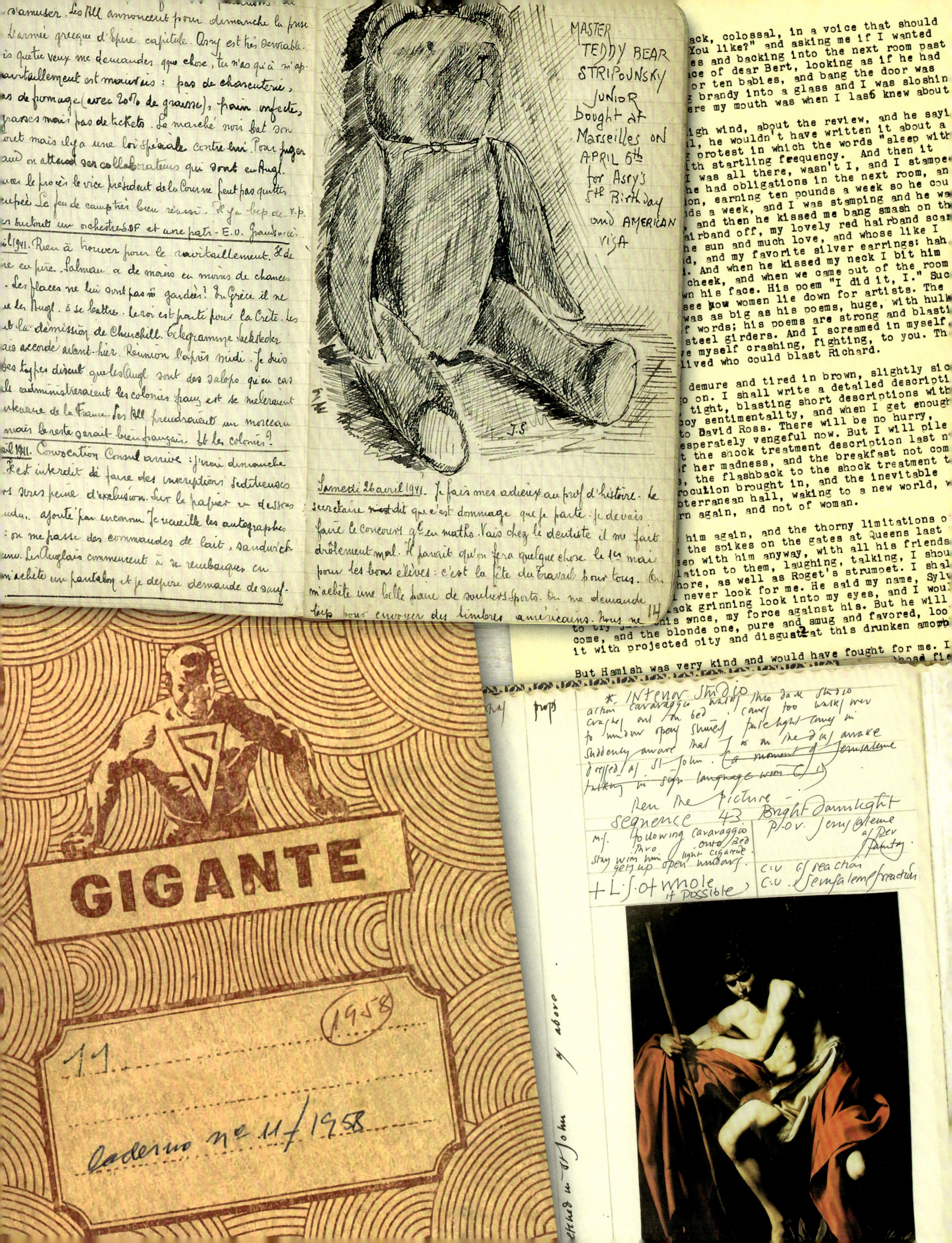
MASTER
TEDDY BEAR
STRIPOUNSKY
JUNIOR
bought at
Marseilles on
APRIL 6th
for Asry's
5th Birthday
and AMERICAN
VISA
J.S.
GIGANTE
1958
11
Caderno nº 11/1958
sequence 43
Bright Dawnlight
ren the picture

第 7 章

1940年至今

二战期间，满目疮痍、生灵涂炭，为这一时期拉开了序幕。从纳粹在欧洲沦陷区进行大屠杀，到原子弹投到日本广岛，许多日记见证了这些骇人事件。战后，社会变革运动初具规模，从反殖民主义到主张同性恋权利的各类解放运动成为个人写作的核心主题。同时，对于心理错位这类令人困扰的主题，美国诗人西尔维娅·普拉思（Sylvia Plath）等作家也以前所未有的坦率胸襟进行了探索。过去30年里，技术发展日新月异，许多人使用新方式记录观点和经历。在社交媒体上即时分享，是否会将个人反思日记取而代之，仍有待观察。

小女孩日记

1942—1944年 ■纸上笔墨 ■2本练习册，215张散页 ■荷兰人

安妮·弗兰克：日记作者

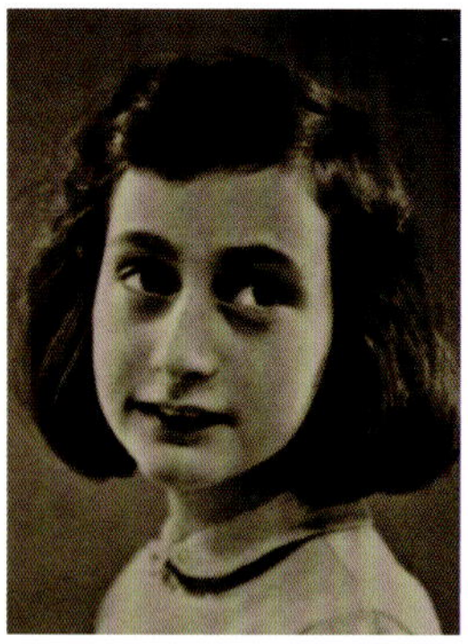

1942年，在德国占领下的阿姆斯特丹，一位13岁的犹太女孩选择了一本布面精装的小书作为生日礼物，后来，这本册子便成了享誉全球的日记。安妮·弗兰克的开篇日记洋溢着进入青春期的兴奋感，但随着纳粹加紧控制犹太人，安妮的生活正在崩塌。几周之内，安妮写道，妹妹已被驱逐出境，父亲则计划将全家藏起来。

7月6日，他们前往王子运河（Prinsengracht）附近，奥拓·弗兰克经商的大楼。几周以来，奥拓一直在悄悄地布置大楼侧楼，但如今容不得拖拉了。安妮描述了把日记塞进书包、穿着好几层衣服，在夏雨中穿行的情景："这般景况下，提着装满衣服的手提箱出门，是任何一个犹太人想都不会想的事。"赫尔曼（Hermann）、奥古斯特·范·皮尔斯（Auguste van Pels）及其15岁的儿子彼得（Peter）和牙医弗里茨·菲弗（Fritz Pfeffer）先后与弗兰克一家一同居住。在被发现之前，他们躲了2年。安妮记录道，与另外7人一起生活，气氛紧张，讲话都得低声细语，白天底下房间有人上班时，几乎不敢动弹。除了间或记录琐事和学习的寻常细节外，安妮也在日记中对日渐成熟的身体和情绪进行思考，并展望未来。这位少年渴望成为作家，但安妮从未想到日记会使她成名，并让她为大屠杀中被捕的数百万犹太人发声，昭告一代又一代后来人。

▲生日礼物

这本红白绿格子条纹笔记本带有金属锁，是1942年6月12日安妮13岁生日的礼物。纳粹统治下，弗兰克一家受苦受难，安妮却以积极乐观的笔调对礼物、派对和同学进行了描写。日记注定是安妮的密友："我希望能向你倾诉一切。"她写道。

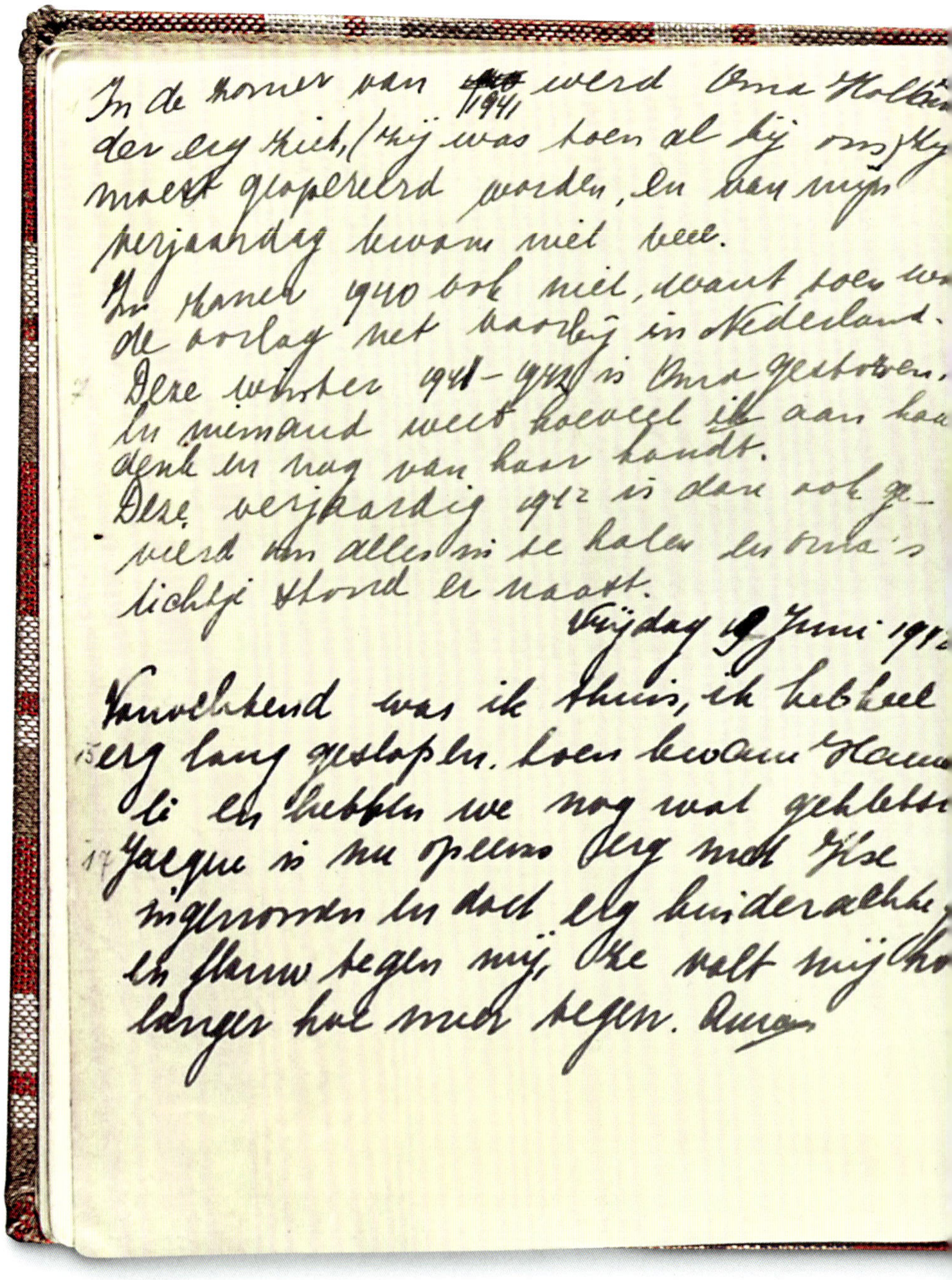

大屠杀日记

大屠杀犹太人受害者所写日记中，现已出版或归档的只有数百份。捷克斯洛伐克男学生彼得·金兹（Petr Ginz）14岁时在特莱西恩施塔特（Theresienstadt）贫民区创办了一份地下报纸，之后在奥斯维辛集中营被毒死，他的日记也已出版。18岁的雷尼亚·施皮格尔（Renia Speigel）记录了苏联和纳粹占领下的波兰生活；没能躲过追捕而被枪杀后，她的日记由一位朋友妥善保管。约瑟夫·斯特里彭斯基（Joseph Stripounsky）的笔记本画满了地图和素描，叙述了一家人逃出纳粹占领的比利时，躲在法国等待美国签证的经历，与其他幸存者和受害者的日记一道，构成了华盛顿特区美国大屠杀纪念博物馆（US Holocaust Memorial Museum）的部分档案。

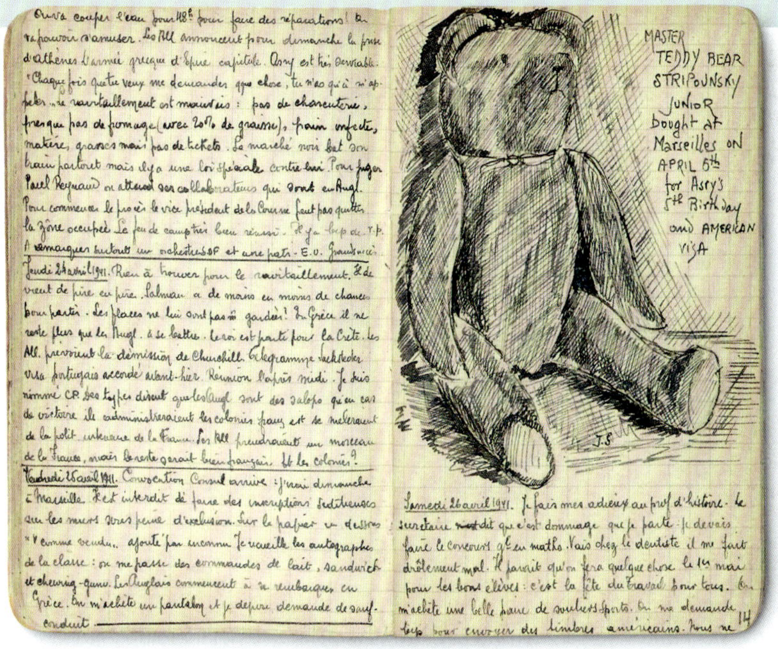

▶就在全家取道西班牙、葡萄牙，移居美国前，约瑟夫画了兄弟的泰迪熊

1941年夏天，“霍兰德外婆（Granny Hollander）”和我们住在一起，她病得很重，必须动手术，我的生日就没有什么意思了。1940年夏天时也是如此，当时荷兰的战斗刚刚结束。1941年和1942年之交的冬天，外婆去世了。没人知道我多么想她，我依然多么爱她。1942年庆生是为了弥补当时一切缺憾，外婆也为我的生日投下了微弱的光。

安妮·弗兰克的日记，1942年6月20日

安妮的钢笔字时而用草书，时而用印刷体，视日记内容而定。

◀**亲友**

早期日记包含了女生八卦和家庭回忆。海滩旅行照中，有一张1939年的照片，安妮已故的外祖母“愉快而平静”地坐在背景中。安妮欣慰地看到，当时13岁的姐姐玛戈（Margot）看起来并非“发育良好”，因此无权看不起如今同是13岁的安妮。

细节信息

2年躲藏期间，家人们利用下班时间，听楼下办公室的收音机，获取新闻资讯。受他们信任、为他们带来补给的施助者也会为他们带来讯息。安妮写道：有朋友被运走，必死无疑；英国轰炸机轰鸣着从头顶飞过；炮火和炸弹落在附近；盗贼闯入楼下，令他们心脏骤停。“我们所在区域依然安全，但是上空乌云日渐浓密”。日记是安妮的心灵避难所。原版日记中，安妮描述了惨淡的晚餐和偷偷带进来的生日礼物，也谈及自己的学习、性意识觉醒、与母亲争吵。安妮后来修改日记，删去了较为直白的内容。

1944年8月1日，写作停止了。3天后，盖世太保发现了这家人，先后把他们赶到韦斯特博克（Westerbork）和奥斯维辛（Auschwitz），玛戈和安妮被送往贝尔根-贝尔森（Bergen-Belsen），集中营解放前几周，两人均死于斑疹伤寒。奥拓是侧楼中的唯一幸存者。

> “写作时，我能抛下一切忧虑。悲伤烟消云散，精神也复苏了。”
>
> 安妮·弗兰克的日记，1944年4月5日

▲禁令和迫害

1940年5月，纳粹占领荷兰，随后出台了一系列规定：对犹太人实施宵禁，犹太人必须佩戴黄色星星标志，不得经商、不得乘坐公共交通工具、不得出入仅面向非犹太人的商店、学校、娱乐场所。1942年6月，犹太人开始被运往集中营。10月，安妮写道：“许多犹太人朋友和认识的犹太人正被成批成批地带走。”

▲秘密庇护所

奥拓·弗兰克在王子运河畔高楼中经商，并在侧楼打造了一个藏身之处。打开一扇后来用书柜遮掩住的门，就能通向5个房间，里面有床、一个炉子、一个洗涤池和一间厕所，安妮称之为“供犹太人和其他无家可归者暂住的独特场所”。1942年11月，安妮写了一份指南进行介绍。

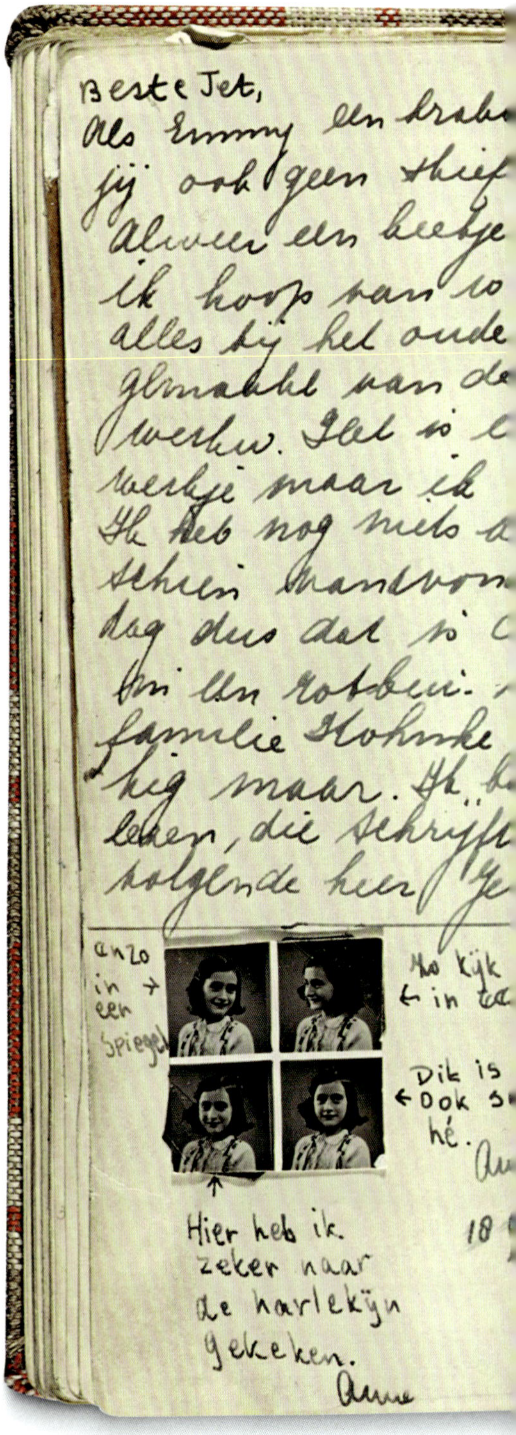

准备出版

1944年3月，流亡于伦敦的荷兰艺术和教育部长赫里特·博尔克斯泰因（Gerrit Bolkestein）通过无线电广播呼吁公民记录占领期间的生活，以便战后分享。受此启发，安妮开始用假名编辑日记，后来她的日记整理成《秘密侧楼》（*The Secret Annex*）出版。

弗兰克一家被捕期间，帮助他们藏匿的梅普·吉斯（Miep Gies）抢救下了笔记本和散页。奥拓·弗兰克从奥斯维辛回来后，吉斯把手稿交还给他。女儿的作品表露出情感上的成熟，令奥拓感到惊讶。后来，奥拓从两版日记中选择部分内容出版时，选择了一个很简单的书名：《秘密侧楼》。英文版书名是《安妮·弗兰克：小女孩日记》（*Anne Frank: The Diary of a Young Girl*）。现有70种语言版本的安妮日记，销量超过2000万册。

▶第一版《秘密侧楼》（1947年）

▼**假想通信**

多则日记都是写给真实存在或者虚构的朋友——杰特（Jet）、玛丽安娜（Marianne）和出现频率最高的姬蒂（Kitty）。安妮描述自己学习法语动词和速记法，以及阅读各类书籍。安妮回忆着滑冰的经历，随后自然过渡到自己身着毛皮镶边连衣裙，在冰上跳舞的剧本。安妮在墙上贴着电影明星的照片，还在自己的照片上写道："如果保持这般容貌，我可能有机会去好莱坞。"

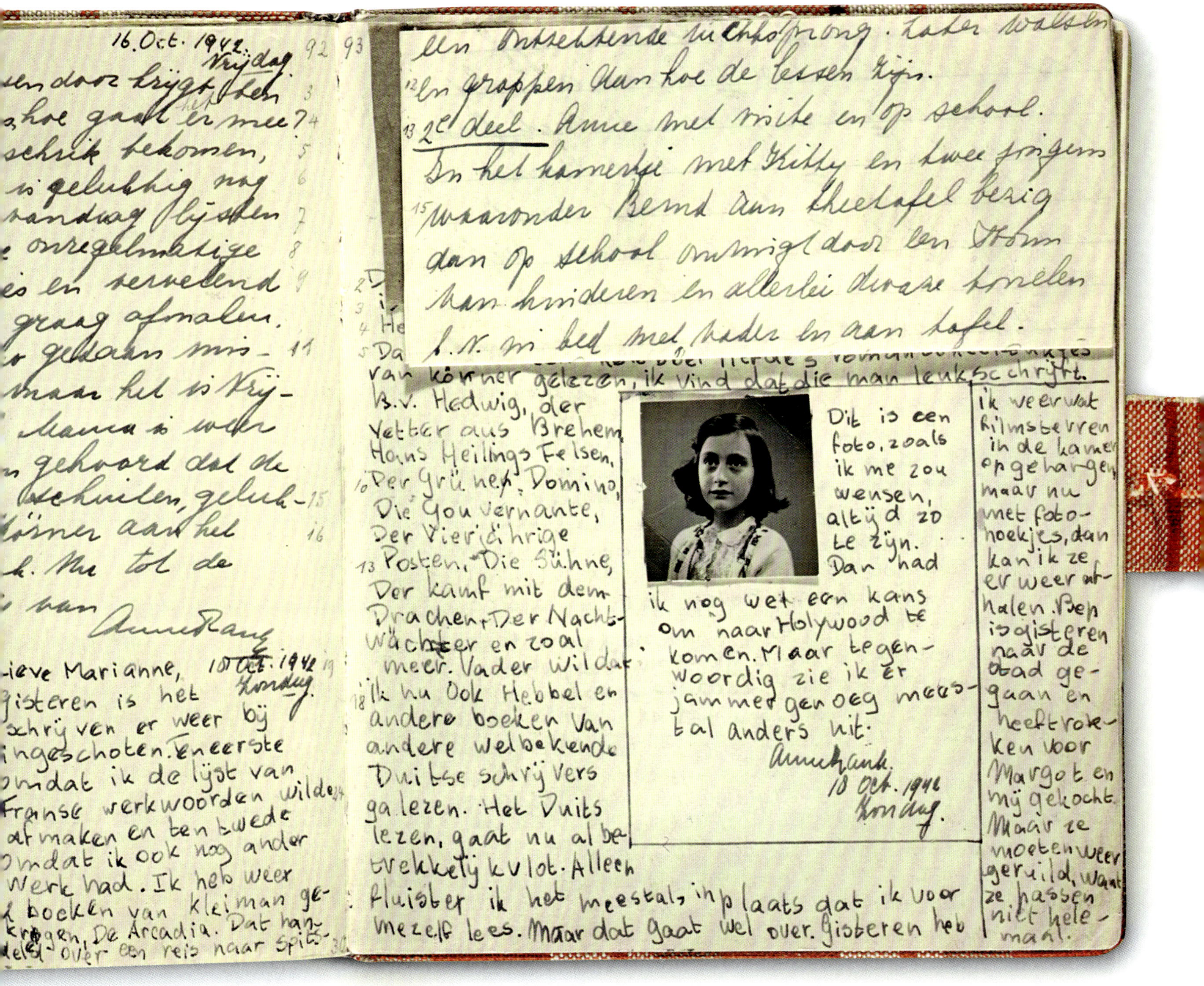

探索内在自我

1944—1954年 ■纸上墨水、蜡笔画和水粉画 ■170页 ■墨西哥人

弗丽达·卡洛：艺术家

弗丽达·卡洛（1907—1954年）的日记独特地融合了文字和彩画，卡洛借此探索自身思想、恐惧、信仰和艺术主题。她写了10年日记，直到47岁时英年早逝。上学时，卡洛遭遇了车祸，给她留下了伴随终生的伤痛。卡洛历经多次手术，也曾疾病缠身，于是通过描绘断肢的惊人画作，或是内脏外露的自画像来表现内心痛苦。日记中，其他常见主题有：卡洛对古代墨西哥神祇的痴迷、她的个人关系，尤其是与丈夫、富有魅力的墨西哥艺术家迭戈·里维拉（Diego Rivera）的私人关系。

卡洛使用彩色墨水、蜡笔和水粉颜料迅速作画，在小小的日记本上画得满满当当，图画看上去扣人心弦、令人惊叹。许多页日记根本没有文字，而是挤满了怪异的人兽混合体、阿兹特克神（Aztec Gods）、心理符号和奇特形状。这种图像迥异于卡洛精心绘制的作品。速写使卡洛更易于探索内心深层意识。有些文本属于“无意识写作”——一种不加思考的写作模式，据说能揭示潜意识的运作方式，常与超现实主义联系在一起，但是卡洛并不认为自己是超现实主义者。

卡洛似乎通过无意识写作和流畅的绘画风格来表达内心痛苦和焦虑，实现了自我和解。卡洛无意出版日记。在她去世后的几十年里，日记被束之高阁。即便后来日记被发现，也只有寥寥几页展出。直到1995年，日记才全文出版。日记中，绘图形象生动，自我剖析独具创造力，使之迅速成为畅销书。

◀ 两个弗丽达

1939年与里维拉离婚后不久，卡洛绘制了这幅双重自画像。左侧的她穿着墨西哥传统服饰，外露的心已经碎了。右边的她则穿着现代服装，心完好无损。卡洛在日记中说，作品画的是她想象中的儿时伙伴，但后来她却说，画作灵感来自她与里维拉分手。

我已病了1年。脊柱动了7次手术。法里尔医生（Doctor Farill）救了我。他给我带回了生活的快乐。我仍坐在轮椅上，不知能否很快恢复行走能力。我也戴了石膏束腰，尽管束腰烦得要命，但有助于脊椎的恢复。我感觉不到痛苦。只有这般……无聊透顶，以及油然而生、频频来袭的绝望。绝望，无以言表。我仍渴望活下去。我已再次开始绘画。

弗丽达·卡洛的日记

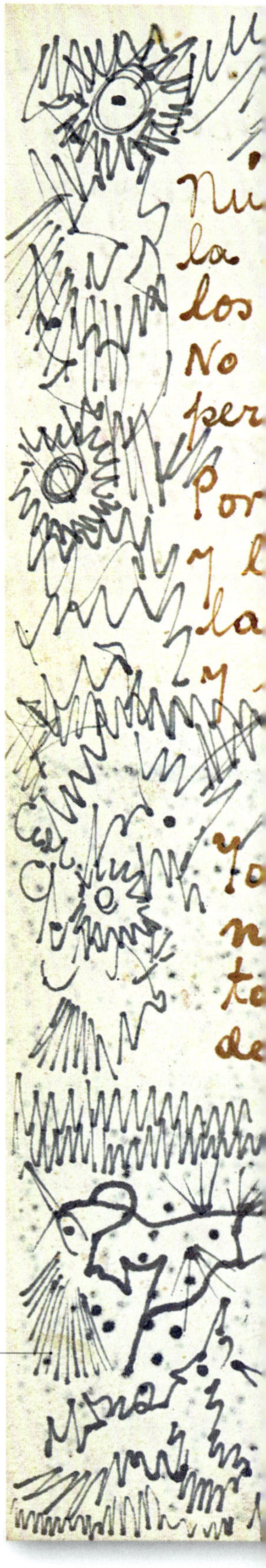

线条弯弯曲曲，说明卡洛作画速度极快。

▼潦草晦涩的文字

每页日记都不一样。此处，卡洛探讨了颜色，以及她对颜色的自由联想。她在开头写道："我会试着把铅笔削得极细。"紫红色让人想起仙人果的"鲜血"；黄色与疯狂相关；深绿色让她想到树叶、悲伤和科学；蓝色代表电和纯净。"没有什么是黑的。"她说，"真的没有。"

诗文晦涩难懂，先探讨颜色，后直言绝望之感。

细节信息

弗丽达·卡洛的日记中，多页谈及个人生活、墨西哥历史传统以及她对政治，特别是对社会主义的兴趣。尽管这些主题横跨个人生活和公共领域，它们之间似乎相去甚远，但对卡洛而言却密不可分。卡洛的日记表达了她深爱丈夫迭戈·里维拉，他的名字在日记中一再出现。作为一个坚定的共产主义者，里维拉与卡洛分享了许多观点，这一层纽带也在日记中被重点提及。里维拉和卡洛都十分重视墨西哥历史和传统文化，卡洛还以此为灵感，绘制画作。日记也将社会主义信仰与这些画作联系起来。因此，一页日记上写有两个标语，其中一个写着“斯大林万岁，迭戈万岁”，另一个标语中，一边写着马克思、列宁等主要共产党人的名字，另一边则浓墨重彩地画着阿兹特克神庙。在结合此类主题的基础上，通过迅速作画和圆润粗体字，卡洛表达了对祖国、迭戈和艺术的饱满热情。

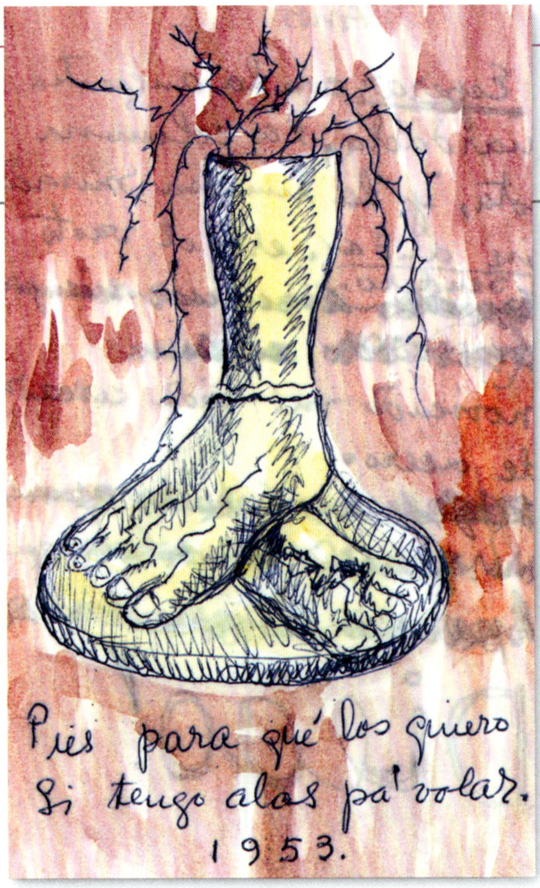

▲描绘苦痛

卡洛经历过30多次手术，最严重的一次是因患坏疽而右脚截肢。日记表明，卡洛在面对苦难时表现得极为勇敢。她为截下的右脚画了幅画，并在下方写道：“如果我有翅膀，能飞起来，那我还需要脚做什么？”

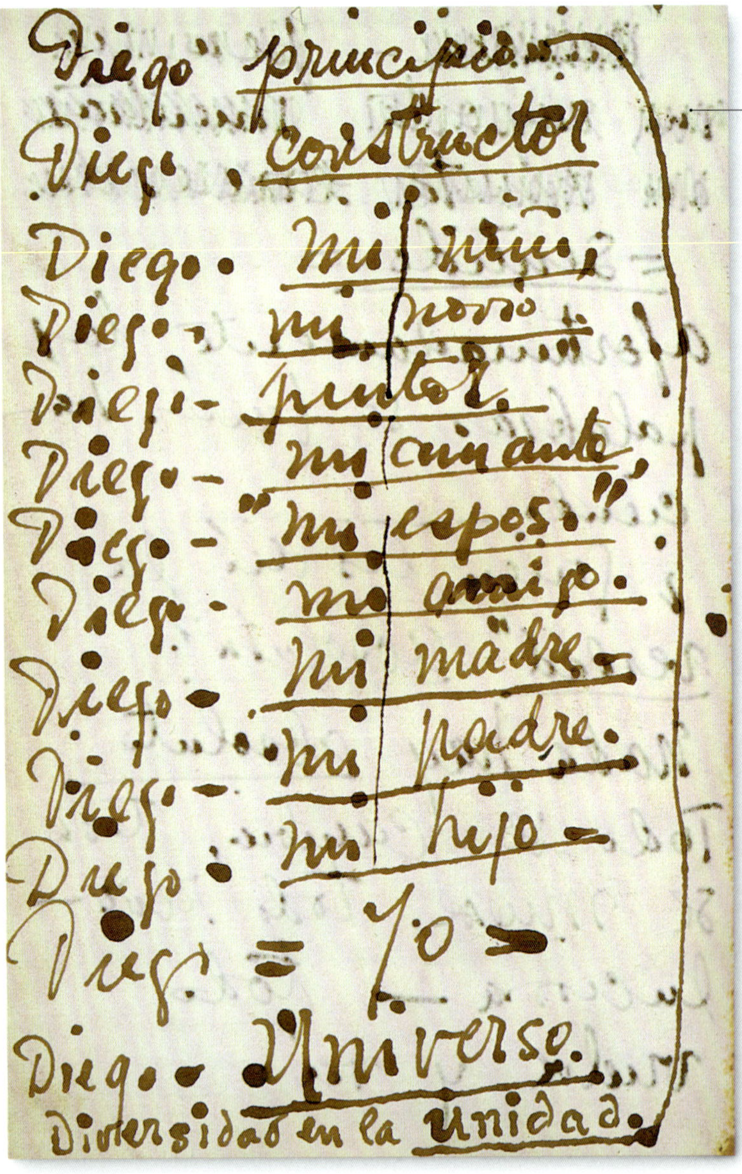
"Diego" principio
Diego, constructor
Diego. mi niño
Diego. mi novio
Diego. pintor
Diego. mi amante
Diego. "mi esposo"
Diego. mi amigo
Diego. mi madre
Diego. mi padre
Diego. mi hijo
Diego. = Yo =
Diego. Universo.
Diversidad en la unidad.

反面的字透了过来。

▲一生所爱

1939年离婚后，卡洛和里维拉仍然关系密切，并于1940年复婚。卡洛的多则日记都表现出她钟情于里维拉。图中每一行都列出了里维拉对她的意义。迭戈是她的丈夫、爱人、朋友。她的结论是：“迭戈=我。迭戈·宇宙。”

墨西哥特性

20世纪中叶，许多艺术家和知识分子着迷于古代墨西哥宗教和传统。这种现象被称为“墨西哥特性（Mexicanness）”。在1910年至1920年的墨西哥革命之前，墨西哥长期遭外国统治，随后出现了政局动荡和现代化征程。墨西哥传统已经式微，因此“墨西哥特性”旨在重新联结本土文化，确立墨西哥民族身份。迭戈·里维拉和弗丽达·卡洛等艺术家赞美并借鉴了阿兹特克艺术、墨西哥纺织品、民间舞蹈和当地宗教理念。

▲《特万特佩克的舞蹈》(*Dance in Tehuantepec*)，迭戈·里维拉，1935年

标题表明，跳舞是为了向赋予生命的太阳致敬。

阿兹特克狗和人的奇异混合体。

“悲苦和伤痛、快乐和死亡，不过是生存的一个过程。”

弗丽达·卡洛的日记

◀向日起舞

在这幅覆盖全页的画中，阿兹特克狗等神话生物与更为神秘的人物共舞，赞颂太阳。图画色彩鲜明，既体现出太阳的温暖，又衬托出欢乐、狂欢的氛围。卡洛将人物画得满满当当，毫不担心视角或构图这类常规问题，凸显出舞蹈的自然而发和活力十足。

核爆后的广岛

1945年 ■打字稿 ■日本人

蜂谷道彦：医生

1945年8月6日，蜂谷道彦在首则日记中写道："时间尚早，清晨依然温暖美丽。"这说的一定是早上8点15分之前的情况。因为在早上8点15分，美国B-29轰炸机机组正飞在蜂谷道彦所在的广岛市上方9400米的高空，并很快投下了原子弹。蜂谷道彦回忆道，一道又一道强闪光先后出现。他突然身处黑暗中，周围灰尘飞扬、遍地废墟，自己也浑身赤裸。

日记记录了接下来的56天，也记载了爆炸后，蜂谷道彦作为广岛通信医院院长所做的工作。因为身体烧伤严重，因此蜂谷道彦前往医院，处理自身伤势的同时，也负责照料不断涌入的伤患。蜂谷道彦的日记指出，起初医生不知道正在应对何种病症——将有呕吐和腹泻症状的患者诊断为痢疾。随着时间流逝，医生获得了越来越多的信息，终于意识到他们正在应对的是放射性疾病。日记还描述了废墟中的广岛："除了四散而开的一堆堆砖瓦，一片又一片市区犹如沙漠一般。我不得不重新审视'破坏'这个词的含义。"蜂谷道彦听说有些人最初症状轻微，因为他们有树木或建筑物作遮挡。

尽管蜂谷道彦距离爆炸中心位置不到2千米，但他一直活到1980年，享年76岁。1995年，广岛通信医院部分改建为原子弹博物馆，馆中展出了蜂谷道彦的日记原稿。

> 我渐渐看清周围事物。人形影影绰绰，有些犹如游魂野鬼。其他人……像稻草人一样行动，抬起胳膊、手臂悬空，令我困惑不解，直到我突然意识到他们烧伤了，抬起胳膊是为了防止创面相互摩擦，引发疼痛。一名女性赤身裸体，抱着赤裸的婴儿，走进了我的视线。我避而看向他处。也许他们刚才在洗澡。但是随后我看到一个没穿衣服的男性，便突然想到，与我的情况类似，某种怪事剥去了他们的衣服。

《广岛日记》(*Hiroshima Diary*)，1945年8月6日

背景信息

◀ 核爆之后

广岛约70%的建筑物被摧毁。"广岛不再是一座城，"蜂谷道彦写道，"而是燃烧殆尽的草原。"他描述道，目之所及，一切都被夷为平地，连远处山峰都似乎近在咫尺。他指出："没有房子的广岛，真是小啊。"

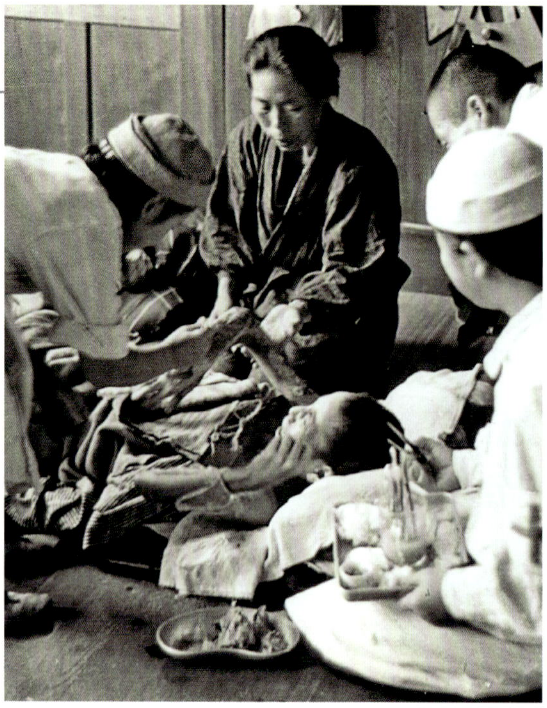

▶ 救助伤患

核爆本身造成至少66,000人死亡，约69,000人受伤，包括广岛90%的医生和护士。由于原子弹在市中心的志摩医院正上方引爆，因此照料伤员更为困难。

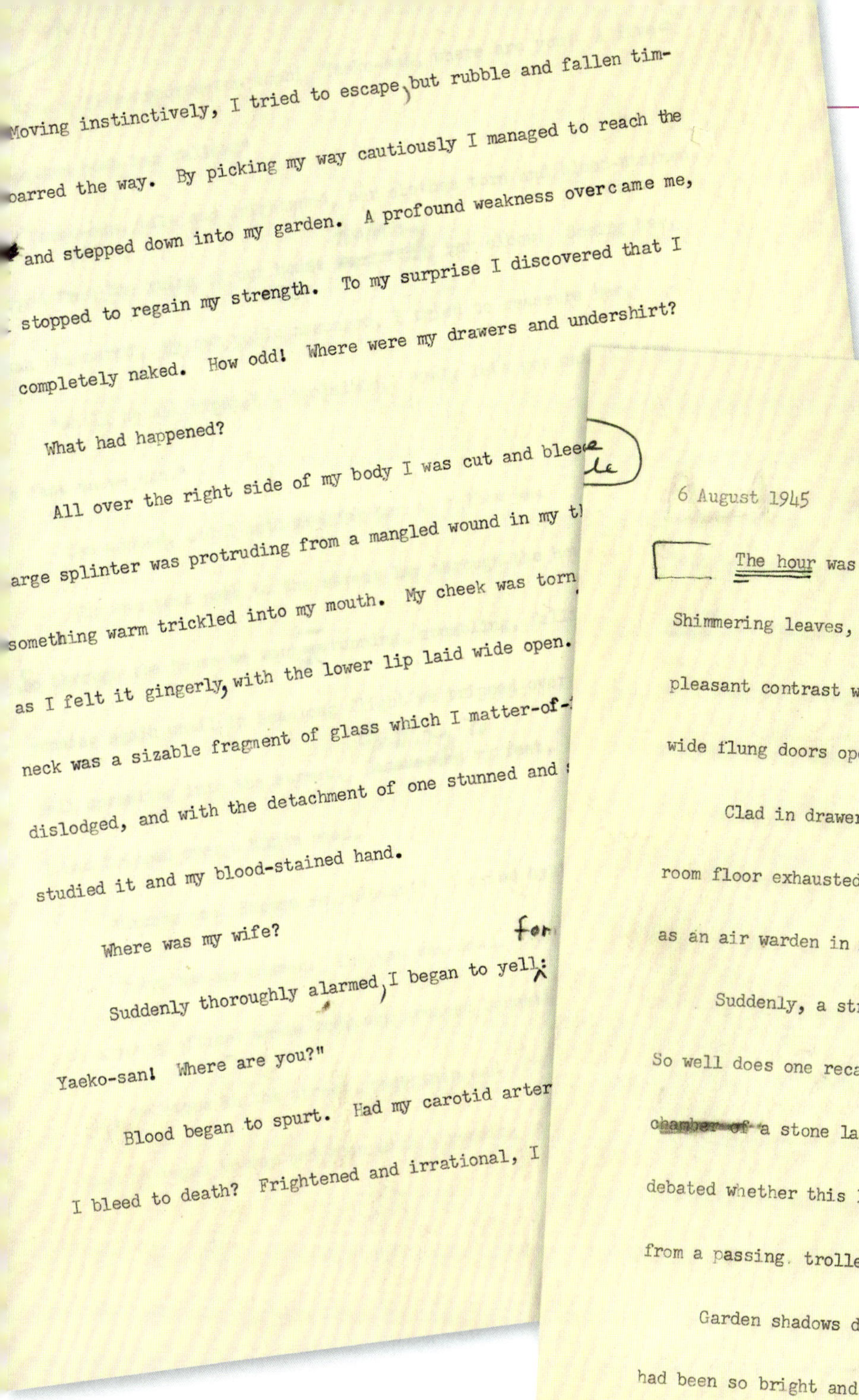

Moving instinctively, I tried to escape, but rubble and fallen tim-
barred the way. By picking my way cautiously I managed to reach the
and stepped down into my garden. A profound weakness overcame me,
stopped to regain my strength. To my surprise I discovered that I
completely naked. How odd! Where were my drawers and undershirt?

What had happened?

All over the right side of my body I was cut and bleed
arge splinter was protruding from a mangled wound in my t
something warm trickled into my mouth. My cheek was torn
as I felt it gingerly, with the lower lip laid wide open.
neck was a sizable fragment of glass which I matter-of-
dislodged, and with the detachment of one stunned and
studied it and my blood-stained hand.

Where was my wife?

Suddenly thoroughly alarmed, I began to yell: for

Yaeko-san! Where are you?"

Blood began to spurt. Had my carotid arter
I bleed to death? Frightened and irrational, I

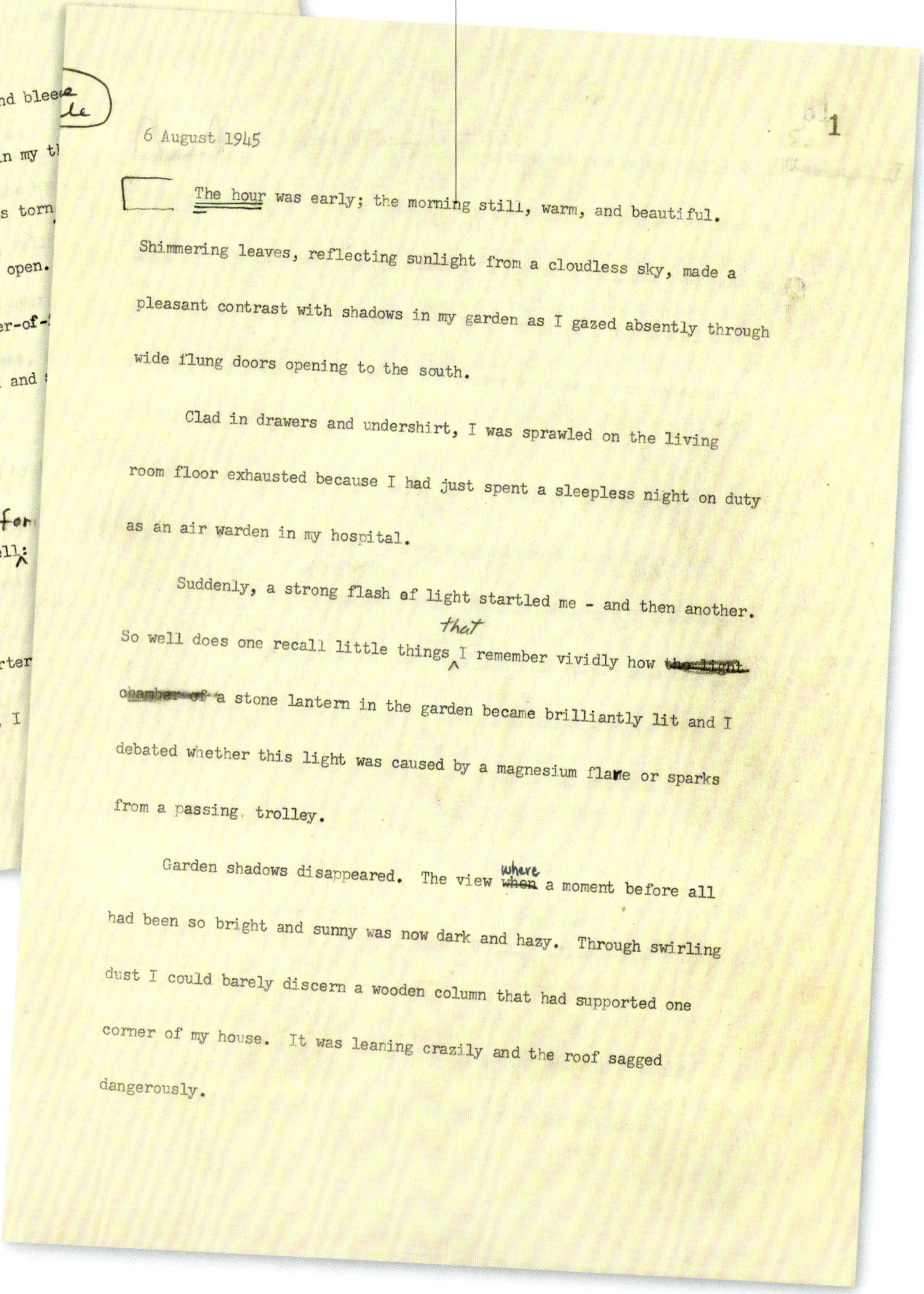

6 August 1945 1

The hour was early; the morning still, warm, and beautiful.
Shimmering leaves, reflecting sunlight from a cloudless sky, made a
pleasant contrast with shadows in my garden as I gazed absently through
wide flung doors opening to the south.

Clad in drawers and undershirt, I was sprawled on the living
room floor exhausted because I had just spent a sleepless night on duty
as an air warden in my hospital.

Suddenly, a strong flash of light startled me - and then another.
So well does one recall little things that I remember vividly how ~~the light chamber of~~ a stone lantern in the garden became brilliantly lit and I
debated whether this light was caused by a magnesium flare or sparks
from a passing trolley.

Garden shadows disappeared. The view where ~~when~~ a moment before all
had been so bright and sunny was now dark and hazy. Through swirling
dust I could barely discern a wooden column that had supported one
corner of my house. It was leaning crazily and the roof sagged
dangerously.

该打字稿是英文译稿终校，带有校对标记。

◀ 原子弹

蜂谷道彦修订日记，取名为《广岛原子弹爆炸故事集》(*Stories from the Hiroshima A-bombing*)，起初于1950年发表在日本医学杂志上。在美国医生赫纳·韦尔斯(Herner Wells)的监督下，1955年，英译本《广岛日记》出版。

▲亲历者的描述

蜂谷道彦像做学术一样写日记：记录事件发展，极少提及个人情绪。开头几页里，他极为镇定理性地描述了自己在核爆后的伤势："身体右侧到处割伤，流着血……脖子里插着一大块玻璃，我不动声色地把它取了出来。"

February 26 (con) 18

diamond" and he yelled back, colossal, in a voice that should have come from a Pole, "You like?" and asking me if I wanted brandy, and me yelling yes and backing into the next room past the smug shining blub face of dear Bert, looking as if he had delivered at least nine or ten babies, and bang the door was shut and he was sloshing brandy into a glass and I was sloshing it at the place where my mouth was when I last knew about it.

We shouted as if in a high wind, about the review, and he saying Dan knew I was beautiful, he wouldn't have written it about a cripple, and my yelling protest in which the words "sleep with the editor" occurred with startling frequency. And then it came to the fact that I was all there, wasn't I, and I stamped and screamed yes, and he had obligations in the next room, and he was working in London, earning ten pounds a week so he could later earn twelve pounds a week, and I was stamping and he was stamping on the floor, and then he kissed me bang smash on the mouth and ripped my hairband off, my lovely red hairband scarf which has weathered the sun and much love, and whose like I shall never again find, and my favorite silver earrings: hah, I shall keep, he barked. And when he kissed my neck I bit him long and hard on the cheek, and when we came out of the room, blood was running down his face. His poem "I did it, I." Such violence, and I can see how women lie down for artists. The one man in the room who was as big as his poems, huge, with hulk and dynamic chunks of words; his poems are strong and blasting like a high wind in steel girders. And I screamed in myself, thinking: oh, to give myself crashing, fighting, to you. The one man since I've lived who could blast Richard.

And now I sit here, demure and tired in brown, slightly sick at heart. I shall go on. I shall write a detailed description of shock treatment, tight, blasting short descriptions with not one smudge of coy sentimentality, and when I get enough I shall send them to David Ross. There will be no hurry, because I am too desperately vengeful now. But I will pile them up. I thought about the shock treatment description last night: the deadly sleep of her madness, and the breakfast not coming, the little details, the flashback to the shock treatment that went wrong: electrocution brought in, and the inevitable going down the subterranean hall, waking to a new world, with no name, being born again, and not of woman.

I shall never see him again, and the thorny limitations of the day crowd in like the spikes on the gates at Queens last night: I could never sleep with him anyway, with all his friends here and his close relation to them, laughing, talking, I should be the world's whore, as well as Roget's strumpet. I shall never see him, he will never look for me. He said my name, Sylvia, and banged a black grinning look into my eyes, and I would like to try just this once, my force against his. But he will never come, and the blonde one, pure and smug and favored, looks, is it with projected pity and disgust at this drunken amorphic slut.

But Hamish was very kind and would have fought for me. It gave him a kind of glory to take me away from them, those fiends, and I am worth fighting for, I had been nice, to him, he said.

忧虑的天才

1950—1962年 ■打字稿和手稿 ■2盒散页和笔记 ■美国人

西尔维娅·普拉思：诗人

1932年，西尔维娅·普拉思出生。11岁住在美国马萨诸塞州时，普拉思开始写日记。她那时已经遭受了丧父之痛，这是印刻终生的创伤。普拉思自小就展现出作诗和写短篇小说的天赋，但她的情绪起伏不定，也很早露出了苗头。1953年，在就读精英学府史密斯学院（Smith College）时，普拉思因抑郁症接受了电击治疗，后来还尝试通过过量服用安眠药自杀。

早期日记体现了年幼的普拉思逐渐成长为典型的美国青年，并且对周遭细节观察敏锐，在文学上野心勃勃，极具进取心，但常陷入极度沮丧或愤怒。她后来获得奖学金，赴英国剑桥大学学习，1956年与英国诗人特德·休斯（Ted Hughes）相识并结婚。从1957年到1959年，两人定居美国，普拉思在史密斯学院任教1年。对“大步流星的特德”，普拉思的日记里写满了爱慕和钦佩。1958年3月，她写道：“我嫁给了一位真正的诗人，我的生命得到了救赎。”

日记讲求情真意切，因此大量着墨于迫使普拉思接受治疗的内心冲突。但在她的作品中，日常生活细节也很丰富，许多家务活的描写也是如此：“我把锅烧黑了，今晚至少刷了10分钟，洗得手都要断了……”不过，普拉思最为关心的，始终还是自己的诗人生涯：“必须如何改变我的声音，才能让人们听到。”

> 那么，我该如何表达对妈妈的恨呢？在情感最深处，我视她为仇敌：“杀死”父亲的人……我躺在床上，以为大脑将永远空白，也想到了杀死她是多么奢侈的事……但我下不了手。我尝试自杀，以免所爱之人尴尬，也让自己不必活在麻木的地狱中。多么缜密：待己如待人。我要杀了她，所以我要杀了自己。

西尔维娅·普拉思的日记，1958年12月12日

◀ 命运邂逅

1956年2月26日，普拉思在剑桥大学读书时，将这篇日记打了下来，描述了前一晚的醉酒派对。聚会中，普拉思与未来丈夫特德·休斯首次相遇，颠鸾倒凤。她描述道，特德扯掉了她的头带和耳环，而她“在他的脸颊上咬了很久，也咬得很用力……血从他的脸上流下来”。

背景信息

◀ 自画像

西尔维娅·普拉思是艺术家，也是诗人。在1953年第一次尝试自杀前，十几岁的普拉思画了这幅水粉自画像。画作体现了复杂而令人苦恼的自我质疑，这与她短暂一生中反复发作的抑郁症相关。

▶ 诗人夫妇

婚后，特德·休斯的诗人生涯始终比西尔维娅·普拉思成功得多。他出版了获奖诗集《雨中鹰》（*Hawk in the Rain*，1957年）和《牧神节》（*Lupercal*，1960年）。尽管两人尝试相互扶持，但普拉思竞争意识强烈。当她竭力让自己的作品得到认可时，嫉妒和沮丧难免会涌上心头。

诗与死

1959年末，休斯和普拉思回到英国，先后住在伦敦和德文郡乡村地区托顿（Tawton）。1960年，普拉思生下女儿，1962年生下儿子。不过，两次分娩之间的流产令她精神受创。其间，普拉思开始根据自己最深层次的情感冲突进行文学创作，受美国诗人罗伯特·洛威尔（Robert Lowell）的影响是原因之一。这种“忏悔式”写作也影响了普拉思完成于1961年的小说《钟形罩》（*The Bell Jar*）。

1962年居住在德文郡时，普拉思发现休斯有外遇。孤苦之中，普拉思写下了自己最杰出的诗歌。她在清晨时分，趁两个幼孩还在睡觉时创作。回到伦敦后，1963年2月，普拉思把头伸进煤气炉中自杀。普拉思去世前3年里写的日记中，只有部分片段存留至今，主要记录了1962年上半年。普拉思末年所写的日记里，有一份显然已经丢失，另一份记录了她自杀之前的一段时间，在她死后被休斯销毁。

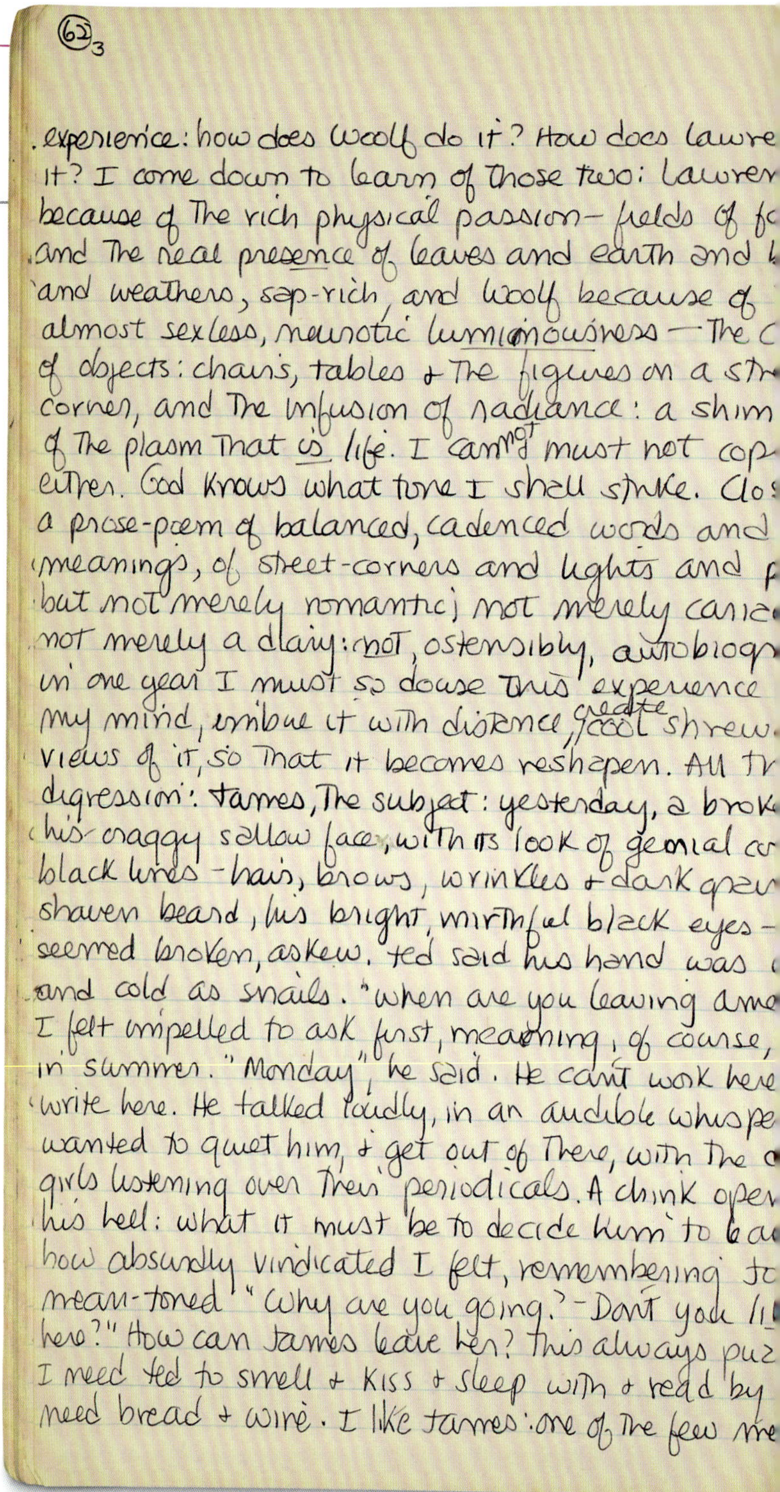
62 3
experience: how does Woolf do it? How does Lawre
it? I come down to learn of those two: Lawren
because of the rich physical passion — fields of fo
and the real presence of leaves and earth and l
and weathers, sap-rich, and Woolf because of
almost sexless, neurotic luminousness — the c
of objects: chairs, tables + the figures on a str
corner, and the infusion of radiance: a shim
of the plasm that is life. I cannot must not cop
either. God knows what tone I shall strike. Clos
a prose-poem of balanced, cadenced words and
meanings, of street-corners and lights and p
but not merely romantic; not merely carica
not merely a diary: not, ostensibly, autobiogr
in one year I must so douse this experience
my mind, imbue it with distance, create, cool shrew
views of it, so that it becomes reshapen. All tr
digression: James, the subject: yesterday, a brok
his craggy sallow face, with its look of genial cr
black lines - hair, brows, wrinkles + dark grey
shaven beard, his bright, mirthful black eyes -
seemed broken, askew. Ted said his hand was c
and cold as snails. "When are you leaving Ame
I felt impelled to ask first, meaning, of course,
in summer. "Monday," he said. He can't work here
write here. He talked loudly, in an audible whispe
wanted to quiet him, + get out of there, with the c
girls listening over their periodicals. A chink open
his hell: what it must be to decide him to lea
how absurdly vindicated I felt, remembering Jo
mean-toned "Why are you going? Don't you li
here?" How can James leave her? This always puz
I need Ted to smell + kiss + sleep with + read by
need bread + wine. I like James: one of the few me

▶爱恋与野心

1958年3月2日，午夜时分，普拉思写下了这篇日记。当时她和休斯住在马萨诸塞州。普拉思热烈地表达了对丈夫的爱：“我需要亲吻特德、闻他、与他共眠、和他读书，就像我需要面包和酒一样”——以及她坚定的文学抱负——“目标设定完毕：1959年6月：一本小说和诗集。”

身后名

1960年，普拉思出版了第一部诗集《巨人》（*The Colossus*），但直到5年后，随着遗作《爱丽尔》（*Ariel*）诗集出版，普拉思才被视为杰出诗人。《爱丽尔》中半数以上的诗，包括著名的《拉撒路》（*Lazarus*）和《爸爸》（*Daddy*），都是普拉思在一生最后几个月里以迸发的非凡创造力创作而成的。正如普拉思唯一的小说《钟形罩》（1963年），这些诗以自传体为主，取材自普拉思内心最深处的恐惧和情感冲突、养儿育女的经历、与父母和丈夫关系不佳、对死痴迷不已。

▶普拉思第二部诗集《爱丽尔》的第一版封面，出版时间为1965年，距她去世已有2年。

不知不觉，黑色力量增长了。我惊慌失措……我并未招惹它，它却控制了我。“我忍不住了，”我喊道，或低声道。接着，三次激烈爆发后，黑物自行冲出我的身体，一，二，三，引来三声尖叫：哦，哦，哦……“他出来了！”我听到特德说。结束了，我瞬间感觉如释重负……胞衣涌入耐热玻璃碗里，鲜血将碗染红。是完整的，我们有儿子了！我感觉不到爱的涌动。我不确定是否爱他。

西尔维娅·普拉思的日记，1962年1月17日

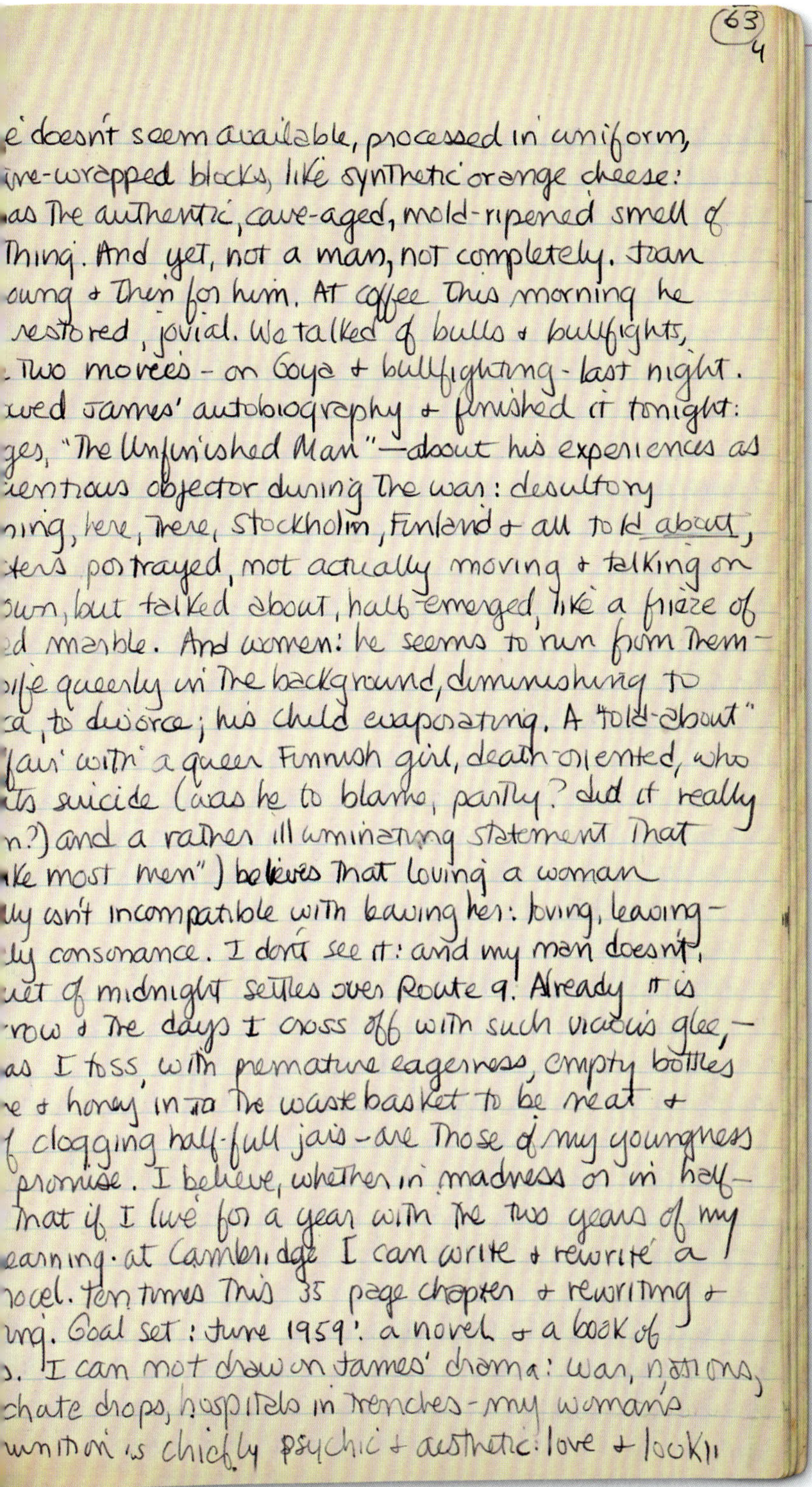
63
4
e' doesn't seem available, processed in uniform,
ne-wrapped blocks, like synthetic orange cheese:
as The authentic, cave-aged, mold-ripened smell of
Thing. And yet, not a man, not completely. Joan
oung + Then for him. At coffee This morning he
restored, jovial. We talked of bulls + bullfights,
. Two movies – on Goya + bullfighting – last night.
wed James' autobiography + finished it tonight:
ges, "The Unfinished Man" – about his experiences as
ientious objector during The war: desultory
ning, here, There, Stockholm, Finland + all told about,
ters portrayed, not actually moving + talking on
own, but talked about, half-emerged, like a frieze of
ed marble. And women: he seems to run from Them –
vife queerly in The background, diminishing to
ca, to divorce; his child evaporating. A "told-about"
fair with a queen Finnish girl, death-oriented, who
its suicide (was he to blame, partly? did it really
n?) and a rather illuminating statement That
ike most men") believes That loving a woman
ly isn't incompatible with leaving her: loving, leaving –
ly consonance. I don't see it: and my man doesn't.
uet of midnight settles over Route 9. Already it is
row + The days I cross off with such vicious glee, –
as I toss, with premature eagerness, empty bottles
ne + honey into The waste basket to be neat +
f clogging half-full jars – are Those of my youngness
promise. I believe, whether in madness or in half –
That if I live for a year with The two years of my
earning at Cambridge I can write + rewrite a
novel. ten times This 35 page chapter + rewriting +
ing. Goal set: June 1959: a novel + a book of
s. I can not draw on James' drama: war, nations,
chute drops, hospitals in trenches – my woman's
unition is chiefly psychic + aesthetic: love + looki

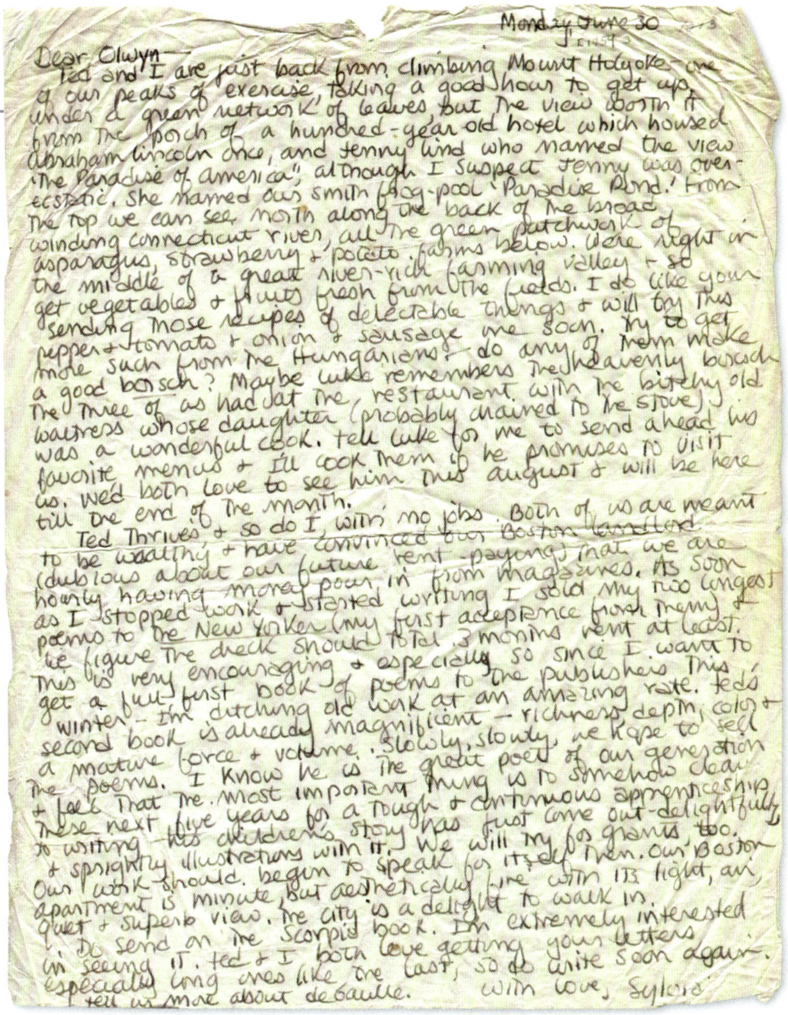
Monday June 30
Dear Olwyn –
Ted and I are just back from climbing Mount Holyoke – one
of our peaks of exercise, taking a good hour to get up,
under a green network of leaves but the view worth it
from the porch of a hundred-year old hotel which housed
Abraham Lincoln once, and Jenny Lind who named the view
'The Paradise of America", although I suspect Jenny was over-
ecstatic. She named our Smith frog-pool 'Paradise Pond.' From
the top we can see north along the back of the broad
winding Connecticut river, all the green patchwork of
asparagus, strawberry + potato farms below. We're right in
the middle of a great river-rich farming valley + so
get vegetables + fruits fresh from the fields. I do like your
sending those recipes of delectable things + will try this
one soon. Try to get
pepper + tomato + onion + sausage
more such from the Hungarians? do any of them make
a good borsch? Maybe Luke remembers the heavenly borsch
the three of us had at the restaurant with the bitchy old
waitress whose daughter (probably chained to the stove)
was a wonderful cook. Tell Luke for me to send ahead his
favorite menus + I'll cook them if he promises to visit
us. We'd both love to see him this august + will be here
till the end of the month.
Ted thrives + so do I, with no jobs. Both of us are meant
to be wealthy + have convinced our Boston landlord
(dubious about our future rent-paying) that we are
hourly having money pour in from magazines. As soon
as I stopped work + started writing I sold my two longest
poems to The New Yorker (my first acceptance from them) +
we figure the check should total 3 months rent at least.
This is very encouraging + especially so since I want to
get a full first book of poems to the publishers this
winter – I'm ditching old work at an amazing rate. Ted's
second book is already magnificent – richness, depth, color +
a mature force + volume. Slowly, slowly, we hope to sell
the poems. I know he is the great poet of our generation
+ feel that the most important thing is to somehow clear
these next five years for a tough + continuous apprenticeship
to writing – his children's story has just come out – delightfully
+ sprightly illustrations with it. We will try for grants too.
Our work should begin to speak for itself then. Our Boston
apartment is minute, but aesthetically fine with its light, airy
quiet + superb view. The city is a delight to walk in.
Do send on the Scorpio book. I'm extremely interested
in seeing it. Ted + I both love getting your letters
especially long ones like the last, so do write soon again.
tell us more about de Gaulle. With love, Sylvia

▲乐观的信

1959年夏天，普拉思从马萨诸塞州写信给大姑子奥尔文·休斯（Olwyn Hughes），讲述夫妻两人的文学成就——普拉思有两首诗发表在《纽约客》（*The New Yorker*）上，休斯则逐渐成为“我们这一代的伟大诗人”。然而，就在10天前，普拉思却在日记中写道：“一切都变得贫瘠荒芜。我就在尘世灰烬之中……”

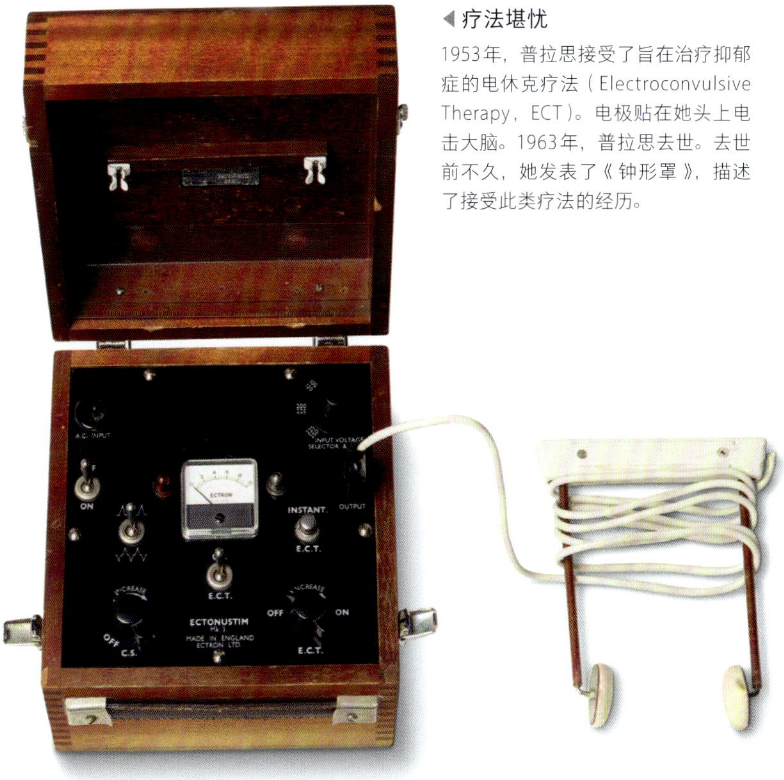

◀疗法堪忧

1953年，普拉思接受了旨在治疗抑郁症的电休克疗法（Electroconvulsive Therapy，ECT）。电极贴在她头上电击大脑。1963年，普拉思去世。去世前不久，她发表了《钟形罩》，描述了接受此类疗法的经历。

“就好比有两种电流以不可思议的方式管控着我的生活：乐观的正电荷和绝望的负电荷……”

西尔维娅·普拉思的日记，1958年6月20日

贫民窟生活

1955—1966年 ■纸上墨迹 ■现存37本笔记 ■巴西人

卡罗琳娜·玛丽亚·德·耶稣：日记作家

卡罗琳娜·玛丽亚·德·耶稣（Carolina Maria de Jesus，1914—1977年）只上过2年学，却是一位充满活力、别具一格的日记作家。教育的缺失导致她最终沦落到巴西圣保罗垃圾堆旁一个名为“卡宁德（Canindé）”的贫民窟里。卡罗琳娜做过清洁工，但怀孕时被解雇了。作为单身母亲，卡罗琳娜自己将零碎物品拼凑起来，搭建了一间棚屋，靠着收碎纸和瓶罐换取硬币，维持生计。为了给3个孩子找吃的，她甚至将垃圾箱翻了个遍。1958年，一名记者在贫民窟进行报道时，听到卡罗琳娜对游乐场里的一群男人吼道，“你们再继续虐待这些孩子，我就把你们所有人的名字都写进我的书里！”出于好奇，记者提出想看她的“书”，于是看到了卡罗琳娜写得满满当当的笔记本。记者将这些笔记本带给了编辑。

这些笔记是贫民窟生活日记——不仅描写了卡罗琳娜的生活，也记录了其他贫民窟住民的生活。卡罗琳娜描述了他们每日艰难觅食，勉力应对贫困和歧视，努力保持人性。卡罗琳娜写道：“贫民窟是圣保罗的垃圾场，而我只是一块垃圾。”然而，卡罗琳娜并未自怜自艾，而是慷慨激昂地展望未来：“巴西需要了解饥饿为何物的领袖。饥饿也是老师。人挨过饿，就能学会为未来和孩子着想。”来自贫民窟的女性竟能成为如此能言善道的作家，可谓非比寻常。部分日记汇编成书，名为《垃圾室：一个贫民窟住户的日记》（*Quarto de Despejo: Diário de uma Favelada*），并于1960年出版。2年后，英文版《黑暗之子：卡罗琳娜·玛丽亚·德·耶稣的日记》（*Child of the Dark: The Diary of Carolina Maria de Jesus*）问世。尽管作品大获成功，几年后，卡罗琳娜还是回到了贫民窟，后来在困顿潦倒中去世。

▲贫民窟

20世纪下半叶，大规模移民导致里约热内卢、圣保罗（上图）等城市出现了棚户区（Stanty Towns），常常散落在城市周边的山丘上，缺乏一切必要的卫生、电力和医疗设施。棚屋用波纹铁和旧木板建成，摇摇欲坠，很不牢固。

> “……凡是生而能忍受此等生活至死之人，必是……英雄。”

《黑暗之子》，1958年7月28日

▼笔记本

卡罗琳娜在垃圾堆里翻到了旧笔记本，将其用来写日记。到出版第一本书时，卡罗琳娜已经写满了约20本这样的笔记本。这一本笔记叙述了1958年12月的事，包括在一个仓库里找到几袋大米，以及生下一个死产儿。此页写道，卡罗琳娜发现了一台收音机，但没电，无法运作。

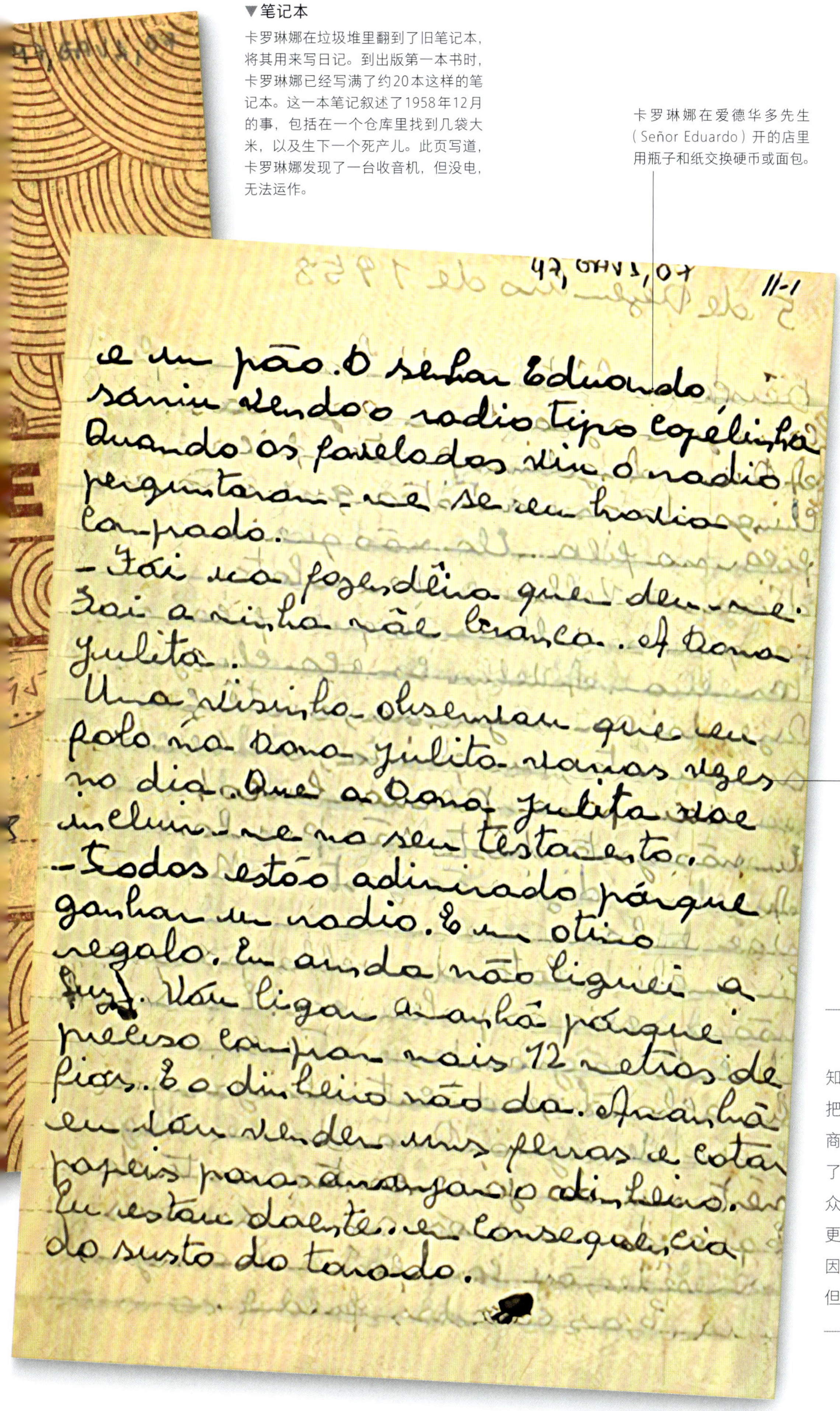
e um pão. O senhor Eduardo
saiu vendo o radio tipo capélinha
Quando os favelados viu o radio
perguntaram-me se eu havia
comprado.
- Foi uma fazendeira que deu-me.
Foi a minha mãe branca. A dona
Julita.
Uma vizinha observou que eu
falo na dona Julita varias vezes
no dia. Que a dona Julita vae
incluir-me no seu testamento.
- Todos estão admirado porque
ganhei um radio. É um otimo
regalo. Eu ainda não liguei a
luz. Vou ligar amanhã porque
preciso comprar mais 12 metros de
fios. E o dinheiro não da. Amanhã
eu vou vender uns ferros e catar
papeis para arranjar o dinheiro. Eu
estou doente. em consequencia
do susto do tarado.

卡罗琳娜在爱德华多先生（Señor Eduardo）开的店里用瓶子和纸交换硬币或面包。

尽管纸张破旧，字迹却极为工整易读。

▲垃圾室

卡罗琳娜著作的标题可直译为“垃圾室”。此书再现了卡罗琳娜不同时期的日记：1955年、1958年至1960年。《垃圾室》迅速名列巴西出版史销量前茅的出版物清单中，后来还在40多个国家出版发行。

圣诞节。若昂（João）走进来，说胃痛。我知道是怎么回事——他吃了个烂瓜。今天，他们把一卡车的瓜扔在河边。不知为何……这些无良商人把烂货倒在贫民窟附近，故意让孩子们瞧见了拿去吃。在我看来，圣保罗的商人是在玩弄民众，就像凯撒虐待基督徒一样。但是今日的凯撒更恶于往昔。其他人因为信仰受罚。而我们，是因为饥饿！那时候，要不想死，必须停止爱基督。但爱吃是控制不住的。

《黑暗之子》，1955年12月25日

《玻利维亚日记》

1966—1967年 ■纸上笔墨 ■2本笔记 ■阿根廷人

埃内斯托·“切”·格瓦拉：革命者

1966年11月，美洲国家组织（OAS）的一名乌拉圭特使入住了玻利维亚首都拉巴斯（La Paz）的酒店。这名特使的真实身份是埃内斯托·“切”·格瓦拉（Ernesto “Che” Guevara，1928—1967年）。格瓦拉出生于阿根廷，是一名革命者。1959年，在菲德尔·卡斯特罗（Fidel Castro）带领下，他与其他主要领导者们在古巴成功发动革命。作为古巴政府的主要领导人，格瓦拉谴责了联合国大会（the United Nations General Assembly）和其他国际论坛的不义之举。1965年，格瓦拉为刚果的反政府军提供军事援助和培训。他隐姓埋名，来到玻利维亚，支持玻利维亚革命者为解放而战。

格瓦拉从玻利维亚首都前往雨林，推动游击战来抗击军事政变后上台的政府。约有60名志同道合的革命者与他一道行动，他们大多是玻利维亚人和古巴人。在前往玻利维亚的途中，格瓦拉买了本日记本，用来记录11个月的游击战。革命队伍穿过险峻的地形，寻找食物和遮蔽所；躲避政府军，设下埋伏；最为关键的是，向当地人们寻求援助。此间，格瓦拉每天都写日记，汇报队伍取得的进展。但是求援结果令人失望。格瓦拉写道：“跟那些农民说话如同对牛弹琴。他们一点忙都不帮。雪上加霜的是，其中许多人转而变成了告密者。”

这一小支队伍顽强作战，两次成功地伏击了军方巡逻队，并且占领了一座城镇。但是，与美国人培训的玻利维亚军队进行作战，不断消耗着他们的兵力。历经艰辛、病痛、挫败和饥饿，格瓦拉在日记中写下了他的经历：“如今我39岁了，”他写于1967年6月，“我在不断逼近必须考虑游击队员前途的岁数。但是，目前而言，我就是一名游击队员。”1967年10月7日，格瓦拉最后一次写下了日记。第二天，他被玻利维亚军队俘虏。10月9日，未经审讯，格瓦拉就被处死。在他的背包中，发现了他那两本用来记日记的笔记本。

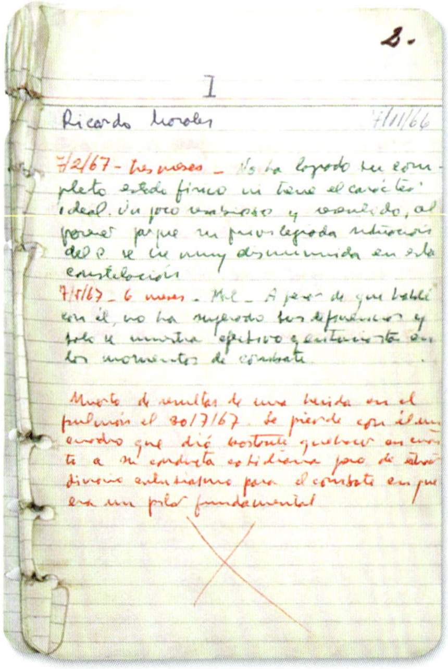

2.

I

Ricardo Morales 7/11/66

7/2/67 - tres meses ...

7/5/67 - 6 meses ...

los momentos de combate

Muerto de resultas de una herida en el pulmón el 30/7/67 ...

era un pilar fundamental

◀ 严加保管

格瓦拉的日记分别写在一本螺旋装订的笔记本和一本德国日记本中（请看第241页），均由玻利维亚军队收缴，但是随后出现在伦敦。这两本笔记本由玻利维亚外交部收回，如今被严密地保管于玻利维亚央行保险库。

《摩托日记》

格瓦拉是一位高产作家。他出身中产家庭，家中书盈四壁。因为想要进一步了解拉丁美洲，他数次旅行，并在日记中加以记述。1952年，还是个医学生的格瓦拉骑着摩托车，跟生物化学家阿尔伯托·格兰纳多（Alberto Granado）漫游拉丁美洲，这是他最出名的一次旅行。

“那时候，我们未曾想过旅途的漫长，”格瓦拉写道，“目之所及，只看到前方道路尘埃漫漫，我们孤身坐在车上，北行千里。”在为期9个月，距离8,000千米的长途跋涉里，格瓦拉所见的社会不公正现象触动了他。“漫游于我们的‘带大写字母A的美洲（America）’，对我的改变超乎我的意料，”他写道。这可能是他激进化的根源。1993年，他的日记出版，名为《摩托日记》（*The Motorcycle Diaries*）。

▶格瓦拉与“大力神2号”，即他的500cc诺顿摩托车。在1952年旅途开始的时候，他就骑着这辆车。

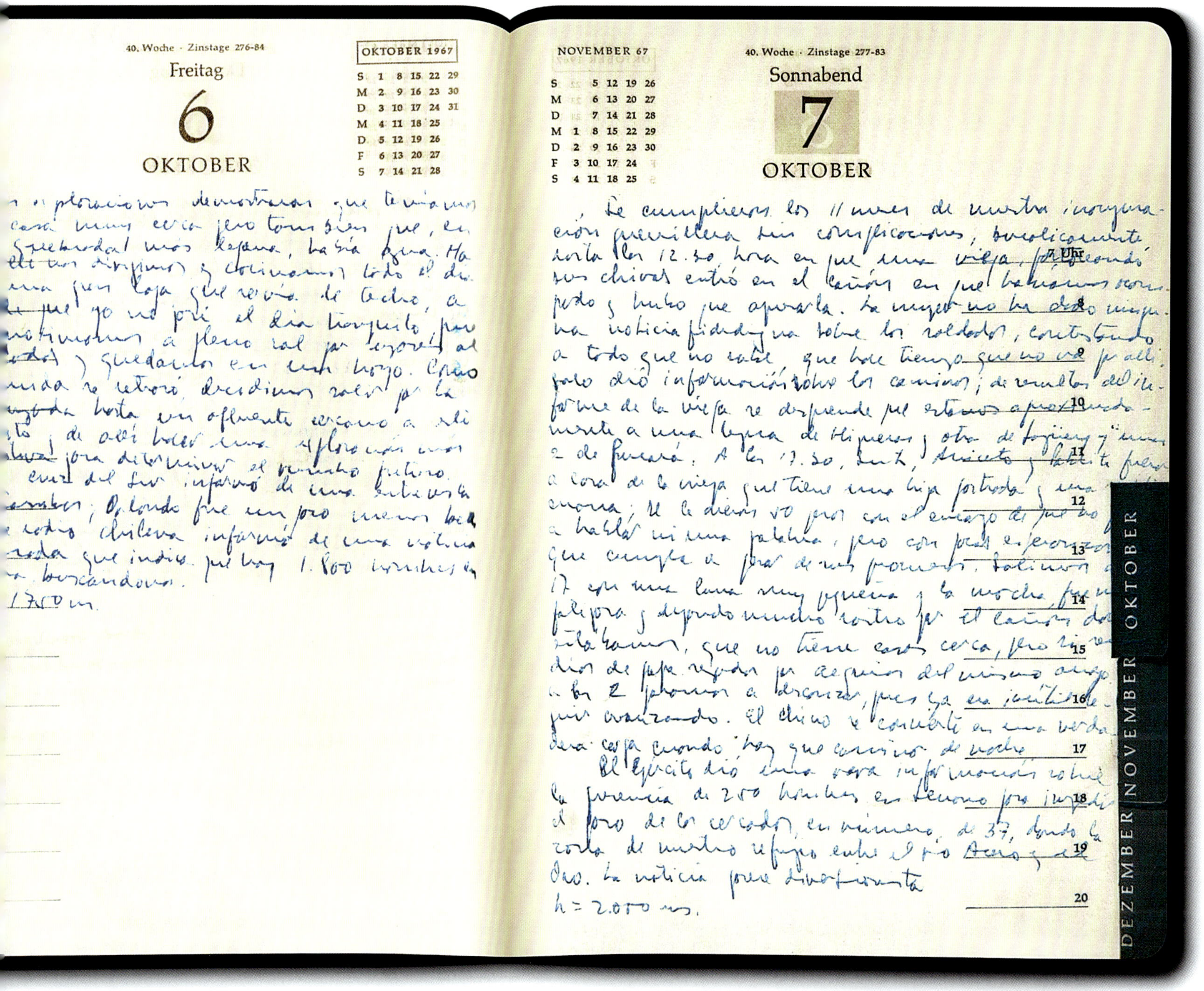

▲最终的感言

格瓦拉最后写下的日记记录了他的筋疲力尽、身体不适的游击队员们遇见一个正在牧羊的老妇人的经过。他们问她这里是否有士兵，但是得不到任何可靠信息。因为害怕她会告发他们，游击队员们给了她些封口费。格瓦拉写道，他并不怎么指望老妇人能保守秘密。

▲革命的终结

就在格瓦拉最后一次写下日记的几个小时后，革命者们被玻利维亚政府军包围，因寡不敌众，格瓦拉负伤被捕。他被带到几千米外的拉伊格拉（La Higuera）村中的学校里，第二天被美国中情局（CIA）所支持的士兵处决。

未来属于人民。在这里，在每个国家，人民会逐渐掌权，或者一夜之间夺得政权。一大弊病是，人民需要加以教育。这在掌权前是做不到的，只能在掌权之后。人民只能以犯错的代价汲取教训，大错会因此酿成，许多无辜的生命都要白白牺牲。

格瓦拉，《摩托日记》

特立独行者的笔记

约1970—1994年 ■纸上墨迹和拼贴画 ■40多本速写本和日记 ■英国人

德里克·贾曼：电影导演

德里克·贾曼（Derek Jarman）不仅是电影导演，还是诗人、艺术家、布景设计师、园艺爱好者和直言不讳的同性恋权利活动家。从20世纪70年代中期到1993年，贾曼制作了11部故事片，特别是《卡拉瓦乔》（*Caravaggio*，1986年）、《爱德华二世》（*Edward II*，1991年）和《蓝》（*Blue*，1993年）。在后来被称为“新酷儿电影（New Queer Cinema）”、颂扬同性恋文化的独立电影中，这3部电影具有里程碑意义。贾曼也率先制作音乐视频，执导了性手枪（The Sex Pistols）、史密斯乐团（The Smiths）和宠物店男孩（The Pet Shop Boys）的音乐视频。政治上，贾曼反对英国政府法案第28款律条，因为这条法规本质上禁止校内出现同性恋教师，加剧了针对同性恋的偏见。

1986年，贾曼确诊感染艾滋病病毒。不久之后，贾曼在英格兰东南部邓杰内斯（Dungeness）海滩上买了间渔民小屋。居住期间，贾曼保持写日记的习惯，还在大本精美速写本上创作，文字和图画在其中发挥着同等重要的作用。“自从我认识他，总看到他带着速写本”，经常与贾曼合作的女演员蒂尔达·斯文顿（Tilda Swinton）写道。这些速写本通常是贾曼定制的相册。除了绘画，零散地记录想法、对话和画外音草稿、诗歌之外，贾曼还在速写本里放了照片、票据、剪报、在外发现的有趣之物，如多彩羽毛或压花。这些速写本能让读者深入了解贾曼的创意思维过程，读来极为有趣。

1994年，贾曼死于艾滋病病毒相关的疾病。他的两卷日记，《现代自然》（*Modern Nature*，1991年）和《慢动作微笑》（*Smiling in Slow Motion*，2001年），连同其速写本选集均已出版。

希望之屋的花园

1989年1月1日，德里克·贾曼开始写日记，后来形成了《现代自然》这本书。日记首先描述了贾曼一时兴起，买下了邓杰内斯岬角上的渔民小屋，附近有一座巨大核电站，将小屋笼罩在阴影之中。贾曼还在小屋周围荒凉的碎石滩上建起了花园。日记随后记录了贾曼如何在碎石滩上建起花园，形成了一片色彩缤纷、花朵怒放的绿洲，其间点缀着巨型浮木雕塑。发现自己感染艾滋病病毒后不久，贾曼躲在小花园里养花弄草，聊以慰藉。他描述了在看似寸草不生的土地上努力种植，以及在多石地上耐心培育生命的乐趣。其间穿插着他回忆童年、去伦敦拍摄剪辑和去医院的经历，但花园总是日记的落脚点——这是灵感和乐观的源泉，永远给人以新生的希望。

▶《现代自然》英国版封面，展示了德里克·贾曼在邓杰内斯的希望之屋（Prospect Cottage）周围的碎石滩花园

我没有任何一部作品像卡拉瓦乔的一生这样产生过此类问题。人人为之兴奋，人人心存怀疑。朋友们觉得延期2年无从辩解，我缺乏资金，也烦恼不已。他们认为我应该着手做点什么，为何非要在明暗对比中自取灭亡。以画家为主题的电影通常讨好不了任何人，这就像是一场拉锯战，艺术家或是电影制作人都一败涂地。

速写本，1982年12月20日

> “我们死期已定。我不想死……还不想死。”

《现代自然》，1990年8月1日

画外音开始时，列出了意大利境内及周边地名。在持剑对决中，卡拉瓦乔击杀了一名男子，而后逃往这些地方。

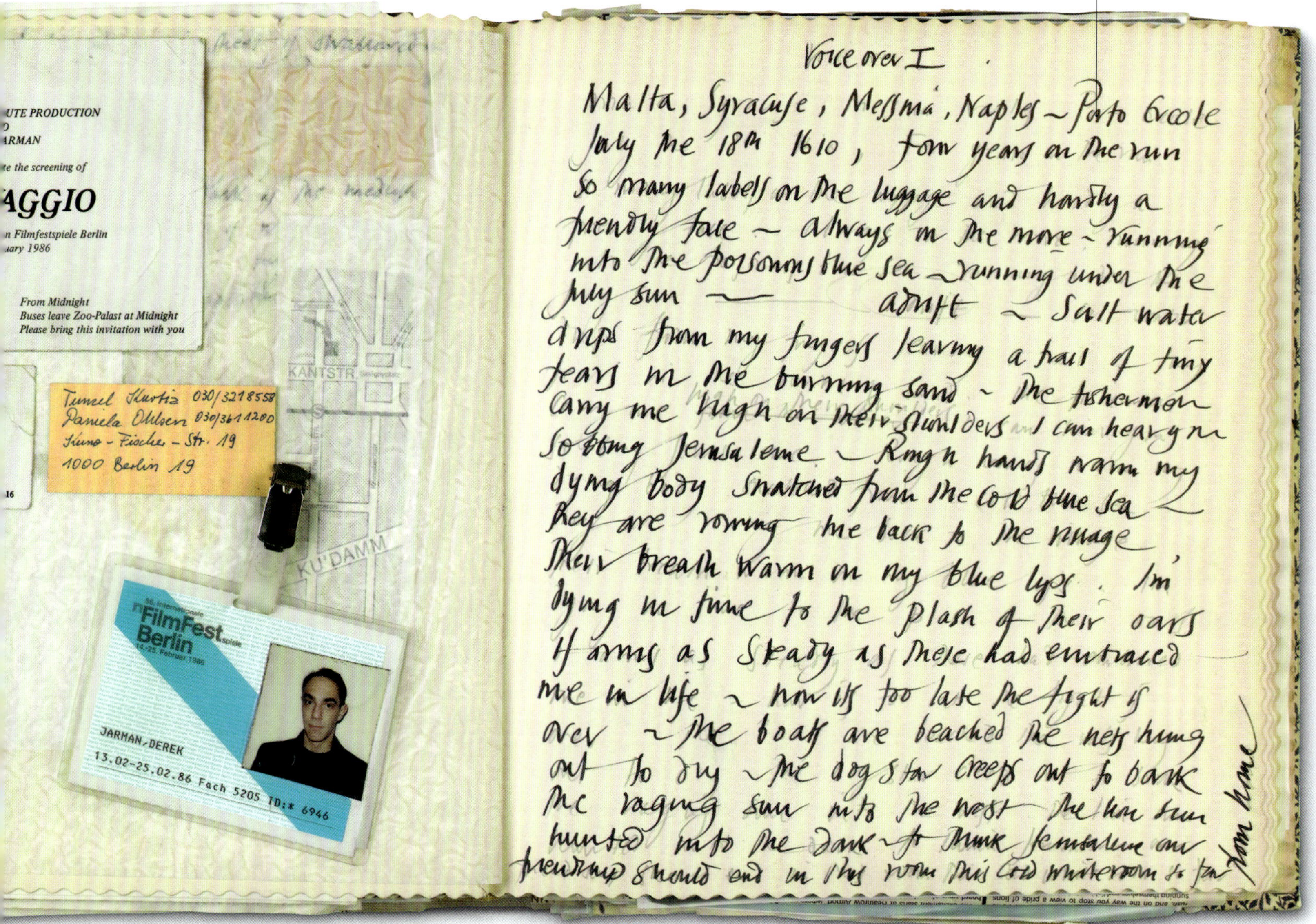

▲卡拉瓦乔

《卡拉瓦乔》速写本的这一页显示了《卡拉瓦乔》最终剧本的开头，该部分内容通过旁白朗读的形式呈现。左页是1986年柏林国际电影节的放映邀请和贾曼的媒体通行证。速写本中，有些纸张较薄，因此可以看见前一页的文本和部分柏林地图。

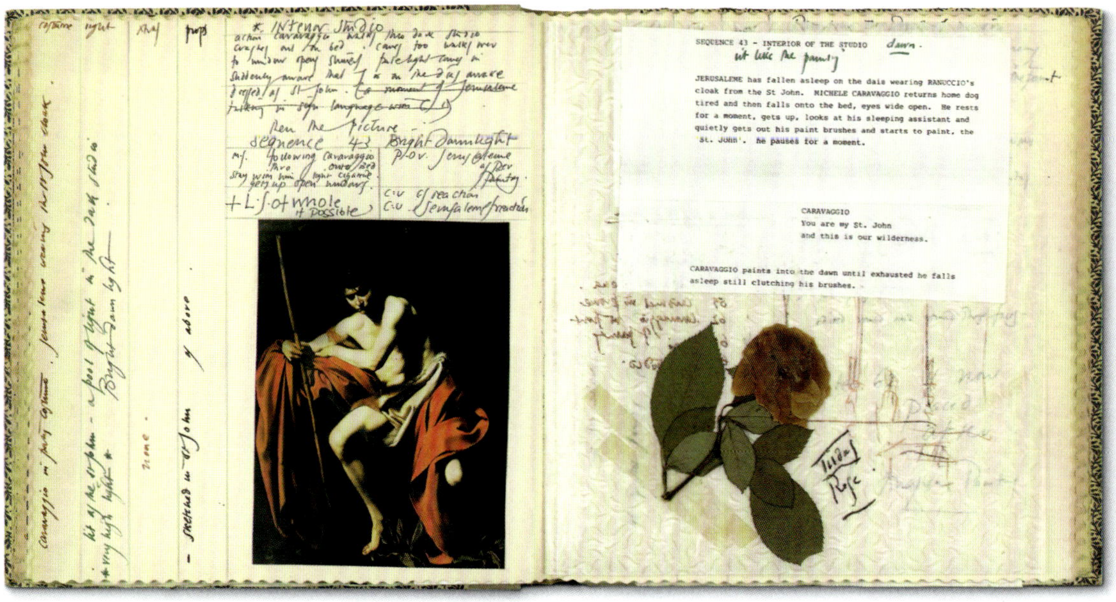

◀灵感来源

这几页来自贾曼于1985年开始创作的《卡拉瓦乔》速写本。除了记日记，贾曼还在速写本上写下电影拍摄笔记。这几页含有场景说明，角色们要在这个场景中为施洗者圣约翰的画摆造型。压花被标注为“蒂尔达的玫瑰”——蒂尔达·斯文顿出演了这部电影。

名录：1940年至今

莫莉·兰姆的战争记录

加拿大人（1942—1945年）

莫莉·博巴科（Molly Bobak，1920—2014年），原名莫莉·兰姆（Molly Lamb），曾在温哥华艺术学院（Vancouver School of Art）接受绘画培训。1942年，兰姆加入了加拿大陆军妇女军团，这支部队刚成立不久，旨在为参加二战的加拿大军队提供支持服务。1942年11月至1945年6月，兰姆写了一本速写日记，名为《W110278：二等兵莫莉·兰姆的个人战争记录》（*W110278: The Personal War Records of Private Lamb, M.*）。日记仿照报纸格式，标题具有讽刺意味，并模仿新闻形式，以第三人称对兰姆进行报道。日记中的插图不仅有趣，而且观察细致入微。日记跟踪记录了兰姆从从事食堂和洗衣事务，再到终成军官的艰辛历程。1944年夏，作为战争艺术家，兰姆被派往欧洲。她又写了1年日记，充满同情地记录了加拿大女兵从演习阅兵到清洁烹饪，生活处处受人压榨的境遇。1992年，速写日记首次出版，名为《双重使命》（*Double Duty*），2015年推出了在线版。

意大利战争日记

英国人/意大利人（1943—1944年）

一般认为，伊丽丝·奥里戈（Iris Origo，1902—1988年）的日记令人动情地描写了平民被迫卷入战争泥潭之中，经历苦难并展现出英雄主义精神。奥里戈拥有英美血统，嫁给了意大利贵族，二战爆发时住在托斯卡纳区瓦尔迪奥西亚（Val d'Orcia）庄园。奥里戈当时已有作品出版。1939年到1940年，奥里戈曾短暂地写过日记，但日记主体始于1943年初，当时意大利正面临军事灾难。当贝尼托·墨索里尼（Benito Mussolini）为首的法西斯独裁专政陷入混乱，意大利沦为盟军和德军角斗场时，奥里戈记录了当地人的复杂态度。奥里戈的庄园为战争难民提供了避风港。在各方威胁下，奥里戈把日记藏在房子地板下。最终，因为战火越烧越近，奥里戈被迫冒险出逃，将孩子们撤离险境，带到安全之处。1943年至1944年的日记以回忆录的形式首次出版于1947年，书名为《瓦尔迪奥西亚战争》（*War in Val d'Orcia*）。

契弗日记

美国人（1947—1982年）

约翰·契弗（John Cheever，1912—1982年）是美国著名长短篇小说家。35年里，契弗在29本笔记上写满了私人日记。契弗的生活矛盾重重，他既信奉基督教又追求“肉欲”，既寻求秩序又酗酒成性，他的婚姻受挫却又憧憬同性恋。夹在其间，契弗感到精神苦闷，便通过大量写日记加以倾吐。除了一再表达令自己痛彻心扉的绝望和孤独之外，契弗也描绘了自然美景，记录了自己住在纽约郊区或新英格兰小镇时的家庭生活的日常细节，这两个地点也是他多部小说的素材来源。后来的日记讲述了契弗最终戒掉酒瘾，公众也接受了他的性取向。1990年，包含大量日记内容的摘录本出版。这本书令部分读者错愕，因为可以看出，这位公众人物虽然常以积极阳光的面貌示人，但内心深处却深感绝望。也有读者表示钦佩，因为书中文字毫不逊色于他的小说。

奥顿日记

英国人（1966—1967年）

剧作家乔·奥顿（Joe Orton，1933—1967年）在生命最后9个月里一直在写日记，从1966年12月开始，直到1967年8月被同伴肯尼思·哈利韦尔（Kenneth Halliwell）杀害。奥顿的颠覆性黑色滑稽戏《人赃俱获》（*Loot*）大获成功，使他迅速成为摇摆的60年代（Swinging Sixties）时期伦敦的时尚人物，出现在电视上，披头士乐队也邀请他写电影剧本。日记跟踪记录了这位作家作为媒体和戏剧界人士的公共生活、他因家事与哈利韦尔争吵不休、他在莱斯特的工薪家庭，以及他在北非度假。不论落笔何处，日记总是细节丰富、引人发笑，表现出奥顿恣意追求性爱。奥顿打算让作品“在我死后很久才出版”，并希望作品让读者又惊又喜，最终都得以如愿。例如，在一则轶事中，奥顿参加母亲葬礼，却偷了她的假牙用作戏剧道具。尽管日记并

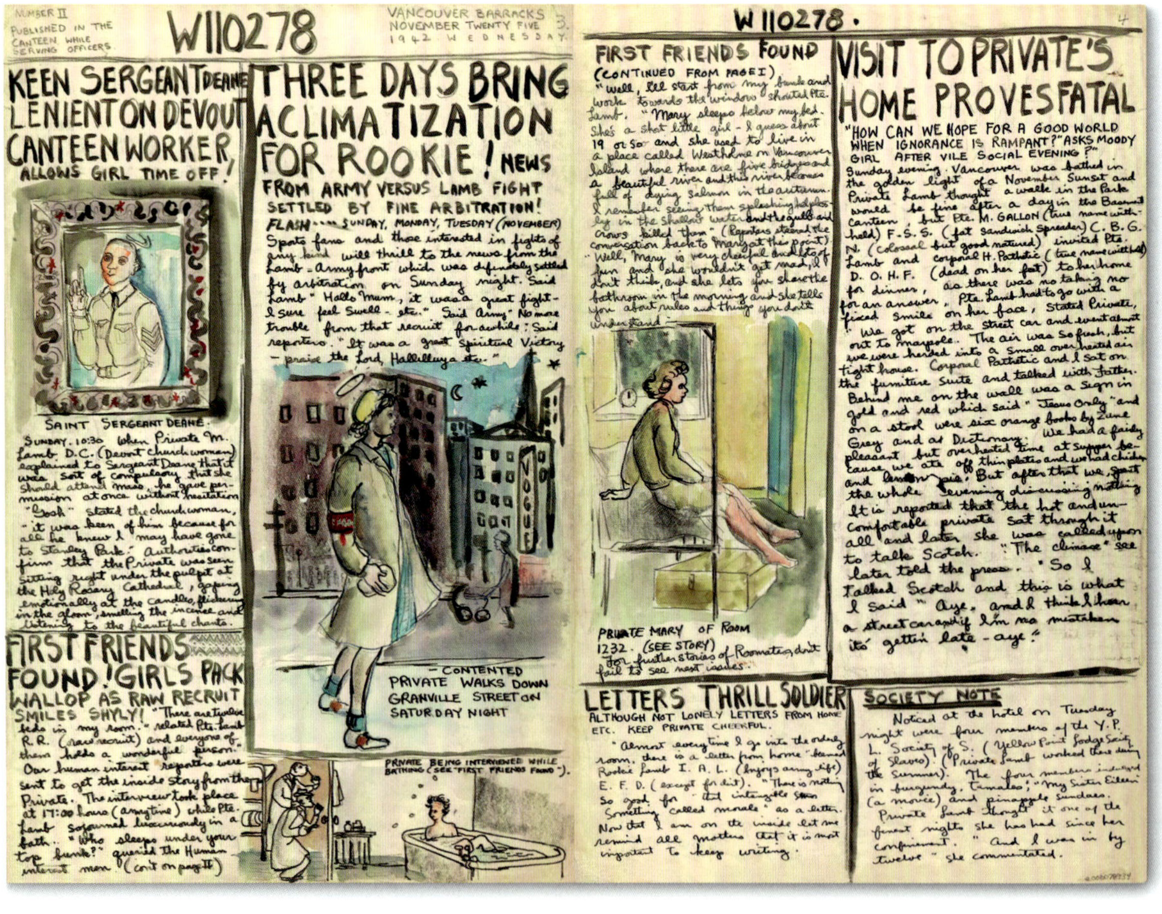

二等兵莫莉·兰姆的速写日记，详述了她早年从军经历

未明确预见他与哈利韦尔之间的悲惨结局，但却以沉重的语调表明了两人关系紧张。最后一则日记写于奥顿去世前8天。1986年，日记出版。

唐的日记

越南人（1968—1970年）

唐翠沉（Dang Thuy Tram，1942—1970年）是一名年轻女性，在北越（North Vietnam）河内（Hanoi）接受过医学培训。1968年4月，唐翠沉开始写日记，当时她担任北越军队和南越广义省（Kuang Ngai Province, South Vietnam）共产党游击队的战场外科医生，广义省正是北越军队与美军和南越军队激烈交锋的战场。1969年12月，唐翠沉的一本日记落入美国特种部队手中。1970年6月，唐翠沉在与美军士兵交火中丧生，当时她身上带着另一本日记。日记由美国情报官弗雷德·怀特赫斯特（Fred Whitehurst）保存。2005年，日记首次在越南出版，书名为《昨晚我梦见和平》（*Last Night I Dreamed of Peace*）。除了栩栩如生地描述战争的恐怖之处，日记也写满了这位青年的理想主义、孤独之感、对病人全身心投入和对共产主义事业的倾情奉献。

安迪·沃霍尔日记

美国人（1976—1987年）

美国艺术家安迪·沃霍尔（Andy Warhol，1928—1987年）将消除个人风格视为创作要素，名下作品实则多由助手完成。写作亦是如此。1975年，他出版了格言式独白作品《安迪·沃霍尔的哲学（A到B循环往复）》[*The Philosophy of Andy Warhol (A to B and Back Again)*]，但实则是这位艺术家的秘书、合作者帕特·哈克特（Pat Hackett）将两人的通话内容整理成书。自1976年起，沃霍尔用同样的方法记录日常生活。每周一到周五早上，沃霍尔都会致电哈克特，讲述昨日情况——周一通话则谈及周末——然后她将通话内容打下来。日记主要目的之一在于记录沃霍尔的支出，便于缴税。此外，日记也记载了沃霍尔讥讽自己不断结交名人、对艺术的商业化观点，以及他的狂躁症和疑病症。1989年，在两万页打字稿的基础上，名为《安迪·沃霍尔日记》（*The Andy Warhol Diaries*）的精选集出版了。

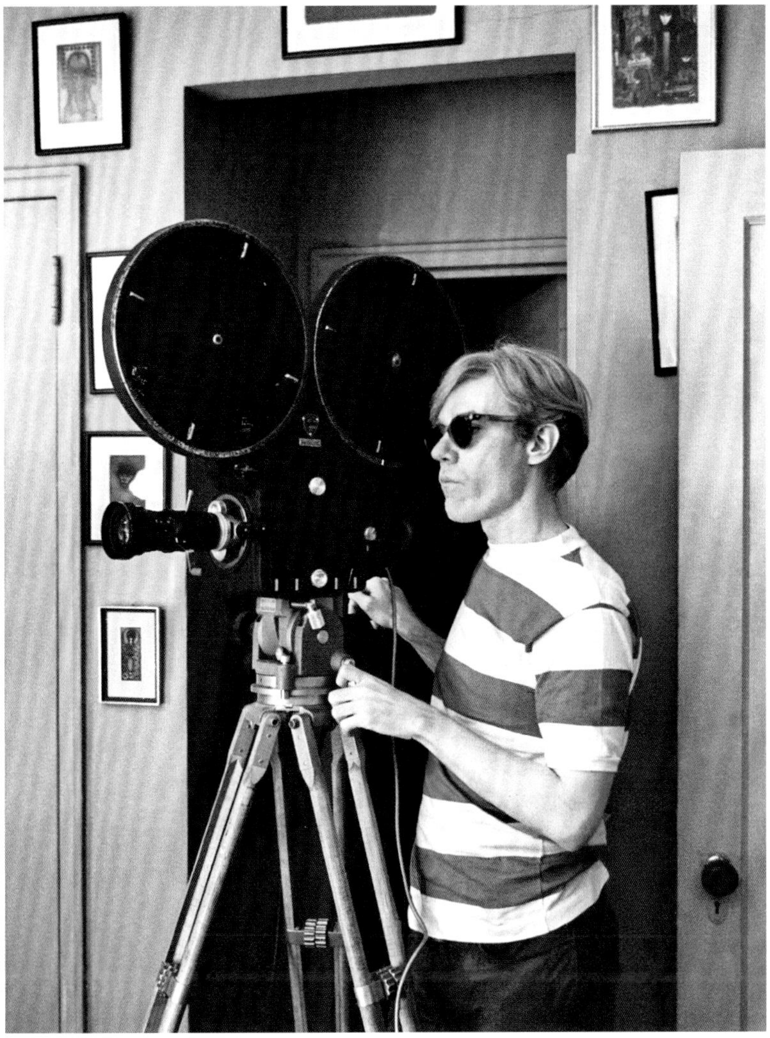

安迪·沃霍尔正在拍摄，1966年5月4日

艾伦·贝内特的日记

英国人（1980年以后）

20世纪70年代初期，著名电影编剧、剧作家、演员艾伦·贝内特（Alan Bennett，生于1934年）就开始时不时写写日记。贝内特的日记首先发表在《伦敦书评》（*London Review of Books*）上，他与这本文学杂志颇有渊源。从1980年起，日记作为《写家信》（*Writing Home*，1994年）、《未曾讲述的故事》（*Untold Stories*，2005年）、《坚持再坚持》（*Keeping On Keeping On*，2016年）作品集中的部分内容，以书籍形式出版。贝内特最初在活页便笺上写日记，后来进行修订编辑，以便出版。原稿现收藏于牛津伯德雷恩图书馆（Bodleian Library）。贝内特的日记内敛含蓄、幽默讽刺，观察细致入微，涵盖各类主题，从家乡约克郡的家庭生活写到繁忙的工作，四处出差。私人问题，如抗癌历程，都简要带过。在时事和社会问题上，贝内特毫不掩饰自己的左翼政治观点。但作为日记作者，贝内特的优势主要在于描写当地古怪人物，以及作为剧作家，善于捕捉所遇之人的特定措辞。

柯本的日记

美国人（1988—1994年）

1994年，27岁的涅槃乐队（Nirvana）歌手兼吉他手科特·柯本（Kurt Cobain）自杀，留下了一批圆环笔记本，潦草而零散地记录着他的日常经历、音乐、政治和社会方面的随想、歌词初稿、未寄出的信、钟爱的乐队列表以及专辑封面草图和漫画。其中内容极少标注日期，但大致按时间顺序排列。这些笔记于2002年出版，书名为《日记》（*Journals*）。

日记开头是一封写于1988年的信，当时涅槃乐队尚未发行专辑。到日记结尾时，柯本正疲于应对虚名，不得不活得像“一个隐居的摇滚明星”。文中拼写错误明显，标点符号用法奇特——“是的，标点我在学习那些东西时磕了很多药”——这些文字表达了一位真诚而困恼之人的想法，体现了他想象力丰富、思维敏捷、了解自我。尽管受困于疾病和抑郁，柯本还是为他们这代人发声，表达了对世界现状的愤怒和惊叹。

兹拉塔的日记

波斯尼亚克罗地亚人（1991—1993年）

1991年9月，生活在波斯尼亚萨拉热窝市（Sarajevo）的10岁女孩兹拉塔·菲利波维奇（Zlata Filipović，生于1980年）收到了一本日记本。兹拉塔出身于中产家庭，她记录了自己的生活日常：打网球、听麦当娜唱片、买新滑雪板。但在1992年春，她却被卷入了波斯尼亚战争，这是南斯拉夫（Yugoslavia）解体后发生的一场极为复杂的冲突。战争期间，萨拉热窝遭到围困和炮火轰炸。日记描述了兹拉塔世界的崩溃：学校关闭、朋友们逃出城市、家中地窖变成炮击避难所。日记以克罗地亚语写成，在当地出版，使兹拉塔变成了小名人，连外国战地记者都来见她。1993年3月，兹拉塔与家人逃往巴黎后便不再记日记了。

索引

加粗页码指主条目

致谢

DK would like to thank the following for their help with this book:
Rose Blackett-Ord for editorial assistance; Nandini D. Tripathy for proofreading; Helen Peters for the index; Anukriti Arora and Sampda Mago for design assistance; Sonia Charbonnier for creative technical support; Christopher Scanlon for additional photography; Senior DTP Designers Harish Aggarwal and Neeraj Bhatia; Jackets Editorial Coordinator: Priyanka Sharma; Managing Jackets Editor: Saloni Singh

The publisher would like to credit the following for the text extracts in the book.

The relevant page numbers appear in **bold** before the writers' names:

15 Merer, "The Logbook of Merer" in *Les Papyrus de la Mer Rouge I: Le "Journal de Merer", Annexe I*, Pierre Tallet, English translation by Colin Clement, Institut français d'archéologie orientale, 2019 (accessed at amers.hypotheses.org/536).
17 Pliny the Younger, *Letters*, translated by William Melmoth, revised by F.C.T. Bosanque and further revised by Charles E. Muntz, 2010 (accessed at cmuntz.hosted.uark.edu/texts/pliny-the-younger/pliny-on-vesuvius.html).
19 Ennin, *Ennin's Diary: The Record of a Pilgrimage to China in Search of the Law*, translated by Edwin O. Reischauer, Ronald Press, 1955.
21 Murasaki Shikibu, "The Diary of Murasaki Shikibu" in *Diaries of Court Ladies of Old Japan*, translated by Annie Shepley Omori and Kochi Doi, Houghton Mifflin, 1920.
23 Margery Kempe, *The Book of Margery Kempe*, translated and edited by B.A. Windeat t, Penguin Classics, 2000.
25 Luca Landucci, *A Florentine Diary from 1450 to 1516,* by Luca Landucci, translated by Alice de Rosen Jervis, J.M. Dent & Sons, 1927.
26 Leonardo da Vinci, *Leonardo da Vinci: Notebooks*, OUP World's Classics, 2008.
35 Antonio Pigafetta, *The First Voyage Around the World (1519–1522): An Account of Magellan's Expedition*, University of Toronto Press, 2007.
39 Yi Sun-shin, *Nanjung Ilji; the War Diary of Admiral Yi Sun-shin*, translated by Ha Tae-hung, Yonsei University Press, 1977.
41 Peter Hagendorf, "A Soldier's Life in the Thirty Years War" in *The Thirty Years War: A Documentary History*, translated and edited by Tryntje Helfferich, Hackett Publishing Company, 2009.
43 William Bradford, *Bradford's History "Of Plimoth Plantation."*, Wright & Potter, 1898.
45 Abel Janszoon Tasman, *Abel Janszoon Tasman's Journal of His Discovery of Van Diemens Land and New Zealand in 1642, with Documents Relating to His Exploration of Australia in 1644*, translated by J. de Hoop Scheffer and C. Stoffel, F. Muller, 1898.
46 Edward Barlow, *Barlow's Journal of his Life at Sea in King's Ships, East & West Indiamen & Other Merchantmen from 1659 to 1703, Vol. II*, Hurst & Blackett, 1934.
48, 51 Samuel Pepys, *The Diary of Samuel Pepys, Vol. 7: 1666*, University of California Press, 2000.
53 The Kangxi Emperor's scribes, *Kangzi qijuzhu* ("The Kangxi Era Imperial Diaries"), Zonghua Shuji, 1984, quoted in Michael G. Chang, "Historical Narratives of the Kangxi Emperor's Inaugural Visit to Suzhou, 1684", in *The Dynastic Centre and the Provinces: Agents and Interactions*, Brill, 2014.
55 Madame de Sévigné, *Madame de Sévigné: Selected Letters*, translated by Leonard Tancock, Penguin Classics, 1982.
57 Matsuo Bashō, "The Narrow Road to the Deep North" in *The Narrow Road to the Deep North and Other Travel Sketches*, translated by Nobuyuki Yuasa, Penguin Classics, 1966.
59 Duc de Saint-Simon, *Memoirs of the Duke of Saint-Simon on the Reign of Louis XIV and the Regency, Vol. II*, translated by Bayle St. John, Chatto & Windus, 1876.
64 Carl Linnaeus, *Lachesis Lapponica, or a Tour in Lapland, Vol. II*, translated by Charles Troilius, White, Cochrane & Co., 1811.
68 Ananda Ranga Pillai, *The Private Diary of Ananda Ranga Pillai, Vol. 2*, Asian Educational Services, 1985.
70 Elizabeth Sandwith Drinker, *The Diary of Elizabeth Drinker: The Life Cycle of an Eighteenth-Century Woman*, Northeastern University Press, 1994.
72 James Boswell, *London Journal 1962–1963*, Penguin Classics, 2010.
75 James Cook, *First Voyage Around the World*, Salzwasser Verlag, 2009.
80 Ahmad al-Salih, quoted in Rahilah Omar, *The History of Boné AD 1775–1795: The Diary of Sultan Ahmad as-Salleh Syamsuddin* (PhD thesis), University of Hull, 2003.
85 Johann Wolfgang von Goethe, *The Works of Johann Wolfgang von Goethe: Letters from Switzerland / Travels in Italy*, translated by A.J.W. Morrison, The Anthological Society, 1901.
86 Ralph Clark, *The Journal and Letters of Lt. Ralph Clark 1787–1792*, University of Sydney Library, 2003 (prepared from the print edition published by Australian Documents Library in association with the Library of Australian History, 1981; accessed at setis.library.usyd.edu.au/ozlit/pdf/clajour.pdf).
89 Alexander von Humboldt, quoted in Ramón Páez, *Travels and Adventures in South and Central America: First series: Life in the Llanos of Venezuela*, Charles Scribner, 1868.
96 Dorothy Wordsworth, *Dorothy Wordsworth: The Grasmere and Alfoxden Journals*, Oxford University Press, 2002.
99 Meriwether Lewis, *The Definitive Journals of Lewis & Clark: From Fort Mandan to Three Forks, Vol. 4*, University of Nebraska Press, 1987.
102 Anne Lister, *The Secret Diaries of Miss Anne Lister*, decoded and edited by Helena Whitbread, Virago, 1988.
105 Michael Shiner, "The Diary of Michael Shiner: Entries from 1831–1839", Naval History and Heritage Command (accessed at www.history.navy.mil/research/library/online-reading-room/title-list-alphabetically/d/diary-of-michael-shiner/1831-1839.html).
106 Rose de Freycinet, *A Woman of Courage: The Journal of Rose de Freycinet on Her Voyage Around the World, 1817–1820*, translated and edited by Marc Serge Rivière, National Library Australia, 1996.
111 Eugène Delacroix, *The Journal of Eugène Delacroix*, translated by Lucy Norton, Phaidon Press, 1951.
113 Sir Walter Scott, *The Journal of Sir Walter Scott: From the Original Manuscript at Abbotsford*, Harper & Brothers, 1890.
115 Charles Darwin, *The Beagle Record: Selections from the original pictorial records and written accounts of the voyage of H.M.S. Beagle*, Cambridge University Press, 1979.
119 Queen Victoria, "Queen Victoria's Journals" (Lord Esher's typescripts), Bodleian Libraries and Royal Archives with online publisher ProQuest (accessed at www.queenvictoriasjournals.org).
120 Søren Kierkegaard, *Kierkegaard's Journals and Notebooks, Vol. 1: Journals AA–DD*, Princeton University Press in cooperation with the Søren Kierkegaard Research Centre, 2007.
123 John Ruskin, *The Diaries of John Ruskin: 1848–1873*, Oxford University Press, 1958.
126 Charlotte Brontë, "Charlotte Brontë's Journal", British Library (accessed at https://www.bl.uk/collection-items/charlotte-brontes-journal).
128 Henry David Thoreau, *The Writings of Henry David Thoreau, Vol. 11: Journal*, Houghton Mifflin, 1906.
133 Robert and Clara Schumann, *The Marriage Diaries of Robert & Clara Schumann*, translated by Peter Oswald, Robson Books, 1994.
135 Leo Tolstoy, *The Diaries of Leo Tolstoy*, translated by C.J. Hogarth and A. Sirnis, J.M. Dent & Sons, 1917.
139 Henry Bates, *A Naturalist on the Amazons*, Macmillan, 1920.
142 The Goncourt brothers, *Pages from the Goncourt Journals*, translated and edited by Robert Baldick, Oxford University Press, 1962.
149 Mary Chesnut, *The Private Mary Chesnut: The Unpublished Civil War Diaries*, Oxford University Press, 1984.
150 John Muir, *John of the Mountains: The Unpublished Journals of John Muir*, University of Wisconsin Press, 1979.
153 Francis Kilvert, *Kilvert's Diary*, Vintage Books, 2013.
155 Vincent van Gogh, "712: To Theo van Gogh. Arles, on or about Thursday, 25 October 1888", translated by Imogen Forster and Sue Dyson, in *Vincent van Gogh – The Letters*, version January 2020, Amsterdam & The Hague: Van Gogh Museum & Huygens ING (accessed at http://vangoghletters.org/en/let712).
158, Antoni Gaudí, quoted in "Gaudí and his Concept of the House", Casa Vicens (accessed at casavicens.org/blog/gaudi-concept-house).
161 Beatrice Webb, "Beatrice Webb's typescript diary", LSE Digital Library (accessed at digital.library.lse.ac.uk/objects/lse:foj709hir/read/single#page/486/mode/2up).
162 Arthur Conan Doyle, *Dangerous Work: Diary of an Arctic Adventure*, The University of Chicago Press, 2012.
165 Beatrix Potter, *The Journal of Beatrix Potter from 1881 to 1897*, Frederick Warne, 1966.
168 Thomas Alva Edison, "The Thomas Edison Papers: Diaries and Journals", Rutgers, courtesy of Thomas Edison National Historical Park (accessed at edison.rutgers.edu/NamesSearch/SingleDoc php?DocId=MA001).

171 Jules Renard, *The Journal of Jules Renard*, translated and edited by Louise Bogan and Elizabeth Roget, Tin House Books, 2017.
172 Paul Gauguin, *Noa Noa: Voyage to Tahiti*, translated by Jonathan Griffin, Bruno Cassirer, 1961.
174 Alfred Dreyfus, *Five Years of My Life: The Diary of Captain Alfred Dreyfus*, Peebles Press International, 1977.
177 Isabelle Eberhardt, *In the Shadow of Islam*, translated by Sharon Bangert, Peter Owen Modern Classics, 2003.
186 Virginia Woolf, *The Diary of Virginia Woolf – Volume 1*: 1915–1919, Penguin Books, 1979.
189 Paul Klee, *The Diaries of Paul Klee 1898–1918*, University of California Press, 1964.
193 Käthe Kollwitz, *Die Tagebücher 1908–1943*, btb Verlag, 2012. Translated by Sofia Sheri (accessed at sophia.smith.edu/portfoliosssheri/2018/05/09/excerpt-from-the-diary-of-kathe-kollwitz/#more-90).
195, 197 Robert Falcon Scott, *Scott's Last Expedition, Vol. 1: Being the Journals of Captain R.F. Scott*, John Murray, 1 914.
201 Franz Kafka, *The Diaries of Franz Kafka*, translated by Joseph Kresh and Martin Greenberg, Penguin Modern Classics, 1972.
203 Carl Gustav Jung, *The Red Book: Liber Novus*, translated by Mark Kyburz, John Peck, and Sonu Shamdasani, W.W. Norton, 2009.
205 Louis Barthas, *Poilu: The World War I Notebooks of Corporal Louis Barthas, Barrelmaker: 1914–1918*, translated by Edward M. Strauss, Yale University Press, 2014.
207 Siegfried Sassoon, *Siegfried Sassoon Diaries, 1915–1918*, Faber & Faber, 1983.
210 Josep Pla, *The Grey Notebook*, translated by Peter R. Bush, New York Review Books Classics, 2013.
212 Howard Carter, "Howard Carter's excavation diaries", The Griffith Institute, University of Oxford (accessed at http://www.griffith.ox.ac.uk/discoveringTut/journals-and-diaries/season-1/journal.html#entry-of-25-11-1922).
214 Anaïs Nin, *Incest: From "A Journal of Love": The Unexpurgated Diary of Anaïs Nin, 1932–1934*, Harcourt, 1992.
217 George Orwell, *The Collected Non-Fiction: Essays, Articles, Diaries and Letters, 1903–1950*, Penguin, 2017.
219 Albert Camus, *Albert Camus, Notebooks 1935–1942*, translated by Philip Thody, Alfred A. Knopf, 1963.
225 Anne Frank, *The Diary of Anne Frank: The Critical Edition*, translated by Arnold J. Pomerans and B.M. Mooyaart-Doubleday, Doubleday, 1989.
228 Frida Kahlo, *The Diary of Frida Kahlo: An Intimate Self-Portrait*, translated by Sarah M. Lowe, Harry N. Abrams, 2005.
232 Michihiko Hachiya, *Hiroshima Diary: The Journal of a Japanese Physician, August 6–September 30, 1945: Fifty Years Later*, translated and edited by Warner Wells, M.D., The University of North Carolina Press, 1995.
235, 236 Sylvia Plath, *The Unabridged Journals of Sylvia Plath, 1950–1962*, Anchor Books, 2000.
239 Carolina Maria de Jesus, *Child of the Dark: The Diary of Carolina Maria de Jesus*, translated by David St. Clair, Dutton, 1962.
241 Ernesto "Che" Guevara, *The Motorcycle Diaries: A Journey Around South America*, translated by Ann Wright, Verso, 1995.
242 Derek Jarman, *Derek Jarman's Sketchbooks*, Stephen Farthing and Ed Webb-Ingall, Thames & Hudson, 2013

Picture Credits

The publisher would like to thank the following for their kind permission to reproduce their photographs:

(Key: a-above; b-below/bottom; c-centre; f-far; l-left; r-right; t-top)

Agency key: Alamy Stock Photo: Alamy; Bridgeman: Bridgeman; Getty: Getty; Scala: Scala

1 Concord Museum: (cr). **Dorling Kindersley:** Natural History Museum, London / Dave King / Down House (cl). **Scala:** © 2020. Photo The Morgan Library & Museum / Art (c). **2 Beinecke Rare Book and Manuscript Library, Yale University:** (br). **Bridgeman:** British Library Board (tl). **State Library of New South Wales. University of the Pacific, University Libraries:** John Muir Papers, Holt-Atherton Special Collections / © 1984 Muir-Hanna Trust (bl). **4 Getty:** DEA Picture Library (tr). **5 Bridgeman:** British Library Board (tr). **National Archives, Netherlands** (tl). **6 RMN:** RMN-Grand Palais (musée du Louvre) / Michel Urtado (tl). **University of the Pacific, University Libraries:** John Muir Papers, Holt-Atherton Special Collections / © 1984 Muir-Hanna Trust (tc). **7 Conservation Départementale des Musées de l'Aude:** Archives départementales de l'Aude + cote (tl). **Library and Archives Canada:** Molly Lamb Bobak and Bruno Bobak fonds (tc). **8 National Archives, Netherlands.**

10 Getty: Seth Joel (bl). **Kyoto National Museum** (br). **11 Bibliothèque nationale de France, Paris** (tr). **The Bodleian Library, University of Oxford** (bl). **Getty:** Anne Frank Fonds Basel (br). **12-13 Getty:** Seth Joel (bc).
12 Bibliothèque nationale de France, Paris (tl). **Harvard Art Museums:** Arthur M. Sackler Museum, Bequest of the Hofer Collection of the Arts of Asia (tr). **Institut Français d'Archéologie Orientale**(bl). **13 Biblioteca Comunale degli Intronati, Istituzione del Comune di Siena** (tl). **Harvard University Herbaria** (cl).
14 Institut Français d'Archéologie Orientale.
15 Alamy: Historic Images (bl). **Getty:** DEA / G. Dagli Orti (br).
16 Alamy: Granger Historical Picture Archive (crb). **Scala:** Princeton University Art Museum / Art Resource NY (bl). **17 Bibliothèque nationale de France, Paris** (cra). **Scala:** Photo The Morgan Library & Museum / Art Resource, NY (cl).
18 Bibliothèque nationale de France, Paris (br). **Getty:** Sovfoto (bl).
19 National Central Library, Taiwan. 20 Harvard Art Museums: Arthur M. Sackler Museum, Bequest of the Hofer Collection of the Arts of Asia (bl).
20-21 DNP Art Communications Co. Ltd (c). **21 DNP Art Communications Co. Ltd** (tl). Yomei Bunko Foundation (br).
22 Alamy: AF Fotografie (br); Holmes Garden Photos (bl).
23 Bridgeman: British Library Board (ca, cl). **Getty:** Hulton Archive (bl).
24 Biblioteca Comunale degli Intronati, Istituzione del Comune di Siena.
25 Getty: De Agostini / S. Vannini (bl); Fine Art Images / Heritage Images (br).
26 Getty: DEA / D. Dagli Orti (cla). **26-27 Bridgeman:** Boltin Picture Library (cr).
28 Alamy: Universal Art Archive (cra). **Getty:** Seth Joel (bl).
29 Alamy: Universal Art Achive (crb, cla). **Getty:** DEA Picture Library (bl).
30 Biblioteca Apostolica Vaticana (bc). **31 Harvard University, Yenching Library.**
32 Getty: Bettmann (tl). **34 Alamy:** Universal Art Archive (bl); Vintage Archives (cla). **34-35 Beinecke Rare Book and Manuscript Library, Yale University** (cr).
36 Beinecke Rare Book and Manuscript Library, Yale University (bl, br).
37 Alamy: Universal Art Archive (tr). **Beinecke Rare Book and Manuscript Library, Yale University** (bl). 38 Alamy: Uber Bilder (bl).
38-39 Cultural Heritage Administration. 39 age fotostock: Topic Photo Agency (cr). **Alamy:** Uber Bilder (br). **40 Getty:** DEA / A. Dagli Orti (ca); DEA / G. Nimatallah (br).
41 Scala: bpk, Bildagentur fuer Kunst, Kultur und Geschichte, Berlin (cl, cr, cb);
42 Alamy: AF Fotografie (cla); **AF Fotografie** (bl). **Getty:** Barney Burstein (br).
43 Library of Congress, Washington, D.C. (br). **State Library of Massachusetts** (l).
44 Alamy: Universal Art Archive (cla, cb). **National Archives, Netherlands** (tr).
45 National Archives, Netherlands (t).
46 Alamy: Universal Art Archive (bl). **Getty:** Print Collector (br).
47 National Maritime Museum, Greenwich, London.
48 Pepys Library, Magdalene College Cambridge (l).
49 Alamy: Universal Art Archive (cla); World History Archive (br).
50-51 Pepys Library, Magdalene College Cambridge (t).
50 Rijksmuseum Amsterdam (br). **51 Alamy:** Photo 12 (br); Science History Images (tr).
52 Bibliothèque nationale de France, Paris (br). **Getty:** Zhang Peng / LightRocket (tl). **The Metropolitan Museum of Art, New York** (bl).
53 Institute of History & Philology, Academia Sinica.
54 Bridgeman (bl). **Getty:** Christophel Fine Art (cla). **TopFoto.co.uk:** Roger-Viollet (br).
55 Bibliothèque nationale de France, Paris. 56-57 Kyoto National Museum (t).
57 Kyoto National Museum (bl). **Yale University Art Gallery** (br).
58 Alamy: Artepics (tl). **Getty:** Heritage Images (br); adoc-photos (bl).
59 Bibliothèque nationale de France, Paris. 60 Koninklijke Bibliotheek, The Hague: (bl). **61 Bridgeman:** Leemage / The British Library Board (tr).
62-63 Alamy: The Natural History Museum (bc). **Princeton University Library:** Historic Maps Collection (tc). **62 Bridgeman:** British Library Board (tl, bl). **Harvard University Herbaria** (cla). **63 State Library of New South Wales** (bl).
64 Alamy: John Astor (cla). **64-65 The Linnean Society of London** (cr).
65 The Linnean Society of London (br). **66 AF Fotografie**(bl). **Alamy:** Uber Bilder (br). **66-67 The Linnean Society of London** (tc). **67 Alamy:** The Natural History Museum (br). **68 American Numismatic Society** (br). **Courtesy of University Archives, Columbia University in the City of New York** (tl). **Getty:** Soltan Frédéric / Sygma (bl). **69 Bridgeman:** British Library Board(br). **Dorling Kindersley:** French Institute of Pondicherry (t). **70-71 Historical Society of Pennsylvania** (c).
71 Getty: DEA Picture Library (cr). **Library of Congress, Washington, D.C.** (br).
72 Getty: National Galleries of Scotland (tl); **The Print Collector** (bl). **The Metropolitan Museum of Art, New York:** Gift of Sarah Lazarus, 1891 (br).
73 Beinecke Rare Book and Manuscript Library, Yale University: Boswell Collection (cl, br). **74 Alamy:** Universal Art Archive (cla); The Natural History Museum (bl). **Princeton University Library:** Historic Maps Collection (br).
75 Getty: Fine Art (bl). **National Library of Australia:** Digital Collections (t).
76 Bridgeman: British Library Board (c). **77 Alamy:** Visual Arts Resource (bl). **Princeton University Library:** Historic Maps Collection (br). **State Library of Western Australia**: reproduced with the permission of the Library Board of Western

Australia (tr). **78 Alamy:** Universal Art Archive (tl). **Scala:** Photo MNP (bl, br).
79 Alamy: Vintage Archives (br). **Scala:** Photo MNP (tl, bl, tc).
80 Bridgeman: British Library Board (br). **81 Bridgeman:** British Library Board(cl, cr).
82 Alamy: Universal Art Archive (bl). **Getty:** Imagno (cla); DEA / A. Dagli Orti (br).
83 Bridgeman: British Library Board (ca). **Matthias Naeschke:** Sebastian Naeschke (bl).
84 Alamy: Universal Art Archive (tl). **Getty:** De Agostini (bl). **Scala:** bpk, Bildagentur fuer Kunst, Kultur und Geschichte, Berlin (br).
85 Klassik Stiftung Weimar: Goethe und Schiller Archiv (cl). **Scala:** Congress of Deputies Library, Madrid / Album (br). **86 State Library of New South Wales.**
87 State Library of New South Wales (cr, bl, br). **88 akg-images** (bl). **Alamy:** Universal Art Archive (cla). **89 Scala:** Scala / bpk, Bildagentur fuer Kunst, Kultur und Geschichte, Berlin (l, r). **90 Scala:** Scala / bpk, Bildagentur fuer Kunst, Kultur und Geschichte, Berlin (br). **Zentralbibliothek Zurich:** Entworfen von A. von Humbold, gezeichnet 1805 in Paris von Schönberger und Turpin, gestochen von Bouquet, die Schrift von L. Aubert, gedruckt von Langloi (bl). **91 Scala:** Scala / bpk, Bildagentur fuer Kunst, Kultur und Geschichte, Berlin. **92 Getty:** De Agostini (bl).
93 University of Michigan: William L. Clements Library (tc).
94 Harvard University Herbaria (cl). **INHA** (tl). **Mary Evans Picture Library:** Natural History Museum (bl). **Wikipedia:** Walden / Published 1854 in the United States by Ticknor and Field (tr). **95 British Library Board** (bl). **Library of Congress, Washington, D.C.**: Manuscript Division (tl). **96 Bridgeman:** Felton Bequest (br); **Bridgeman** (bl). **Getty:** Culture Club (tl). 97 Bridgeman: Bridgeman (tr, cl).
98 Bridgeman: Everett Collection (tl). **Missouri Historical Society, St Louis** (b).
99 Missouri Historical Society, St Louis. 100 Alamy: Science History Images (br). **Bridgeman** (cl). **Cowan's Auctions LLC** (tr). **101 Missouri Historical Society, St Louis** (l, r). **102 Alamy:** Visual Arts Resource (cla). **West Yorkshire Archive Service Calderdale** (bl). **102-103 West Yorkshire Archive Service Calderdale** (tc).
103 Getty: Fine Art Photographic (bc). **West Yorkshire Archive Service Calderdale** (cra).
104 Alamy: Granger Historical Picture Archive (bl). **Library of Congress, Washington, D.C** (br). **105 Library of Congress, Washington, D.C.:** Manuscript Division (tl, tr). **SuperStock:** 4X5 Collection (bc). **106 Getty:** DEA Picture Library (br). **State Library of Western Australia**: reproduced with the permission of the Library Board of Western Australia (bl). **107 State Library of New South Wales** (l).
108 Getty: Etienne Carjat (cla). **RMN:** RMN-Grand Palais (musée du Louvre) / Gérard Blot (bl). **109 RMN:** RMN-Grand Palais (musée du Louvre) / Michel Urtado (c). **110 RMN:** RMN-Grand Palais (musée du Louvre) / Gérard Blot (bl). **110-111 INHA** (c). **111 Getty:** Photo 12 (br). **RMN:** RMN-Grand Palais (musée du Louvre) / Hervé Lewandowski (cr). **112 Alamy:** Universal Art Archive (cla); Lebrecht Music & Arts (bl). **The University of Edinburgh** (br). **113 Scala:** © 2020. Photo The Morgan Library & Museum / Art (l, tr). **114 Alamy:** AF Fotografie (cla). **Bridgeman:** Historic England (bl). **114-115 Historic England Photo Library** (c). **116 Alamy:** The Natural History Museum (clb, crb). **117 Reproduced by kind permission of the Syndics of Cambridge University Library** (l). **Dorling Kindersley:** Natural History Museum, London / Dave King / Down House (cra). **118 Alamy:** Universal Art Archive (cla); Stephen Chung (cra); Universal Art Archive (bl). British Library Board (br).
119 The Royal Collection Trust © Her Majesty Queen Elizabeth II (t).
120 Alamy: Uber Bilder (cla); Vintage Archives (bl).
121 The Royal Library, Copenhagen (t). **122 Alamy:** Universal Art Archive (bl). **Getty:** W. Jeffrey (cla). **The Ruskin: Library, Museum and Research Centre** (crb).
123 The Ruskin: Library, Museum and Research Centre.
124 Getty: Heritage Images (bl). **Scala:** Photo The Morgan Library & Museum / Art Resource, NY (cr). **125 Getty:** DEA Picture Library (br). **Scala:** Photo The Morgan Library & Museum / Art Resource, NY (cl). **126 Alamy:** Vintage Archives (cla). **Bridgeman:** Bronte Parsonage Museum (bl, br). **127 Bridgeman:** Bronte Parsonage Museum (cl, cr). **128 Concord Museum** (br). **Library of Congress, Washington, D.C.** (cla).**The New York Public Library:** Detroit Publishing Company / The Miriam and Ira D. Wallach Division of Art, Prints and Photographs: Photography Collection (bl). **129 Scala:** Photo The Morgan Library & Museum / Art Resource, NY (tl); Photo The Morgan Library & Museum / Art Resource, NY (c). **130 Alamy:** The Natural History Museum (bl). Harvard University Herbaria. **131 Scala:** Photo The Morgan Library & Museum / Art Resource, NY (cl). **Wikipedia:** Walden / Published 1854 in the United States by Ticknor and Field (crb). **132 VAN HAM Kunstauktionen GmbH & Co. KG:** VAN HAM Fine Art Auctioneers / Saša Fuis (bl). **Manuscripts and Archives, Yale University Library:** Irving S. Gilmore Music Library (br).
133 Getty: DEA / A. Dagli Orti / De Agostini (bl). Robert Schumann Haus, Zwickau: (t).
134 Getty Images: adoc-photos (cla). **Scala:** Photo Josse (br).
135 The State Museum Museum of L.N. Tolstoy. 136 The State Museum of L.N. Tolstoy.
137 Getty: Heritage Images (bl). **SuperStock:** A. Burkatovski / Fine Art Images (tr). **The State Museum of L.N. Tolstoy** (br).
138 Alamy: The Granger Collection (br); **AF Fotografie** (cla).
138-139 Mary Evans Picture Library: Natural History Museum (cr).
140 Bridgeman: Lux-in-Fine (cl). **140-141 Bibliothèque nationale de France, Paris.**
141 Getty: Imagno (br). **142 Bridgeman** (bl); Patrice Cartier (br). **143 Bibliothèque nationale de France, Paris. 144 Alamy:** The Artchives (bl).
145 The Metropolitan Museum of Art, New York (t). **146 Archives nationales d'outre-mer** (tl). **Beinecke Rare Book and Manuscript Library, Yale University** (bl). **Getty:** David Nathan-Maister (tr). **Harvard University Herbaria** (bl).
147 Getty: Heritage Images (tl). **University of the Pacific, University Libraries:** John Muir Papers, Holt-Atherton Special Collections / © 1984 Muir-Hanna Trust (bl).
148 Alamy: The Granger Collection (br); Granger Historical Picture Archive (bl). **Getty:** Fotosearch / Stringer (tl). **149 Alamy:** World History Archive (tr). **South Caroliniana Library** (b). **150 Alamy**: AF Fotografie (cla). **University of the Pacific, University Libraries:** John Muir Papers, Holt-Atherton Special Collections / © 1984 Muir-Hanna Trust (bl). **150-151 University of the Pacific, University Libraries:** John Muir Papers, Holt-Atherton Special Collections / © 1984 Muir-Hanna Trust (t).
151 AF Fotografie (br). **Alamy:** Pictorial Press Ltd (bl). **152 Bridgeman:** National Trust Photographic Library (bl). **Getty:** Hulton Archive (tl). **The Kilvert Society** (br).
153 Durham University Library Archives and Special Collections.
154 Alamy: Historic Images (cr). **Getty:** Heritage Images (bl). **Courtesy National Gallery of Art, Washington** (tl). **155 Alamy:** Asar Studios (cl). **156 Getty:** Fine Art (tr, clb). **156-157 Getty:** Heritage Images (cb). **157 Alamy:** Peter Barritt (cra).
158 Getty: Fine Art Images / Heritage Image (tl); Popperfoto / Paul Popper (bc).
159 Graphic Archive of the Barcelona School of Architecture, Universitat Politècnica de Cataluny (bl). **Institut Municipal Reus Cultura** (tl).
160 Getty: Hulton Archive (tl). **London School of Economics & Political Science** (br).
161 Getty: Culture Club (tr). **London School of Economics & Political Science** (bl, br).
162 Alamy: Universal Art Archive (cla). **Conan Doyle Estate Ltd** (bl).
163 Alamy: Universal Art Archive (bc). **Bridgeman:** British Library Board (tc). **Getty:** Universal History Archive (bl). **164 akg-images:** Science Source (bl). **Getty:** Hulton Archive (cla). **165 National Trust Images:** Image courtesy Frederick Warne & Co. Ltd / Penguin Books Ltd. **166 Alamy:** WorldPhotos (bl). **166-167 Scala:** © 2020. Photo The Morgan Library & Museum / Art (c). **167 Dorling Kindersley:** Image courtesy Frederick Warne & Co. Ltd / Penguin Books Ltd (br). Penguin Books Ltd: Image courtesy Frederick Warne & Co. Ltd (tr). **168 Rutgers University:** Thomas A. Edison Papers: Courtesy of Thomas Edison National Historical Park. **169 Dorling Kindersley:** Science Museum, London / Dave King (tr). **Getty:** Hulton Archive (tl); Bettmann (bl). **170 Alamy:** Chronicle (br). **Getty:** David Nathan-Maister (bl); adoc-photos (cla). **171 Bibliothèque nationale de France, Paris. 172 Alamy:** Vintage Archives (tl). **Getty:** Fine Art Images / Heritage Image (br). **173 Getty:** Fine Art Images / Heritage Image (br). **RMN:** ©RMN-Grand Palais (musée d'Orsay) / Hervé Lewandowsk (tl, tr); ©RMN-Grand Palais (musée d'Orsay) / Gérard Blot (bl).
174 Alamy: Penrodas Collection (cla, br). **Getty:** David Nathan-Maister (bl).
175 Bibliothèque nationale de France, Paris (tl, tr). **Getty:** David Nathan-Maister (bc).
176 Getty: Apic (tl, bl); Art Media / Print Collector (br).
177 Archives nationales d'outre-mer. 178 Alamy: Universal Art Archive (bl). **Dorling Kindersley:** The Science Museum, London / Clive Streeter (br). **Getty:** Print Collector (cla). **179 Bibliothèque nationale de France, Paris** (tl, tr, bc).
180 Beinecke Rare Book and Manuscript Library, Yale University (b).
181 S. Fischer Verlag GmbH. 182 Griffith Institute, University of Oxford (tl). **Harvard University Herbaria** (cla). **Scala:** Digital Image Museum Associates / LACMA / Art Resource NY (br). **UCL Special Collections** (bl).
182-183 Conservation Départementale des Musées de l'Aude: Archives départementales de l'Aude + cote (t). **183 S. Fischer Verlag GmbH** (bl).
184 The New York Public Library: Henry W. and Albert A. Berg Collection of English and American Literature, **The New York Public Library** / Literary Representative of the Estate of Virginia Woolf / The Society of Authors.
185 Bridgeman: The Bloomsbury Workshop / Estate of Vanessa Bell / DACS 2020 (tr). **Getty:** Heritage Images (tl). **186 Getty:** H. F. Davis / Topical Press Agency (cl); Ralph Partridge (br). **187 The New York Public Library:** Henry W. and Albert A. Berg Collection of English and American Literature, The New York Public Library / Literary Representative of the Estate of Virginia Woolf / The Society of Authors (l). **Roland Smithies:** luped.com (cr). **188 Scala:** Digital Image Museum Associates / LACMA / Art Resource NY (bl). **Zentrum Paul Klee, Berne, image archive** (tl).
189 Zentrum Paul Klee, Berne, image archive (t, bl). **190 Zentrum Paul Klee, Berne, image archive** (c, l). **191 akg-images** (br). **Zentrum Paul Klee, Berne, image archive** (t). **192 akg-images:** Erich Lessing (br). **Alamy:** Chronicle (tl). **Scala:** bpk, Bildagentur fuer Kunst, Kultur und Geschichte, Berlin / Photo: Michael Herling / Aline Gwose (bl). **193 Akademie der Künste** (t). **akg-images** (bc).
194 Getty: Hulton Archive (cla); Library of Congress (bl); Royal Geographical Society (br).
195 Bridgeman: British Library Board (cl). **Dorling Kindersley:** American Museum of Natural History / Lynton Gardiner (cra). **196 Bridgeman:** British Library Board (cr). **Getty:** Universal Images Group (bl). **197 Bridgeman:** Christie's Images (tr); **Bridgeman** (cl). **Getty:** Bettmann (br). **198 Bridgeman** (c). **199 Alamy:** Uber Bilder (cla). **Getty:** Mondadori Portfolio (bl). **S. Fischer Verlag GmbH** (br).

200-201 The Bodleian Library, University of Oxford (t).
200 Bridgeman: Andrusier (bl). **201 Alamy:** INTERFOTO (cr). **Getty:** Three Lions (bl).
202 Dorling Kindersley: W. W. Norton & Company (br). **Getty:** Bettmann (bl); Imagno (cla). **Library of Congress, Washington, D.C.** (fbl).
203 Dorling Kindersley: W. W. Norton & Company.
204 Conservation Départementale des Musées de l'Aude: Archives départementales de l'Aude + cote (tl). **Getty:** Leemage / Corbis (bl).
204-205 Conservation Départementale des Musées de l'Aude: Archives départementales de l'Aude + cote (b).
205 Conservation Départementale des Musées de l'Aude: Archives départementales de l'Aude + cote (tl, tr). **206 Alamy:** Historical Images Archive (bl); **AF Fotografie** (cla).
207 University of Cambridge: University Library (tr, bl).
208 University of Cambridge: University Library (b).
209 Alamy: AF Fotografie (cra, br). **University of Cambridge**: University Library (bl).
210 Alamy: Heritage Image Partnership Ltd (bl). **Fundació Josep Pla** (br); **Fundació Josep Pla:** col·l Josep Vergés (tl). **211 akg-images:** Album / Oronoz (crb). **Fundació Josep Pla:** col·l Josep Vergés (l). **212 Getty:** Apic (bl); Bettmann (cla).
213 Griffith Institute: University of Oxford (tr, cr, l).
214 The Anais Nin Trust / The Anais Nin Foundation (br). **Beinecke Rare Book and Manuscript Library, Yale University** (tl). **Getty:** API / Gamma-Raph (bl).
215 AF Fotografie (br). **University of California, Los Angeles (UCLA):** Library Special Collections / Anais Nin Papers (l). **216 Alamy:** PictureLux / The Hollywood Archive (cla). **Getty:** Nat Farbman (bl); William Vandivert (br).
217 Alamy: Granger Historical Picture Archive (br). **UCL Special Collections:** Reproduced by kind permission of Bill Hamilton as the Literary Executor of the Estate of the Late Sonia Brownell / © George Orwell, 1942 / A. M. Heath Literary Agents (l).
218 Alamy: Penrodas Collection (tl). **Bridgeman** (bl). **Getty:** Sygma / Daniele Darolle (br).
219 Bridgeman: Photo © Gusman (crb). **Dorling Kindersley:** Éditions Gallimard (l).
220 Bridgeman: British Library Board / Literary Representative of the Estate of Katherine Mansfield / The Society of Authors (bl).
221 Bibliothèque nationale de France, Paris (tc).
222 Fundação Biblioteca Nacional, Brasil: Permission from Vera Eunice Lima de Jesus (bl). **Mortimer Rare Book Room, Smith College Libraries (Massachusetts):** Faber & Faber Ltd / © Estate of Sylvia Plath (tr). **United States Holocaust Memorial Museum** (tl). **222-223 British Film Institute:** © Derek Jarman Estate (bc).
223 Library and Archives Canada: Molly Lamb Bobak and Bruno Bobak fonds (tl).
224 Alamy: Heritage Image Partnership Ltd (bl). **Getty:** Anne Frank Fonds Basel (cla). **224-225 Getty:** Anne Frank Fonds Basel (bc).
225 United States Holocaust Memorial Museum (tr).
226 akg-images: ullstein bild (clb). **Alamy:** Granger Historical Picture Archive (cb).
227 Alamy: AF Fotografie (tc). **Getty:** Anne Frank Fonds Basel (bc).
228 Getty: Bettmann (cla). **Scala:** Photo Schalkwijk / Art Resource / © Banco de México Diego Rivera Frida Kahlo Museums Trust, Mexico, D.F. / © DACS 2020 (bl).
229 Scala: Photo Schalkwijk / Art Resource / © Banco de México Diego Rivera Frida Kahlo Museums Trust, Mexico, D.F. / © DACS 2020 (clb, crb).
230 Scala: Digital Image Museum Associates / LACMA / Art Resource NY / © Banco de México Diego Rivera Frida Kahlo Museums Trust, Mexico, D.F / © DACS 2020 (br); Photo Schalkwijk / Art Resource / © Banco de México Diego Rivera Frida Kahlo Museums Trust, Mexico, D.F. / © DACS 2020 (clb, tr).
231 Scala: Photo Schalkwijk / Art Resource / © Banco de México Diego Rivera Frida Kahlo Museums Trust, Mexico, D.F / © DACS 2020 (cl).
232 Duke University Medical Center Archives (tl). **Getty:** The Asahi Shimbun / Yasuo Tomishige (br); Universal History Archive / Universal Images Group (bl).
233 Alamy: Vintage Archives (bl). **Duke University:** David M. Rubenstein Rare Book & Manuscript Library (cl, cr). **234 Mortimer Rare Book Room, Smith College Libraries (Massachusetts):** Faber & Faber Ltd / © Estate of Sylvia Plath.
235 Alamy: Everett Collection Inc (cla). Estate of Robert Hittel: Faber & Faber Ltd / © Estate of Sylvia Plath (bl). Mortimer Rare Book Room, Smith College Libraries (Massachusetts): Black Star Publishing (br).
236 Faber & Faber Ltd: © Estate of Sylvia Plath (bc).
236-237 Mortimer Rare Book Room, Smith College Libraries (Massachusetts): Faber & Faber Ltd / © Estate of Sylvia Plath (tc).
237 Getty: Science & Society Picture Library (br). John M. Olin Library / University of Washington, St. Louis, Missouri (tr).
238 Arquivo Nacional do Brasil (tl). **Getty:** Gamma-Rapho / Bernhard Moosbrugger (bl).
239 AF Fotografie. Fundação Biblioteca Nacional, Brasil: Permission from Vera Eunice Lima de Jesus (c). **240 Centro de Estudios Che Guevara** (tl, br).
Rex by Shutterstock: Permission granted by Centro de Estudios Che Guevara (c).
241 akg-images: Permission granted by Centro de Estudios Che Guevara (br).
Centro de Estudios Che Guevara (t). **242 Alamy:** Geraint Lewis (tl).
Penguin Books Ltd (bc). **243 British Film Institute:** © Derek Jarman/The Keith Collins Will Trust 2020 (t, b). **244 Library and Archives Canada** (bl).
245 Getty: Santi Visalli (tc).
End paper iStock / Getty Images Plus / ranasu.

All other images © Dorling Kindersley
For further information see: www.dkimages.com